Theo spürt, dass er am Ende seines Lebens angekommen ist. Er ist alt und nun, nach einem Schwächeanfall, auch noch pflegebedürftig. In Gedanken zieht er Bilanz, trauert um seine früh verstorbene Frau, erinnert sich an nie mehr wiedergutzumachende Versäumnisse und verliert dabei seine jetzige Frau Berta und seine Tochter Frieda aus dem Blick. Erst die junge ukrainische Pflegerin Ludmila versteht es, sein Herz zu erreichen, sie kommt ihm so nah, wie Frieda es nie war. Und obwohl für Frieda diese Nähe schmerzlich ist, erfüllt sie den Wunsch ihres Vaters und reist in die Ukraine, um Ludmila zu ihm zurückzubringen. Diese Reise wird für Frieda aber auch zu einer Spurensuche in die Vergangenheit ...

ANNA MITGUTSCH, 1948 in Linz geboren, unterrichtete Germanistik und amerikanische Literatur an österreichischen und amerikanischen Universitäten, lebte und arbeitete viele Jahre in den USA. Anna Mitgutsch ist eine der bedeutendsten österreichischen Autorinnen und erhielt für ihr Werk zahlreiche Auszeichnungen, u.a. den Solothurner Literaturpreis. Sie übersetzte Lyrik, verfasste Essays und zehn Romane, die in mehrere Sprachen übersetzt wurden.

ANNA MITGUTSCH BEI BTB
Familienfest. Roman (73349)
Zwei Leben und ein Tag. Roman (73844)
Wenn du wiederkommst. Roman (74202)

Anna Mitgutsch

Die Annäherung

Roman

btb

Die Originalausgabe erschien 2016 beim
Luchterhand Literaturverlag in der
Verlagsgruppe Random House GmbH, München.

Sollte diese Publikation Links auf Webseiten Dritter enthalten,
so übernehmen wir für deren Inhalte keine Haftung,
da wir uns diese nicht zu eigen machen, sondern lediglich auf
deren Stand zum Zeitpunkt der Erstveröffentlichung verweisen.

Verlagsgruppe Random House FSC® N001967

1. Auflage
Genehmigte Taschenbuchausgabe April 2018
btb Verlag in der Verlagsgruppe Random House GmbH,
Neumarkter Straße 28, 81673 München
Copyright © der Originalausgabe 2016 Anna Mitgutsch und
Luchterhand Literaturverlag in der
Verlagsgruppe Random House GmbH
Umschlaggestaltung: semper smile, München
nach einem Entwurf von buxdesign, München
unter Verwendung eines Motivs von © plainpicture/Johner
Druck und Einband: GGP Media GmbH, Pößneck
CP · Herstellung: sc
Printed in Germany
ISBN 978-3-442-71591-6

www.btb-verlag.de
www.facebook.com/btbverlag

Winter
7

Frühling
137

Sommer
257

Herbst
345

Winter
427

Winter

1

Es war ihm, als höbe er vom Boden ab, so leichtfüßig glitt er über den weichen Rasen, er spürte das Gras noch kühl vom Tau unter seinen Füßen, die Morgensonne schien mit der funkelnden Frische mancher Frühsommertage damals, vor mehr als neunzig Jahren. Er war wieder zu Hause und lief über die Wiesen hinunter ins Dorf, nahm die Hügelwellen fast wie im Flug, die Hänge waren von einem leuchtenden Grün, und mit der Leichtigkeit kehrte ein Glück in seinen Körper zurück, wie es ihn seit seiner Kindheit nicht mehr erfüllt hatte.

Ein lautes Krachen schreckte ihn aus seinem schwerelosen Zustand auf, lang genug, um von der hereinbrechenden Katastrophe in bodenlose Schwärze gestürzt zu werden.

Als Theo zu sich kam, lag er auf dem Schlafzimmerboden und sein Flanellnachthemd entblößte die dünnen Beine, aus denen die Kniescheiben hervorragten. Die Deckenlampe erhellte den Raum und Berta stemmte sich gegen seinen Rücken, sie hatte ihn unter den Achseln gefasst und versuchte, ihn aufzurichten und von der Bettkante, gegen die er gestürzt war, wegzuziehen. Er spürte den reißenden Schmerz in seinem Hinterkopf, er erinnerte sich mit Bedauern an den grünen Wiesenhang und hätte sich auf dem weichen Gras gern noch ein wenig ausgeruht. Lass mich, wollte er sagen, ich komm schon allein hoch, aber zwischen Gedanken und Worten war eine Sperre und der Satz verhedderte sich im Mund zu einem dumpfen Lallen. Da erst packte ihn Entsetzen und sein Magen verkrampfte sich bei der jähen Gewissheit, die als fertiger Satz aus einer fernen Erinnerung aufstieg: Das ist der letzte Steilhang vor dem Ende. Nun würde alles diesen Hang hinunterrasen und es gab nichts mehr, das den Sturz aufhalten konnte. Wie das Kind, als das er sich eben noch gefühlt hatte, robbte er auf seinem linken Ellbogen zu seiner Bettseite zurück. Dort blieb er erschöpft liegen und dort hoben ihn die inzwischen eingetroffenen Sanitäter auf die Bahre und trugen ihn die Außentreppe hinunter zum Rettungswagen.

Zwei Wochen lang lag er in einem weißen Bett über den Dächern der Stadt. Draußen wirbelte der Schnee, es wurde hell, eine wässerige Wintersonne stand eine Weile am Himmel und verschwand, es dämmerte, es wurde wieder Nacht, er zählte die Tage nicht, sie gingen gleichförmig dahin. Er war nie allein, er döste in einem angenehmen Halbschlaf, zufrieden und schmerzlos, und sah den Schwestern zu, wie sie hin- und hergingen, Infusionsbeutel wechselten, Tee brachten, ihm halfen, den Löffel zum Mund zu führen, sich mit geschulten Händen an seinem Körper zu schaffen machten, junge, energische Frauen, sie taten es mit einem Lächeln, das keine Dankbarkeit forderte. Er war ein guter Patient, er war geduldig und beklagte sich nicht. Nur das Reden fiel ihm schwer, und so sehr er sich auch bemühte, sein Mund brachte nichts Verständliches hervor. Als Berta, seine Frau, ihn besuchen kam, starrte sie entsetzt auf sein asymmetrisch verzerrtes Gesicht, seine schlaffe rechte Wange, den feuchten, herabhängenden Mundwinkel.

Ich kann dich nicht verstehen, jammerte sie, als er sie begrüßte. In ihrem Blick lag hilflose Panik.

Aber du musst doch gar nichts verstehen! Das hätte er ihr gern gesagt, sie hatten nie Worte gebraucht, um einander zu verstehen, das war ja gerade das Wunderbare an ihrer Beziehung. Um Erklärungen ging es nicht, darum war es in ihrer Ehe nie gegangen. Die Hauptsache war, dass sie da saß, an seiner Seite, das war ihm tröstlich genug. Bleib einfach da, bei mir, versuchte er zu sagen, und sie beugte sich zu ihm, ganz nah an seinen Mund, um ihn so besser zu verstehen. Er tastete mit seiner rechten Hand, die ihm nicht recht gehorchen wollte, nach ihrer warmen festen Hand, er spürte sie durch die Bettdecke irgendwo in Reichweite auf seinem Oberschenkel. Den Zeigefinger der Linken legte er auf seinen Mund und versuchte ihr zuzuzwinkern, sie schenkte ihm ein verschmitztes Lächeln. Wir müssen nicht reden, hieß das. Diesmal verstand sie ihn. Ihre Gegenwart hüllte ihn mit einer beruhigenden Müdigkeit ein. Er hatte es immer als angenehm empfunden, dass sie keine Frau war, mit der man sich stundenlang über Dinge unterhalten musste, die über das Notwendige hinausgingen. Berta war einfältig in dem Sinn, dass sie nur interessierte, was für sie und den Menschen, den sie liebte, im Augenblick notwendig und nützlich war. Sie grübelte nicht, sie handelte, sie fand immer einen Ausweg, auf krummen oder geraden Wegen, und verlor nicht viele Worte darüber. So ist das Leben, pflegte sie zu sagen. Es mochte eine bodenständige Art von Egozentrik sein, aber er konnte nichts Schlechtes daran finden.

Seine erste Frau Wilma war komplizierter gewesen, intelligenter, belesener, mag sein, ständig mit Gedanken beschäftigt, aber nach einer Anzahl von Ehejahren kreisten auch sie stets um dieselben Themen, während Berta immer noch Eigenschaften entfalten konnte, die ihn erstaunen. Jetzt, im Spital, wo die Zeit langsam verging und er in den leeren Stunden seinen Erinnerungen nachhängen konnte, dachte er wieder öfter an Wilma. Er dachte daran, wie viel Zeit sie im Spital verbracht hatte und wie oft sie so dagelegen, wie verlassen sie sich gefühlt haben musste, als junge Frau, während für ihn, am Abend nach der Arbeit, die Besuche im Krankenhaus eine lästige Pflicht gewesen waren und er nicht die Ruhe gefunden hatte, auf ihre Klagen, ihre Bedürfnisse einzugehen. Zu diesem Zeitpunkt trennte sie schon eine zu große Kluft von

Missverständnissen und Schweigen, als dass er sie noch hätte erreichen können, selbst wenn er die Kraft dafür aufgebracht hätte. Jetzt, fünfzig Jahre nach ihrem Tod, erschien sie ihm wie eine Fremde in einem fremden Land, die durch ihr kurzes Leben gegangen war und auf ihrer flüchtigen Durchreise keinen Anlass gesehen hatte, sesshaft zu werden.

In den frühen Jahren ihrer Ehe hatte Wilma ihn mit nächtelangen, seelenzerfasernden Gesprächen am Schlaf gehindert, und am Ende war immer er als der Schuldige hervorgegangen, der sie zu wenig liebte, jedenfalls nicht so, wie es ihr zustand. Erst nach ihrem Tod war ihm bewusst geworden, dass das, was die Ärzte damals ihre Gemütskrankheit nannten, ein langsames Ersticken an ihrem von Mangel eingegrenzten Leben gewesen war. Für ihre Träume von einem anderen Leben hatte er keine Geduld gehabt. In den ersten Jahren hatte sie noch versucht, ihm zu erklären, was ihr fehlte, sie sprach über ihre unrealistischen Pläne. Ein Studium wollte sie nachholen, immer noch träumte sie davon, Lehrerin zu werden, das Haus war ihr zu klein, reisen wollte sie, die Welt sehen, Konzerte, Theater, ein wenig Luxus, zu viele Wünsche an das Leben und keine Kraft, auch nur einen einzigen zu verwirklichen. Er hörte ihr zu, wie man den Phantastereien eines Kindes zuhört, er hatte nicht viel beizusteuern. Hie und da verrannte sie sich so sehr, dass er sie auf die Realität hinweisen musste, auf sein Monatsgehalt und die beschränkten Mittel, und dass man sich die Theaterstücke auch in der Stadtbücherei ausborgen und zu Hause lesen konnte. Er kaufte ihr ein Klavier, weil sie in ihrem Elternhaus eines gehabt hatte, einen Plattenspieler für ihre Schellacksammlung, aber alles, was er für sie tat, tröstete sie nur eine Weile, es war nie genug, nichts machte sie glücklich.

Später richteten sie sich in einem Schweigen ein, wo sie einander nicht mehr erreichen konnten, das selbst einem wortkargen Mann wie ihm unheimlich war, weil das Unheil sich spürbar in ihm verdichtete. Am Ende waren sie zwei zutiefst unglückliche Menschen gewesen, die glaubten, dass das Wenige, was sie hatten, schon alles gewesen sei, was das Leben ihnen jemals zuteilen würde. Wilma ging daran zugrunde. Sie sah keinen Ausweg aus ihrem Leben und litt mit einer Hingabe an ihrem eigenen Unglück, dass er es in seiner Hilflosigkeit kaum ertragen konnte. Es vergiftete jede noch so kurze Freude. Am Schluss war ihr Leben nur noch ein Warten darauf gewesen, dass endlich alles vorbei sei, die unerträglichen Kopfschmerzen, die Müdigkeit, ihr tagelanges Weinen, ihr barsches Lass-mich-allein, ich will in Ruhe gelassen werden, nur um dann laut nach ihm zu rufen und ihm Vorwürfe zu machen, er schliefe friedlich, er lese stillvergnügt, während sie unglücklich sei. Glück war zu einer fernen Erinnerung geworden, etwas, das er sich nicht mehr vorstellen konnte.

Als sie tot war, wurde ihm klar, dass er auf ihren Tod gewartet, ihn manchmal herbeigesehnt hatte, aber er hatte es nie gewagt, es sich einzugestehen. Danach träumte er wiederholt, sie käme nach Hause, nicht als verweinte, nörgelnde Kranke mit dem ewigen Tuch über der Stirn, um die Kopfschmerzen zu lindern, sondern wie sie als Siebzehnjährige gewesen war, mit der kühlen, selbstsicheren Ausstrahlung, die ihn fasziniert und eingeschüchtert hatte, ihrem üppigen kastanienbraunen Haar und dem scheuen und zugleich herausfordernden Lächeln. Ihr Haar, ihre bernsteinfarbenen Augen, ihr schlanker Körper mit den schmalen Hüften, er hatte vergessen, wie schön sie einmal gewesen war. Nach ihrem Tod träumte er öfter von ihr und wachte mit einem Gefühl der Dankbarkeit auf. So musste es gewesen sein, ganz am Anfang, als sie sich durch einen unwahrscheinlichen Zufall kennenlernten, denn sie gehörten verschiedenen Welten an, und ihre Wege hätten sich unter normalen Umständen nie gekreuzt. Die Prinzessin und der Holzfäller heiraten. Als er den sarkastischen Satz in einer Reihe hinter sich flüstern hörte, während ihr Aufgebot in der Kirche verlesen wurde, hatte es ihn nicht gekränkt, es hatte ihn mit Genugtuung erfüllt. Es gab etwas, worum man ihn beneidete. Meine Frau, hatte er triumphierend gedacht. Er hatte keine Gelegenheit ausgelassen, es laut zu wiederholen: meine Frau Wilma, die Enkelin des Bürgermeisters. Er hatte vor allem ihre Kühnheit bewundert, mit der sie sich über Regeln und Konventionen hinwegsetzte, doch selbst als von der trotzigen Auflehnung, mit der sie ihre Familie durch die nicht standesgemäße Heirat brüskiert hatte, nur noch resignierte Unzufriedenheit übrig war, hatte er Fremden gegenüber von ihr gesprochen, als zeichne die Ehe mit ihr ihn aus. Im Grunde aber hatte er nie gewusst, ob sie ihn liebte oder ob sie ihn genommen hatte, weil nur mehr wenige junge Männer aus dem Krieg zurückgekommen waren und sie nicht als alte Jungfer mit nicht ganz einwandfreiem Ruf übrig bleiben wollte. Er hatte um sie geworben und sie hatte seine unbeholfene Liebe erwidert, aber die unschuldige Glückseligkeit, die er ganz am Anfang, als sie bloß Freunde waren, in ihrer Nähe empfunden hatte, war in den sechs Kriegsjahren mit so vielem anderen, das unberührt gewesen war, untergegangen. Vielleicht waren es auch die Jahre des Wartens gewesen, die die großen Gefühle aufgezehrt hatten.

Erst seit er mit Berta zusammenlebte, konnte er es sich eingestehen, dass er seine schwersten Jahre mit Wilma geteilt hatte, weil er vor dem Altar gelobt hatte, alles mit ihr zu teilen, in guten und in schlechten Zeiten. Er hatte diesen Schwur ernst genommen und wenn Beständigkeit im Unglück Liebe war, dann hatte er sie wohl bis zum Schluss geliebt. Berta war anders, sie war aus einem Stück und vorbehaltlos dem Leben zugewandt wie manche Pflanzen, die mit ihren Blütenkelchen dem Stand der Sonne folgen, und allmählich hatte Berta seine erste Frau so vollständig aus seinem Gedächtnis verdrängt, dass sie zu einer vagen Erinnerung an freudlose Jahre verblasste.

Er hatte Berta im ersten Winter nach Wilmas Tod kennengelernt, es war das erste Faschingsfest seines Lebens im großen Verkaufsraum der Gärtnerei. Er kam früh, um beim Dekorieren mitzuhelfen, befestigte Lampions an elektrischen Kabeln und stand gerade auf der Leiter, als sie hereinkam, oder vielmehr ein Fuchsweibchen mit einer grünen Halbmaske, in einem engen Trikot mit einem buschigen Fuchsschwanz am Gürtel von der Farbe ihres Haars. Sie war Hilfskraft in einer Filiale. Theo arbeitete in der Gärtnerei und hatte sie noch nie zuvor gesehen. Am Fuß der Leiter blieb sie stehen, nahm ihre Maske ab und rief lachend zu ihm hinauf: Soll ich Sie festhalten? Wie lange sie sich angesehen hatten, hätte er nicht sagen können. Wenn er sich an diesen Augenblick erinnerte, kam es ihm vor, als sei ein Stromschlag durch seinen Körper gefahren, und ein Schwindelgefühl habe ihn ergriffen, sodass er sich tatsächlich mit beiden Händen an der Leiter festhalten musste.

Sehen Sie!, rief sie und er lachte verschämt in ihr zu ihm erhobenes Gesicht. Als er zu ihr hinunterstieg und sich vorstellte, tat er es bereits mit der irrationalen Gewissheit, dass das, was jetzt folgen musste, sein bisheriges Leben außer Kraft setzen würde. Wenn er in Romanen von dem unerklärlichen Magnetismus gelesen hatte, der zwei Menschen zueinander hinzog, gegen jede Vernunft und gegen ihren eigenen Willen, hatte er es für eine romantische Übertreibung gehalten. Er hatte später keine Erinnerung, was an diesem Abend sonst noch geschehen war, er hatte nur Augen für diese Frau gehabt, ihre geschmeidigen Bewegungen, wenn sie mit anderen Männern tanzte, denn er hatte nie tanzen gelernt und war zu gehemmt es zu versuchen, und wie sie trotzdem immer wieder zu ihm zurückkam, ihre runde, fast kindliche Kehle, wenn sie beim Trinken den Kopf leicht zurückbog, wie sich die Muskeln ihrer Schenkel unter dem engen Jersey-Rock abzeichneten, wenn sie die Beine kreuzte. Die Unverfrorenheit, mit der sie ihm Fragen stellte überrumpelte ihn, so dass er fast gegen seinen Willen, jedenfalls gegen seine Gewohnheit, die Geschichte seines Lebens vor ihr ausbreitete. Noch nie hatte er so viel an einem Stück geredet, er kannte sich selber nicht mehr, wie er sich ihr auslieferte, und es erstaunte ihn, dass ihn das Erzählen erleichterte. Er erzählte von Wilma und wie sie gestorben war, von seiner Tochter und seiner Unsicherheit, wie ein alleinerziehender Vater ein pubertierendes Mädchen erziehen solle, und gleichzeitig war das alles in dieser Nacht so weit entfernt wie die Geschichte eines anderen, es berührte ihn kaum. Am Ende des Fests begleitete er sie nach Hause und sie erlaubte ihm, sie an ihrer Wohnungstür auf die Wange zu küssen.

In den frühen Morgenstunden in seinem Schlafzimmer, beim Anblick der leeren Betthälfte und Wilmas Foto auf der Kommode, in der seit elf Monaten unberührt ihre Wäsche lag, forderte das gewohnte Leben wieder Nüchternheit und kühlte seine Erregung. Er musste um halb sieben Uhr aufstehen, um Frieda zu wecken und das Frühstück herzurichten, dann fuhr er zur Arbeit. Aber die Gewissheit, dass etwas Unumkehrbares mit ihm geschehen sei, hielt an. Ein neues Leben, dachte er, Worte, so leicht hingesagt, aber sie erfüllten ihn mit einer wilden Freude.

Als Theo immer öfter die Abende und Nächte von zu Hause fort war und Frieda einmal nach der Schule in die Küche kam, während Berta gerade das Mittagessen zubereitete, konnte er sein neues Leben nicht länger vor seiner Tochter geheimhalten.

Frieda!, sagte er feierlich. Das ist Berta und sie wird von nun an in unserem Leben einen wichtigen Platz einnehmen.

Er fühlte sich auf sicherem Boden, wenn er Sätze wiederholte, die er in einem Roman gelesen oder in einem Film gehört hatte. Wenn sie zur Situation passten, konnte er in sie hineinschlüpfen und dabei etwas von seiner Verantwortung abgeben.

Frieda ließ nicht erkennen, ob sie ihn gehört hatte. Beleidigend nah fegte sie mit ihrer Schultasche an Berta vorbei und schlug krachend die Tür ihres Zimmers zu.

Als Berta gegangen war, klopfte er vorsichtig an Friedas Tür und sagte: Sie ist jetzt weg, machst du bitte auf?

Und mit einem um Verzeihung heischenden Blick: Ich weiß, das kannst du jetzt noch nicht verstehen, aber ich hab mich halt verliebt.

Und das so kurz nach Mutters Tod, sagte sie und schlug die Tür wieder zu.

Berta und Wilma waren in ihrem Wesen und ihrem Äußeren so verschieden, dass Theo nicht auf die Idee kam, die beiden zu vergleichen. Berta war mehr als zehn Jahre jünger als Wilma. Sie verließ sich auf ihre Weiblichkeit und ihre Intuition. Die gelassene Selbstgewissheit, mit der sie in ihrem Körper ruhte, war neu für ihn und gab ihm das Gefühl einer großen Sicherheit. Berta war schon früh auf sich allein gestellt gewesen und sie hatte eine klare, realistische Vorstellung davon, was sie vom Leben erwartete. Sie war nicht ehrgeizig, aber wenn sie ein Ziel ansteuerte, konnte sie hartnäckig und bis zur Skrupellosigkeit durchtrieben sein. Sie ging an die vierzig, hatte einige Beziehungen hinter sich, die ein illusionsloses Misstrauen Männern gegenüber zurückgelassen hatten, sie wollte endlich eine eigene Familie, einen Mann, finanzielle Sicherheit. Und sie war entschlossen, diesen schüchternen, ernsthaften Witwer, den sie schon am ersten Abend als verlässlich, treu, häuslich und formbar eingeschätzt hatte, zu heiraten. Daran würde nichts sie hindern, auch nicht die Anhänglichkeit an seine erste Frau und seine besitzergreifende Tochter. Sie hielt den unschätzbaren Trumpf in der Hand, dass er ihr bedingungslos ergeben war und alles tun würde, um sie nicht zu verlieren.

Berta war damals nicht nur in Theos verliebten Augen eine auffallende Erscheinung. Sie hatte den trägen, üppigen Körper einer reifen Frau, die sich ihrer Wirkung bewusst ist. Keine zehn Jahre später war sie dick geworden, und ihr Körper wurde gedrungen, die Taille verschwand als Erstes, am längsten blieben ihre Beine mit den schmalen Fesseln jung. Aber Theo sagte ihr, sooft sie es hören wollte: Ich liebe jedes Kilo auf deinen Hüften.

Erst nach und nach hatte er zu ahnen begonnen, dass Berta, ohne ein Wort darüber zu verlieren, sein Leben fest im Griff hatte und ihn dahin brachte, wo sie ihn haben wollte. Und wenn schon, hatte er jedesmal gedacht, wenn sie ihn mit einem schelmischen Grinsen vor vollendete Tatsachen stellte, seine Vorsätze zunichtemachte und seine Pläne durchkreuzte. Nach Wilmas Tod hatte er sich vorgenommen, von nun an unbeschwert zu leben, und wenn er wieder heiraten würde, dann sollte es eine Frau sein, mit der er das versäumte Leben nachholen konnte. Im Augenblick leben, als gebe es kein morgen, denn er hatte schon mehr als ein halbes Leben versäumt. Er war Mitte fünfzig und fürchtete, es könnte bald zu spät sein. Hätte ihm damals jemand prophezeit, dass das neue Leben mehr als doppelt so lange dauern würde wie seine erste Ehe, er hätte es sich nicht vorstellen können.

Theo hatte keine intellektuellen Ambitionen, aber er las viel und hatte bis ins hohe Alter ein gutes Gedächtnis. Er las unsystematisch wie jeder Autodidakt, und die vielen Sachbücher, Romane, Biographien und zusammengetragenen Informationen hatten sich in seinem Kopf nie zu einem System geordnet. In seiner Jugend hatte er von einem Studium geträumt, und auch als die Armut und später der Krieg seine Hoffnungen zerschlagen hatten, gab er nicht auf, bildete sich auf seine Art weiter, las alles, was ihm in die Hände fiel und verblüffte manchen Gesprächspartner, der ihn für einen ungebildeten Tölpel hielt, mit der Behauptung, Dostojewski sei sein Lieblingsschriftsteller. Was am Anfang, als sie sich kennenlernten, seine Bewunderung für Berta bis zur Ehrfurcht gesteigert hatte war ihre Bibliothek. Erst allmählich, als er sich ein Buch nach dem anderen ausborgte und sich mit ihr darüber unterhalten wollte, stellte sich heraus, dass sie die Bücher, die sie besaß, nicht kannte.

Als Berta dabei gewesen war, ihre erste Wohnung einzurichten, hatte zufällig der Vertreter eines Buchclubs an ihrer Tür geläutet und sie davon überzeugt, dass zu einer schönen Wohnung ein Bücherschrank gehörte. Sie hatte ihm ein Abonnement für unbegrenzte Zeit abgekauft und anfangs die schönen neuen Bücher voll Freude in den Schrank gestellt, hinter Glas, damit die glänzenden Einbände nicht verstaubten. Eine richtige Sammelleidenschaft hatte sie eine Zeit lang bei dem Anblick erfüllt, wie sich Buchrücken an Buchrücken reihte. Anfangs versuchte sie, die Bücher, die sie sich nicht selber hatte aussuchen können, so wie sie kamen zu lesen, zwang sich, selbst wenn sie ihr nicht gefielen, wenigstens bis zur Hälfte durchzuhalten, schließlich hatte sie dafür bezahlt. Aber die meisten Bücher langweilten sie, sie hatten nichts mit ihr und ihrem Leben zu tun, und sie fragte sich, was außer einer Art Pflichtgefühl sie dazu zwingen sollte, ihre Zeit damit zu vergeuden. Manche Bücher waren bebildert und zeigten Landschaften und Städte, die in ihr eine Sehnsucht nach einem anderen Leben weckten, die sah sie sich immer wieder an, wenn sie sich einsam fühlte. Aber dann hörte die Bücherflut nicht mehr auf, alle paar Monate kamen neue Bücher, und sie musste sie in doppelten Reihen aufstellen und übereinanderstapeln. Schließlich schaffte sie es, das Abonnement loszuwerden, aber die Bücher verstellten weiterhin den Platz, den sie nun für andere Dinge wie ein vollständiges Service hätte brauchen können. Jeder Besucher werde ihre Bildung bewundern, hatte der Vertreter gesagt, aber der Erste, den sie mit ihren Büchern beeindrucken konnte, war der Witwer gewesen, der ihr Ehemann wurde. Das Buch stammt aus der Bibliothek meiner Frau, sagte er am Anfang ihrer Ehe manchmal zu Bekannten und verschwieg, was er inzwischen wusste, dass sie kaum eines davon gelesen hatte.

Trotzdem hatte er sich nie Bertas bodenständiger Beschränktheit überlegen gefühlt. Am Lesen Freude zu haben war nichts, worauf er stolz war. Genau genommen war es Müßiggang, ein Laster, dem man leicht verfallen konnte. Man musste aufpassen, dass man darüber nicht die Arbeit vernachlässigte. Er wusste, er konnte von Berta nicht verlangen, dass sie las, weder Zeitungen noch Bücher. Was in der Zeitung stand, erzählte er ihr. Für die wenigen Bücher, die er kaufte und ihrer Sammlung hinzufügte, zeigte sie nicht einmal höfliches Interesse. Die meisten Bücher borgte er sich in der Stadtbibliothek aus und manchmal schenkte ihm jemand ein Buch, das er loswerden wollte, weil Theo dafür bekannt war, dass er alles las, was ihm in die Hände fiel. Den nötigen Schriftverkehr erledigte er für sie, als er merkte, dass sie keine fehlerfreie Postkarte schreiben konnte und die ungelenke Handschrift einer Volksschülerin hatte. Es war etwas Liebenswertes an ihrer naiven, mit einem Schuss Vulgarität gewürzten Einfalt. Sie war siebzehn Jahre jünger als er, und mit ihren unbändigen rotblonden Haaren, ihrer arglosen Freundlichkeit und dem hübschen weichen Gesicht, in dem alles rund war, die lebenslustig funkelnden, grün gesprenkelten Augen, das Kinn, die Grübchen in den Wangen, war sie die personifizierte Glücksverheißung gewesen.

Theo betrachtete sie, wie sie jetzt an seinem Bett saß, immer noch siebzehn Jahre jünger, aber es schien, als sei der Altersabstand im Lauf der Jahre geschrumpft. Er hatte sich noch mit achtzig gut gekleidet, auf Qualität legte er großen Wert. Schlank mit grau meliertem, gepflegtem Haar und einem vom Frühjahr bis in den Winter gebräunten faltenlosen Gesicht war er für keine siebzig gehalten worden, während sie schon mit sechzig eine übergewichtige, ein wenig schlampig wirkende Frau mit hängenden Bäckchen und Doppelkinn gewesen war, mit Haaren, die vom vielen Färben wie Stroh abstanden. Jetzt, an seinem Krankenbett, drohte ihr faltiges und vom Weinen gedunsenes Gesicht vor Verzagtheit und zurückgehaltenen Tränen zu zerfließen. Schutzbedürftig saß sie da und fragte: Hast du alles, isst du genug, musst du aufs Klo?, weil ihr sonst nichts einfiel und sie die eigentliche, die einzige Frage nicht stellen konnte: Wirst du sterben und was soll dann aus mir werden? Vor so viel Hilflosigkeit und Verantwortung nahm er die Mühen, die man ihm abverlangte, wieder auf sich, versuchte aufzustehen, sich den Forderungen des Physiotherapeuten unterzuordnen, wieder gesund zu werden.

Der Physiotherapeut kam zweimal am Tag und führte Theo den ganzen endlos scheinenden Spitalsgang auf und ab, und Theo setzte gehorsam und vorsichtig den rechten Fuß, den er fast nicht spürte und der ihm nicht gehorchen wollte, vor den linken, mit einer Konzentration, die ihm den Schweiß aus den Poren trieb, und er gab erst auf, wenn er vor Anstrengung zu zittern begann. Der junge Mann kommentierte jeden Schritt, feuerte ihn an, lobte seine Willenskraft, und Theo wurde wieder zum Musterschüler, der das Lob wie Gutpunkte des Lehrers einheimste, als ginge es darum, in kürzester Zeit mit einer Bestnote abzuschneiden. An der Seite des Therapeuten stakste er jeden Tag zweimal durch die Gänge, vormittags und nachmittags. Schon nach ein paar Tagen gelang es ihm ohne Hilfe aufzustehen und mit seiner Gehhilfe allein zum Bad zu gehen. Er hielt viel auf Sauberkeit und darauf angesprochen sagte er, je älter man werde, desto wichtiger werde es, auf sein Äußeres zu achten. Auch jetzt, im Spital, versuchte er, wie er es gewohnt war, sich mit Rasierpinsel und Klinge zu rasieren, was ihm nicht gelang, und zwängte sich anschließend mitsamt seiner Gehhilfe in die Duschkabine, aus der er sich nicht mehr selbstständig befreien konnte. Ich bin unverwüstlich, versuchte er zur Stationsschwester zu sagen, als sie ihn zu zweit lachend und ihn scherzhaft für seine Selbstständigkeitsversuche tadelnd aus seiner Zwangslage befreiten, aber ein Wort wie unverwüstlich ging ebenso sehr über seine Kräfte wie die Rasierklinge am Kinn entlangzuführen. Deshalb sparte er sich den nächsten Satz, der ihm auf der schwerfälligen Zunge lag: Ich habe immer gewusst, dass ich hundert werde.

An einem Nachmittag steckte Frieda, seine Tochter, vorsichtig ihren Kopf zur Tür herein, als müsse sie erst das Terrain erkunden. Sie kam unerwartet, er fragte sich, woher sie wusste, dass er im Spital war. Theo erinnerte sich nicht mehr genau, wann er sie das letzte Mal gesehen hatte. Frieda hatte Hausverbot, schon seit vielen Jahren, Berta hatte es so gewollt. Von Zeit zu Zeit hatte er seine Frau überreden können, es zu lockern, aber Frieda war aufsässig oder unvorsichtig, und es hatte bald wieder Wortwechsel gegeben, Sätze, die Berta missfielen.

Sie tut doch, was ihr passt, dachte er, immer die Ordnung auf den Kopf stellen. Jetzt kam sie außerhalb der Besuchszeit. Er mochte keine Überraschungen, aber er ließ sich nichts anmerken.

Wir haben es besser ohne sie, hatte Berta gesagt, wenn Theo einwandte, Frieda gehöre doch auch zur Familie. Er hatte immer versucht, Bertas Unnachgiebigkeit abzumildern. Früher hatte er Frieda oft angerufen, wenn Berta zu ihrer Familie auf Besuch gefahren war: Wenn du möchtest, könntest du auf eine Stunde kommen, sie ist gerade weggegangen. Sie vermieden es beide, den Namen seiner Frau auszusprechen. Er schämte sich seiner Schwäche, aber er wusste keinen Ausweg. Er hätte Berta verloren, und das wäre ihm erschienen, als verlöre er sein Leben. Dieses Opfer konnte er selbst seiner Tochter zuliebe nicht bringen. Er wäre allein geblieben und hätte nichts mehr besessen, wofür es sich zu leben lohnte. Bertas Forderung, nicht einmal heimlich, hinter ihrem Rücken, sein Kind zu sehen, hatte er nach einigen Jahren gehorsamer Unterwerfung so gut es ihm gelang, missachtet.

Frieda war von Anfang an aufsässig gewesen. *Das Weibchen* hatte sie Berta genannt. Woher nahm eine Dreizehnjährige einen solchen Ausdruck? Sprich nicht so über meine Frau!, hatte er sie zurechtgewiesen. Sie hatte ihn überrascht angestarrt, diesen Ton kannte sie nicht an ihm.

Später hatte er gequält geschwiegen, wenn Berta Friedas verzweifelte Anrufe an seiner statt beantwortet hatte: Dein Vater will nicht mehr mit dir reden. Du bist nicht mehr seine Tochter. Schließlich hatte sie den Hörer wortlos aufgelegt, wenn Frieda gefordert hatte: Ich will mit meinem Vater sprechen. Nie hatte er seiner Frau den Hörer aus der Hand genommen und gesagt, hier bin ich. Nie hatte er aufbegehrt, er hatte nicht gewagt, sich Berta entgegenzustellen, weiß Gott, was passiert wäre, sie war eine temperamentvolle Frau. Aber er hatte gelitten. Warum machten die beiden Frauen ihm das Leben schwer? Warum vertrugen sie sich nicht? Heimlich, wenn er allein im Haus war, hatte er seine Tochter dann von Zeit zu Zeit angerufen. Aber Berta hatte einen sechsten Sinn für seinen Ungehorsam. Hast du sie wieder angerufen?, hatte sie gleich beim Hereinkommen gefragt. Nein, wie kommst du darauf, hatte er gelogen, aber er hatte sie dabei nicht ansehen können. Seither waren mehr als vierzig Jahre vergangen, es hatte Versöhnungen und neue Zerwürfnisse gegeben, Zeiten eines fast freundschaftlichen Waffenstillstands, in denen sie in vorsichtiger Eintracht bei Tisch saßen und Feste feierten, und Theo war von ihnen dreien der glücklichste gewesen. Aber das, wonach er sich sehnte, ein Familienleben, hatte es nie gegeben. Der geringste Anlass reichte für ein neues Zerwürfnis aus, eine ironische Bemerkung, Friedas versteckter Vorwurf, um das Erbe ihrer Mutter geprellt worden zu sein, eine Anspielung, dass sie wieder einmal in Geldnot war. Und manchmal brach der alte Hass bereits auf einen ärgerlichen Blick hin so unvermittelt hervor, dass sie erschrocken auseinandergingen.

In letzter Zeit war Berta träge geworden. Sie verließ das Haus seltener und nur für kurze Zeit um einzukaufen, und so rief Theo seine Tochter nur noch gelegentlich an, um den Kontakt nicht abbrechen zu lassen und weil er wusste, sie würde niemals seine Nummer wählen, wenn sie nicht sicher sein konnte, dass er es war, der abhob. Einmal, vor einigen Jahren, waren er und Berta der Tochter in der Stadt begegnet. Er hatte einen Schritt auf sie zu gemacht, ganz unwillkürlich, aber Berta hatte ihn am Arm zurückgehalten. Er hatte gewusst, er würde dafür büßen, wenn er eine Begrüßung erzwang, und es würde einzig im Ermessen Bertas liegen, wie lange sie ihn büßen ließ. Also war er grußlos an Frieda vorbeigegangen, hatte einen Augenblick lang in ihr fassungsloses Gesicht geschaut, bevor er die Augen niederschlug. Den ganzen Tag hatte er vor Kummer an nichts anderes denken können.

Frieda war keine junge Frau mehr, sie hatte ihren Teil an Schicksalsschlägen abbekommen, eine unüberlegte Ehe und den erbitterten Kampf um Kinder und Unterhalt bei der Scheidung. Dann Fabians Radunfall in Schottland mit fünfunddreißig Jahren. An seinem Grab war Theo seiner Tochter für Augenblicke näher gewesen als jemals zuvor oder danach. Der Schmerz um den Verlust des Enkels war ein starkes Gefühl, das eine neue Bindung hätte herstellen können, aber jeder hatte sich eifersüchtig in seine eigene Trauer zurückgezogen. Friedas Tochter, Melissa, stand ihrem Vater und dessen zweiter Frau näher als ihrer Mutter. Auch das war eine Kränkung, über die Frieda nie gesprochen hatte. In ihrem Portemonnaie trug sie ein Foto, auf dem die zwanzigjährige Melissa in Shorts und T-Shirt an einem Strand in die Kamera lacht, ein unauffälliges, unbeschwertes Mädchen, dessen rechte Schulter von einer Hand umfangen ist, aber das Foto war in der

Mitte entzweigeschnitten und der Besitzer der Hand unsichtbar. Ein Foto jüngeren Datums habe ich nicht, hatte sie mit einem ironischen Lächeln gesagt. Inzwischen musste Melissa Mitte dreißig sein. Hinter dem Foto verbarg sich eine Geschichte, über deren Einzelheiten Theo wenig wusste, sie auch nicht erfahren wollte.

Friedas Leben war nicht so geradlinig verlaufen, wie ihre Erfolge in der Schule es versprochen hatten. Er hatte ihre schulischen Leistungen mit dem Stolz des Vaters verfolgt, dem alles verwehrt geblieben war, wozu sie leichten Zugang hatte, die höhere Schule, Gesangunterricht, Klavierunterricht, Tanzstunden. Das Universitätsstudium blieb seiner Vorstellung so weit entrückt, dass er sie von da an mit Scheu betrachtete, mit dem Respekt des Ungebildeten, der sich seiner mangelnden Bildung schmerzlich bewusst ist, und sie kehrte ihre Überlegenheit hervor, wenn es darum ging, Berta herabzusetzen. Dann erfüllte ihn Friedas überheblich ausgespieltes Wissen mit Verdruss. Schon als Kind war sie ihm manchmal ein wenig fremd gewesen mit ihrem Eigensinn, wenn sie ihn mit ihren hellgrauen schrägen Augen fixierte, seinen Blick festhielt und ihn zwang nachzugeben. Als Mädchen war sie unter Gleichaltrigen aufgefallen, größer als die anderen, pummelig, ernst, fast abweisend und immer ein wenig abseits. Während sich bei ihren Mitschülerinnen in Verhalten und Figur ihre beginnende Weiblichkeit bemerkbar machte, erschien sie wie ein altkluges, ungelenkes Kind. Sie war schnell gewachsen und ihre Bewegungen waren ungeschickt und gehemmt, alles an ihr war eckig, unrund, wie Berta sagte. In der Schule hatte es immer wieder Konflikte mit Lehrern und Mitschülern gegeben und Theo war zum Direktor gerufen worden. Aber ihre direkte, kompromisslose Art hatte auch Sympathien gefunden. Sie sucht immer nach der Gerechtigkeit und findet sie nicht, hatte einmal eine Lehrerin beim Abschied zu ihm gesagt. Sie hatte sich für Frieda eingesetzt und ihre besorgte Zuneigung zu seinem Kind war so unerwartet gekommen, dass er seiner Stimme nicht traute und ihr nur gerührt und stumm die Hand drücken konnte.

Du wirst es einmal schwer haben, hatte er Frieda prophezeit, aber er hatte insgeheim gehofft, dass die geradlinige Sturheit ihr helfen würde, ihre Ziele zu erreichen. Gescheit ist sie ja, hatte Berta widerwillig zugegeben, das ist das einzig Positive, das man über sie sagen kann. Aber für das Leben hatte es nicht ausgereicht. Aus einer begonnenen Universitätslaufbahn waren einige befristete, schlecht bezahlte akademische Jobs geworden und schließlich war sie Lehrerin geworden und hatte bis zur Pensionierung in einer Mittelschule auf dem Land Geschichte unterrichtet. Soviel er wusste, lebte sie seit vielen Jahren allein. Männer habe sie längst weit hinter sich gelassen, Beziehungen würden überbewertet, behauptete sie. In ihren alten Trotz hatte sich viel Bitterkeit gemischt. Wenn Theo von Bekannten erzählte, von deren Kindern und Enkelkindern, ihren Erfolgen und Problemen, fiel sie ihm ins Wort, fremder Leute Geschichten interessierten sie nicht. Früher, als Jugendliche, hatte sie ihn erschreckt, wenn sie sagte, ich habe alles so satt, am liebsten wäre ich tot. Du wirst dir doch um Himmels willen nichts antun, hatte er besorgt gesagt. Aber seit sie erwachsen war, hatten sie keine Gespräche über Gefühle mehr geführt, so nahe waren sie sich nicht mehr gekommen. Im Grunde wusste Theo nicht, wie sie lebte, ob sie glücklich war, womit sie ihre Tage füllte. Er fragte nie nach Dingen, die sie nicht freiwillig erzählte.

Sie hat auch kein leichtes Leben, verteidigte er sie, wenn Berta schlecht über sie sprach.

Sie hat sich ihr Leben selber ausgesucht, warum sollte man sie bedauern? Sie hat alles gehabt, einen Mann, ein Haus, wunderbare Kinder, und was hat sie daraus gemacht? Den Mann hat sie nicht halten können. Nicht einmal die Tochter hat es bei ihr ausgehalten.

Sie ist doch nicht an allem schuld, hatte Theo vorsichtig eingewandt.

Wie man sich bettet, so liegt man. Berta hatte für jede Situation ein Sprichwort.

Seit ihrer Pensionierung lebte Frieda wieder in der Stadt. Sie fühle sich in der kleinen Bezirksstadt wie im Exil, hatte sie oft gesagt, und nach Fabians Tod war ihr das Unterrichten dort schwergefallen. In letzter Zeit war sie sichtbar gealtert, so als habe etwas in ihr nachgegeben, als verlöre sie von innen her an Dichte. Von einem Gegenstand, der von seiner Spannkraft lebte, hätte er gesagt, eine Feder sei gesprungen. Von Dingen verstand er mehr als von Gefühlen. Sie tat ihm leid, weniger weil sie sein Kind war, dessen Kummer ihn bedrückte, sondern eher wie eine Fremde, deren Elend er sah und wusste, er konnte ihr nicht helfen. Er fragte sich manchmal, ob Wilma wie ihre Tochter ausgesehen hätte, wenn sie alt geworden wäre. Aber Frieda hatte nie Wilmas Anmut besessen. Es war ihm aufgefallen, dass ihr Gesicht im Lauf der Zeit immer mehr die ergebene Gelassenheit annahm, die ihn an seine eigene Mutter erinnerte, die weichen Linien um Kinn und Mund, die Fältchen in den Augenwinkeln, das alles gab ihr etwas von der Resignation einer Frau, die aufgehört hat, sich selbst im Zentrum ihrer Welt zu wähnen. Vielleicht war sie auch nachsichtiger geworden.

Als Jugendliche war Frieda in ihrer Wahrheitssuche gnadenlos gewesen. Die Kompromisslosigkeit, mit der sie die Ideologien ihrer Generation vertreten hatte, stand Theo noch deutlich in Erinnerung. Die reinigende Härte der Revolte. Trau keinem über dreißig. Die Phantasie an die Macht und das Gerede vom Alltagsfaschismus. Vermutlich hatte sie unter ihren Altersgenossen viele Gleichgesinnte gefunden, aufgebracht wie sie waren in ihrem Eifer, alles Alte abzuschaffen und eine neue Weltordnung zu erzwingen. Die Jugend rebellierte und die Generation, die sie erzogen hatte, stand unter

Generalverdacht. Mitunter hätte Theo sogar eine heimliche Genugtuung über ihre Rebellion verspürt, wenn sie nicht auch in seinem eigenen Haus stattgefunden hätte. Ihr werdet noch einmal dafür büßen, hatte er früher gedacht, wenn die ehemaligen Frontsoldaten unter sich waren und am Abend nach der Arbeit im Wirtshaus beim Bier zusammengesessen waren und damit geprahlt hatten, wie viele sie eigenhändig umgelegt hatten. Meist hatte er dazu geschwiegen und versucht, der angeheiterten Nostalgie seiner Kollegen aus dem Weg zu gehen. Schweigen und sich abseits halten, mit dieser Strategie war er gut durchs Leben gekommen. Jetzt waren es die Kinder, auf Fronturlauben gezeugt, die, erschrocken über ihren eigenen Mut, die Väter zur Rede stellten und dem drohenden Liebesentzug trotzten. Der Fahrer, mit dem er oft Setzlinge ausfuhr, beklagte sich, dass sein Sohn den Kontakt zu ihm abgebrochen hatte, weil er als nationalsozialistisch Belasteter in Glasenbach, dem Anhaltelager der Alliierten für NSDAP-Mitglieder, interniert gewesen war. Theo hatte mit heimlicher Schadenfreude gedacht, recht geschieht ihm. Er selber hatte sich nicht zu jenen gerechnet, die seine Tochter *die Täter* nannte. Aber Frieda hatte nicht bloß Zeitgeschichte studiert, um einen Universitätsabschluss zu erlangen, sie war besessen gewesen von ihrer Suche nach den grausamsten Details der Kriegsvergangenheit, sie hatte nicht genug davon bekommen können, es war wie eine Sucht gewesen. Sie schien von nichts anderem reden zu können, wenn sie mit ihm allein war, was selten genug vorkam. Für sie gab es nur Schuld oder Unschuld, Opfer oder Täter. Dass es Grauzonen zwischen Wahrheit und Lüge gab, dass etwas so sein konnte, wie es schien oder auch ganz anders, das verstand sie nicht.

Sie hatte es sich zu leicht gemacht, sie war selbstgerecht. Damals hatte er ihr das schlechte Gewissen übel genommen, das sie ihm aufzwang. Mit einer Mischung aus Überdruss und Furcht hatte er auf ihre Verhöre gewartet, wenn ihre Pupillen sich verengten und sie ihn mit ihrem prüfenden Blick fixierte. Sie musste nichts sagen, er kannte sie gut genug, dass sie nur mit den Augen fragen musste: Was hast du mir bis jetzt verheimlicht? Was hast du im Krieg verbrochen? Sie behauptete, sie müssten darüber reden, er sei es ihr schuldig. Warum? Weil er ihr Vater sei. In solchen Augenblicken sah sie ihn an wie einen Fremden, dem sie grundsätzlich misstraute, und bevor er irgendetwas begriffen hatte, wusste er schon nicht mehr, was stimmte, ob auch er seinen Erinnerungen misstrauen musste. Unterstell mir nichts, sagte er dann, ich weiß doch, was war. Aber in Wahrheit konnte er sich keiner seiner Erinnerungen sicher sein.

Begonnen hatte es, als Berta ins Haus kam, mit Fragen, die er anfangs bereitwillig beantwortet hatte. Sie sagte, sie wolle später einmal Geschichte studieren, damit erklärte er sich ihre Neugier auf seine Kriegserfahrungen.

Was war, als ich noch nicht auf der Welt war? hatte sie als Kind oft gefragt. Der Gedanke, dass die Welt existiert hatte, lange bevor sie geboren war und weiter existieren würde, wenn sie tot sei, faszinierte sie schon früh. Er hatte ihr davon erzählt, dass er gegen jede Wahrscheinlichkeit Wilma zur Frau bekommen hatte. Wilma war ein bürgerliches Mädchen, ihren Eltern war ich nicht gut genug, aber schließlich und endlich habe ich sie bekommen. Ich musste deinetwegen aus dem Krieg zurückkommen, es war so vorbestimmt.

Er konnte sich genau daran erinnern, als sie ihn zum ersten Mal aufgefordert hatte: Erzähl vom Krieg. Sie war acht Jahre alt gewesen, er hatte das Bild vor sich, es war bei einer Wanderung mit Frau und Kind im Frühjahr, alles stand in Blüte, und sie war stehen geblieben und hatte festgestellt: Du warst doch im Krieg. Er hatte das Gefühl gehabt, als habe etwas Entsetzliches, das er endgültig abgeschüttelt und hinter sich gelassen hatte, ihn eingeholt.

Was sollte er einem ahnungslosen Kind vom Krieg erzählen? Ihr unvorbereitet die schreckliche Kehrseite ihrer heilen Welt enthüllen? Aber selbst wenn sie kein Kind mehr gewesen wäre, hätte er ihr nicht erklären können, wie es dort gewesen war, er hatte keine Worte dafür, er glaubte nicht, dass es Worte gab. Deshalb sagte er damals nur: Es war schrecklich. Ich hoffe, dass du nie etwas so Schreckliches erleben musst. Damit war das Thema für ihn erledigt, das war kein Gesprächsstoff für ein Kind. Aber er hatte nicht mit ihrer Hartnäckigkeit gerechnet und er hatte das Ausmaß der Entfremdung nicht vorhersehen können, als die Feindseligkeit zwischen ihr und Berta hinzukam und ihn einbezog. Später, als sie studierte, nahm sie ihre Seminararbeiten und Recherchen zum Vorwand. Einmal hatte sie ihm von einem Interview mit einem widerwärtigen Greis erzählt, einem nachweislichen Mörder der SS, der sich an nichts erinnern wollte, und Theo hatte nicht zu fragen gewagt, was willst du mir damit sagen? In der Erinnerung kam es ihm vor, als habe sie jahrelang hartnäckig immer die gleichen Fragen gestellt: Wo warst du im Krieg? Was hast du getan? Was hast du gesehen, wo hast du zugeschaut? Was hast du geschehen lassen? Und keine Antwort hatte sie zufriedenstellen können. Sie fiel ihm ins Wort, sie berichtigte ihn, so war es nicht, sie warf ihm Behauptungen hin, die sie sich angelesen hatte, sie mochten stimmen oder auch nicht.

Das kann ich nicht beurteilen, hatte er gesagt, da war ich nicht dabei. Ich kann dir nur erzählen, was ich weiß. Warum fragst du, wenn du alle Antworten schon parat hast?

Er hatte sich in die Enge getrieben gefühlt und sich insgeheim geärgert, dass er sich von ihrem Misstrauen einschüchtern ließ. Sobald er angegriffen wurde, wich er ängstlich zurück.

Wo genau in Russland warst du?

Er hatte die Namen der Städte einmal gewusst, durch deren Ruinen sie erst vorgedrungen waren und sich dann zurückgezogen hatten, im Häuserkampf, das Geschütz zwischen geborstenen Mauern eingeklemmt, von Deckung zu notdürftiger Deckung. Er versuchte es zu beschreiben, aber er war kein guter Geschichtenerzähler. Smolensk, Vjaz`ma, Orel, zählte er auf. Namen, die sich in sein Gedächtnis eingebrannt hatten. Die Flüsse hatten keine Ufer, es ging sofort in die Tiefe, eine Ebene von unvorstellbarer Ausdehnung, keine Deckung, die Flüsse und die Sümpfe, ein unbarmherziges Land.

Heeresgruppe Mitte?

Ihre Fragen ließen kein Interesse an seinen persönlichen Erfahrungen erkennen. Sie fragte, als sei ihr alles bekannt und sie wolle seine Antworten bloß mit ihrem Vorwissen vergleichen.

Warst du in der Ukraine oder in Weißrussland? In Minsk? In Kiew?

Wir wurden in Smolensk ausgeladen. Ich wusste nicht, in welchem Land ich war. Was nicht von uns besetzt war, das war Russland, Sowjetunion.

Und was hast du dort gemacht?

Wie meinst du, gemacht? Ich war Soldat, ich war an der Front, ich bin viermal verwundet worden, glaubst du, das war eine Vergnügungsreise, bei der man sich die Landschaft anschaut, glaubst du, von ein paar Büchern bekommst du eine Ahnung vom Krieg?

Ich will mir nur ein Bild davon machen, was dein Anteil war, sagte sie. Ohne die Fakten kann ich deine subjektiven Eindrücke nicht einordnen, ich will ja nur verstehen.

Subjektive Eindrücke. Ihre kalte Objektivität kränkte ihn. Die Todesangst beim Angriff, wenn der Feind zu Tausenden mit Geschrei über die Bodenwelle stürmt und die Luft erfüllt ist von Bersten und Gebrüll, die Läuse, die Kälte. Sollten seine Erlebnisse nichts anderes gewesen sein als subjektive Eindrücke? Wie genau sie sich auskannte, das nötigte ihm Respekt ab.

Du weißt wahrscheinlich mehr als ich, du siehst das Ganze

vom Ende her, räumte er ein. Ich war mittendrin, weißt du, da hatten wir keinen Überblick.

Er hatte Remarques *Im Westen nichts Neues* in Bertas Bücherschrank gefunden und beim Lesen gedacht, dass dieses Buch von einem humaneren Leben und Sterben an der Front berichtete, als er es erlebt hatte. Er las von Soldaten, die sich zwischen den Angriffen eigene Gefühle erlauben durften und noch an anderes dachten als ans nackte Überleben. Die Freundschaft mit Mädchen im Feindesland, unvorstellbar.

Ich muss wissen, was du getan hast, verstehst du das nicht?

Nein, er verstand nicht, was sie damit meinte. Es war Krieg. Das Töten und Sterben war Alltag.

Es war eine andere Welt, sagte er in einem Versuch, sich verständlich zu machen, in einer solchen Welt wird der Mensch grausamer und abgestumpfter als ein Vieh. Ich habe nichts getan, wofür ich mich schämen müsste. Für die Verbrechen der anderen kann ich nichts.

Worüber hätte er ihr berichten sollen? Über die Verwundeten, aus denen das Blut sprudelte wie aus lecken Leitungsrohren, die ihre Eingeweide in den Händen hielten oder auf ihren Fuß starrten, der nicht mehr in Reichweite lag? Über die Tausenden von toten Rotarmisten in den Straßengräben und auf den Straßen, die von den darüberrollenden Fahrzeugen zu Brei zerquetscht worden waren? Die endlosen Gefangenentrecks? Die gefangenen Russen in ihren Pferchen aus Stacheldraht, die Erfrorenen? Wozu? Hätte sie dann den Krieg begriffen?

Und du?, drängte sie mit inquisitorischem Eifer. Ich muss wissen, was du getan hast im Krieg. Ich habe ein Recht, das zu erfahren. Deine Schuld geht auf mich über, ich trage an ihr, schwerer als du.

Ich habe keine Schuld auf mich geladen.

Alle haben sich schuldig gemacht.

Das verstand er nicht.

Es musste doch einen Unterschied geben zwischen der SS hinter der Front und einem gewöhnlichen Frontsoldaten, die Schuld konnte doch nicht die gleiche sein.

Ich habe nicht gemordet, sagte er inzwischen genauso erregt wie sie, es hat mich auch nie jemand zu einem Mord gezwungen, ich habe nur im Kampf getötet.

Ein feiner Unterschied, sagte sie sarkastisch, zwischen Morden und Töten. Ist der unschuldig, der bei einem Mord das Fluchtauto fährt?

Dazu schwieg er. Wie kam sie dazu, ihn zu richten? Sie hatte keine Ahnung, es lohnte sich nicht zu streiten. Manchmal suchte er nach den richtigen Sätzen, damit sie verstand, meist aber schwieg er, versuchte gar nicht erst zu erklären. Es gab nichts zu erzählen, das Gefühl von Vergeblichkeit und Schande, das sie vermisste, hatte er erst später empfunden, angesichts des zerstörten, besetzten Landes, in das er nach sechs Jahren zurückgekehrt war. Wie klein und alltäglich der Tod im Krieg geworden war. Es verletzte ihn, dass sie ihn nicht fragte, wie ist es dir ergangen im Krieg, an was erinnerst du dich, so wie man jemanden befragt, der etwas aus eigener Erfahrung kennt, nicht weil man die Antworten schon weiß, sondern weil der Befragte Dinge gesehen hat, die man sich nicht vorstellen kann, wenn man darüber liest. Warum fragte sie ihn nicht, ob er vor Angriffen Todesangst gehabt hatte? Wie schwer er verwundet war? Wie es dazu kam, dass er den Lungendurchschuss wie durch ein Wunder überlebt hatte? Interessierte sie das alles nicht? Es kränkte ihn, wie wenig sie an seinem Leben Anteil nahm. Er hätte es ihr erzählt, wäre sie nicht so unbarmherzig darauf aus gewesen, ihn zu verurteilen. Vielleicht hätte er sogar versucht, Worte zu finden für das, worüber er nie gesprochen hatte, woran er später nie hatte zurückdenken wollen, die blinde Wut bei einem Angriff, die ihn dazu brachte, nicht wegzurennen, sondern hineinzuschießen in die anstürmenden Rotarmisten, die heranrollenden

Panzer, das Tier im Menschen, das sich im Zivilleben tief ins Innere verkriecht. Gefechte waren wie der Ausbruch einer Naturgewalt gewesen. Das Abschießen eines Panzers war nicht wie das Zielen und Feuern in der Ausbildung, in der Schlacht brannte und krachte es rundherum, da gab es nur Reflexe, keine Gedanken. Vielleicht, wenn sie erwachsen wäre, hatte er damals gedacht, wenn ihr das Alter von sechsundzwanzig Jahren unvorstellbar jung erschiene, dann würden sie vielleicht ruhig reden können. Aber solange ihn ihre Fragen an Verhöre erinnerten, blieb er widerspenstig und verschlossen, und je öfter sie ihm die gleichen Fragen stellte, desto hartnäckiger schwieg er. Wenn sie ihn immer von Neuem der Verbrechen an Zivilisten verdächtigte, die er nicht begangen hatte, verstummte er. Kam sie nie auf den Gedanken, dass ihm einfach die Worte fehlten? Wie hätte er etwas beschreiben sollen, wofür es im zivilen Leben nichts Vergleichbares gab?

Die brennenden Dörfer beim Rückzug. Sie haben alles zerstört, was sie nicht mitnehmen konnten, sagte er.

Ich weiß, verbrannte Erde habt ihr das genannt. Habt ihr nicht gewusst, dass in den Häusern Menschen lebten?

Ich glaube, die Dörfer waren leer, die Menschen waren schon geflohen, aber das weiß ich nicht mit Sicherheit. Warum kannst du mir nicht wenigstens glauben, dass ich kein Menschenleben auf dem Gewissen habe, jedenfalls keines, von dem ich weiß.

Kein Menschenleben auf dem Gewissen in einem Krieg, wie soll das gehen? Du hast Panzer abgeschossen, sagst du, da saßen Menschen drin.

Was hättest du an meiner Stelle getan?

Ich wäre ausgewandert, sagte sie.

Ohne Sprachkenntnisse, ohne Schulbildung, ohne Geld? Mitten im Krieg? Wie stellst du dir das vor?

In solchen Augenblicken wurde ihm der unüberbrückbare Abstand zwischen ihrem und seinem Leben bewusst und bei aller Verbitterung, die er fühlte, war er froh, dass sie sich sein Leben nicht vorstellen konnte, weil sie weder Hunger noch Gewalt und Terror kannte.

Es war Krieg, sagte er immer wieder, als müsse sie verstehen, was das bedeutete. Aber sie verstand es nicht. Sie quälte ihn und sie quälte sich selber. Es schien, als würde sie von einem Zwang getrieben, während sie sich fürchtete, ein Geständnis zu hören, das sie nicht ertragen hätte. Er sah den Schrecken und die Angst in ihren Augen und wusste, sie konnte es sich nicht erlauben, ihn zu verstehen, es wäre ein Verrat an ihren Überzeugungen gewesen. Sie wollte ein Schuldgeständnis hören und hoffte gleichzeitig zu hören, dass er seine Unschuld beweisen könne.

Wenn Berta da war, stellte sie sich voller Empörung vor ihren Mann. In ihrer Anwesenheit gab es keine Verhöre und keine Diskussionen über den Krieg. Berta griff an, bevor Frieda eine Chance hatte, ihn in die Enge zu treiben: Was redest du da? Du hast ja keine Ahnung, warst du dabei? Schämst du dich nicht, deinen Vater zu beschuldigen, wenn er doch sagt, er hat nichts Schlechtes getan? Er hat genug durchgemacht, er war doch selber ein Opfer.

So groß war Friedas Berührungsangst allem gegenüber, was in ihren Augen auch nur entfernt als politisch rechts galt, dass sie im Lauf der Zeit alle linken Ideologien durchprobierte. Bedrückt, seine Tochter nicht vor diesem Mann gewarnt zu haben, erinnerte Theo sich an seinen Schwiegersohn Ferdinand, Fery, wie er sich nannte, dem rechthaberischen Maoisten aus bürgerlichem Haus. Sie habe den Mann fürs Leben gefunden, schrieb sie ihm, und ob sie ihm ihren Verlobten vorstellen dürfe. In einer Aufwallung der Erleichterung, dass sie endlich einmal glücklich verliebt war, hatte er geantwortet: deine Freunde sind auch meine Freunde. Zu Hause durfte er sie nicht empfangen, sie hatte wieder einmal Hausverbot, also trafen sie sich in einem Gastgarten. Theo gab sich Mühe, den jungen Mann sympathisch zu finden. Groß, streng und ungepflegt saß Fery ihm gegenüber, mit schütterem schulterlangem Haar, das er sich immer wieder mit ungeduldigen Bewegungen hinter die Ohren strich, als seien es nicht ein paar widerspenstige Strähnen, die ihn störten, sondern etwas Unsichtbares, das ihn in Wut versetzte. Er hatte auch bei der Begrüßung nicht gelächelt. Vielleicht war Lächeln unter seiner Würde.

Wir sind uns so ähnlich, sagte Frieda zärtlich und streichelte Fery vorsichtig über den Rücken, wir lieben dieselbe Musik und wir begeistern uns für dieselben Ideen.

Habt ihr denn schon Zukunftspläne? Für später?, hatte Theo freundlich gefragt.

Es geht doch überhaupt nicht um uns, hatte Fery ihn zurechtgewiesen. Er sprach in schnellem Stakkato, dem zu folgen Theo schwerfiel. Es ginge um die Gerechtigkeit für die Menschheit. Die Umverteilung der Produktionsmittel. Mit einem abschätzigen Blick auf sein Gegenüber und einer wegwerfenden Geste gab er auf, als Theo ihm mit verständnislosem Blick die Wörter von den Lippen las. Das könne man nicht mit ein paar Sätzen erklären, das sei zu kompliziert, ergänzte Frieda. Auf Theos fragenden Blick holte Fery dann widerwillig zu einer langen, unverständlichen Rede aus über reaktionäre Kräfte, Gesellschaftsmodelle, Dinge, unter denen Theo sich nichts vorstellen konnte und die ihn nicht interessierten. Ein Intellektueller, dachte Theo, den ich nicht verstehe. Er wagte auch nicht nachzufragen, um sich vor seiner Tochter keine Blöße zu geben. Die beiden schüchterten ihn ein.

Fery holte ein kleinformatiges rotes Buch aus der Innentasche seines Parkas.

Die kleine rote Bibel des großen Vorsitzenden, hier steht alles drin, erklärte Fery, irritiert von Theos mangelndem politischem Bewusstsein.

Aha, kennt ihr ihn? Lebt er in Wien?, fragte Theo mit neu entfachtem Interesse.

Frieda lachte. Mao Tse-Dong. Der wohnt in China. Es gibt nämlich besonders viel soziale Ungerechtigkeit in China.

Woher willst du das wissen?, fragte Theo. China ist weit weg.

Fery klärte ihn auf, dass man bei großen politischen Erneuerungen auf den Einzelnen nicht immer Rücksicht nehmen könne.

Ach so, sagte Theo gelangweilt.

Politisches Gerede, das ihm irgendwie bekannt vorkam. Jetzt ging es also wieder los.

Dialektisch denken, das kann diese Generation nicht, sagte Fery in Richtung Frieda.

Theos Aufmerksamkeit wanderte von Frieda zu ihrem Freund und wieder zurück. Ihre Unterwürfigkeit erstaunte ihn, so kannte er sie nicht, Ferys strenger Blick war ihm unangenehm. Hörte sie denn nicht, was ihr Freund sagte? Spürte sie nicht die feindselige Kälte in seinen Sätzen. Merkte sie nicht, dass er sie während des ganzen Gesprächs kein einziges Mal angesehen hatte? Was mochte der Grund dafür sein, dass der junge Mann so zornig und unduldsam war? Er redete ständig vom faschistischen Unrechtsstaat.

Welchen Staat meinen Sie?, fragte Theo.

Den Scheißstaat, in dem wir leben, rief Fery aufgebracht.

Ihr lebt in einer Demokratie und habt keine Ahnung vom Faschismus, sagte Theo. Er konnte seinen Ärger nicht mehr unterdrücken. Er war gekommen, weil Frieda ihn gebeten hatte und weil er gehofft hatte, zwei glücklich Verliebte zu treffen. Eine Weile starrten sie schweigend in ihre leeren Kaffeetassen, die Verständigung war endgültig entgleist.

Theo kam auf den eigentlichen Grund der Verabredung zurück: Ihr wollt also heiraten?

Wir wollen nicht heiraten, sagte Fery mit einer gereizten

Betonung auf *heiraten*. Die Ehe ist eine bürgerliche Institution, aber man darf sich zu diesem Zeitpunkt nicht in Nebenwidersprüchen verzetteln.

Seine Eltern wollen es so, wegen der Leute, erklärte Frieda, wir wohnen nämlich bei ihnen.

Was machen Ihre Eltern, fragte Theo seinen heiratsunwilligen zukünftigen Schwiegersohn, aber es war Frieda, die seine Fragen beantwortete.

Die Eltern hatten eine Möbelfirma, wohnten in einem Wiener Nobelbezirk, eine gute Partie, andererseits würde Frieda dann wohl immer das Mädchen aus armen Verhältnissen bleiben.

Werden Sie die Firma übernehmen?, wandte Theo sich an Fery.

Ich bin Philosoph, kein Krämer, entgegnete Fery knapp.

Wir heiraten nur standesamtlich und ohne Gäste, nur wir, die Trauzeugen und ein paar enge Freunde, warf Frieda ein und ihr rechtes Lid begann zu zucken, ein Tick, den sie schon als Kind gehabt hatte, wenn sie unter Druck stand.

Theo schwieg. Ihre Bescheidenheit kam ihm entgegen, so würde er keine Ausgaben und mit Berta keinen Ärger haben.

Aber das Brautkleid kaufe ich dir schon, und ein Hochzeitsessen in einem guten Restaurant, sagte er in einem Versuch, sich großzügig zu zeigen.

Ich habe was zum Anziehen, ich brauche nichts, erwiderte sie.

Sie heirateten an einem heißen Augusttag. Die Schwiegereltern waren anfangs reserviert und Theo nahm unbewusst die subalterne Haltung eines Gärtnereiangestellten ein. Später beim Essen wurden sie leutselig, aber da hatte Theo sich schon in seine bewährte Schweigsamkeit verkrochen. Frieda trug ein billiges lila Jerseykleid und Fery ein hellgraues Sakko und eine Hose mit Bügelfalte. Die Haare hatte er sich offenbar wieder nicht gewaschen.

Warum nicht in Weiß, hatte Theo bei der Begrüßung leise gefragt.

Das wäre verlogen, sagte Frieda, übrigens bin ich schwanger.

Deine Mutter hat in bodenlanger weißer Seide geheiratet mit einem zwei Meter langen Schleier und du warst bereits unterwegs, hätte er sagen können, aber er musste erst einmal die Neuigkeit, dass er Großvater werden würde, verarbeiten. Das Brautpaar, das vor ihnen getraut worden war, verließ gerade den Saal, sie waren an der Reihe. Während Theo als Zeuge seinen Namen auf die Heiratsurkunde setzte, wurde ihm angesichts der symbolträchtigen Handlung ganz feierlich zumute. Aber als die beiden die Ringe tauschten, ahnte er beklommen, dass diese Ehe kein gutes Ende nehmen konnte. Es ist ihr Leben, sie will es so, würde Berta sagen, die weder bei der Trauung noch beim Essen anwesend war. Sie ist auch zu unserer Hochzeit nicht gekommen, hatte sie erklärt.

Sechs Jahre später informierte Frieda ihn mit der gleichen freudigen Selbstgewissheit, mit der sie ihm Fery vorgestellt hatte: Ich bin jetzt eine geschiedene Frau.

Und die Mutter zweier kleiner Kinder, sagte Theo, und wie soll es weitergehen?

Warum hast du zugelassen, dass ich diesen Mann heirate?

Weil du mich nicht gefragt hast.

Er und Berta hatten sich um die Kinder gekümmert. Im Unterschied zu Frieda waren sie immer willkommen, vor allem Fabian verbrachte viel Zeit im Haus seines Großvaters, er kam oft zum Mittagessen, machte als Schüler seine Hausaufgaben in der Mansarde, die sie für ihn eingerichtet hatten, er verbrachte die Sonntage und viele Ferienwochen bei ihnen und nannte Berta Oma, was sie glücklich machte. Er war der Ersatz für den Sohn, den sie nie gehabt hatte. Wenn Theo an Fabian dachte oder an seine Enkelin Melissa, wunderte er sich, wie freundlich und verständig diese Kinder selbst in der

Pubertät gewesen waren, ohne die Vorwürfe, die aufgebrachte Wut, mit der Frieda und Fery ihn und seine ganze Generation verurteilt hatten.

Wart ihr nicht auch einmal Maoisten, du und dein Mann?, hatte er sie gefragt, Jahrzehnte später, als China in den Schlagzeilen der Zeitungen stand. Hast du gewusst, wie man dort mit Andersdenkenden umgeht?

Das war eben eine andere Zeit, hatte sie peinlich berührt geantwortet, wir haben das damals doch alles nicht gewusst.

Aha, hatte er gesagt, aber mir hast du diese Antwort nicht abgenommen. Zu mir hast du gesagt, das sei die dümmste Ausrede, die du je gehört hättest.

Frieda setzte sich auf seinen Bettrand, sichtbar erleichtert darüber, für kurze Zeit auf neutralem Boden mit ihm allein zu sein, doch immer wieder warf sie einen unruhigen Blick zur Tür.

Beruhige dich, Berta hält sich an die Besuchszeit, hätte er sagen wollen, aber auch wenn er schon kleine Fortschritte beim Reden machte war jedes Wort doch eine Anstrengung und so schwieg er.

Wie jedes Mal, wenn sie allein waren, spürte er ihre stumme, unbeholfene Liebe und zugleich den Vorwurf, der ihn schmerzte, weil er nie Gelegenheit gehabt hatte, sich zu verteidigen. Sie scheuten beide davor zurück darüber zu reden. In ihren Augen las er, ich bin dein verstoßenes Kind, das dich liebt und dir nie verzeiht. So einfach ist das nicht, begehrte er in Gedanken auf, man muss immer beide Seiten sehen. Jetzt, wo sie nicht mehr jung war, hätte sie ihn vielleicht verstanden.

Sie drückte seine rechte Hand, die er kaum spürte, sie kam ihm taub und unförmig vor, als gehöre sie nicht zum Rest seines Körpers. Wie geht es dir?

Schon besser, sagte er und lächelte.

Was ist passiert?

Ich bin zu Hause über die Wiesen hinunter ins Dorf, sagte er und war nicht sicher, ob sie ihn verstehen konnte. Aber wenn sie die Wörter, die ganz entstellt und unverständlich aus seinem Mund kamen, deuten konnte, dann hatten sie jetzt beide das gleich Bild vor Augen: den Hang unterhalb seines Elternhauses, mit dem weiten Blick über das ganze Tal mit seinen weichen Bodenwellen, den Feldern und Waldschöpfen, an den Holunderbüschen und am Teich vorbei, immer bergab, an den Einödhöfen vorbei bis zur Dorfstraße.

Und ausgerutscht, sagte er und hatte Mühe mit den Zischlauten. Er beschrieb seinen Unfall mit knappen Gesten der guten, der linken Hand. Und auf den Kopf. Er berührte die Beule auf seinem Hinterkopf. In der Nacht, fügte er hinzu.

Hast du von Großmutters Haus geträumt und bist schlafgewandelt? Und auf den Hinterkopf gefallen?

Bett, sagte er. Kante. Nicht geträumt. Wirklich fortgegangen. Hinüber. Er wies mit der Linken in ein vages Jenseits. Aber ich bin da. Er hatte sagen wollen: Ich glaube, ich war auf dem Weg aus dem Leben hinaus, es war aber noch nicht an der Zeit.

Das Haus und die Waldwiesen, sagte sie, die Granitfelsen und wie wir Pilze gesammelt haben, und das Forsthaus mitten im Wald. Erinnerst du dich an den Sommer nach Mutters Tod? Das waren die schönsten Ferien damals.

Dann schwiegen sie eine Weile.

Ich bin so froh, dass es dir besser geht, sagte sie schließlich und drückte wieder seine Hand. Tut dir was weh?

Gar nichts. Aber das Reden. Es will nicht.

Es wird schon, lass dir Zeit.

Es war ein schöner, zärtlicher Augenblick. Theo wünschte sich, das kostbare Einverständnis möge andauern, nur sie beide, fast ohne Worte, in der Gewissheit ihrer nie ausgesprochenen Liebe zueinander, verbunden in der Freude darüber, dass er am Leben war, und dankbar für das kurze, unerwartet geschenkte Zusammensein. Er hoffte, dass nichts dazwischenkäme, auch Berta nicht.

Jetzt brauchst du die allerbeste Pflege, sagte Frieda und betonte dabei jedes Wort, als sei er begriffsstutzig, sodass er unwillkürlich sein Gesicht abwandte. Ich werde zusehen, dass du ein Einzelzimmer bekommst, und danach eine erstklassige Rehaklinik. Das kann ich gleich heute für dich organisieren, du musst nur zustimmen. Sag ja, du musst dich um gar nichts kümmern, das mache ich schon.

Nein, wehrte er mit seiner gesunden Linken ab, nein, das will ich nicht.

Woher sollte er das Geld nehmen für diese allerbeste Pflege, die sie für ihn durchsetzen wollte? Er fühlte sich angesichts ihres Eifers mutlos und verzagt. Aber er sah es an ihrem entschlossenen, herausfordernden Blick, dem er noch nie gewachsen gewesen war, sie würde sich über seine Weigerung hinwegsetzen und tun, was sie für notwendig hielt. Er schloss resigniert die Augen. Sie würde sich nicht aufhalten lassen.

Du musst nur wieder gesund werden, bat sie.

Die unterdrückte Panik in ihrer Stimme rührte ihn.

Mach dir keine Sorgen, sagte er, ich komm schon durch. Er lächelte sein durch die Lähmung schiefes Lächeln.

Mach dir keine Sorgen, ich sterbe schon nicht, hatte er gesagt, als sie kurz nach Wilmas Tod mit verzweifeltem Gesicht an seinem Krankenbett gesessen war. Er hatte Gelbsucht und Gallensteine und musste operiert werden und sie wich nur von seinem Bett, wenn die Krankenschwestern sie aus dem Zimmer scheuchten. Ihr ganzes Leben lang hatte sie diese unbegründete Angst um ihn gehabt, als könne ihm leichter etwas zustoßen als anderen Menschen. Immer, wenn sie sich sahen, war ihre erste bange Frage, ob es ihm gut ginge, ob alles in Ordnung sei, als sei er der Garant für ihr Wohlergehen. Er kannte ihre Sorge um ihn, sie schmeichelte ihm und zugleich erlegte sie ihm eine Verantwortung auf, als wolle sie sagen, für mich musst du gesund bleiben, für mich musst du leben. Am liebsten hätte er gesagt, lass mich bitte einfach hier liegen und ausruhen, ich halte dein Drängen nicht aus, nicht jetzt in meiner Schwäche. Aber selbst wenn ihm alle diese Sätze mühelos zur Verfügung gestanden wären, hätte er geschwiegen. Plötzlich fühlte er sich sehr müde und hoffte mit letzter versagender Willenskraft, dass jetzt nicht auch noch Berta dazukäme.

Als habe er es mit seiner Befürchtung erst bewirkt, flog die Tür auf und er wusste sofort, mit solchem Schwung konnte nur Berta eine Tür öffnen. Eine schreckliche Minute lang standen sie einander gegenüber, dann grüßten sie sich zögernd und reichten sich über sein Bett hinweg die Hände. Nach mehr als zehn Jahren trafen Frau und Tochter wieder zusammen, setzten sich nach anfänglichem Zögern einander gegenüber, nur durch sein Bett getrennt. Berta zu seiner Rechten hielt seine Hand fest, wie um ihr Besitzrecht geltend zu machen, Frieda zu seiner Linken sah ihn an, schickst du mich jetzt weg? fragte ihr Blick. Und Theo lag ausgestreckt und wehrlos dazwischen, ängstlich angespannt, was nun kommen würde. Eine Weile verharrten sie schweigend in ihrem kleinen, für jeden unbeteiligten Betrachter harmonischen Familiendreieck und vermieden es, einander anzusehen, bis der Monitor über seinem Kopf anschlug, immer lauter, dringlicher, in immer kürzeren Abständen, und eine Krankenschwester an sein Bett stürzte, um den Blutdruck abzulesen. Sie war sehr jung, nicht älter als zwanzig, aber sie hatte die Situation richtig erfasst. Sie schaute Frieda mit so gebieterischem Vorwurf an, dass die Tochter aufstand, bereit den Raum zu verlassen. Zweihundertzwanzig, sagte die Schwester und ihr anklagender Blick verfolgte Frieda bis zur Tür. Die Klinke in der Hand, zögerte sie und schaute zu Theo zurück, als sei es das letzte Mal und sie wolle sich das Bild für immer einprägen.

2

Es war gegen Mittag und die Sonne schien durch die Balkontür. An sonnigen Vormittagen ist die Küche eine Insel, auf der ich mich der Illusion hingebe, ich sei irgendwo im Süden und draußen liegt das Meer und ich kann es spüren und beinahe riechen. Der Duft frischen Kaffees stieg aus der Kaffeemaschine und ich überlegte, was ich mir zum Essen richten sollte, als das Telefon läutete. Beinahe hätte ich nicht abgehoben. Meine Cousine Erna war am Telefon. Wir waren uns nie besonders nah gewesen, wir sehen uns nur bei Begräbnissen, sie sorgt für ein gewisses Maß an Familienzusammenhalt und hat einen sechsten Sinn für Unglück. Es macht ihr nichts aus, die Überbringerin schlechter Nachrichten zu sein und den Zorn auf sich zu ziehen, der dem Unglück gilt, und sie ist zu unbefangen zu verstehen, dass Worte öfter verletzen als heilen können. Als Fabian verunglückte, war sie die Erste gewesen, die anrief mit den Worten: Ich weiß nicht, was ich sagen soll. Es gibt nichts zu sagen, hatte ich geantwortet, dafür gibt es keine Worte. Trotzdem hatte sie weitergeredet und ich hatte sie nicht unterbrochen, weil ich ohnehin keinem Satz irgendwelchen Sinn hätte entnehmen können. Als sie schließlich aufhörte und sich verabschiedete, war eine Spur von Alltag und Frische zurückgeblieben, die mich für kurze Zeit tröstete.

Weißt du, dass dein Vater im Spital ist? Er hat einen Schlaganfall gehabt.

Mein Gott!, rief ich entsetzt. In welchem Spital? Ist er bei Bewusstsein?

Seit Langem lebe ich in der ständigen Furcht, dass eines Tages das Telefon klingelt und jemand sagt mir: Dein Vater liegt im Sterben. Oder schlimmer noch, er könnte gestorben sein und ich würde es nicht erfahren, ich würde an ihn denken, auf seinen Anruf warten und nicht wissen, dass er tot ist. Vor einigen Jahren rief ich den Geistlichen an, mit dem er befreundet ist. Er hatte nicht einmal gewusst, dass Theo eine Tochter hat. Redet er denn nie über mich? Der Pfarrer schien nicht recht zu verstehen, warum diese ihm unbekannte Tochter anrief und bat, er möge sie von Theos Tod verständigen, damit sie rechtzeitig zu seinem Begräbnis käme.

Wieso, soviel ich weiß, geht es ihm gut, sagte er. Haben Sie denn gar keinen Kontakt?

Manchmal, sagte ich, selten.

Warum? Hatten Sie Streit?

Weil er nicht darf.

Es entstand eine Pause.

Das ist schwer zu erklären, sagte ich, aber ich habe ihn seit acht Jahren nicht gesehen.

Acht Jahre sind eine lange Zeit, wenn man einen Menschen liebt und inzwischen Lebenszeit vergeht, meine Lebenszeit und seine, aber die seine war wertvoller und verging schneller, weil nicht mehr viel davon blieb.

Das letzte Mal hatte ich Vater in der Schalterhalle der Bank gesehen, es muss im Winter gewesen sein, ich erinnere mich, dass die beiden, er und Berta Mäntel und Hüte trugen. Es war eine zufällige Begegnung. Sie strebten dem Ausgang zu und kamen mir geradewegs entgegen, zwei alte Leute mit behutsamen Schritten, als könnten sie auf dem glatten Marmorboden den Halt verlieren. Ich erkannte zuerst Berta, dann erst ihn, er hatte sich bei ihr untergehakt, schmächtig, aber makellos gekleidet wie eh und je, ein kleiner adretter Herr am Arm seiner stattlichen Frau. Sie mussten mich bereits bemerkt haben, denn nichts in ihren Gesichtern verriet, ob sie mich erkannten.

Mit steinernen Mienen und starrem Blick gingen sie auf mich zu und an mir vorbei. Ich hätte mich ihnen in den Weg stellen müssen, um sie aufzuhalten, ich hätte rufen müssen: Seht mich an, ich bin's, redet mit mir! Die Begegnung konnte keine zwei Minuten gedauert haben, dieses aufeinander zu und aneinander Vorbeigehen, und ich war wie erstarrt. Ich konnte es nicht fassen, dass es ihm möglich war, mir mit keinem Blick zu erkennen zu geben, dass er mich wahrgenommen hatte.

Trotzdem zögerte ich keinen Augenblick, als Erna anrief. Ich fragte sie nicht nach den Besuchszeiten des Spitals, schaute nicht einmal auf die Uhr. So wie ich in der Küche stand, schlüpfte ich in Schuhe und Mantel, wartete nicht auf den Lift, sondern rannte die Treppe hinunter, als läge er im Sterben. Aber ich war aufgeregt und glücklich wie vor einem lang ersehnten Wiedersehen. Im Spital, an einem öffentlich zugänglichen Ort, konnte niemand mir verbieten, ihn zu besuchen. Ich bin seine Tochter, wer konnte mich aufhalten? Ob *er* mich sehen wollte, diese Frage kam mir nicht in den Sinn. Wie kann man einen Menschen so hartnäckig lieben, frage ich mich, wenn sein Verrat so sehr schmerzt?

Es war das gleiche Spital, in dem vor mehr als fünfzig Jahren meine Mutter operiert worden war, wenige Monate vor ihrem Tod. Damals hatte ich mich vor jedem Besuch gefürchtet, ich war zwölf und wenn ich an ihrem Bett saß, hatte ich das Gefühl einer schrecklichen Gefahr, die über uns schwebte. Es war wohl die Nähe des Todes, die ich spürte. Ich konnte sie weder abschütteln noch begreifen. Jedes Mal schnürte es mir den Brustkorb zusammen, wenn meine Schritte auf den Steinböden der leeren Gänge widerhallten und ich mich ihrem Zimmer näherte. Dazu war ich auch noch mit den beunruhigenden Anzeichen der Pubertät beschäftigt, die ich niemandem anvertrauen konnte. Was in meinem Körper vorging, verband sich in meiner Phantasie mit der Krankheit der Mutter zur tödlichen Bedrohung. Später habe ich versucht, dieses

Spital zu meiden. Ich konnte in seinen Gängen jederzeit das Unheil von damals heraufbeschwören.

Seither war viel Zeit vergangen, das Spital war umgebaut und modernisiert worden, die Gänge waren helle, breite Fluchten mit großen Fenstern und offenen Türen, man konnte sich den Fußbodenmarkierungen anvertrauen, Stroke Unit, hatte man mir gesagt. Ich fürchtete, er könnte so entstellt sein, dass ich ihn nicht erkannte oder seinen Anblick nicht ertrug, aber er lag im Bett neben der Tür und war unverändert, so wie ich ihn in Erinnerung hatte, ruhig, mit wachem, prüfendem Blick. Eine heiße Freude stieg in mir hoch. Wie sehr ich dich vermisst habe, wollte ich rufen und ihn umarmen, ihn festhalten, vielleicht, wenn er es zuließ und ich den Mut aufbrachte.

Schön, dass ich dich wiederhabe, sagte ich stattdessen.

Sein Lächeln war ein wenig schief, ein wenig kläglich, in seinen Augen sah ich Überraschung und eine zaghafte Freude. Nur als ich mich über ihn beugen wollte, schaute er mich so alarmiert und ängstlich an, dass ich mich schnell ans Fußende des Bettes setzte. Unser ganzes Leben lang war diese Distanz zwischen uns gewesen. Umarmungen hatte es nie gegeben. Ich habe nie seinen Körper in meinen Armen gespürt. Ob diese Berührungsangst von mir oder von ihm ausging oder von beiden gleichzeitig, habe ich nie ergründen können. Sie war eine Schranke, die uns von jeder Zärtlichkeit abgehalten hat, solange ich mich zurückerinnern kann. Wusste er überhaupt, wie viel es mir bedeutete, ihm nah zu sein, an seinem Bettrand zu sitzen und ihn zu betrachten?

Sie dürfen sich nicht auf sein Bett setzen, holen Sie sich einen Sessel, sagte eine Schwester im Vorbeigehen.

Es war nicht leicht zu verstehen, was er sagte. Es war ein Traum, vielleicht hat ihn der Tod gestreift, aber es muss eine Erfahrung gewesen sein, die ihn noch beim Erzählen in einen glücklichen Augenblick seiner Kindheit zurückversetzte. In der Natur hatte er sich sein ganzes Leben lang am wohlsten gefühlt. Aus ihr bezog er seine Glaubenssätze. Die Natur lehrt uns, geduldig zu sein und zu verzichten, hatte er früher oft gesagt, und beides, Geduld und Verzicht, erschienen ihm als wichtige Tugenden. Wenn er mich rügte, belegte er seinen Tadel mit einer Gesetzmäßigkeit aus der Natur. Es lag etwas Heidnisches an seinem Glauben an die Unumstößlichkeit ihrer Gesetze. Er war überzeugt, dass man den Dingen ihren Lauf lassen müsse. Lass dir Zeit, das meiste erledigt sich von selber, auch in der Natur kann man nichts erzwingen, man muss warten können. Mag sein, dass er damit gut gelebt hat. Immer, wenn ich mit ihm allein bin, spüre ich nach einer Weile, wie seine Ruhe auf mich übergeht, als lege die unaufhaltsam tickende Zeit eine Pause ein und erlaubte mir einen Augenblick Entspannung. Dann überfällt mich der sehnliche Wunsch, in seiner Gegenwart ein Kind zu sein.

An den Sommer nach Mutters Tod erinnere ich mich sehr genau, an das Haus mit dem Steintrog neben den Stufen, den Teich mit den Holunderbüschen, und den Hang, über den er in einem Zustand, als sein Geist versuchte, sich von der Schwerkraft zu befreien, hinuntergeschwebt war. War er enttäuscht gewesen, umkehren und in seinen alten gebrechlichen Körper zurückkehren zu müssen?

Erinnerst du dich, fragte ich und er schwieg. Er hatte nie gern geredet, und wenn ihm jetzt das Reden schwerfiel, wollte ich ihn nicht dazu nötigen. Es war ein angenehmes Schweigen.

Ich dachte an den Sommer, in dem ich zwölf geworden war und wir in seinem Elternhaus gewohnt hatten. Die Tante, etwas förmlich und eingeschüchtert wegen des Besuchs aus der Stadt, hatte mehrmals am Tag gefragt, ob wir etwas brauchten, die Cousins waren willige Spielgefährten. Wir suchten Pilze im taunassen Unterholz. Sie wuchsen nicht überall, man musste die Plätze kennen, jeder hatte seine geheimen Pilzplätze, die er nicht verriet, doch manchmal wurden sie von jemandem gefunden und geplündert, bevor man selber hinkam. Nach jedem Regen brachen wir zu unseren geheimen Plätzen auf, und mit viel Geduld konnte man zusehen, wie sich die Pilze mit einer Kraft, als seien sie lebendig, unter Tannennadeln aus dem feuchten Waldboden schoben. An manchen Tagen war der Hochwald gegen Abend feierlich wie ein Kirchenschiff, und wie in der Kirche wagte ich nicht, laut zu reden. Zwischen den Bäumen stand das Moos unberührt und dunkelgrün. Wir pflückten Huflattich auf den sauren Wiesen der Waldlichtungen, Waldmeister an den trockenen Rändern des Hochwalds. Mit Pflanzen kannte Vater sich aus, da wurde er gesprächig, Fragen nach Pflanzen waren eine sichere Methode, ihn zum Reden zu bringen. Sauerampfer hilft gegen Koliken und Fieber, erklärte er, Waldmeister gegen Wasser in den Beinen, auch Löwenzahnblätter senken das Fieber.

Zum ersten Mal in meinem Leben nahm ich damals die Landschaft wahr, meine Sinne waren bis zur Schmerzgrenze geschärft und es kam mir vor, als hätte alles eine zusätzliche, verborgene Bedeutung, geheimnisvoll und ein wenig furchterregend. Das Flirren der Mittagshitze über den verwilderten Waldwiesen mit den hohen, in der Sonne silbern glänzenden Gräsern. Die tiefen Räderspuren von Fuhrwerken durch den Hochwald gaben der Stille eine Endgültigkeit, als hätten die letzten Menschen die Gegend verlassen und nur das unheimliche Schweigen sei zurückgeblieben. Mit einer Mischung aus Andacht und Beklemmung betrachtete ich die seltsamen Formen der Granitfindlinge, die zu Höhlen zusammengewachsen waren, meterhoch und wie aus dem Weltall auf den Waldboden geschleudert, horchte auf das Rauschen der hohen Tannen bis in den Schlaf hinein, ihr schweres Ächzen in stürmischen Nächten. Am frühen Morgen lagen die Wiesen in den Talsenken, dunkel und still wie Teiche, und ein dunkler, feuchtigkeitsgesättigter Duft stieg aus ihnen auf. Die verstreuten Einschichthöfe an den Berghängen, in die Landschaft hineingeduckte Dörfer zwischen Feldern. Der Flickenteppich von Äckern und Getreidefeldern, die abgeernteten Felder wie gebleichtes Stroh. Es lag etwas Verwunschenes, nicht ganz Wirkliches über der Erinnerung an jenen Sommer, mit seinen Schwaden aus Nebel und Tau am Morgen, die wie Dampf in den Tälern hingen. Manchmal kam erst gegen Abend eine tiefstehende Sonne zwischen den Wolkenbänken hervor, die Wiesen und Büsche mit einem satten Dschungelgrün übergoss. Alle diese Stimmungen lösten heftige, unerwartete Gefühlsreaktionen aus, die ich mir nicht erklären und niemandem mitteilen konnte. Mutters Tod dagegen, noch nah und gegenwärtig, am Abend beim Zubettgehen, am Morgen, wenn ich mich am steinernen Brunnen vor dem Haus wusch, war eine Abwesenheit, die mich überall begleitete, aber sie war leicht wie die Wehmut, die den Spätsommer verklärt.

Vater verfiel in sein gewohntes Schweigen. Manchmal gab er sich einen Ruck, als hätte ihn jemand aufgefordert: Jetzt rede mit dem Kind, du darfst sie nicht ignorieren, du musst dich um ihre Erziehung kümmern. Dann erklärte er mir die Natur, raffte sich zum Botanik-Unterricht auf, getrocknete Kamillenblüten und Schafgarben auf dem Fensterbrett, Arnika und Spiritus in Medizinflaschen zur Desinfektion, Kräuter für Heilsalben oder Tee. Wozu? Das konnte man alles in der Apotheke kaufen. Aber ich unterbrach ihn nicht und dachte, das braucht er, damit er das Gefühl hat, er bringt mir etwas bei. Ich wollte ihn nicht kränken und sah ihm freundlich zu, wie er umständlich um Ausdruck rang. Auf unseren Waldwanderungen gingen wir selten auf Forstwegen, immer auf den alten Schmugglerpfaden an den Bergkämmen entlang, wir gingen hintereinander, er voraus, die Wege waren unsichtbare Schneisen durch dichten Farn, zwischen Himbeergestrüpp, über Bäche, auf deren seichtem Grund glatte, helle Kieselsteine glänzten, er orientierte sich an bestimmten Felsen, an Gräben, die das Schmelzwasser aus dem Waldboden gewaschen hatte und obwohl er behauptete, dass er die alten Steige von früher auch im Dunkeln hätte finden können, stutzte er, wenn ein Baum fehlte, an den er sich erinnerte, oder wenn eine für andere unsichtbare Wegmarkierung in den Jahren seiner Abwesenheit verschwunden war.

Immer wieder führte uns der Weg zum verfallenen Forsthaus mitten im Wald. Hier hätten sich während des Krieges Deserteure versteckt, erzählte Vater, auch Wilderer seien hier vorbeigekommen und hätten das erlegte Wild bei der Quelle unterhalb des Hauses ausgeweidet. Er hatte sich in der Hütte mit einer Selbstverständlichkeit bewegt, als gehöre sie ihm. Mir war der modrige Raum zu finster und zu schmutzig, die Gegenstände waren nur in Umrissen erahnbar, zwei roh gezimmerte Bänke ohne Lehnen, ein Tisch, in der Tiefe hinter einem eisernen Ofen eine Schlafkoje. Ich hielt mich lieber auf der Veranda vor dem Eingang auf, fand ein Nest mit jungen Feldhasen unter dem verfaulten Holz. Es war ein unheimlicher, geheimnisvoller Ort gewesen, an dem wir jedes Mal unsere Brote auspackten, Käse und Tomaten, und eiskaltes Quellwasser in Flaschen füllten, bevor wir zum Bergkamm über der Baumgrenze aufbrachen. Ich konnte spüren, wie glücklich Vater in dieser Landschaft war.

Dein Vater und du, hatte ein Nachbar, der an einem Abend mit uns und den Verwandten am Tisch saß, zu mir gesagt, ihr zwei haltet zusammen, da fährt die Eisenbahn drüber.

So war das damals.

Ich wollte ihn kein zweites Mal fragen, ob er sich erinnerte. Ich saß an seinem Bett und es war Glück genug, ihn anzusehen und zu wissen, dass er leben würde. Es war ein schöner, friedlicher Augenblick. Ich drückte seine Hand. Gut, dass er an der Kippe zwischen Leben und Tod an den Ort zurückgekehrt war, der uns beiden viel bedeutete. Und gut, dass er noch einmal umgekehrt war.

Und dann kam Cerberus bei der Tür herein wie eine aufziehende Gewitterfront. So habe ich Berta heimlich genannt, seit der Zeit, als sie meine Katze ermorden ließ. Das war ihre erste Untat. Ich oder die Katze, hatte sie gesagt und mein Vater hatte nicht lange nachdenken müssen, um sich zu entscheiden und meinen Liebling erschießen zu lassen, einen schwarzen Kater mit weißem Brustlatz und weißen Pfoten, der sich auf meine Hefte legte, wenn ich Aufgaben machte, und in meinem Bett zu meinen Füßen schlief. Er hatte Flöhe und war nicht verlässlich stubenrein, aber ich liebte ihn mit der Hingabe einer Dreizehnjährigen, die innerhalb zweier Jahre beide Eltern verloren hatte. Mutter war tot und Vater lebte wie ein selbstvergessener Traumwandler in seinem neuen, von mir abgewandten Glück.

Ich frage mich manchmal, ob sie und mein Vater sich an alles erinnern, was sie mir angetan haben. Jetzt ist sie eine alte, beinahe mitleiderregende Frau und dennoch krampfte sich bei ihrem Anblick mein Magen zusammen. Alles, was eben noch an Einverständnis und unausgesprochener Zärtlichkeit zwischen ihm und mir gestanden hatte, war verflogen. Seine Miene war undurchdringlich, sein Blick ängstlich fragend auf sie gerichtet. Ich spürte seine Unsicherheit, er war auf einmal nicht mehr Herr der Lage, er war unsere Geisel. So war es immer gewesen seit fünfundvierzig Jahren, und wie in der Parabel vom kaukasischen Kreidekreis ziehe ich mich jedes Mal zurück, weil ich mir einbilde, ihn mehr zu lieben, und weil ich weiß, wie schlecht er Zwist und Unfrieden erträgt. Es hätte noch so vieles gegeben, was ich ihn hätte fragen wollen. Aber welchen Ort, welche Zeit sollte es dafür geben? Wenn er genas, würde ich ihn nicht besuchen dürfen und wenn er starb, war es vielleicht das letzte Mal, und ich musste mir sein Gesicht einprägen, wie er in seinem Spitalsnachthemd dalag, sichtbar erleichtert, als ich wegging.

3

Als Theo aus der Fröhlichkeit der jungen Schwestern, die mit den Therapeuten flirteten und mit den Besuchern lachten, in das erster Klasse-Zimmer verbannt wurde, kam es ihm vor, als sei er viele Stockwerke tief in ein Verlies gefallen, um hier zu sterben.

Schau, ein Zimmer für dich allein, rief Berta erstaunt, als sie den Raum betraten. Er warf ihr einen vorwurfsvollen Blick zu.

Sah sie nicht, wie freudlos und düster dieses Zimmer war, tief im rechten Winkel zwischen zwei Spitalsgebäuden eingezwängt, ein Glasdach unter dem Fenster, die Wände bis zu halber Höhe mit dunkelbrauner Furniervertäfelung, was dem Zimmer die Ähnlichkeit mit einem Warteraum gab? In dieser Abstellkammer für aufgegebene Fälle werde ich sterben, dachte er verbittert. Und wer hat mir das angetan mit ihrem gedankenlosen Eifer? Meine eigene Tochter hat mich hier ausgesetzt. Aber das konnte er Berta nicht sagen, selbst wenn ihm das Sprechen leichter gefallen wäre. Deshalb sagte er nur, indem er jedes Wort so genau artikulierte, wie er konnte: Ein wenig finster hier.

Als Berta gegangen war, saß er auf dem Bettrand und weinte. Er hatte in seinem Leben selten geweint, als seine Mutter starb, als er die Eltern seines gefallenen Freundes besuchte, als er Wilma tot in ihrem Bett fand und danach manchmal, wenn er ihr Foto betrachtete und sich an die wenigen glücklichen Augenblicke mit ihr erinnerte. Seit Kurzem kam es jedoch immer öfter vor, dass Erinnerungen, die er früher nur mit einem flüchtigen Gedanken gestreift hätte, ihm plötzlich Tränen in die Augen trieben. Jetzt weinte er, weil er sich sein ganzes Leben noch nie so aufgegeben und von aller Welt verlassen gefühlt hatte.

Am Nachmittag brachte ihm Berta frische Wäsche und zwang ihn, das seit Mittag kalt gewordene Rindfleisch samt Kartoffelpüree und Kompott zu essen. Zur Besuchszeit kam seine Nichte, die redselige Tochter seines ältesten Bruders, die keine Ermunterung für ihr Mitteilungsbedürfnis brauchte. Es war angenehm, sie so gleichmäßig reden zu hören, während er einschlief und erst, als sie die Tür hinter sich geschlossen hatte und es still geworden war, wachte er mit einem Ruck auf, und das Entsetzen vor dem Alleinsein packte ihn von Neuem. In der Stille horchte er ihren Schritten nach. Es wurde bereits dunkel, obwohl es erst halb fünf Uhr nachmittags war und der Regen oder vielleicht nur der tauende Schnee tropfte wie eine Infusion von der Regenrinne neben dem Fenster. Es würde seine letzte Dunkelheit vor der endgültigen Nacht sein und er hatte nichts, um sich zu schützen. Er würde allein sein mit seinem Tod und er würde den Kampf verlieren, denn niemand würde ihn retten. Dieses Mal würde ihm auch kein Wunder zu Hilfe kommen wie schon so oft, früher im Lauf seines langen Lebens, wie vor fünfundneunzig Jahren, als sich der Arzt zu Fuß durch einen halben Meter hohen Schnee gekämpft hatte, um ihm mit einem Luftröhrenschnitt das Leben zu retten, oder vor siebenundsiebzig Jahren, als er auf unerklärliche Weise neben dem Baumstamm zu stehen kam, während der mit Schleifholz beladene Schlitten, auf dem er eben noch gesessen hatte, am Stamm zersplitterte, und wie vor sechsundsechzig Jahren, als sein Kamerad und Freund, der Gefreite Ehrmann neben ihm von dem Geschoss zerfetzt wurde, während er unverletzt vom Fahrzeug sprang. Irgendwann musste wohl die Glückssträhne, die ihm sein ganzes Leben lang in den wichtigen Augenblicken zu Hilfe gekommen war, zu Ende gehen. Wenn die Verlassenheit am größten sein wird, so groß, dass ich sie nicht mehr ertrage, dachte er, wird der Tod durch diese weiß lackierte Tür treten, mich am Nacken packen und schütteln wie eine Katze, bis ich das Bewusstsein verliere. So wird das Ende sein. Er würde schreien und niemand würde ihn hören, denn das ganze Stockwerk war menschenleer, es gab niemanden, der ihn hätte hören können. Und wenn sie ihn am Morgen bei der Visite fänden, wäre er längst schon kalt. Und jetzt drückte jemand von außen die Türklinke herunter und hielt sie fest, bevor die Tür sich langsam öffnete. So öffnete weder Berta noch Frieda eine Tür. Theo setzte sich auf und sah seinem Widersacher entgegen, wie man einem Feind entgegensieht, dem man nicht zeigt, dass man bereits besiegt ist. Und dann war es nur ein weißer Kittel und noch einer, die in der Dunkelheit matt leuchteten, der Arzt drehte die Deckenlampe an und das Leben nahm seinen Fortgang.

Einen schönen guten Abend, rief der Arzt mit gespielter Fröhlichkeit. Wie geht es Ihnen in Ihrem feudalen Einzelzimmer?

Wann darf ich endlich heim?, fragte Theo zurück.

Er wollte keinen Tag länger in diesem Zimmer bleiben, wo ihn der Tod schon ausspioniert hatte, keine Nacht länger, als hätte das Unheimliche nur Macht über ihn, solange er hier war.

In ein paar Tagen, sagte der Arzt.

Lassen Sie mich zu Hause sterben, bitte!, sagte Theo leise und erstaunlich deutlich.

Der Arzt schaute in die Augen des alten Mannes, er sah seine Angst und seine Verlassenheit im Angesicht des Todes. Er dachte vielleicht, dass es wirklich besser für ihn sei, den Tod zu Hause zu erwarten und ihm gefasster zu begegnen als in diesem Zimmer, einsam, von Todesangst geschüttelt. Vor zwei Tagen hatte er zu Theos Tochter gesagt: Ihr Vater ist sechsundneunzig. Er hat sich erstaunlich rasch und fast vollständig erholt, die Sprachlähmung wird sich auch noch geben. Ich halte es nicht für nötig, ihn auf Rehabilitation zu schicken.

Frieda erzählte es später anders. Was wollen Sie, habe der Arzt zu ihr gesagt, Ihr Vater ist sechsundneunzig, das ist ein hohes Alter, in dem Menschen sterben, so oder so.

Morgen, antwortete der Arzt. Sie können schon morgen nach Hause, aber Sie fahren besser mit der Rettung und wir reden noch genauer über die häusliche Pflege.

Um acht Uhr früh saß Theo reisefertig in dem verhassten Zimmer und fühlte sich, wie sich ein Häftling am Tag seiner Entlassung fühlen musste. Er war zuversichtlich. Ein neues Leben konnte beginnen. Nicht einmal drei Wochen nach seinem Schlaganfall stieg er wenig später die Treppe zu seiner Wohnung hinauf mit der staunenden Gewissheit, dem Tod ein weiteres Mal entronnen zu sein, und verzehrte an diesem Tag mit seltenem Appetit das Mittagessen, das Berta wie immer pünktlich um drei viertel zwölf auf den Tisch brachte.

Als Theo neunundachtzig war, pflanzte er mit seinem Urenkel Leander an dessen erstem Schultag einen Kastanienbaum hinter dem Haus. Er hatte drei Jahre zuvor im Herbst in der Allee, die von der Stadtverwaltung zum Abholzen freigegeben worden war, die letzten Kastanien gesammelt und sie am Rand des Komposthaufens eingegraben. Den stärksten Schößling hatte er veredelt und pflanzte ihn nun zwischen Werkzeugschuppen und Gartenzaun. Das war an sich nichts Bemerkenswertes, denn Theo war von Beruf Gärtner gewesen, und auch wenn es nicht sein erster und nicht sein Traumberuf gewesen war, so hatte er doch seinem Wesen entsprochen. Er hatte es immer am besten gefunden, im Einklang mit der Natur zu leben. Sein sechshundert Quadratmeter großer Garten, in dessen Mitte das Haus mit der gemauerten Treppe und dem kleinen, von Geißblattranken überwachsenen Vorbau stand, besaß eine sorgfältig geplante Schönheit, in der alle Blüten und Pflanzen sich in ihren Zyklen von Blühen und Welken abwechselten, und oft blieben im Frühsommer Spaziergänger stehen, um seine Rosenbüsche entlang des Zauns zu bewundern. Im Alter waren die Rosen vor dem Haus sein ganzer Stolz geworden. Hier stellte er sein Können zur Schau und brachte exotische Sorten zur Blüte, die man in diesem Klima selten fand.

Theo hatte den Kastanienschößling nicht nur gepflanzt, um seinem Urenkel die Bedeutung von Kontinuität und Naturverbundenheit zu vermitteln, sondern vor allem, weil er nicht im Geringsten daran zweifelte, dass er beide noch wachsen sehen würde, bis Leander ein Mann und die Kastanie ein großer Baum sein würde, unter dessen schattiger Krone sie später einmal sitzen und dessen Früchte sie im Spätherbst zusammen rösten würden. Acht Jahre waren seither vergangen, das Bäumchen war halbwüchsig, sein Stamm schlank, fast noch biegsam, und an heißen Sommertagen tanzten Sonnenflecken zwischen lichten Schatten auf dem Gras darunter. Fabian, sein Enkel, war tot und Leander gehörte jetzt zu einer anderen Familie, seine Mutter hatte nach Fabians Tod wieder geheiratet. Als Fabian ums Leben kam, war sie erst neunundzwanzig gewesen. Theo hatte sie nur als höfliche junge Frau gekannt, die viel lächelte und meist schwieg, außer wenn sie dagegen protestierte, dass Berta ihr zu viele Kartoffeln auf den Teller lud, worauf Berta jedes Mal sagte: Vom Fleisch allein wird man nicht satt. Sie hatte die junge Frau nie gemocht und ihre Abneigung auch nie verhehlt. Dass Lydia nicht daran interessiert war, mit dem Großvater ihres verstorbenen Mannes den Kontakt aufrechtzuerhalten, konnte er verstehen. Was hätte sie ihm schon sagen können? Dass sie glücklich sei, glücklicher vielleicht als zuvor? Dass sie Fabian trotzdem nicht vergessen könne? Oder dass sie sich an die sieben Jahre ihrer ersten Ehe kaum mehr erinnerte? Was hätte sie damit anfangen können, wenn er ihr gesagt hätte, dass Fabian ihm ähnlich gewesen sei und dass er sich in so vielem in seinem Enkel wiedererkannt habe?

Als Theo jetzt von seiner Frau und einem Zivildiener gestützt die vertrauten Räume betrat, den mit Seegras gepolsterten Armsessel mit seiner von ihm selber ersessenen Einbuchtung vorfand und sich in ihr niederließ, gestand Theo es sich zum ersten Mal ein, dass er seine letzte Lebensphase erreicht hatte, und es erschreckte ihn nicht mehr.

Neue Dinge kamen ins Haus, ein Stuhl mit einem aufklappbaren Sitz, unter dem sich ein Klosett verbarg, die Gehhilfe, die er vor sich herschob wie einen Einkaufswagen im Supermarkt und mit der er an Möbel stieß und sich im Türrahmen verhedderte, zwei Krücken für die Stufen vom Hochparterre ins Freie, und eine Packung Einlagen neben seinem Bett. Windeln, Gehwägelchen, Töpfchen, Dinge, wie er sie zuletzt vor einem halben Leben mit dem frischen Enthusiasmus, Großvater geworden zu sein, in kindgerechtem Miniaturformat für seinen Enkel gekauft hatte. Seit zwei Jahrzehnten wehrte er sich gegen die Zumutung, mit einem Gehstock in der Öffentlichkeit gesehen zu werden. Mit sechsundsiebzig hatte er ein künstliches Hüftgelenk bekommen, aber wenige Wochen später war er bereits wieder ohne Krücken unterwegs gewesen. Berta hatte ihm einen soliden Gehstock gekauft, den er im Schirmständer abstellte und nie verwendete, auch den eleganten Stock mit Silberknauf und Teleskopstange, ein extravagantes Geburtstagsgeschenk seiner Tochter, hatte er nie benutzt. Und jetzt war es kein Stock mehr, sondern dieses unhandliche Gestell und er nahm es widerspruchslos an. Das Greisenalter, das ihm länger als seinen Altersgenossen erspart geblieben war, hatte ihn eingeholt. Er hatte im kommenden Frühling noch zwei Rosenstücke in den Schutz der Hausmauer verpflanzen wollen. Dafür war es nun zu spät. Der Garten würde mit ihm untergehen.

Seine Freunde und Geschwister hatte er alle schon vor Jahren auf ihrem letzten Weg begleitet, er war hinter ihren Särgen gegangen, hatte eine Schaufel Erde in die Grube geworfen und den Angehörigen sein Beileid ausgesprochen. Er konnte sich an ihre Sterbedaten nicht erinnern, nur mehr an das beschämende Gefühl der Erleichterung. Jede Todesnachricht eines Gleichaltrigen löste in ihm diese Mischung aus Furcht und Erleichterung aus. Wie leicht hätte er selber an der Reihe sein können. Damals im Krieg, wenn die Geschosse der Stalinorgeln dicht nebeneinander einschlugen, musste man in den eben aufgerissenen Krater springen, dort war man sicher. Aber der Tod hatte keinen vorherbestimmbaren Radius mehr, es gab keine Regeln, nach denen er zuschlug. Jetzt waren ihm die Toten ganz nahegekommen, näher als je zuvor, alle, die er im Lauf der Jahrzehnte zurückgelassen hatte. Es kam ihm an manchen Abenden so vor, als schritte er auf einer von Toten gesäumten Straße der nahen Dunkelheit entgegen, mit seinem sturen Beharrungsvermögen, das sich nicht allzu lang mit Verlusten aufhielt, als triebe ihn sein unverwüstlicher Lebenswille immer weiter in eine große Einsamkeit, während sein ganzes Leben hinter ihm zurückfiel, in die Gefühlstaubheit, ins Vergessen. Der Weg wurde dunkel und eng, fast schon kein Weg mehr, ein verwachsener Pfad im Nebel, der sich an manchen Tagen bis zum Abend nicht lichten wollte. Aber trotz der körperlichen Schwäche, die er jeden Morgen mit äußerster Willensanstrengung besiegen musste, stand der neue Tag wie ein Versprechen vor ihm, mit allem, was das Leben noch bereithalten mochte, und er sagte beschwichtigend zu Berta: Keine Sorge, ich komm schon durch.

Er hatte sich immer vorgestellt, am Ende würde noch einmal etwas Großes kommen, eine besondere Genugtuung, eine wichtige Erkenntnis, ein unerwartetes Glück. Er hatte sein Leben immer angenommen, wie es war, aber manchmal, in jüngeren Jahren, hatte er sich in der Stille vor dem Einschlafen ganz unsinnige Wunschvorstellungen geleistet, Bilder, die er gleich wieder verwarf und die vom Schlaf gelöscht wurden. In seinen Tagträumen herrschte Frieden und Überfluss, doch sie hatten nie so sehr von ihm Besitz ergriffen, dass er Sehnsucht oder gar Unzufriedenheit mit seinem Leben verspürt hätte.

Der Januar war kalt und dunkel und Theo sehnte sich nach Sonne und Wärme. Sein ganzes Leben lang hatte er sich etwas darauf zugutegetan, das Wetter vorhersagen zu können. In der Gärtnerei, in der er gearbeitet hatte, fragte man nicht, was sagt der Wetterbericht, sondern: Was meint Theo? Wird es regnen? Und Theo wusste es vor dem Barometer, wenn der Luftdruck fiel. Er roch den ersten Schnee Tage im Voraus, und er konnte sagen, ob der Winter streng sein und ob im April noch einmal Frostwetter einfallen würde. Dabei verließ er sich auf die alten Bauernregeln und auf sein Gespür für die Vorgänge in der Natur, eine Art sechster Sinn, der ihn nie trog. Er spürte das Wasser tief in der Erde und war schon als junger Mann über sein Heimatdorf hinaus als Rutengänger bekannt gewesen. Mit Rutengehen und Brunnengraben hatte er in seiner arbeitslosen Zeit das Geld verdient, das er zum Haushalt seiner Eltern beisteuerte. Für ihn war nichts Geheimnisvolles am Aufspüren von Brunnen und Wasseradern, das Wasser zog die Haselrute in seinen Händen mit unwiderstehlicher Kraft nach unten, daran gab es nichts herumzudeuten. Es war unmissverständlich wie alles in der Natur. Doch jetzt im Alter wurde ihm seine Wetterfühligkeit zur Last. Es gab Tage, an denen gelang es ihm den ganzen Vormittag nicht, die lähmende Müdigkeit und den Lebensüberdruss zu überwinden und seine Schwäche zu bezwingen, und von diesen trüben, sonnenlosen Tagen, an denen es bis zum Abend nicht richtig hell werden wollte, gab es viele. Doch dann belebte ihn unverhofft von einem Tag zum andern ein Frühlingslüftchen, das außer ihm niemand spürte, er war wie verwandelt und behauptete: Ich fühle mich wie neugeboren, die Sonne wird auch bald herauskommen.

Bisher hatte Theo an kalten Tagen immer den Kachelofen eingeheizt, obwohl er vor einigen Jahren eine Fernwärmeheizung hatte einbauen lassen. Er hatte die großen, im Herbst zerhackten Scheite im Korb ins Wohnzimmer gebracht und alles kunstgerecht aufgeschichtet, zuerst das Zeitungspapier, dann die Späne mit lockeren Zwischenräumen und darauf die Scheite. Er liebte die lebendige Wärme und das Knistern und Blaken von abgelegenem Holz. Jetzt blieb der Kachelofen kalt und Theo fror ständig, saß in der Daunenjacke neben dem Heizkörper und verdächtigte die Stadtwerke, am Abend absichtlich die Wärmezufuhr zu drosseln. In dieser aufsässigen Stimmung fragte er zum ersten Mal nach dem Sinn eines Lebens, in dem er auf zwei Räume reduziert nur mehr vom Fenster aus die Tageszeiten beobachten und nicht ins Freie konnte, und er dachte, sagte es auch mitunter: Das ist kein Leben mehr. Er spürte die klamme Kälte, die ihm ans Herz griff, als käme sie nicht von draußen, sondern nehme tief drinnen in den Knochen ihren Anfang und breite sich von innen in Wellen über seinen ganzen Körper aus.

Auch Berta hatte sich verändert. In letzter Zeit magerte sie plötzlich scheinbar grundlos ab, und ihre Haut lag in welken Falten übereinander wie ein zu großes Kleidungsstück. Das Unheimlichste aber an ihrer Verwandlung war ihr Gesicht. Als träten bisher verborgene Züge hinter den vertrauten hervor, fremd, mit einer männlichen Herbheit, einer teilnahmslosen Härte in den Augen und um den Mund, die nicht zu ihr passten, jedenfalls nicht zu der Frau, an die Theo sich gewöhnt hatte: fürsorglich, von spontaner Hilfsbereitschaft und einer Vitalität, die für Anwandlungen von Schwermut nur Geringschätzung hatte. Schwermut ist eine Krankheit für Verwöhnte, pflegte sie zu sagen. Sie schlief viel, auch untertags, die Dinge entglitten ihr, sie hatte kaum noch genug Kraft für die alltäglichen Verrichtungen. Sie musste sich immer wieder setzen, beim Kochen, beim Bügeln, beim Bettenmachen. Sie klagte über Schwindel und Kurzatmigkeit, sie sah schlecht, sie hörte schlecht. Am meisten beunruhigte Theo, dass sie nichts zu Ende führte, das Nächstliegende vergaß und an nichts mehr Interesse zeigte. Immer öfter ließ sie Gegenstände liegen, wo sie nicht hingehörten, sie fing irgendetwas an und erinnerte sich gleich darauf nicht mehr, was sie hatte tun wollen. Denk doch ein bisschen mit, forderte er sie manchmal auf. Voll Missbilligung und Sorge sah er zu, wenn sie sich ihr tägliches Glas Bier eingoss: Trink nicht so viel, sonst wirst du noch vergesslicher. Manchmal warf er am Abend einen sehnsüchtigen Blick auf das Hochzeitsfoto, das in der Mitte über ihrem Bett hing, als schicke er ein Stoßgebet zu dieser spurlos verschwundenen Frau hinauf, sie möge zu ihm zurückkommen.

Was hatten sie gemeinsam nicht alles geschafft, die Räume ausgemalt, Möbel geschleppt, den Keller trockengelegt, das Dachgeschoss ausgebaut, das alles ohne fremde Hilfe, sie hatten gemeinsam Bäume gefällt und junge gepflanzt, Gemüsebeete angelegt, den Gartenzaun erneuert, sie waren beide Menschen, die körperliche Arbeit liebten und sie gewohnt waren. Tüchtigkeit und Lebensfreude waren die Eigenschaften, die Berta am besten charakterisiert hatten. Doch jetzt schlief sie mitten am Tag auf dem Sofa ein und jeder Handgriff wurde ihr zu viel. Während es früher nur selten Meinungsverschiedenheiten gegeben hatte, gab es jetzt öfter harte Worte und feindseliges Schweigen zwischen ihnen, was ihn bedrückte.

Berta wusste sich ihren Kräfteverlust nicht zu deuten und ihre Angst vor dem unerklärlichen Verfall, der von ihrem Körper Besitz ergriff, machte sie zornig und ungeduldig. Den ganzen Tag ginge es nur mehr um Theos Wohlbefinden, beklagte sie sich, seine Mahlzeiten, seine Medikamente, seine Wäsche, seine Socken, die er nicht mehr allein anziehen konnte, seine Hausschuhe, die sie ihm vor die Füße stellen musste, sein schmutziges Badewasser. Lass dich nicht so bedienen, forderte sie, und Theo sagte zerknirscht, manches geht bei bestem Willen nicht mehr, es ist ja auch mir nicht recht, dass du das alles für mich tun musst. Vierzig Jahre lang hatten sie an einer Arbeitsteilung festgehalten, wie sie Bertas Bedürfnissen entgegenkam und wie sie selber es eingeführt hatte. Er sei der Kopf, sie sei das Herz, so hatten sie stets ein Ganzes ergeben. Er kaufte ein, zahlte die Rechnungen, machte Behördengänge, verhandelte mit Handwerkern und überhaupt mit der Außenwelt, er hatte die Ideen, wie man am günstigsten und möglichst unauffällig durchs Leben kam. Sie hatte die Herrschaft über den Haushalt inne und bestimmte den Tagesablauf, sie suchte die Menschen aus, die ihr Haus betraten, denn dass es ihr Haus war, daran ließ sie niemanden im Zweifel. Sie brachte ihrem Mann Verwandte und Freunde ins Haus und sorgte für Nahrung, Sauberkeit und Geselligkeit. Auf dem Tisch stand immer eine Vase mit Blumen und einem gehäkelten Deckchen als Untersatz, gehäkelte und bestickte Deckchen lagen auf dem Fernsehapparat und auf den Kommoden, jahrelang stickte sie Blumenbilder und hängte sie an die Wände, es war nicht nach seinem Geschmack, aber es war ihr Leben, ihr Haus, sie sollte sich wohlfühlen. So zeigte er seine Dankbarkeit, indem er sie gewähren ließ. Sie hasste es, allein in die Stadt zu gehen, sie hatte nie gelernt, einen Bankauszug zu lesen, das musste sie auch nicht, denn er liebte Zahlen, hatte sich schon in der Volksschule den langen Heimweg mit Kopfrechnen verkürzt. Zahlen waren sein natürliches Element. So glich jeder die Defizite des anderen aus. Sie gaben einander Sicherheit, die jetzt auf einmal, da er zu hinfällig war, um seine Aufgaben wahrzunehmen, und sie rechthaberisch und zänkisch zu werden begann, auseinanderbrach.

Bertas Hilflosigkeit in Dingen, die Geschäftssinn forderten, machte Theo nun, da sein Verstand nachzulassen begann, ärgerlich und ungeduldig. Sie wiederum missbilligte seine körperliche Schwäche, es war ihr unangenehm, seine schlecht durchbluteten, wie blau gefrorenen Füße zu waschen, die durchweichten Einlagen einzusammeln, die er manchmal im Bad vergaß. Und keine Besserung in Sicht. An das Ende, das sich immer deutlicher abzeichnete, wollte sie nicht denken. Ein Tag war wie der andere und sie wusste am nächsten Tag nicht mehr, was sie am Vortag getan hatte, aber es war wohl dasselbe gewesen, was sie gerade machte und was sie schon zu Mittag in einen fast bewusstlosen Erschöpfungsschlaf versinken ließ. Theo saß am Küchentisch und versuchte die Zeitung zu lesen, aber stattdessen horchte er auf ihre Atemzüge und die beängstigend langen Pausen dazwischen, als würde ihr Atem nie wieder einsetzen, und auch er hielt seinen Atem an, bis der ihre wieder regelmäßig ging.

Ohne ihn anzusehen klatschte sie ihm beim Mittagessen einen Berg weichgekochter Kartoffeln neben das Fleisch auf den Teller.

Das ist zu viel, so viel kann ich nicht essen, wandte er ein.

Wenn's dir nicht schmeckt, dann lass es sein, entgegnete sie gleichgültig.

Guten Appetit, sagte er mit gekränkter Würde.

Wir gehen uns auf die Nerven wie die Paare im Altersheim, die es übersehen haben, sich rechtzeitig scheiden zu lassen, dachte er. Stattdessen sagte er: Was hast du denn bloß? Ich kann ja auch nichts dafür.

Sie wussten beide, was er mit diesem *Dafür* meinte. Dafür, dass sie beide dem Tod entgegengingen und die Kraft aus ihnen herauslief wie aus undichten Gefäßen, und sie so große Angst vor dem Augenblick hatten, wo ein Leben in diesem Haus ohne fremde Hilfe nicht mehr möglich war, dass sie es nicht wagten, darüber zu reden. Und die Zeit, wann sie sich dieser Tatsache stellen mussten, das spürte sogar Berta, die sich immer geweigert hatte, unangenehme Tatsachen anzuerkennen, kam so sicher näher wie der Abend am Ende des Tages.

Es war noch nicht lange her, dass Theo gedacht hatte, alles würde einfacher werden, wenn sie erst zusammen alt geworden wären. Sie hatten es gut miteinander gehabt, mehr als vierzig Jahre lang. Gerade weil sie so verschieden waren, hatten sie immer wieder Neues, Überraschendes am anderen entdeckt, keiner hatte sich vom anderen ausgebeutet oder übervorteilt gefühlt. Er wusste nicht, wann genau es begonnen hatte, dass sie sich auseinanderlebten. Lag es daran, dass mit dem Alter die körperliche Anziehung verloren gegangen war? Hatte es zu der Zeit begonnen, als er sie wie früher nachts im Bett sacht an der Schulter zu sich herumzudrehen versuchte, weil er wusste, sie stellte sich nur schlafend, und sie unwillig murrte: Lass mich, ich bin müde. War mit der sexuellen Anziehung auch die Liebe erloschen? Was aber blieb ihnen dann für den Rest der Zeit, außer seiner Trauer um die verlorene Nähe und ihrer mitunter unerwartet aufflammenden Feindseligkeit alter Unarten und Gewohnheiten wegen, die sie früher nicht gestört hatten. Seine Gewohnheit, sich hinter der Zeitung zu verstecken, wenn er einer Auseinandersetzung ausweichen wollte. Dass er oft nur halb hinhörte und zu antworten vergaß.

Was hab ich gerade gesagt, fragte sie dann streng, und er wiederholte das Ende des Satzes, das er gerade noch aufgeschnappt hatte.

Und warum gibst du mir keine Antwort?

Weil du ohnehin für zwei redest, versuchte er zu scherzen, aber sie fand seinen Humor nicht komisch und war verstimmt.

Auch Theo ertappte sich manchmal dabei, dass ihn eine an Erbitterung grenzende Ungeduld packte, wenn sie ihn verständnislos ansah und keine Ahnung, auch kein Interesse hatte, ob das Haushaltsgeld noch bis zum Monatsende reichte. Dann nannte sie ihn einen Geizkragen, weil er darauf bestand, dass sie Rechnungen aufbewahrte und über ihre Ausgaben Buch führte. Ihr Misstrauen gegenüber allem, was sie nicht verstand, ihre unbegründeten Vorurteile, und dass sie die Nachrichten im Fernsehen laut kommentierte, ohne sie zu Ende zu hören, verärgerten ihn jeden Tag von Neuem, aber er presste die Lippen zusammen und schwieg. Die Frau, die ihm nun das Essen auf den Teller warf, ohne ihn dabei anzusehen, aus deren Antworten er allzu oft einen gereizten Unterton heraushörte, war nicht mehr die Frau, die er vierzig Jahre lang mit der bedingungslosen Dankbarkeit eines zufriedenen, geliebten Mannes als Teil seines Lebens betrachtet hatte.

Während Theo kräftiger wurde und die Gehhilfe im Schlafzimmer stehen ließ, weil es ihm leichter fiel, sich an den Möbelstücken entlangzuhangeln, während zu seiner großen Erleichterung seine Fähigkeit sich zu artikulieren wieder zurückkehrte, verfiel Berta immer mehr. Mit Sorge betrachtete er ihr graues eingefallenes Gesicht, die erloschenen Augen und wie sie sich manchmal festhielt, wo sie gerade stand, und nach Atem rang. Einmal, als seine Hand an der Tischkante, auf die er sich stützen wollte um den nächsten Schritt zu tun, ausglitt und er das Gleichgewicht verlor, setzte sie sich, statt ihm aufzuhelfen, zu ihm und begann zu weinen.

Das Altwerden ist schon ein großes Unglück, schluchzte sie. Ich kann dir nicht mehr aufhelfen, ich hab selber keine Kraft mehr.

Trotzdem war er alarmiert, als sie sich eines Morgens nicht mehr anzog, sondern nach dem Frühstück gleich wieder ins Bett ging. Ihr sei schwindlig, weil ihr Herz so schnell klopfe, sagte sie, Schweiß stand ihr auf der Stirn und ihr Gesicht war aschfahl. Dann lag sie teilnahmslos im Bett, setzte sich von Zeit zu Zeit keuchend auf, bis er sich keinen anderen Rat mehr wusste und den Notarzt anrief, der auch bald kam und seinerseits die Rettung rief. Obwohl er leise und vom Bett abgewandt in sein Mobiltelefon sprach, hörten sie beide das seit Wochen befürchtete, abergläubisch verschwiegene Wort: Herzinfarkt.

Das geht nicht, bettelte sie schwach, ich kann meinen Mann nicht allein lassen, wenn er wieder hinfällt und niemand hilft ihm auf und er liegt dann irgendwo bewusstlos und hat womöglich den Herd vorher aufgedreht und das Haus brennt ab und er ganz hilflos mittendrin.

Haben Sie denn keine Kinder, keine Verwandten, die sich um ihn kümmern können?, fragte der Arzt.

Sie schauten sich schweigend an und in ihren Köpfen liefen die Episoden eines langen Films ab. Sie mochten verschieden darüber denken, und ihre Gefühle waren nicht die gleichen, es waren fünfundvierzig Jahre, ihre ganze Ehe und das, was nach hartnäckigen Auseinandersetzungen schließlich begraben und totgeschwiegen worden war. Die verbannte Rivalin. Die verlorene Tochter. Es lag an ihr, Theo würde sich dazu nicht äußern, nicht jetzt, wo das einzutreten drohte, wovor sie sich immer gefürchtet hatte, dass Frieda in ihr Reich eindrang und sie verdrängte.

Eine Tochter, sagte sie leise und fügte widerwillig hinzu: von meinem Mann.

Können Sie die Tochter verständigen?, fragte der Arzt.

Aber da läutete es an der Tür und draußen vor dem Gartentor stand das Rettungsauto, der Arzt packte Stethoskop und Blutdruckmanschette in seine Tasche, die beiden Männer polterten ins Wohnzimmer, bevor Berta sie auffordern konnte, ihre Schuhe auszuziehen, und sie musste sich beeilen, denn niemand half ihr dabei, das Notwendige für einen Spitalsaufenthalt zusammenzupacken, Zahnbürste, Kamm, Waschzeug. Nachthemd und Hausschuhe hatte sie schon an, noch schnell den Schlafrock darüber. Sie hatten beide Tränen in den Augen und wussten sich nichts zu sagen als sie sich küssten. In diesem Moment dachten sie nicht an später, nur an jetzt, an den Augenblick der Trennung und die Ungewissheit, ob das der endgültige Abschied sei.

4

Als gebe es eine Gesetzmäßigkeit dafür, erreichen mich alle wichtigen Anrufe, vor allem die schlechten, nachts, zu einer Zeit, in der ich mit dem Schrecken, den sie zurücklassen, allein bleibe. Als Fabian verunglückte, rief mich Lydia, seine Frau, kurz vor Mitternacht an.

Sie haben Fabian gefunden.

Gefunden?, fragte ich, wieso gefunden?

Hatte man ihn denn gesucht? Eine Sekunde lang klammerte ich mich an andere Möglichkeiten, dass er sie verlassen hatte, dass er auf einer seiner einsamen Trekkingtouren unterwegs war, ohne eine Nachricht hinterlassen zu haben. Einmal im Jahr nahm er sich für zwei Wochen Urlaub von der Welt und brach in irgendeine unwegsame Einsamkeit auf.

Ihre Stimme ließ mir keine Ausflucht und trotzdem redete ich weiter, als müsse ich sie daran hindern, das Unaussprechliche, das ich bereits ahnte und nicht hören wollte, zu benennen, fragte, wo, und sie sagte, in Schottland, und begann zu weinen, während ich mich dumm stellte, um den unumkehrbaren Augenblick hinauszuschieben und sagte, ja, er liebt eben die Einsamkeit.

Er ist tot!, schrie sie ins Telefon.

Nein, sagte ich und hatte mich wie zum Selbstschutz in zwei Personen aufgespalten, die eine, die es wusste und die andere, die es mit absurder Bestimmtheit leugnete, nein, das ist nicht möglich, das kann nicht sein, er ist ein erfahrener Tourengeher und weiß sich in Notsituationen zu helfen.

Während der Verstand schwerfällig die Information registrierte, bestand der Rest von mir betäubt und uneinsichtig darauf, dass es nicht so war. Der echteste Teil von mir, der mehr Ich war als ich selber, das war Fabian für mich gewesen, seit seiner Kindheit, seit seiner Geburt. Dieser Teil musste mich überleben, sonst würde es den anderen nicht mehr geben können.

Nein, sagte ich ein letztes Mal und diesmal so, als könne ich Lydia dazu bringen, es zu widerrufen, und weil sie schwieg, sagte ich: Ich komm zu dir, dann können wir reden.

Ich sagte nicht, lass mich bitte jetzt nicht allein, wie soll ich allein eine ganze Nacht überstehen, in einem Käfig aus leerer Zeit, die kein Ende nehmen wird.

Nein, sagte sie, lass mich, ich kann nicht, und legte auf.

Und jede blieben wir den Rest der Nacht allein, anstatt zu trösten und Trost zu suchen. Vielleicht war sie klüger als ich und wusste, dass es keinen Trost geben konnte. Es war Sommer. August. Der fünfzehnte auf den sechzehnten August. Und immer noch, nach einem Jahrzehnt, ist der Abend des fünfzehnten August wie eine hohe Schwelle, vor der ich stehe und nicht hinübersteigen will zum nächsten Tag, weil an diesem letzten Abend noch alles Leben möglich gewesen war und ein paar Stunden später nicht mehr.

Doch bereits am nächsten Morgen hielt uns die Wirklichkeit in Atem. Wir mussten die Reise nach Schottland planen, die Flüge buchen, die Überstellung vorbereiten, mit der schottischen Behörde verhandeln, stundenlang an Lydias Laptop am Wohnzimmertisch, mit der berserkerhaften Härte, die ich in Notsituationen entwickle, tränenlos und effizient, um mit Tüchtigkeit und Geistesgegenwart die Katastrophe kleinzukriegen, bevor sie mich in einem ruhigen Augenblick zu Boden strecken und vernichten würde. Wir ließen uns beide von einer so hektischen Geschäftigkeit mitreißen, dass wir oft minutenlang den Anlass vergaßen, als drängte die Zeit und etwas wäre noch zu retten. Wir redeten wie ferngesteuert über Dinge, die geschehen mussten. Und wir waren dankbar, dass es etwas zu erledigen gab, denn es würde schrecklich sein, wenn nichts mehr zu tun blieb.

In dem Pub des Dorfes in Schottland, das der Unglücksstelle am nächsten lag, begannen wir vorsichtig über Fabian zu reden. Aber meist schwiegen wir oder besprachen den nächsten Tag, saßen trotzdem täglich bis zur Sperrstunde im Schankraum, weil wir uns vor dem Zubettgehen genauso fürchteten wie vor jedem ausgesprochenen Satz, denn dass man das, was geschehen war, benennen konnte, das durfte es nicht geben. Wir nahmen die Menschen um uns herum nicht wahr, ich sah im Halbdunkel, wie sich Lydias Gesicht veränderte, als schrumpfe es und werde von Stunde zu Stunde älter, sodass Züge durchschienen, die sich erst in dreißig, vierzig Jahren zeigen würden. Die Sätze fielen mit einem Gewicht in die Stille, die sie von sich aus nicht besessen hätten. Als säßen wir ausgesetzt an einem letzten Grenzort in der Einöde, rückten wir zusammen, aus Not, nicht aus Vertrautheit. Ich hatte gehofft, wir könnten Fabian mit Worten, mit gemeinsamen Erinnerungen zu uns herüberziehen, aber es gelang uns nicht.

Nach der Reise, nach dem Begräbnis, als alles erledigt und getan war, stand die Katastrophe immer noch vor mir und lachte mich aus, weil ich geschwächt und entblößt nichts mehr hatte, um mich zu schützen.

Am Anfang, als ich sie kennenlernte, war Lydia ein unerwartetes Geschenk für mich gewesen und ich war erleichtert und stolz auf meinen Sohn, denn eine bessere Wahl hätte er nicht treffen können. Sie war einfühlsam und zurückhaltend, sie konnte herzlich sein und Gefühle zeigen, sie hatte Humor. Als Leander zwei Jahre alt war und sie in ihren Beruf zurückkehrte, nahm ich ein unbezahltes Karenzjahr. Die Einsamkeit junger Mütter, wie ich sie erlebt hatte, wollte ich Lydia ersparen, die endlosen Tage allein mit einem Kleinkind, und das Ressentiment gegen den Mann, der unbekümmert seinem Beruf und seinem Leben nachging. So leicht wir jedoch anfangs zueinandergefunden hatten, Lydia und ich, so schnell blieb unsere Beziehung in diesem Anfang stecken.

Mit Leander entdeckte ich Fabians Kindheit auf eine ganz neue Weise wieder, glücklicher, wacher, ohne an mich und die vergehende Zeit zu denken. Die alten Kinderlieder hat Leander von mir gelernt, mir war als Erster seine Begabung für räumliches Sehen aufgefallen, wie schnell er die schwierigsten Puzzles legen konnte, ich las ihm Märchen und Gedichte vor, manche wollte er wieder und wieder hören. Er war neugierig, er war ein freundliches, ausgeglichenes Kind. Das meiste Spielzeug Fabians habe ich seinem Sohn gegeben, bis zu seinem siebten Lebensjahr, als er mir abhandenkam. Was von Fabians Kindersachen übrig geblieben ist, verstecke ich vor mir selber, ich kann es weder vergessen noch herschenken. Über Leander verlor ich damals seine Eltern aus den Augen. Ich fragte nie, wie sie miteinander auskämen, ich merkte nicht, dass Lydia sich zurückzog, immer kurz angebunden und meist in Eile. Am Morgen lieferte sie das Kind an meiner Wohnungstür ab, und wenn sie es holte, war sie ungeduldig, Zeit, schnell heimzufahren, sie wurde nervös, wenn Leander noch nicht fertig angezogen wartete.

Wir waren im Wald, Eicheln und Kastanien sammeln, erzählte er.

Schau, was wir erbeutet haben, sagte ich.

Jetzt komm schon, drängte sie.

Komm doch für ein paar Minuten herein, setz dich, ruh dich aus. Möchtest du was essen?

Nein, keine Zeit, ein anderes Mal.

Ist alles in Ordnung?, fragte ich und bekam ein klägliches Nicken als Antwort.

Schließlich ließ ich sie in Ruhe kommen und gehen, bedrängte sie nicht mehr mit meiner Hoffnung, wir könnten zu einer Großfamilie werden, sie, Fabian, ihre Eltern und Geschwister, ich und die Kinder, die sie noch haben würden. Es war eine Sehnsucht, die niemand mit mir teilte. So leicht wie wir einander nähergekommen waren, so grundlos lebten wir uns auseinander. Als Leander drei war, bekam er einen Kindergartenplatz und ich zog mich zurück. Es fiel mir auf, dass immer ich es war, die anrief.

Vielleicht hätte ich Fragen stellen müssen, aber wie fragt man nach etwas, das man spürt und nicht benennen kann? Ich hatte mir gewünscht, dass die beiden ein gutes Leben führten und keinen Grund gesehen, dass es nicht so war. Vielleicht hielt mich in jener Nacht, als sie mir am Telefon in einem knappen Satz Fabians Tod mitteilte, die Ungewissheit, ob ihr Verlust so groß war wie der meine, davon ab, sofort zu ihr zu fahren.

Bald nach dem Begräbnis rief sie mich an, sie brauche Geld.

Wie viel?

Viel, um die Schulden zu bezahlen. Es sind die Schulden deines Sohnes, sagte sie vorwurfsvoll.

Was er sich denn Teures geleistet hätte, versuchte ich zu scherzen. Sie ging nicht darauf ein.

Ich habe nur Schulden von ihm geerbt, er hat nie an uns gedacht, sagte sie zornig. Er hat nichts auf die Reihe gebracht, er war ein Verlierer. Nie hat er mich in seine Entscheidungen eingeweiht, alles allein vermasselt.

Das kann ich mir nicht vorstellen, verteidigte ich ihn, ich kenne ihn doch, das passt nicht zu ihm.

Ich redete, als lebte er und ich müsste sie daran hindern, die Scheidung einzureichen. Das habe sie auch vorgehabt, sagte sie jetzt, sie hätte sich längst scheiden lassen sollen, dann könnte sie jetzt neu beginnen, ohne Schulden und ohne schlechte Erinnerungen.

Ich habe ihn nie wirklich verstanden, behauptete sie, das war am Anfang faszinierend, aber später, man wartet und wartet, und es kommt nichts mehr, und man ist enttäuscht.

Ich weiß, sagte ich, er hat nie viel geredet und er war gern allein, schon als Kind lief er aus dem Kindergarten weg und versteckte sich, um allein zu spielen. Aber er ist immer ein rücksichtsvoller Sohn gewesen, ein einfühlsamer Partner im Alltag.

Aber eigentlich hatte es mich nie gestört, dass er nicht gern redete, reden war nicht nötig, es gab eine wortlose Verbindung zwischen uns. Wenn ich sagte, kannst du mir bitte..., wusste er bereits, worum ich ihn bitten wollte.

Ich habe mich immer auf ihn verlassen können, sagte ich.

War er denn ein so schlechter Ehemann?

Ich spürte, dass ich wütend wurde, dass ich dachte, er wird doch noch gut genug für dich gewesen sein.

Ein Träumer war er, ein Egoist, entgegnete sie scharf, ein schwacher Mann, der nie wirklich Verantwortung übernehmen wollte. Er lebte in seiner eigenen Welt und machte sich nicht die Mühe, sie mit mir zu teilen. Das liegt wohl bei euch in der Familie.

Im akuten Zustand des Verlusts sagen Menschen Dinge, die ihnen später leidtun, erwiderte ich. Wenn du meinen Vater meinst, er mag schwach sein, aber er war immer ein Realist. Was Fabian mit seinem Großvater gemeinsam hatte, ist die Verschwiegenheit, dass man nie wirklich wissen konnte, wer sie waren. Und übrigens, wenn es um schlechte Eigenschaften geht, Fabian hatte auch einen Vater.

Jetzt wusste ich, warum sie mir ausgewichen war. Ich erwartete nicht, dass sie in dieser Situation die Kraft aufbrachte, gerecht zu sein.

Du bekommst das Geld, versprach ich ihr, damit du neu anfangen kannst, aber behalte die guten Zeiten in Erinnerung.

Betrüge sie von mir aus, geh ins Casino, mach Schulden, aber lebe, sagte ich zu meinem toten Sohn. Ich kümmere mich um deine Frau und dein Kind, mach dir keine Sorgen, komm zurück. Sitz von mir aus im Rollstuhl, von Kopf bis

Fuß gelähmt nach diesem Sturz, lass dich von mir füttern und wickeln, nur lebe. Was waren Schulden im Vergleich zum Tod. Hätte er gemordet, ich würde mich nicht von ihm abwenden, ich würde es ertragen. Es würde mir auch nichts ausmachen, wenn er so weit weg lebte, dass ich ihn nur mehr selten, vielleicht nie wiedersehen würde, wenn er nur lebte.

Hast du ihn denn überhaupt geliebt?, fragte ich.

Am Anfang schon, sagte sie kleinlaut. Ich weiß, über Tote soll man nicht schlecht reden.

Wir sahen uns danach nur mehr selten, und wenn ich sie traf, ging es in unseren Gesprächen um das Kind. Dass man so wenig von seinen Kindern weiß, überlegte ich einmal laut, wir sprachen über Leander, obwohl ich an Fabian dachte, daran, wie mir seine Anwesenheit immer dieses klare Gefühl der Ruhe vermittelt hatte, und wie ich gleichzeitig gespürt hatte, dass es einen Bereich gab, den er vor mir verborgen für sich allein behielt, und den ich nie betreten würde. Gerade das hatte mir die Freiheit gegeben, ihn zu lieben ohne ihn beherrschen zu wollen.

Seit Fabians Tod ist fast ein Jahrzehnt vergangen. Zwei Jahre nach seinem Tod gab Lydia ein Fest. Ich sagte ihr, ich freue mich für sie, als ich sah, wie glücklich sie mit dem Mann war, den sie bald heiraten würde. Wenn ich die Wahrheit hätte sagen dürfen, ich nahm es ihr übel, dass es für sie ein Danach gab, und ich ärgerte mich darüber, dass ich es ihr verübelte. Für mich gibt es nur diesen Abgrund, der das frühere Leben vom Existieren trennt.

Zum Schluss, als sie die Gäste zur Tür begleitete, umarmten wir uns ein letztes Mal. Viel Glück in deinem neuen Leben, sagte ich.

Es tut mir leid. Ihre Stimme zitterte.

Du wirst jetzt nach Holland übersiedeln?, fragte ich.

Sie nickte.

Und Leander... Ich wusste nicht, wie ich sie bitten sollte,

dass sie über seinen Vater und mich reden, uns nicht totschweigen und aus seiner kindlichen Erinnerung reißen möge.

Er wird in Kontakt bleiben, ich verspreche es dir.

Dann viel Glück, sagte ich unsicher, weil ich mich von den Gästen, die sich an uns vorbeidrängten, beobachtet fühlte.

Danke für alles, sagte sie und strahlte mich mit ihrem warmen Lächeln an, das mich bei unserer ersten Begegnung so bezaubert hatte. War es besser, weniger geliebt zu haben, um nicht vom Verlust zermalmt zu werden?

Seit der Nacht, in der ich Fabians Todesnachricht bekam, gehe ich nach zehn Uhr nicht mehr ans Telefon. Ich lasse die Rollläden herunter, ziehe die Vorhänge zu, und bin nicht erreichbar. Ein zweites Mal eine Nacht wie diese, allein mit dem größtmöglichen Unglück, würde ich nicht überstehen. Aber ich schlafe nicht, ich lese bis lang nach Mitternacht. Ich mag die düsteren Bücher, die menschlichen Tragödien, sie trösten mich. Geschichten von glücklichen Menschen langweilen mich, ich finde sie ärgerlich, so ist das Leben nicht, und wenn es denn erbauliche Lebensgeschichten geben sollte, will ich sie nicht hören. Das Lesen bewahrt mich davor, um halb ein Uhr aufzuwachen und mich bis zum Morgen mit den Gespenstern der Vergangenheit herumzuschlagen, die mir im halb wachen Zustand vorgaukeln, sie lägen erst noch im Hinterhalt der Zukunft und könnten mit Vorsicht und Wachsamkeit abgewendet werden. Zu dieser Stunde ist niemand erreichbar, und die Dämonen recken sich und wachsen ins Unermessliche. Musik macht es noch schlimmer.

Bis halb zehn Uhr darf ich Edgar anrufen, denn er geht früh zu Bett. Von allen Bekannten und Freunden, die ich einmal hatte, ist mir nur Edgar geblieben, aber er lebt jetzt in diesem gottverlassenen Dorf in den Bergen und wir sehen uns selten. Wir unterhalten uns oft stundenlang am Telefon, es gibt eine Handvoll Themen, die zu besprechen wir nicht müde werden. Unsere Einsamkeit verbindet uns ebenso wie die Erinnerung daran, wie wir beide vor vierzig Jahren waren. Wenn ich seine Stimme höre, sehe ich ihn als Sechsundzwanzigjährigen vor mir, asketisch und sehr aufrecht, mit seiner hohen Stirn und dem dunklen zurückgekämmten Haar, mit seinem schreitenden Gang und dem verschmitzten wissenden Lächeln, dem Summen in seiner Kehle, bevor er laut herauslachte. Und ich erinnere mich an seinen jugendlich weichen Tenor, wenn er im Freundeskreis Schubertlieder sang. Dann vergesse ich, wie alt wir geworden sind und bin jedesmal erschrocken, wenn er auf dem Bahnsteig des Lokalbahnhofs auf mich wartet, ein hagerer weißhaariger Mann mit einem eingefallenen, kränklichen Gesicht, den eine strenge Unberührbarkeit umgibt. So unnahbar, ernst und verschlossen steht er abseits der anderen Wartenden, als hoffe er von niemandem angesprochen zu werden. Ich bin nie hinter das Geheimnis seiner Unzugänglichkeit gekommen, und trotzdem ist er mir heute der vertrauteste Mensch.

Als ich mich vor einigen Jahren für eine Operation anmeldete, wurde ich gefragt, wen man im Todesfall benachrichtigen solle. Die Frage hatte mich nicht erschreckt, aber ich wusste nicht, wen ich nennen sollte. Ihre nächsten Verwandten?, hatte die Frau am Aufnahmeschalter gefragt. Ich nannte Vaters Namen und Adresse, doch nein, streichen Sie es durch, sagte ich. Mein Vater konnte nichts für mich tun, er konnte nicht einmal mehr das Haus verlassen, und wenn der Schreck ihn umbrächte, wäre ich schuld. Wahrscheinlicher war wohl, dass er die Nachricht so gelassen hinnehmen würde wie alles in seinem Leben. Dann fiel mir Edgar ein. Er würde sich um alles kümmern, um das Begräbnis und meine Verlassenschaft, er würde die Familie verständigen, er wusste, wer benachrichtigt werden musste, er war verlässlich, mein Tod würde ihn schmerzen, aber nicht aus der Bahn werfen. Er war mich nach der Operation besuchen gekommen, war an meinem Bett gesessen, und ich war irgendwann, als es im Zimmer dämmrig zu werden begann, in seiner beruhigenden Gegenwart eingeschlafen. So sollte es auch am Ende einer langen Freundschaft sein, hatte er beim nächsten Besuch gesagt.

Ich lebe gern allein. In meinem Alter ist es der Normalzustand, jedenfalls für Frauen. Wenn ich mich unter Gleichaltrigen umsehe, Frauen, die ein anderes Leben hatten als ich, ein sogenanntes normales, mit Familien, die sich vergrößern, Berufen, aus denen sie allmählich hinausgedrängt werden bis sie aufgeben, erkenne ich trotz allem meinen eigenen Zustand wieder. Wir werden unsichtbar, lange bevor wir uns nutzlos fühlen, auch unseren Nächsten geraten wir aus dem Blick wie Gegenstände, die schon zu lange am gleichen Platz verharren. Nur wenn wir gebraucht werden, um Enkelkinder oder Sterbende zu pflegen, werden wir vorübergehend wieder sichtbar in der Funktion, die wir erfüllen. Ich werde nicht mehr gebraucht. Mein einziger Enkel lebt dreizehn Autostunden entfernt und ich habe ihn seit Fabians Tod nur mehr selten gesehen. Damals war er sieben. In den ersten Jahren nach Fabians Tod, als Lydia wieder heiratete und sie nach Holland zogen, wusste ich vor lauter Leere und Sehnsucht nichts mit mir anzufangen, aber auch die Sehnsucht wurde schwächer, es ist erschreckend, dass man mit der Zeit vergisst und sich an alles gewöhnt, auch an das Verschwinden geliebter Menschen. Als Leander jünger war, schrieb er mir regelmäßig Briefe und legte Fotos von sich bei, zu Weihnachten und als Dankeschön für Geburtstagsgeschenke. Ich schicke ihm auch jetzt noch E-Mails, die er mit Verzögerung beantwortet, aber es ist, als korrespondierten zwei höfliche Fremde und seine E-Mails sind voller Rechtschreibfehler. Bald wird er nicht mehr bei seiner Mutter und dem Stiefvater wohnen, den er vielleicht Vater nennt. Er wird erwachsen sein und ich werde aus der Ferne anhand seiner steifen Mails die Stationen seines Lebens verfolgen können. Aber vielleicht wird er später noch einmal neugierig auf seine Herkunft und die Mutter seines Vaters, an den er sich kaum erinnert, und vielleicht steht er eines Tages vor meiner Tür und es ist wie bei manchen Kindheitsfreundschaften, als wäre dazwischen keine Zeit vergangen. Vielleicht erlebe ich das noch. Zwischen halb ein Uhr nachts und sieben Uhr früh werden die Tagträume lebendig, auch die überholten, die das Leben vernichtet hat, und dann steigt für den Bruchteil einer Sekunde die unsinnige Hoffnung auf, sie könnten sich bewahrheiten.

Wenn das Schicksal mit sich handeln ließe, würde ich alles noch einmal hinnehmen bis auf den Tod Fabians. Wie sehr habe ich mir dieses Kind gewünscht. Während ich schwanger war, schrieb ich meine Dissertation fertig, Fery studierte in Berlin, und ich lebte in diesem ganz auf mich selber und das Kind konzentrierten Glückszustand. Vater war von Anfang an in ihn vernarrt. Er nahm die einstündige Zugfahrt auf sich und kam mehrmals in der Woche, nur um ihn zu baden und mit ihm zu spielen. Wenn ich ihn jemals glücklich gemacht habe, dann mit diesem Enkel. Ich weiß nicht, wie es ihm nach Fabians Tod ging und wie er damit weiterlebte, wir haben nie darüber gesprochen, aber ich weiß, dass das, was zu schwer wiegt, einem Menschen das Rückgrat brechen kann.

An Fery dagegen denke ich nur mehr selten, ohne Interesse und ohne Schmerz, jedoch immer mit der Genugtuung, dass auch er schon über siebzig ist. Getrennt und bis zum Schluss durch den dünnen Faden gemeinsamer Kinder verbunden, gehen wir auf unser jeweiliges Ende zu, auch eine Form von Gerechtigkeit. Ich habe ihn seit vielen Jahren nicht gesehen. Zu Fabians Begräbnis war er nicht gekommen. Er habe einen Herzinfarkt gehabt und sei rekonvaleszent, ließ mir seine Frau durch Melissa ausrichten, und dass sie um das Leben ihres Mannes bange. Fery, der Tugendterrorist. Fery mit seinen Prinzenallüren, die er im Unterschied zu seinen linken Attitüden wohl nie abgelegt hat. Wenn seine Hämorrhoiden bluteten, wurden Reisen abgesagt. Wenn er Kopfschmerzen hatte, schrie er mich an und schleuderte das Wasser, das ich ihm zu den Tabletten reichte, an die Wand, weil es nicht eisgekühlt war. Seinen Tod möchte ich noch erleben, seinen Nachruf möchte ich lesen dürfen. Wenn ich ihn so sehr hasse, muss ich ihn einmal geliebt haben.

Mit welcher Erbitterung wir bei der Scheidung um Melissa gekämpft haben. Mein Kleines, mein Allerkleinstes, mein Schatz, hatte er sie genannt, sie war erst fünf Jahre alt, als wir uns trennten. Menschen sind widersprüchlich. Er mag ein Ekel und ein Egoist gewesen sein, aber für Melissa war er ein guter Vater, er war ihr Held. Fabian überließ er mir kampflos, es war die Tochter, deren Preis er mit jeder Verhandlungsrunde höher trieb. Vor dem Scheidungsrichter bekam ich recht, aber ich hatte zu früh triumphiert.

Als Kind hatte sie sich von Zeit zu Zeit in ihrer eigensinnigen Unzugänglichkeit verschanzt und auf die Frage, was sie glücklich machen würde, hatte sie geantwortet: Nichts macht mich glücklich. Sie ist bloß verwöhnt und launenhaft, hatte Vater gesagt. Kann sein, hatte ich zugegeben, aber sie fühlt sich in ihrer eigenen Haut nicht wohl. Nach jedem Besuch bei Fery war sie wie ausgewechselt, überdreht und aggressiv. Wütend stieß sie mit dem Fuß gegen den Vordersitz, wenn ich sie mit dem Auto abholte. Nach einem Sommer mit Fery und seiner Frau am Meer stand sie ohne Reisetasche abholbereit vor Ferys Gartentür, braungebrannt, in einem bunten Trägerkleid kaum wiederzuerkennen, in diesem Sommer war sie eine junge Frau geworden.

Wo sind deine Sachen?, fragte ich.

Die hole ich mir jetzt bei dir zu Hause. In der neuen Schule bin ich schon angemeldet.

Das darfst du nicht, das kannst du nicht, sagte ich, du bist minderjährig und ich bin der erziehungsberechtigte Elternteil.

Doch, sagte sie bestimmt, das kann ich. Ich kann mich entscheiden. So steht es in eurem Vertrag.

Warum?, bettelte ich, was habe ich dir getan? Was habe ich falsch gemacht?

Sie zuckte die Achseln. Darum geht es nicht, sagte sie.

Ich wusste, ich konnte sie nicht zurückhalten, ich konnte ihren Auszug nur verzögern, und bis dahin würde sie sich nach einem anderen Leben verzehren. Aber glücklich machen konnte ich sie offenbar nicht.

Ich stand daneben, als sie ihren Schrank ausräumte und alles, Unterwäsche, Kleider, Stofftiere, Schuhe, die Puppen, mit denen sie immer noch spielte, in unseren Koffern verstaute. Ich fuhr sie zum Haus ihres Vaters, als ich sicher sein konnte, dass er nicht zu Hause war, weil ich seinen Triumph nicht sehen wollte.

Bist du mir böse?, fragte sie und gab mir einen Kuss.

Böse? Ich fühlte mich vernichtet.

Danach war ich mit Fabian allein. Sie fehlte uns auf Schritt und Tritt, am Morgen, wenn er sich nicht mit ihr zanken musste, wer zuerst ins Bad ging, beim Essen angesichts ihres leeren Sessels, ihr Nörgeln fehlte uns und ihre helle Stimme, wenn sie beim Baden und Aufräumen sang. Erst jetzt merkte ich, wie schweigsam Fabian war.

Mit der Zeit entspannte sich meine Beziehung zu Melissa wieder. Jetzt war ich der Elternteil, zu dem sie auf Besuch kam, und wir gingen vorsichtig und freundlich miteinander um. Ich sah Seiten an ihr, die ich früher nicht wahrgenommen hatte und die mich manchmal mit Stolz erfüllten, dass dieses nervöse, reizbare Kind mit seiner raschen, ungeduldigen Auffassung zu einer selbstbewussten Persönlichkeit heranwuchs, die sich bei Vorgesetzten und unter Gleichaltrigen durchzusetzen wusste, dass sie Verantwortung übernehmen und ihre Meinung vertreten konnte. Seit der ersten Klasse Gymnasium war sie Klassensprecherin gewesen und Fabian sagte manchmal scherzhaft zu ihr, du sprichst mit der Autorität einer Radioansagerin, es muss einfach stimmen, wenn du es behauptest.

Ich kannte Ferys neue Frau nicht, aber vielleicht gab es zwischen den beiden die Anziehung verwandter Charaktere. Ich habe nur einmal ein Foto von ihr gesehen. Melissa hatte es mir geschenkt, ein Foto von den dreien nach dem Baden an einem südlichen Strand, Fery mit der Miene des glücklichen Besitzers, unter dessen väterlich ausgebreitete Arme sich die zwei Frauen schmiegten, Tochter und Ehefrau in der mediterranen Sonne. Ich schnitt es entzwei und behielt Melissa. Sie ist trotz allem meine Tochter. Wenn sie jetzt, zwanzig Jahre später, zu Besuch kommt, eine erwachsene, erfolgreiche Frau, erscheint es mir, als säße ich mit einer meiner früheren Schülerinnen zusammen. Ich bin beruhigt, wenn es ihr gut geht und trotzdem auf eine wohlwollende Art unbeteiligt. Über die Vergangenheit haben wir noch nie geredet. Manchmal übernachtet sie auf der Couch in meinem Wohnzimmer, aber dort, in der Villa von Ferys Eltern ist sie zu Hause. Wir reden über nichts, was ihr oder mir Schmerz zufügen könnte, aus Angst, wir könnten einander missverstehen. Melissa ist eine rationale, kühle Frau, sie hat für heftige Gefühle wenig übrig. So nahe, dass ich über meine Verluste, über Fabians Tod und meinen unerreichbar fernen Enkel hätte reden können, kommen wir einander bei ihren kurzen Besuchen nicht.

Auch Melissa ruft manchmal erst gegen zehn Uhr an, dachte ich, als das Telefon nicht aufhörte zu klingeln. Sie lebt in London, dort war es erst neun Uhr abends und sie arbeitete vermutlich lang.

Ja? Bitte?, sagte ich, und, als eine Pause entstand, fragte ich, Melissa?

Du, Frieda?

Das war nicht meine Tochter. Wem gehörte diese kleine verzagte Stimme, die mich duzte?

Ich bin's, Berta.

Wenn sie anrief, konnte es nur eines bedeuten: dass Vater

nicht mehr fähig war mit mir zu reden. Nicht mehr fähig oder nicht mehr am Leben.

Ich bin im Spital, sagte Berta, und dein Vater ist allein zu Hause, wir würden dich brauchen, kannst du dich um ihn kümmern?

Du bist im Spital und *er* ist zu Hause? Ich wollte sicher gehen, bevor ich mir ein erleichtertes Ausatmen erlaubte.

Ich fahre sofort hin, mach dir keine Sorgen.

Jahrzehnte zu spät wurde mir ein Wunsch erfüllt, den ich mir als Jugendliche oft erträumt hatte. Dass Berta einfach verschwände. Wie oft habe ich ihren Tod herbeigesehnt oder ihr zumindest einen längeren Spitalsaufenthalt gewünscht, damit ich mit meinem Vater bei ihm zu Hause allein sein könnte. Dass er mich wahrnehmen und mit mir reden müsste, dass er mir nicht ausweichen könnte, weil außer mir niemand da wäre. Ich bin es, deine Tochter, nicht eine von Bertas Bekannten, die sich nach zwei Stunden wieder verabschieden. Das Haus meiner Kindheit, mein Elternhaus, betreten ohne das Gefühl, mich über ein Verbot hinwegzusetzen.

In einer Stunde spätestens bin ich dort, rief ich voll Eifer und vergaß zu fragen, aus welchem Spital Berta anrief, was der Grund sei, dass sie dort die Nacht verbringen musste. Das fiel mir erst ein, als sie den Hörer aufgelegt hatte. Dann wählte ich die Nummer, die ich mir nie habe notieren müssen, im Schlaf hätte ich sie hersagen können. Dass nicht er es war, der angerufen hatte, sondern sie, Berta, in ihrer Not und ihrer Sorge um ihn, das kam mir erst viel später in den Sinn. Als könnte ein Hungriger sich Zurückhaltung leisten oder nach den Motiven des Almosengebers fragen. Ich weiß es und es gelingt mir trotzdem immer es zu vergessen.

Hallo, Papa, ich komme sofort, ich bin schon unterwegs, in zwanzig Minuten bin ich da, sagte ich schnell, als er endlich abhob.

Ich betrachte es als mein Privileg, eines der wenigen, die er mir zugesteht, dass ich nie meinen Namen sage, wenn ich ihn anrufe. Wer außer mir darf ihn Vater nennen, und wer kann es mir verwehren? Ich stellte ihn mir vor, im Nachthemd und barfuß, wie er sich vom Bett zur Schlafzimmertür und zum nächsten Türrahmen, von da zum Tisch, um den Tisch herum zur Kommode gehangelt hatte, so schnell er konnte, bevor das Telefon verstummte und er die Nachricht versäumte, wie es seiner Frau ging, ob sie überhaupt noch lebte.

Ja, sagte er enttäuscht, ja, ja, es eilt nicht, es reicht auch, wenn du morgen irgendwann vorbeischaust.

Du, Frieda. Die Stimme verfolgte mich, während ich durch die nächtlichen Straßen fuhr. Zu dieser Stimme hätte ich Zuneigung fassen können. War Bertas Not so groß?

Hast du schon einmal versucht, diese Frau zu verstehen?, hatte Edgar vor langer Zeit gefragt.

Ich war zu jung, es waren zu viele Verluste auf einmal, erst der Tod der Mutter und danach wurde mir Schritt für Schritt der Boden unter den Füßen weggezogen, die Katze musste sterben, der Vater wurde fremd und ungreifbar, zu Hause, das war nur mehr mein Zimmer, denn dass es jetzt ihr Mann und ihr Haus war, daran ließ Berta keinen Zweifel. Sie wollte einen Mann ohne Vergangenheit und sie ließ mich spüren, dass ich ihre Idylle störte.

Wenn ich versuche, es mit ihrem Blick zu betrachten, sagte ich zu Edgar, ist alles verständlich und folgerichtig: Sie war tüchtig, sie hatte sich ihr Leben genau so eingerichtet, wie sie es haben wollte. Die Erfüllung war für sie spät gekommen und von einem jungen Mädchen wollte Berta sich ihr Glück nicht zerstören lassen. Mit dem Tag ihrer Eheschließung kündigte sie bei der Firma. Sie war jetzt, wie es damals hieß, nur mehr *zu Hause*, am natürlichen Lebensziel einer Frau ihrer Generation. Danach wartete eine verheiratete Frau auf die Mutterschaft.

Edgar muss ich nichts erklären, denn unsere Bekanntschaft

begann mit dem Tag, an dem Vater mich aus dem Haus geworfen hatte. Nicht eigentlich geworfen. Er sagte ganz ruhig, bitte geh, du gefährdest meine Ehe. Er hatte mich nie angeschrien, ich kann mich nicht erinnern, dass er jemals die Stimme erhoben hätte, das war auch nicht nötig, ich hatte gelernt, die kleinsten Regungen in seinem Gesicht zu deuten, wenn sich seine Nasenflügel weiteten, wenn er diesen bitteren Zug um den Mund bekam, wenn sein Blick dunkel und abweisend wurde, das reichte aus, mir Angst zu machen, denn niemand konnte sich so endgültig abwenden wie er. Er stand in der Tür meines Zimmers und sagte, du bist achtzehn, du musst nicht mehr in meinem Haus wohnen, wenn es dir bei uns nicht gefällt, bitte geh, und ich packte widerspruchslos in stummer Wut meine Reisetasche, mit der ich auf Landschulwochen und Schikurse gefahren war. Ich hatte in diesem Augenblick keine klare Vorstellung, wie mein Leben weitergehen sollte, und ich weiß nicht, ob er darüber nachgedacht hatte, wo ich die Nacht verbringen würde. Überlegte er sich nicht, in welche Gefahren er mich hinausschickte, ein obdachloses Mädchen auf der Suche nach Unterschlupf und Liebe? Er konnte auch nicht wissen, dass ich den Schlüssel zum Atelier eines Künstlers besaß, den ich erst seit Kurzem kannte.

Er hieß Philip, war Ende dreißig und hatte mich auf der Straße angesprochen und sich als Künstler vorgestellt. An einem Samstagmorgen, nach der Geburtstagsfeier einer Schulfreundin, hatte ich mein übernächtiges Gesicht und meine ungewaschenen Haare unter einem verwegenen Hut versteckt. Dazu trug ich eine lila Hose, wie sie damals modern war, Bell Bottoms, eng bis zum Knie und glockenförmig weit um Waden und Knöchel, mit breiten Stulpen, und eine eng anliegende Samtjacke vom Flohmarkt. In dieser Verkleidung streunte ich durch die noch recht menschenleere Stadt. Ich sah, wie der Mann sich nach mir umdrehte und mir folgte. Bisher waren es immer meine Mitschülerinnen gewesen, die das Interesse der Jungen erregt hatten, mich hielten sie für eine Streberin, mit der man nur ernste Gespräche führen konnte. Als er mich, ein wenig außer Atem, eingeholt hatte, sagte er, ich sei ein interessanter Typ und er sei Maler, ob er eine Skizze von mir anfertigen dürfe. Ich war nicht gleich mitgegangen, weil ich keinesfalls den Hut abnehmen wollte. Später, als ich ihm tatsächlich Modell saß, wurde ich den Verdacht nicht los, dass es nur meine Aufmachung gewesen war, die ihn fasziniert hatte, und dass er nun nicht recht wusste, was er nach einem unbequemen Beischlaf auf dem Sofa seines Ateliers mit mir anfangen und wie er mich wieder loswerden sollte. Ich war so ausgehungert nach Zärtlichkeit, dass ich allen Anzeichen seines Überdrusses zum Trotz hoffte, es sei der Anfang einer großen Liebe. Dass er mir einen Schlüssel anfertigen ließ, bestätigte meine Erwartungen, die er nicht vorhatte zu erfüllen. Später lernte ich seine Clique von Künstlern, Studenten und linken Lehrern kennen, die in der Studentenbewegung ihre Jugend nachholten, auch seine Frau und seine Tochter, die nur wenig jünger war als ich. Er hatte immer noch Affären mit jungen Frauen, aber für mich wurde er zu einer Art väterlichem Freund und seine Komplimente gaben mir Selbstvertrauen. Dafür war ich ihm dankbar. Er blieb ein selbstverliebter Scharlatan, der sich als Maler ausgab und viel von seinem bevorstehenden Durchbruch zur abstrakten Malerei redete, bis er schwer krank und von den früheren Freunden gemieden, seinem Leben ein Ende setzte.

An jenem Abend war sein Atelier im letzten Stockwerk am Ende einer Sackgasse der einzige Zufluchtsort, der mir in den Sinn kam. Ich erwartete, ihn dort anzutreffen und wünschte mir, dass er mich in die Arme nehmen und trösten, mir vielleicht anbieten würde, bei ihm zu wohnen. Damals wusste ich noch nicht, dass er eigentlich Restaurator war und das Atelier seiner Frau gehörte, ich wusste nicht einmal, dass er Frau und

Kind hatte. Aber es war ein Fremder, der beim Geräusch des sich im Schloss umdrehenden Schlüssels zur Tür kam.

Was machen Sie hier?, fragte er überrascht.

Was machen Sie da?, fragte ich zurück, entschlossen mich nicht von diesem Unbekannten vertreiben zu lassen.

Ich arbeite für Phil, sagte er, und ich werde noch eine Weile hier zu tun haben. Ich heiße übrigens Edgar.

So wirkt die Vorsehung, hätte mein Vater gesagt, sie verjagte mich aus meinem Elternhaus und schenkte mir am gleichen Abend für den Rest meines Lebens meinen besten Freund.

Edgar war nicht viel älter als ich und er war, wenn nicht geradewegs unfreundlich, so doch abweisend, betont förmlich und wohl auch verärgert über die Störung. Seine hochgewachsene Gestalt, das ernste Gesicht mit dichten schwarzen Brauen und dunklen Augen strahlte eine Strenge aus, die sich jede Vertraulichkeit verbat.

Eine Staffelei mit dem Bild einer barocken Landschaft in Ölfarben stand mitten im Zimmer, eine Waldlichtung mit einem alten Haus im Hintergrund, Dunkelheit unter Bäumen, üppiges moosgrünes Laub, der Himmel und der Vordergrund fehlten noch. Auf einer zweiten Staffelei stand das Original, nachgedunkelt, von der Zeit gereift, ein alter Meister, und im Vergleich zum Original konnte ich die Stümperhaftigkeit der Kopie erkennen. Ich hatte außer meinem Porträt, das erst eine Skizze mit ein wenig Grundierung war, noch nie ein von Philip gemaltes Bild gesehen. In einer Ecke des Raumes stand eine Buddha-Statue auf einem Altar mit Räucherstäbchen, transzendentale Meditation war damals in Mode. Philip durchlief noch viele Moden, von der Chaostheorie bis zum Urschrei, bis ihm die Kraft für seinen Fortschrittsglauben ausging.

Ich dachte, ich könnte die Nacht hier verbringen, sagte ich zu Edgar.

Er schaute mich weiterhin fragend an.

Ich bin eine Freundin von Philip.

Aha, sagte er, hat er Sie auch *gemalt*? Haben Sie deshalb den Schlüssel?

Die ironische Betonung auf dem Wort *gemalt* fand ich beleidigend anzüglich. Der Anflug eines konspirativen Lächelns huschte über sein Gesicht, zurück blieb eine Spur angewiderter Strenge.

Ich bin ihm Porträt gesessen, verteidigte ich mich, aber ich kenne ihn noch nicht lange.

Darauf antwortete er nicht.

Was soll ich jetzt tun? Wo soll ich hin? Zu Hause haben sie mich hinausgeschmissen.

Sie können hierbleiben, ich geh dann gleich, sagte er.

Kommt er heute noch?

Ich glaube nicht, wenn Sie nicht mit ihm verabredet sind.

Mein Vater hat mich vor die Tür gesetzt, mitten im Schuljahr, rief ich, um eine Reaktion von ihm zu erzwingen.

Aber Edgar hatte sich bereits abgewandt, machte sich am Tisch zu schaffen, ging mit großen Schritten durch das Atelier, als hätte er vergessen, dass ich hier war.

Ich wünschte, ich wäre tot, sagte ich laut genug, dass er mich hören musste.

Er schwieg und fuhr mit seiner Arbeit fort. Nachdem er eine Weile an einem Kopiergerät gearbeitet hatte, ohne mich zu beachten, setzte ich mich auf das Sofa, stellte die Reisetasche neben mich und schluchzte, um sein Mitleid zu erregen, aber es nützte nichts. Ich hörte, wie er in meinem Rücken Papierbögen in eine Aktentasche schlichtete und das Schloss zuschnappen ließ.

Meinetwegen müssen Sie nicht gehen, sagte ich.

Ich kannte ihn nicht, aber ich wünschte, dass er bliebe, sich zu mir setzte und mich die Ungeheuerlichkeit, dass mich mein Vater hinausgeworfen hatte, immer wieder von Neuem aussprechen ließe, damit ich sie endlich begreifen konnte. Inzwischen war es dunkel geworden.

Na, dann gute Nacht, sagte Edgar und verließ das Atelier so leise, dass ich nur das Einrasten der Klinke hörte. Dann war ich allein in der fremden Dachwohnung mit den scharfen Gerüchen von Farben und Lösungsmitteln, und irgendwann muss ich eingeschlafen sein. Am Morgen fand ich den Zettel mit seinem Namen und einer Telefonnummer auf dem Tisch neben dem Kopiergerät. Wenn Sie Hilfe brauchen, hatte er mit Bleistift daruntergeschrieben. Ich dachte an seine leise Verachtung, sein gleichgültiges Schweigen, ich war zu stolz, um sein kühles Angebot anzunehmen. Was verstand so einer schon unter Hilfe?

Für den Rest des Schuljahres wohnte ich bei der Cousine meiner Mutter, zum Studium ging ich in eine andere Stadt. Wenn die anderen am Wochenende nach Hause fuhren, kehrte im Studentenheim Stille ein, die ich zum Studium nutzte, ans Alleinsein musste ich mich nicht erst gewöhnen.

Jetzt fuhr ich heim, mitten in der Nacht. Nach Hause. Niemand würde das so gut verstehen wie Edgar, der damals dabei gewesen war und sich herausgehalten hatte. Du hast mir natürlich leidgetan, hatte er später gesagt, aber mich auf deine vertrackte Situation einzulassen, das traute ich mir nicht zu. Ich kannte dich ja nicht.

Als ich das Auto am Gartenzaun parkte, sah ich Vater am erleuchteten Fenster stehen und auf mich warten.

Es war schön, wieder gebraucht zu werden, ich hatte vergessen, wie es war, wenn jede Handlung eine unmittelbare Wirkung auf einen anderen Menschen hatte. Wer gebraucht wurde, hatte einen legitimen Platz und war nicht überflüssig, ersetzbar vielleicht, aber solange es jemanden gab, der mich brauchte, war ich für ihn vorhanden und musste wahrgenommen werden. Auch Benutztwerden und Gebrauchtwerden fallen unter den umfassenden Begriff *Liebe*. Vater würde niemals sagen, ich brauche dich, dazu war er zu eigenbrötlerisch, aber Berta hatte es gesagt, und das allein grenzte schon an ein Wunder.

In den ersten Tagen schlief ich im Wohnzimmer auf dem schmalen Sofa, um ihn zu hören, wenn er wieder schlafwandelte und dabei stürzte. Hier war ich nach dem Tod der Mutter jeden Abend bis spät gelegen, immer mit einem Buch, die Wange auf dem Polster, das Buch vor Augen, so nah, dass ich kurzsichtig wurde, auf einem Auge mehr als auf dem anderen, und im Haus war es so still gewesen, dass ich das Ticken der Uhren und das Atmen meines Vaters gehört hatte, der am Tisch saß und ebenfalls las.

Nach einigen Tagen und ruhigen Nächten ohne Zwischenfall übersiedelte ich in Fabians Zimmer, es heißt auch jetzt noch so und wird wohl so heißen, solange es das Haus gibt, das Mansardenzimmer, das Vater vor vielen Jahren für seinen Enkel eingerichtet hatte. In Fabians Bett schlief ich traumlos und tief und fühlte mich auf eine Weise zu Hause, wie mir das in meiner eigenen Wohnung nie gelang. Dort höre ich auch nachts Geräusche von überall her, Reden und das Hin- und Hergehen von Leuten, die ich nur vom Sehen kenne. Wenn jemand auf meinem Treppenabsatz stehen bleibt, halte ich den Atem an in einer Mischung aus Furcht und Hoffnung, es könnte jemand sein, der mich besucht, obwohl mir niemand außer einem nächtlichen Einbrecher einfällt.

Wenn Vater morgens gegen acht Uhr mit eingeknicktem Gang und ohne sein Gebiss aus dem Schlafzimmer auftauchte, hatte ich bereits das Frühstück auf den Tisch gestellt, schwachen Kaffee und Marmeladenbrote, wie er es gewohnt war, für mich selber hatte ich gleich am ersten Tag die Espressomaschine von zu Hause geholt. Die Körperpflege erledigte er noch allein, ohne Hilfe, und ich war dankbar dafür, wir hätten beide nicht gewusst wie umgehen mit der Scham vor seiner Blöße und seiner Hinfälligkeit.

Danach fuhr ich ins Spital zur Stiefmutter, weil Vaters ganzes Denken um nichts anderes kreiste, als wie es seiner Frau ging. Ich konnte seine Unruhe spüren, die plötzliche Alarmbereitschaft, wenn das Telefon läutete, und die Enttäuschung, wenn es nicht Berta war, die anrief. Für Berta war ein Anruf noch immer eine große Sache, ein Unterfangen, das sie mied und lieber auf meinen Besuch wartete.

Wie sieht sie aus, fragte er, wenn ich zurückkam.

Frisch sieht sie aus und gut bei Appetit ist sie auch, antwortete ich und verschwieg, wie abgezehrt und blass sie in ihrem Spitalsnachthemd im Bett saß und mir ängstlich angespannt entgegensah, mit Augen, die um Zuneigung bettelten und sich von einer Sekunde zur anderen grundlos mit Tränen füllen konnten. Ihre Hilflosigkeit rührte mich und machte mich zugleich zornig, weil sie kein Recht auf meine Zuneigung und mein Mitgefühl hatte, nur auf mein Pflichtbewusstsein gestand ich ihr ein Recht zu.

Und wann darf sie heim, wollte Vater wissen.

Sie müssen noch auf Befunde warten und Untersuchungen machen.

Er schwieg nachdenklich und fiel ein wenig in sich zusammen. Nie fragte er nach der Diagnose. Berta lebte und würde nach Hause kommen, nicht gleich, aber in absehbarer Zeit. Das reichte ihm. Worte wie Vorhofflimmern, Stent und Angiographie sagten ihm nichts. Auch Berta hatte nicht nach der Diagnose gefragt. Sie wusste, welche Pillen sie nehmen musste, mehr wollte sie nicht wissen. Als ich sie das erste Mal seit ihrer Einlieferung in das Spital fragte, was die Ärzte gesagt hätten, antwortete sie vage und ein wenig ungeduldig: das Herz, ich hab ein Kammerflattern im Herz, deswegen hab ich immer so Herzklopfen und so einen Druck.

Die Frauen in Bertas Zimmer waren von meinem verlässlichen Erscheinen beeindruckt. Eine gute Tochter haben Sie, sagte die Bettnachbarin, eine Frau in Bertas Alter, die sich beklagte, sie bekäme nie Besuch. Ich hab auch einen Enkel, sagte sie, aber der kommt nur, um die Hand aufzuhalten. Weder ich noch Berta stellten das Verwandtschaftsverhältnis zwischen uns richtig. Bevor ich das Spitalsgebäude betrat, setzte ich eine fröhliche Miene auf, und beim Betreten des Krankenzimmers rief ich *Schönen Guten Morgen* mit derselben aufmunternden, um eine Spur zu hohen Stimme, mit der ich in der ersten Schulstunde die Schüler begrüßt hatte, rückte mir einen Sessel an ihr Bett, nicht zu nah, es gibt diesen Abstand zu einem Krankenbett, den die meisten Besucher instinktiv einhalten. Dann saß ich eine Stunde zwischen den beiden Frauen, erzählte von draußen, vom Wetter, von den Nachrichten im Radio und von Theo, stellte Fragen, von denen ich annahm, dass sie zu einem Krankenbesuch gehörten. Hast du gut geschlafen? Ist das Essen in Ordnung? Was hast du zum Frühstück bekommen? War der Arzt schon da? Soll ich dir etwas mitbringen? Theo lässt dich lieb grüßen, er kann es nicht erwarten, dass du heimkommst. Von der Tür her rief ich Auf Wiedersehen und Bis morgen, die Erleichterung, wenn ich die Tür hinter mir schloss, konnte sie nicht mehr sehen.

Es war nicht zu viel verlangt, bloß ein Krankenbesuch, täglich besuchten Menschen Kranke, die sie kaum kannten, Bürokollegen, Nachbarn, entfernte Verwandte, aber es kostete mich genug Überwindung, dass ich meinte, ich verdiente Anerkennung. Aber Vater fiel es nicht ein, sich zu bedanken. Er fand es ganz normal, dass ich mich um Berta kümmerte, als sei sie meine Mutter. *Du kümmerst dich um Berta wie eine Tochter.* Warum konnte er nicht einmal einen so simplen Satz sagen? Nicht ein einziges Mal. Hatte er vergessen, dass sie mich öfter als einmal aus dem Haus gewiesen hatte, dass sie ihm verboten hatte, mich zu sehen und mich anzurufen? Betrachtete er mich als eine unbezahlte Pflegekraft? Ich ließ mir meinen Ärger nicht anmerken, das konnte ich mir nicht leisten, jetzt wo ich endlich in seiner Nähe sein durfte. Hieß es nicht, du sollst Vater und Mutter ehren, wie wir im Religionsunterricht gelernt hatten: auf dass es dir wohl ergehe a. Erden? Und wo stand, du sollst deine Kinder lieben und zu ihnen stehen? Ich würde sie beide mit meiner Großzügigkeit beschämen, beschloss ich, ja, sie sollten sich schämen, dass ich seinen Verrat mit Großmut vergolten hatte. Aber meine Selbstlosigkeit fiel ihm nicht auf, denn solange Konflikte nicht zur Sprache kamen, war für ihn alles in Ordnung.

Deine Gefühle sind deine Sache, für dein Benehmen musst du die Folgen selber tragen, hatte er damals gesagt, als er mich mit einer Miene, die keine Gefühlsregung verriet, aufforderte: Geh, du gefährdest meine Ehe. So hatte er sein kleines Glück gerettet. Ich hatte eine Weile gebraucht, um zu begreifen, dass er dazu imstande war. Als ich weg war, hatte er seinen Frieden wieder, der ihm über alles ging. Ich würde nie wieder nach jedem Wortwechsel weinend in mein Zimmer rennen und die Tür zuschlagen, und mit meinen Gefühlen hatte er nichts zu schaffen. Hätte er als Gärtner, naturverbunden wie er war, nicht wissen müssen, dass man das Schwächere vor dem Robusten, Stärkeren schützen muss? Dass ich noch ein Kind war trotz meiner achtzehn Jahre? Sagte niemand, lass sie, das ist die Pubertät? Ich trug für jedes Wort und jede Handlung das ganze Gewicht erwachsener Verantwortung.

Die Trennung damals war äußerlich friedlich und still verlaufen, es war ein trauriges Auseinandergehen wie nach einem Todesfall, und es geschah mit einer Endgültigkeit, die auch die spätere Versöhnung nicht aufheben konnte. Alle Zerstörungen in meinem Leben waren zivilisiert und ruhig verlaufen, das schweigende Verlassen meines Elternhauses, das Auseinandergehen vor dem Gerichtsgebäude, als Fery auf ein wartendes Auto zuging ohne noch einmal zurückzuschauen, das betäubte Schweigen an Fabians Grab, der freundliche, tränenlose Abschied von Melissa, keine großen Szenen, nur dass ich nie hatte glauben können, dass ich es war, die in diesem Augenblick die Erfahrung machte, und dass sie erst zu beginnen würde, wenn sie bereits hinter mir lag. ...des Mal nur ein kleiner Ruck aus der Wirklichkeit ...nd plötzlich stand ich auf einer Eisscholle, die vom ... forttrieb.

Nach der Vertreibung aus dem Elternhaus hatten wir, Vater und ich, das Gespür füreinander verloren, er hatte sich von mir abgewandt, als ginge ich ihn nichts mehr an. Wir wussten nicht mehr, was zu viel war und worüber nicht geredet werden durfte. Ich hielt mich ihm zuliebe fern, weil er nicht anders konnte und weil ich wusste, wie sehr er unter den Auseinandersetzungen mit seiner Frau litt. Um seinetwillen gab ich jeden Anspruch auf ihn auf, um des Friedens willen, der ihm so wichtig war. Aber je länger die Sprachlosigkeit zwischen uns bestand, desto verzweifelter hing ich an ihm, mit einer Liebe, die sich durch die Entfernung von ihrem Objekt befreite. Sie galt einem Vater, den es nicht gab. Einem Vater so fern wie der liebe Gott. Habe ich ihm verziehen? Ich wusste es nicht. Hatte er jemals, in den vielen Jahren seither, bei einem unserer seltenen Gespräche gesagt, es tut mir leid? Ich erinnerte mich nicht. Aber ich weiß, dass Liebe von allem Zorn und allen Kränkungen unberührt bleiben kann, als wüsste sie von nichts als von sich selbst.

Dass auch er nicht aufgehört hatte, mich auf seine Weise zu lieben, begriff ich erst viel später. Erst als Erwachsene sah ich seine Anstrengungen, mich nie ganz aus den Augen zu verlieren, mich anzurufen, wenn Berta nicht zu Hause war, sich heimlich mit mir zu treffen, mich zu sich einzuladen, wenn er auf Kur war, mir Geld zuzustecken und meinen Kindern, Fabian vor allem, die Liebe zu schenken, die er mir nicht zeigen durfte. Unsere Zuneigung war eine heimliche Verschwörung hinter dem Rücken seiner Ehe. Es war diese Heimlichkeit, die uns verband und zugleich trennte, denn wir haben darüber nie ein Wort verloren und uns mit keiner Zärtlichkeit verraten.

Wenn ich aufräumte, fiel mir auf, wie wenige Gegenstände ihm gehörten, wie asketisch er in seinem eigenen Haus lebte, und die wenigen Dinge, die er besaß, waren schon vor Berta da gewesen und hatten sich zwischen ihren Häkeldeckchen, ihren selbst gestickten Wandbildern, den betenden Händen und dem Nippes aus Porzellan zwischen den Blumenstöcken hartnäckig gehalten. Die schwarze goldverzierte Nähmaschine meiner Großmutter, ein Geschenk meines Großvaters zur Geburt des jüngsten Kindes, stand auf einem Tischchen im Schlafzimmer unterhalb der Pendeluhr, die Vater für seine Gesellenzeit bei einem Uhrmacher bekommen hatte, und über den Tisch war Großmutters wollene Bettdecke mit rot-weißen Rosenmustern und den langen Fransen gebreitet, das ganze Arrangement erinnerte ein wenig an einen Altar. Im Wäscheschrank lagen ihre lila Bettüberzüge aus Damast, die für jede Decke zu kurz und zu schmal waren. Das vergoldete, mit Perlmutt verkleidete Opernglas war ein Fremdkörper. Ich hatte immer den unbestätigten Verdacht gehabt, er habe es vom Frankreichfeldzug mitgebracht, vielleicht als Beute, vielleicht hatte er es gekauft. Alle anderen Gegenstände aus meiner Kindheit war verschwunden, die Polstermöbel der Fünfzigerjahre, der Nierentisch, die Psyche im Schlafzimmer, die Mutter gehört hatte, der Glasschrank im Wohnzimmer. Nur die große Pendeluhr meiner Großmutter hing an prominenter Stelle zwischen den beiden straßenseitigen Fenstern. Wie gegenwärtig Großmutter in diesem Haus war, als hätte sie ihren ganzen Besitz ihm allein vermacht, oder die Erinnerung an sie bedeutete ihm um so vieles mehr als das Andenken an meine Mutter, von der nur mehr einzelne Stücke ihres Speiseservices übrig geblieben waren.

Großmutter war schon bei meiner Geburt über siebzig gewesen. Ich erinnere mich an ihre Oblaten-Torten, die sie aus dem Nachbardorf holte, eine Stunde Weg an den Einschichthöfen vorbei. Sie war nicht mehr gut auf den Beinen, aber sie ging eine Stunde ins Dorf hinunter und den steilen Berghang wieder zurück, als sei es selbstverständlich, dass sie mir jeden Wunsch erfüllte, war ich doch die einzige Tochter ihres Jüngsten, des Nachzüglers ihres Alters, nachdem sie elf Kinder geboren und vier im Kleinkindalter verloren hatte. Ich erinnere mich an den großen glattpolierten Bauerntisch, an dem ich ihre köstlichen Herrenpilzgerichte gegessen hatte, und an die Kakaofülle der Karlsbader Oblaten. Aber vor allem ist mir Großmutter als der frische Duft ihrer hellblauen gestärkten Kleider im Gedächtnis geblieben, mit diesem Duft verband ich eine bis dahin unbekannte Geborgenheit. In der Erinnerung kommt es mir vor, als sei dieser saubere Geruch auch über den Feldern und Wiesen gelegen, die sich in sanften Schwüngen ins Tal hinuntersenkten und zu den blauen Hochwaldkämmen anstiegen. Er überlagerte die dunkle Feuchtigkeit des Flurs, wenn Großmutter bei Nachteinfall die Haustür mit einem schweren Holzbalken verriegelte. Dann waren wir beide sicher und geborgen, wie man sich nur als Kind fühlen kann, wenn man Menschen und Orten noch sicheren Schutz zutraut. Sie stieg mit mir über eine Holzleiter auf den Dachboden unter dem unverputzten Eternitdach, man musste über hohe Balken klettern, um zum Bett mit der knisternden Strohmatratze zu gelangen, und oben unter dem Dachfirst hingen leere Hornissennester wie weißlich graue Stalaktiten. Durch eine kleine Fensterluke konnte man die dunklen Wiesen und den Waldrand sehen, und die Wipfel der Tannen rauschen hören, beruhigend und mit einer fast jenseitigen Zeitenthobenheit. Manchmal huschten Schatten durch die Dunkelheit, es müssen Fledermäuse gewesen sein, aber das Bett schwebte über den Planken wie ein Schiff, mit dem sauberen Bettzeug, das nach Großmutter roch. Es waren glückliche Tage und Nächte gewesen, die ich im Haus der Großmutter verbracht hatte, in den Wiesen und in den Granitspalten und Höhlen, im Unterholz und am Rand des Teichs unterhalb des Hauses.

Als Großmutter starb, war ich sechs Jahre alt. Es war der erste Tod in meinem Leben, mitten im Sommer, aber ich begriff ihn damals nicht. Deine Großmutter ist gestorben, hatte ein Bub aus einem der Einschichthöfe zu mir gesagt, ich erinnere mich, dass er es im Vorbeigehen gesagt hatte, in einem Tonfall, als müsse er mir etwas erklären, wofür ich zu dumm oder noch zu klein war. Großmutter lag in der Stube aufgebahrt, zwischen den Fenstern, unter der Pendeluhr, die weitertickte, als wäre nichts geschehen. Die hoch aufgetürmte Tuchent auf ihrem Bett war unberührt. Es schien unnatürlich, dass sie nicht im Bett lag, sondern auf der hölzernen Bahre ohne Strohsack darunter. Zu ihren Füßen brannten zwei dicke Kerzen. Ihr Gesicht war von einem kalkigen Weiß und so entrückt wie in einem traumlosen Schlaf. In den kalten Winternächten, wenn der Herd ausgekühlt und es kalt in der Stube geworden war, hatte mich Großmutter manchmal zu sich ins Bett genommen, und am Morgen, wenn sie noch schlief, hatte ich ihr neugierig ins Gesicht geschaut. Ich durfte die eiskalten, mit einem Rosenkranz gefesselten Hände berühren, aber nicht das Gesicht. Du kannst dich jetzt von ihr verabschieden, flüsterte meine Tante. Ich hörte Vater auf eine trockene stoßweise Art weinen. Wie sollte ich mich verabschieden, ich hatte ihr nie einen Kuss gegeben. Um Zärtlichkeit auszudrücken, hatten wir uns gegenseitig die Wangen gestreichelt. Bete für sie, sagte jemand und ich begann leise ein Vaterunser herzusagen. Aber ich fühlte nichts, es war eine fremdartige Zeremonie, die ich nicht verstand und die mir Angst machte, weil die Hauptperson, um die sich alles drehte, nicht mehr daran teilnahm. Zum Begräbnis wurde ich nicht mitgenommen, und dass der Tod der Großmutter deren unwiederbringliche Abwesenheit bedeutete, verstand ich erst nach und nach. Ich hatte damals Vater zum ersten Mal weinen gesehen. Und dann ging das Leben weiter, als wäre nichts gewesen, aber wir fuhren für lange Zeit nicht mehr zu Vaters Elternhaus. Im Sommer musste er arbeiten und im Winter lag zu viel Schnee. Erst in dem Sommer nach Mutters Tod kehrten wir wieder zurück.

Drei Jahre später fuhr ich allein mit dem Postbus in das Dorf und ging den langen Weg von der Haltestelle hinauf durch den Wald zu Großmutters Haus. Es sollte mein letzter Weg sein. So hatte ich es geplant. Mein Elternhaus war von der fremden Frau besetzt, meine Katze war tot, mein Vater ein Fremder, und meine Leistungen in der Schule hatten sich verschlechtert. Mit durchnässten Schuhen kam ich in der Dämmerung an. Auf den Wiesen lag Tau. Die Stufe zur Haustür war aus morschem schwarzem Holz und der große gusseiserne Schlüssel lag unter dem flachen Stein wie zu Großmutters Lebzeiten. Ich hielt mich nicht in der Stube auf, sondern stieg sofort die Leiter zum Dachboden hoch. Ich war dabei gewesen, als mein Onkel hinter einem Dachbalken eine alte Pistole hervorzog und sie meinem Vater zeigte, eine Waffe wie aus einem fernen Krieg, schwarz und sichtbar schwer in seiner Hand. Vorsicht, hatte er gesagt, sie ist geladen. Es war dunkel auf dem Dachboden, aber ich ertastete die Pistole. Ich hielt sie an die Schläfe, spannte den Hahn, aber nichts bewegte sich. Vielleicht war sie verrostet oder es gab irgendeine Sperrvorrichtung, die ich nicht entsichern konnte. Vielleicht war sie gar nicht geladen. Ich habe es nie jemandem erzählt, aber ich war überzeugt, dass es Großmutter war, die es nicht zuließ, dass ich mir in ihrem Haus das Leben nahm.

Am Vormittag las Vater wie jeden Tag, seit er im Ruhestand war, die Zeitung und schnitt Coupons und Sonderangebote aus. Dann wartete er auf meine Rückkehr und den Bericht, wie es seiner Frau ging. Um drei viertel zwölf stand, wie er es gewohnt war, das Mittagessen auf dem Tisch. Es war nicht das deftige Essen seiner Frau, sondern es waren fertige Menüs vom Markt, die ich schnell nach dem Spitalsbesuch eingekauft hatte, aber er beklagte sich nie darüber, sagte höchstens: Ein bisschen trocken ist es schon. Oder: Da ist aber viel Salz drin. Oder er schwelgte sehnsüchtig in der Erinnerung: Rindfleisch, das kann meine Frau besonders gut, die Saucen so sämig, einmalig. Sie ist halt eine einmalige Köchin. Einmalig war sein Wort für höchstes Lob. Ich rechtfertigte mich nicht damit, dass ich den ganzen Vormittag im Spital zugebracht hatte, ich ließ ihm die Erinnerung an ihre Hausmannskost.

Wenn es nichts Bestimmtes zu tun oder zu besprechen gab, fühlten wir uns miteinander unbehaglich. An Nachmittagen, nachdem wir Kaffee getrunken hatten, trat verlegenes Schweigen ein, wir saßen einander am Küchentisch gegenüber, die Hände um die leeren Kaffeetassen gefaltet, und wie zwei Fremde, die sich gezwungen sehen, Konversation zu machen, suchten wir krampfhaft nach einem Gesprächsstoff, der nichts Schmerzliches berühren und doch persönlich sein und Nähe schaffen sollte. Wir waren das ständige Zusammensein nicht gewohnt. Vater war immer schon ein großer Schweiger gewesen, er konnte stundenlang reglos an ein und derselben Stelle sitzen, stumm, ausdruckslos, als schliefe er mit offenen Augen. Früher, als er noch beweglicher gewesen war, konnte schon ein falscher Satz von mir ihn in die Flucht schlagen. Tränen waren ein garantierter Grund für seinen sofortigen Aufbruch, dann war es sinnlos ihn aufzuhalten, eine unerbittliche Kraft schien ihn von jeder Art von Gefühlsäußerung fortzutreiben. Den leichtesten Zugang zu seiner Aufmerksamkeit verschaffte man sich über Gegenstände, die zu reparieren waren, Pflanzen, die nicht gut gediehen, für technische Gebrechen hatte er immer ein offenes Ohr. Wenn ich ihm erzählte, dass in meiner Wohnung der Wasserhahn tropfte, riet er mir, die Dichtung mit Werg zu umwickeln, und auch wenn ich mich darüber beklagte, dass eine Ameisenstraße ihren Weg in den zweiten Stock in meine Küche gefunden hatte, wusste er Rat. Das gab ihm das Gefühl, nützlich zu sein und seine Pflicht als Vater zu erfüllen, es war die einzige Möglichkeit, sich seine Aufmerksamkeit zu sichern. Ich hatte gelernt, in den Sätzen, die wie Gebrauchsanleitungen klangen, etwas von der väterlichen Fürsorge zu spüren, ein wenig Wärme aus ihnen zu beziehen und die Hoffnung, dass auch sie ein Ausdruck von Liebe wären.

Worüber sollten wir reden, wenn es so vieles gab, worüber wir nicht reden konnten? Das meiste, dessen Mittelpunkt Berta gewesen war, hatte in meiner Abwesenheit stattgefunden, am größten Teil seines Lebens hatte ich nicht teilgenommen. Jetzt rächten sich die Jahre erzwungener Entfernung, es gelang uns nicht, einander unsere Zuneigung zu zeigen und unsere Liebe fiel als stumme Trauer auf uns zurück. Doch nun war die Zeit bemessen, seine Lebenszeit und die wenigen Nachmittage, bis Berta vom Spital zurückkam. Geschichten aus der Vergangenheit hätte ich hören wollen, Erinnerungen, die mit ihm sterben würden, an meine Mutter und alles davor, seine Jugend, seine Kindheit, alles worüber er immer hinweggegangen war, als sei es für mich nicht von Interesse. Erinnerte er sich überhaupt noch an die Ehe mit meiner Mutter? Was waren dreizehn Jahre unglücklicher Ehe im Vergleich zu fast einem halben Jahrhundert harmonischen Zusammenlebens mit der zweiten Frau? Ich würde mich jedoch hüten, dieses Thema zu berühren. Nach und nach begann ich über uns zu reden, so unauffällig, als hätte ich dabei nichts im Sinn, bis ich seinen Argwohn abgelenkt hatte und er nicht mehr bei jeder Frage auf der Hut vor Vorwürfen war, bis er mir zuhörte und einsilbige Antworten gab. Gegen Abend, bevor es so dunkel wurde, dass er nach dem Lichtschalter griff und die gerade aufkeimende Vertrautheit zerstörte, war der Augenblick gekommen, dass ich vorsichtig von früher reden konnte, von meiner Kindheit, ein wenig Glanz herbeiredete, glückliche Erinnerungen, Weihnachten, die Großmutter, sein Elternhaus. Meist sagte er, das ist zu lange her, das habe ich vergessen. Aber darum ging es nicht, es ging darum, dort anzuknüpfen, wo wir uns fremd geworden waren.

Weißt du noch, wie du mich im Schlitten über verschneite Wiesen zu Großmutters Haus gezogen hast, fragte ich.

Ich konnte es vor mir sehen wie einen Film, und vielleicht hatte ich es auch gelesen oder im Kino gesehen und glaubte, ich hätte es selbst erlebt. Ich spürte die Kälte, sah den unberührten Schnee wie einen isolierten, aus der Vergangenheit herausgeschnittenen Augenblick, ich war ein Kind, in Schichten von Wolle und Wärme eingepackt, und er zog den Schlitten durch die tief verschneite Landschaft. Am Horizont stand ein schwarzer Waldsaum, der Schnee in der wachsenden Dämmerung war von einem kalt leuchtenden Blau, aber das Wesentliche an der Erinnerung war die Gewissheit, dass mir nichts zustoßen konnte in dieser weißen Unendlichkeit, denn die Geborgenheit in seiner Gegenwart war absolut. Und der Wunsch, immer weiterzufahren in die winterliche Nacht hinein, war wie ein Echo meiner lebenslangen Sehnsucht zu reisen und nie anzukommen.

Erinnerst du dich, fragte ich. Wann kann das gewesen sein?

Vater reagierte nicht. Hatte er überhaupt zugehört? Warum sollte er sich auch an dasselbe erinnern wie ich? Erinnerungen sind wie Gefühle, wir haben keine Herrschaft über sie, kaum einen Einfluss.

Nein, antwortete er, das muss schon sehr lange her sein.

Ich muss noch ziemlich klein gewesen sein. Ist auch egal, sagte ich und versuchte meine Enttäuschung durch ein gequältes Lachen zu verbergen.

Vielleicht war es ein Weihnachtsabend, sagte er nach langem Schweigen. Bei Wilmas Leuten waren wir ja nicht willkommen, da gab es immer Ärger. Dann gingen wir zur Großmutter, die war allein und freute sich über unseren Besuch.

Davon habe ich nichts gewusst, sagte ich. Ich habe keine Erinnerung an Mamas Familie.

Sie hielten sich für etwas Besonderes, die erste Familie am Platz.

Wegen des Stoffgeschäfts?, fragte ich.

Geschäft! Er schnaubte verächtlich durch die Nase. Ein Greißlerladen war das, der später in Konkurs ging.

Das Haus auf dem Marktplatz, einstöckig mit einem Auslagenfenster, in dem ein paar verstaubte Kleidungsstücke lagen, das Elternhaus meiner Mutter. Gehen wir nicht hinein?, hatte ich gefragt. Es gehört uns nicht mehr, es gehört jetzt anderen Leuten, hatte sie geantwortet.

Sie war sehr vornehm, sie musste zu Hause ja auch nie arbeiten, hatte ich Vater einmal über Mutter sagen hören, ihr Großvater war Bürgermeister, ein stolzer Mann, und dann nach einer Pause hatte er mit ungewöhnlicher Bitterkeit hinzugefügt: Ich war ihnen zu minder.

Als Jugendliche hatte ich mich für meine Herkunft wenig interessiert, die unmittelbare Vergangenheit, der Krieg, die Nazi-Zeit, die Schuld und das konspirative Schweigen der Erwachsenen hatten mich mehr beschäftigt. Erst später, als es niemanden mehr gab, den ich hätte fragen können, war das Bedürfnis nach Herkunft und nach Wurzeln drängender geworden, als läge dort der Schlüssel zu meinem Leben. Mutter hatte einen Bruder gehabt, er war mit Frau und Sohn zu ihrem Begräbnis gekommen. Dein Onkel, hatte Vater mir zugeflüstert. Man hätte glauben können, sie seien irrtümlich und widerwillig in eine fremde Veranstaltung geraten, mit schlaffem Händedruck und einem gemurmelten Mein Beileid waren sie davongehastet. Ich weiß nicht, ob er noch lebt, ich würde meinen Cousin auf der Straße nicht erkennen.

Andere Leute haben Familien, die sich von Generation zu Generation verzweigen, sie zeichnen Stammbäume mit ausladendem Astwerk. Ich habe nur ein paar Erinnerungen an meine Großmutter. Wer die Eltern und Geschwister meiner Mutter waren weiß ich nicht, es gab keine Verwandten, auch in der Kindheit nicht, als hätte eine Katastrophe ihre Familien hinweggefegt, dabei waren sie eingesessen, seit Jahrhunderten, nichts hatte ihnen zustoßen können außer Krankheit und Tod im Kindbett.

Es gibt zwei Fotos, die unterschiedlicher nicht sein könnten. Die überbelichtete Aufnahme einer herausgeputzten Familie im Fotostudio vor einer Kulisse aus Gewitterwolken und einem seitlich drapierten Samtvorhang, eine grimmige Matriarchin im Brokat, sehr aufrecht in einem Armstuhl, dahinter ein junges Paar, eine düster blickende junge Frau mit hochgetürmtem Haar und weißem Spitzenkragen, meine Großmutter, und neben ihr der Bürgermeister, der meinen Vater so sehr eingeschüchtert hatte, ein schöner Mann mit sinnlichem Mund und ruhigem, hochmütigem Blick. Die anderen Familienmitglieder, zwei weitere junge Paare, ein geckenhafter Jüngling mit Vatermörder und engem Gehrock stehen um den Stuhl, in dem die Alte thront. Sie schauen mit ernsten, undurchdringlichen Mienen geradeaus in die Kamera. Ich konnte sie mir nie anders vorstellen als in diesen eingefrorenen Posen mit leerem, starrem Blick.

Das andere Foto war mir immer näher gewesen, es war von schlechter Qualität, aus den späten zwanziger oder frühen dreißiger Jahren, die beiden Jüngsten, Theo mit seiner um zwei Jahre älteren Schwester Rosina und zwischen ihnen die Eltern, mit ihren kaum sechzig Jahren schon verbraucht wie Greise, aber sie sitzen so vor dem Zaun ihres Gemüsegartens wie alte Leute am Abend nach der Arbeit, die Beine leicht gespreizt fest auf dem Boden, die Hände auf den Knien, einander zugeneigt mit einem resignierten, gelösten Lächeln.

Manchmal sitze ich vor diesen Fotos und frage mich, wer sie waren, woran sie glaubten und wie sie miteinander lebten. Doch Vaters Elternhaus und seine Mutter, ein paar vage Erinnerungen an meine Kindheit, das ist das Einzige, was mir dazu einfällt, das Einzige, das Vater und mich verband, die Ferien, in denen er sich meinetwegen Urlaub genommen hatte, damals nach Mutters Tod, mitten im Sommer, trotz der Urlaubssperre. Nie zuvor war er mit uns im Sommer weggefahren, undenkbar, sich freizunehmen. Er wurde gebraucht, auf ihn konnte man sich verlassen, er ließ sich ausnützen wie kein zweiter, für ein freundliches Wort, einen Klaps auf die Schulter tat er alles und bedankte sich noch dafür. Sie müssen verstehen, der Sommer ist die arbeitsintensivste Zeit. Natürlich verstand er, Urlaub nahm er sich im Winter, dafür bekam er zu Weihnachten einen Christbaum geschenkt, der übrig geblieben war, und war dankbar, wünschte Frohe Weihnachten und bekam auch noch ein Trinkgeld, wo sie ihm doch auch seinen Lohn auszahlten, wenn wenig los war. Treue war ein Begriff, den er heilig hielt, Treue aus Ohnmacht jedem gegenüber, der Macht über ihn besaß. Und auf einmal nahm er sich mitten im Sommer zwei Wochen Urlaub, um dafür zu sühnen, dass er seiner Frau auch diesen Wunsch versagt hatte. Wenigstens ein wenig aufs Land wäre sie im Sommer gern gefahren, wenn schon an keinen See oder ans Meer. Aber Wasser spielte in seinem Wunschdenken keine Rolle.

Weißt du eigentlich, wem euer Hof gehört, seit er verkauft wurde, fragte ich.

Den hat ein Ostdeutscher gekauft, so viel ich weiß, aber vielleicht hat er inzwischen noch einmal den Besitzer gewechselt, ich war schon lange nicht mehr dort.

Ich war seither einige Male dort, sagte ich vorsichtig.

Sind wir nicht auch einmal mit Berta hingefahren, Fabian war auch dabei? Das muss an die dreißig Jahre her sein.

An den missglückten Tagesausflug konnte er sich also noch erinnern. Er hatte mich unerwartet angerufen. Würdest du uns aufs Land fahren, Berta und mich, hatte er gefragt, ich möchte mein Elternhaus wiedersehen. Ich war erstaunt gewesen, dass er mich nach Jahren des Schweigens aufforderte, sie auf einen Ausflug mitzunehmen. Wie soll das gut gehen, fragte ich mich, mit so viel Feindseligkeit im Rücksitz. Ich nehme Fabian mit, sagte ich. Er würde sich mit Berta den Rücksitz meines kleinen Renaults teilen und besänftigend auf sie wirken. Die Reise habe ein Geschenk sein sollen, das er sich von Berta gewünscht hatte, ein einziges Mal als Familie etwas Wichtiges zusammen unternehmen.

Je schweigsamer Vater und ich auf der Fahrt geworden waren, desto mehr hatte Berta auf Fabian eingeredet, Kindheitserinnerungen aus dem Dorf an der Donau, wo ihr Großvater eine Mühle besessen hatte. Hätte sie Kinder gehabt, wären ihre Geschichten Bilder für das Familienalbum gewesen, so aber blieben sie fremde Erinnerungen, die niemanden interessierten. Fabian gähnte laut und Berta war gekränkt, und sie war eifersüchtig. Wir fuhren einer Vergangenheit hinterher, an der sie keinen Anteil hatte. Im Rückspiegel tauschten wir von Zeit zu Zeit schnelle Blicke, man musste wachsam sein, vorsichtig mit Blicken und mit Worten. Ein unbedachtes Wort konnte der Zündstoff sein, der die sorgfältig niedergehaltene Feindseligkeit zur Explosion bringen und alle Freundlichkeiten der vergangenen Stunden vergessen lassen würde.

Am Ende der Forststraße, dort, wo sie sich zu einer Traktorspur verengte, stiegen wir aus und gingen den großen Bogen entlang, den die Felder beschrieben. Die Felder gehörten zum Bauernhof von Vaters ältester Schwester, sie hieß Marie. Als er geboren wurde, war sie schon erwachsen und bei Bauern im Dienst. Wir gingen durch den Hohlweg, an dessen Rändern Heidelbeersträucher wuchsen. Die Beeren waren noch klein und grün. Damals, im Sommer nach Mutters Tod, waren sie blau und reif gewesen und hatten Finger und Zähne geschwärzt. Das feuchte Unterholz, in dem wir Herrenpilze gesammelt hatten, war verschwunden, die Bäume waren gewachsen und standen in großen Abständen zwischen Himbeergestrüpp. Alles war vertraut und trotzdem anders, als hätten die Felsen, die morschen Baumstümpfe, die Bäume und Wegkreuzungen ihre Plätze gewechselt. Die große Lichtung, von der aus man das ganze Tal überblicken konnte, und die an die Felder seines Elternhauses grenzte, hatte seit jeher Tanzboden geheißen. Die Lichtung war verschwunden, von einem Jungwald überwachsen. Die Ordnung der Felder, der mit Granitfindlingen durchsetzten Wiesenhänge und Waldränder war auf den Kopf gestellt, als seien die Himmelsrichtungen vertauscht. Die Gegenwart existierte nur im Vergleich zu damals und alles war verkehrt.

Es gab da einen Felsen, sagte ich, wie ein Spitzbogentor. Da habe ich dich damals fotografiert.

Aber der Felsen war unauffindbar und niemand zeigte Interesse, ihn zu suchen.

Das war zu einer Zeit, bevor ich dich kennenlernte, sagte er zu Berta, um Vergebung heischend. Sie lehnte verstimmt und abweisend an einem Baumstamm und ignorierte den missglückten Versuch, sie in Erinnerungen hineinzuziehen, die sie nichts angingen.

Wir hatten an jenem Nachmittag weder Berta noch Fabian den Zauber der Landschaft vermitteln können. Je näher wir dem Einschichthof gekommen waren, desto fremder war alles geworden. Das Wohnhaus war aufgestockt und renoviert, die Kunststofffenster an der Stirnseite zu doppelter Größe ausgebrochen. In der Auffahrt zur früheren Scheune standen Autos, und der Weg war so zerwühlt, dass unsere Schuhe im Morast stecken blieben. Eine Frau mittleren Alters trat aus der Tür und fragte, ob wir etwas suchten.

Ich bin in diesem Haus geboren, sagte Vater.

Kommen Sie herein, sehen Sie sich um, sagte sie. Sie sei Lehrerin, ihr Mann habe sich eine Auszeit genommen und züchte Schafe, sie seien aus Ostdeutschland. Ein schwermütiger Mann saß auf der Bank, die wie früher rund um den Bauerntisch lief. Sie hätten sich das Leben auf dem Land anders vorgestellt, belebend, stärkend, nicht so einsam, sagte er im schleppenden Tonfall depressiver Menschen. Im Dorf blieben sie die Zugezogenen, auch nach acht Jahren. Sie verstünden die Sprache der Bauern nicht und niemand sei hilfsbereit, im Gegenteil, alles sei fremd, die Menschen, die Landschaft, der Wald, der Schnee, der von November bis April die Zufahrtswege unbefahrbar mache.

Ob wir uns umsehen dürften, fragten wir. Das Austragshäuschen meiner Großmutter, dicht neben dem Wohnhaus stand noch, aber es war am Verfallen. Ich war erstaunt, wie klein die Stube war, ein Raum mit buckligen Wänden und tief liegenden kleinen Fenstern. Die Decke hatte sich aus dem Gebälk gelöst und hing in die Stube wie eine hölzerne Spinnwebe, ausgerechnet über ihrem schmalen, hohen Bett, auf dem nach so vielen Jahrzehnten noch Tuchent und Polster lagen. Der große glatt polierte Bauerntisch war verschwunden und dreißig Jahre Staub und Ruß lagerten auf Herd und Fensterbänken. Nur der Kalender und ein ovales Heiligenbild hingen noch an der Wand. Der Kalender war abgerissen bis auf ihr Todesdatum. Fabian und ich stiegen die Hühnerleiter zum Dachboden hoch, kletterten über die losen Bretter, um an die Dachluke zu gelangen, aus der wir einen verfilzten Jungwald überblickten. Ich verkniff es mir, nach der Pistole im Versteck zu suchen.

Mit dem Haus als Orientierungshilfe versuchten wir den Feldrain zu finden, an dem die seltenen Blumen der Hochebene wuchsen, aber es gab weder die locker aufgeschichtete Mauer noch den markanten Übergang zum Hochwald am Ende des Weges. Es gab nur den stacheligen Filz junger, zu dicht gesetzter Fichten, zwischen denen hohe harte Gräser zu einem Dickicht zusammenwuchsen, und den Morast, der uns zwang aufzugeben. Am Ende war alles nur mehr Erinnerung, der Teich unterhalb des Hofs im Schatten der Holunderbüsche mit seinem auch an heißen Sommertagen unheimlich schwarzen eiskalten Moorwasser, der steinerne Brunnen an der Hauswand, an dem man sich an kühlen Sommermorgen gewaschen hatte, die hohen Tannen mit ihrem unaufhörlichen

Rauschen selbst bei Windstille, der kleine Gemüsegarten der Großmutter an der Sonnenseite des Hauses mit den Gurkenstauden und auf Stangen aufgezogenen Paradeisern. Der Teich war verschwunden, der Brunnen war noch da, verschmutzt und trocken bis auf den Grund und um vieles kleiner als ich gedacht hatte. Alles war kleiner, bedeutungsloser als in der Erinnerung, und was geblieben war, zerstörte die Vergangenheit.

War das alles?, fragte Fabian.

Alles, was noch übrig geblieben ist, sagte Vater.

Fahren wir, schlug ich vor.

Auf der Rückfahrt gingen wir auf den Friedhof, um das Grab der Großeltern zu besuchen. Anstatt des etwas schief in der Erde steckenden Kreuzes stand eine Marmortafel mit einer einzigen Toten, der jung verstorbenen Frau eines Verwandten, der die Grabstatt gekauft hatte. Im Andenken an meine geliebte Frau. Das Haus der Großmutter verfallen, ihr Garten verschwunden, der Name auf dem Grab getilgt, als hätte es sie nie gegeben, als wären auch die Erinnerungen eine Fiktion, die man widerlegen konnte.

Auch Vater hatte eine Kindheit gehabt, die tief in ihn eingegraben war, aber er hatte selten und einsilbig davon erzählt, von der Armut und dem Hunger nach dem Ersten Weltkrieg, als die Gendarmen kamen und mit Bajonetten im Heu nach versteckten Nahrungsmitteln stocherten. Er sagte, das kannst du dir gar nicht vorstellen, wo es dir nie an etwas gemangelt hat. Es klang wie ein Vorwurf. Genug Geld oder auch nur genug zu essen habe es nie gegeben, nicht einmal genug Heu fürs Vieh. Die Wirtschaft führte seine Mutter mit den jeweils jüngeren Kindern, die noch nicht bei Bauern im Dienst waren, der Vater arbeitete im Wald, am Schwemmkanal, im Sommer beim Kleinschnitt, der vom Winter noch in den Wäldern herumlag. Aber seine Eltern hatten eine gute, ruhige Ehe geführt, auch als das zwölfte Kind zur Welt kam, gab es noch so viel Freude und Dankbarkeit, dass sein Vater seiner Frau die Nähmaschine schenkte, die nun in Vaters Schlafzimmer stand, Großvater hatte sie einem Hausierer abgekauft. Wenn Vater von seiner Kindheit erzählte, tat er es widerwillig und so, als ginge er davon aus, dass ich mich für sein Leben nicht interessierte. Auch er schätzte seine Erinnerungen gering, als habe er nie über die Bedeutung seiner frühen Erfahrungen nachgedacht und was sie aus ihm gemacht hatten. Dass er in dieser Einsamkeit aufgewachsen war wie die Pflanzen, deren Eigenschaften er mir zu erklären versucht hatte, schweigsam, genügsam ohne Notwendigkeit, sich mit anderen zu messen. Eine Kindheit ohne Verbote und Zwänge außer den von der Armut und den Naturgegebenheiten diktierten, dafür mit der selbstverständlichen Liebe, die seine Eltern nicht gezeigt hatten und die dennoch spürbar war, eine Liebe, in die immer ein wenig Schuldgefühl und Mitleid gemischt waren, darüber, dass die Kinder so hilflos in dieses Elend hineingeboren waren und dass sie ihnen nicht mehr geben konnten als das bisschen Zuneigung, das nach der Erschöpfung am Ende des Tages übrig blieb. Es musste ein fast heidnisches Aufwachsen gewesen sein, trotz des Herrgottswinkels und der geweihten Palmbuschen gegen Unwetter und Blitzschlag, weil den Eltern in ihrer lebenslangen Entbehrung Dank- und Bittgebete überflüssig erschienen und sie keine Gedanken an die Hölle verschwendeten, das Leben war hart genug. Wenn seine Mutter von etwas Wunderbarem erzählte, dann war es das Kristallschloss jenseits der Bergkämme, nur blieb es unsichtbar, weil nur jene es sehen konnten, die im Lauf des kommenden Jahres sterben würden.

Nach dem Mittagessen räumte ich den Tisch ab, die beruhigende Monotonie der immer gleichen Handgriffe in der Küche meines Elternhauses weckte Erinnerungen an die Jahre, als ich zwölfjährig plötzlich Haushaltspflichten hatte und an die schweigende Gemeinsamkeit bei Tisch. Immer noch half Vater mir beim Abräumen, langsam zwar, aber umsichtig, wie seine praktische Veranlagung es ihm eingab. Er wusste, es war nicht mehr als eine Geste, die sagte, du brauchst mich nicht zu bedienen und ich werde dich um nichts bitten. Wir räumen gemeinsam ab, sagte er, wenn ich ihn auf seinen Platz zurückschickte. Wenn ich von der Schule nach Hause gekommen war, hatte ich das Essen aufgewärmt, das Geschirr abgewaschen. Manche Dinge erkannte ich wieder, sie stammten noch von meiner Mutter, einzelne Stücke eines Augarten-Services, die Sauciere, die Zuckerdose, ein Salzstreuer, Kristallgläser, kobaltblaue Wassergläser. Die sind noch von Mama, sagte ich, aber ich wagte nicht zu fragen, was mir durch den Kopf ging: Kann ich die haben, wenn du gestorben bist?

Wie ist sie eigentlich gestorben?, fragte ich ihn an einem unserer gemeinsamen Nachmittage.

Wer?, fragte Vater.

Meine Mutter.

Er sah mich irritiert an. Das weißt du doch. Sie hatte einen Gehirntumor.

Es war so plötzlich. Es hieß doch, sie sei wieder gesund. Hat sie sich umgebracht? Es war nicht mehr als ein plötzlicher Einfall, nicht einmal ein Verdacht.

Umgebracht? Wie kommst du darauf? Er schaute auf seine Hände, die vor ihm auf dem Tisch lagen. Ich weiß es nicht, kann sein, dass sie zu viel genommen hat.

Zu viel was?

Sie hatte doch alle diese Tabletten.

Du weißt nicht, wie sie gestorben ist?

Ich war nicht dabei, ich habe sie gefunden. Macht es denn einen Unterschied?

In seinen Augen stand Hilflosigkeit, oder war es Schuldbewusstsein?

Es ist doch so lange her, sagte er. Sie wollte nicht mehr leben. Als ich sie fand, war sie schon tot, der Arzt hat es bestätigt. Es ging doch auch um ein kirchliches Begräbnis. Ich hätte es nicht mehr lange ausgehalten, so zu leben, sagte er unvermittelt und so heftig, dass ich erschrak.

Wie, so?, fragte ich.

Du erinnerst dich ja nicht, wie tyrannisch sie war. Ich ertrug es nur, weil ich sah, wie sehr sie litt. Ich hatte dir ein Puppenhaus gebastelt, mit Türen und Fenstern, einer Puppenküche, kleinen Betten, Tisch und Sessel, alles, einer Wendeltreppe von einer Etage zur anderen, alles aus hauchdünnen Holzspänen, ich hatte viele Abende damit zugebracht. Und als es fertig war, befahl sie mir, es wegzuwerfen, weil ich zu vertieft gewesen war, um sie zu beachten. Sie hat in das Puppenhaus hineingegriffen und die Gegenstände einen nach dem anderen in der Faust zerknüllt, nicht gewalttätig, sondern langsam, mit einer Selbstverständlichkeit, als sei es ihre Aufgabe, es zu tun. Sie wurde nie laut, du weißt ja wie sie redete, langsam, als sei sie bei jedem Wort am Überlegen. Aber immer war klar, dass nichts wichtiger war als sie. Ich habe geschwiegen und das demolierte Haus, den Holzrahmen weggeworfen, und du hast nie erfahren, dass du beinahe ein Puppenhaus bekommen hättest.

Wir schwiegen und ich dachte, ich müsste mich entschuldigen für die Demütigungen, die er ihr nie verziehen hatte. Auf einmal standen mir Erinnerungen vor Augen, die ich vergessen hatte, wie sie mit einem leisen, gekränkten Adieu die Schlafzimmertür hinter sich schloss und wir in diesem gedrückten, schuldbewussten Schweigen zurückblieben. Wie er mich auf den Arm nahm und vorsichtig die Tür aufmachte, hinter der Mutter weinte: Komm, heitern wir Mama auf! Wie er am Morgen an mein Bett kam und mir eine Tafel Schokolade in die Hand drückte, da, gib das deiner Mama und sag ihr, alles Gute zum Geburtstag und dass du sie lieb hast. Und ich hatte zu weinen begonnen, weil ich ihren Geburtstag vergessen hatte.

Krankheit verändert Menschen, sie war nicht immer so,

sagte Vater wie um sie zu entschuldigen. Am Anfang, als junge Frau, war sie ganz anders. Aber eine solche Krankheit kann zum Terror werden, der sich alles unterwirft.

An die Zeit vor ihrer Krankheit kann ich mich nicht erinnern. War sie denn so lange krank?

Am Anfang waren es ihre häufigen Kopfschmerzen. Der Arzt meinte, es sei Migräne.

Sie quartierte sich im verdunkelten Schlafzimmer ein, stand morgens nicht mehr auf und war noch im Schlafrock, wenn ich von der Schule nach Hause kam. Ich muss zehn oder elf gewesen sein, aber ich verstand, ohne dass man es mir sagen musste: Mutter war krank, sie brauchte Ruhe, das bedeutete: keine laute Musik, keinen Lärm, Rücksicht nehmen, lautlos und vorsichtig existieren, nicht singen. Jedes Spiel konnte abrupt abgebrochen werden, angekündigte Besuche fanden nicht statt. Sie war mit sich beschäftigt und ich blieb mir selbst überlassen, so lebten wir nebeneinanderher. In meinem Zimmer schnitt ich die Fotos von Filmstars aus, machte Hausaufgaben, las Kinderbücher und solche, die ich noch nicht verstand, schaffte mir Freiräume nach innen. Ich erinnere mich nicht, dass mir etwas gefehlt hätte. Ich war es nicht gewohnt, Zuwendung zu erwarten, Gespräche ähnelten freundlichen Quizfragen, denen ich auszuweichen suchte. Ein oder zwei Jahre lang fuhr sie jeden Nachmittag zum Arzt für eine Spritze gegen die Kopfschmerzen, und ich hatte das Haus für mich allein, probierte ihre Kleider und Schuhe an, tanzte vor dem dreiteiligen Spiegel ihrer Psyche, ich konnte sogar weggehen. Mutters Krankheit eröffnete mir die Freiheit, ohne Einmischung aufzuwachsen. Am liebsten verbrachte ich die Nachmittage im Wald, der Galgenberg war mein Spielplatz, ich sammelte Eicheln und Kastanien für die Rehe, aber im Winter lag der Schnee zu tief und die Kastanien verschrumpelten und verfaulten im Schuppen. Oben auf dem Berg stand ein Turm mit einer steinernen Wendeltreppe, es war unheimlich dort. Es hieß, der Galgen, auch wenn es ihn nicht mehr gebe, zöge die Selbstmörder an. Ich streifte durch den Wald mit einer Unbekümmertheit, als sei er mein Eigentum, Angst hatte ich nur vor der unmittelbaren Umgebung des Turms. Und kurz bevor Mutter vom Arzt nach Hause kam, war ich wieder in meinem Zimmer. Es kam mir nicht in den Sinn, dass sie todkrank war. Es hieß, sie sei gemütskrank und mein Vater sei schuld. Zu spät kamen die Ärzte zu der Erkenntnis, dass ihr Gehirn nicht der Sitz einer zerrütteten Seele, sondern ein Organ war, in dem der Tumor seine Sporen ausstreute. Später fand ich das Schwarz-Weiß-Foto dieses Gehirns, ein Röntgenbild, auf der sich schwarze Flecken zu unregelmäßigen Klumpen ballten.

Vater kam von der Arbeit, kochte, wusch das Geschirr und lernte an Wochenenden mit mir für Mathematikschularbeiten, fragte mich Vokabeln ab, unterschrieb meine Schulmitteilungen. Wenn ich Klavier übte, rückte er sich einen Stuhl heran und hörte mit einer Andacht zu, dass ich immer wieder Schubertlieder spielte, weil er dann diesen verträumten Blick bekam. Er tat mir leid, er war bedrückt und schweigsam, ich erinnere mich nicht, dass er jemals gelacht hätte, ich spürte seine Trauer, aber ich wusste nicht, wie ich ihn trösten sollte. Auch damals redeten wir nicht viel miteinander, meist saßen wir am Abend zu zweit im Wohnzimmer, jeder mit seinem Buch, Mutter lag dann schon im Bett. Im Rückblick kommt mir dieses Schweigen wie eine wortlose Zwiesprache vor. War er jemals jung gewesen, übermütig, hatte er mit mir jemals herumgetobt, Unsinn gemacht, gelacht? Ich erinnere mich, wie ich als Kind auf seinen Schultern saß, meine Fersen auf seiner Brust, und mit seinen Haaren spielte, und an die erste Banane nach dem Ende der Lebensmittelrationierung. Er schaute mir mit solcher Inbrunst zu, wie ich sie aß, dass ich bis heute nicht verstehen kann, warum ich sie nicht mit ihm teilte. Am besten erinnere ich mich daran, dass er gern bastelte, einen Käfig für eine Maus, die von Milben kahl gefressen verendete, einen Puppenwagen, einen Stall für ein graues Kaninchen, und es gab kein Spielzeug, das er nicht hätte reparieren können. Schon damals war er in Gegenständen greifbarer gewesen.

Einige Monate vor ihrem Tod hatte Mutter im Spital gelegen und wir besuchten sie jeden Tag. Sie lag im Bett, still und weiß, wie aufgebahrt, sie redete ohne den Kopf zu bewegen, und obwohl sich der Frühling bereits ankündigte und die Sonne auf ihr Bett schien, war es mir in diesem Zimmer unheimlich, als sei ein unsichtbarer Dritter anwesend. Dann wurde sie entlassen, es hieß, sie würde bald wieder gesund werden. Einige Wochen trug sie auch zu Hause noch einen Kopfverband, später ein Tuch, tief in die Stirn gebunden, das sie auch dann nicht abnahm, als die ausrasierten Haare nachgewachsen waren. Zuvor hatte sie langes Haar gehabt, aber es wuchs nicht mehr zur vollen Länge nach, so lange ließ der Tod nicht auf sich warten, denn plötzlich, ohne Vorwarnung, ohne Verschlechterung ihres Zustands, war sie tot. Ich kam vom Schikurs zurück und sah Vater schmal und ernst auf dem Bahnsteig stehen. Er kam mir nicht entgegen, er streckte nicht einmal eine Hand zum Gruß aus, er stand nur reglos da und sah mich an, und noch bevor er etwas sagte, wusste ich bereits, dass etwas Furchtbares geschehen war.

Ich kann mich nicht erinnern, dass ich Schmerz oder Trauer verspürt hätte. Vielleicht könnte ich zu meiner Rechtfertigung sagen, dass Mutter in meinem Leben keine große Rolle gespielt hatte, sie hatte sich zu früh ungreifbar gemacht. Es war ein Zustand unwirklicher Orientierungslosigkeit, der mich nach ihrem Begräbnis befiel und mich aus dem Alltag heraushob, als ginge ich in einer Luftblase, die alles nur undeutlich und verzerrt zu mir hereindringen ließ. Manchmal gab es auch Augenblicke überwältigender Freiheit, wie das Auftauchen, wenn man lange unter Wasser war. Wir kamen vom Begräbnis nach Hause, es war Anfang März und noch sehr kalt, Vater machte Feuer im Kachelofen und ich hatte ein schlechtes Gewissen, sie in Regen und Kälte auf dem Friedhof zurückgelassen zu haben, ganz allein, wo sie doch so leicht fror. Trotzdem hatte ich das Gefühl, wir seien zum ersten Mal eine zufriedene Familie, Vater und ich. Er war keine starke Gegenwart wie viele andere Väter, im Gegenteil, er war kaum spürbar, aber seine Gegenwart brachte eine Ruhe mit sich, in der sich jeder Aufruhr allmählich legte. Wenn er da war, konnte nichts Schlimmes mehr passieren, und es gab nichts, was er nicht wieder in Ordnung bringen, was er nicht reparieren konnte.

Wir haben nie über Mutter geredet, damals nicht und auch später nie, weder über sie noch über ihren Tod, nur über Dinge, die sie zurückgelassen, über Gewohnheiten, die sie eingeführt hatte, doch damals gingen wir wohl beide stillschweigend davon aus, dass der andere an ihrem Verlust zu sehr litt, um es in Worten auszudrücken, und bemühten uns in kleinen liebevollen Gesten, den Kummer des anderen zu lindern. Vater kaufte mir in diesem Jahr Geschenke, für die ich zu jung war, um ihren Wert zu erkennen, eine Kamera, eine Pelzjacke, eine Perlenkette, über die sich meine Mitschülerinnen lustig machten. Er kaufte mir die ersten Pumps, die damals in Mode kamen, er ging mit mir ins Kaufhaus und ließ mich aussuchen, was mir gefiel. Er strafte sich selber, als habe seine Sparsamkeit Mutters Tod verschuldet. Vielleicht waren es ja ihre Wünsche, die er an mir erfüllte. Auch Berta kaufte er als Erstes eine Pelzjacke und Schmuck. Immer wieder kochte er meine Lieblingsspeisen, Biskuitrouladen, Dampfnudeln, bis ich ihrer überdrüssig war und nicht wagte, es ihm zu sagen. Dafür putzte und bügelte ich mit großem Eifer, ohne dass ich dazu aufgefordert wurde. Beim Bügeln hörte ich die Hitparade im Radio. In meiner Erinnerung war es eine glückliche Zeit.

Irgendwann im Lauf des Jahres blieb Vater nach der Arbeit immer länger aus, manchmal bis spät nachts, und ich konnte aus Sorge um ihn nicht einschlafen, bis ich seine leisen Schritte im Flur und in der Küche hörte. Erst dann konnte ich mich entspannen und alles war in Ordnung. Es wäre mir nicht in den Sinn gekommen, ihn zu fragen, wo er so lange geblieben war, aber ich war dankbar und erleichtert, wenn er wieder da war. Es war, als hätte der unangekündigte Einbruch des Todes mein Vertrauen in die Vorhersehbarkeit der Dinge erschüttert, so dass ich mit angehaltenem Atem das nächste Ereignis erwartete, das unser Leben aus der Bahn werfen würde. Auch Vater konnte jederzeit sterben oder einfach verschwinden, es gab keine Garantie, dass ein Tag fugenlos in den nächsten überging. Vater behandelte mich wie eine Erwachsene, wenn es um alltägliche Angelegenheiten ging, er erwartete, dass wir uns die Hausarbeit teilten, er kümmerte sich nicht darum, wann ich heimkam und wann ich schlafen ging. Er weihte mich jedoch nicht in sein Leben ein und ich spürte, wie ich allmählich an den Rand seiner Aufmerksamkeit rückte, wie er mir und ich ihm entglitt und unsere kleine, aus zwei Personen bestehende Familie auseinanderfiel. Und eines Tages stand Berta in der Küche. Ich sah seine Verlegenheit, hörte den feierlichen Ton seiner belegten Stimme und begriff in diesem Augenblick alles, was sich dann allmählich entfaltete, auch dass ich von nun an nicht mehr auf ihn zählen konnte.

Für ihn nahm das Leben eine neue, glückliche Wendung, es fing vielleicht überhaupt erst an, und in dem Maß, in dem er sich von mir entfernte, verwandelte er sich in einen jugendlichen, mir völlig fremden Mann, der mir als Vater peinlich war, einen jünglinghaften Dandy mit einem verschmitzten Lächeln, dem man ansah, dass er gefallen wollte. Er kam nach Hause und ging gleich wieder fort, während ich seine Hemden bügelte und seine Wäsche wusch. Er hatte zugenommen, sogar seine Züge hatten sich verändert, sie hatten etwas Sattes, Selbstzufriedenes, das ihn mir unsympathisch machte. Er lachte jetzt oft, befremdet beobachtete ich ihn dabei, es war ein eigenartiges Lachen, er strahlte vor Übermut, und alles, was ihn antrieb, schien in einer Welt stattzufinden, zu der ich keinen Zutritt, von der ich nicht einmal eine Ahnung hatte. Wäre er damals noch der Vater gewesen, der meine Fragen nachdenklich abwog, bevor er antwortete, wäre es vielleicht nie dazu gekommen, dass ich ihn der Verbrechen verdächtigte, von denen ich mit dreizehn Jahren zum ersten Mal eine Ahnung bekam, und die die nächsten Jahrzehnte meines Lebens, sogar meinen Beruf bestimmten. Dann hätte vielleicht unsere Beziehung einen anderen Verlauf genommen.

Es war der zweite Weihnachtsabend nach Mutters Tod. Vater war am frühen Nachmittag mit Berta kurz vorbeigekommen, um mir mein Weihnachtsgeschenk zu überreichen, Hausschuhe aus glänzendem pastellgrünem Plastik mit einer schwarzen Quaste. Ich war enttäuscht, denn ich hatte mich das Jahr davor an ganz andere Geschenke gewöhnt. Sie konnten nicht bleiben, denn am Abend waren sie bei ihren Arbeitskollegen eingeladen. Auch ich sollte den Heiligen Abend bei einer Schulfreundin und deren Eltern verbringen. Während die Erwachsenen den Christbaum schmückten, lagen Elvira und ich auf dem Teppich in ihrem Zimmer und erzählten einander unheimliche Geschichten, von Toten, die in der Nacht nach ihrem Tod erschienen seien, von Pendeln, die einen fernen Tod zur exakten Stunde anzeigten und Bildern, die zur selben Stunde von den Wänden fielen, von nächtlichen Begegnungen mit Gespenstern, mit dem als Jäger verkleideten Teufel, und von der Wilden Jagd. Ich hatte ihr voraus, dass ich den Tod aus unmittelbarer Nähe erlebt und seine ungreifbare Anwesenheit gespürt hatte. Im Vergleich dazu war Elvira ein behütetes, unwissendes Kind. Vielleicht wollte sie mich bloß übertrumpfen und hatte keine Ahnung, was sie anrichtete. Sie tat sehr geheimnisvoll, als sie ein zerknittertes Kuvert aus der Schublade ihres Schreibtisches hinter Schulheften hervorzog.

Ich muss dir was zeigen, flüsterte sie, aber du darfst zu niemandem ein Wort zu sagen. Du musst es schwören.

Ich brannte vor Neugier und schwor bereitwillig.

Es waren Fotos, schwarz-weiß und unscharf von einer fremden Gegend und Soldaten. Soldaten in Reih und Glied, jungen Männern, lachend in Unterhosen an einem Flussufer. Ein Hang, davor eine dichte Masse von Menschen. Eine Menschenschlange auf einer Straße, dahinter Bäume und davor in regelmäßigen Abständen Soldaten mit Gewehren und Schäferhunden. Ein brennender Panzer. Ein Soldat, dessen ausgestreckter Arm auf den Hinterkopf eines dicht vor ihm stehenden Mannes zielte. Ein Balkon, von dem ein Mensch mit eingeknicktem Kopf an einem Strick hing. Und das unerklärlichste Foto, etwas, das ich zunächst für eine Schlangengrube hielt, aber es war ein Gewirr von weißen Gliedmaßen, Köpfen, Rümpfen unbekleideter Menschen.

Was ist das?, fragte ich entsetzt.

Ich glaube, das ist vom Krieg.

War dein Vater im Krieg?, fragte ich.

Natürlich, deiner nicht?

Ist das dein Vater, der auf den Mann schießt?

Mein Vater hat das Foto doch gemacht. Er war so etwas wie ein Polizeiinspektor, sagte sie.

Und die Leute?

Verbrecher wahrscheinlich.

Es gab keinen bekannten Zusammenhang, in den ich die Fotos hätte einordnen können, kein vorangegangenes Wissen, was die Fotos bedeuteten. Es muss eine Art von intuitivem Erfassen geben, das sich unmittelbar auf den Körper überträgt, direkt und ohne Umweg über den Verstand. Ich erinnere mich nicht daran, was ich dachte oder fühlte, nur daran, dass ich plötzlich vor Kälte zitterte. Ich habe diese Kälte, die von innen nach außen dringt und mich unkontrollierbar schüttelt, noch ein- oder zweimal in meinem Leben gespürt, in Gegenwart von Menschen, die mir eine unerklärliche Angst einjagten. Elvira nahm die Fotos schnell an sich, erschrocken über ihre Wirkung.

Und dass du nachher bei der Bescherung ja nichts darüber ausplauderst, auch sonst nie und zu niemandem, sonst kriege ich Ärger, beschwor sie mich.

Gewiss, die Fotos waren unscharf gewesen, aber das Grauen, das von ihnen ausging, lebte in einem unzugänglichen Teil meines Bewusstseins weiter. Beim Studium und später, als immer mehr solcher Fotos, die die Soldaten an der Ostfront geknipst und nach Hause geschickt hatten, zum Vorschein kamen, als man sie in Ausstellungen und Fotobänden betrachten konnte, verloren dennoch die Fotos aus Elviras Mädchenzimmer in meiner Erinnerung nie ihren ursprünglichen Schrecken. Es blieb das Erschrecken der Dreizehnjährigen vor einem Abgrund, der sich plötzlich vor ihren Füßen auftut, da wo der Boden bisher fest erschienen war. Später am Abend sah ich ihren Vater, der früher einmal an jenem unheimlichen Ort gewesen war, ich hörte ihn *Stille Nacht, heilige Nacht* singen, und über allem, dem erleuchteten Wohnzimmer mit dem Christbaum, der Krippe, den bunt eingewickelten Geschenken, den freundlichen Erwachsenen lag der Schatten jener unheimlichen, düsteren Landschaft und der Menschen, die von Soldaten und Hunden über eine Chaussee getrieben wurden.

Ich hatte Wort gehalten und nie darüber geredet, zu keinem Menschen, nicht aus Loyalität, sondern weil das ursprüngliche Entsetzen nie eine adäquate Sprache gefunden hatte.

War es niemandem aufgefallen, wie verstört ich von diesem Abend nach Hause gekommen war? Hätte Vater mich gefragt, was mit mir los sei, hätte ich überhaupt den Mut gehabt, es ihm zu erzählen? Ihn zu fragen: Warst du auch dort dabei? Sind solche Bilder auch in deinem Kopf? Aber er war nicht mehr mein Vater, er war nur mehr der Liebhaber dieser Frau, sie kamen spätabends nach Hause, fröhlich, beschwipst, blind ineinander verstrickt, ihr trunkenes Glück erfüllte das Haus wie der süßliche Geruch ihres Parfüms, und alles, was ich an diesem Abend erlebt hatte, verschmolz für mich zu einer quälenden Beklemmung, der ich entrinnen wollte und die mich mit verstohlener Neugier anzog. Ich sehnte mich nach einer Welt mit klaren Konturen, in der Gut und Böse, Sauber und Unrein scharf voneinander getrennt waren, denn auf einmal war alles zwielichtig, zweideutig und weckte eine hohle Angst davor, ins Lichtlose, Bodenlose zu stürzen. Im Lauf der Zeit entwickelte ich ein untrügliches Gespür für den verborgenen Sinn von Mehrdeutigkeiten und Halbwahrheiten, Misstrauen wurde mir früh zur Gewohnheit. Meinen Vater beobachtete ich von da an mit Argwohn, als müsse ich eine verborgene Seite an ihm entdecken.

Danach begann ich zu lesen, alles, was mit dem Krieg zu tun hatte, mit seinen Opfern und seinen Tätern, es war nicht viel, was ich in der Stadtbücherei fand, ich lernte Propagandamaterial gegen den Strich zu lesen, ein Buch führte mich auf die Spur des nächsten. Vierzehn Jahre erst waren vergangen und niemand redete davon. Nur ich war die Spionin, die Rächerin, die das Wissen über ihre Verbrechen als Waffe gegen sie benutzen wollte, gegen Elviras Eltern und das selbstvergessene Paar, mit dem ich lebte, gegen alle Erwachsenen, die feindselig schwiegen, wenn ich danach fragte. Die spätere Revolte gegen die Vätergeneration, die Demonstrationen der Sechzigerjahre, die Euphorie der Studentenbewegung, all das kam für mich genau zur rechten Zeit. Es war eine große Befreiung, mit meinem Verdacht und meinem Ekel nicht allein zu sein. Gleichzeitig hätte ich mir nichts mehr gewünscht, als dass der Mensch, den ich am meisten liebte, schuldlos war, dass er als Einziger durch das Morden hindurchgegangen war ohne seine Unschuld zu verlieren. Je mehr ich mich in das Studium der Vernichtungsfeldzüge der Wehrmacht vertiefte, desto klarer wurde mir, dass es unmöglich war, in Schuld hineingezogen, unschuldig geblieben zu sein.

Das Entsetzen über den Krieg und die Verbrechen von Hitlers Soldaten ließen mich seit dem Abend in Elviras Elternhaus nicht mehr los. Ich machte es mir zur Lebensaufgabe, alles zu erforschen, nichts auszulassen. Aber die Hunderte, vielleicht Tausende Berichte, die ich im Lauf meines Lebens gelesen habe, die Bücher, die meine Regale füllen, die Fotos, die meine Phantasie gequält haben, handelten nicht von ihm, sie gaben keinen Aufschluss darüber, welchen Anteil er an den Verbrechen gehabt hatte. Siebzehn Millionen junger Männer hatten fünfzig Millionen Tote auf dem Gewissen. Dazu kamen die Ungezählten, die an den Folgen starben, und die ungeborenen Nachkommen. Allein die Fakten und Zahlen sprachen gegen ihn. Es ging nicht darum, ob meine Vorstellungskraft ausreichte, ich hatte es von ihm selber hören wollen, von meinem Vater, weil jede Geschichte anders war, die Millionen von Geschichten der Opfer und die Millionen von Erfahrungen der Täter, der Mitläufer und Mitwisser, und keine glich der anderen. Es wäre seine Geschichte gewesen, nicht irgendeine, von der ich mich entsetzt, in selbstgerechter Empörung abwenden konnte, es gab diese Geschichte und er hätte sie mir erzählen müssen. Seine Geschichte, die auch mir gehörte, meine Vorgeschichte, der ich nichts entgegensetzen wollte als meine Scham. Und wäre sie auch noch so vernichtend gewesen, ich hätte sie trotzdem hören wollen, ich hätte die Schande angenommen. Gewissheit wollte ich, die ich in meinem Gedächtnis festhalten konnte, konkrete Begebenheiten, greifbare Erlebnisse, wie unerträglich sie auch sein mochten. Nur nicht dieses Ungreifbare, das Körperlose eines abstrakten Wissens, das der zügellosen Phantasie die Bilder liefert.

Wenn ich sah, wie seine Lippen schmal wurden und sein gekränkter Blick an mir vorbeiging, hätte ich ihn anflehen wollen, versteh doch, ich will keinen Streit, es geht mir nicht darum recht zu haben. Ich hasse dich nicht, ich will nur, dass du das Verbrechen anerkennst, an dem du beteiligt warst. Ich hatte mich beherrschen müssen, nicht zu beschwichtigen, nicht alles Gesagte wieder zurückzunehmen, bloß weil ich sein gekränktes Schweigen nicht ertrug.

Es sei nicht so einfach mit der Schuld, hatte er dann behauptet, wenn man keine Wahl und keine Zeit zum Überlegen gehabt habe.

Sie sind über die Hügelkuppe gekommen, erzählte er, Panzer von einem Ende des Horizonts zum anderen. Bevor die Infanterie unsere Stellungen überrannte, mit diesem Gebrüll, zu Zehntausenden, das Chaos, das Krachen und Bersten, die Einschläge rundherum, das Feuer. Wir hatten Angst, verstehst du, beschwor er mich, wir haben uns in die Hosen gemacht vor Angst und wir haben hineingeschossen, bis wir keine Munition mehr hatten. Ich weiß nicht, ob und wie viele Menschen ich getötet habe. Das ist mein Leben, ich kann nichts mehr daran ändern. Es war die Zeit, in der ich jung war, eine andere gab es nicht.

Ich hatte Mitleid mit diesem jungen Menschen, von dem er mir da erzählte und gleichzeitig verbot ich mir das Mitgefühl. Ich musste es mir verbieten, es gab eine klare Grenze zwischen Tätern und Opfern, die man nicht verwischen durfte, und weil er auf der falschen Seite gekämpft hatte, konnte ich ihm nicht trauen.

Und Zivilisten?, fragte ich ängstlich, Juden, gefangene Russen, Partisanen?

Nein, keine Unbewaffneten, ich war nie bei Strafaktionen dabei. So etwas hätte ich nicht vergessen. Wir hatten Glück, wir hatten einen Vorgesetzten, der uns aus den schmutzigen Sachen heraushielt.

Wie war es möglich, hatte ich gesagt, wie konntest du so dumm gewesen sein, dass du dich nicht gefragt hast, was ihr in den fremden Ländern, die ihr überfallen habt, zu suchen hattet?

Ja, hatte er gesagt und mich erstaunt angesehen, als sei ihm der Gedanke nie zuvor gekommen, das ist alles über uns hereingebrochen. Ich habe nur ans Überleben gedacht.

All das betraf jedoch nur die Erinnerungen, die er zugab. Wie konnte ich sicher sein, dass das schlechte Gewissen seinem Gedächtnis keine Tricks gespielt hatte. Ich erinnerte mich an andere Gespräche mit Kriegsteilnehmern, Wehrmachtssoldaten, SS-Angehörigen, wie ihre Gesichter aufleuchteten, wenn sie vom Kampf redeten. Dieses Schauspiel wenigstens hatte er mir erspart. Wenn er jemals von der neuen Bewegung, vom Krieg, vom Töten begeistert gewesen war, so war davon nichts geblieben.

Aber am Anfang warst du doch auch begeistert gewesen?, hatte ich gefragt.

Ich kann mich an keine Begeisterung erinnern.

Und das mochte stimmen, das Wort Begeisterung, egal worüber, passte nicht zu ihm. Wenn er mir gegenübersaß, las ich in seinem Gesicht Bedrückung, die hilflose Zerknirschtheit eines Angeklagten, der einen unfairen Prozess über sich ergehen lässt.

Ich weiß wirklich nicht, was ich hätte machen können, beharrte er.

Das Gerede von Opferbereitschaft, von Ehre und Treue, Volksgemeinschaft und Endsieg, hast du daran nicht auch geglaubt?

Dass ich mich im Kampf bewährte und dass meine Kameraden auf mich zählen konnten, hatte er in gestelztem Schriftdeutsch geantwortet, bevor er im Umgangston fortgefahren war: Warum soll das eine schlechte Eigenschaft sein? Wie, glaubst du, hätte ich die letzten Jahre mit deiner Mutter sonst durchgestanden?

Warst du nie erschrocken darüber, empört, was sie mit dir gemacht haben, was du mit dir hast machen lassen?

Es sind doch die Taten, mit denen man schuldig wird, ob ich empört war oder angewidert, was zählt das schon?

Wie definierst du Taten?

Du bist mir zu gescheit. Es hatte freundlich klingen sollen, aber er war gekränkt. Was erwartest du zu entdecken? Was würdest du am liebsten hören?

Dass du Widerstand geleistet hättest, hatte ich geantwortet. Sein Beharren auf seiner Unschuld hatte etwas Anmaßendes und empörte mich. Nein, ich hasste ihn auch damals bei unseren Auseinandersetzungen nicht, aber etwas hatte ich vergessen, ihm zu sagen. Ich hatte nie gesagt, ich möchte dich verstehen, weil ich dich liebe. Ich wollte die Wahrheit hören und gleichzeitig, dass er meine Zweifel so endgültig beseitigte, dass sie nicht wiederkamen. Ich wollte freigesprochen werden von seiner Schuld. Er dagegen wollte vergessen, während ich seine Erinnerung zwingen wollte, sich zu artikulieren. Meine ganze Kindheit und Jugend bis ins Erwachsenenalter wollte ich ihn um jeden Preis zum Reden bringen, auch um den Preis eines endgültigen Bruchs. Und beide wollten wir es hinter uns bringen. Damals, als Jugendliche, redete ich viel von Vergangenheitsbewältigung, es war ein Wort wie ein Ausweis für Rechtschaffenheit, als sei diese Vergangenheit zu bewältigen. Den Irrtum, dass es damit getan sei, wenn er alles, was er gewusst, was er gesehen und getan hatte, in Worte fasste und mir damit Erleichterung verschaffte, vielleicht sogar etwas wie Versöhnung zwischen uns, diesen Irrtum zu erkennen hatte ich ein paar Jahrzehnte gebraucht.
Wenn wir an einen Punkt kamen, an dem ich alles gesagt und nichts erreicht hatte, waren wir auseinandergegangen, ohne einander nähergekommen zu sein, und beim nächsten Mal hatte alles wieder von Neuem begonnen, mit meinem Misstrauen und seinem Schweigen, als könnte das Gespräch irgendwann anders ausgehen, wenn wir es oft genug wiederholten. Doch wie oft hatten wir im Lauf meines Lebens überhaupt miteinander geredet? Wirklich geredet? Fünfmal, zehnmal vielleicht? Gewiss nicht öfter. Ich bewahre jeden Satz wie einen Schlüssel zu den Seiten an ihm, die ich nicht kenne, die sich dem Leben vielleicht nicht völlig unterworfen haben. Nicht gelebte Möglichkeiten, die mir einen anderen Vater hätten zeigen können als den von den Lebensumständen, von

Krieg und Resignation gebrochenen. Gab es hinter dem Vater, den ich kannte, noch einen anderen, der er hätte sein können? Von meiner Liebe und meinem Bedürfnis, in ihn hineinzuschauen, einen Blick in seine Seele zu erhaschen, habe ich nie ein Wort gesagt.

Allmählich gewöhnten wir uns aneinander, wir waren fast schon aufeinander eingestimmt, und es brauchte nicht vieler Worte für das Alltägliche, wir gingen vertrauter miteinander um, lachten manchmal sogar. Wir hatten unsere Gesprächsthemen gefunden und festgelegt und wie früher konnten wir nebeneinander lesen, ohne dass das Schweigen drückend wurde. Die Nachmittage verbrachten wir zusammen am Wohnzimmertisch, draußen war es noch kalt, aber wenn die Sonne schien, konnte man einen Anflug von Frühling ahnen, um die Äste spielte ein moosiges Grün und der Schnee, der sich an kälteren Stellen im Garten noch gehalten hatte, war glasig und blau, der Himmel fast ein Frühlingshimmel. Vater saß wie im Hochwinter in seiner wattierten Jacke neben dem Heizkörper.

Viel Fleisch zum Warmhalten habe ich nicht mehr auf den Knochen, sagte er und lachte.

Und wie jeden Tag, wenn ich meinen doppelten Espresso trank, fragte er, ist dir der Kaffee denn nicht zu stark? Wird dir davon nicht kalt?

Am Telefon begrüßte er Berta mit dem Kosenamen, der mich immer schon unangenehm berührt hatte und im Alter lächerlich geworden war, er beteuerte, er könne es nicht erwarten, sie wieder zu Hause zu haben, während ich hoffte, man möge sie dort im Spital so lange wie möglich festhalten. Als sie sagte, ich darf morgen heim, war es für mich die Ankündigung eines gefürchteten Abschieds. Sie wird dich abholen, versprach er, ohne mich gefragt zu haben. Er lächelte glücklich, als er den Hörer auflegte.

Unsere gemeinsame Zeit geht also zu Ende, sagte ich und

er nickte und warf mir einen Blick zu, der sagte, ich weiß und es tut mir leid.

In jede Geste und jeden Satz unseres zu Ende gehenden Zusammenseins trat jetzt eine bedrückte Behutsamkeit. Die Gespräche, die wir noch führten, konnten die letzten gewesen sein, denn in Bertas Anwesenheit redeten wir anders, das heißt, dann sprachen wir kaum miteinander, denn es war Berta, die redete und die Themen vorgab, und es blieb dahingestellt, ob sie es überhaupt zuließ, dass ich ihn weiterhin besuchen durfte. Und weil jede Stunde kostbar wurde, wünschte ich mir, dass es etwas Wichtiges wäre, worüber wir uns unterhielten, etwas, das ich wie ein Vermächtnis davontragen konnte. Wir kannten uns ja kaum, es hätte noch so vieles zu erfahren und zu sagen gegeben, wie sollte man die Versäumnisse eines ganzen Lebens in wenige Nachmittage pressen, wenn ich es noch immer nicht wagte, frei und ohne Hemmung zu fragen und zu erzählen.

Doch Vater redete vom Wetter, wie sehr ihm der Tiefdruck, den er im Voraus spürte, jetzt schon zusetzte, wie ihm die Beine nicht mehr gehorchten, und dass er es tief in den alten Knochen spüre, es käme wieder Schnee, obwohl eigentlich schon die Schneeglöckchen und die Schneerosen blühen müssten wie früher, zu Hause, wo er im März manchmal schon barfuß gelaufen war. Er schaute sehnsüchtig zum leeren blauen Himmel über der großen Tanne vor dem Fenster.

Ich bin ein Gefangener, sagte er beiläufig, als wollte er der Bitterkeit die Schärfe nehmen. Berta hat es auch nicht mehr leicht mit mir. Weißt du, wir vertragen uns nicht mehr so gut in letzter Zeit.

Warum hatte ich von ihm erwartet, dass er mit seinem Los zufrieden sei?

Wenigstens tut dir nichts weh, versuchte ich ihn zu trösten.

Es geht einem so viel durch den Kopf, aber es ist nicht mehr so geordnet da drin, sagte er.

Du bist wieder ganz der Alte, beeilte ich mich zu sagen, wie vor dem Schlaganfall. Auch reden kannst du wieder wie früher.

Ja, ich kann wieder alle Wörter aussprechen, die Zunge gehorcht mir wieder. Aber das Reden ist mir immer schon schwergefallen, nicht erst seit ich alt bin. Das bedeutet nicht, dass ich nicht denken kann.

Er schaute mich verschmitzt und zugleich vorwurfsvoll an. Manchmal ertappte ich mich mitten im Satz, dass ich langsam und nachdrücklich mit ihm redete wie mit einem Kind, wenn er nicht gleich verstand oder vorgab, mich nicht gehört zu haben. Dabei empörte es mich jedes Mal, wenn andere so mit alten Leuten sprachen. Er hatte es stets schweigend übergangen, aber es hatte ihn offenbar gekränkt.

Ich war immer ein langsamer und gründlicher Denker, sagte er, so wie dein Fabian. Er war wie ich. Ich weiß noch, wie er als Kind oft lange nachdachte, während alle schon ungeduldig wurden und glaubten, er sei mit den Gedanken ganz woanders. Und dann, wenn sich keiner mehr um ihn kümmerte, begann er zu sprechen, und wie er sich alles bis in die Einzelheiten ausgedacht hatte, wie alles ineinandergriff, war es so klug, dass wir alle staunten.

Wir haben so selten über Fabian gesprochen und ich habe ihm nie erzählt, dass er seiner Frau Schulden hinterlassen und was sie von ihm gehalten hatte. Für ihn war sein Enkel ohne Makel gewesen, in ihm hatte er sich wiedererkannt, in seiner verschwiegenen Selbstgenügsamkeit, seinem versponnenen Für-sich-Sein, das Lydia so schwer ertragen hatte.

Wenn es ihn nur nicht ständig in die Fremde gezogen hätte, sagte Vater, dann wäre er noch am Leben. Es klang wie ein Vorwurf, aber gegen wen? Gegen den Enkel oder gegen mich, die, wie er es sah, ihr Fernweh an Fabian weitergegeben hatte?

Bitte nicht, wollte ich sagen, ich will jetzt nicht über Fabian reden. Es würde den prekären Frieden stören und alte Bitterkeit heraufbeschwören.

Du warst dort, sagte er, wie sieht es dort aus?

Dort, das war das schmale bewaldete Tal in Schottland, in dem der Tod ihn überfallen hatte.

Ein Dorf zwischen grünen Hängen, sagte ich, ein paar abweisende Steinhäuser, Schiefer, alles grau, düster, der Himmel so grau wie die Steinmauern entlang der Straße, eine Landschaft, wie Fabian sie mochte, Einsamkeit und nicht zu viel Sonne. Warum fragst du?

Weil ich mich das oft gefragt habe, sagte er, seine letzten Minuten, was er da gesehen hat. Woran er ganz zuletzt gedacht hat.

Lydia und ich waren damals den geraden Weg neben der Schlucht entlanggegangen und hatten die Absturzstelle gesucht, eine kleine unerwartete Kurve, wo das Geröll den Pfad verschüttet hatte und sich in ein steiniges Bachbett ergoss. Dort hatte ihn ein Einheimischer gefunden, am Grund des Baches mitsamt dem Mountainbike. Die Farne und Gräser standen wieder aufrecht, als sei nichts geschehen, die Landschaft schloss sich gleichgültig über allen Katastrophen.

An jenem Morgen, nach Lydias nächtlichem Anruf, hatte ich das Besuchsverbot ignoriert und war zu Vater gefahren. Fabian ist verunglückt, hatte ich an der Haustür statt einer Erklärung oder einer Begrüßung zu Berta gesagt. Warte, hatte sie erwidert. Dann war Vater in der Tür gestanden. Erst hatte er lange geschwiegen, und plötzlich hatte er sich abgewandt und ein heftiges Weinen hatte seinen ganzen Körper geschüttelt. Er hatte nicht gesagt, komm herein. Berta hatte ihn in den Arm genommen und weggeführt. Und auch ich war weggegangen. Selten war ich so einsam gewesen wie in meiner Trauer. Wir hätten zusammen trauern müssen, von der ersten Stunde an, aber jeder trauerte für sich.

Auch beim Begräbnis standen wir getrennt, ich mit Lydia und er, ein elendes Häufchen Mensch, klein, blicklos, ganz abgewandt und ohne Tränen. Wie schwer er sich mit Gefühlen tat, sogar dann, wenn er sie hätte zeigen dürfen. Er konnte seine Trauer nicht mit anderen teilen. Oder er war so sehr mit seiner eigenen Trauer beschäftigt, dass er keinen Trost zu vergeben hatte. Erst als die Gruppe um das offene Grab sich aufzulösen begann und nur wir übrig blieben, Lydia, Melissa, Vater und Berta, sah er mich lange schweigend an. Ich hielt seinen Blick fest und konnte ihn nicht deuten. Bist du mir böse, hätte ich beinahe gefragt. War es ein Vorwurf, eine Frage, eine stumme Bitte oder eine Abbitte? Ich spürte, er wollte mir etwas Dringliches mit diesem Blick vermitteln, aber Blicke sind keine Worte, besonders zwischen Menschen, die einander nicht nah genug sind, sich ohne Worte zu verständigen. Wir haben nie darüber geredet. Jeder Gefühlsausbruch, alles, was aufwühlte, erschütterte, verbot sich in seiner Gegenwart. Ich sei untröstlich, soll er gesagt haben, wenn ihn jemand danach fragte, aber hat er denn jemals versucht, mich zu trösten?

Später hatte er Phrasen wiederholt, in denen Bertas selbstgerechte Härte nachklang, aber aus seinem Mund waren sie wie ein Abwehrzauber, den er dem Schmerz entgegenhielt. Was einem Menschen vorbestimmt ist, das geschieht, dagegen ist man machtlos, sagte er dann, oder auch: Der Tod gehört zum Leben. Und manchmal in einem Versuch zu trösten: Zeit heilt Wunden. Aber das stimmte nicht, sie ließ nur zu, dass das Leben sich dazwischenschob. Manchmal begehrte er auch auf: Es ist nicht natürlich, dass Enkel ihren Großvätern vorausterben, es müsste umgekehrt sein. Die Jahre seither hatten die akute Sehnsucht abgestumpft, aber der Schmerz flammt unerwartet jederzeit von Neuem auf, als wäre die Zeit dazwischen nicht vergangen, und wirklichen Trost gibt es nicht. Weil wir es wussten, schwiegen wir im Wissen um unsere Hilflosigkeit.

Es ist immer da, sagte ich jetzt, es geht nie weg.

Fabian?, fragte er.

Ja. Manchmal sehe ich ein kleines Detail von ihm ganz

klar und deutlich vor mir, die Grübchen in seinen Wangen, als er ein Kind war, das Muttermal auf seinem linken Knie. Ich schlafe mit ihm ein und wenn ich aufwache, ist er das Erste, woran ich mich erinnere.

Er nickte, als wollte er sagen, ich weiß, wovon du sprichst.

Im Keller ist noch eine Flasche Rotwein, sagte er, ein guter, mit einem tiefen Boden. Willst du ihn holen?

Wir hätten uns noch so viel zu sagen und wissen nicht, wie wir beginnen sollen, dachte ich und stand auf, den Wein zu holen. Woher hatte er die Idee, dass ein tiefer Boden für Qualität bürgte? Bei jeder Weinflasche steckte er den Finger in die kegelförmige Vertiefung am Boden anstatt das Etikett zu lesen. Der war aber teuer, sagte er dann.

Als ich zurückkam, schaute er mir erwartungsvoll entgegen.

Also wegen damals, sagte er. Du musst mir glauben, ich habe das Beste getan, was ich konnte. Ich wünschte…

Er brach ab und sah mich an, als suchte er nach Worten und erwartete, dass ich erriete, was er sagen wollte. Wie tief seine Augen in ihre Höhlen gesunken waren, inmitten der Runzeln unter den faltigen Lidern.

Weißt du, begann er wieder, in einem Ton, als gäbe er ein Geheimnis preis, Mut war nie meine große Stärke.

Das weiß ich.

Ich lachte, überrascht von seinem verschämten Geständnis. Ich erinnerte mich, wie ich als Jugendliche schamerfüllt dabeigestanden war, wenn er vor jedem Schalterbeamten eine subalterne Haltung angenommen hatte. Wenn er, anstatt auf seinem Recht zu beharren, beflissen eingeräumt hatte: Natürlich, ich verstehe, Sie haben ja auch Ihre Direktiven. Wäre es eventuell möglich? So hatten seine Sätze begonnen, wenn er um kleine Gefälligkeiten bat. Nie hatte ich ihn sagen hören: Ich habe das Recht. Er war sein Leben lang ein Befehlsempfänger geblieben.

Ich wollte, ich könnte einen Teil meines Lebens noch einmal wiederholen, sagte er, und dieses Mal besser. Die Fehler vermeiden. Mit mehr Vernunft, weniger verblendet. Das mit... mit Berta und dir. Und mir. Damals habe ich zu wenig nachgedacht, es war mir nicht bewusst. Ich habe nicht verstanden, was du gebraucht hättest. Es hat mich überrumpelt. Er seufzte. Ich weiß nicht, wie ich es sagen soll.

Ich konnte sehen, wie er sich quälte, das zu sagen, was er sich offenbar vorgenommen hatte, aber ich wollte, dass er alles sagte, ohne meine verständnisvolle Hilfe. Mein ganzes Leben hatte ich darauf gewartet, dass er sich entschuldigte. Er hatte nie, mit keinem einzigen Satz, erkennen lassen, ob er glaubte, etwas falsch gemacht zu haben. Manchmal hatte ich mir eine große Szene am Totenbett ausgemalt, in der seine letzten Worte waren: Kannst du mir verzeihen?

Ich habe nie gewusst, ob du mich gern hast, sagte ich. Ob du mich liebst, hatte ich sagen wollen, aber so redete man nicht in seiner Gegenwart.

Er brachte es nicht über sich, den Satz zu sagen, auf den ich wartete. Wir hatten in den letzten Wochen über die Vergangenheit geredet, über meine Kindheit, über die Orte seiner Jugend, ein wenig über Mutter, andeutungsweise über Fabian, über das Wenige, das uns verband. Aber den Mut, die Verletzungen beim Namen zu nennen, brachten wir nicht auf.

Ich machte eine beschwichtigende Geste.

Lass es, Papa, es ist ja alles lange her.

Ich betrachtete ihn, wie klein und zerbrechlich er geworden war, ein Schatten, ein Hauch mit Vogelknochen und loser, gebräunter Haut, die in Runzeln und Falten von den Knochen hing. Unvorstellbar, dass er einmal Bäume gefällt, Wurzelstöcke ausgegraben hatte. Wie hätte ich ihm jetzt noch die Härte nie zu Ende gebrachter Auseinandersetzungen zumuten können? Für klärende Gespräche war es zu spät. Was bis jetzt nicht gesagt war, würde unausgesprochen bleiben. Die Vorstellung, er könnte bald sterben und ich hätte durch meine Unversöhnlichkeit dazu beigetragen, war mir unerträglich. Gleichzeitig gab es Momente, in denen ich mir wünschte, dass alles endgültig vorbei und auch die Angst ihn zu verlieren ausgestanden wäre.

Doch genau in diesem Augenblick sagte er: Ich möchte dir etwas erzählen, das ich dir lange schon sagen wollte. Von mir wollte ich dir erzählen, sagte er ermutigt von meinem Schweigen. Von meinen vier Verwundungen zum Beispiel, jede war schwerer als die letzte davor, die schwerste im Juli '43, das war ein Lungendurchschuss, danach hast du nie gefragt. Wir saßen im Panzerfahrzeug, ich fühlte mich müde und lehnte mich zurück, und plötzlich war hinter mir alles nass, der Sitz, die Uniform war nass, es war Blut, mein Blut, aber ich spürte nichts. Ich hörte den Zugführer sagen, wir fahren zurück. Dann wurde ich ohnmächtig. Im Lazarettzug haben sie Wetten abgeschlossen, dass ich die Nacht nicht überleben würde, so furchtbar habe ich geröchelt.

Und weil ich immer noch schwieg und ihn erwartungsvoll ansah, erzählte er davon, wie er am Schluss, nach viel zu kurzer Zeit im Lazarett wieder an der Front, die Gelegenheit benutzt hatte, als sein Geschütz getroffen wurde, sich abzusetzen.

Ich bin von dem brennenden Geschütz gesprungen und weggelaufen und plötzlich war ich ganz allein, sagte er, ich sehe es noch deutlich vor mir, die Böschung über dem Fluss, es muss irgendwo in Schlesien gewesen sein. Mit bloßen Händen habe ich die Uniform unter Wurzeln und Schneeresten vergraben. Von einer Wäscheleine neben einem Bauernhaus holte ich mir Hemd und Hose, und im Schuppen fand ich eine gefütterte Jacke. Es war noch sehr kalt in diesem Vorfrühling des letzten Kriegsjahrs. Ich hoffte, ich könnte mich in Zivilkleidung hinter der Front durchschlagen. Es war ja alles in Auflösung. Die ganze Zeit war ich wie betäubt, seltsamerweise habe ich keine Angst gehabt und nichts gefühlt, nicht einmal Trauer um Ehrmann, den ich länger gekannt hatte als irgendeinen anderen Kameraden, er war direkt neben mir von einer Granate getroffen und regelrecht zerfetzt worden. Später habe ich mir Vorwürfe gemacht, ich hätte ihn begraben sollen, das was von ihm übrig war. Aber ich hatte keinen Gedanken außer der angespannten Konzentration darauf, im richtigen Augenblick zu reagieren. Ich habe mir vorgestellt, ich bin ein Tier im Wald und muss die Gefahr spüren, eine Sekunde, bevor es zu spät ist. Wenn mich die unsrigen erwischt hätten, das wusste ich, hätten sie mich vor ein Standgericht gestellt. Nachts habe ich mich in Scheunen versteckt, manchmal im Wald. Erst als ich deutsche Laute hörte, habe ich es gewagt, in Bauernhöfen zu betteln, wenn es mir nicht gelang, Essen zu stehlen. Manchmal baten mich Frauen auf Einschichthöfen zu bleiben und sie vor den heranrückenden Russen zu beschützen. Sei froh, dass ich dich nicht anzeige, hat ein Bauer gesagt, als ich den Hunger nicht mehr ertrug und um einen Becher warme Milch bat. Sie hatten uns gesagt, wir würden das Vaterland gegen den Bolschewismus verteidigen. Jetzt stand ich in zerlumptem Zivil vor der Tür dieses Bauern und wurde abgewiesen, er drohte mir auch noch. Diese Demütigung hat mir die Augen geöffnet, sagte er, dass wir denen im Hinterland nichts bedeutet haben, dass es ihnen egal war, wenn wir vor die Hunde gingen. Es war ein langer Marsch nach Hause, zu Fuß hinter der Front, zwischen den Fronten. Den Rotarmisten lief ich trotz aller Vorsicht am Ende noch in die Arme, mein Armeekompass verriet mich als Wehrmachtssoldaten. Die Soldaten, die mich aufgespürt hatten, verprügelten mich, doch dann kam ein Offizier hinzu und gab mir alles zurück, was sie in meinen Taschen gefunden hatten, alles außer dem Kompass, und er stellte mir einen Passierschein aus. Mit dem Passierschein habe ich mich sicherer gefühlt, ich konnte nicht mehr so leicht an die Wehrmacht ausgeliefert werden. Die

Russen waren anständig, ich habe sie immer als korrekt erlebt, im Unterschied zu den Unsrigen. Erst zehn Jahre später, als die letzten Gefangenen von Krankheit gezeichnet aus Sibirien zurückgekommen sind, wurde mir klar, was die Gefangenschaft bedeutet hätte, und dass dieser Offizier der Roten Armee mir das Leben gerettet hatte. Das war einer jener Momente, in denen Leben und Tod gleich weit entfernt waren, es hätte so oder anders ausgehen können. Danach denkt man, der Rest ist sozusagen Reingewinn.

Einunddreißig war ich damals und zum ersten Mal habe ich mich frei gefühlt. Das kannst du dir nicht vorstellen, sagte er, obwohl ich mich verstecken musste, ich war ja in ständiger Angst vor den Patrouillen der Unsrigen, trotzdem war ich frei. Am Anfang, als ich beschloss abzuhauen, habe ich mich nur zwischen zwei Möglichkeiten zu sterben entschieden, und schon allein darüber war ich erleichtert. Aber im Lauf der Zeit wurde mir klar, dass ich damals so frei und glücklich war wie selten in meinem Leben.

Er redete, als habe er vergessen, dass ich neben ihm saß, seine eingesunkenen Augen blinzelten, waren es Tränen oder bloß überschüssige Feuchtigkeit? Seine Augen waren gerötet. Weinte er vor Erleichterung, vor Freude, oder weil am Ende des Lebens alle Erinnerungen zu Tränen rühren? Er sah erregt und ein wenig entrückt aus. Ich konnte mich nicht erinnern, dass er jemals so viel auf einmal erzählt hatte. Wie gegenwärtig diese Erlebnisse für ihn waren, dass er fünfundsechzig Jahre später darüber weinen konnte. Immer hatte er sich jedem Druck gebeugt, sein ganzes Leben lang. Aus Feigheit. Aus Überlebensstrategie. Er hatte es vermieden zu handeln und mit sich geschehen lassen, machtlos aus freier Wahl, und nur für ein paar Monate vor Kriegsende war er vogelfrei gewesen. Die Gefahr hatte sein Lebensgefühl zur Euphorie gesteigert. Darüber konnte er nicht hinausdenken, es war seine Geschichte, die er so lebendig vor sich sah. Und jetzt, da er endlich aus sich herausging und erzählte, war ich zu rücksichtsvoll oder zu feige zu fragen, ob er sich jemals vorgestellt hatte, wie es sein musste, der letzten Würde beraubt vor einer Grube zu stehen, den Lauf eines Revolvers im Genick wie auf dem Foto, das mir nach fünfzig Jahren noch deutlich vor Augen stand. Ich schwieg und fragte nicht danach, was er gewusst hatte, wovon er Zeuge gewesen war. Ich schwieg um dieses Augenblicks einer seltenen Nähe willen.

Die Erste, der ich begegnete, als ich zur Brücke am Ortseingang kam, war Wilma, sagte er, das kam mir wie ein Fingerzeig des Schicksals vor.

Dann schwieg er und hing seinen Gedanken nach und ich wartete, aber es kam nichts mehr.

Ich habe nur das Eine klarstellen wollen, sagte er nach einer Weile, dass du dich meiner nicht schämen musst, wenn ich einmal nicht mehr bin. Du brauchst nicht schlecht über mich zu denken.

In der Dunkelheit der frühen Winterdämmerung verschwammen die Konturen, aber ich wagte nicht, Licht zu machen, weil ich fürchtete, er könnte aufhören, wenn ich den Bann bräche.

Jetzt habe ich dir alles erzählt, sagte er schließlich. Ich hätte ja noch so vieles zu erzählen, aber wir beide hatten nie viel Zeit zusammen. Ich wünschte, ich hätte es für dich aufgeschrieben, als mein Gedächtnis noch besser war.

Ja, sagte ich, wir hatten wenig Zeit miteinander.

Sechzig Jahre lang hatten wir zu wenig Zeit, und in den wenigen Stunden, die wir zusammen waren, fanden wir nicht den richtigen Ton füreinander.

Deshalb bin ich froh, dass wir noch einmal miteinander reden konnten, du und ich, sagte er.

Er weinte jetzt, ohne es zu verbergen. Ich saß ihm gegenüber, auf der anderen Seite des Tisches, und wäre gern näher gerückt, um seine Hände zu berühren, vielleicht sogar sein Gesicht zu küssen, aber ich wagte es nicht. So saßen wir einander schweigend gegenüber, glücklich, aber nicht einträchtig genug für eine wortlose Versöhnung. Ich wünschte mir, dass dieser Augenblick dauern möge, doch dann stand er plötzlich auf, und die eben noch vertrauensvolle Nähe war wie ausgelöscht.

Er ging ins Bad und ich blieb am Tisch zurück. Er hatte mir eine Seite von sich gezeigt, die ich nicht gekannt hatte, so als habe er für Augenblicke ein Fenster geöffnet, etwas Verborgenes war aufgeblitzt, etwas Ungeahntes war lebendig geworden, doch dann schloss sich das Fenster unvermittelt, er klappte es einfach zu, und ich weiß nicht, ob irgendetwas anders war als zuvor.

Ich bin müde, sagte er, als er zurückkam. Und ich stand auf, um das Abendessen herzurichten.

Frühling

1

Einmal im Monat kam der Pfarrer mit seiner Haushälterin Ottilie zu Besuch und manchmal kam sie allein, wenn es um Behördenwege ging, die sie für Theo erledigte. Der Pfarrer war über die Jahre zu einem Freund geworden und das Gespräch ersetzte die Beichte, er las die Messe im Wohnzimmer, legte Theo die Hostie auf die Zunge, so wie Theo es seit seiner Erstkommunion gewohnt war, sie zu empfangen. Diese Frömmigkeit war mit dem Alter gekommen und Theo gab sich keine Rechenschaft darüber, ob es ein Wiederaufleben seiner Kindheitsfrömmigkeit war oder eine Selbstversicherung für den Fall, dass es am Ende doch eine Abrechnung gab und ihm der in jüngeren Jahren versäumte Kirchgang als Minusposten angerechnet werden konnte. An Gott und ein Weiterleben nach dem Tod hatte er immer geglaubt, an einen Gott, den man nicht mit Schmeicheleien bestechen oder mit Selbstbezichtigungen besänftigen musste, sondern an einen, der dem Schicksal zum Verwechseln ähnlich war und der die unwahrscheinlichsten Zufälle ersann, um seinen Plan gegen alle Logik durchzusetzen. Aber vielleicht war Gott einfach nur die Angst vor der Ungewissheit, die noch vor ihm lag. Mehr als an Gott hatte er sein ganzes Leben lang an die Vorsehung geglaubt, daran, dass es nichts nützte zu planen und zu glauben, man könne sich ein langes Leben durch Diät und unnütze körperliche Anstrengung verdienen.

Wenn es einem bestimmt ist, dann muss man gehen, der Mensch ist ein Stück Natur, in diesem heidnischen Fatalismus hatte er sich eingerichtet. Er betrachtete das Leben als eine Reihe von letzten Gelegenheiten, den Tod zu überlisten. Auch im Krieg hatte er mit der Gewissheit gelebt, dass jedem sein Tod und der Zeitpunkt seines Todes bereits bestimmt waren. Fast schien es ihm, als seien manche Kameraden schon vom Tod infiziert an die Front gekommen, auch wenn sein Verstand ihm sagte, dass es Zufall war, wer getroffen wurde. Aber für ihn war die Grenze zwischen Leben und Tod auf eine geheimnislose Weise durchlässig. Nach Wilmas Tod hatte er wochenlang ihre Anwesenheit gespürt, einmal, spätnachts, als Frieda längst schon schlief und er im Bad war, hatte der schwere Vorhang im Flur sich leicht bewegt, ein huschendes Geräusch, ein zitternder Schatten, sekundenlang, ein Windhauch, hatte er gedacht, aber der Vorhang bewegte sich nie, schon gar nicht, wenn alle Fenster geschlossen waren. Das war Wilma, hatte er festgestellt, sie hat Sehnsucht nach uns bekommen.

Auch die Zufälle der Natur blieben unerklärlich. Warum eine Pflanze gedieh und eine andere am gleichen Ort bei gleicher Pflege zugrunde ging. Das allein war Grund genug, an Kräfte zu glauben, die sich dem menschlichen Einfluss entzogen. Er stellte sich seine Erkenntnisfähigkeit wie den Lichtkreis einer Tischlampe vor. Selbst wenn sie hoch hing und der Radius groß war, lag doch das meiste im Dunkeln. Das, was im Dunkeln lag, interessierte ihn, weil er es in der Abgeschiedenheit und Menschenferne, in der er aufgewachsen war, gespürt hatte, er hatte es rascheln und atmen gehört in den Nächten und ohne Angst gewusst, es war ein unsichtbares Universum, das er nicht verstand, das vielleicht niemand verstehen konnte, und dem trotzdem alle ausgeliefert waren. In der Kindheit war er häufig von einem sprachlosen Staunen über die geheimen Vorgänge in der Natur ergriffen worden, die er sich nicht hatte erklären können. Er hätte auch nicht darüber reden können, nicht einmal mit seiner Mutter, mit der ihn ein Einverständnis verband, das ohne Worte auskam. Und nun am Ende kehrte dieses Staunen zurück, jedoch nicht mehr über Dinge, die draußen in der Welt geschahen, sondern als ein angstvolles in sich Hineinhorchen, in den lautlosen Zusammenbruch des eigenen Körpers, der nicht aufzuhalten war. Dieses Wissen, dass jeder Tag ein Schritt auf das Ende zu war, erschien ihm bedrohlich und tröstlich zugleich. Vor fünfzehn Jahren hatte er ein aufgelassenes Grab auf dem Gemeindefriedhof gekauft und seither bepflanzten Berta und er es mit Immergrün, mit Erika und Stiefmütterchen, stellten im Herbst Chrysanthemen auf die kahlen Stellen, damit es bewohnt aussah und kein Schandfleck auf dem Friedhof war. Zu Allerheiligen standen sie vor ihrem leeren Grab wie vor einem gemachten Bett und fanden, dass man von dort eine schöne Aussicht über das Tal hatte.

Es wird Zeit, auf den Friedhof umzuziehen. Das sagte er jetzt öfter und ärgerte damit seine Frau.

Er hatte seine Anfänge immer besonders geliebt, mit ihnen hatte er sich am leichtesten getan. Als Frieda geboren wurde, dieser winzige vollkommene Mensch nach so viel Sterben, das er aus seinem Gedächtnis zu verdrängen versucht hatte, das Glück, sie an der Hand zu führen und seine Schritte den ihren anzupassen, ihr leichtes Gewicht auf seinen Schultern zu spüren. Als sein Enkel Fabian geboren wurde, hatte er den weiten Weg nicht gescheut, um rechtzeitig zum Baden und Wickeln zu kommen und ihn ins Bett zu bringen, und als er laufen lernte, die Freude, wenn er von Weitem in seine Arme lief, das Glück des kindlichen Vertrauens, dass er aufgefangen würde. Als Frieda und später Fabian größer wurden, altkluge Fragen stellten und die Erwachsenen nachahmten, hatte Theo das Interesse an ihnen verloren. Er wusste nicht recht, was er mit ihnen reden sollte, er konnte ihnen keine Geschichten erzählen, es fielen ihm keine ein und dafür, ihnen handwerkliche Geschicklichkeit beizubringen, war es noch zu früh. Außerdem war Frieda ein Mädchen. Er bastelte Spielsachen für sie, ein Schaukelpferd, Käfige für ihre Haustiere, aber er wusste nicht, was er ihr beibringen und mit ihr hätte reden sollen.

Zu Weihnachten hatte er seinem Enkel öfter als einmal ein Set Schraubenschlüssel aus seiner Werkzeugsammlung geschenkt in der Hoffnung, ein wenig handwerkliche Begeisterung in ihm zu wecken, bis Fabian verlegen sagte, er hätte schon zwei Sets von ihm bekommen und wisse nicht, was er damit machen solle. Theos Werkzeugsammlung war eine unerschöpfliche Fundgrube, nie warf er irgendetwas weg, jeder verbogene, rostige Nagel wurde glatt gehämmert und aufbewahrt, Hunderte Schrauben, Klemmen, Dutzende Bohrer, Winkeleisen, Haken in allen Größen, Ziernägel, Hämmer lagen geordnet in Laden und Schachteln, die Größen genau aufeinander abgestimmt, alles beschriftet, nichts konnte verloren gehen und er fand alles mit einem Griff. Er konnte mit den Händen zaubern, es gab nichts, was er nicht reparieren konnte außer der Feinarbeit an Taschenuhren, die seine rechte Hand seit der Verwundung nicht mehr leisten konnte, aber Rasenmäher, Motoren, Fahrräder, Armaturen, seine Fähigkeit, die Dinge wieder in Gang zu bringen, war schier grenzenlos und er hatte sie immer als naturgegeben hingenommen. Einmal waren die Hände seines damals achtjährigen Enkels minutenlang neben den seinen gelegen und er war erstaunt gewesen, wie sehr sie seinen eigenen Händen glichen. Das sind die Hände meines Vaters, hatte er gedacht, und meine Hände. An Fabian erschienen ihm diese schmalen Hände mit den überlangen Fingern wie ein Wunder, Hände, die weder zu seinem noch zum Leben seines Vaters gepasst hatten, das derbe, kräftige Bauernhände gefordert hätte, wie Holzfäller und Nebenerwerbsbauern sie haben müssten. Und trotzdem, dachte er sehnsüchtig und voll Hoffnung für den Enkel, wurden diese Hände, die einem Künstler oder einem Feinmechaniker, einem

Uhrmacher bessere Dienste geleistet hätten, von Generation zu Generation weitervererbt.

Es lag noch Schnee, aber Theo spürte bereits den nahen Frühling. Er hatte fast ein Jahrhundert lang Jahr für Jahr die Natur sterben und sich ein halbes Jahr später wieder neu entfalten gesehen, mit dem immer gleichen feuchten Grün, den blühenden Obstbäumen, den Bienen, die sich gierig in die Blütenkelche bohrten, den Düften, von denen einem schwindlig werden konnte, dieser frischen Lebenskraft überall, und es hatte ihn jedes Mal mit Freude erfüllt, welche Kraft das Leben hatte. Jetzt spürte er mit Erstaunen, dass er auch diesen Frühling noch erleben würde. Er hätte gern die Macht besessen, das plötzliche Aufschäumen und rasche Verblühen dieser Jahreszeit anzuhalten, um das Warten auf das langsame Aufbrechen der ersten Knospen auszukosten, die lautlosen Explosionen der jungen Triebe beobachten zu können, wie sie sich streckten, dehnten, nachdunkelten, bis sie Blätter waren. Das neue Jahr hatte kaum begonnen, aber es raste schon wieder seinem Ende entgegen, die Zeit lief immer schneller, er verstand nicht, warum das zunehmende Alter die Zeit beschleunigte. Das Geheimnis der Zeit, ihre unerbittliche Gesetzmäßigkeit, die Ordnung, die sie den Dingen auferlegte, hatte ihn als Kind ebenso sehr fasziniert wie die Abläufe der Natur. Die innere Ordnung der Dinge, unsichtbar und geheimnisvoll, erschien ihm wie ein unerschöpfliches Wunder. Aber am meisten entzückten ihn Uhren. Er liebte es, sie auseinanderzunehmen und dabei die Mechanik mit einem Blick zu erfassen, wie die Räder ineinandergriffen, wie sich in kleinsten Räumen ein perfektes Zusammenspiel zu einem Ganzen schloss. Eine Uhr war ein Universum, auf die kleinste für ihn fassbare Form reduziert, in dem alle Teile harmonisch zusammenspielten. Sie bedeutete ihm Sinnbild für alles Geordnete, für alles, was nicht aus dem Gleichgewicht geraten durfte.

Als ihm der Lehrer, der ihn gefördert hatte, mit vierzehn

eine Lehrstelle bei einem Uhrmacher verschaffte, dachte er, er hätte das große Los gezogen und für sein Leben ausgesorgt. Er arbeitete ohne Lohn für Kost und einen Holzverschlag mit einem Strohsack in einer Koje an der Wand statt einem Bett, aber es war eine glückliche Zeit gewesen, denn an Entbehrungen war er gewöhnt, und solange man ihn in Ruhe seine Arbeit tun ließ, war er bedürfnislos. Er übernahm gelegentlich sogar Arbeiten des Meisters, so leicht fiel ihm das Uhrmacherhandwerk von Anfang an. Nach zwei Jahren starb der Uhrmacher und Nachfolger gab es keinen. Theo musste wieder nach Hause zurück. Er besaß ein lückenhaftes Wissen und eine Pendeluhr, die ihm die Witwe des Meisters als Abfertigung geschenkt hatte. Ein vielversprechender Anfang, eine Zukunft, fast schon zu gut, um sie für sich in Anspruch zu nehmen, und als er sich an sie zu gewöhnen begonnen hatte, nahm ihm das Schicksal, die Vorsehung oder was immer es war, das sein Leben lenkte, wieder, was es zuerst gegeben hatte. Vielleicht würde sich später die Gelegenheit ergeben, dachte er damals, wenn er zu Hause nicht mehr gebraucht wurde, wenn er das Geld beisammenhatte und den Mut aufbrachte, anderswo ein neues Leben anzufangen. Als ihn im Krieg ein Granatsplitter an der Hand traf, dachte er nicht gleich daran, dass er den Traum von der eigenen Uhrmacherwerkstatt nun vergessen konnte, er war froh, dass er die Hand nicht verloren hatte. Mechaniker sind Sie ja zum Glück keiner, sagte der Arzt. Erst da fiel es ihm wieder ein, dass er um eine Hoffnung ärmer war. Es schmerzte ihn, wenn er stehen gebliebene Uhren zum Uhrmacher bringen musste und zuschaute, wie der sie auseinandernahm, die Unruh einstellte, die winzigen Schrauben nachzog. Später, als die batteriebetriebenen Uhren in Mode kamen, tröstete er sich damit, dass es ein aussterbendes Handwerk war, von dem kaum einer leben konnte.

Statt Uhrmacher zu werden, hatte er sich als Holzarbeiter verdingen müssen. Schon sein Großvater war Pferdehändler und Holzfäller gewesen, irgendwann war er mit zwei mutterlosen Söhnen aus den Karpaten in diese Gegend gekommen, die ihm vertraut vorkam, die gleichen bis zu den Gipfeln bewaldeten Berge, die breiten Täler, unberührte wildreiche Wälder. Theo hatte ihn nie gefragt, warum er seine Heimat verlassen hatte und wie es dort gewesen war. Sein Großvater war ein wortkarger Mensch gewesen, er hatte etwas Wildes, Ungezähmtes an sich gehabt mit seinen hohen Backenknochen, den tief liegenden schwarzen Augen und dem Schnurrbart, der Lippen und Zähne verdeckte. Er war kein Mann, der seine Enkelkinder auf den Schoß nahm, um ihnen von früher zu erzählen. Von der Mutter seiner Söhne war nie die Rede gewesen, aber nach ein paar Jahren hatte er sich in einer böhmischen Kleinstadt in die Tochter eines Scherenschleifers verliebt. Theo hatte diese Großmutter nie gekannt, sie hatte ihrem einzigen Sohn, Theos Vater, die schwarzen Locken vererbt, die ihm noch im Alter, als sein Haar längst weiß geworden war, beinahe zum Verhängnis wurden. Als Kind war Theo oft mit seiner Mutter ins Böhmische gegangen, zu Verwandten, sagten sie, wenn sie von Zöllnern abgefangen wurden, aber meist hatten sie Schmuggelware dabei. Erst kletterten sie stundenlang steil bergauf, dann stiegen sie auf der anderen Seite ins Moldautal hinunter, immer auf der Hut vor den Zöllnern, die an der Grenze patrouillierten. Dann saßen sie mit den Verwandten um einen ebenso ärmlichen Tisch wie zu Hause, sie redeten eine Mischung aus Sprachen, von denen er nur Bruchstücke verstand, der Onkel hatte eine Tschechin geheiratet, aber beim Spielen verstanden die Kinder einander trotzdem. Die Nachkommen seiner Onkel, die der Großvater in seine zweite Ehe mitgebracht hatte, wussten mehr über ihre Herkunft, aber sie besaßen nicht genug historisches Wissen, um die Geschichte ihrer Familie im Zusammenhang der politischen Zeitläufe zu sehen. Es hieß, sie hätten zwischen Karpaten und Theiß Land besessen, viel Land, sie hätten Pferde gezüchtet und Wein angebaut und gegen die Habsburger einen jahrzehntelangen Partisanenkrieg geführt. Als die Karpaten mit ihren Ausläufern endgültig Ungarn und damit der Habsburgermonarchie zufielen, hätten sie ihr Land und ihre Güter verloren und sich mit dem Wenigen, das ihnen geblieben war, auf Wanderschaft gemacht, sich den Banden im Grenzgebiet zu Rumänien angeschlossen, mit Pferden gehandelt, vom Schmuggel und wohl auch von Überfällen gelebt. Im Ersten Weltkrieg kämpften ihre Söhne und Theos ältester Bruder im Landstrich ihrer Vorfahren für den Erhalt der Monarchie, die diese Vorfahren zu verarmten Kleinbauern gemacht hatte.

Der Hof hatte seine Bewohner noch nie ernähren können, eine Kuh, mit Glück ein Kalb, zwei oder drei Ziegen, Hühner und Gänse. Ein paar mit Granitfindlingen durchsetzte Felder, eine Waldwiese, deren saures Gras das Vieh verschmähte, die Beeren und Pilze, die im Wald wuchsen. Die Töchter gingen als Mägde in den Dienst, der Älteste war bei der Volkswehr gewesen, solange es sie gab, er schlug sich in der Stadt durch und kam selten nach Hause. Einmal kam ein Bauer, er wollte Theo als Knecht anheuern. Der ist zu schwach für Bauernarbeit, sagte seine Mutter und stellte sich schützend vor ihren Jüngsten. Er kehrte in die Einsamkeit zurück, in der er aufgewachsen war, im Frühjahr pflanzte er Fichtensetzlinge, im Winter fällte er Holz, brachte es ins Tal, hatte einen Unfall, über den er bis ins hohe Alter nachgrübelte, weil er ihn gegen alle Gesetze der Logik und der Schwerkraft überlebt und nie verstanden hatte, wie es gekommen war, dass er kurz vor dem Aufprall vorn auf dem Schlitten saß und Sekunden später unverletzt neben dem Baum stand. Er verbuchte es als eines der unerklärlichen Wunder der Vorsehung. Er sehnte sich nicht nach der Welt, die er nur von Landkarten in der Schule kannte. Als sein zweitältester Bruder Automechaniker wurde, regte sich ein wenig Neid, aber es fehlte ihm der Mut oder die Willenskraft oder auch die Kaltblütigkeit, als letzter am Hof verbliebener Sohn fortzugehen und den Eltern die schwere Arbeit allein zu überlassen. Theo sah sich als Erben, das hatte ihm die Mutter versprochen, er würde eine Einheimische heiraten und den Hof weiterführen. Er wäre bloß noch gern länger in die Schule gegangen, sein Lehrer war von seiner mathematischen Begabung so überzeugt gewesen, dass er versucht hatte, einen Studienplatz mit einem Stipendium für ihn zu finden. Aber das Geld zu Hause reichte nicht einmal zum Leben, an ein Internat war nicht zu denken. Er hätte Priester werden müssen, um einen Freiplatz zu bekommen. Wenn er sich an diese Jahre vor dem Krieg zurückerinnerte, dann immer mit dem Bewusstsein, dass das eben sein Leben war, weil es so bestimmt war, und dass es kein schlechtes Leben gewesen war.

Bevor man richtig begriffen hat, wie alles zusammenpasst, dachte er jetzt, ist es auch schon zu Ende. Und erst am Schluss bekam man so etwas wie einen Überblick, und gerade der machte das Ganze noch unfassbarer. Wie wenig übrig blieb, wenn er bedachte, was alles hätte sein können, wie viele Leben er sich vorgestellt und nicht gelebt hatte. Wenn er in eine höhere Schule hätte gehen können, hätte er Mathematik studiert oder vielleicht wäre er mit seiner Begabung für räumliche Vorstellung Architekt geworden. Er versuchte, sich dieses ungelebte Leben in allen Stationen vorzustellen, aber es gelang ihm nicht, denn das Leben, das er kannte, drängte sich vor. Sechsunddreißigtausendmal war er am Morgen aufgewacht, sechsunddreißigtausend Neuanfänge, und wie weit war er gekommen?

Mit Berta konnte er über solche Gedanken nicht reden, sie hätte nicht verstanden, warum er auf einmal anfing, über das Leben nachzugrübeln. Bist du unzufrieden mit mir, hätte sie gekränkt gefragt. Wie sehr hatte er sich in ihrer Abwesenheit nach ihr gesehnt und wie allein fühlte er sich jetzt, da sie zurück war, manchmal mit seinen Gedanken. Sie war im Spital nicht genesen, sondern nur noch magerer und blasser geworden. Ich kann nicht mehr so weitermachen wie bisher, sagte sie, als der Pfarrer sie besuchte, und Ottilie wusste Abhilfe, eine Krankenpflegerin aus der Ukraine würde demnächst frei werden, der Mann, für den sie arbeitete, läge im Spital und sein Übergang sei jeden Tag zu erwarten.

Sprach man zu ihm nicht mehr vom Sterben, um ihm keinen Schrecken einzujagen, sondern vom Übergang? Als ginge etwas weiter, dessen sie ganz sicher waren, als stünde er an einer Grenze und warte auf die Erledigung der Formalitäten, den letzten Arztbesuch, die Sterbesakramente, die pietätvoll den Weg für das Unvermeidbare freigaben, dann ginge ein Schlagbaum hoch und im Niemandsland dahinter kämen die Formalitäten der anderen Existenz, der Tunnel und das Lichterlebnis, von dem Menschen berichtet hatten, die auf halbem Weg zum Tod umgekehrt waren, und das Empfangskomitee der lang Vermissten, Wilma, seine Eltern, sein Kamerad Ehrmann und alle, die vor ihm gestorben waren. Er dachte an den frühsommerlichen Hang, den er hinuntergeschwebt war, während in seinem Hirn eine Ader platzte. So wäre es ihm lieber, in den großen schweigsamen Frieden seiner Kindheitslandschaft einzugehen, statt all diesen Leuten wiederzubegegnen und schwierige Beziehungen wieder aufzunehmen. Aber er hatte genug Menschen sterben sehen, ihr Aufbäumen mit letzter Kraft, das qualvolle Ersticken, dass er wusste, ein solcher Tod wäre ein seltenes Privileg, mit dem man nicht rechnen konnte, und er wusste auch, wie schnell danach der Mensch zum verrottenden Kadaver wurde. Die Leichen der Soldaten, die bei vierzig Grad Kälte in weniger als einer Stunde steif gefroren waren und die sie zurückgelassen hatten, und er hatte gedacht, im Frühling, wenn der Krieg längst über sie hinweggezogen wäre, lägen die aufgetauten Leiber vom langen Gras zugedeckt noch immer dort und wären nur an den Ameisenstraßen zu erkennen, die zu ihnen hin und von ihnen weg führten.

Und jetzt lag wieder einer im Sterben, den er gekannt hatte, einer, der immer in der vordersten Kirchenbank gesessen war, in den letzten Jahren zusammengesunken aber distinguiert im Rollstuhl vorne im Mittelgang, einer von den unabkömmlichen ehemaligen Parteigenossen an der Heimatfront, Ortsgruppenleiter und Besitzer arisierter Häuser, der Theo nie eines Blickes und schon gar keines Grußes gewürdigt hatte. Jetzt saß er in derselben Tinte, schlimmer noch, er war vor ihm dran, dachte Theo mit Schadenfreude, wie ähnlich wir einander am Ende werden. Lauter Todeskandidaten am Schlagbaum des Übergangs. Und jetzt würde er die Betreuerin des alten Hofrats erben, und für sie würde es keinen Unterschied machen, wer der eine oder der andere einmal gewesen war, für sie waren beide todgeweihte Greise, die von Monat zu Monat mehr Hilfe bei all den Dingen brauchten, die früher zu intim gewesen waren, um sie mit der eigenen Frau zu besprechen.

Ich brauche niemanden, der mich wäscht und meine Einlagen wechselt, sagte er, so hilfsbedürftig bin ich noch nicht.

Theo wusste, es war nicht selbstverständlich, sondern ein Geschenk, in seinem Alter noch so weit Herr seiner selbst zu sein, dass er bis jetzt der Schmach entgangen war, seine Körperfunktionen vor anderen nicht mehr verbergen zu können. Aber es war nur eine Frage der Zeit, auch das war ihm bewusst, und es bedurfte nicht erst eines dramatischen Ereignisses wie des Schlaganfalls. Es war ein schleichender Prozess, der sich bereits über Jahrzehnte hinzog, zuerst die Schwerhörigkeit, das hatte ihn nicht gewundert, sie war im Ansatz immer schon da gewesen, die Unfähigkeit, Lärmquellen nach Vordergrund und Hintergrund zu trennen, in Lokalen oder bei großen Gesellschaften zu verstehen, was gesprochen wurde. So kam ein Versagen zum anderen und er hatte sich mit jedem abgefunden, ohne zu klagen und ohne die Freude am Leben zu verlieren. Nach den Operationen des grauen Stars hatte er besser gesehen als zuvor. Schmerzen in den Gelenken waren für ihn bloß Zeichen eines Wetterumschwungs und ängstigten ihn nicht. Ich werde hundert, sagte er mit einer Bestimmtheit, als hätte er eine schriftliche Bestätigung des Schicksals. Aber nun spürte er, es würde nicht mehr lange dauern, bis die nächste Phase des Verfalls ihn schwächte. Und nun, da ihn die Kraft verließ, sollte er seinen Körper den Blicken einer fremden Frau aussetzen? Schön war in seinen Augen ein Körper nur, solange er Zukunft in sich trug. Und wenn es nur die Zukunft der Jahre war, in denen er noch in Würde selbst über sich bestimmen konnte. Noch war der Zeitpunkt nicht gekommen, dass er sich fragen musste, wo die Grenzen dieser Würde lagen, aber er wusste, er könnte früher da sein, als er sich vorstellte.

Es geht aber nicht um Sie, Theo, wandte Ottilie ein, es geht um Berta. Sie trägt die ganze Last und sie ist mit ihrer Kraft am Ende.

Berta war nie gern allein weggegangen und Theo hatte immer den Verdacht gehegt, dass sie sich vor Menschenansammlungen, überhaupt auf öffentlichen Plätzen ein wenig fürchtete. Lieber lud sie Freunde ein, feierte zu Hause, unternahm Besuche und Reisen zu zweit. Anfangs, in den ersten Ehejahren, hatte er nachgegeben und war jeden September mit ihr in den Süden gefahren, nach Dalmatien oder an die Adriaküste Italiens wie Tausende andere Österreicher, aber die Untätigkeit eines Badeurlaubs behagte ihm nicht, er sah keinen Sinn darin, in der Hitze neben den nackten Leibern seiner Landsleute im Sand zu liegen, er verstand nicht, warum seine Frau eine neue Garderobe brauchte, obwohl sie die meiste Zeit im Badeanzug verbrachte. Am Abend saßen sie in einer Trattoria und er schwieg verbittert und zählte die Tage, die noch abzusitzen waren. Urlaub bedeutete etwas anderes für ihn, aber das konnte er Berta nicht verständlich machen: dass er am glücklichsten in seiner Werkstatt war, wenn er etwas reparieren konnte, Sträucher und Rosen veredelte oder eine Laube mit einer offenen Herdstelle baute. Schließlich hatte sie sich gefügt, sein mürrischer, passiver Widerstand hatte auch ihr die Freude am Reisen verdorben. Doch jetzt klagte sie wieder darüber, wie eingesperrt sie sich fühle. Ihre Angst, er könne von einem Schlaganfall gefällt auf dem Boden liegen und sich beim Sturz tödlich verletzen, ließ sie nicht los und fesselte sie an seine Nähe.

Ich komme nicht mehr weg, seit mein Mann so gebrechlich ist, hatte er sie am Telefon klagen gehört, die Decke fällt mir auf den Kopf, ich würde so gern Freundinnen besuchen und unter Leute kommen.

Dann überredete er sie, Frieda zu erlauben, die Zeit bei ihm zu verbringen, die Berta für sich allein brauche. Sie nahm das Angebot der Stieftochter, sie zu entlasten oder für sie einzukaufen, hie und da widerstrebend an, aber dann fand sie immer wieder Gründe, warum sie doch keine Hilfe wollte. Theo und Frieda allein zu lassen war ihr nicht geheuer, wer wusste, auf welche Ideen die beiden kamen, wozu die Tochter ihren Vater anstiftete, was sie hinter ihrem Rücken redeten. Wenn sie nach Hause kam und Frieda saß einträchtig mit Theo am Küchentisch, spürte Berta, dass ihre Rückkehr noch nicht willkommen war und trotzdem musste sie sich bedanken für die Zeit, die die Stieftochter geopfert hatte. Wenn Frieda mit dem Einkauf zurückkam und ihrem Vater die Rechnung vorlegte, rundete er großzügig auf, was Berta ärgerte. Nein, die Lösung mit Frieda war keine gute Idee. Sie brachte Zwist in ihre Ehe.

Einmal war sie mit einer Freundin zu einer Werbefahrt nach Bayern aufgebrochen, wochenlang hatte sie sich darauf gefreut, einen ganzen Tag unterwegs zu sein, eine verwegene Abenteuerlust hatte sie gepackt. Aber dann waren sie den halben Tag in einem verdunkelten Vortragssaal gesessen und man hatte ihnen elektrische Geräte vorgeführt, von denen sie nichts verstand, das Essen war schlecht gewesen und nach Einbruch der Dunkelheit waren sie in einem ungeheizten Bus zurückgefahren. Sie hatte für zweihundert Euro ein Massagegerät gekauft, und Frieda behauptete, es sei nicht mehr als fünfzig Euro wert, dafür hatte sie eine Kaffeefilterkanne aus Glas geschenkt bekommen, mit der sie nicht umgehen konnte. Danach hatte sie sich in eine schweigsame Verbitterung zurückgezogen, und wenn sie Theo mit groben Handgriffen in die Kleider half oder ihm mit zornigem Nachdruck das Essen hinstellte, hatte Theo den Verdacht, dass sein Tod eine Erlösung für sie wäre und dass es Augenblicke gab, in denen sie ihn herbeisehnte.

Vielleicht haben Sie recht, räumte er ein, vielleicht brauchen wir jetzt wirklich eine Hilfe im Haushalt, und nach einiger Überwindung fügte er hinzu: Auch ich werde langsam zu einer Belastung für Berta, jetzt, wo ich ihr keine Arbeit mehr abnehmen kann.

Berta war mit Dienstboten aufgewachsen und fand die Vorstellung, dass sie nun nicht mehr kochen, waschen, bügeln, die Mülltonne auf die Straße stellen und im Winter den Schnee vom Gehsteig kehren musste, sehr verlockend. Ein neuer Lebensstandard eröffnete sich vor ihren Augen.

Sie könnte um acht Uhr kommen und meinem Mann beim Anziehen helfen, Frühstück zubereiten, kochen und um ein Uhr wieder gehen, fünf Stunden am Tag, wie viel würde das kosten?

Die Frau hieß Ludmila und würde bei ihnen wohnen und rund um die Uhr zur Verfügung stehen, erfuhren sie, und beide reagierten sofort mit Abwehr. Wie sollte das gehen, Tag und Nacht eine fremde Person im Haus? Seit über sechzig Jahren hatte Theo in diesem Haus gewohnt, hatte es so lange umgebaut, bis es ihm passte wie ein Hausschuh, in den er am Abend schlüpfte, nachdem er alles Äußerliche, Belastende abgestreift hatte. War dieses Eindringen einer Fremden der erste Schritt in den unvermeidlichen Verlust, der Anfang einer Enteignung, die sich hoffentlich erst nach seinem Tod in ihrem ganzen radikalen Ausmaß vollziehen würde? Aber das würde er zum Glück nicht mehr mitbekommen. Zuerst würden die Tochter, die Enkelin, die Verwandten, selbst solche, die er nie gemocht hatte, seine Sachen wegschleppen, dann würden Fremde kommen und alles mitnehmen, was sogar Berta alt und nutzlos erschien und ohne ihn seine Funktion und seinen Sinn verlor. Die Gegenstände und Erinnerungsstücke, an denen er hing, würden den Augen der Schnäppchenjäger preisgegeben in Läden herumliegen, die den Ramsch aus Verlassenschaften feilboten. Nun fing also die Veräußerung an, die damit aufhören würde, dass man ihn nackt auszog, wusch, und ihn im Sonntagsanzug, der nicht mehr passte, in eine Holzkiste legte.

Da kann man sich ja nicht mehr frei bewegen, sagte Berta, wo soll sie denn schlafen?

Sie sahen einander an, und Theo fragte sich, ob sie dasselbe dachte wie er. Nicht, dass es außer ihrem Ehebett und ihrem Schlafzimmer kein weiteres Bett im Haus gäbe, aber würden sie nun nicht einmal mehr die Nächte für sich allein haben? Doch gleich darauf wurde ihm bewusst, dass dieses Bestehen auf einer Intimität, die längst nicht mehr existierte, nur ein Reflex aus vergangener Zeit war, als sie froh gewesen waren, die neugierigen Blicke der halbwüchsigen Tochter los zu sein. Es gab nichts mehr zu verbergen, da war nichts mehr zwischen ihnen, was diese fremde Frau zerstören konnte. Sie waren zwei alte Menschen, die alles teilten, weil sie es so gewohnt waren, auch das Bett, in dem sie sich Nacht für Nacht, jeder auf seiner Seite, in den Schlaf zurückzogen und versuchten, den anderen dabei nicht zu stören, ihn nicht einmal unabsichtlich zu berühren. Berta ging lange nach ihm ins Bett, er stand eine Stunde vor ihr auf und sie machten sich schon lange keine Gedanken mehr darüber. Und trotzdem hatte er in den Nächten, in der ihre Seite leer war, nicht schlafen können. Immer wieder war er aus einem leichten Schlaf voll wirrer, quälender Träume hochgeschreckt und hatte mit der Hand nach ihrer Bettseite getastet und die Leere neben ihm war so trostlos gewesen, dass er weinen musste. Über die Jahre hatte er beobachtet, wie seine Gefühle flacher geworden waren, und das war angenehm, er verstand, woher Bertas Verstimmungen kamen und konnte ihnen mit Humor begegnen, er wusste, sie waren von kurzer Dauer, und auch anderer Menschen Eigenheiten und ihr gelegentliches schlechtes Benehmen ertrug er mit Gelassenheit, so als gingen sie ihn nichts an, und es hatte ja auch selten mit ihm zu tun. Aber die Abhängigkeit von seiner Frau war immer noch gewachsen, sie war zu einem so starken Bedürfnis geworden, dass es alle anderen Gefühle, die er für sie empfand, mit einschloss, auch die Ungeduld, den Ärger über sie, den Widerwillen gegen ihre schlechten Gewohnheiten, die in dem Maß zunahmen wie ihr Geist abbaute. Während ihres Spitalsaufenthalts war er in seiner Betthälfte gelegen und hatte sich wie ein von der Mutter verlassenes Kind gefühlt. Aber das konnte er niemandem erzählen, es war beschämend, so nah an der Verzweiflung zu sein, bloß weil man allein in einem Bett schlief, das für zwei bestimmt war.

Sie kann die Mansarde haben, wo Fabian immer gewohnt hat, wenn er bei uns war, da gibt es eine eigene Dusche, eine kleine Küche und ein Zimmer mit einem Ausziehbett, da wird sie schlafen, sagte Theo resigniert.

Er stellte sich die nächste Zukunft vor, die nächsten Wochen, vielleicht Monate, und begriff, dass dieser Schritt, eine Pflegerin ins Haus zu nehmen, nicht aufzuhalten, nur mehr hinauszuzögern war, und wozu noch warten, wenn er am Ende doch unvermeidlich feststand. Irgendwann würde er sich nicht mehr ohne Hilfe fortbewegen können, und wer sollte ihn stützen, wer sollte ihm aufhelfen, wenn er stürzte?

Es war nur ein weiterer Schritt auf das Ende zu, und auch das Ende war unvermeidbar.

Und was wird das kosten, fragte er, können wir uns das überhaupt leisten?

Zirka tausendfünfhundert Euro im Monat, sagte Ottilie nüchtern.

Wir werden es schaffen, sagte er. Wenn es sein muss? Trotz der Klarheit, mit der ihm dieser Schritt als Notwendigkeit vor Augen stand, setzte er ein kleines, kaum hörbares Fragezeichen hinter diesen Satz. Aber niemand widersprach, niemand redete davon, dass man noch warten könne. Wie sollte er sich dagegen wehren, schließlich war es sein Zustand, der sie zu diesem Schritt zwang, es war seine Schuld.

Es wird wohl sein müssen, sagte Berta erleichtert, dann brauchen wir auch Frieda nicht mehr ständig um Hilfe zu bitten.

Und damit war Ludmilas Einzug beschlossene Sache, sobald der alte Nazi, wie Theo den gelähmten Hofrat nannte, seinen Übergang hinter sich gebracht hatte. Auf einmal ertappte Theo sich dabei, dass er wünschte, es möge noch eine Weile dauern, eine Frist ungestörten Lebens. Es gab einen Aberglauben, von dem Theo nicht hätte sagen können, woher er ihn kannte, der jedoch tief in seinem Bewusstsein wurzelte, so wenig angezweifelt wie das Wissen, dass man Holz bei Neumond schlägerte und welche Pflanzen heilende Wirkung hatten. Zwischen Aberglauben und Wirklichkeit gab es in der Welt, in der er aufgewachsen war, keine Unterschiede. Der Tod, so hieß es, begnüge sich nie mit einem einzigen Opfer. Wenn er einmal zuschlug, raffte er immer drei in unmittelbarer Nähe dahin, bevor er weiterzog. An der Front war jeder Tod, der einen anderen traf, die Bestätigung des eigenen Lebens gewesen, und die Erleichterung darüber, dass einem selber noch eine Frist gewährt wurde, überwog. Jeder hatte seine heimlichen Abwehrrituale gegen den Tod gehabt, Theos

Magie waren seine Zahlenspiele gewesen, mit einem Teil seiner Vernunft hatte er gewusst, dass es schierer Aberglaube war, dass der Tod zufällig traf und nicht durch Zahlenkombinationen abzuwehren oder vorauszusehen war, aber es hatte ihm die Kraft gegeben, seine Todesangst zu ertragen. Und dieses Mal war Anfang des Jahres ein Nachbar in Theos Alter gestorben und nun war der Hofrat an der Reihe, und dass es in absehbarer Zeit einen Dritten geben würde, davon war Theo überzeugt. Er ging die Kandidaten durch und kam zum Schluss, dass er der logische Dritte sein müsste, der Älteste und Schwächste, der dem Tod den geringsten Widerstand entgegenzusetzen hatte. Davon hatte er weder zu Berta noch zu seiner Tochter ein Wort gesagt. Aber er erwartete den Tod jede Nacht, wenn er plötzlich aufwachte und aufstehen musste, er beobachtete seinen Herzschlag, nahm die Vorgänge in seinem Körper wahr, als sei er eine Pflanze, die auf der Kippe zum Verwelken stand.

Und dann holte der Tod sich innerhalb von wenigen Tagen wirklich seine Beute, den alten Hofrat wie erwartet, und eine Woche später einen Mittfünfziger mitten aus dem Leben, wie auf der Todesanzeige stand. Bei der Todesnachricht wurde Theo von einem Weinkrampf geschüttelt, obwohl ihm der Mann nicht nahegestanden war, er hatte ihn kaum gekannt und Berta war erstaunt, wie sehr dieser Tod ihm zu Herzen ging. Als wüsste er nicht, dass der Tod immer mitten im Leben saß, dort wo man ihn am wenigsten erwartete, immer auf der Lauer und unberechenbar. Und nun war er weitergezogen und hatte ihn wieder einmal verschont und Theo ahnte erst jetzt, während er vor Mitleid oder Erleichterung weinte, wie sehr er noch am Leben hing.

Genauso unerklärlich heftig hatte es ihn überkommen, als er ein Jahr nach Kriegsende die Eltern seines gefallenen Freundes Hans Ehrmann besuchte. Ehrmann war der Letzte der alten Kompanie gewesen, das hatte sie verbunden. Die Truppe war in den Monaten, in denen er im Lazarett gelegen war, aufgerieben worden. Aufgerieben, so fassten sie alle erdenklichen Todesarten in einem Begriff zusammen. Vielleicht war er überhaupt der einzige Freund gewesen, den Theo jemals gehabt hatte, alle anderen später waren Kollegen gewesen, gute Bekannte. Ehrmann war nicht befördert worden, er hatte sich nicht durch Tapferkeit ausgezeichnet wie Theo. Sein Tod war nicht der erste Tod gewesen, der unmittelbar neben ihm einschlug, aber Ehrmann war einer gewesen, für den er jederzeit sein Leben aufs Spiel gesetzt hätte, es auch getan hatte, ohne darüber nachzudenken, der erste Tote, der ihm wirklich nahegestanden hat. Sie waren nebeneinander auf dem Fahrzeug mit dem Panzerabwehrgeschütz gesessen, als die Granate sie traf. Theo hatte keine Erinnerung daran, wie er es geschafft hatte, vom Fahrzeug zu springen, bevor es in Flammen aufging. Das war für Ehrmann das Ende des Krieges gewesen, und auch für Theo. Am Abend hörte er den Geschützlärm aus der Entfernung seines Verstecks, mehr als sterben konnte er ohnehin nicht mehr, und der Tod so dicht neben ihm hatte ihm den Mut gegeben, zumindest seine Todesart selbst zu wählen, einen Mut, zu dem er aus eigener Kraft nicht fähig gewesen war. Er dachte damals viel ans Sterben, fragte sich, *wie* er sterben würde und wog die tödlichen Verwundungen gegeneinander ab und gegen den zu erwartenden Tod eines Deserteurs durch Erschießen. Er wünschte sich einen schmerzlosen Tod, einen der plötzlich und mit solcher Wucht über ihn hereinbrach, dass er sofort das Bewusstsein verlor. Einen Tod, wie Ehrmann ihn schließlich hatte. Am meisten fürchtete er den langsamen Tod der aufgerissenen Eingeweide oder der Amputation ohne Morphium oder am schlimmsten, den lebendigen Wahnsinn einer Kopfwunde. Wenn sie in den Stellungen die Zeit totschlugen, redeten sie nicht vom Tod, aber auf eine vorsichtige, verschlüsselte Weise darüber, wie ihre Eltern die Todesnachricht aufnehmen würden. Es gab wenig, worüber sie sprachen, das meiste war so selbstverständlich, dass sie darüber keine Worte verloren. Gruppenzwang. Konformität. Gehorsam. Nebenbei erfuhr er, dass Hans das einzige Kind seiner Eltern war und dass sein Vater vor der Pensionierung aus dem Schuldienst entlassen worden war.

Später, als er Zeit zum Nachdenken hatte, fragte er sich, was er gefühlt hatte, als Ehrmann neben ihm in Stücke gerissen wurde und er vom Fahrzeug sprang. Er konnte sich nicht erinnern. In diesem ersten Jahr nach dem Krieg träumte er oft davon, schreckliche Bilder geisterten wie ein Stummfilm durch seine Träume, aber wenn er nach Gefühlen suchte, fand er keine Trauer, nur eine große Niedergeschlagenheit über das Ganze. Er hatte nicht darüber nachgedacht, was er den Eltern seines Freundes sagen würde, ob es angesichts des Todes eines einzigen Sohnes etwas Tröstliches zu sagen gab. Er fuhr in die Stadt, in der Ehrmann aufgewachsen war, weil er dachte, er würde ihm noch einmal nahe sein in seiner Stadt, seiner Straße und in seinem Elternhaus. Er versuchte jedes Detail mit den Augen des Freundes zu sehen, aber er wusste zu wenig von ihm, von seinem Leben vor dem Krieg. Er saß am Tisch mit seinen Eltern, trank Ersatzkaffee und versuchte etwas Freundliches über ihren Sohn zu sagen, etwas über Kameradschaft, Opferbereitschaft, Mut, Pflichterfüllung und Heldentod, aber in ihren Gesichtern sah er, wie unpassend die Wörter waren, die ihm zur Verfügung standen, dass es unerträglich für die verwaisten Eltern war, wenn er den Tod ihres Sohnes mit den Phrasen des mörderischen Regimes besudelte. Aber er brachte es auch nicht fertig, ihnen die Wahrheit zu sagen, zu erzählen, wie der Heldentod ihres Sohnes ausgesehen hatte, dass nicht mehr genug von ihm übrig geblieben war, was man hätte begraben können, und dass er selber sich aus dem Staub gemacht hatte ohne zurückzublicken. Während er nach Worten suchte und stammelte und schließlich schwieg, wurde Hans Ehrmann immer ungreifbarer, er zog sich mit jedem

Satz weiter zurück, keine Erinnerung von der Front passte in die Wirklichkeit der beiden alten Leute, ihre bürgerliche Existenz war so weit entfernt von allem, was die beiden Gefreiten der Panzerabwehr verbunden hatte, er hätte keinen einzigen Gedanken ihrer wenigen Gespräche zwischen Todesangst und Erschöpfung wiedergeben können. Stattdessen schüttelte ihn plötzlich und gegen seinen Willen dieses krampfartige Schluchzen, das ihm peinlich war und das er nicht unterdrücken konnte, während Ehrmanns Eltern ihm trockenen Auges zusahen. Als es sich löste, spürte er Erleichterung, als sei seine Mission erfüllt und als habe er die weite Reise zu diesen fremden Menschen nur gemacht, um in ihrer Gegenwart zu weinen. Als er wegging, durchströmte ihn ein ganz und gar unpassendes triumphierendes Glück darüber, am Leben zu sein, dessen er sich schämte. Ehrmanns Eltern waren in ihrer Trauer freundlich gewesen und hatten ihn gebeten, ihnen zu schreiben, aber er hatte sich nie wieder bei ihnen gemeldet.

Ludmila kam an einem Märztag, an dem die letzten Schneereste vom Dach tropften. Zum ersten Mal seit Wochen schien die Sonne und Theo kam am Morgen so leicht auf die Füße, dass er überzeugt war, er könne ohne Hilfe die Stufen in den Garten hinuntersteigen. Aber bereits die erste Stufe schien unüberwindbar, er klammerte sich an das Geländer und merkte, dass es sich in der Halterung bewegte, und wenn er hinunterschaute, kam es ihm vor, als blicke er von einem Felsvorsprung in die Tiefe. In diesem Augenblick näherten sich Ottilie und ein Mädchen in einer taillierten Jacke und Jeans der Gartentür. Ein Schrecken fuhr ihm durch den Körper und er trat zurück, um den Anschein zu erwecken, er sei zufällig kurz vor die Haustür getreten, um die Temperatur zu prüfen.

Sie sah sehr jung aus, ein stämmiges Mädchen mit einem breiten, großflächigen Gesicht und dichtem brünettem, zu einem Pferdeschwanz gebundenem Haar. In der einen Hand eine ausgebeulte hellbraune Reisetasche, in der anderen eine überquellende Tragetasche, wie man sie in manchen Möbelgeschäften bekam. Ihre engen Jeans und ihre knapp sitzende Jacke betonten einen Körper, der älter war als das Gesicht.

Das ist Ludmila, sagte Ottilie.

Ich bin Mila, sagte die junge Frau ohne zu lächeln.

Ludmila betrat das Haus mit einer Selbstverständlichkeit, als sei sie nur kurz weg gewesen, sagte, hier ist es schön, viel Licht, zog die Vorhänge zur Seite, öffnete die Fenster und sagte, Frühling ist da. Es lag eine Bestimmtheit in ihren Handlungen, die keinen Widerspruch zuließen. Als sagte sie: Der Frühling ist da, ich bin da, nehmt es gefälligst zur Kenntnis. Nicht unfreundlich, aber ohne sich anzubiedern.

Was hat sie gesagt, fragte Theo ihre Begleiterin, sie redet so komisch.

Er werde sich an ihren Akzent gewöhnen, ihr Deutsch sei gar nicht so schlecht, beschwichtigte Ottilie. Er nickte. Ludmila hatte eine weiche, helle Stimme. Seit seine Schwerhörigkeit zunahm, fiel es ihm leichter, Frauenstimmen zu verstehen als tiefe Stimmlagen.

Berta blieb misstrauisch. Die Frau war jünger, als sie erwartet hatte, und etwas an ihr, der Blick, wie sie sich bewegte, sie hätte es nicht sagen können, irgendetwas erschien ihr anmaßend und erinnerte sie an Frieda als junges Mädchen. Auch dass sie Omi zu ihr sagte, missfiel ihr, es traf eine Narbe, die bei direkter Berührung noch immer schmerzte.

Mit der gleichen Selbstverständlichkeit nahm Ludmila die Küche in Angriff, doch Berta stellte sich ihr in den Weg, so einfach gab sie ihre Herrschaft nicht auf. Ludmila solle vorerst nur einmal zusehen und lernen, wie man *bei uns* kocht. Mit Nachdruck zeigte sie auf die Lebensmittel, Mehl, Fett, Eier, Nudeln, Brösel, Erdäpfel, Kraut artikulierte sie laut und scharf. Ein paar Wörter sprach die junge Frau ihr folgsam nach, dann sagte sie, heute kochen Gulasch. Aber wir haben doch kein Fleisch zu Hause, sagte Berta. Kartoffel, alles da, erklärte Ludmila knapp und stellte, was sie fand, auf die Anrichte. Im Lauf des Vormittags gab Berta auf, Ludmila hatte keine Erklärungen nötig und nahm keine an. Was sie ein wenig erleichterte, war, dass die junge Frau keine Verbesserungsvorschläge hatte, wie man heutzutage fettärmer, gesünder oder überhaupt ganz anders kochen müsse. Als sie zu Mittag das Gulasch auf den Tisch brachte, war es zwar nicht das, was sie gewohnt waren, aber es war genießbar. Ludmila hob ihr Bierglas und lehrte sie das erste Wort in ihrer Sprache: Búd' mo! Sie lächelte auch jetzt nicht. Sie lächelte überhaupt nie. Trotzdem hatte Theo die Zahnlücke bemerkt, in ihrem kräftigen Gebiss fehlte der linke Eckzahn, was ihrem Aussehen etwas Verwundbares gab, als verwiese der fehlende Zahn auf eine Bedürftigkeit, die ihr selbstsicheres Auftreten widerlegte.

Nach dem Essen verschwand Ludmila für zwei Stunden, das war ihre Mittagspause, ihre tägliche Freizeit, und Theo sah Berta erwartungsvoll an: Na, was sagst du?

Man kann mit ihr auskommen, sagte sie, und er war beruhigt. Sie ist schon in Ordnung, sagte er, sie wird uns nicht stören.

Theo war froh, dass Ludmila nicht auf Antwort wartete, wenn er ihre Sätze nicht verstehen konnte, sie drängte ihm ihre Fürsorge nicht auf, war zur Stelle, wenn er aufstehen wollte, und stützte ihn so leicht, dass er glauben konnte, er käme ohne Hilfe zurecht. An der Badezimmertür drückte sie die Klinke herunter, aber er schob sie von sich ohne sie anzusehen und sie verstand: Er war kein hinfälliger Greis und legte auf seine Würde Wert. Sie schloss die Tür lautlos hinter ihm und blieb draußen und er atmete auf. Sie würde nicht versuchen, über ihn zu bestimmen und ihn auf einen Pflegefall zu reduzieren.

Danke, aber ich bin noch nicht so gebrechlich, das meiste

kann ich allein, sagte er, wenn sie ihm am Morgen beim Anziehen helfen wollte. Er schob sie mit einer Geste zur Seite, die sagte, lass mich, das kann ich noch ohne Hilfe und kämpfte mit dem Ärmel in seinem Rücken, mühte sich, mit seinen steifen Fingern, die ihm nicht gehorchten, die Hemdknöpfe zu finden, ärgerte sich insgeheim darüber, wie klein die Knopflöcher waren, zog sich die Hose hoch, während er gefährlich schwankte und umzufallen drohte, suchte mit den Füßen nach den Hausschuhen und sank danach erschöpft in seinen Seegrasstuhl. Ludmila stand dabei mit zum Auffangen bereiten Händen, aber sie ließ zu, dass er seine geringen Kräfte beim Anziehen verausgabte. Wofür hätte er sie sonst noch sammeln sollen. Sie sollte nicht merken, dass er die ganze Anstrengung ihretwegen auf sich nahm, um ihr zu zeigen, wie kräftig er noch war. Rüstig sei er, sagten gelegentliche Besucher, auch die Ärzte und wer sonst noch zur Begutachtung infrage kam, und es war wohl als Kompliment gedacht, so wie sie zu Kleinkindern sagten, bist du aber schon groß, mit der Überheblichkeit der Erwachsenen. Das Wort *rüstig* missfiel ihm, es war ein Diktat und eine Entwürdigung, es machte ihn ohne seine Zustimmung zum Greis, der sich gerade noch innerhalb der Grenzen des Vertrauensgrundsatzes hielt und dafür herablassenden Applaus bekam. Er ließ sich noch lange nicht so weit bringen, unnötig von irgendjemandes Hilfe abhängig zu sein. Solange er sich von Berta hatte helfen lassen, war es darum gegangen, den Beweis ihrer Liebe einzufordern, die Berührungen zu genießen, die körperliche Nähe, die ihnen verloren gegangen war. Nun musste er herausfinden, wie viel Stolz er sich noch leisten und ob er diese junge Frau beeindrucken konnte. Es war eine Art des Werbens um Respekt und Bewunderung.

An einem warmen Märztag, während Berta auf dem Sofa schlief, stieg er vorsichtig, auf Ludmilas Arm und seinen Stock gestützt, die Stufen zum Garten hinunter, den er seit November nicht mehr betreten hatte. Der Frühling ist da, sagte er erstaunt. Jetzt musste es aufwärtsgehen, auch mit ihm, das war der Kreislauf der Natur. Er atmete die Frühlingsluft tief ein und sah auf einen Blick die Schneeglöckchen, die ihre weißen hängenden Schirme bereits geöffnet hatten, die blauen Augen der Leberblümchen, und alles, was sich in verschiedenen Stadien der Entfaltung in seinem Garten regte. Sie gingen um das Haus herum, die feuchte Erde gab unter ihren Füßen nach, Theo benannte für Ludmila die ersten Frühblüher, deren Knospen gerade aufgesprungen waren, wie für ein Kind: Schneerosen, Himmelsschlüssel, Primeln, Krokus, Buschwindröschen. Im Frühling ist alles weiß und gelb und blau, erklärte er, später kommen dann die dunkleren Farben, Rot und Lila, dann wird es bunt und laut, aber der Anfang ist wie der erste Schnee, ganz zart und hell und schnell vorbei. Er zeigte auf die Amseln, die altes Laub und Moos für ihre Nester sammelten und sagte: Sie nisten schon. Es fiel ihm leichter, als er gedacht hatte, Hochdeutsch zu sprechen, damit sie ihn verstand. Er inspizierte den jungen Kastanienbaum und stellte fest, dass der Frost die Rinde aufgerissen hatte. Besorgt betrachtete er die schwärzlichen Stämme der Rosenstöcke und erinnerte sich, dass er sie hatte verpflanzen wollen.

Ich wollte die beiden Stöcke umsetzen, erklärte er, und Ludmila sagte zu seinem Erstaunen: Ich das kann, ich das machen, bevor Blätter kommen.

Ja, bevor sie austreiben, sagte er. Er bezweifelte, dass sie Rosenstöcke umsetzen konnte, aber ihr Eifer freute ihn. Die Sonne schien und wärmte ihn bis in die feinsten Adern, er spürte, wie die Wärme tief in seinen erkaltenden Körper drang und ihn mit einem kreatürlichen Behagen erfüllte.

Die Wochen, die sie bei ihnen wohnte, vergingen zu schnell, um Rosen umzupflanzen. Die Tage verliefen einförmig und angenehm, mit frischen Semmeln am Morgen, weil Ludmila meist vom Bäcker zurückkam, wenn Berta aufstand, mit neuen Tischsitten, Servietten und Vorlagebesteck, Zuckerzange und Milchkännchen, Dinge, die jahrzehntelang unbenutzt in den Küchenschränken gelegen und auf die sie bisher verzichtet hatten, weil sie allein waren und nicht so tun mussten, als seien sie gewohnt, vornehm zu speisen. Das hat sie beim Hofrat gelernt, sagte Berta. Sie unterwarfen sich den neuen Sitten und fühlten sich wie auf Urlaub, wenn Ludmila ein Leinentischtuch ausbreitete anstatt des Wachstuchs, das man mit einem feuchten Schwamm abwischen konnte, und Stoffservietten neben die Teller legte, und immer nahm sie das gute Geschirr. Berta hatte sich anfangs dagegen gesträubt, dass sie das Porzellangeschirr und die Kristallgläser für den Alltag benutzten, aber Theo sagte: Worauf warten wir denn noch, darauf, dass das Leben anfängt?

Eine alte Erinnerung bemächtigte sich Theos beim Anblick dieser Servietten. Das erste Mittagessen, das Wilma in ihrer neuen Stadtwohnung aufgetischt hatte und wie feierlich ihm dabei zumute gewesen war. Die weißen, zu kleinen Zelten gefalteten Leinenservietten waren neben ihren Tellern gestanden als sichtbare Zeichen, dass nun ein neues, besseres Leben beginnen und er an ihrer Vornehmheit teilhaben würde. Er hatte die erste im eigenen Heim zubereitete Mahlzeit mit der gebührenden Andacht verzehrt, am Ende die Serviette auf den mit Sauce verschmierten Teller gelegt und ihn seiner Frau mit den Worten entgegengehoben: Danke, Liebste, das war ein vorzügliches Essen. Im Kino hatte er solche Szenen gesehen, und er richtete sich in häuslichen Dingen und in der Liebe häufig nach dem, was er im Kino gesehen oder in Büchern gelesen hatte. Deshalb bog er auch den Kopf seiner Frau zurück wie ein Leinwandstar, wenn er sie küsste. Es war ihm entgangen, wie Wilma auf diesen aus seiner Sicht feierlichen Augenblick des ersten Mahls am eigenen Tisch reagiert hatte, aber es war ihm aufgefallen, dass er nie wieder eine Stoffserviette neben seinem Teller vorgefunden hatte. Er hatte wieder einmal versagt. Von einer quälenden Scham erfüllt bemühte er sich um Bildung und Gewandtheit, die ihr selbstverständlich waren. In Gesellschaft warf sie ihm manchmal einen Blick zu wie einem Kind, benimm dich, und er schaute verstohlen, wie es die anderen machten. Aber zu Hause kritisierte sie ihn offen, irgendwer muss es dir ja sagen, wie man sich benimmt. Sein linkisches Verhalten, seine Schweigsamkeit. Da kann ich dir nicht helfen, hatte er gesagt, so bin ich, das kann ich nicht ändern, aber Tischmanieren war er bereit gewesen zu lernen. Er hatte seiner Tochter *Das Einmaleins des guten Tons* zum Geburtstag gekauft und war der Erste gewesen, der es las. Dass der gute Ton ihn bei seinen Schwiegereltern beliebter machen würde, erwartete er nicht. Die bürgerliche Gesellschaft des Marktfleckens blieb ihm verschlossen, und nach anfänglichen peinlichen Versuchen und demütigenden Sticheleien war er froh gewesen zu den Familienfesten nicht mitkommen zu müssen.

Alles Ostentative lag Theo und auch Berta fern. Sie küssten sich zum Abschied und beim Wiedersehen kurz und spitz auf den Mund, aber sie hatten sich noch nie vor Zeugen umarmt, und ihren Besuchern gaben sie die Hand. Frieda hatte ihren Vater früher auf den Mund geküsst, wenn sie sich zu Geburtstagen Glück wünschten oder wenn sie sich für etwas bedankte, aber Berta hatte Anstoß daran genommen, und seither gab er auch seiner Tochter die Hand. Und nun hatten sie diese kussfreudige junge Frau im Haus, die sie schon zur Begrüßung am Morgen links und rechts auf die Wangen küsste, und jedes Mal von Neuem, wenn sie wegging und wiederkam und am Abend vor dem Schlafengehen. Was die Gepflogenheiten vollends aus dem Gleichgewicht brachte, war, dass sie sich bei Friedas erstem Besuch in Gegenwart ihrer Betreuerin genötigt fühlten, die Tochter zu küssen. Steif und mit erschrockenen Augen standen sich die drei Menschen gegenüber, die seit vierzig Jahren zwischen völliger Entfremdung und einer misstrauischen Annäherung Berührungen vermieden, und näherten ihre Lippen den Wangen, die sie noch nie oder seit vielen Jahrzehnten nicht mehr zärtlich berührt hatten. Danach waren sie vor Verlegenheit so überwältigt, dass sie wie angewurzelt stehen blieben und betreten lächelten, und es war Ludmila, die das Tableau auflöste und sie aufforderte, sich zu setzen.

Theo war angespannt. Es war eine neue Situation, er hatte es wieder einmal erreicht, Frieda in die Familie hereinzuholen. Von Zeit zu Zeit glückte es ihm, Berta zu überreden, wenn sie gut aufgelegt und großzügig war, wenn etwas von der alten Liebe zwischen ihnen aufglomm und sie wärmte und er einen Wunsch frei hatte, versuchte er es jedes Mal. Wenn Berta so unvorsichtig war und fragte, bist du zufrieden, bist du glücklich, dann konnte er es sagen: nicht ganz. Weil ich meine Tochter nicht sehen darf. Sie hat dich jeden Tag besucht, als du im Spital warst. Das war ein Argument, dem sie sich nicht verschließen konnte ohne undankbar zu sein. Jetzt half Ludmila ihr beim Kochen und es gab keinen Grund mehr, das Besuchsverbot nicht wenigstens zu lockern. Wenn Frieda nicht wieder alles verdarb und Berta unnötig reizte. Deshalb war Theo während des ganzen Essens so nervös, dass er redete ohne sich seine Worte zu überlegen. Er musste zwischen Frieda und Berta die unterdrückte Feindschaft dämpfen, zwischen Ludmila und Frieda Sympathie fördern, und auch zwischen Berta und Ludmila gab es noch kein reibungsloses Gedeihen. Jede der drei Frauen stand ihm nah genug, dass sein Gleichgewicht davon abhing, wie sie harmonierten.

Ich habe jetzt eine verlässliche Stütze, sagte er zu Frieda, die wie eine Fremde an seinem Tisch saß. Ludmila ist alles, was ich brauche.

Alles, was er braucht, wiederholte Berta spöttisch.

Er horchte der Kränkung in ihrer Stimme nach. Alles, was *du* brauchst, meine liebe Berta, um mehr Zeit für dich zu haben, verbesserte er sich.

Meine liebe Berta. Frieda grinste boshaft. Er hatte wieder einmal zu seinen geborgten Sätzen Zuflucht genommen, und weil er sich dessen schämte, redete er zwanghaft weiter. Jeder macht Fehler, erklärte er, niemand ist perfekt, Verzeihen ist wichtig. Mit jedem Satz stieß er auf Friedas Spott und auf Bertas Abwehr. Sie saßen um den Tisch und sahen ihm zu, wie er sich verrannte, er schaute unsicher von einer zur anderen, nur Ludmila betrachtete ihn neugierig und aufmerksam, Berta und Frieda wichen seinen Blicken aus, bis er aufgab und verstummte.

Als Frieda sich verabschiedete, sagte Berta, warte noch einen Augenblick, ich habe etwas für dich, das wollte ich dir schon lange geben, und sie kam aus dem Schlafzimmer mit einem alten abgegriffenen Quartheft zurück. Das Kochbuch deiner Mutter, sagte sie.

Frieda nahm das Heft entgegen und schlug es auf, und einen Augenblick lang verharrten Bertas Hände in der Geste großzügigen Gebens. Sie wartete, dass Frieda etwas sagte, irgendetwas, Erstaunen ausdrückte, Dank, Freude, aber stattdessen verließ sie wortlos, fast fluchtartig und mit abgewandtem Gesicht den Raum.

Warum hat sie so schnell Reißaus genommen, fragte Berta gekränkt, um die erwartete Dankbarkeit geprellt. Sie hatte ein versöhnliches Zeichen setzen wollen, das Kochbuch war ein Geschenk, mit dem sie Frieda zeigen wollte, dass sie ihr verziehen hatte. Andererseits, sagte sie, warum habe ich Dankbarkeit erwartet von einer, die sich noch nie für eine Freundlichkeit bedankt hat, so ist sie eben, deine Tochter. Theo hatte den Hass in Friedas Augen aufblitzen sehen, als sie das schwarze Heft entgegennahm und die Schrift ihrer Mutter erkannte, er hatte gesehen, dass sie blass und gleich darauf rot geworden war, und die Eile, mit der sie in den Mantel gefahren und zur Tür gegangen war, hatte ihm klargemacht, es war wieder einmal nicht gut gegangen. Aber er sagte, ja, so ist sie eben.

Nach ein paar Wochen kam Frieda wieder und niemand

erwähnte mehr das Kochbuch. Sie kam meist an Sonntagen zum Kaffee, saß eine Weile mit ihnen am Tisch, sie sprachen über praktische Dinge und was vor ihrer Haustür vor sich ging, wer gestorben war, wer geheiratet hatte, wer ins Spital gebracht worden war, wo ein Haus verkauft wurde, und wenn es dunkel wurde, verabschiedete sie sich mit dem Satz, bis bald, bis nächsten Sonntag.

Sie saßen bei Tisch, die drei Frauen und Theo, fast wie eine Familie, man konnte meinen, Großmutter, Mutter, Enkelin. Theo gönnte sich einen Augenblick der Illusion, einen falschen Glücksmoment, wem schadete es?

Wie alt sind Sie?, fragte Frieda.

Siebenunddreißig im nächsten Herbst.

Siebenunddreißig, wie unsere Melissa, sagte Theo erstaunt. Schwer zu glauben.

Ein kleines Gedankenexperiment, ein Vergleich, und sofort ergab sich eine andere Sicht auf die ukrainische Altenpflegerin, die kochte, putzte, ihm beim Anziehen half, ihn bei seinen Rundgängen ums Haus stützte und in der Mansarde wohnte. Auch sie war eine Tochter, eine Enkelin, das Kind einer richtigen Familie. Er erinnerte sich an die russischen Frauen mit ihren schwarzen Kopftüchern, die ausgemergelten Bauern, nicht anders als bei ihm zu Hause. Aus einer solchen Umgebung war sie herausgerissen worden, dachte er, und jetzt, allein in einem fremden Land, unter fremden Menschen hatte sie keine Zeit gehabt, sich einzugewöhnen, sie war mittendrin und musste funktionieren.

Seine älteren Geschwister waren Dienstboten gewesen, in den Dörfern bei den Bauern, aber die jüngeren Schwestern hatten in der Stadt bei Herrschaften gedient und manchmal hatten sie von der Willkür erzählt, den Launen der Gnädigen, und wie sie trotzdem ausgeharrt hatten, bis sie geheiratet und weitergedient, gespart und sich abgerackert hatten, diesmal für Mann und Kinder und ohne Lohn.

Er schaute Ludmila an, als sähe er sie zum ersten Mal. Sie hatte etwas Freies, Mutiges an sich, das ihm von Anfang an gefallen hatte, und das er jetzt um so mehr bewunderte. Ihre Zähigkeit, wie sie es aushielt, Tag für Tag mit ihm und Berta, von morgens bis abends in einem Haus mit nur drei kleinen Räumen und zwei Stunden Freizeit, Freigang nannte er es, beschämt, dass er der Grund dafür war. Aber tat sie es nicht freiwillig? Um Geld zu verdienen. Wenn sie nicht bei ihnen arbeitete, würde sie sich anderswo verdingen. Heutzutage verdingte sich niemand mehr, gab es das Wort überhaupt noch? Wenn er innehielt und es überdachte, war auch das nicht selbstverständlich, dass sie jeden Tag unverändert freundlich mit einem Guten Morgen und einem Kuss auf die Wange erschien, um sie beide zu bedienen, nie schlecht gelaunt, nie unpassend gekleidet, was ihm wichtig war, es war etwas Nobles an ihrer spröden Freundlichkeit. Auch wenn sie nicht lächelte, spürte er in manchen Augenblicken ihre Zuneigung, aber fröhlich, fiel ihm auf, war sie nie. Vielleicht gehörte Lächeln nicht mehr wie früher zu guten Manieren, vielleicht hatte man in dieser Generation das Lächeln als Zeichen der Verbindlichkeit abgeschafft?

Auch Melissa lächelte selten. Melissa besaß eine Zielstrebigkeit, die Ludmilas Entschlossenheit nicht unähnlich war und die Theos Hang zum Zögern und Abwägen, zum Warten, was die anderen meinten, ganz und gar nicht entsprach. Grazil und nervös wie ein tänzelndes Pferd war Melissa immer auf dem Sprung, sie vibrierte vor Ungeduld. Mit ihren großen aufmerksamen Augen und ihrer fordernden Präsenz war sie ein hübsches Kind gewesen, doch Theo hatte nie den richtigen Zugang zu ihr gefunden. Jedes Mal hatte er ihre Ungeduld gespürt, als habe man sie bei einer wichtigen Mission mit Nebensächlichem aufgehalten. Schon als sie ein Kind war, hatte ihn ihre schroffe Schlagfertigkeit eingeschüchtert. Er hatte sich von ihr beobachtet gefühlt und gespürt, dass sie ihm mit ihrer blitzschnellen Auffassung überlegen war. Ja, ja, sagte sie, wenn er ihr etwas umständlich zu erklären versuchte, und weiter? Mit ihrer sprunghaften Intelligenz war sie immer schon einen Schritt voraus, glitt über das Gesagte schnell hinweg. Ja, und? Du musst es dir richtig vorstellen, sagte er. Aber sie verstand nur, dass ihr Großvater langsam von Begriff war und ihre Geduld strapazierte. Wenn sie dann mit ihm sprach, lauter und langsamer als mit anderen, und sich zu ihm herunterbeugte, denn sie hatte die hochgewachsene Statur ihres Vaters, kam es ihm wie eine huldvolle Geste vor, die er als Herablassung deutete. Ich bin dein Großvater, hätte er gern gesagt, nicht irgendein alter, schwerhöriger Mann, zu dem du aus Herzensgüte freundlich sein musst. Er hatte seine Eltern und seinen Großvater in der Höflichkeitsform angesprochen, Ihr, hatte er gesagt, Ihr, Vater, als Zeichen der Ehrerbietung, nur als Kinder hatten sie ihn Tate nennen dürfen, als Halbwüchsige nicht mehr. Die Alten hatten ein Recht auf Respekt, weil sie mehr wussten als die Jungen, wer länger gelebt hat, besitzt mehr Lebenserfahrung, das war eine Tatsache, über die es nichts zu diskutieren gab. Die Jungen heutzutage sind schlecht erzogen, hatte er zu Frieda gesagt, und ihr seinen Ärger über die Enkelin zur Last gelegt, sie haben keinen Respekt. Er hatte auch nie etwas von seinem Wissen an diese Enkeltochter weitergeben können, sie hatte sich schon als Kind mehr für Computerspiele interessiert als für die Dinge, die ihm wichtig waren.

Sie ist hochbegabt, du langweilst sie, hatte Frieda ihm vorgehalten.

Aber eine Schere kann sie trotzdem nicht richtig halten, und sie interessierte sich auch nicht dafür etwas auszuschneiden. In ihrem Alter hat Fabian Tiere mit der Laubsäge ausgeschnitten, sagte er.

Fabian ist eben anders, der ist dir ähnlich, hatte Frieda entgegnet und ihm einen zärtlichen Blick geschenkt.

Melissa mochte hochbegabt sein, aber auf einem Gebiet, das er nie begreifen würde. Später studierte sie, bekam Auslandsstipendien, kam kurz vorbei und sah wie eine Durchreisende aus der Fremde aus, kurzes, rötlich blond gefärbtes Haar und weiße Turnschuhe über weißen Söckchen, atemlos mit dem ausgreifenden Schritt ihrer langen Beine.

Kommst du vom Flughafen, fragte er.

Nein, ich bin mit dem Auto da.

Fabian hatte manchmal mit leiser Ironie Gerüchte von Erfolgen und Auszeichnungen seiner Schwester erzählt. Die beiden waren sich nie nahe gewesen, Fabian hatte sie sich mit Spott vom Leib gehalten. Ein Alpha-Mädchen der Hightech-Branche, hatte er sie genannt, so jedenfalls sähe sie sich selbst. Es wäre Theo nicht in den Sinn gekommen, dass Melissa seine Begabung räumlicher Visualisierung geerbt hatte und sie ihrer Zeit gemäß nutzte.

Hast du schon einen festen Freund, hatte er gefragt und sie hatte gelacht, als habe er die dümmste Frage gestellt, die zu einem Hinterwäldler wie ihm passte. Fremden erzählte er voll Stolz von seiner Enkelin. Sie hat an einer berühmten Universität studiert, erzählte er jedem, der nach ihr fragte, sie lebt zeitweise im Ausland, sie beherrscht mehrere Sprachen in Wort und Schrift. So genau wusste er es nicht, aber er zählte alles auf, was für ihn zum Erfolg gehörte. Nur der Mann und die Kinder fehlten noch. Aber Melissa war ihm nicht nahe, nicht so wie Fabian.

Bis in die nebensächlichen Details hatte er sich in diesem Enkel wiedererkannt, in der Art, wie Fabian sich schweigend abwandte, wenn er gekränkt war, wie er die Oberlippe kräuselte und die Nüstern weitete, wenn er seinen Zorn unterdrückte, sein Gang, wie er die Füße setzte, sein schmaler Kopf mit den leicht konkaven Gesichtszügen, die hellbraunen grün gesprenkelten Augen. Und auch in seiner Abneigung gegen Geschwätzigkeit. Nach über zwanzig Jahren des nie verstummten Argwohns bekam er durch Fabian endlich die Bestätigung, dass er der Vater des Kindes war, das er großgezogen hatte. Die tiefe, schuldbewusste Demut vor Wilma, der er so lange misstraut hatte, aber vor allem das Glück, ja der Triumph, trotz seiner Unterleibsverwundung im Krieg ein Kind gezeugt zu haben, verwandelte sich in eine Liebe für Fabian, wie er sie in dieser Bedingungslosigkeit bisher nicht gekannt hatte. Der Enkel war ihm wie ein Geschenk, eine Wiedergutmachung des Schicksals erschienen.

Seine erste Verwundung hatte seinen Beruf, für den er prädestiniert gewesen war, zunichtegemacht, aber seine zweite Verwundung hatte ihn auf andere Weise zum Krüppel gemacht, zumindest hatte er damals damit gerechnet. Der Zug, mit dem man ihn an die Front zurückgebracht hatte, war auf eine Mine aufgefahren, und ihn hatte es an Gesäß und Hoden getroffen. Als er den Lazarettarzt fragte, ob er nun zeugungsunfähig geworden sei, begann der Verwundete neben ihm, dessen Gesicht unter dem blutigen Kopfverband grau zu werden begann, zu schreien. Er schämte sich der Frage in Gegenwart eines Sterbenden und der Arzt blieb ihm die Antwort schuldig. Die Kriegsverwundungen hatten viele Splitter in seinem Körper hinterlassen, als er vor seiner zweiten Hüftoperation das Röntgenbild seines Beckens gesehen hatte, war er über die Sprenkel mit ihren scharfen Rändern erschrocken gewesen. Ist das Krebs?, hatte er den Chirurgen gefragt. Granatsplitter, hatte der ihm erklärt, die sind abgekapselt und völlig harmlos. So nah saß der Tod noch immer in seinem Körper und trotzdem war er gegen jede Wahrscheinlichkeit älter geworden als die meisten.

Er erinnerte sich, wie er sich unzählige Male auf dem langen Heimweg seine Rückkehr aus dem Krieg ausgemalt hatte, zuerst, um die Erwartung auszukosten, den Anblick der vertrauten Hügel und Waldschöpfe, der blauen Bergketten in der Ferne, der Dörfer, deren Bewohner nun keine Fremden waren und seinen Dialekt sprachen, dann den spitzen Kirchturm und die Serpentinen den Berg hinauf, die Straße, die ihn direkt vor Wilmas Haus führen würde. Aber er würde zuerst nach Hause gehen, seine Mutter begrüßen, sich gründlich mit heißem Wasser waschen, frische Wäsche und seinen Steireranzug für besondere Anlässe anziehen und sich so seiner Braut präsentieren. Aber es kam anders. Der Krieg hatte auch diese Gegend nicht ganz verschont, die Schützengräben des Volkssturms entlang der Straße waren noch nicht zugeschüttet und vereinzelte Panzerfahrzeuge der Besatzer standen in den Feldern. Der erste Mensch, der ihm am Ortseingang begegnete, war Wilma, doch die hochschießende wilde Freude wich schnell dem Schrecken, was für ein Bild er abgab, in Zivil, in gestohlener, verdreckter Arbeitskleidung. Auch Wilma war erschrocken ihn zu sehen, und so wie sie ihn ansah, dachte er: Es ist alles vorbei. Sie fielen sich nicht in die Arme, sie weinten keine Freudentränen, wie er es sich erträumt hatte, sie standen einander befangen gegenüber und er schämte sich. Er kam nicht als Soldat, sondern als Besiegter, schlimmer noch, als Deserteur, entkräftet, abgemagert, zum Umfallen müde. Er erzählte Wilma nicht, dass er sich seit Monaten zwischen den Fronten durchgeschlagen hatte. Männer, die sich von der Front entfernten, hieß es, verdienten von der Heimat kein Stück Brot. Der Vorwurf der Ehrlosigkeit saß zu tief in ihm, er hatte nie jemandem davon erzählt bis zu dem Abend, als er Frieda beweisen wollte, dass er auf eine andere Art mutig und frei sein konnte. Auch Wilma hatte eine Geschichte, über die sie wortkarg hinwegging. Da gäbe es nichts zu erzählen. Aber es wurde ihm zugetragen, hämische Andeutungen, halbe Sätze, vielsagende Blicke, das Gerücht über eine heimliche Liebe zu einem *Ostarbeiter*. Sie hatten sich beide verändert, der Krieg hatte Erwachsene aus ihnen gemacht, ernst, desillusioniert, entschlossen, mit dem, was übrig geblieben war, weiterzumachen, nach sechs verlorenen Jahren in einer veränderten Welt.

Aber was war übrig geblieben von der Siebzehnjährigen, die er verehrt und bewundert und kaum zu begehren gewagt hatte? Damals, vor dem Krieg, hatten Standesunterschiede für sie keine Rolle gespielt, sie hatte sich gleichgültig über alles, woran in ihrer kleinen Welt Sitte und Anstand gemessen wurden, hinweggesetzt. Auch dem *BdM* war sie nicht beigetreten, sie war einfach nicht hingegangen. Sie hatte keine Angst und deshalb passierte ihr auch nichts. Theo dagegen lebte ständig in der Überzeugung seiner Rechtlosigkeit, die Erfahrung, dass ihm das Wenige, das er besaß, jederzeit weggenommen werden konnte, war sein Erbe. Er hatte lange gebraucht, sich unter Menschen zurechtzufinden, zu verstehen, wie man sich verhalten musste, um geduldet, vielleicht sogar geschätzt zu werden. Wilma war es gelungen, ihm etwas von ihrer Unbekümmertheit abzugeben, und das in einer Zeit, in der der Terror der illegalen Nazis bis in die Dörfer drang.

Damals waren fast jede Nacht Bauernhöfe abgebrannt, jede Woche ein anderer Hof, Scheunen, Ställe, und die Brandstifter waren unter ihnen gewesen, auch der Mörder des Kanzlers war aus der Gegend, alle hatten es gewusst und viele hatten Angst gehabt. Es sei eine gewaltige Aufbruchsstimmung gewesen, hieß es später. Aber er und Wilma hatten sich in ihrer schwärmerischen, verliebten Realitätsverweigerung einem glücklichen Weltschmerz hingegeben. Sie hatte ihm Gedichte vorgelesen und er hatte seinerseits begonnen, Gedichte zu schreiben. Er hatte sich damals nicht gefragt, ob sie ihn liebte, er war so schüchtern und unerfahren gewesen, dass ihm ihre Nähe für das Gefühl ausgereicht hatte, großzügig beschenkt zu werden. Wilma hatte die Bürgerschule besucht und davon geträumt, Lehrerin zu werden, sie las viel und seine Wissbegierde hatte sie beide angespornt. Aber sie hatte ihn weder ihren Wissensvorsprung noch ihre gesellschaftliche Überlegenheit spüren lassen. Sie hatte eine feine, zärtliche Art, ihn auf den Arm zu nehmen, mit nachsichtiger Ironie, die nicht beschämte. Erst in der Ehe kam ihm der Verdacht, ihre Verachtung, die später leicht in Hohn umschlug, sei von Anfang an da gewesen und er habe sie bloß nicht bemerkt. Vieles musste von Anfang an da gewesen sein und er war zu verblendet gewesen, es zu sehen.

So, wie er sich aus den Raufhändeln der Burschen herausgehalten hatte, davongeschlichen war, nichts gesehen, nichts gehört haben wollte, so hielt Theo sich sein ganzes Leben aus der Politik heraus. Der Krieg war zum Greifen nah gewesen, aber er hatte sich von Wilmas Gedichten, ihren schwermütigen Gedanken und ihrer Empfindsamkeit einspinnen lassen. Er hatte Gedichte an das Mädchen, das er liebte, geschrieben, während die wachsende Gewalt sich im Vandalismus am helllichten Tag gegen das einzige jüdische Geschäft im Ort Luft gemacht hatte. Aber die Geschäftsleute im Marktflecken, auch Wilmas Familie, waren für Theo eine fremde Welt gewesen, die mit den Bauern über den Ladentisch verkehrte, und solange sie ihn in Ruhe ließen, waren sie ihm egal gewesen.

Als er nach dem Krieg zurückkam, war Wilma um viel mehr als sechs Jahre gealtert, sie hatte sich eine barsche Herbheit zugelegt und strafte alles, was um sie herum vorging, das Gerede im Ort über ihre angebliche Liebschaft, den Versuch ehemaliger Nazis, sich im ausgebrochenen Frieden mit den Besatzern zu arrangieren, mit zorniger Verachtung. Jedoch auch jetzt gelang es ihnen für den Anfang, sich eine Fluchtwelt zu erschaffen, ein neues Leben weit weg von Denunzianten und bösem Klatsch. Denn auch Theo fand sich nicht mehr zurecht in der vertrauten Umgebung, die nicht mehr die gleiche war wie früher. Der Verlust seines an Gutgläubigkeit grenzenden Vertrauens drang in alle Lebensbereiche ein, auch in seine Liebe.

Nie war er während des Krieges in ein Bordell gegangen, es wäre ihm vorgekommen, als würde er die keusche Verbindung zwischen ihm und Wilma in den Schmutz ziehen. Wir haben verwandte Seelen, hatte sie ihm gesagt. Den anderen gegenüber hatte er nie zugegeben, dass er unerfahren war, er schwieg, wenn sie über Frauen redeten, und sie redeten über Frauen mehr als über alles andere. Es erregte ihn, wenn er ihnen zuhörte. Es ekelte ihn, wenn sie mit Kratzspuren in den Gesichtern von ihren Vergewaltigungsorgien zurückkamen. Aber in die Bordelle ging er nicht mit. Es hieß, die Frauen würden erschossen, wenn sie verbraucht waren.

Vor dem Krieg, als sie beide noch unschuldig waren, wäre es unvorstellbar gewesen, sie vor der Ehe zu berühren, und jetzt war Wilma es, die sich mit einer verzweifelten Zärtlichkeit anbot. In den Jahren des Wartens hatte seine Liebe sich in eine Verehrung verwandelt, die keinem Vergleich mit der Wirklichkeit standhalten musste. Ich trage dein Foto über meinem Herzen, es beschützt mich, hatte er ihr von der Front geschrieben. Ihr asketisch schmales Gesicht mit den feinen, auf dem Foto verschwommenen Zügen, ihre Mädchengestalt, ein wenig knochig und zugleich biegsam, erinnere ihn an einen jungen Baum. So lebte sie in seiner Phantasie. Während seines letzten Fronturlaubs, nach seiner dritten Verwundung, waren sie nach der Sonntagsmesse zum Waldrand hinaufgestiegen, um allein zu sein. Dort hatte er ihr feierlich seine Liebe erklärt. Sie waren auf der Lichtung gestanden, es war Spätherbst und in der klaren Luft lagen die Dörfer in der Senke, man hätte für Augenblicke meinen können, es sei Friede. Er hatte sie ungeschickt in den Armen gehalten, vorsichtig, damit er ihr nicht wehtat, und er hatte am ganzen Körper gebebt, als er ihr sagte, dass er sie sehr liebe, dass sie wie ein Wunder für ihn sei, und ob sie auf ihn warten könne, hatte er gefragt. Sie hatte gesagt, er solle nur gesund wiederkommen, und er war beruhigt und entschlossen zu überleben an die Front zurückgefahren. Vielleicht hatte es damals den Ostarbeiter schon gegeben, hatte er später gedacht.

Jemand hatte seine Eltern denunziert, während die Söhne

an der Front waren, die Geburtsurkunden für den Arier-Nachweis waren lückenhaft, es gab Unstimmigkeiten im Geburtenregister, eingedeutschte Namen, die trotzdem nicht arisch klangen, Taufscheine fehlten. Sie waren Zugereiste aus Osteuropa, da konnte schon eine Geburtsurkunde verloren gehen, aber warum war der Alte so dunkelhäutig, wohl nicht von der Feldarbeit, wo er doch seit fast zwei Jahren krank war. Er konnte nicht mehr zur Vorladung gehen, seine Frau ging mit ihrem arischen Stammbaum, der sogar einen Bürgermeister aufzuweisen hatte, an seiner statt. Bald darauf starb er. Die Anzeige wurde fallen gelassen, aber die Söhne bekamen keinen Heimaturlaub für das Begräbnis. Wer hatte sie denunziert? Es musste einer gewesen sein, den sie kannten, einer aus der unmittelbaren Umgebung, ein Nachbar, mit dem sie freundschaftlich verkehrten, einer, der an ihrem Tisch gesessen, den sie bewirtet hatten, gar ein Verwandter? Wenn sie nie erfahren würden, wer es war, wie sollten sie das Misstrauen jemals überwinden? Theo grübelte oft darüber nach, wer sie angezeigt haben konnte und warum. Gab es einen Zusammenhang zwischen der Denunziation und der Tatsache, dass sie ihn nach jeder Verwundung gleich wieder an die Front geschickt hatten, kaum ein Genesungsurlaub, und immer an die gefährlichsten Frontabschnitte, wo die Verluste am größten waren? Die russischen Besatzer gaben ihm eine Stelle als Gendarm, er durfte bei den ehemaligen Parteigenossen die *Volksempfänger* abholen, das bereitete ihm Genugtuung, doch jedes Mal, wenn er an eine Haustür klopfte, fragte er sich, ob er dem Denunzianten gegenüberstand. Misstrauen und Verbitterung gegen die Sauberen, die nicht gekämpft und nicht getötet hatten, gegen die unabkömmlichen Parteigenossen an der Heimatfront fraßen an ihm und ließen ihm keine Ruhe. Er wollte keine Erschütterungen mehr, er wollte in Frieden gelassen werden. Er gab seinen Posten als Gendarm auf und war wieder arbeitslos wie vor dem Krieg. Wie sollte er mit seinem Misstrauen und seinem Wissen, wozu die Menschen fähig waren, eine Frau lieben, ein Kind großziehen?

Sie heirateten, weil Wilma schwanger war. Seine Mutter hatte den Hof an den Bruder überschrieben, aber Theo hoffte immer noch, dass irgendwann in absehbarer Zeit alles wieder so sein würde wie früher, dass er vielleicht im Betrieb seiner zukünftigen Schwiegereltern unterkommen könnte. Aber nichts wurde mehr wie früher. Er konnte diese innere Taubheit nicht abschütteln, als sei er nicht ganz er selber, sondern ein Fremder an einem fremden Ort. Er sah sich unter den Kriegsheimkehrern um, erkannte sich in ihrem gleichgültigen, abgestumpften Blick wieder, eine Generation von Besiegten, die sich verstohlen die Tränen von den Wangen wischten, wenn zu Allerheiligen die Blaskapelle *Ich hatt einen Kameraden* spielte. Ihre verschlossenen Gesichter starrten stur auf die allernächste Zukunft, verweigerten sich jedem Gedanken an die rohe, überall gegenwärtige Vergangenheit und ihre uneinsichtige Wut verwandelte sich in Entschlossenheit, niemals zurückzuschauen und nichts zuzugeben, das schwarze Loch in ihrer Biographie, diesen Abgrund, in den ihre Kinder entsetzt starren würden, mit Schweigen und Liebesentzug vor der Aufdeckung zu schützen. Allmählich begannen sie zu vergessen, sie vergaßen sich in ihrem Aufbaueifer und waren stolz darauf. Als ihre Kinder begannen, nach der Vergangenheit zu fragen, waren sie längst über ihre Kriegserlebnisse hinweggekommen.

Wie leicht ihr über diese Zeit hinwegkommt, hatte Frieda einmal gesagt, wenn eure Opfer immer noch und immer von Neuem in ihren Gedanken und Büchern um sie kreisen müssen.

Auch wir haben gelitten, hatte Theo geantwortet.

Man darf keinem Menschen trauen, sagte Theo Jahrzehnte später zu seinem Enkel, ein Augenblick Vertrauen und schon hast du das Messer im Rücken.

Er floh vor seinem Misstrauen in die Stadt, aber er floh mit der Frau, der er misstraute und mit der Tochter, die er für das Kind eines Fremden hielt. Er beobachtete Frieda, wartete ab, wie sich ihre Eigenschaften ausprägten, ihr Eigensinn, ihr Bestehen auf dem, was sie mit ihrem eigenen Verstand nachprüfen konnte. Er sah ihr zu, als sie gehen lernte, als sie zu sprechen begann, jedoch immer mit einer forschenden, wenn auch freundlichen Distanz. Er schaute prüfend in ihre verschatteten grauen Augen, als sie älter wurde, es waren nicht seine Augen, die Härchen, die sich rund um ihren Haaransatz kringelten, erinnerten ihn an eine seiner Schwestern, doch das konnte Zufall sein. Die breite, fast asiatische Nase, die vollen, ein wenig formlosen Lippen erinnerten ihn an niemanden. Woran sollte er erkennen, ob sie sein Fleisch und Blut war? Und niemandem konnte er sich anvertrauen. Die Frauen seiner Familie waren hübsch gewesen, mit schmalen, kühnen Gesichtszügen, schwarzem gewelltem Haar, rassig hatten die Bauern ihre Art von Schönheit genannt, an Frieda konnte er nichts davon entdecken. Manchmal war er drauf und dran, Wilma zu fragen, hast du mir nichts zu beichten? Der russische Zwangsarbeiter verfolgte ihn in die besessenen Phantasien seiner schlaflosen Nächte. Wo war er, wohin war er verschwunden? Zog er, Theo, das Kind eines Mannes groß, gegen dessen Verwandte er gekämpft hatte?

Erst als Wilma krank wurde und er die Last des gemeinsamen Lebens trug, als er Frieda die fehlende Mutter ersetzen musste, wurde sie ganz seine Tochter und die Zweifel verloren an Bedeutung. Sie war sein Kind, weil er sie großgezogen hatte, und selbst wenn ein anderer sie gezeugt hatte war es nicht mehr wichtig. Wenn sie von der Schule nach Hause kam, erkannte er an ihren Schritten, ob sie unbeschwert oder bedrückt war, er konnte die Note der Schularbeit, die sie in der Schultasche trug, von ihrem Gesicht ablesen und wusste ihre Schuhgröße und ihre Kleidergröße, weil sie schnell wuchs und er es war, der mit ihr ins Kaufhaus gehen musste. Jede Veränderung an ihr fiel ihm auf. Doch was ihn am meisten überraschte, war, dass ihre bloße Gegenwart ihn erleichtern und ihm den Frieden geben konnte, der seiner Ehe fehlte. Wenn sie am Klavier übte, mit viel Gefühl, *getragen,* wie er es nannte, dann war sie ganz seine Tochter. Auf dem langen Schulweg über die Dörfer hatte er davon geträumt, eines Tages Geige zu spielen, er hatte sich selber Noten beigebracht, er konnte nicht singen, aber er liebte Musik mit derselben hilflosen Bewunderung, mit der er Bildung verehrte, und diese Bewunderung übertrug er auf Friedas Klavierspiel.

Doch erst Fabian, sein Enkel, war die sichtbare Bestätigung gewesen, dass Frieda tatsächlich sein Kind war. Immer von Neuem erfüllte ihn diese Ähnlichkeit mit Erstaunen, ja mit Ehrfurcht vor den Wegen der Natur. Was hatte das Schicksal mit diesem Kind vor? Wie konnte er den Enkel davor beschützen, dass Ereignisse über ihn hereinbrachen, über die er keine Macht hatte? Er konnte es nicht, denn Theos Vorsicht, oder, wie Frieda es nannte, seine Feigheit, hatte Fabian nicht von ihm geerbt. Fabian reiste gern, er war gern allein unterwegs. Im Grund war er ein Einzelgänger wie Theo, aber er war gewandter, in Theos Augen war er ein Glückskind. Manchmal erzählte er auf seine wortkarge Art, wie nebenher davon, wie er wochenlang allein durch Lappland gewandert war, die kalten Nächte in der Tundra, er liebte die Einsamkeit verlassener Landstriche und die Herausforderung, sich auf sich allein gestellt zu bewähren. Theo verstand diese Genugtuung, sich etwas zu beweisen, dass man nicht feig sein konnte, wenn man dem Schrecken die Stirn bot und nicht davonlief. Aber Fabian war unbeschwerter, sein Mut war Ausdruck seiner Freude am Leben, das vor ihm lag. Theo erinnerte sich an das Aufblitzen der Unternehmungslust in Fabians Augen, schon als Kind, diese Hingabe an den Augenblick. Als er ihm das erste Fahrrad kaufte. Als er ihn als Fünfjährigen auf den Eislaufplatz begleitete, als Zuschauer am Rand, während Fabian auf dem Eis seine Bahnen zog. Die natürliche Sicherheit seiner Bewegungen, seine Geschicklichkeit, seine Ausdauer. Das hat er von mir, hatte Theo jedes Mal stolz gesagt, wenn jemand eine anerkennende Bemerkung machte. Fabian hatte in seinem kurzen Leben so viel erlebt und gesehen, und manchmal fühlte Theo sich dadurch getröstet, die wenigen Jahre, die er gehabt hatte, waren übervoll gewesen von Plänen, Reisen, Begegnungen, Freundschaften. Im Mansardenzimmer standen seine Souvenirs aus Ländern, in denen er gewesen war, Fayencen, Steine, Münzen. Das meiste hatte Lydia mitgenommen, für Leander, wie sie gesagt hatte, und das war auch in Ordnung, sie war seine Frau. Wie soll das bloß gut gehen, hatte er Frieda gefragt, die beiden kennen sich ja kaum, nach vier Monaten heiraten, wozu die Eile? Und jetzt, im Nachhinein, war Theo froh über den raschen Entschluss der beiden zu heiraten und ein Kind in die Welt zu setzen, so hatte Theo nun wenigstens einen Urenkel, auch wenn er nicht zusehen konnte, wie er heranwuchs. Er hätte nie geglaubt, wie wichtig ihm dieser Anspruch auf Ewigkeit einmal sein würde, doch jetzt, wo sein Leben zu Ende ging, beruhigte es ihn sich vorzustellen, dass die Linie von Vätern und Söhnen, die vor langer Zeit irgendwo im Kaukasus ihren Anfang genommen hatte, sich fortsetzen würde und sein Tod dadurch ein wenig an Endgültigkeit verlöre. Er wusste wenig über seine Vorfahren, nicht einmal das Geburtsdatum seines Großvaters kannte er noch wusste er Genaueres über seine Großmutter. Er war der Nachkomme von Leibeigenen und Enteigneten, von solchen, denen ihre Herkunft als Schande angerechnet wurde, die sie verschämt verleugneten, aber das hieß nicht, dass er nicht auch seinen heimlichen Stolz daraus bezog. Die Vorstellung, wie eine Macht, auf die niemand Einfluss hatte, in großen, ganze Generationen übergreifenden Zusammenhängen wirkte, flößte ihm Demut und Ehrfurcht ein.

Wenn er an seinen Karpatischen Großvater dachte, sah Theo Ludmilas Schwierigkeit mit der fremden Sprache in einem neuen Licht. Sie war anderer Natur als seine Sprachhemmung. Er brauchte kein Wörterbuch, er kannte die Grammatik ohne nachdenken zu müssen, es war eine Art Schüchternheit, ein Gefühl des Ungenügens, das ihn stammeln ließ. Ludmila dagegen irrte in der neuen Sprache herum wie in einem fremden Wald ohne Wegweiser, aber es verstörte sie nicht, sie fand im Wörterbuch stets die falschen Vokabeln, sprach in Infinitiven, ließ halbe Sätze ins Unverständliche entgleiten, aber es tat ihrem Selbstbewusstsein keinen Abbruch. Sie versagte nicht, sie war dabei zu lernen. Hatte der Großvater denselben Akzent wie Ludmila gehabt, fragte sich Theo, wenn er ihr zuhörte. Vielleicht hatten seine Sprache und seine Eigenart sich von denen der einheimischen Bauern unterschieden, und schon damals, lange vor dem Krieg, ihr Misstrauen geschürt. Und er hatte Spuren seines Andersseins an seine Söhne weitergegeben, genug, um sie abzusondern. Es war eine wortkarge, fast stumme Welt, in der Theo aufgewachsen war, aber es musste Bruchlinien gegeben haben, die das Misstrauen wachhielten, Unterschiede, die die anderen spürten und über die niemand redete, bis man sich zwei Generationen später daran erinnerte und der Zeitpunkt kam, die Ortsfremden als Artfremde zu denunzieren.

Die späte Sehnsucht nach einer Vergangenheit, die im Dunkeln lag und ihm nie zuvor etwas bedeutet hatte, weckte in Theo eine Lust auf die Fremde, aus der Ludmila kam. Wie ein Findling in der Landschaft machte sie ihn neugierig auf den Boden, aus dem sie herausgeschleudert worden war, er fand, sie war im falschen Leben, am falschen Ort. Die Zeit, die sie in fremden Häusern verbrachte, mit nur zwei Stunden Freizeit am Tag, Tag und Nacht im Dienst, immer mit Kranken, mit Greisen, mit Sterbenden auf engstem Raum. Selbst wenn sie noch nicht bettlägerig waren, wenn sie die Nächte durchschliefen, ihr greifbar naher Tod musste an dieser jungen Frau zehren und ihre Lebenskraft vergiften.

Selten erzählte Ludmila von zu Hause, und wenn sie dazu aufgefordert wurde, tat sie es fast widerwillig. Ivano-Frankivsk und Uzhorod, sagte sie, sind große Stadt. Mein Dorf dazwischen ist klein, wenig Häuser.

Wie sieht es dort aus, fragte er, gibt es dort Berge oder ist es flach?

Berge, sagte Ludmila erfreut über das neue Wort: Ja, Berge. Wald. Fluss. Felder. Straße. Unser Haus ist kleines Haus, aber Gemüse, meine Mutter wachsen viel Gemüse.

Theo redete mehr mit ihr, als er gewohnt war, um ihren Wortschatz zu vergrößern, noch nie hatte er so viel geredet, er merkte, dass es ihm Freude machte, wenn sie aufmerksam zuhörte. Ihr Deutsch wurde von Woche zu Woche besser, er ließ sie nachsprechen, korrigierte geduldig ihre Aussprache: Das war schon sehr gut, es ist *der* Berg, *der* Fluss, *der* Wald, *der* Mond, aber *die* Sonne, und *das* Tal, *das* Dorf, aber *die* Stadt. Er ließ sie Verben konjugieren, *ich mache, du machst, ich habe, du hast.*

Theo dein Lehrer? Ist gut?, fragte Berta und lachte.

Nein, sagte er, sie soll von Anfang an wie ein intelligenter Mensch reden, es heißt, *er ist ein guter Lehrer,* und Ludmila sprach es ihm folgsam nach.

Im Lauf der Wochen waren ihre Sätze zusammenhängender geworden und Theo hatte sich an ihre Art zu sprechen gewöhnt. Sie reihte immer noch die Wörter aneinander als wären sie Morsezeichen, die ganze Gedankengänge ersetzen mussten, ohne Verständnis für Mehrdeutigkeit und den Klang der Wörter. Ihre Welt und ihre Menschen wurden wohl erst in ihrer Sprache lebendig. Er hätte gern erfahren, wer sie wirklich war, in der Sprache, in der sie dachte und träumte. Er ließ sie einzelne Wörter, kurze Sätze, ins Ukrainische übersetzen und sagte sie nach, lachte, wenn sie ihn korrigierte und versuchte es erneut. Dabei hatte er das beglückende Gefühl, dass sie sich ganz nahe waren, in ihre Beschäftigung vertieft wie Spielgefährten. Manchmal, wenn er genau hinhörte, wenn er sie beobachtete, schimmerte in ihrem Gesichtsausdruck, in ihrer Stimme etwas durch, wie die unsichtbar gefalteten Flügel eines verpuppten Schmetterlings, etwas von dem, wie sie zu Hause bei ihrer Familie sein mochte, aber auf diese Seite ihres Wesens würde er nie gelangen.

Meine Mutter ist krank von Herz. Sie muss oft in Spital gehen, sie ist sehr müde. Und im selben gleichmütigen Ton sagte sie: Seit ich nicht zu Hause bin, ist Katze weggelaufen. Wenn ich wieder da bin, Katze kommt zurück, aber nicht immer.

Sie zeigte ihnen Fotos von einem ebenerdigen Haus mit einem roten Ziegeldach und einem mit Maschendraht eingezäunten Vorgarten, und noch einmal dasselbe Haus in Seitenansicht, drei kleine, mehrfach unterteilte Fenster in weißen Rahmen mit blauen Fensterläden, Obstbäume, ein Wellblechschuppen, Gemüsebeete, ein paar weiße Hühner.

Unser Haus, sagte sie. Mein Vater hat gebaut, aber mein Vater jung gestorben, Krebs.

Eine übergewichtige Frau in Arbeitskleidung, mit dem gleichen runden Gesicht wie Ludmila, nur an Wangen und Kinn waren ihr Züge aus der Form gelaufen. Sie stand unbehaglich, als stemme sie sich gegen einen Windstoß am Rand eines spätsommerlichen Maisfelds.

Meine Mutter, stellte Ludmila sie erwartungsvoll vor.

Wie alt ist deine Mutter?

Ludmila rechnete angestrengt nach. Achtundfünfzig Jahre, sagte sie dann.

So jung?

Theo schaute vom Foto zu Ludmila. Wurden die Frauen dort so schnell alt?

Als Nächstes zeigte sie ihnen das Ausweisfoto eines blonden Mädchens mit schrägen schmalen Augen.

Meine Tochter, sagte sie, ist vierzehn.

Sie reichte ihnen ihre Fotos zögernd mit schüchternem Stolz, und wenn sie sagte, meine Mutter, meine Tochter, meine Familie, horchte Theo auf, um das herauszuhören, worüber sie nicht sprach, wozu ihr die Sprache fehlte, Zärtlichkeit, Sehnsucht, Einsamkeit. Aber vielleicht nahm er nur an, dass es so sein müsse. Er hatte sich nie besonders für fremde Menschen interessiert, doch ihr hörte er aufmerksamer zu, als es seine Gewohnheit war. Er hatte begonnen, an ihrem Leben Anteil zu nehmen, und während er zuhörte und überlegte, was sie dachte, welche Bilder sie vor sich sah, wenn sie erzählte, während er aufmerksam zusah, wie ihre Lippen die fremden Laute formten und sich vorstellte, wie anders ihr die eigene Sprache über die Lippen ging, spürte er eine schmerzliche Zuneigung, als unterließe er etwas, das sie glücklich machen würde und das in seiner Macht stünde. Als sei die junge Frau seinetwegen aus ihrem Leben gerissen worden. Das Dorf, das Haus und der Gemüsegarten, die Tochter und die herzkranke Mutter, die die Tochter großzog, während Ludmila im Westen Geld verdiente. Das war der schemenhafte Hintergrund, vor dem sie ihm wie eine Verbannte erschien.

Sind wir das denn wert?, hatte er Berta gefragt, als sie allein waren.

Was willst du?, hatte sie zurückgefragt. Wir zahlen dafür und sie braucht das Geld. Wir zahlen gut dafür, fast die ganze Pension geht dabei drauf, mehr geht nicht, hast du doch selbst gesagt.

Ja, hatte er gesagt, mehr geht nicht, aber es ist trotzdem nicht recht. Ihr Zuhause ist dort.

Kannst du dir vorstellen, wie wir ohne sie zurechtkämen?

Nein, rief er erschrocken, wenn wir sie nicht mehr hätten? Um Gottes willen, nein.

Na also, sagte Berta gleichmütig, hör auf, dir Sorgen um sie zu machen.

Hast du keinen Mann?, fragte Berta ein anderes Mal.

Nix Mann, erklärte Ludmila, Freund.

Hast du ein Foto von ihm?

Ludmila errötete, machte eine kleine verneinende Kopfbewegung und schaute angestrengt zu Boden.

Nix heiraten?, fragte Berta neugierig.

Lass sie doch, sei nicht so taktlos, sagte Theo leise zu Berta.

Vielleicht heiraten, später. Aber ich weg sein, wer weiß?

Was macht er?, fragte Berta.

Wodka trinken, sagte Ludmila und stieß ein unfrohes Lachen aus.

Was arbeitet er?, hakte Berta unbeeindruckt nach.

Ludmila zuckte die Achsel. Jetzt arbeitet nicht, sagte sie gleichmütig, gibt keine Arbeit. Vorher war Elektriker.

Hast du versucht, dort bei euch eine Arbeit zu finden?, schaltete sich Theo ein, um Berta von ihrem Lieblingsthema, Männer und Liebesbeziehungen, wegzubringen.

Gibt keine Arbeit, beharrte sie.

Ich meine nur, lenkte er ein, die Jahre fliegen dahin und gehen verloren, und das, was du zur richtigen Zeit nicht getan hast, kannst du später nicht nachholen.

Sie sah ihn verständnislos an.

Ich habe so viel Zeit vertan, weil ich nicht kapiert habe, wie man das Leben anpackt.

Aber auch dieser Satz sagte ihr nichts. Er hatte viel zu lange gebraucht, um zu verstehen, dass vergangene Zeit nicht nur in Jahreszahlen zu messen war, sondern auch in vertanen Chancen, die nie wiederkehrten. Erst spät war ihm bewusst geworden, dass er nicht alles schüchtern und untertänig hätte hinnehmen und darauf warten dürfen, dass das Schicksal ihm das Seine zukommen ließe. Ein Nichts an der Front, ein Niemand vor den Schwiegereltern, ein Lasttier in der Arbeit, ein Versager vor seiner ersten Frau. Erst in den Augen Bertas war er jemand gewesen, den man ernst nehmen konnte.

Geld ist nicht alles, versuchte er es erneut, dabei geht vieles andere verloren. Ich kenne das.

Wenn er die Scham über das Ungleichgewicht in ihrer Beziehung in Worte hätte fassen können, hätte er gesagt: Du bist hier, weil du das Geld brauchst, aber du bist einsam bei uns alten Leuten und du verpasst das Wichtigste im Leben, die Jahre mit den Menschen, die du liebst. Wir sind deine Lebenszeit nicht wert. Das hätte er gesagt, wenn er mit ihr allein gewesen wäre und ihm stets die richtigen Sätze in den Sinn gekommen wären.

In seiner Vorstellung gab es Ähnlichkeiten zwischen der Armut und den Entbehrungen ihrer und seiner Jugend. Die Idee, dass etwas anders werden könnte, wenn man den Mut hatte auszubrechen, war in seiner Familie niemandem gekommen. Alle hatten das Leben angenommen wie es war, weil es immer noch schlimmer werden konnte, und es sicherer war, zu Hause im Elend zu leben als in der Fremde. Besser konnte es nur werden, wenn man sich noch mehr kasteite, noch mehr sparte, sich noch mehr duckte. Vielleicht wäre er ohne Wilmas Drängen nicht einmal mutig genug gewesen, nach dem Krieg in der Stadt Arbeit zu suchen und neu anzufangen. Und da war diese junge Frau, die ganz allein in ein fremdes Land gegangen war, dessen Sprache sie nicht beherrschte, um Geld für ihre Familie zu verdienen. Das nötigte ihm Bewunderung ab.

In seiner Jugend hatte er nie Geld gehabt. Was er verdiente, lieferte er zu Hause ab, nicht weil sie es verlangten, sondern weil er die Not sah, in der sie lebten. Als junger Mann hatte er sich vorgenommen, jeden Schilling zu sparen, um in der Stadt oder einem größeren Marktflecken die Lehrjahre zu beenden und einmal eine eigene Uhrmacherwerkstatt zu besitzen. Und dann als Soldat hatte er weitergespart, aber der Sold war nicht real, er hätte sich damit nichts kaufen können, nicht einmal gefütterte Stiefel. Bei vierzig Grad Kälte und erfrorenen Zehen war der Sold nur etwas, das seinen Träumen Nahrung gab, von einem Leben mit Wilma auf einem Bauernhof in der Ukraine, der Kornkammer des Reichs, nach dem Endsieg. Wenn er an die Front gefahren war und durch die Luke geschaut hatte, war die Ukraine ein weites, verwüstetes Land mit niedergebrannten Dörfern und ausgebrannten Panzern, aber die Erde war gute Ackererde, das sah sein an Bauernland gewöhnter Blick sogar aus dem fahrenden Zug. Damals war es ihm nicht in den Sinn gekommen, sich zu fragen, wem die Felder gehörten und was er dort auf dem Weg zum Kampfeinsatz zu suchen hatte. Er hatte das Land mit den Augen festgehalten und wieder fallen lassen, wenn sie sich der Front näherten. Der gesparte Sold hatte sich mit dem Ende der Reichsmark in Nichts aufgelöst, so wie die Entwertung der Dreißigerjahre seine ersten Ersparnisse vernichtet hatte, und jedes Mal hatte er den Verlust als ungerechte Enteignung empfunden. Doch jedes Mal hatte er mit dem Sparen wieder von vorn begonnen, unbelehrbar und voll neuer Hoffnung auf ein besseres Leben.

So vieles von dem, was er für seine Altersweisheit hielt, hätte er Ludmila gern gesagt, dass sie das Risiko, alle Bindungen zu verlieren, unterschätzte. Der Freund, die Tochter. Was machte sie so sicher, dass sie auf ihre Rückkehr warten würden? Nur die Mutter würde ihr am Ende bleiben. Aber wie sollte er ihr das erklären über die Hürde hinweg, dass Ludmilas Deutsch das eines Kindes war, und Berta sofort dreinreden und ihre Meinung verkünden würde, und das größte Problem, das nicht neu war, sich jedoch seit dem Schlaganfall verstärkt hatte, die Anstrengung, Gedanken in Worten auszudrücken, etwas, das er nur mehr mit äußerster Konzentration und nur für Augenblicke leisten konnte. Denken war schwieriger geworden, aber verstehen konnte er besser, es war kein logisches Verstehen, sondern ein intuitives Begreifen bisher unsichtbarer Zusammenhänge. Es kam ihm vor, als seien ihm plötzlich die Augen geöffnet worden, sodass er sehen konnte. Mir geht ein Licht auf, stellte er dann erstaunt fest.

Jetzt erst verstand er, wie nebensächliche Ereignisse, Momente der Unaufmerksamkeit, Entscheidungen nach sich gezogen hatten, die dem Leben eine irreversible Richtung gaben. Wäre er nur aufmerksamer gewesen, als Frieda begann, aufsässig und unzugänglich zu werden, dachte er jetzt, hätte er gefragt, was sie las und was sie umtrieb, was sie erlebte, damals, als Berta seine Frau wurde, anstatt sich von ihr abzuwenden, weil er ihren Kummer als kindlichen Egoismus abtat, und weil er gekränkt war, dass sie sich geweigert hatte, zur Hochzeit zu kommen und das Hochzeitsfoto, das er ihr schenkte, entzweischnitt. Sie gönnte ihm sein Glück nicht, sie versuchte seine Frau aus dem Haus zu vertreiben. Das konnte er nicht zulassen, und deshalb hatte er ihr gegen seine Absicht Unrecht zugefügt, zufügen müssen und keine andere Wahl gesehen. Jede falsche Entscheidung hatte eine neue erzwungen, bis alle Möglichkeiten einer Versöhnung ausgeschlossen waren. Ludmilas Anwesenheit erinnerte ihn daran, dass auch er eine Tochter hätte haben können, die sich ihm aufmerksam und liebevoll zugewandt hätte. Wenn er damals die gleiche Geduld aufgebracht hätte, die er jetzt dafür verwendete, Ludmila die deutsche Sprache beizubringen, vielleicht hätten er und Frieda etwas von dem früheren Vertrauen retten können. Er dachte an die Zeit, als Frieda verstört bei Tisch saß, in ihrem Essen herumstocherte und niemanden ansah, und er zu Berta sagte, beachte sie einfach nicht, sie wird sich eben an dich gewöhnen müssen. Oder wenn seine Tochter den Sessel zurückstieß und sagte, ich will in dieser beschmutzten Welt nicht mehr leben, mir wird ganz übel, wenn ich denke, was ihr getan habt. Warum hatte er nicht nachgefragt, was sie damit meinte, anstatt ihr einen zornigen Blick zuzuwerfen und zu schweigen, wenn Berta sagte: Jetzt ist sie völlig übergeschnappt. Nicht einmal, als sie ihr Tagebuch offen liegen gelassen hatte, für ihn, damit er las, wenn er sich schon keiner Auseinandersetzung stellen wollte, hatte er begriffen, wie verzweifelt sie seine Aufmerksamkeit suchte. Peinlich berührt hatte er das Buch zugeklappt und es auf ihren Schreibtisch gelegt, um ihr zu bedeuten: Behalte dein Innenleben für dich. Alle ihre linkischen Versuche, an ihn heranzukommen, hatte er wie aus dem Augenwinkel bemerkt und ignoriert. Durfte er als Erklärung, vielleicht als Entschuldigung dagegenhalten, dass er damals zum ersten Mal sein Leben in vollen Zügen genossen hatte? Er hätte nicht gewusst, wann er auch noch Zeit für Frieda hätte finden sollen, acht Stunden Arbeit und die wenigen freien Stunden, die Nächte mit Berta, ein ganzes Leben war nachzuholen, seine gestohlene Jugend, seine besten, in Sorge und Freudlosigkeit verbrachten Jahre, und nach allen Entbehrungen bekam er endlich durch Berta im Übermaß vergütet, was er nie erlebt hatte, wovon er nicht einmal eine Vorstellung gehabt hatte, Sorglosigkeit, Liebe, den Urlaub auf der Ferieninsel in Dalmatien, wo er doch nie irgendwohin hatte reisen wollen. Im Krieg habe ich genug gesehen, hatte er gesagt. Und jetzt, in den Augen der Welt fast schon ein alter Mann, hatte er entdeckt, wie wunderbar das Leben sein konnte, mit einer Frau, die seine Gedanken so vollständig ausfüllte, dass daneben für nichts mehr Platz war. Auch nicht für Frieda, denn Frieda war Teil der Vergangenheit, Teil des stummen Grolls, der sein Glück hintertrieb. Er hatte sich als Opfer des verbissenen Machtkampfes zwischen Berta und seiner Tochter betrachtet, und es als hinterhältige Rache an ihm empfunden, dass Frieda magersüchtig wurde und von Zeit zu Zeit nachts den Kühlschrank plünderte. Berta bestrafte ihn mit Schweigen, als sei er daran schuld.

Sie ist ein Biest, sagte Berta, wenn Frieda Türen zuschlug und ihre Musik, die Berta verabscheute, durchs Haus dröhnen ließ.

Er gab ihr recht. Ich werde von dem Unfrieden auch ganz krank, pflichtete er ihr bei.

Wenn sie nicht geht, dann gehe ich, hatte Berta schließlich gesagt.

Aber sie ist noch nicht einmal achtzehn, hatte er eingewandt.

Sie ist kein Kind mehr, in ihrem Alter bin ich ganz allein in die Stadt gekommen und habe mir eine Unterkunft und Arbeit suchen müssen, und kein Mensch hat sich um mich gekümmert.

Hatte er eine Wahl gehabt? War es seine Schuld, dass die beiden nicht miteinander auskommen konnten? Es war ihm nicht leichtgefallen, Bertas Drängen nachzugeben, er hatte gelitten und sich krank an Körper und Seele gefühlt, er hatte sich vor Wilma geschämt, aber er hatte es tun müssen. Hatte er es wirklich tun müssen? Wo war ihm die Entscheidung entglitten? Vermutlich nicht erst an dem Nachmittag, als er sagte, du kannst hier nicht mehr bleiben, du gefährdest meine Ehe. Er stellte erstaunt fest, dass die großen Entscheidungen im Leben von den alltäglichen, bedeutungslosen Handlungen und Unterlassungen längst in die Bahnen gelenkt worden waren, die schließlich keine Wahl mehr zuließen. Zwischen ihm und Frieda hatte kein zärtliches Einverständnis mehr entstehen können, wie es zwischen Vätern und Töchtern üblich war, und wie es ihm mit Ludmila so natürlich erschien. Und jetzt, so viele Jahrzehnte zu spät grübelte er nach: Wie hatte das passieren können und war es wiedergutzumachen?

Aber solche hellen Momente waren selten, ein jähes, eher zufälliges Aufblitzen in einer Kammer seines müden Verstandes, denn meistens war alles wie weggewischt, wenn er einen Gedanken daraus machen wollte, und was er eben noch mit solcher Sicherheit gewusst hatte, daran erinnerte er sich nicht einmal mehr. Oft begann er einen Satz und fand das richtige Wort nicht, und während er mit angestrengt in die Ferne gerichtetem Blick darum kämpfte oder zumindest um einen Ersatz für dieses Wort, vergaß er, was er hatte sagen wollen.

Wo war ich, fragte er dann irritiert, helft mir auf die Sprünge, wovon war gerade die Rede? Das Nachdenken ermüdete ihn, es erzeugte einen schmerzhaften Druck im Kopf, und es erschöpfte ihn. Lasst mich, sagte er dann resigniert, Nachdenken und Reden machen mich ganz krank. Er registrierte die täglichen Verluste, beim Schreiben ließ er Buchstaben aus, am Morgen wollten ihn seine Beine nicht mehr tragen, nicht einmal die Zahlen gehorchten ihm mehr, zum ersten Mal in seinem Leben musste er bei der Steuererklärung Ottilie um Hilfe bitten.

Waren unter diesen Umständen die Gedanken, die ihm durch den Kopf gingen und ihm in ihrer Klarheit wie Blitze in einer dunklen Nacht erschienen, wirklich Ausdruck einer Altersweisheit oder bloß Hirngespinste? Er wusste es nicht, es machte auch keinen Unterschied, er konnte sie ohnehin nicht mitteilen. Sie waren Sternschnuppen, die an der Schwelle zur Sprache verglühten. Berta schnitt seine Versuche, sich mitzuteilen, ungeduldig ab, weil sie mit fruchtlosem Räsonieren über das Leben nie viel hatte anfangen können. Sie musste zusehen, wie sie mit ihren eigenen Kräften haushalten konnte, um durch den Tag zu kommen und hatte immer weniger Geduld oder gar Freundlichkeit für ihn übrig. Frieda wiederum war zu sprunghaft, sie vollendete seine Sätze auf ihre Weise, und ihn erfasste ein solches Gefühl der Machtlosigkeit, dass er verstummte.

Manchmal stimmte er mutlos zu, wenn andere seine Gedanken auszulegen versuchten: Ist auch egal, jeder, wie er meint. Nur die Ludmila, sagte er, die versteht mich.

Ludmila war die Einzige, die genug Geduld aufbrachte ihm zuzuhören. Es schien sie nicht zu stören, dass er für manche Wörter mehrere Anläufe brauchte und Sätze nicht zu Ende brachte. Sie sah ihm schweigend dabei zu, als gäbe es nichts Wichtigeres zu tun, als aufmerksam die unbekannten Wörter von seinen Lippen abzulesen. Hie und da erkannte sie ein Wort und ihre Augen leuchteten kurz verständnisvoll auf, manchmal fiel eine Redewendung, ein Ausdruck, den sie schon einmal gehört hatte, dessen Sinn sie deuten konnte, und wenn sie sich anstrengte, konnte sie ungefähr erahnen, wovon er sprach. Dann schenkte sie ihm ihr seltenes Lächeln, das ihn glücklich machte.

Weißt du, sagte er, auf einmal fällt mir die Umgangssprache viel schwerer als mit dir Hochdeutsch zu reden. Ich habe mich so an unsere Sprache gewöhnt.

Sein Leben lang hatte er die Schriftsprache nie im Gespräch benutzt. In seiner Kindheit und Jugend war es der Dialekt des Dorfes und der Umgebung gewesen, später die städtische Umgangssprache. Doch jetzt war sie die Sprache, die nur ihnen gehörte und sie verband wie das gemeinsame Abenteuer zweier Verbündeter gegen den Rest der Welt, auch wenn es sich dabei nur um Berta handelte. Aus dem Naheliegenden schufen sie ihre eigene selbstgenügsame Wirklichkeit. Die kleinen Dinge waren nun wichtig und wunderbar. Wenn am Morgen ein Vogel an sein Fenster flog, sich auf dem Sims niederließ und sang, wenn Ludmila vom Einkaufen nach Hause kam und einen blühenden Zweig mitbrachte. Das sind die Dinge, die mich glücklich machen, sagte er, als wolle er ihr einprägen, worauf es wirklich ankäme. So klammerte er sich an das Leben, das sich langsam, fast unmerklich aber unerbittlich vor ihm zurückzog.

Nach einigen Wochen ließ er es zu, dass Ludmila ihn am Abend wusch. Seither badete sie ihn täglich am ganzen Körper. Wie im Sanatorium, sagte er dankbar. Für Augenblicke fühlte er sich in seine Kindheit zurückversetzt, seither war er nie wieder so sehr Gegenstand wortloser Fürsorge gewesen. Die unpersönliche und zugleich behutsame Berührung bedurfte keiner anderen, zusätzlichen Mitteilung und forderte keine Erwiderung. Es war eine Berührung, die sein Körper im Lauf des Lebens vergessen hatte. Erst jetzt verstand er Wilmas

Tränen, als er nach ihrer Tumoroperation ihr wund gelegenes Gesäß gewaschen hatte. Es war nicht Scham, wie er damals angenommen hatte. Ich mache es gern, hatte er gesagt, da ist nichts dabei, nichts Unangenehmes für mich, du musst nichts tun, lass dich einfach waschen. Es waren die Tränen auf dem langen Weg zurück in die Kindheit, bis zu jener liebevollen Berührung, die nichts verlangte und etwas von der Gründlichkeit an sich hatte, mit der man einen zerbrechlichen Gegenstand säubert und poliert. So lange hatte er gebraucht, um ganz einfache Dinge zu verstehen. Am Anfang hatte er sich ein wenig geschämt, wenn er in seinem drehbaren Sitz in der Badewanne gesessen war, wie klapprig er geworden war, kein Fleisch mehr auf den Knochen, nur pergamentene Haut wie altes vergilbtes Papier, ein kleiner Bauch zwischen den Beckenknochen und das verschrumpelte, kaum sichtbare Geschlecht. Ich habe einmal anders ausgesehen, noch vor fünfzehn Jahren war ich ein Mann, wollte er sagen, aber er schwieg. Er bewegte sich leicht zur Seite, wenn ihre Brust seine Schulter berührte, welche junge Frau nähme das schwache Begehren eines Greises ernst? Er stellte sich vor, wie sie den Mann berührte, den sie liebte, obwohl sie nicht wusste, ob er auf sie warten würde. Du bist sicher eine gute Mutter, sagte er, aber sie war zu vertieft, um zu antworten. Er erinnerte sich an die kleine rosa Plastikwanne, in der er Fabian gebadet hatte, wie das Kind mit seinen kleinen Beinen auf das Wasser geschlagen und gelacht, wie er den Kopf des Enkels gestützt hatte, während er mit dem Waschlappen über seine winzigen Glieder und den runden Bauch gewischt hatte, so sorgfältig und sanft wie Ludmila über seinen Körper fuhr. Und gleichzeitig war ihm bewusst, dass er sie für diese Fürsorge, wie für alle anderen Dienste bezahlte, und dass sie keine Stunde verweilen oder einen weiteren Handgriff tun würde, wenn er es sich nicht mehr leisten konnte, sie zu entlohnen. Oder wenn sie plötzlich erführe, dass sie eine große Summe geerbt oder in der Lotterie gewonnen hätte. Er fragte sich manchmal, ob auch sie sich dessen immer bewusst war. Warum sollte es ihr nicht bewusst sein, es war eine Arbeit wie jede andere, sie war eine bezahlte Pflegekraft. Aber die Sanftheit ihrer Berührungen, wie gewissenhaft sie bei der Sache war, wenn sie ihn wusch und ihn abtrocknete, während er vor ihr stand, nackt wie ein Kind, wenn sie mit dem Kamm vorsichtig die dünnen Fäden seines weißen Haars über die Glatze breitete und wenn sie ihm die Hausschuhe anzog oder ihn beim Gehen stützte mit der genau richtig dosierten Kraft, die ihm die Illusion von Selbstständigkeit vermittelte, das konnte niemand in Geld bemessen.

Die Verständigung mit ihren Arbeitgebern geschah meist ohne Worte. Ludmila war daran gewöhnt, fremde Bedürfnisse auszuführen, die sie mehr erriet, als dass sie ausgesprochen wurden. Doch gleichgültig, wie sehr sie sich auf die beiden alten Leute einstellte, egal, wie sehr diese ihre Zuwendung wertschätzten, sie blieben einander fremd. Sie kam von einem Ort und aus einem Land, das sie sich nicht vorstellen konnten. Ludmila hatte sich von Anfang an in ihrer Lebensweise eingerichtet, die wenig Abwechslung erlaubte. Das Frühstück um acht Uhr, das Mittagessen um drei viertel zwölf, Kaffee um halb vier und Abendessen um sechs, dazwischen Küchenarbeit, Wäschewaschen und das Maß an Pflege, das Theo brauchte. Aber um halb eins küsste sie die beiden auf die Wangen, schloss leise die Tür hinter sich und war für zwei Stunden so vollständig aus ihrem Leben verschwunden, als schlüpfe sie auf geheimnisvolle Weise durch dieses kleine Zeitfenster in ihr Heimatdorf zurück.

Sie bewohnte die Mansardenräume, zu denen keine Treppe, sondern eine Art Sprossenleiter mit breiten Holzlatten und einem gedrechselten Geländer führte, denn Stiegenhaus gab es keines. Das helle Kiefernholz ließ das Schlafzimmer, das zugleich Wohnraum war, hell erscheinen, aber die Dachschräge begann knapp über dem Bett, man konnte nur am Rand aufrecht sitzen, und das erzeugte ein Gefühl der Beengtheit. Es gab ein großes Fenster, von dem man die Wiesen hinter dem Haus überblicken konnte, den Bach, den sie bei offenem Fenster rauschen hörte, und auf der anderen Seite des Baches eine sanfte Böschung mit vereinzelten Büschen, Forsythien und Haselsträuchern und eine einzelne Birke, die in den Himmel ragte. Das Haus lag in einer Talsenke, der Hang stieg gegen Osten an und verdeckte die Morgensonne. An wolkenlosen Tagen fingen die schrägen Wände den Widerschein der Abendsonne auf. Es war Fabians Zimmer gewesen, Theo und Berta hatten es für ihn zur Zeit der Scheidung seiner Eltern ausgebaut, damit er zur Ruhe käme und unbeschwert Kind sein durfte. Sie hätten ihn gern zu sich genommen, aber es blieb bei Ferienbesuchen und dem wöchentlichen Mittagessen am Sonntag, bis er mit Frieda in eine andere Stadt übersiedelte und sie ihn nur mehr in den Ferien länger bei sich hatten. Es war ein Kinderzimmer, mit Liebe eingerichtet, ein Bettsofa, ein Nachttisch, sogar eine Telefonleitung hatten sie legen lassen, ein antiker Mahagonischreibtisch mit vielen Fächern, ein Ohrensessel, ein geräumiger Einbauschrank, den Theo entworfen und mit Fächern und Schubladen in allen Größen ausgestattet hatte. Ein Spiegel mit Goldrahmen hing neben der Tür über einem Biedermeiertischchen an der geraden Wand, die sich auf beiden Seiten zu einem Dreieck verjüngte. Bertas alten Bücherschrank hatten sie später in das Zimmer gestellt, als Fabian erwachsen war und nur mehr selten über Nacht blieb, ein Möbelstück der Fünfzigerjahre aus dunklem Furnier, das sich in Streifen löste und immer wieder festgeklebt worden war, Schiebetüren aus Glas und dahinter noch immer Bertas Bibliothek. Auf der anderen Seite der Treppe lag ein geräumiges Bad, dazwischen ein Kühlschrank, eine Herdplatte, eine Anrichte. Ein Ort, an dem man wohnen konnte, ohne von jemandem abhängig zu sein.

Für Theo war das Dachzimmer ein Schrein, der immer noch den Duft von Fabians Kinderjahren bewahrte. Nach dessen Tod hatte Theo sich oft in dieses Zimmer zurückgezogen und manchmal war Fabian so gegenwärtig gewesen, dass Theo sich nicht gewundert hätte, wenn das weiße Telefon mit der altmodischen Wählscheibe geklingelt hätte und sein Enkel gesagt hätte, hallo Opa, ich bin's, Fabian. Hier war Theo gesessen und hatte sich Fabians kurzes Leben in Erinnerung gerufen, jede kostbare Einzelheit, und gedacht, er hätte die Zeit mit ihm noch viel wacher erleben müssen, jeden Krümel hätte er aufbewahren sollen, jedes Wort, jeden Blick und jede Geste, auch das gemeinsame Schweigen, das vor allem. Er bedauerte, dass er so selbstverständlich angenommen hatte, ihre Zeit zusammen würde nur durch seinen eigenen Tod begrenzt sein, und nun, da es zu spät war, verstand er erst, dass er in seinem ganzen Leben niemanden so sehr geliebt hatte wie dieses Kind.

Vor einigen Jahren, als ihm das Gehen schon schwerfiel, hatte er in der Zeitung den Namen eines Schulfreundes von Fabian gelesen. Er hatte ein Buch über Ökologie und Design geschrieben und würde darüber einen Vortrag halten. Als Jugendliche hatten er und Fabian an Wochenenden mit ihren Fahrrädern zum Mittagessen bei Theo und Berta Rast gemacht, und Theo hatte gewissenhaft ihre Fahrräder inspiziert und sie mit allerlei Werkzeug für den Fall einer Panne wieder auf den Weg geschickt. Es gab ein kleines unscharfes Foto von Fabians Maturafeier, wie sie nebeneinander standen, zwei junge Männer, Fabian mit erhobenem Kinn schaut vergnügt in die Menge, als habe er gerade ein bekanntes Gesicht unter den Gästen im Festsaal erspäht, der Freund, kleiner und schmächtiger, mit dem Blick zu Boden. Er war auch damals, als Theo ihn kennengelernt hatte, ein introvertierter, ein wenig düsterer junger Mann gewesen. Theo ging zu dem Vortrag, aber er konnte sich nicht konzentrieren, denn er hatte während des ganzen Abends das Bild der beiden Siebzehnjährigen vor sich, die gesättigt und gut gelaunt ihre Radtour fortgesetzt hatten, und die Frage, warum nur der eine die Erwartungen jenes Nachmittags hatte einlösen dürfen, ließ ihn nicht los. Er hörte nicht, was der Jugendfreund seines Enkels sagte, er hörte seine Stimme, aber er konnte die Worte nicht auffassen, sein Kopf war zu voll von Trauer und Erinnerungen, er schaute ihn bloß an, wie er dort auf dem Podium saß und sich mitten im Leben befand. Theo tat an diesem Abend etwas, das er noch nie getan hatte, er kaufte ein Buch, das er nie lesen würde, und stellte sich zum Signieren an, um der Erinnerung an Fabian noch ein wenig länger nah zu sein.

Mein Enkel ist mit Ihnen zur Schule gegangen, sagte Theo, als er vor dem Autor stand und ihm das Buch reichte, und einmal waren Sie beide auf einer Radtour bei uns zum Mittagessen, und er nannte seinen und Fabians Namen. Er sah den Ehering am Finger des jungen Mannes und das schüttere Haar auf dessen Kopf, und dachte verwundert, auch er ist nicht mehr jung, und vielleicht hätte auch Fabian schon schütteres Haar und diese sehnige Schwere reifer Männer um Schultern und Hals.

Wenn Sie ein Foto von Ihrer Maturafeier hätten, eines, wo mein Enkel deutlich drauf ist, wir, das heißt, meine Tochter, das heißt, seine Mutter, haben nur ein kleines, undeutliches.

Der junge Mann schien von seinem Vortrag erschöpft, er schaute müde zu Theo auf. Ein Foto?, fragte er ein wenig verwirrt. Von meiner Matura?

Ja, und Fabians. Sie standen im Festsaal nebeneinander auf dem Podium, sie haben beide mit Auszeichnung maturiert. Ich wäre Ihnen sehr dankbar, stammelte Theo und übergab ihm umständlich eine handgeschriebene Visitenkarte.

Wie geht es Ihrem Sohn, fragte der junge Mann zerstreut und langte nach dem nächsten zu signierenden Buch. Es war offensichtlich, dass er weder Erinnerung noch Interesse an einem Gespräch hatte.

Fabian, er ist, er war mein Enkel. Er ist tot, sagte Theo, deshalb hätte ich gern... er verstummte, überwältigt von der Unmöglichkeit, sein Unglück mitzuteilen und sich dem jungen Mann, der damals an seinem Tisch gesessen und mit Fabian befreundet gewesen war, verständlich zu machen. Der Mensch, der vor ihm saß und mit leerem Blick zu ihm aufsah, war ein anderer als der, an den er sich erinnerte, und Theo drehte sich um und ging mit dem signierten Buch weg.

Einige Tage später kam ein Foto, eine Vergrößerung, auf der die beiden in ihren schwarzen Anzügen im Foyer der Schule stehen. Er schüttelte das Kuvert, außer dem Foto war nichts drin.

Vielleicht sind sie nicht als Freunde auseinandergegangen, sagte Frieda, als er es ihr zeigte.

Jetzt wohnte Ludmila in dem seit Jahren verwaisten Mansardenzimmer, und seither war es für ihre Arbeitgeber fremdes Terrain, das sie nicht betraten. Sie soll einen Ort haben, hatte Theo erklärt, der nur ihr gehört. Dass es für sie nicht mehr als ein beengtes Dienstbotenzimmer, eine Dachkammer war, hätte ihn gekränkt. Sie dachte nicht daran, die freien Stunden dort abzusitzen. Sie verließ das Haus, streifte durch den nahen Wald, schaute sich die Gegend an, die Häuser mit ihren Zäunen und Vorgärten. In zwanzig Minuten war sie zu Fuß in der Stadt, im Vorbeigehen warf sie einen Blick in die Auslagen der Boutiquen, sie blieb nirgends lange stehen, sie hätte ohnehin nichts kaufen können, sie war nicht hier, um es sich gut gehen zu lassen, sie war hier zur Arbeit. Sie flanierte nicht, sie lief durch die Straßen, als hätte sie es eilig, irgendwo anzukommen. Es blieb ein Ort, in dem heimisch zu werden sich nicht lohnte, sie kannte die Geschäfte, in denen sie für den Hofrat eingekauft hatte, sie hatte alles bereits gesehen, alles war fremd und geheimnislos vertraut. Am liebsten ging sie in die großen Lebensmittelmärkte, schlenderte von Vitrine zu Vitrine, verglich die Preise mit denen zu Hause, schaute, was es gab, kaufte eine Kleinigkeit, eine Tafel Schokolade, etwas, das ihre Tochter gern gegessen hätte, als könne sie es ihr mitbringen, obwohl sie es selber aß, es würde ja doch verderben. Ein vorläufiges Leben zwischen Dienst und Freiheit, voll zielloser innerer Unrast. Sie kannte niemanden. Wen sollte sie auch kennenlernen in den zwei Mittagsstunden? Sie war eine vorsichtige, gewiefte junge Frau, naiv zu sein konnte sie sich nicht leisten, und wenn einer sie ansprach, war sie auf der Hut. Sie war nirgends registriert, eigentlich gab es sie gar nicht. Sie ging rasch, sie legte weite Strecken zurück, um sich so viel Bewegung zu verschaffen, wie in der kurzen Zeit möglich war. Wenn sie zurückkam, pünktlich um drei Uhr, rechtzeitig, um Kaffee zu kochen, konnte sie in den neugierigen Augen ihrer Dienstgeber die Frage lesen, wo sie gewesen sei. Auch sie waren Gefangene, begierig nach der Außenwelt, die unerreichbar vor ihrer Haustür lag. Theo konnte schon seit Längerem nicht weiter als einige hundert Meter gehen.

Ich weiß gar nicht mehr, wann ich das letzte Mal mit dem Bus gefahren bin, sagte er, ich habe gehört, sie hätten jetzt neue Busse, die das Einsteigen leichter machen?

Ich fahre nicht mit Bus, erklärte sie.

Da kommst du aber nicht weit, meinte er.

Ich gehe zu Fuß, sehr weit bis großer Einkaufsmarkt.

Beim Gehen kommen einem die Gedanken, sagte er und schaute sie erwartungsvoll an, aber darauf antwortete sie nicht. Mit welcher List sollte er ihr entlocken, woran sie dachte?

Berta sehnte sich danach, allein etwas zu unternehmen, aber eine Angst, die sie nicht überwinden, die sie sich nicht einmal eingestehen konnte, gab ihr immer neue Ausflüchte ein, die sie zurückhielten. Demnächst werde sie eine Reise mit dem Zug machen und ihre Nichte besuchen, erklärte sie. Aber wenn der Tag der geplanten Reise näher rückte, verließ sie der Mut. Wie ängstlich man im Alter wird, sagte dann einer von den beiden, und wie gut man es zu Hause hat. Die Welt war eng geworden, der Horizont schloss sich wie ein Ring um ihr Haus und alles jenseits dieser Grenzen barg unüberwindliche Gefahren, für die die Kräfte nicht mehr reichten. Was täten wir ohne dich, sagte Theo jeden Tag zu Ludmila, manchmal, wenn sie vom Einkaufen zurückkam, manchmal erst am Abend, wenn sie ihm aus der Badewanne half.

Die winzige Freiheit, die Ludmila ihnen voraushatte, kam ihnen vor, als stünde ihr täglich die ganze Welt mit ihren Abenteuern und Neuerungen offen. Sie hätten gern daran teilgenommen, als Zaungäste wenigstens, aber sie wussten nicht, wie sie nach etwas fragen sollten, das sie gekannt hatten, lange bevor Ludmila gekommen war, und von dem sie nicht wussten, ob es noch existierte.

Gibt es die Bäckerei an der Straße noch, wie heißt sie doch schnell, du weißt schon, die neben dem Drogeriemarkt, hinter der Pfarrkirche?, fragte Theo in einem Augenblick, in dem Berta sich in der Küche zu schaffen machte.

Die Verkäuferin dort, in den Siebzigerjahren, war die einzige Versuchung zur Untreue im Lauf seiner langen Ehe gewesen. Sie hatte etwas Feines an sich gehabt, das ihn an Wilma erinnerte, etwas, das Berta fehlte. Gerda hatte sie geheißen und war jeden Tag mit der Lokalbahn um halb sechs Uhr abends in eine nahe gelegene Kleinstadt gefahren, und er hatte dort auf dem Bahnhof auf sie gewartet. Auch sie war verheiratet gewesen, und sie hatten keine Liebesaffäre gehabt, es hätte keinen Ort dafür gegeben. Aber sie hatten sich ein paarmal am Ende des Bahnsteigs in der Dunkelheit geküsst. Es ist ja nicht so, dass ich meinen Mann nicht gern habe, hatte sie gesagt. Sie waren im Warteraum gesessen und hatten geredet, sich verliebt angeschaut und sich in ihrer Sehnsucht glücklich gefühlt. Und jetzt erinnerte Theo sich nicht mehr, wie es geendet hatte, nur mehr an die Freude, wenn er den Verkaufsraum betreten und sie gesehen hatte.

Für Ludmila hatten die Straßen der Stadt keine Geschichte und Theo hatte die Verbindung zur Gegenwart schon fast verloren. Alles war Anlass, sich an früher zu erinnern, als alles besser und billiger gewesen war, das Brot, das Obst, das Gemüse, die hausgemachten Delikatessen in den Greißlerläden.

Früher waren sie Teil der Stadt gewesen, sie hatten ihren Platz darin gehabt, ihr Leben hatte sich dort abgespielt und war mit dem der anderen auf vielerlei Arten verwoben gewesen, durch ihren Beruf, durch Freundschaften, sie waren Stammkunden gewesen, man hatte sie gekannt, mit Namen begrüßt und gewusst, was sie kaufen würden. Die Brotverkäuferin am Marktstand: Wie immer?, hatte sie gefragt und das Brot schon eingewickelt. Sie hatten an den öffentlichen Festlichkeiten teilgenommen und nachher mit Bekannten darüber diskutiert, was sie gestört und was ihnen gefallen hatte. Sie waren nie ins Theater oder ins Konzert gegangen, aber sie waren mit allem verbunden gewesen, und wie durch eine dünne Membran hatten sie alles mitbekommen, auch das, was nicht ausdrücklich für sie bestimmt gewesen war. Jetzt begannen die meisten ihrer Sätze mit *früher,* denn früher waren sie mittendrin gewesen im Leben und jetzt rückten sie mit jedem Tag ein wenig weiter hinaus ins Niemandsland. Ludmila war die Verbindung zu einem Draußen, auf das sie in ihrer zunehmenden Verzagtheit verzichteten. Aber war ihre Vorstellung davon noch die Wirklichkeit? Wie sollten sie danach fragen?

Wie war es in der Stadt?

Schön. In Sonne sind Tische vor Café gestellt, viele Leute sitzen, antwortete Ludmila.

Er erinnerte sich an die Konditorei am Stadtplatz, auf deren Terrasse er mit Berta gesessen hatte, als er seine verlorene Tochter in einem Demonstrationszug erkannt und versucht hatte, Berta von dem Anblick abzulenken, von dieser verwilderten Jugendlichen, die mit geballter Faust irgendetwas nachbrüllte, was jemand in ein Megaphon geschrien hatte. Aber es war ihm nicht gelungen. Sie hatte aufgeregt auf Frieda gedeutet und gerufen: Schau, da ist sie, die ist ja zum Fürchten. Er hatte sich in diesem Augenblick so ausgesetzt und alleingelassen gefühlt, als hätte Berta ihn vor allen Leuten bloßgestellt. Er konnte sich nicht erinnern, wann das gewesen war. Er hatte damals ein paar Jahre nichts von ihr gehört, von Wilmas Cousine erfuhr er, dass sie zum Studium in eine andere Stadt gezogen war.

Wir sollten sie doch ein wenig unterstützen, hatte er Berta vorgeschlagen, aber die wollte davon nichts wissen.

Mit zwanzig ist man erwachsen, und überhaupt, ein Mädchen und studieren! Das ist hinausgeschmissenes Geld. Ein Mädchen heiratet ja doch früher oder später.

Zumindest die Kinderbeihilfe, die stünde ihr eigentlich zu, hatte er eingewandt.

Aber Berta hatte sich nicht erweichen lassen. Sie beendete solche Gespräche mit dem Satz, der schon Frieda zum Türenknallen und zu Kraftausdrücken hingerissen hatte: dass jetzt endlich Ruhe ist!

Einmal hatte er Frieda auf der Straße gesehen, sie bog in die Allee, wo er Jahre später die letzten Kastanien gesammelt hatte, ihr Anblick hatte ihn geschmerzt, dürr wie ein Kriegskind und in den bunten Fetzen, die junge Frauen damals trugen, mit langen offenen Haaren. Er hatte versucht sie einzuholen, und als er nah genug war, hatte er ihren Namen gerufen. Aber auch sie hatte ihre Schritte beschleunigt und war an der Haltestelle auf eine Straßenbahn aufgesprungen. Von der rückwärtigen Plattform hatte sie zugesehen, wie er zurückblieb. Solange die Straßenbahn in Sichtweite war, hatten sie sich angeschaut, aber er hatte ihr Gesicht und ihren Blick nicht deuten können.

All das hatte sich in der Stadt zugetragen, die nur eine kurze Autobusfahrt entfernt und nun unerreichbar geworden war, so unbetretbar wie die Erinnerungen daran.

Blühen die Kastanienbäume auf der Promenade schon?, fragte Theo jetzt.

Kastanienbäume? Wie sehen aus? Ludmila suchte im Wörterbuch. Nein, keine Kastanie. Junge Bäume, blühen nicht.

Haben sie die alten Kastanien gefällt?, fragte Theo entsetzt.

Das haben sie doch schon vor Jahren, erinnerst du dich nicht?, fragte Berta. Der Kastanienbaum im Garten, den du mit Leander umgesetzt hast, der war von den letzten Bäumen der alten Allee.

Theo schaute sie verwirrt an. Das ist mir entfallen, sagte er dann gleichgültig.

Warst du schon in der neuen Einkaufspassage? Die soll ja riesig sein, sagte Berta.

Berta interessierten vor allem die Geschäfte. Sie erwartete von Ludmila das ungläubige Staunen über die Pracht und den Überfluss, das sie selber empfunden hatte, als sie in den Sechzigerjahren in die Stadt gekommen war, die großen Verkaufshallen voller Ware, die Rolltreppen von Stockwerk zu Stockwerk.

Wir haben das alles aufgebaut, erklärte sie Ludmila, das war nicht immer so. So was gibt es bei euch sicher nicht.

Berta war stolz auf ihre Stadt, und das Angebot an Waren hatte ihr stets ein Gefühl von Sicherheit gegeben, auch wenn sie beim Kaufen und Geldausgeben vorsichtig war. Doch hie und da packte sie auch jetzt noch diese Lust, diese Freude am Besitzen, zuerst nur eine Kleinigkeit, um das Glück zu spüren, und dann war sie schon dabei, Geld auszugeben für dieses und jenes, einen Schal statt des Mantels, eine Geldbörse statt der Handtasche, Schuhe im Ausverkauf, nie wieder würden sie so günstig sein, und dann noch etwas, irgendein kleiner Luxus, den sie schon immer hatte haben wollen. Unter Theos tadelndem Blick kamen die Ernüchterung und das Ressentiment, wie kam er dazu, ihr Vorhaltungen zu machen?

Brauchst du das wirklich, fragte er, gleich zwei Pullover, wofür? Für zu Hause?

Ich bin noch nicht zu alt, um mit der Mode zu gehen, erklärte sie. Man ist so alt wie man sich fühlt, auch die Verkäuferin hat gesagt, wie jugendlich ich darin aussehe.

Ja, große Geschäfte, sagte Ludmila gleichgültig, sie zuckte die Achseln. Ist gut.

Nur gut?

Genauso unbeeindruckt hatte sie auf Bertas Geschirrspüler reagiert.

Weißt du, was das ist?, hatte Berta gefragt und sie gespannt angeschaut. Ein Geschirrspüler! Du gibst das Geschirr schmutzig hinein, drehst den Knopf und das Geschirr kommt sauber heraus. Das hast du sicher bei euch noch nie gesehen!

Ja, hatte Ludmila unbeeindruckt gesagt, Geschirr darf nicht sehr schmutzig sein, sonst ist Schmutz in Abfluss, ich weiß, ich immer spüle vorher.

Hast du dir was gekauft?, fragte Berta, wenn sie Ludmila beim Heimkommen im Flur erwischte.

Jetzt nicht, später, vielleicht, wenn fahren nach Hause.

Nach Hause? Meinst du Ukraine?

Ja, mit slowakische Frauen, fahren nach Hause zweimal im Monat.

Du willst uns verlassen, fragte Theo alarmiert.

Sie schüttelte beschwichtigend den Kopf. Jetzt nicht, später.

Mehr war von ihr nicht mehr zu erfahren. Sie kamen aus verschiedenen Zeiten und verschiedenen Welten.

Ludmila machte ihre Arbeit, sie beklagte sich nie, die beiden Alten waren freundlich und behandelten sie gut, sie waren noch nicht pflegebedürftig, sie klingelten in der Nacht nicht nach ihr. Zu Hause hatte Ludmila sich ein Mobiltelefon gekauft, sie trug es immer bei sich, und jeden Abend, wenn sie nicht mehr gebraucht wurde, stieg sie in die Mansarde und rief zu Hause an. Sie wurde unruhig, wenn sie unten länger aufgehalten wurde, es schien, als lebe sie für den Augenblick, wenn sie das ferne *tak* ihrer Mutter hörte, als liefe der ganze Tag auf diesen Anruf hinaus und vollendete sich in ihm. Selten waren Theo und Berta Zeugen dieser Gespräche. Sie redete nicht lange mit Mutter und Tochter, nur wenige Minuten, um Geld zu sparen, aber sie telefonierte jeden Tag. Wenn untertags ihr Mobiltelefon läutete, fühlte Berta sich gestört und meinte, sie solle es läuten lassen, sie könne später zurückrufen. Jetzt nicht, sagte sie gereizt, jetzt ist keine Zeit. Theo beobachtete Ludmilas Mienenspiel, die Panik, wenn das Telefon zur Unzeit läutete und den unterdrückten Ärger, wenn Berta sie daran hinderte abzuheben, er sah die Anspannung zwischen Erwartung und Furcht, bevor sie auf den Flur entwischte, um in Ruhe zu telefonieren. Er lauschte fasziniert, wie schnell sie in ihrer Sprache reden konnte, wie selbstsicher sie klang, und wenn sie zurückkam, war sie ganz verändert, sie funkelte vor frischer Energie. Noch nie hatte er sich über das Mienenspiel eines Menschen so viele Gedanken gemacht. Da lebte diese fremde junge Frau mit ihnen, vom Morgen bis zum Abend, Tag für Tag, verschlossen und immer zu Diensten, sie musste doch Gefühle haben, was dachte sie insgeheim über ihn, über Berta? Was machte ihr Freude, was war ihr zuwider? Wie sahen die ukrainischen Träume aus, die sie da oben in der Mansarde träumte? Wie klangen ihre Gedanken? Was fühlst du, war er mehrmals am Tag versucht zu fragen, und wie ist es, wenn du etwas in unserer Sprache sagst, wenn du Baum sagst oder Wiese, wenn du mich beim Namen nennst, Theo, nicht Opa oder Opi, das mochte er nicht.

Sag was auf Ukrainisch, forderte Berta sie auf und Ludmila lachte verschämt.

Bertas Neugier war unverhohlen und manchmal so aufdringlich, dass Theo sagte, lass sie, wenn sie nicht will.

Berta fühlte sich ausgeschlossen. Sie beobachtete Theo argwöhnisch. Seine ganze Aufmerksamkeit war auf Ludmila ausgerichtet, sie selber nahm er kaum mehr wahr, er sprach sie nicht mehr mit ihrem Kosenamen an. Sie musste sich erst daran gewöhnen, dass es nicht unfreundlich gemeint war, wenn er sie Berta nannte, sondern nur, dass sie nicht mehr allein waren und ihm Intimität vor Fremden peinlich war. Aber sie spürte die wachsende Nähe zwischen den beiden, und manchmal sah sie, wie sie sich über ihren Kopf hinweg mit Blicken verständigten. Sie stand unbemerkt in der Küchentür und erhaschte Theos Blick, wie er die junge Frau betrachtete. Und als er sie bemerkte und in ihrer Miene las, dass sie ihn der Untreue in Gedanken beschuldigte, hob er die Augenbrauen und lächelte schelmisch. Ich werde dir nicht den Gefallen tun, mich zu rechtfertigen, hieß das. Später, als sie nebeneinander im Bett lagen, fragte sie, was ist da zwischen dir und ihr?

Nichts, sagte er, was sollte sein, sie ist so alt wie meine Enkelin.

Das ist keine Antwort, da ist immer was zwischen Mann und Frau, egal wie alt einer ist.

Sie ist so jung, sagte er, und nach längerem Schweigen, als sei er am Ende einer Gedankenkette angelangt: Junge Menschen riechen so gut wie frisches Gras.

Und ich rieche schlecht, entgegnete sie heftig, das willst du doch sagen.

Natürlich nicht, für mich bist du immer die gleiche. Er flüsterte ihr ihren Kosenamen ins Ohr und streichelte sie zaghaft, schob sich näher an sie heran.

Lass, sagte sie, du denkst ja dabei doch nur an sie.

Ach was, sagte er, ein bisschen träumen wird man ja wohl noch dürfen.

Ob sie es zugaben oder nicht, ihr beider Denken kreiste unablässig um Ludmila und sie hätten beide gern mehr über ihr Leben erfahren, aber Theo hatte eine vorsichtigere Art, seine Neugier zu stillen, und er war geduldig.

Magst du Musik, fragte er, und erzählte, dass er als Kind

davon geträumt hatte, Geige zu spielen, und dass seine erste Frau und seine Tochter Klavier spielen konnten. So erfuhr er, dass der Mann, den sie ihren Freund nannte, eine Bandura besaß, so etwas wie eine ukrainische Gitarre, erklärte sie ihm, und in einer kleinen Band mitspielte. Sie gestand ihm auch verschämt, dass er Mychajlo hieß, wie Michael, sagte sie, und ihr seltenes Lächeln blieb ein wenig länger als sonst in ihrem Gesicht, vor allem in ihren Augen.

Doch als Berta fragte: Was hörst du von deinem Freund?, hob sie die Schulter und sagte: Nicht viel. Theo schwieg dazu und Ludmila warf ihm einen schnellen dankbaren Blick zu.

Fast jeden Morgen begrüßte Berta sie mit Fragen: Ausgeschlafen? Und was gibt's Neues? Was erzählt die Mutter? Wie geht's der Tochter? Was macht der Mann?

Und Ludmila sagte jeden Tag mit der gleichen undurchdringlichen Miene, gut, gut geht es ihnen, und machte sich am Frühstücksgeschirr oder an Theos Tageskleidung zu schaffen.

Trotzdem brachte Berta in immer neuen vorsichtigen Vorstößen in Erfahrung, dass der Mann, dessen Namen Ludmila ihr nicht preisgab, nicht der Vater ihrer Tochter war. Bist du sicher, dass er dir treu ist?, fragte sie mit der augenzwinkernden Schlauheit der erfahreneren Frau, der man nichts mehr vormachen kann.

Ich glaube schon, dass Liebe ist. Sie warf ihr einen feindseligen Blick zu.

Lass sie, bedeutete Theos beschwichtigende Handbewegung hinter Ludmilas Rücken. Es war ihm peinlich, wenn Berta in sie drang.

Sie soll nicht ständig auf der Hut sein müssen, sagte er, als sie allein waren. Sie muss uns nicht alles erzählen.

Theo gegenüber zeigte Ludmila eine unverbindliche Zuneigung, manchmal nannte sie ihn i-Tipf, eine liebevolle Anspielung auf seine Pedanterie. Bis aufs i-Tüpferl genau, sagte er, wenn sie etwas zu seiner Zufriedenheit machte, es war sowohl

Forderung nach Genauigkeit als auch höchstes Lob. Altenpflege war ihr Job, den sie gewissenhaft und ohne Widerwillen verrichtete, und Theo machte es ihr leicht.

Du bist dafür geboren, mit alten Menschen umzugehen, sagte er, das ist deine Berufung.

Berta war launenhaft, aber sie war sich ihrer Stimmungsschwankungen nicht bewusst und hätte sie, darauf angesprochen, geleugnet, und sie ließ sich gern bedienen, was Ludmila mit subtiler Widerspenstigkeit boykottierte. Dann gab sie vor, Bertas Rufen nicht gehört zu haben oder ihre Anweisungen nicht zu verstehen. Manchmal stand Berta verwirrt im Zimmer, schaute um sich, als sei sie eben erst erwacht, und fragte, was wollte ich gerade? Ganz verloren bin ich, murmelte sie kopfschüttelnd. In der Küche behielt sie die Kontrolle, dort duldete sie nur ihre eigenen Gewohnheiten und strich die Dienstgeberin heraus, doch unvermittelt konnte sie von ihrer Sehnsucht nach Zuneigung überwältigt werden. So könnte es sein, wenn ich eine Tochter hätte, sagte sie, wenn sie zusammen in der Küche standen und mit aufeinander abgestimmten Handgriffen das Essen zubereiteten, Kartoffeln schälten, Wasser aufsetzten.

Du könntest meine Enkelin sein, gell, wir verstehen uns, sagte sie und näherte ihr Gesicht dem Ludmilas.

Wir sind ein prima Team, antwortete Ludmila und wich ein wenig zurück.

Seit der Hang hinter dem Haus mit Frühlingsblumen übersät war, ging Ludmila zu Mittag öfter hinaus, um einen frischen Strauß für den Tisch zu pflücken. Mit ihrer Tochter habe sie Blumen gepflückt, auch früher, in ihrer Kindheit, erzählte sie. Berta empfing die Wiesenblumen jedes Mal mit übertriebener Überraschung und echter Freude, es wurde zu einem Spiel, und seine Wiederholung schuf eine Art übermütiger Intimität zwischen ihnen. Bis Berta von einer zärtlichen Aufwallung oder einem verschwiegenen Unglück überwältigt, der jungen Frau weinend um den Hals fiel und ihr tränenfeuchtes Gesicht an ihren Wangen rieb. Ludmila trat überrascht einen Schritt zurück, aber Berta klammerte sich an sie.

Du bist meine Tochter, schluchzte sie, ich habe mir immer eine Tochter gewünscht.

Ludmila streichelte ihr den Rücken und befreite sich behutsam aus der Umklammerung. Ihre Wange und ihr Hals waren nass von Bertas Tränen, sie wischte sie verstohlen weg, und eine Spur Ekel blieb auf ihrem Gesicht zurück. Berta schneuzte sich, wandte sich so unvermittelt ab, wie sie sich Ludmila an die Brust geworfen hatte, und sagte schroff, macht nichts, vergiss es. Was geht dich das alles an.

Ludmila nickte und machte sich an ihre Arbeit. Sie wollte nichts von Bertas Geheimnissen erfahren. Berta war kinderlos, es war Theo, der eine Tochter hatte, und zwischen den beiden Frauen herrschte keine Sympathie, das war ihr nicht entgangen. Mehr musste sie nicht wissen. Berta schämte sich ihres plötzlichen Gefühlsausbruchs. Noch war sie mittendrin in einem Tumult unbestimmter Gefühle, Scham, Trauer, Kränkung, Selbstmitleid, aber später, als sie darüber nachdachte, begann die Zurückweisung an ihr zu nagen. Ludmila war es gewesen, eine junge Frau, ein bezahlter Dienstbote, die kühl eine Grenze gezogen und sie dadurch gedemütigt hatte.

Ludmila hätte keinen Grund gehabt sich zu beklagen, wenn sie nicht mit den beiden Alten wie auf einer Insel gelebt hätte, fern von anderen Menschen, fern von irgendjemandem, mit dem sie in ihrer Sprache hätte reden können. Es gab nichts Vertrautes, in das sie sich hätte fallen lassen können, wenn auch nur für Augenblicke, eine Speise, ein Geruch, Geräusche, eine Stimmung. Sie lebte gleichzeitig an zwei Orten, ihr Körper befand sich einundzwanzig Stunden am Tag in diesem Haus, und er tat mit Routine und Ausdauer, was von ihm erwartet wurde. Mit der Zuversicht der Jugend maß sie die Zeit noch nicht in Stunden und die Gegenwart war nur ein Übergang zu etwas anderem, wovon sie noch keine genaue Vorstellung hatte. Aber ganz gewiss lebte ihre Sehnsucht in jedem Augenblick an dem anderen Ort, an dem alles war, was das richtige Leben bedeutete. Tag für Tag derselbe Leerlauf zweier Leben, die in der Eintönigkeit von Nahrungsaufnahme, Schlaf und Entleerung dem Ende entgegengingen. Vielleicht war es das, was Ludmila an manchen Abenden niedergeschlagen und schweigsam machte. Vielleicht war es etwas anderes, worüber sie nicht sprach. An solchen Abenden lag eine schreckliche Trostlosigkeit über den drei Menschen. Sie saßen schweigend beim Essen in der Dämmerung, sie spürten das Gewicht der Vergeblichkeit ohne sich dagegen wehren zu können, Berta gereizt, eine unterdrückte Gewaltbereitschaft in den knappen Handgriffen, Theo schweigsam und in sich gekehrt und Ludmila zusammengekauert, die Arme um sich geschlungen, als fröre sie.

Sobald sie aus dem festen Rahmen ihrer Aufgaben fiel, war Ludmila antriebslos, am falschen Ort. Sie solle ihre Sprachkenntnisse verbessern, schlug Theo vor und gab ihr Zeitungen zu lesen. Sie nahm sie mit und legte sie zum Altpapier. Zu Hause hatte sie sich ein Wörterbuch und ein Deutschlehrbuch zum Selbststudium gekauft, aber die Übungssätze waren unbrauchbar, sie war keine Touristin, die sich nach einem guten Restaurant erkundigte und am Ende sagte: Die Rechnung bitte. Keiner der Sätze traf auf sie zu. Sie war nicht müde, wenn der Tag zu Ende ging, die Arbeit war nicht schwer. Nach dem Abendessen saß sie mit den beiden eine halbe Stunde vor dem Fernseher und verstand vieles von dem, was in den Nachrichten berichtet wurde, sie machte sich auf die Bilder ihren Reim, aber was sie sah, ging sie nichts an und sie vergaß es schnell.

Nur ein einziges Mal bat sie, eine internationale Sportsendung am Abend ansehen zu dürfen, ihre Tochter würde dieselbe Sendung sehen, so fühlte sie sich mit ihr verbunden.

Meine Tochter nimmt an Wettbewerb teil, erzählte sie stolz, ist Repräsentant von ganzer Schule in Leichtathletik.

Aber gerade an diesem Abend kam der Pfarrer zu Besuch und blieb so lange, dass die Sendung vorbei war, als er ging.

Warum hast du nichts gesagt, fragte Theo schuldbewusst, wir haben es vergessen.

Ich wollte nicht stören, sagte sie. Aber die Wahrheit war, sie hätte nicht gewusst, wie sie es hätte vorbringen sollen mitten in das Gespräch hinein, also schüttelte sie nur den Kopf: Macht nichts, macht nichts.

Was tust du am Abend, wenn du noch nicht müde bist?, fragte Theo.

Sie hob die Achseln. Nichts. Nicht viel.

Von deinem Fenster aus ist es am Abend besonders schön, sagte Theo sehnsüchtig und dachte an Fabian.

Sie nickte. Die Birke am Hang vor ihrem Fenster, schwarz gegen den Abendhimmel, der Bach, Stimmen von späten Spaziergängern, ihre Anrufe zu Hause, die kurzen Gespräche mit ihrem Freund, das war ihr Leben. Das richtige Leben würde später weitergehen, mit etwas Glück. Auch Theo konnte es deutlich spüren, es schien, als bestünde ihre ganze Gegenwart aus Warten.

In meinem Dorf, sagte sie zu Theo, immer viel zu tun. Vom Aufstehen am Morgen bis spät am Abend und dann schnell einschlafen.

Sehnsüchtig erinnerte sie sich an unzerteilte, übervolle Tage, die sich nicht in Mahlzeiten und den Pausen dazwischen hatten messen lassen.

Und jetzt?, fragte Theo. Kannst du nicht einschlafen?

Macht nichts, sagte sie matt, ist gut.

2

Die Liebe muss eine Begabung sein wie Musikalität, manchen Menschen ist sie von Natur gegeben, sie scheinen für die Liebe geschaffen, und anderen weicht sie aus, das ganze Leben lang. Davon bin ich überzeugt, es ist eine Erkenntnis, die mir die Erfahrung beigebracht hat. Aber ein Ersatz für die Liebe findet sich immer. Manchmal ist die Erinnerung daran, geliebt zu haben, die bessere Variante. Die Entfernung verklärt Unvollkommenheiten, schließt Lücken, lässt das Hässliche vergessen, nimmt dem Schmerz den Biss. Was mich betrifft habe ich meist unglücklich geliebt, und ich bin von einer so halsstarrigen Treue, dass niemand sie erträgt. Doch seit Fabians Tod erscheint mir das ganze Sinnieren über die Liebe wie überflüssige Selbstbespiegelung. Da, wo der Stamm geknickt ist, hatte Vater mir einmal erklärt, an dieser Stelle stirbt die Pflanze ab. Man muss sie knapp darunter abschneiden. Er hat mir vieles beigebracht, für das ich nie eine Verwendung hatte. Er hat mir auch beigebracht, dass selbst Menschen, die uns lieben, zu allem fähig sind. Diejenigen, die ich liebe und die noch am Leben sind, kann ich an einer Hand abzählen, ich tue es jeden Tag, um mich zu vergewissern, dass sie noch da sind. Melissa, fern und unverbindlich, trotzdem das einzige Kind, das mir geblieben ist. Theo, mein alter Vater, und Edgar, mein treuer Freund seit fünfzig Jahren, und keiner von ihnen nah genug, um meine Liebe zu brauchen.

Ich bin in einem Alter, in dem nicht mehr viele Menschen ihre Eltern haben, und ich bin mit meinem Vater noch immer nicht im Reinen. Manchmal halte ich ihn für einen großen Egoisten, für den das eigene Wohlbefinden alles ist, was zählt, für einen Feigling, der es jedem recht machen will und für nichts bereit ist einzustehen. Gleichzeitig fasziniert mich seine Unantastbarkeit, diese Anderweltlichkeit, die in sich ruht und nach etwas horcht, das seinen Ursprung an einem anderen Ort hat.

Nur mit Edgar kann ich darüber reden. Nur Edgar ist immer von Neuem bereit, auf meine Mutmaßungen über meinen Vater einzugehen. Er mag Theo, behauptet er, er habe etwas Sauberes an sich, sagt er, im Unterschied zu seinem Vater, den er nur den Erzeuger nennt.

Aber im Unterschied zu mir denkt er nie über seinen Vater nach. Er sei ein Säufer und Weiberheld gewesen, hemmungslos, wenn er betrunken nach Hause kam und seine Frau, manchmal auch sein Kind, verprügelte. Edgar hatte ihn schon als Kind gehasst und er hasst ihn noch immer, aber sein Hass ist über die Jahrzehnte zu einer leidenschaftslosen Gewohnheit geworden. Ich verstehe Menschen, die gelitten haben besser als die vom Glück Verwöhnten, aber Edgar hatte als Kind ein Maß an Schrecken und Gewalt erlebt, dass das Entsetzen darüber Bestandteil von ihm geworden ist. Man kann ihn nicht wirklich begreifen, wenn man nicht darum weiß.

Warum hat deine Mutter ihn nicht verlassen, hatte ich gefragt, als ich noch nicht die ganze Geschichte kannte.

Er war unser einziger Schutz. Sie hätten uns sonst abgeholt. Das habe ich erst viel später begriffen, dass selbst seine Variante der Verkommenheit moralische Standfestigkeit nicht ausschloss.

Edgars Mutter galt den Nationalsozialisten als Mischling ersten Grades, auch wenn sie katholisch getauft und erzogen worden war, und die Ehe mit seinem Vater hatte sie geschützt, solange ihr Schutz nötig gewesen war. Er war zu alt gewesen, um eingezogen zu werden, er hatte bereits im Ersten Weltkrieg gekämpft. Es war eine unglückliche Ehe gewesen und nach dem Krieg hatten sich seine Eltern scheiden lassen. Ein einziges Mal noch, Ende der Fünfzigerjahre, erzählte Edgar, habe er seinen Vater in dessen Wohnung besucht. Er hatte ihn zu seiner Maturafeier einladen wollen, aber er fand einen ungepflegten alten Mann mit weißen Bartstoppeln im Unterhemd in einer muffigen Altbauwohnung, darin wieselte ein Kleinkind auf allen vieren durch das Zimmer, mein Bruder, hatte Edgar angewidert gedacht. Und zwischen Küche und Kind die neue Frau, in ausgeleiertem Pullover und Trainingshose mit einem abgestumpften Gesichtsausdruck. Sie boten ihm einen Stuhl an, der Vater forderte die Frau auf, ihnen Kaffee zu machen, aber Edgar stand in der Tür und starrte auf die Familienszene im Halbdunkel einer verwahrlosten Wohnung, er floh die Treppe hinunter, hinaus in die Helligkeit des Sommernachmittags.

Der unappetitliche Greis, der sich an der Kraft dieser jungen Frau mästet, das war mein Vater, sagte er, meine Familie.

Ich mag die natürliche Noblesse seiner Bescheidenheit, sie ist ganz frei vom Drang sich zu behaupten, sagte Edgar über meinen Vater, er ist kein Angeber, er hat nicht einmal das Bedürfnis, sich bemerkbar zu machen.

Ich erinnerte mich an das Begräbnis einer hochbetagten Tante, damals war die Familie, das was von ihr noch übrig war, ein letztes Mal zusammengekommen. Ein Cousin meines Vaters, klein und korrekt, mit feinem Humor und klugen Augen, Vater, ein schlanker Mittachtziger, von derselben unnahbaren Zurückhaltung und fragilen Zähigkeit, die in dieser Familie in jeder Generation wieder auftaucht, bei Fabian, beim Sohn von Vaters Neffen, die gleichen Züge, der gleiche zarte Knochenbau, die gleiche Weltfremdheit, die ihr Wissen aus einer anderen Quelle bezieht und die diese Männer, denn es betrifft immer nur die Männer, in ihrer Unberührbarkeit ein wenig zu tumben Toren macht. Wie Fäden von anderer

Textur und Farbe ziehen diese rätselhaften Eigenschaften sich durch das Gewebe der Generationen und sondern ihre Träger auch von den eigenen Verwandten ab.

Es ist nicht leicht, mit solchen Menschen zu leben, sagte ich, man kommt ihnen nie wirklich nah. Bei Fabian war es anders, ich brauchte mich seiner Liebe nicht zu vergewissern, er war mein Kind. Er konnte zärtlich und rücksichtsvoll sein, doch seine Frau litt unter seiner Schweigsamkeit, er lebte neben ihr, nicht mit ihr. Aber Vater, sagte ich, ich weiß nicht, ob er mich... liebt, wollte ich sagen, aber nie bringe ich es fertig, das Wort *Liebe* mit der Bezeichnung *Vater* zu verbinden. Nur über seine Liebe zu meinem Sohn habe ich eine Ahnung von ihr zu spüren bekommen. Wenn Fabian bei ihm die Wochenenden verbrachte, wusste ich, er war zu Hause, besser noch als zu Hause.

Manchmal, wenn ich nach dem Essen mit Vater allein am Tisch saß, in der Zeit, als Berta im Spital war, überkam mich eine solche Sehnsucht nach ihm, als wäre er schon gestorben und ich hätte alles versäumt, was er mir hätte geben oder sagen können. Und zu anderen Zeiten möchte ich ihn und jede Erinnerung an ihn abschütteln, als wäre es besser gewesen, keinen Vater gehabt zu haben als diesen. In seiner Gegenwart werde ich zum Kind, das sich wünscht, umarmt zu werden, an seiner Seite mit ihm durch die Landschaft zu wandern, nicht irgendeine Landschaft, sondern unsere vertrauten Waldwege und Hügelkämme, von ihm Geschichten von früher erzählt zu bekommen. Vielleicht verbirgt seine Liebe sich in meinen Erwartungen. Seine Gegenwart war immer ein Fest, auch jetzt noch. In den letzten Wochen, in denen ich mit ihm allein gewesen war, betrachtete ich ihn manchmal mit dem Verlangen, ihn mit meinem Blick wie auf einen Film zu bannen, zu konservieren, damit ich ihn bei mir behielte, für immer. Ich hätte gern seine Hände umfasst, mit ihrer brüchigen, pergamentenen Haut, die sich wie abgelöst über die Speichen seiner

Mittelhand und die dicken Adern breitet. Eine einzige Umarmung im Lauf meines Lebens wäre schön gewesen. Aber ich habe es nie gewagt, sondern ihn bloß mit einer Sehnsucht geliebt, die auf eine Berührung wartete. Und als Berta zurück war und ich ihn mit ihr am Tisch sitzen sah, gleichgültig, mit abwesendem Blick und ausdruckslosem Gesicht, als sei er so weit weg, dass unsere Stimmen ihn nicht erreichen konnten, fragte ich mich: Was verbindet mich denn wirklich mit diesem alten Mann?

Auch Edgar habe ich mit dieser Sehnsucht geliebt, die nicht wusste, wie sie sich bemerkbar machen sollte. Um keinen Mann habe ich mit solcher Ausdauer vergeblich geworben wie um ihn. Damals konnte ich nicht verstehen, wie ein Mann sich so hartnäckig entziehen konnte, später habe ich mich gefragt, warum er mir trotzdem eine Treue hielt, die keine andere Absicht verfolgte als mir nah zu sein. Immer noch ist er es, der die Freundschaft mit seinen regelmäßigen Anrufen und Besuchen in Gang hält. Welchen Gewinn hatte er all die Jahrzehnte von unserer leidenschaftslosen Freundschaft? Spätestens Fabians Tod hatte meinen ganzen geschrumpften Rest starker Gefühle aufgezehrt, so wie sich bei großem Mangel alles auf einen Punkt zusammenzieht. Aber immer noch, wenn wir zusammen waren und ich wieder allein bin und mir jede Einzelheit unserer gemeinsamen Zeit durch den Kopf gehen lasse, denke ich, dass Edgar der einzige Mann gewesen wäre, der mir die Lust an der Liebe zurückbringen hätte können. Aber was immer der Grund ist, darum scheint es ihm nie gegangen zu sein. Er hat auch das Wort Freundschaft nur ein einziges Mal ausgesprochen, damals als ich in seiner Gegenwart eingeschlafen war. Aber es liegt nahe, von seiner Treue auf Zuneigung zu schließen, obwohl es auch Gewohnheit sein könnte. Doch das, was man Liebe nennt, hat sich nie ergeben. Es liegt außerhalb des Vorstellbaren. Dafür kennen wir uns zu gut und schon zu lange. Er war bei allen wichtigen Ereignissen meines Lebens dabei, durch Zufall am Anfang, als ich mein Zuhause verlor, und auch, als ich Fery kennenlernte. Edgar hatte mir gleich gesagt, dass es der falsche Mann für mich sei, aber er war zu unserer Hochzeit gekommen und nach der Scheidung hatte er mir immer von Neuem geduldig erklärt, warum die Ehe nicht hatte gelingen können: Weißt du, Frieda, er ist ein Mann, der Bewunderer braucht. Er brachte den Kindern Spielsachen und auf seine linkische Art versuchte er, mit ihnen zu spielen.

Am Anfang, als wir uns nach dem ersten abrupten Zusammentreffen wiederbegegneten, waren wir manchmal zusammen mit Philip und dessen Freunden aufs Land gefahren. Wir wanderten auf Feldwegen und durch Wälder, bis es Abend wurde, wir kehrten in Dorfgasthäusern ein und fuhren im warmen schaukelnden Dunkel des Postautobusses in die Stadt zurück, aneinandergelehnt, müde und glücklich. Wir redeten nicht viel, aber jeder Satz erschien mir wie eine Einladung und was nicht gesagt wurde, reimte ich mir aus dem Schweigen zwischen den Sätzen zusammen. Edgar behandelte mich ein wenig, als wäre ich von einer Krankheit genesen und müsse mit Vorsicht wieder ins Leben zurückgeführt werden. Manchmal erzählte er Anekdoten aus seiner Kindheit, von den USIA-Läden der russischen Besatzer, der Nachbarin, die seiner Mutter während des Krieges ständig mit der Gestapo gedroht hatte. Seine Erzählungen waren kurz und bruchstückhaft, er redete lieber in Andeutungen und brach oft mitten im Satz ab, summte vor sich hin und lachte verlegen. Manches, was ich über ihn wusste, hatte ich von anderen erfahren, die versuchten, den unbetretbaren Raum, der ihn umgab, mit Mutmaßungen zu füllen. Wir saßen bis zum Morgengrauen in der verrauchten Wohnung des Malers und dessen Frau, tranken zu viel Wein, und nur Edgar hielt sich heraus, wenn die anderen sich an Revolutionen begeisterten, die anderswo stattfanden. In den frühen Morgenstunden, wenn die Straßenbeleuchtung längst ausgeschaltet war, warteten wir, Edgar und ich, auf der stillen Straße auf ein Taxi oder wir gingen zu Fuß durch die nächtliche Stadt, und mir drehte sich der Kopf vom Wein und vor Verliebtheit und der Erwartung, dass er mich irgendwann in den Arm nehmen und küssen, mir irgendwann sagen würde, dass unser häufiges Zusammentreffen kein Zufall war. Was sonst sollte es bedeuten, wenn er sich ausgerechnet den Platz neben mir aussuchte und sagte, du weißt ja, Frieda, und verschämt lachte? Wenn er mich zum Meditieren überredete: Mach die Augen zu, entspann dich, und mir mit den Fingerspitzen über Stirn und Augen strich? Doch jedes Mal, wenn ich versuchte, eine Entscheidung herbeizuführen, zumindest einen Kuss auf nächtlicher Straße im Schutz der Dunkelheit, prallte ich gegen den Widerstand eines distanzierten Desinteresses, das ich ihm nicht einmal übel nehmen konnte. Ich fürchtete, wenn ich ihn bedrängte, würde ich ihn verlieren. Ich weiß nicht, ob er in den fast fünfundvierzig Jahren, die ich ihn kenne, jemals romantisch, kopflos verliebt gewesen ist. Es gab eine Frau, eine armenische Sopranistin, von der er öfter sprach, dann änderte sich etwas in seiner Stimme. Ich war so sehr auf ihn eingestimmt, dass ich seine Sehnsucht fast körperlich spüren konnte. Aber er redete erst von ihr, als er sie aus den Augen verloren hatte und sie wiederzufinden versuchte. Seltsamerweise machte es mich nicht eifersüchtig. Ich stellte mir die Sängerin vor, so wie seine wenigen Sätze sie in meiner Vorstellung lebendig machten, und ich trauerte mit ihm um ihr spurloses Verschwinden.

Meine Gefühle für ihn, die ich nicht einmal mehr benennen könnte, richten sich längst nicht mehr auf die Gegenwart oder die Zukunft, sondern auf die Vergangenheit, meine Träume finden in der Vorvergangenheit statt, vor dreißig, vor vierzig Jahren, als es noch nicht zu spät war. Wenn ich nach einem Besuch bei ihm in den Zug steige und er mir am Bahnsteig von Fenster zu Fenster folgt und heftig winkt, denke ich zwar immer noch, er hätte die größte Liebe meines Lebens werden können, damals, als er im Wohnzimmer des Restaurators Lieder vorsang, *Ich grolle nicht und wenn das Herz auch bricht,* und ich mich fragte, von wessen Herz er sang, aber wir haben uns verändert, wir sind alt geworden. Eigenschaften, die seine Jugend damals verwischte, die ich übersehen hatte, treten jetzt hervor. Manchmal geht er mir auf die Nerven, wenn er sich über Vorfälle, über die andere Männer hinweggegangen wären, wortreich beklagt. Dann kommt eine zänkische, kleinliche Seite zum Vorschein, eine Bitterkeit über Versäumtes, die nicht zu seiner freundlichen, ironischen Gelassenheit passt. Jenes Kaffeehaus würde er nie wieder betreten, weil der Kellner etwas gesagt hatte, das ihn kränkte. In ein Gespräch in der Straßenbahn hatte er sich eingemischt und war beleidigt worden. Und diesen Park mochte er nicht, denn hier sei er angepöbelt worden. Er sucht die Einsamkeit und weiß mit ihr nichts anzufangen, weil er Menschen braucht, aber die Menschen sind grausam und niederträchtig, er ist allem schutzlos ausgeliefert und seine Kräfte sind verbraucht. Wenn er sich wehrt, dann tut er das mit einer Heftigkeit, die dem Anlass nicht entspricht und befremdet. Immer noch ergreift er beim leisesten Anzeichen von Zwang die Flucht. Aber zwischen uns gibt es kaum mehr Anlässe zum Missverständnis, wir kennen einander schon zu lange, wir verstehen uns auch ohne Worte, es bedarf manchmal nur eines Blickes, einer beiläufigen Geste. Wie Paare, die ein halbes Leben zusammen verbracht haben, verständigen wir uns, als könnten wir die Gedanken des anderen lesen, doch wie eh und je schließt eine fast zeremonielle Rücksichtnahme jede versuchte Intimität aus. Ich habe längst gelernt, mich daran zu halten.

So vieles Unverständliche an Edgar erklärt sich aus seiner frühen Kindheit, sein Hass auf Uniformen, seine Empfindlichkeit gegen jähen Lärm, seine Angst vor allzu großer Nähe und zugleich seine Fähigkeit, die verborgenen Gefühle anderer zu spüren und auszusprechen, wie sie es selber nicht vermocht hätten. Als Kind hatte er die Ängste seiner Mutter in sich aufgenommen, ihre Angst vor dem Mann, dem sie ausgeliefert war und vor der Entdeckung, die immer gegenwärtig, vor dem Kind nie beim Namen genannt wurde. Siehst du, hatte ein Mann in der Straßenbahn zu seinem Sohn gesagt und auf sie gezeigt, so sieht eine Jüdin aus. Sie hatte an der nächsten Haltestelle ihr Kind aus dem Straßenbahnwagen gezerrt und war geflohen. Aber geredet wurde darüber nur in Andeutungen: Wenn es bloß niemand erfährt. Bei jedem Klopfen an der Tür, bei jedem Poltern auf der Treppe schlug die Angst an wie ein Wachhund auf der Lauer und ließ sie erschöpft zurück. Als die Bedrohung aufhörte war er fünf, da hatte die Angst sich schon zu tief in ihm eingenistet und ließ sich nicht mehr vertreiben. Als ihr Verstand nachließ, hatte seine Mutter nichts mehr, womit sie sich schützen konnte, wenn Panik sie in vernichtenden Wellen überrollte und sie bis ins Bett, bis in die Träume hinein verfolgte. Er zog zu ihr und wohnte bis zu ihrem Tod in seinem alten Kinderzimmer. Seine Gegenwart gab ihr Sicherheit.

Das in Schweigen und Angst vergrabene Erbe kreiste Edgar langsam ein. Er holte sein Wissen von überall her, wo er es finden konnte, wo der Zufall es ihm zutrug, aus Büchern, Radiosendungen, Zeitschriften, Filmen, aber er hatte eine unüberwindliche Scheu, das Einfachste zu tun und sich Menschen anzuvertrauen, sie zu befragen, Unterricht zu nehmen. Die Synagoge lag nicht weit von seinem Arbeitsplatz, er ging schnellen Schritts vorbei wie an etwas Verbotenem, ungezählte Male, und jedes Mal schaute er neugierig hin, aber nie hat er sie betreten. Er sah die Juden, wenn sie am Schabbat den Tempel betraten, er beobachtete, wie sie gingen, wie sie miteinander redeten, aber nie sprach er einen von ihnen an. Als wolle er die Dinge, nach denen er forschte, nicht aussprechen, sie auf Distanz halten und stattdessen auf das Glück hoffen, durch eigene Anstrengung oder Zufall mehr über seine Herkunft und damit über sich selbst zu erfahren, für mehr schien es ihm zu spät.

Du bist wirklich ein echter Privatgelehrter, habe ich einmal voll Bewunderung gesagt, den Anlass habe ich vergessen.

Nein, wehrte er ab, ich habe vieles gelesen und zu wenig verstanden, und jetzt läuft mir die Zeit davon.

Seit Ludmila im Haus lebte, war ich wieder willkommen, offenbar wurde es sogar erwartet, dass ich einmal in der Woche zum Sonntagskaffee erschien. Wir hatten die steifen Begrüßungen mit Wangenküssen und gespielter Freude wieder abgelegt. Manchmal fing ich einen erstaunten Blick von Vater auf, dass ich leibhaftig dastand, in seinem Wohnzimmer, und er brauchte keine Angst zu haben, dass seine Frau mich in Ludmilas Gegenwart wegschickte. Ludmila schützte uns und war zugleich die Fremde, vor der wir uns nicht gehen lassen konnten.

Wie geht es dir heute, fragte ich, wie fühlst du dich, und er sagte mit einem verschmitzten Lächeln, ich komm schon durch. Dann schwieg er und wich meinem Blick aus.

Nichts gab mir Anlass, mich zur Familie gehörig zu fühlen, ich war ein Gast wie jeder andere auch, vielleicht ein wenig befangener und fremder, ich saß zwischen Ludmila und meinem Vater, Berta gegenüber, der Hausherrin, die den Ton angab und redete, während die beiden schwiegen und wie bei einem unausgesprochenen Gedankenaustausch verständnisvolle Blicke zwischen ihnen hin- und hergingen. Es blieb mir nichts anderes übrig, als meiner Stiefmutter unverbindliche Fragen zu stellen und ihre Antworten anzuhören ohne sie zu unterbrechen. Wenn die beiden Frauen in der Küche waren, um Kaffee und Kuchen zu holen, versuchte ich Vaters Aufmerksamkeit auf mich zu ziehen.

Wie geht es dir, fragte ich erneut, mit einer Dringlichkeit, die mit der Frage nichts zu tun hatte.

Rede mit mir, bevor die beiden zurückkommen, bat ich ihn mit den Augen, aber er schaute an mir vorbei. Sag schnell etwas, das nur mir gilt, deiner Tochter.

Geht schon, sagte er geduldig, aber ich merkte, die Wiederholung ging ihm auf die Nerven.

Wenn ich er wäre, dachte ich, fände ich diese Tochter, die mich so inständig ansieht, als erwarte sie etwas Ungewöhnliches von mir, auch ermüdend. Dann schaute er fast hilfesuchend zur Küchentür, wo jeden Augenblick Ludmila und Berta erscheinen würden, damit das nachmittägliche Schauspiel mit Kaffeeeingießen, Zucker reichen, Kuchenstücke auf die Teller heben seinen gewohnten Lauf nahm. Wenn später die unvermeidliche Stille eintrat, weil keinem mehr etwas einfiel, sagte Vater laut mit lehrerhafter Miene in seiner ungeübten Schriftsprache, die mich so fremd anmutete: Wir haben ein unverdientes Glück mit Ludmila, sie ist uns eine große Hilfe.

Wir sind eine Familie, sagte Berta dann, unsere Ludmila gehört zu uns.

Woche für Woche wiederholte sich dieses Ritual, und obwohl ich mir jahrelang gewünscht hatte, mit meinem Vater bei einer gemeinsamen Mahlzeit am Tisch zu sitzen, begann ich nach einigen Wochen Ausreden zu erfinden. Ich schämte mich und konnte mich dennoch an manchen Sonntagen nicht zur Wiederholung dieses bis ins Detail vorgezeichneten Ablaufs überwinden, dieses angespannten Tanzes um lauter Unausgesprochenes, der mich meinem Vater keinen Zentimeter näherbrachte. Sein Gesicht war mir nah, zum Greifen nah, seine Hände hätte ich berühren können, aber ich wagte es nicht unter den Blicken der beiden Frauen, die ihm um vieles näher waren.

Nur als Berta mir das Kochbuch meiner Mutter zurückgab, erhaschte ich etwas wie Verstehen in seinem ängstlichen Blick. Ich erkannte die steile, leicht schräge Handschrift meiner seit fünfzig Jahren toten Mutter, das erste Rezept trug ein Datum, den 1. Dezember 1944, das Buch war zu zwei Drittel vollgeschrieben, mit Bleistift und Füllfeder, und die Schrift zeigte in den zwanzig Jahren ihrer Einträge eine Entwicklung vom ruhigen Rhythmus gleich hoher Längen und schlanker Schleifen bis zu der unregelmäßigen spitzen Zerfahrenheit der letzten Seiten. Wie hatte er zulassen können, dass diese Frau fünfzig Jahre lang ein Buch besessen hatte, in dem meine Mutter, ein Teil von ihr, lebendig war, in ihrer Schrift, in ihrer Gewohnheit, das Kochbuch schräg gegen die Küchenwaage gelehnt aufzuschlagen und Kochanleitungen zwischen Kredenz und Herd vor sich herzusagen. Was hatte diese Frau sich sonst noch angeeignet aus meinem Erbe, und warum gab sie das Buch erst jetzt heraus, wie kam sie dazu, es so lange zurückzuhalten? Wie kam Vater dazu, es ihr zu überlassen? Welche Dinge, die nicht ihm gehörten, hatte er ihr noch geschenkt mit der Großzügigkeit, mit der er mich enteignet hatte? Hatte er jemals begriffen, wie oft er sich als Werkzeug gegen mich missbrauchen ließ? Ich hätte keine dieser Fragen formulieren können, sie drehten sich in meinem Kopf in einem blinden rot glühenden Wirbel, als ich zu ihm hinüberschaute und seinen besorgten Gesichtsausdruck sah, die stumme Bitte: Bleib ruhig, mach den Frieden nicht kaputt.

Es konnte auch Ludmila nicht verborgen bleiben, dass zwischen den Eheleuten keine Zuneigung mehr herrschte. Bei Tisch beobachtete ich Bertas latente Gewaltbereitschaft, ihre abrupten, heftigen Gesten, mit denen sie ihm sein Kuchenstück auf den Teller warf, den Kaffee einschenkte, dass er in die Untertasse überschwappte.

Nicht so voll, protestierte er dann, da passt ja keine Milch mehr hinein.

Sie schauten einander nur mehr flüchtig an, es waren oft ärgerliche, gereizte Blicke. Sie warfen sich gegenseitig vor, senil zu sein.

Möchtest du noch was? Ist alles auf dem Tisch?, murmelte Berta.

Was sagst du? Ich versteh dich so schlecht.

Brauchst du noch was?, schrie sie ihm ins Ohr.

Schrei nicht so, ich bin nicht taub.

Manchmal schaute Berta verwirrt und hilflos von einem zum anderen und fragte: Was ist? Was war gerade?

Vater runzelte die Stirn und schüttelte genervt den Kopf.

Ludmila saß dazwischen, schaute schnell von einem zum anderen. Dann starrte sie auf ihren Teller, bis das Gezänk vorbei war. Spürte sie, dass es im Grund um sie ging? Trotz aller Beteuerungen hatten sie sich noch nicht genug an sie gewöhnt, sie als Familienmitglied zu betrachten, sie blieb die Fremde, um deren Zuneigung sie warben, und Theo war allem Anschein nach der Gewinner.

I-Tipf, sagte Ludmila, als Berta ihm den Kaffee auf die Untertasse gegossen hatte, ich bring dir neue Teller.

Jedes Mal, wenn ich Zeugin der selbstverständlichen Nähe zwischen Vater und Ludmila wurde, wenn sie seine Hände streichelte oder seine Zehen befühlte, ob er kalte Füße hatte, wenn sie i-Tipf sagte und ihm über den Kopf strich, gab mir die Eifersucht einen Stich in die Magengrube. Gleichzeitig wusste ich, dass ich es nie wagen würde, ihm mit körperlicher Zärtlichkeit meine Liebe zu zeigen. Dachte er, ich hätte sie nicht, weil ich sie nicht zeigte? Hätte er sie von mir erwartet? Erwartete er sie immer noch und ich war zu linkisch, zu gehemmt, um ihm auch nur einen Kuss auf die Stirn zu drücken? Sie war so alt wie meine Tochter, aber das Alter spielte in dieser Beziehung keine Rolle. Es war eine Art von Liebe, die so natürlich, so selbstverständlich war wie zwischen Mutter und Kind, aber auch eine Zärtlichkeit, die einer Tochter, einer Enkelin zugestanden wäre und noch etwas, aber ich konnte es nicht benennen. Wagte er es, in meiner Gegenwart an ihr nachzuholen, was er mir zeitlebens verweigert hatte? Manchmal, wenn ich wieder zu Hause war, fühlte ich mich so elend, als hätte ich mein ganzes Leben durch meine Unfähigkeit versäumt und vertan.

Ich spürte auch Bertas Eifersucht, sie war wie alles bei Berta direkt, handfest und unverhüllt. Ich beobachtete, wie ihre Augen schmal und zornig wurden, wenn Ludmila seine Hand ergriff, ihren Arm um seine Taille legte und ihn langsam hochzog und zum Esstisch führte, und Vater sie liebevoll ansah und sagte: Ludmila ist meine feste Stütze. Ich sah, wie Berta die junge Frau manchmal mit stetem Druck ihres Ellbogens oder einem schnellen Puff abdrängte, um ihr zuvorzukommen. Wenn Berta ihn unterfasste, tat sie es mit dem Besitzanspruch der Ehefrau, nicht weniger geschickt als Ludmila, und dennoch war es anders. Sie warf mir hinter seinem Rücken einen aus Missbilligung und verzweifelter Geduld gemischten Blick zu, auf den ich nicht reagierte. Sie setzte sich in Szene und sah sich selber zu, das war der Unterschied. Sie war nicht bei der Sache und mit ihrer Handreichung im Einklang wie Ludmila. Wenn sie auftischte, und jemand sagte, wie gut das riecht, oder das Essen lobte, betonte sie: Das hab ich heute ganz allein zubereitet, auch wenn es nicht stimmte. Dann warf ihr Ludmila einen amüsierten schrägen Blick zu und hob leicht die Achseln, als wollte sie sagen, bitte gern, wenn es dir eine Freude macht. Vielleicht war es ihr bewusst, wenn sie das unsichere Gleichgewicht zwischen ihnen nicht halten konnte, waren sie alle drei Verlierer. Sie brauchten einander, und wer das Dreieck verließe würde die anderen beiden zu Fall bringen.

Wussten sie überhaupt, dass Ludmila als Touristin im Land war und illegal für sie arbeitete? Keiner hatte sie jemals gefragt, wie lange sie bleiben würde, niemand redete darüber, dass sie nicht versichert war, weder sie noch ihre Arbeitgeber. Ihre Entlohnung bekam sie wöchentlich in bar. Wie hatte Ludmila es geschafft, ins Land zu kommen und zu bleiben, seit Monaten, vielleicht schon länger?

Wie lange leben Sie schon in Österreich?, fragte ich sie einmal.

Ludmila sah mich erschrocken an. Noch nicht lange, sagte sie.

Sie wusste also, wie unsicher ihre Lage war, und ich ließ das Thema fallen, um Vater nicht zu alarmieren.

Manchmal sah ich sie zufällig in der Stadt, ohne dass sie mich erkannte. Es war seltsam, sie einfach als junge Frau zu sehen, allein, für sich. Sie war modisch gekleidet, besser als bei der Arbeit im Haus, sie ging schnell und in ihren Augen lag etwas Gehetztes, etwas, das sie von den blind dahineilenden Stadtbewohnern mit ihren festen Zielen unterschied. Es konnte bloß daran liegen, dass sie nur zwei Stunden Freizeit hatte und sich nicht verzetteln durfte, aber wenn ich ein Detektiv wäre, ein Agent der Ausländerbehörde, dachte ich, würde sie mir auffallen, ich würde sie nach ihren Papieren fragen. Auch meine Neugier hatte sie geweckt. Sie war der rätselhafte Mittelpunkt, um den wir kreisten, Vater, Berta und ich. Wir hätten gern alles über sie gewusst und wir hätten ihr gern mehr von uns erzählt. Auch ich hätte sie gern ins Vertrauen gezogen, sie gebeten, mich anzurufen, wenn Berta nicht zu Hause war, damit ich mit Vater allein sein konnte. Sie musste spüren, wie sehr sie unser Denken beschäftigte, aber sie ließ sich nicht in unser Leben hineinziehen, für sie waren wir nicht Familie, wie Berta behauptete. Sie machte ihren Job und wenn sie durch die Straßen lief, war sie niemandem verpflichtet und niemandem Rechenschaft schuldig, für zwei Stunden war sie frei.

Ich sah jetzt häufig Greise in Rollstühlen oder am Arm junger Frauen, die offensichtlich weder ihre Töchter noch ihre Enkelinnen waren. Aus ihren unbeteiligten Gesichtern sprach Einsamkeit. Nur die Langeweile eines endlosen Nachmittags schien die Alten mit ihren Pflegerinnen zu verbinden. Die jungen Frauen passten ihre Schritte behutsam denen ihrer Schützlinge an, sie achteten auf die Straße, aber sie gingen wortlos unter der Last der abzudienenden Stunden. Dann war mir jedes Mal bewusst, wie gut es Vater getroffen hatte.

Einmal kam Ludmila in der Stadt direkt auf mich zu. Als ich ihr in den Weg trat, hielt sie erschrocken inne und versuchte mir auszuweichen.

Ludmila, erkennen Sie mich denn nicht?

Erst jetzt schaute sie mir ins Gesicht und einen Moment lang lagen Schrecken und Fluchtbereitschaft in ihren Augen, dann hellten sich ihre Züge auf.

Frau Frieda! Ich Sie nicht erkannt habe, rief sie.

Wir standen eine Weile auf der Straße und redeten über Vater.

Er kann nicht mehr Dialekt reden, erklärte sie, er sagt, tut ihm weh anders reden als mit mir. Er auch hat gesagt, du bist mir das Liebste auf ganzer Welt.

Warum erzählte sie mir das? Was sollte ich darauf antworten?

Wir sind so froh, dass wir Sie haben, sagte ich und es war mir peinlich, meiner gekränkten Stimme zuzuhören, wie sie log.

Dann redeten wir über Dinge, die ich bereits wusste, und schließlich konnte ich es mir nicht mehr verkneifen.

Sie haben keine Arbeitserlaubnis, oder?, fragte ich.

Ich las in ihrem Gesicht, wie sie überlegte, ob sie mir trauen konnte. Dann schüttelte sie den Kopf, schaute schnell um sich und sagte in einer Mischung aus Trotz und Bitte: Nein. Ich muss zurück, ist spät.

Ich gab ihr die Hand: Es wird schon alles gut gehen, sagte ich.

Mit dieser permanenten Angst entdeckt zu werden lief Ludmila also in ihrer Freizeit durch die Stadt, wich jedem prüfenden Blick aus, niemals ganz entspannt, ein Teil von ihr stets auf der Hut und auf der Flucht, eine für sie unerträgliche, für alle Mitwisser gefährliche Situation. Ich habe undurchsichtige Verhältnisse, die nur deshalb fortbestehen, weil es keinem auffällt oder weil alle davon profitieren, noch nie gemocht. Oder war es tatsächlich eine Eifersucht, die stärker war als ich mir eingestand?

Du musst das in Ordnung bringen, sagte ich in einem Augenblick, als ich Vater allein antraf, weil Markttag war und die beiden Frauen für das Wochenende einkauften. Die Freude über meinen unangekündigten Besuch wich vorsichtigem Argwohn.

Was muss ich in Ordnung bringen?

Ludmilas Einreisestatus. Hat dir niemand gesagt, dass sie als Touristin und wahrscheinlich längst illegal im Land ist und keine Arbeitserlaubnis hat?

Darüber habe ich noch nicht nachgedacht. Und wie soll ich das in Ordnung bringen?

Ich weiß nicht, wie ihr es seht. Aber von außen, aus der Sicht der Behörde betrachtet, ist sie eine billige Arbeitskraft in einer prekären Lage und ihr profitiert davon. Man nennt das Ausbeutung.

Anders gesehen, sagte er, verdient sie nicht schlecht, jedenfalls besser als in ihrem Land und kann Geld nach Hause schicken. Irgendwann wird sie dorthin zurückkehren, vielleicht nicht reich geworden, aber mit Ersparnissen, die ihr ein besseres Leben sichern.

Ich habe sie zufällig in der Stadt getroffen, sie lebt in ständiger Angst, entdeckt zu werden. Ist das ein Leben? Du hast sie doch gern?

Er schaute mich betroffen an und schwieg.

Du machst dich strafbar, wenn sie illegal für euch arbeitet, ich habe alles recherchiert.

Und wenn wir sie beim Meldeamt auf unseren Wohnsitz eintragen und sie bei der Sozialversicherung anmelden lassen?

Dann wird sie abgeschoben.

Ich merkte, wie er wütend auf mich wurde, ich sah es an seiner Oberlippe und den Nasenflügeln und ich spürte, wie er sich gegen mich verschloss.

Das geht nicht, erklärte er mit Bestimmtheit. Wir brauchen sie.

Es gibt Gesetze, da geht es nicht um persönliche Bedürfnisse.

Und wenn schon, entgegnete er ungewöhnlich heftig. Ich bin zu alt, um mich zu fürchten.

Mit einer Entschiedenheit, die uns beide erstaunte, beschloss Vater also, alles auf sich zu nehmen, auch wenn er Gesetze brechen musste. Er schwieg beharrlich, während ich ihm auseinandersetzte, dass Ludmila aus einem Land außerhalb der Schengen-Grenze komme und die Frist des Besucherstatus längst überschritten haben musste, dass er sich strafbar machte, wenn er ihre Illegalität deckte und sie in einer bezahlten Beschäftigung behielt. Er ließ mich mit undurchdringlicher Miene reden und als mir nichts mehr einfiel, sagte er wie ein trotziges, uneinsichtiges Kind: Egal, was sie sich ausgedacht haben mit ihren Bestimmungen und Gesetzen, ich gebe sie nicht her.

Es war uns beiden auch klar, dass sich die Bedrohung nicht nur gegen ihn, sondern auch gegen Ludmila richtete. Das musste ihm ein Gefühl von Stärke geben, von Männlichkeit, wie er es vielleicht lange nicht mehr in sich gespürt hatte.

Ich werde sie nicht wegschicken, sagte er, egal was das Gesetz sagt und was die Folgen sind. Du bist es doch, die sich immer auf ihren Mut so viel eingebildet hat, du mit deinem aufrechten Gang. Hast du nicht selber einmal gesagt, ungerechte Gesetze seien dazu da, dass man sie bricht. Ich will gar nicht die Menschheit retten, mir geht es um Ludmila.

Über die Menschheit hatte er sich noch nie Gedanken gemacht, er liebte sie nicht, er sah nur das, was ihm am nächsten lag. Hätte man ihn vor die Wahl gestellt, die Welt zu retten oder einen höheren Stundenlohn zu bekommen, wäre ihm die Entscheidung leichtgefallen. Wir waren wieder einmal Feinde in einem Kampf um Prinzipien und Recht. Er maß mich misstrauisch mit schmalen Augen: Du bist imstande und verrätst mich, sagte er.

Er hatte den bitteren Gesichtsausdruck, den ich von früher kannte und fürchtete. Das war der Augenblick, in dem er sich abwandte und alle Zugänge verschloss. Gleich würde er sagen, bitte geh. Diesmal gefährdete ich etwas anderes als seine Ehe, aber es war ihm genauso wichtig. Trotz allem war ich ein wenig stolz auf meinen Vater, der sich sein ganzes Leben lang jeder Verordnung, jeder Anweisung widerspruchslos untergeordnet hatte und nun den Mut fand aufzubegehren.

Sie ist kein Flüchtling, sagte ich, bereits in der Tür. Wenn du Hilfe in dieser Sache brauchst, dann melde dich, ich kann dir auch eine legale Betreuerin verschaffen, es gibt Agenturen, es kostet ein wenig mehr, aber dann machst du dich wenigstens nicht strafbar.

Um das Geld geht es nicht. Unsere Ludmila geben wir nicht her, sie gehört zu uns, wiederholte er stur. Wenn du nur deswegen gekommen bist, um mir Ludmila wegzunehmen, sagte er, dann gehst du jetzt besser.

Wieder einmal wurde ich aufgefordert, das Feld zu räumen. Er hatte eine neue Tochter gefunden, er wusste es nur noch nicht, und ich wollte ihm nicht helfen es herauszufinden.

Weiß sie selber, dass sie nicht hierbleiben kann?, fragte ich.

Misch dich einfach nicht ein, sagte er, es ist nicht deine Sache. Ich bin verantwortlich und ich nehme es auf mich.

Er hob das Kinn und schaute mich mit zusammengepressten Lippen herausfordernd an, als habe er beschlossen, von jetzt an zu schweigen. Von seiner ungewohnten Courage gestärkt erschien ihm alles einfach. Es gab nichts mehr zu sagen, selbst wenn ihm die Auswirkungen seines Entschlusses langsam bewusst zu werden begannen. Was sollten sie ihm anhaben? Ihn mit siebenundneunzig Jahren einsperren? Eigentlich war ich mit der Absicht gekommen, ihm einen Ausweg vorzuschlagen. Ludmila konnte für eine Weile ausreisen und mit einer offiziellen Einladung, der Garantie, für ihren Unterhalt zu sorgen, zurückkommen. So jedenfalls hatte ich das Gesetz verstanden. Aber auch ich schwieg und wir trennten uns ohne Abschied.

3

Wenn er an Ludmilas Arm die tägliche Runde durch seinen Garten machte, zählte Theo ihr die Namen der Pflanzen auf, deren Grün aus der Erde drängte und deren fest verschlossene Knospen sich wie kleine Fäuste zwischen die Blätter schoben, Tulpen, Königskerzen, Narzissen. Dann redete er, ohne nach vergessenen Wörtern suchen zu müssen, er war mit sich im Einklang. Seine Freude an der Jahreszeit und der Natur sprang auf sie über, machte sie übermütig, sodass sie ihn neckte, als spielte sie mit einem Kind, und er ließ sich darauf ein. Ihr helles Lachen war ein seltenes Geschenk, er wünschte, er hätte genug Phantasie, um sie öfter zum Lachen zu bringen. Er fühlte sich in ihrer Gegenwart bedeutend und er bemühte sich, ihr zu gefallen, manchmal war er überdreht wie ein verliebter Jüngling, und immer wieder vergaß er, dass sie nicht hier war, um bloß ihn zu unterhalten. Im Unterschied zu Bertas Versuch, sich an sie zu klammern, war Theos Zuneigung wie die scheue Verehrung eines Kindes, die sich mit ihrer Nähe und seiner Freude daran begnügte, und was immer sie bereit war von sich herzugeben, nahm er dankbar an. Er nannte sie jetzt Mila, wie sie sich am ersten Tag selber vorgestellt hatte, und manchmal zärtlich verstohlen Mili.

Einmal breitete sie eine Landkarte der Ukraine auf dem Esstisch vor ihm aus, um ihm zu zeigen, wo sie zu Hause war. Theo studierte die Landkarte lange schweigend und fragte dann, wie viele Kilometer ihr Dorf von der slowakischen

Grenze entfernt sei, wie die Straßen beschaffen seien, ob es noch in den Karpaten oder schon wieder in der Ebene liege.

Keine großen Berge wie Tschornohora, erklärte sie, kleine Berge, und machte mit ihren Händen Wellenbewegungen. Sein Blick blieb fasziniert an ihren kindlich runden weißen Händen mit den blasslila lackierten Fingernägeln hängen, wie sie zwischen ihren Sätzen hin und her tanzten, er musste an junge spielende Kaninchen denken.

Meinst du Hügel, fragte er.

Ja, Hügel, stimmte sie ihm zu, und er sah an ihrem ausdruckslosen Blick, dass sie das Wort nicht kannte. Aber dann belebte sich ihr Gesicht. Sie blätterte eifrig in ihrem kleinen Taschenwörterbuch. Sonnenblumen, sagte sie, und ihre Hände beschrieben einen Bogen. Von Horizont zu Horizont, von da bis da, sagte sie.

Die Sonnenblumenfelder Weißrusslands und der Ukraine. Wo hatte er das schon einmal gehört oder gelesen? Dabei verspürte er einen absurden Stich von Fernweh.

Sie zeigte auf Lemberg: Ich habe Familie in L'viv, als ich Kind war, ich bin oft dort besuchen gefahren.

Lemberg?, fragte er. Da war ich auch, im Lazarett, aber von der Stadt habe ich nichts gesehen. Mein Großvater kommt auch aus den Karpaten, verriet er ihr und war stolz darauf wie auf ein Adelsprädikat.

In den Karpaten leben Huzulen! Sie machte ein Gesicht als sagte sie, in den Karpaten leben Wölfe.

Was ist das?, fragte Theo. Huzulen?

Nicht wie Ukrainer, antwortete sie, schlechtes Volk. Sie suchte nach einer Erklärung. Trinken viel Alkohol, die ganze Zeit, haben Kinder mit eigene Tochter. Sie sah ihn prüfend an, als suche sie nach Merkmalen der Verkommenheit, sagte schließlich, du siehst nicht aus wie Huzule.

Wie sehen Huzulen aus?

Weiß ich nicht, sagte sie.

Wenn wir an die Front gebracht wurden, sind wir durch die Ukraine gefahren, erzählte er. Es war ein großes, weites Land, alles zerstört, die niedergebrannten Dörfer, eine schreckliche Vergeudung.

Er wagte nicht, Ludmila nach dem Schicksal ihrer Familie in dieser Zeit zu fragen, in der die Wehrmacht ihr Land verwüstet und die jüdische Bevölkerung massakriert hatte. Und sie stellte keine Fragen, vielleicht war sie zu jung, um an seinem Schweigen Anstoß zu nehmen. Auch seine Enkel hatten ihn nie nach seinen Kriegsjahren ausgefragt. Für sie war es eine ferne Zeit. Nur für Frieda war der Krieg eine permanente Gegenwart geblieben, er stand zwischen ihnen, selbst wenn er schon längere Zeit nicht mehr zur Sprache gekommen war, doch vielleicht verhinderte ja auch das Schweigen darüber immer noch jede Annäherung. Er war nie sicher, ob Ludmila ihn verstanden hatte, weil es in jedem Satz zu viele für sie unbekannte Wörter gab. Er schwieg, in seine Erinnerungen versunken, und Ludmilas Gegenwart bedrängte ihn nicht.

Manchmal drehte Theo in diese Stille hinein das Radio auf und wechselte vom Regionalsender auf klassische Musik. Du magst doch Musik, sagte er zu Ludmila und sie nickte. Was er in seinem Leben alles versäumt hatte fiel ihm dabei ein, wie selten er die Musik gehört hatte, die er mochte, wie fremd sie ihm geblieben war. Musik, Tanz, Theater, alles, wonach Wilma sich gesehnt hatte, ein bisschen Luxus, festliches Essen im Restaurant, sich sehen lassen, weil man etwas auf sich hielt. Nichts von alldem hatte er je gekannt. Als Wilma noch lebte, hatte er kein Geld gehabt für Dinge, die über das Notwendige hinausgingen, und später, mit Berta, hätte es einfach nicht in ihr Leben gepasst. Berta liebte das Volkstümliche und er hatte sich ihren Vorlieben angepasst. Deshalb blieb das Radio auf den Regionalsender eingestellt und Theo richtete es schnell auf Bertas gewohnte Frequenz ein, wenn er hörte, dass sie zurück war. In ihrer Gegenwart hätte er nicht gewagt, klassische Musik zu hören, aber Ludmilas Nähe und ein Geigenadagio aus dem Radio verwandelten ihn in einen verliebten Jüngling wie mit Wilma, damals vor dem Krieg, als sie einander Gedichte vorlasen. Dann sagte er zum wiederholten Mal: Du bist das Beste, das mir in meinem Alter noch passieren konnte.

Seit Friedas Besuch und ihrer versteckten Drohung wegen Ludmilas Illegalität empfand Theo sich nicht mehr als gebrechlichen Pflegefall, sondern als Beschützer. Er lebte in ständiger Sorge um die junge Frau, ersann Szenerien, wo er sie verstecken, wie er sie verteidigen würde, wenn die Vollstrecker kämen, um sie abzuführen, und fürchtete jeden unangemeldeten Eindringling, der an der Gartentür läutete. Er beobachtete die Nachbarn, jeden, der vorbeiging und herüberschaute, jeder war ein möglicher Denunziant. Aber vor allem ärgerte er sich über Frieda, die Unruhe und Angst ins Haus gebracht hatte. Er sprach zu niemandem darüber, weder zu Berta noch zu Ludmila, aber es bedrückte ihn, mit seinen Ängsten allein gelassen zu sein.

Was hörst du von zu Hause?, fragte er.

Zu Hause ernte ihre Mutter schon Radieschen, sagte sie, und ihre Tochter habe Windpocken und ginge nicht in die Schule. Mehr gab es offenbar über die unmittelbare Gegenwart nicht zu sagen.

An sonnigen Nachmittagen war es schon warm genug, dass Theo eine Weile im Garten sitzen konnte. Ludmila trug den Liegestuhl hinaus, stellte ihn in den Schatten des Kastanienbaums, dann half sie Theo die Stufen hinunter und legte ihm eine Decke über den Schoß, bevor sie durchs Gartentor verschwand. Wenn sie zurückkam, saß er meist an derselben Stelle und döste mit geschlossenen Augen, aber sobald er ihre leichten Schritte hörte, war er hellwach und schaute ihr erwartungsvoll entgegen. Dann setzte sie sich zu ihm, hielt seine Hände eine Weile in den ihren, um sie zu wärmen, fragte ihn, wie er sich fühle, und er gab ihr in seinem besten Hochdeutsch einen genauen Bericht über sein Befinden. Manchmal, wenn sie ihn aus seinem Dämmerzustand zurückholte, blieb sein Bewusstsein in einem Nebel hängen, und es fiel ihm schwer zu erfassen, was um ihn herum vorging. An anderen Tagen sagte er, heute sei alles ganz klar und gestochen scharf in seinem Kopf. Seine Stimme war immer leise und leicht belegt gewesen, aber jetzt versuchte er laut zu reden und strengte sich dabei an, dass die Adern an seinen Schläfen hervortraten, so groß war sein Bedürfnis, dass sie alles verstand. Wenn er ihr aus seinem Leben erzählte, dann kündigte er es nicht groß an, aber er schaute ihr dabei prüfend in die Augen, ob sie auch zuhörte und verstand.

Ich kann mich nicht mehr so richtig konzentrieren wie früher, sagte er entschuldigend. Aber manchmal platzt mir fast der Kopf vor Erinnerungen, Gedanken blitzen auf, sie purzeln durcheinander wie Schmetterlinge, und kaum hab ich einen erhascht, ist er schon wieder fortgeflattert, einfach weg, und es kann sein, für immer.

Später, wenn sie sich längst zurückgezogen hatte, lag er wach im Bett, er lag viele Stunden wach und wartete geduldig auf den Schlaf. Dann wurde ihm bewusst, wie nahe sie ihm gekommen war, und wie viel ihm daran lag, dass sie gut von ihm dachte, und dass sie wusste, woher er kam und wer er in Wirklichkeit war, ein Mensch mit Vergangenheit und Würde trotz seines hinfälligen Körpers, der zu nichts mehr taugte. Wenn er sie in seine Erinnerungen einweihte, die er selbst seiner Tochter nicht erzählt hatte, würde sie ihn als ganzen Menschen sehen können, nicht bloß in seinem Endstadium. Er wollte erkannt werden, mit seinen guten und auch mit seinen verborgenen Seiten, dafür war er bereit, das Erzählen auf sich zu nehmen, er wünschte sich, dass ihre Fürsorge ihm selber, ihm, Theo, mit seiner unwiederholbaren Geschichte galt. Dass er keine Arbeit für sie war, keine Aufgabe, sondern ein

Mensch, der ein ganzes langes Leben vorzuweisen hatte. Denn vom Ende her gesehen kam ihm alles, was er zu berichten hatte, bedeutsam vor. Er bot ihr seine Kindheitserinnerungen an wie Geschenke, wie Kostbarkeiten aus einer längst verloren gegangenen Welt, die ihr bei ihrer Jugend märchenhaft fern erscheinen musste.

Als wir Kinder waren, konnten wir uns die Geschenke, die wir bekamen, nicht aussuchen, sich etwas wünschen, das gab es nicht, erzählte er ihr. Geburtstage wurden nicht gefeiert, Weihnachten schon, aber statt des Christkinds kam der Knecht Ruprecht und ließ am Weihnachtsmorgen die Geschenke in der Stube zurück, nützliche Dinge, die man sowieso brauchte, Schafwollsocken, lange wollene Unterhosen, Taschentücher, gestrickte Fäustlinge. Aber einmal, ich weiß nicht, wie alt ich war, wahrscheinlich ging ich noch nicht in die Schule, lag in der Auslage der Greißlerei, die den Eltern meiner ersten Frau gehörte, ein kleines hölzernes Rössel, glänzend bunt lackiert.

Wenn sie ihn nicht verstand, bekam sie diesen glasigen Blick, der durch ihn hindurchging. Dann versuchte er es wieder, mit anderen Worten, fragte, ob sie dieses oder jenes Wort nicht kenne. Greißlerei? Ein Geschäft, in dem man alles kaufen konnte.

Ach so, sagte sie, Tante-Emma-Laden.

Jedenfalls habe ich dort ein Pferdchen aus Holz gesehen. Davor bin ich jeden Sonntag nach der Kirche stehen geblieben und habe es sehnsüchtig betrachtet. Irgendwann muss ich meiner Mutter davon erzählt haben, vielleicht bin ich ihr auch öfter damit in den Ohren gelegen. Und stell dir vor, am Weihnachtstag liegt das Pferdchen auf dem Tisch und gehört mir. Das war das einzige Geschenk meiner Kindheit, ich kann mich nicht erinnern, dass ich mich je über irgendein Geschenk wieder so sehr gefreut habe.

Er lachte verlegen. Ich glaube, ich werde wunderlich auf

meine alten Tage, sagte er. Weißt du, als Kind spürt man die Armut erst, wenn der Hunger kommt. Wenn das Brot in der Schüssel zerfällt, weil es aus Kleie und Spreu anstatt aus Mehl besteht, und nicht einmal davon gibt es genug. Alles andere ist eben nicht da, es war noch nie da, deshalb fehlt es einem nicht. Der Hunger und die Kälte, das war das Einzige, woran wir als Kinder die Armut ermessen konnten.

In seinen tief in die Höhlen gesunkenen Augen glitzerten Tränen. Noch nie hatte ihn das Reden so glücklich gemacht. Wenn er ihr erzählte, hatte er keine Sprachhemmung. Die Erinnerungen an seine Kindheit waren am deutlichsten, als umgäbe sie eine Aura und höbe ihre Umrisse hervor, sogar die Gerüche waren ganz gegenwärtig. Mit diesen ersten leuchtenden Bildern im Kopf müsste man sterben dürfen, dachte er. Auch wenn später viel wichtigere Dinge passiert waren, die tiefere Spuren hinterlassen hatten, den Glanz der frühen Eindrücke konnten sie nicht übertreffen.

Man weiß ja nie, welche Erinnerungen man in seinen Kindern hinterlässt, sagte er. Er sah Frieda als Dreizehnjährige über die Schachfiguren auf dem Küchentisch gebeugt, als sie ihn Abend für Abend aufforderte, eine Partie mit ihm zu spielen und nicht locker ließ, bis es ihr gelang ihn matt zu setzen, und gleichzeitig sah er sie als Kleinkind, als sie sich das erste Mal aufrichtete, sich unsicher an einem Sessel festhielt und erstaunt aus ihrer neuen Höhe um sich blickte, bevor sie wieder auf den Boden plumpste.

Ich hoffe, sie hat auch gute Erinnerungen, sagte er, und auf Ludmilas fragenden Blick fügte er hinzu: meine Tochter.

Seine Erinnerungen waren Zufallstreffer. Wie Inseln ragten sie aus dem Vergessen und konnten jeden Augenblick überschwemmt werden, ohne je wieder aufzutauchen. Deshalb musste er, ganz gegen seine Gewohnheit, immer alles gleich in dem Augenblick erzählen, in dem es ihm einfiel, doch wem sonst sollte er es erzählen, wenn nicht dem einzigen Menschen, der jederzeit bereit war zuzuhören. Er konnte sich ihr rückhaltlos anvertrauen, weil sie ihm nicht misstraute, sie wog seine Sätze nicht gegen andere auf, sie würde nichts, was er sagte, harsch beurteilen. Das lag nicht in ihrem Wesen. Es gab Menschen, die alles beurteilten und solche, die geschehen ließen. Ludmila gehörte zu letzteren, davon war er überzeugt. Wenn sie ihn mit ihren braunen Augen aufmerksam ansah, ein wenig vorgebeugt, als müsse sie ihm beim Artikulieren helfen, den Mund leicht geöffnet wie in Erwartung, hoffte er, dass sie ihn mochte, ihn vielleicht sogar ein wenig gern hatte.

Er berührte leicht ihre Hand: Da erinnere ich mich gerade.

Und sie hörte ihm geduldig zu, wenn er versuchte, das deformierte Strandgut einst zusammenhängender Erfahrungen, die fast ein Jahrhundert zurücklagen, aus der drohenden Auslöschung zu bergen. Sein ältester Bruder als Soldat im Ersten Weltkrieg, ein Fremder, der ihm Angst einflößte, die Armut seiner Kindheit, und die Landschaft, deren karge Einfachheit ihn geprägt hatte.

Die Mugel, weißt du, das sind keine Hügel, sondern nur Bodenwellen, wie sie ineinander übergehen ohne Brüche, eine Welle an der anderen, immerfort, da wird man ganz ruhig, wenn man draufschaut.

Die Jahreszeiten, wie anders sie damals waren, die schneereichen Winter, die heißen Sommer, und wochenlang kein Regen, nur nachts die schweren Gewitter, die Blitze, die in die hohen Tannen einschlugen.

Der Natur kannst du nicht entkommen, der bist du ausgeliefert. Das könnt ihr Jungen euch nicht mehr vorstellen. Auch die Wörter dafür sind längst verloren gegangen. Die findest du in keinem Wörterbuch. Weißt du, was ein *losender* Tag ist, das ist ein Tag, der in sich hineinhorcht und nicht recht weiß, was aus ihm werden soll, ein verhangener Tag, an dem es nicht richtig hell wird. Und an Tagen, an denen man schon lange, bevor die Wolken aufziehen, weiß, dass ein Unwetter kommt, ist es *angstig*, auch die Tiere spüren es und sind unruhig, und wir hatten das Gespür für das Wetter so tief in uns, dass wir keine Wettervorhersage und kein Radio brauchten. In den Dreißigerjahren, als fast jede Nacht ein Hof brannte, damit die ausgesteuerten Zimmerleute Arbeit bekamen, schliefen wir in den Kleidern, bereit, das Vieh aus dem Stall zu treiben, wenn das trockene Heu in der Scheune Feuer fing.

Die Heuernte im Juni, der Leiterwagen, hoch aufgeschichtet und ganz oben sein alter Vater, der das Heu aufnahm und über die Fläche verteilte, die Bremsen, die um die Köpfe der Ochsen schwirrten und sie unruhig machten, die schwarze Gewitterwand über dem Waldkamm, die schon den halben Himmel verdeckte, die Hast und die Unruhe der Tiere. So ein Nachmittag war es, als der Vater von der Fuhre stürzte und danach nie wieder ohne Krücken gehen konnte. Bald darauf wurde er bettlägerig. An einem anderen Abend, als man ihn schickte, den Gemeindearzt zu holen, hatte Theo auf dem Kirchenplatz zum ersten Mal die siebzehnjährige Wilma gesehen.

Sie kam mir vor wie eine Erscheinung aus einer fremden Welt. Mein Gott, sagte er verwundert, das ist wie aus einem anderen Leben. Das war nämlich meine erste Frau. Die besten Dinge im Leben haben manchmal mit solchen unvorhersehbaren Momenten zu tun, wenn man etwas geschenkt bekommt, das man nicht erwartet hat. Dann weiß man, das war Schicksal.

Wie leicht es ihm fiel, Ludmila Geschichten aus seiner Jugend zu erzählen, die Sätze waren in den Erinnerungen schon enthalten, er musste nicht nach ihnen suchen, sie drängten sich geradezu auf, er hätte immer so weiterreden können. Die Hemmung, die ihm so oft die Sprache verschlug, war verschwunden und auch die plötzliche Leere, die alle Wörter löschte. So leicht und eloquent hatte er sich nur damals vor dem Krieg gefühlt, als er Wilma kennenlernte. Aber es war so lange her, vielleicht hatte er es sich nur so zusammengeträumt.

Mit einem Menschen so reden zu können, ganz ohne Angst voreinander, vielleicht war das ja Liebe. Er dachte an alle Menschen, die er im Lauf seines Lebens geliebt hatte, und jedes Mal war es anders gewesen. Jetzt stellte er sich zum ersten Mal die Frage nach der Liebe anstatt sie einfach geschehen zu lassen, aber der Gedanke entglitt ihm gleich wieder.

Die Vergangenheit war einfacher, sie war wie an einem Faden aufgereiht, und man konnte sie herunterzählen, Erinnerung für Erinnerung, wie sie kamen.

Da ist noch etwas, das ich ins Grab mitnehme, sagte er, ich habe meinen Bruder verflucht und er ist daran elend zugrunde gegangen. Lach nicht, so etwas gibt es. Gabriel war drei Jahre älter, aber wir waren so verschieden wie Brüder nur sein können. Ich habe mich schon als Kind vor seinen unberechenbaren Launen gefürchtet. Wenn einer so anders ist, wie soll man ihn dann verstehen oder gar lieben. Er hat mich immer gehasst, von Anfang an, sagte Theo, so ein Hass rumort unterirdisch in einem Menschen herum, ohne dass er es weiß, und bricht dann an einer Stelle aus, an der man es am wenigsten erwartet. Er wollte den Hof, obwohl ich ihn bekommen sollte, weil ich der Jüngste war. Er hat mir die Mistgabel ins Schienbein gestoßen und ich habe gedacht, dann soll er den Hof haben, bevor er mich umbringt. Ich habe gesagt, dann nimm ihn, er soll dir kein Glück bringen. Jedes Mal, wenn wir uns begegnet sind, habe ich ihn heimlich verflucht, dass ihm nichts gelingen sollte.

Er schaute sie an, als läge es in ihrer Macht, ihn von seiner Schuld freizusprechen. Sie streichelte seine Hand. Nur Gedanken, sagte sie. Worte tun nichts. Sie zitierte ein Sprichwort, übersetzte es aus ihrer Sprache: Stöcke brechen Knochen, Worte tun nicht weh.

Doch, sagte er, Worte können wehtun! Und Flüche haben eine Kraft, die man nicht unterschätzen soll. Ich hatte immer das Gefühl, ich hätte mit meinem Hass sein Leben vergiftet und ihn getötet. Ich sehe seine abgearbeitete Hand noch vor mir, er konnte sie nicht mehr richtig öffnen, sie war gekrümmt wie eine Vogelkralle. Beim Begräbnis der Mutter hielt er sie mir hin, schlag ein, hat er gesagt, wir sind uns lang genug böse gewesen, vergessen wir es. Ich bin an ihm vorbeigegangen ohne ihm ins Gesicht zu schauen. Er hatte Knochentuberkulose, so kam er von der Kriegsgefangenschaft zurück, jahrzehntelang trug er ein Mieder aus Leder und Metallstäben unter dem Hemd, und trotzdem hat er den Hof bewirtschaftet bis zu seinem Tod, da war er noch nicht einmal sechzig. Sein erstes Kind fiel in die Waschlauge und starb an den Verbrennungen, und bei jedem Schicksalsschlag war ich überzeugt, dass mein Fluch immer noch wirksam sei, obwohl ich ihn längst bereut hatte. Als Fabian verunglückte, dachte ich, jetzt hat er sich aus dem Grab heraus an dir gerächt.

Er legte seine Hand auf ihre und drückte sie.

Jetzt ist es ausgesprochen und mir ist leichter. Du bist ein unverdientes Glück, weißt du das?, sagte er, wie eine Tochter, nur besser.

Er suchte in der Hosentasche nach einem Taschentuch und wischte sich umständlich über Augen und Wangen. Alte Männer weinen viel, sagte er.

Hast du in deinem Leben nichts Schlimmeres verbrochen?, hätte seine Tochter gefragt und ihn wissen lassen, mit ein paar Tränen käme er nicht davon. Nie würde Ludmila eine solche Frage stellen.

Habe ich mir nichts Schlimmeres vorzuwerfen?, fragte er, ihrer Vergebung gewiss. Ich habe niemanden umgebracht, beteuerte er, als habe sie danach gefragt, glaub mir das. Keinen von euch habe ich umgebracht, im Kampf, da schon, aus Angst.

Dazu schwieg sie. Sie wusste nicht, wovon er sprach, aber sie hörte sich alles mit der gleichen Aufmerksamkeit an.

Hast du mit deinem Bruder wieder gesprochen?, fragte sie.

Doch, ja, zehn Jahre später, nach dem Tod meiner ersten

Frau hat er mir sein Beileid ausgedrückt und mich eingeladen, mich und meine Tochter, da war er schon sehr krank, er hat ein Jahr zum Sterben gebraucht. Aber zu einer wirklichen Aussöhnung kam es nicht. Der Besuch im Sommer nach Wilmas Tod war eine vergebliche Anstrengung, uns wie Brüder zu fühlen. Aber das Misstrauen zwischen uns war zu groß, und vor Verlegenheit fanden wir nicht die richtigen Worte. Jedes Mal, wenn Frieda und ich die Stube betraten und uns auf die Holzbank setzten, die um die Tischecke und weiter, fast bis zur Tür lief, empfand ich es als demütigend, auf dem Hof, der eigentlich mir hätte gehören sollen, wie ein Bettler auf der Stubenbank zu sitzen. Nie wurden wir gebeten, uns an den Tisch zu setzen, wir saßen in der Nähe der Tür unter dem Regal mit dem Radio und hörten die Abendnachrichten. Und niemand hat das Wort an uns gerichtet, sagte Theo bitter.

Und andere Geschwister?, fragte Ludmila.

An die kann ich mich nur mehr dunkel erinnern. Sie waren viel älter. Ich weiß, auf welche Höfe die Schwestern geheiratet haben, aber wir haben uns als Erwachsene nur zu Taufen und Hochzeiten und bei Begräbnissen gesehen. Das hatte auch mit meiner ersten Frau zu tun, sie fühlte sich nicht wohl unter meinen Leuten.

Nach Gabriels Tod habe er versucht, seine Schuld an dessen einzigem am Leben gebliebenen Sohn wiedergutzumachen, erzählte Theo, er habe sich um den Neffen gekümmert, ihm einen Lehrplatz in der Stadt verschafft, ihm Geld geborgt, als er seine eigene Firma gründete. Er könne den Verdacht nicht abschütteln, dass er mit Gabriel das Schicksal getauscht habe, und der Bruder habe an seiner statt erlitten, was für ihn vorgesehen gewesen war.

Sein Leben war ein einziges Unglück, das tote Kind, die unglückliche Frau, mit der er sich auseinandergelebt hatte, jahrelang Schmerzen und ein qualvoller Tod, alles um einen Hof, der nicht einmal lebensfähig war.

Nach meinem Tod wird niemand mehr da sein, der sich erinnert. Es gibt schon jetzt niemanden mehr, den es interessiert. War es dann wie nie geschehen?, fragte er.

Dann verstummte er und schaute in das späte Schneegestöber hinaus, das kurz vor Ostern hereingebrochen war, doch zwischen den blendend hellen Flocken kam schon wieder die Sonne durch und der Schnee schmolz noch im Fallen. Vor seinen Augen stand sein Elternhaus, wie es vor achtzig, vor neunzig Jahren gewesen war, die Holunderbüsche, die sich über den dunklen Teich neigten, der Hochwald am Rand der Lichtung, die Findlinge in den Feldern und die niedrigen Steinmauern, die Kammer, in denen sie als Kinder geschlafen hatten, der Herd in der Stube mit dem flackernden Holzfeuer, die Petroleumlampe über dem schrundigen Tisch, die dicken Steinmauern, die tiefen Fensternischen und die kleinen Fenster, die wenig Licht einließen. Es war mehr als irgendein Bauernhof.

Es war unser Zuhause, weiter haben wir damals nicht sehen können, sagte er und schaute Ludmila ein wenig erschrocken an, als habe er zu viel Schlechtes von sich erzählt und sie könnte ihre Meinung über ihn ändern.

Und später, fragte sie, warst du glücklich mit erste Frau?

Mit Wilma? Er dachte nach. Glücklich? Als käme es nur darauf an.

Eine solche Liebe lässt sich nicht wiederholen, sagte er.

Sollte er Ludmila sagen, was er sich insgeheim längst eingestanden und es noch niemals ausgesprochen hatte, dass er nicht Wilmas große Liebe gewesen war. Als er vom Krieg zurückkam, war sie eine andere als früher, und der Platz des geliebten Mannes war besetzt. Er war der Jugendfreund, ein Seelenverwandter, wie sie es nannte, den sie an ihrem Leben teilhaben ließ mit freundlicher Nachgiebigkeit, einer Art großzügiger Noblesse. Aber vielleicht war er für sie auch nur ein dummer Holzarbeiter gewesen, dessen unbeholfene Verehrung ihr schmeichelte.

Auch Erinnerungen verändern sich, sagte er, sie verändern sich langsam, ohne unser Zutun, weil wir uns verändern. Dann weiß man nicht mehr, welche die richtige ist und wie es wirklich war, aber vielleicht stimmen sie alle. Meine erste Frau war ein behütetes Mädchen mit unrealistischen Erwartungen an das Leben, die unerfüllt geblieben sind. Sie hat sich nicht mit ihrem Leben abfinden können, sie ist auch jung gestorben. Das hat sie umgebracht, die Sehnsucht nach einem anderen Leben. Wer keine Zukunft mehr sieht, der geht ganz von selber zugrunde. Ich habe es noch niemandem vor dir erzählt und ich bin auch nicht sicher, ob es so war, aber ich glaube, sie hat sich mit einer Überdosis ihrer Medikamente umgebracht.

Das tut mir leid, sagte Ludmila und machte kurz ein trauriges Gesicht.

Es ist sehr lange her.

Wenn er tot wäre, würde nur mehr Frieda sich an sie erinnern und ganz anders als er. Die Wilma, die er gekannt hatte, würde mit ihm sterben oder schon früher, wenn sein Gedächtnis die Erinnerungen löschte wie eine vollgeschriebene Tafel, über die ein großer Schwamm darüberwischt.

Wenn ich einmal tot bin, dann ist alles verschwunden, alles weg, sagte er.

War sie wie Frieda?, fragte Ludmila.

Er lachte. Nein. Vielleicht ein wenig, auf eine andere Weise, sagte er dann. Menschen wie sie sind nie zufrieden. Egal, was man für sie tut, es ist sofort vergessen und sie fühlen sich schon wieder zurückgesetzt. So ist Frieda auch. Wilma hat viel nachgedacht, über alles, aber nie über sich selbst. Und loslassen, einfach jemanden sein lassen, wie er ist, das konnten sie beide nicht. Frieda hat das Loslassen dann doch lernen müssen, nach all den Verlusten, die Mutter, der Mann, der Sohn, im Grunde genommen beide Kinder. Und mich rechnet sie sicher auch dazu, sagte er.

Dazu?, fragte Ludmila nach.

Zu den Verlusten, antwortete er knapp. Wir beide, Frieda und ich, haben so viele offene Rechnungen, vielleicht muss das so sein zwischen den Generationen. Sie hat mir nie verziehen.

Ich auch habe meinem Vater nicht verziehen, sagte Ludmila. Als er nicht mehr arbeiten, er hat getrunken, viel scharfer Alkohol. Mein Großvater war guter Mann, sagte sie und tätschelte seinen Handrücken. Wie du. Mit Omi bist du glücklich?, fragte sie vorsichtig mit pfiffiger Miene, die sagte, ich weiß es besser, aber was meinst du?

Ich habe sie zu wenig gekannt, als ich sie geheiratet habe, sagte er. Man lernt die Menschen nur langsam kennen. Man wird ja nicht anders, wenn man alt wird, man wird vielleicht mehr so, wie man immer war, aber es fehlt einem die Kraft, sich so zu verstellen, wie man sein möchte, und erst dann kommt es heraus, wer man wirklich ist. Das sehen auch die anderen und sagen, jetzt wird er alt.

Berta war grausam geworden in letzter Zeit, das hätte er sich früher nie vorstellen können. Wie oft er sich hatte täuschen lassen, dachte er jetzt. Sein ganzes Leben hatte er sich von Menschen blenden lassen, sie verehrt, bis er sie viel zu spät durchschaute. Andererseits brauchte man auch ein wenig Illusion, so lebte es sich leichter. Er hätte nicht mit der Wahrheit leben können, dass er sich neben Wilma immer ein wenig minderwertig gefühlt hatte, dass er mit Berta oft einsam gewesen war, und dass seine Tochter ihn einschüchterte und ihre Überlegenheit ihn verbitterte.

Auf welche Gedanken du mich bringst, sagte er zu Ludmila, du bringst mich dazu nachzudenken, das macht mich um ein ganzes Stück klüger.

Sein Alltag war arm an Ereignissen, aber seine Erinnerungen wurden in Ludmilas Gegenwart lebendig. Wann hatte sich zuletzt jemand für ihn interessiert und ihn gefragt. Nach seiner Kindheit, nach seinen Geschwistern, nach seiner ersten

Frau. Berta wollte von nichts hören, das vor ihrer Zeit geschehen war, es machte sie zornig und misstrauisch, sie fühlte sich ausgeschlossen. Aber wenn Frieda etwas über seine Kindheit oder ihre Großmutter wissen wollte, gab Berta die Antworten, als sei sie dabei gewesen. Warum willst du das wissen, fragte sie argwöhnisch, warum interessiert dich das? Weil es auch meine Geschichte ist, antwortete Frieda dann und Theo merkte, wie der Zorn in den beiden hochkochte. Wenn Frieda ihn ausfragte hatte sie immer etwas im Sinn, sie wollte etwas über sich selbst erfahren oder sie wollte ihn verhören und überführen. Alle hatten immer nur sich selbst im Sinn. Allein Ludmila, dachte er dankbar, fragte aus Interesse an ihm, aus Neugier darauf, wer er war. Das schmeichelte ihm, es gab ihm Bedeutung. Indem sie ihm zuhörte gewann alles, was er zu erzählen hatte, ein Gewicht, als diktiere er einer Biographin sein Leben.

Gut siehst du aus, sagten ihm Verwandte, die ihn besuchten.

Das verdanke ich unserer Mila, sagte er, sie hält mich jung.

Je besser ihre Sprachkenntnisse wurden, desto mehr lernte Theo Ludmila in ihrem verschwiegenen Wesen kennen. Sie erzählte ihm jetzt öfter von ihrem Dorf, von ihren Haustieren, den Streichen ihrer Kindheit, Geschichten aus ihrer Gegend. Über sich selber redete sie selten, er wusste nichts über den Vater ihrer Tochter, ob sie verheiratet gewesen war, wie es um ihre gegenwärtige Beziehung zu ihrem Freund Mychajlo stand. Er fragte sie auch nicht nach den Dingen, über die sie schweigen wollte. Dass sie immer ein wenig bedrückt schien, erklärte er sich mit dem Heimweh, das sie hatte, der Sehnsucht nach ihrer Familie, und er wünschte, er könnte etwas tun, das sie fröhlicher machte, aber es fiel ihm nichts ein, außer dass er ihr Geschichten aus seinem Leben anbot, solche, auf die seine Tochter begierig gewesen wäre. Aber nur bei Ludmila fühlte er sich frei genug, sie zu erzählen.

Dich hat das Schicksal geschickt, sagte er, damit ich erfahre, dass auch ich so frei reden kann wie alle anderen.

Es fiel ihm leicht, sich ihr mitzuteilen, doch seine Erzählungen waren auch Köder, um mehr über sie zu erfahren, vielleicht würde zufällig ein Satz, eine Erinnerung ihre verschlossene Seele öffnen. Doch sie blieb einsilbig, sie stellte Fragen, sie hörte zu, aber sie gab nichts preis. In den Nachmittagsstunden zwischen Kaffee und Abendessen saßen sie zusammen, während Berta schlief, an sonnigen Tagen im Garten oder am Küchentisch, wenn es draußen zu kühl war. Sie unterhielten sich mit langen Pausen zwischen den Sätzen, spielten einander Assoziationen zu, und wenn sie schwiegen trat eine angenehme Stille ein, in der sie ihren Gedanken nachhingen. Manchmal, wenn Ludmila ihm aufhalf, wenn sie die Decke über seinen Knien zurechtzog, strich seine Hand wie zufällig über ihren Arm, und wenn sie es spürte, ließ sie es nicht merken.

Ich höre dir so gern zu, wenn du redest, sagte er. Ich höre meinen Großvater wie aus der Ferne, er hatte den gleichen Tonfall, und manchmal verdrehte er die Sätze so wie du, ich wünschte, ich hätte ihn ausgefragt, als ich ein Kind war, über seine Vergangenheit, seine beiden Frauen, seine Herkunft. Je älter ich werde, desto gegenwärtiger wird er mir und desto wichtiger wäre es mir, seine Geschichte zu kennen.

Dazu fiel Ludmila eine eigene Familiengeschichte ein. Ihr Großvater, erzählte sie, sei Partisan gewesen, er habe zuerst den Deutschen geholfen und später gegen sie gekämpft, und weil sich Theo nie mit Geschichte beschäftigt hatte, war es eine unverfängliche Information, aus der er keine Schlüsse ziehen konnte. Ihr Urgroßvater sei in der Nähe von Poltava Aufseher auf einem großen Gutshof gewesen. Die Tagelöhner hätten schon in der Morgendämmerung mit der Arbeit auf den Feldern begonnen, und am Vormittag seien die Mägde mit großen Trögen voll Kartoffeln hinausgekommen. Über grobe

Holztische seien weiße Leinentücher gebreitet und die Kartoffeln über die ganze Länge der Tische ausgeschüttet worden. Die Feldarbeiter hätten die Kartoffeln mit den Händen gegessen. So war das bei uns auf dem Land, vor der großen Hungersnot, sagte sie.

Wie hast du deinen Mann kennengelernt? Es war ein vorsichtiger Vorstoß, den er gleich bereute.

Oh, das war, wie sagt man, ein Unfall, ein Zufall? Sie stieß ein kurzes bitteres Lachen aus und ihr Gesicht verschloss sich. Theo versuchte nicht, weiter in sie zu dringen.

Auch Theo kam von Zeit zu Zeit an ein Ende des Erzählens. Von fast hundert Jahren, die Ludmila bei ihrer Jugend wie eine Ewigkeit erscheinen mussten, war ihm wenig in Erinnerung geblieben, das von allgemeinem Interesse hätte sein können. Die Jahre waren zu schnell und zu einförmig über ihn hinweggegangen und die Zeit hatte sich von Jahr zu Jahr beschleunigt, so dass er manchmal dachte, ihre Fliehkraft allein könnte ihn weit hinausschleudern ins Jenseits.

Ich habe fünf verschiedene Währungen miterlebt, die Krone als Währung der Monarchie, den Schilling der Zwischenkriegszeit, die Reichsmark, den Schilling nach dem Krieg und jetzt den Euro. Irgendwo habe ich noch ein paar Kronen, die sind bestimmt viel wert, die schenke ich dir, wenn ich sie finde.

Er nahm sich vor, am Abend danach zu suchen, er glaubte, er habe auch noch einen Golddukaten irgendwo versteckt, aber er wusste nicht mehr, wo das Versteck war. In allen Währungen hatte er nichts anderes getan, als für ein besseres Leben gespart, bis das Sparen zum Selbstzweck geworden war. Das Ende der Monarchie, die Hungersnot nach dem Ersten Weltkrieg, die Erste Republik, die Februarkämpfe von 1934, die illegalen Nationalsozialisten, der Anschluss, hundert Jahre Geschichte, deren Zeuge er war, hatten kaum Spuren in seinem Gedächtnis hinterlassen, nur der Zweite Weltkrieg hatte direkt in sein kleines, immer auf Sicherheit bedachtes

Leben eingegriffen. Er hatte es immer verstanden sich herauszuhalten, als ginge ihn nichts etwas an. Aus dem Krieg hatte er sich dann doch nicht heraushalten können. Dass er daraus nicht schuldlos hervorgegangen war, das hatte er trotz aller Unschuldsbeteuerungen längst begriffen, aber zugeben würde er es nicht. Es musste Grade der Schuld geben, fand er, etwas wie eine Temperaturskala zwischen heiß, warm und kalt, und auf ihr stand er weit genug unten, um sich gerechtfertigt zu fühlen mit den Behauptungen, er sei machtlos gewesen und habe kein Menschenleben auf dem Gewissen.

Auch die Jahrzehnte danach waren keine glücklichen gewesen, mit der anfänglichen Armut und einem freudloses Leben, da interessierte ihn die Politik, die Machenschaften anderer, von denen er nur als »die da oben« sprach, weniger als die Lebensmittelpreise. Warum soll ich mir über Dinge Gedanken machen, die ich nicht beeinflussen kann, hatte er seiner Tochter früher entgegengehalten. Die tun ohnehin was sie wollen. Er war ein kleines Rädchen, das mitgedreht worden war. Er war kein neidischer Mensch und er urteilte selten hart über jemanden, er war mit seinem Leben zufrieden, und wenn es Zeiten gegeben hatte, in denen er unglücklich gewesen war, hatte er sie geduldig ertragen. Geduld und Verzicht, sagte er, habe er von der Natur gelernt. Durchhalten können, darauf war er stolz, am Ende übrig bleiben und triumphieren. Überleben um jeden Preis. Wenn er eine Anschaffung machte, kaufte er vom Gediegenen das Billigste, so kam er am Rand mit den Moden, die gerade herrschten, in Berührung, aber begeistern ließ er sich von ihnen nicht.

Als er das Haus am Stadtrand kaufen konnte und monatlich seine Raten zahlte, bis es abbezahlt war, als er Berta kennenlernte, konnte er zum ersten Mal sagen, genau so habe ich mir ein gutes Leben vorgestellt. Einmal traf er zufällig den Sohn seiner tschechischen Tante, der in der Zeit des Prager Frühlings in den Westen geflohen war. Sie freuten sich kurz über die unverhoffte Begegnung, der Cousin kam ein paarmal zu Besuch und erzählte von politischen Ereignissen, von denen Theo gehört und die er gleich wieder vergessen hatte, und da war ein Verwandter, der sie erlebt hatte. Das beeindruckte ihn und erregte lang genug sein Interesse, dass er sich eine Weile mit Politik beschäftigte und einiges über die Aufbrüche der Sechzigerjahre mitbekam, auch um zu verstehen, was Frieda umtrieb. Er war zu der Überzeugung gelangt, dass alles, woran sie damals glaubte, Mao, Lenin, Trotzki, Che Guevara, *Das Kapital* und das *Kleine Rote Buch*, dass all das nur der Versuch gewesen sei, sich so weit wie möglich von ihm abzugrenzen, so anders zu werden, dass niemand auf die Idee käme, sie könnte seine Tochter sein.

Niemand kann mir vorwerfen, dass ich nicht informiert bin, ich lese jeden Tag die Zeitung, hatte er sich gegen ihre Behauptung verteidigt, er sei desinteressiert und apolitisch.

Er wählte die Partei, die er für seine Standespartei hielt, er las die Zeitung und sah täglich die Nachrichten im Fernsehen, aber nichts von dem, was außerhalb seines eigenen Lebens vor sich ging, hinterließ Erschütterungen. So war er alt geworden und hatte wenig zu erzählen außer ein paar persönlichen Erinnerungen. Manchmal war er stolz darauf, was er geleistet hatte, wie unbedeutend es für die Allgemeinheit auch sein mochte, und manchmal kam er sich wie ein Versager vor. Wenn Bekannte von Familienfesten mit Kindern und Enkelkindern schwärmten, machte die Trauer ihn stumm und er tauchte weg. Das Denken und Reden strengten ihn nach kurzer Zeit an, sodass er für den Rest der Zeit einsilbig und abwesend war.

Mit mir ist es halt nicht mehr viel, sagte er dann, wenn ihn jemand ansprach und er verwirrt aus seinem Dämmerzustand auftauchte und nicht wusste, was vorging.

Heute lebt er wieder im Nirwana, sagte Berta bei Tisch, und er schüttelte kaum merklich den Kopf und wechselte einen belustigten Blick mit Ludmila. Es war Berta nicht verborgen geblieben, wie gut die beiden sich verstanden. Meist schwieg sie dazu oder machte schnippische Bemerkungen, aber er konnte spüren, dass sich in ihr ein großer Zorn zusammenbraute. Er brach meist unerwartet aus ihr hervor. Du hast sie lieber als mich, schrie sie mit Flüsterstimme, damit Ludmila sie nicht hören konnte. Und er sagte, so ein Blödsinn, und dachte, natürlich habe ich sie lieber, sie ist auch freundlicher zu mir.

Wenn die Beherrschung sie im Stich ließ, riss Berta nach dem Essen mit einer zornigen Geste die leeren Teller vom Tisch und klapperte laut mit dem Geschirr, oder sie schrie ihm den Satz, den er nicht verstanden hatte, überscharf artikuliert ins Ohr.

Schrei nicht so, sagte er dann, ich bin nicht schwerhörig, du bist diejenige mit dem Hörgerät. Ich höre dich, ich verstehe dich bloß nicht.

Dafür verstehst du *sie* recht gut, sagte Berta und warf Besteck in den Geschirrspüler, schepperte mit Töpfen.

Mila war sein Schutzengel, sie beschützte ihn vor Bertas Wut. In der Zeitung las er: Dreiundachtzigjähriger schießt seine sechsundsiebzigjährige Frau von hinten in den Kopf. Dann bringt er sich selber um.

Das kann ich mir schon vorstellen, murmelte er beim Lesen.

Er schloss die Augen und lächelte wie ein Kind, erstaunt darüber, dass er sich nicht mehr vor Bertas Missbilligung fürchtete. Er zog sich zurück, dorthin, wo er unerreichbar und vor der Welt sicher war.

Nicht immer gelang es ihm, ungreifbar zu werden. Es gab Tage, an denen lag sein Leben vor ihm wie eine weite Landschaft, klar und ohne Schatten. Und es gab Zeiten, zu denen wusste er zu Mittag nicht, wann er gefrühstückt und ob er seine Medikamente schon genommen hatte, er fragte verwirrt, welcher Wochentag gerade war und welches Datum. Alles versank sofort in einem dichten Nebel. Dann fühlte er sich allen Launen Bertas ausgeliefert, und jede Forderung von außen stürzte ihn in eine fahrige Verzagtheit. Er verstand nicht, was man von ihm wollte, aber was immer es war, er wusste, es würde über seine Kräfte gehen, und er wäre gern ein Kind gewesen, das mit sich geschehen ließ, weil es sich auf die Liebe einer Frau verlassen konnte. Ludmila war nun die Frau, die ihm diesen Wunsch erfüllte, still, wie ein sanfter Windhauch strich sie über ihn hinweg.

Manchmal durchdrang ihn eine solche Kälte, als müsse ihm das Herz erfrieren. Dann stand es einen Augenblick lang still. Ist der Augenblick gekommen, dachte er dann, aber das Herz schlug weiter.

Er öffnete die Augen und schaute Ludmila an, als sähe er sie zum ersten Mal.

Er schubst mich immer ein wenig an, dann zieht er sich zurück, aber er wird wohl in der Nähe bleiben, sagte er.

Wer?, fragte sie.

Er legte den Zeigefinger an seine Lippen und lächelte verschmitzt.

Jeden Tag, an dem es nicht regnete, spazierte Theo Schritt für Schritt, auf Ludmila und seinen Gehstock gestützt, nach dem Kaffee die Straße hinunter bis zur Bäckerei, und es musste ihr auffallen, dass sein Gewicht schwerer auf ihr ruhte als vor wenigen Wochen. Er schwieg, ganz auf das Gehen konzentriert und auch sie hing ihren Gedanken nach, sah trotzdem die Unebenheiten, Hundekot, lose Steine und Hindernisse aller Art, um die sie ihn behutsam herumsteuerte und die sie nie beachten musste, wenn sie die Strecke raschen Schritts allein zurücklegte.

So vergingen die Wochen, die Tage wurden länger, die Frühlingsblumen verwelkten und Unkraut überwucherte die Stauden, die trotzdem blühten, die Rosen hatten längst ausgetrieben und die verdorrten Stiele standen schwarz zwischen dem jungen Grün. Der Garten begann zu verwildern, und wenn Theo es bemerkte, so erwähnte er es mit keinem Wort. Die Welt würde weitergehen und der Garten würde da sein, wenn es ihn nicht mehr gab. Einstweilen konnten die Pflanzen sich an seine Abwesenheit von der Welt gewöhnen.

Sommer

1

Theos siebenundneunzigster Geburtstag fiel auf einen fast hochsommerlichen Samstag Anfang Juni. Vom Morgen an war der Himmel wolkenlos und Theo erwachte in erwartungsvoller Vorfreude, als gelte der Glanz dieses Morgens nur ihm allein.

Dass ich diesen Tag noch erleben darf, sagte er beim Frühstück, und das festliche Gefühl verstärkte sich im Lauf des Vormittags zu einer Art trunkener Beschwingtheit, die ihn alle Unzulänglichkeiten seines hinfälligen Körpers und seiner unzuverlässigen Beine vergessen ließ, als sei er mit einem Zaubertrick um zehn Jahre jünger geworden, vielleicht nur für Stunden, für den Augenblick, als Ludmila ihn die Stufen hinunterführte und ihn auf beide Wangen küsste, bevor sie sagte, heute ist großer Tag, ist viel zu tun heute, und im Haus verschwand. Er ging an zwei Stöcken langsam durch den Garten, alles blühte, Schafgarbe und Hahnenfuß in satten Honigfarben, dazwischen die dunkelvioletten Kerzen des Rittersporns, das Summen der Bienen dröhnte dumpf in den tiefen Trichtern des Fingerhuts, der Sommerflieder duftete, der Holunder stand voller Dolden aus zarten Sternen, die noch in der Dunkelheit weiß leuchten würden, die Tamariske an der Hauswand war in voller Blüte, die Pfingstrosen entfalteten ihre roten Herzen. Die Farben und Düfte versetzten ihn in einen Rauschzustand, der den Kopf leicht machte, sodass er die Augen schloss, um sich ganz diesem Augenblick, den Stimmen der Vögel und den leisen Geräuschen, die er nicht mehr hören, nur noch ahnen konnte, hinzugeben. Man möchte sich am liebsten ins Gras legen und sich wälzen wie eine zufriedene Katze, sagte er in Gedanken.

Er fand keinen Anhaltspunkt, der ihm sein Alter spürbar gemacht hätte. Stünde er hier als Fünfzigjähriger, was wäre anders? Er war immer noch er, zeitlos und mit sich eins. Nur ein Vergleich hätte ihm sein Alter bewusst gemacht, aber davor hütete er sich. Dennoch dachte er kurz an seine Mutter, schließlich war es sein Geburtstag, mit neununddreißig Jahren war sie zu alt gewesen, um noch ein Kind zur Welt zu bringen. Der älteste Sohn war siebzehn, ein Jahr später würde er als Soldat an die russische Front eingezogen werden. Die Erinnerung an den Bruder brachte ihm sein Alter wieder zu Bewusstsein. Theo hatte ihn besucht, als Ignaz die Zeiten schon durcheinanderkamen. Die Schier wollte er zurückhaben, die er dem kleinen Bruder geschenkt hatte, als der zwölf war. Die Schier gibt es schon lange nicht mehr, hatte Theo gesagt und gelacht, aber der Bruder hatte darauf bestanden, die Schier müssen her, ich brauche sie, dringend, ich muss zum Onkel ins Böhmische. Auch Böhmen war längst unerreichbar hinter dem Eisernen Vorhang. Ob ich auch einmal so werde?, hatte Theo sich gefragt. Beim nächsten Besuch erkannte Ignaz ihn nicht mehr. Bald darauf starb er, von Theos jetzigem Standort aus gesehen in jungen Jahren, mit sechsundsiebzig. Außer Theo war nun keiner mehr am Leben, er war der Letzte. Er stand ganz vorne auf dem Sprungbrett, aber es war nicht der Tag, in die Tiefe zu schauen.

Zum Mittagessen hatte Berta Gäste eingeladen, es sollte ein Fest werden, ein geselliges Zusammensein von Freunden und Familie, wie Berta es in jungen Jahren gepflegt hatte. Es sollte noch einmal so werden wie früher, in der ersten Zeit ihrer Ehe, wenn sie bis in die späte Nacht zusammengesessen, gegessen, getrunken und manchmal sogar gesungen hatten. Ein letztes Mal, bevor ich nicht mehr kann, hatte Berta gesagt und es sollte eine Überraschung für Theo sein, wie die Feier zu seinem Neunziger. Aber weil er nichts davon ahnte und in den Genuss seines Alleinseins vertieft war, empfand Theo zunächst nur Ärger darüber, in der Betrachtung seines Gartens gestört zu werden, als die ersten Autos eintrafen und sich am Gartenzaun immer dichter aneinanderreihten. Die Menschen, die ausstiegen, mit Wein und Blumen und bunt eingepackten Geschenken in den Händen, kamen ihm bekannt vor und die meisten identifizierte er ohne große Freude, als sie sich mit Glückwünschen für ein langes Leben, mit Wangenküssen und Umarmungen auf ihn stürzten. Mussten sie ihn unbedingt jetzt und heute stören? Er hatte immer schon Schwierigkeiten gehabt, sich Gesichter zu merken und sie ihren Namen zuzuordnen, er brauchte Zeit und vor allem Abstand, aber jetzt fielen sie wie ein aufgeregter Schwarm über ihn her, während er noch nachdachte, in welcher Beziehung er zu den einzelnen Besuchern stand. Er nahm ihre Glückwünsche entgegen, gefasst wie ein Diplomat unter dem Ansturm ausländischer Journalisten, er verstand vieles nicht, sie ließen ihm keine Zeit, aber was er hörte, nahm er wörtlich. Bis hundert, riefen sie, bis hundertzwanzig, aber sie meinten es nicht ernst, sie warfen ihm leichtfertig Zahlen an den Kopf, die ihnen phantastisch, geradezu lachhaft übertrieben erschienen, während für ihn Zahlen eine ernsthafte Sache waren.

Drei Jahre hab ich noch, dann bin ich hundert, sagte er tadelnd.

Zahlen waren nicht zum Übertreiben da, sondern um Genauigkeit herzustellen, und nur noch drei Jahre zu leben schien ihm nicht übertrieben. Vorbei war es mit der beschaulichen Ruhe eines Geburtstagsmorgens, der Garten wurde zertrampelt, die kleinen Kinder liefen durch die Wiese, achteten nicht auf die nur mehr für Theo sichtbaren Beete, die prickelnde Morgenluft war getrübt vom Gewimmel um ihn herum, sie umringten ihn, riefen schrill und unverständlich durcheinander, schoben ihn ungeduldig ins Haus, langsam, bat er, sonst falle ich hin, aber sie hatten ihren eigenen ungestümen Rhythmus, der ihn ungezügelt von allen Seiten bedrängte. Wer hatte ihm diese unnütze Aufregung angetan?

Gabriel, sein Neffe, begrüßte ihn, lang sollst du leben, Onkel, der Einzige in der Familie, der ihm nahestand wie ein Sohn, Gabriel mit den klaren, gütigen Zügen seiner Großmutter. Unserer Mutter wie aus dem Gesicht geschnitten, sagte Theo jedes Mal von Neuem überrascht, von einer Aufwallung der Zuneigung zu dem rundlichen Mittsechziger hingezogen, der ihn wie ein letzter dünner Faden mit seiner Mutter verband. Nichts konnte Gabriel aus der Ruhe bringen, er lächelte das feine Lächeln, von dem er nicht ahnte, dass es in Theos Augen nicht seines war, sondern das einer seit sechzig Jahren Toten, ebenso wenig wie sein Humor, der seinem Onkel Tränen der Rührung und Sehnsucht in die Augen trieb.

Allmählich ließen sich alle an der großen, aus drei kleineren Tischen von unterschiedlicher Höhe zusammengestellten Tafel nieder, Kinder und Alte, denn die Generation dazwischen, die Werktätigen, die mitten im Leben standen, fehlte. Sie hatten Besseres zu tun, als an einem sonnigen Sommerwochenende mit einem Greis, der sich mit dem Sterben Zeit ließ, den Tag zu versitzen. Nur Thomas, der Sohn einer seiner Schwestern, hatte seine ganze Familie mitgebracht, seine schüchterne, fast erblindete Frau, seinen Sohn, der es beruflich mit Melissa aufnehmen konnte, nur dass er sie mit seiner jungen Familie, einer hübschen Asiatin und zwei kleinen Kindern, eindeutig überholt hatte. Die beiden kleinen Buben in langen Hosen und gestärkten Hemden hatten ein Geburtstagslied einstudiert und nahmen Aufstellung, und Theo war so gerührt, dass er seinen Tränen freien Lauf ließ.

Vier Generationen, stellte er mit zitternder Stimme fest. Urgroßvater, Großvater, Enkel, Urenkel, eine gerade Linie!

Und alle applaudierten. Nur Frieda warf ihm einen erstaunten Blick zu und schüttelte den Kopf.

Konnte das stimmen? Er zerbrach sich den Kopf, wo der Irrtum lag. Ach so, sagte er dann verlegen.

Erna, die Tochter seines ältesten Bruders, kam zu seinem Schrecken neben ihm zu sitzen. Er mochte sie, sie war die Verlässlichste in der Familie, sie ließ keine Festtage aus, Weihnachten, Neujahr, Ostern, Geburtstage, Geburten, Hochzeiten, immer war sie zur Stelle. Wenn sie vom Krankenhausaufenthalt eines Familienmitglieds erfuhr, konnte man auf ihre Besuche zählen, aber sie redete zu viel, ihr Redebedürfnis überstieg ihre Fähigkeit zuzuhören. Ich bekomme Kopfweh von so viel Gequatsche, sagte er jedes Mal, wenn er einen ihrer Besuche überstanden hatte. Er schaute auf ihre Lippen, bewunderte ihre starken, noch immer von weißem Schmelz glänzenden Zähne, aber der Geschwindigkeit der Sätze zu folgen, die aus diesem Mund hervorsprudelten, war eine solche Überforderung, dass er sich genervt von ihr abwandte. Wie die meisten Frauen in der Familie war sie mit ihrem zarten, feingliedrigen Knochenbau früh gebrechlich geworden, die früher kastanienbraune Haarfülle, um einen Ton zu dunkel gefärbt, machte sie älter als ihre siebzig Jahre. In ihrer Jugend war sie eine auffallend schöne Frau gewesen, und wenn ihr Gesicht in Bewegung war, wenn sie redete und lachte, huschte der ehemalige Glanz wie eine flüchtige Erinnerung darüber hin. Sogar eine Nichte seiner ersten Frau war gekommen. Sie drückte ihm die Hand, murmelte etwas, das er nicht verstand und setzte sich an einen entfernten Platz. Manchmal schaute er neugierig zu ihr hin, mit ihr hätte er sich gern unterhalten, aber sie redete mit niemandem. Zwei Freundinnen Bertas aus der Zeit der Blumenhandlung waren mit ihren Ehemännern da, sie seien früher oft mit Berta und Theo zusammengesessen, sagten sie, sie hätten sogar gemeinsame Ausflüge unternommen, ob er sich noch erinnern könne, aber Theo erinnerte sich nicht an sie. Er hätte schwören können, er habe sie noch nie gesehen. Das passierte ihm häufig, dass er Menschen vergaß und sie ihm jedes Mal von Neuem vorgestellt werden mussten, er hatte auch nicht die Absicht, sich Gesichter, die ihn nicht interessierten, einzuprägen, er verwechselte sie, brachte die Namen durcheinander und galt als weltfremder Eigenbrötler, den seine gesellige Frau durchs Leben steuerte.

Bertas Verwandtschaft begrüßte ihn, die konnte er erst recht nicht auseinanderhalten, er gab sich auch keine Mühe, sie sahen sich alle ein wenig ähnlich, der Neffe mit Frau und Tochter, die Nichte mit Mann und Enkelin, die Cousinen mit Ehemännern oder vielleicht war es umgekehrt, die Cousins mit ihren Ehefrauen, dazwischen Enkelkinder, fremde Menschen, die er selten gesehen und nie richtig wahrgenommen hatte. Auf diese Weise hatte er sich schon immer der Leute erwehrt, die Berta ihm ins Haus brachte und mit denen er sich nicht beschäftigen wollte. Er begrüßte sie, redete mit ihnen, wenn es sein musste, wie zu einem namenlosen Publikum und vergaß sie, sobald sie gegangen waren.

Der Pfarrer und seine Haushälterin waren gekommen, Theo empfing seine Gratulation wie eine Auszeichnung und seinen Wunsch für ein langes, gesundes Leben wie eine Garantie aus dem Jenseits. Bekannte aus der Nachbarschaft waren geladen, ein paar langjährige Freunde aus der Pfarre, sie kannten einander, fanden gleich Gesprächsstoff und einen vertrauten Ton und blieben auch bei Tisch unter sich.

Niemand erwähnte das Fehlen der Enkel, die meisten wussten von Fabians Tod und Melissa kannten sie nur aus Theos ehrfürchtigen Berichten. Denen, die eingeweiht waren, tat sie leid, wie lieblos musste eine Mutter sein, dass ihre Tochter sich dem Vater und dessen Freundin zugewandt hatte? Melissa schlägt in die andere Art, pflegte Theo zu sagen, um sich das Unbehagen darüber zu erklären, dass sie ihm immer fremd geblieben war. Trotzdem strahlte der Glanz der Enkelin jetzt auf ihn zurück und steigerte seinen Wert.

Frieda war auch da und sie hatte einen Mann dabei, Edgar,

einen Freund aus früheren Zeiten, Theo hätte gern gewusst, welchen Platz er in ihrem Leben einnahm, aber er gestand jedem das Recht auf Geheimnisse zu. Er kannte Edgar von Friedas Hochzeit. Es war eine kleine Hochzeit gewesen, nur die engsten Freunde des Paares, darunter Edgar, die Eltern des Schwiegersohns und Theo, und anschließend waren sie auf der Wiese eines Landgasthauses zum Fotografieren angetreten. Edgar hatte sich mit seinem in die Ferne gerichteten Blick, als schaue er in eine triste Zukunft, im Hintergrund gehalten. Theo verstand dieses sich Abseitshalten, er hatte eine spontane Verbindung zu ihm gespürt, deshalb war Edgar ihm aufgefallen und in Erinnerung geblieben. Er hatte etwas Sanftes, Schutzloses an sich, das man ausnützen oder beschützen konnte, dachte Theo, je nach Temperament. Im Lauf der Jahrzehnte hatte er sich einige Male mit ihm unterhalten und jedes Mal hatte er gedacht, wie klug er war und wie überlegt in seinem Urteil und dabei nicht viel älter als seine Tochter. Theo hatte gehofft, dass Frieda nach ihrer Scheidung einen neuen Mann finden würde, und dieser Edgar wäre eine gute Wahl gewesen. Aber sie war allein geblieben, und wenn er sie über den Tisch hinweg betrachtete, empfand er Mitleid, er musste an eine Pflanze denken, die ihre innere Elastizität verloren hatte, da nützte alles Stützen nichts, sie knickte bei jedem Windstoß von Neuem ein. Sie hatte eine Familie gehabt, zwei Kinder geboren, und stand am Ende allein da. Vielleicht empfand sie es nicht so, vielleicht gab es andere Dinge, die sie erfüllten, von denen sie nicht sprach, aber er konnte es nicht anders sehen. Theo beschlich etwas wie Trauer, wenn er seine Tochter ansah, und jetzt schaute sie zu ihm her und einen Augenblick lang begegneten sich ihre Blicke. Er hatte stets vermieden sie zu fragen, wie es ihr ging, er hätte nicht gewusst, wie er sie trösten sollte, er fürchtete, sie könnte aus der Fassung geraten und weinen, und wie sollte er dann reagieren? Immer wenn sie ihm zu nahe kam, ergriff ihn Unbehagen. Man hätte sich um sie kümmern müssen, dachte er, wenn wir sie als Teil der Familie betrachtet hätten. Es gab Augenblicke, meist in der Nacht, wenn er nicht wieder einschlafen konnte und der ungerufene Gedanke sich nicht verscheuchen ließ, dass das Schicksal ihm mit Fabian das Liebste genommen hatte, um ihn für seine Herzenskälte und seine Feigheit zu bestrafen.

Friedas Erscheinen erregte verstohlene Verwunderung bei den anderen Gästen, sie wechselten fragende Blicke: Durfte sie sich wieder im Haus ihres Vaters sehen lassen? Sie waren unsicher, wie sie sich verhalten sollten. Brüskierten sie die Hausfrau, wenn sie Frieda begrüßten? Wie herzlich durfte die Begrüßung ausfallen? Wer war der Mann an ihrer Seite? Wie sollte man ihn anreden?

Das ist Edgar, sagte Frieda, und ihr Ton verbat sich jede Neugier.

Sie begrüßte Gabriel und dessen Frau, ihre Cousine Erna, den Pfarrer und Ludmila, dann nickte sie mit einem angedeuteten Lächeln in die Runde, hallo, ich bin seine Tochter, und auch die anderen nickten kühl, niemand stellte sich ihr vor. Man hatte sich daran gewöhnt, sich nur vom Hörensagen ein Bild von ihr zu machen und das lud nicht zu näherer Bekanntschaft ein.

Theo hatte diese Menschenansammlung in seinem Wohnzimmer nicht gewollt. Er hatte es Frieda auch gesagt, im Winter, als Berta im Spital lag. Doch später hatte er nicht mehr daran gedacht. An meinem Siebenundneunziger will ich keine Feier, hatte er gesagt, die vielen Leute, das strengt mich zu sehr an. Und jetzt waren sie alle da und niemand hatte ihn gefragt.

Zu seinem neunzigsten Geburtstag hatte Berta sich nicht damit begnügt, zu Hause Freunde und Verwandte einzuladen, in einem Gasthaus hatte sie die Feier ausgerichtet. Mehr als sechzig Gäste waren gekommen, damals waren noch viele am Leben, die seither gestorben waren oder in Pflegeheimen in Rollstühlen saßen und ihre eigenen Kinder nicht mehr erkannten. Die ganze Verwandtschaft, Bertas und Theos, die Cousinen und Cousins und deren Kinder, die Kinder der Geschwister und ihre Familien, alle, die von den früheren Arbeitskollegen noch am Leben waren, alle, die ihr eingefallen waren und die jemals in ihrem gemeinsamen Leben eine Rolle gespielt hatten, alle waren sie erwartungsvoll an ihren Tischen gesessen und hatten zu klatschen begonnen, als der Jubilar am Arm seiner Gattin den Saal betrat. Zum Geburtstag viel Glück, hatten sie gesungen und ihre vollen Gläser erhoben: auf dich, Theo, auf ein langes Leben. Nur die Tochter hatte gefehlt und niemand hatte es gewagt, nach ihr zu fragen. Später am Telefon hatte Theo ihr darüber berichtet und die Stimme war ihm vor Rührung gekippt: Meine Berta, sie ist ja so eine, so eine wunderbare... Aber das richtige Wort, um seine Dankbarkeit auszudrücken, war ihm nicht eingefallen. Frieda hatte dazu geschwiegen.

Das große Fest im Gasthaus zu meinem Neunziger, das war ein Gedicht, hatte er später zu Frieda gesagt. Alles, was den höchsten Grad der Vollkommenheit erreichte, nannte Theo ein Gedicht. Eine gute Mahlzeit, ein gelungenes Fest, einen schönen Ausflug.

Ich war nicht eingeladen, hatte Frieda gesagt.

Was? Du warst nicht dabei? Ja, wie konnte das denn passieren?

Ist dir nicht aufgefallen, dass ich gefehlt habe?, hatte sie gefragt. Es war eine Überraschungsparty und du hast mir am Telefon davon erzählt.

Nein, das ist mir gar nicht bewusst geworden.

Er hatte eine Weile überlegt, wie man sie hatte übergehen können, dann hatte er geseufzt: Weil ich mich halt immer zu sehr auf meine Frau verlassen habe. Ich habe lange gebraucht, um ihre schlechten Seiten zu sehen.

Und jetzt siehst du sie?, hatte Frieda gefragt.

Sie ist eine bittere Frau, sie hatte eine unglückliche Kindheit, darüber kommt sie nicht hinweg, besonders in letzter Zeit redet sie viel davon. Früher war sie ganz anders.

Es ist wohl niemand mehr am Leben, den sie dafür belangen könnte, hatte Frieda gesagt.

Theo überhörte die Ironie in Friedas Sätzen immer. Er hielt sie für humorlos und selbstgerecht. Ihren sarkastischen Humor nannte er Zynismus. Mitgefühl für Berta war bei ihr nicht zu erwarten. Dann hatten sie über anderes geredet, aber Theo war beunruhigt bei dem Gedanken, dass immer wieder Dinge geschahen, die er sich nicht erklären konnte, an die er auch nicht die geringste Erinnerung besaß und die ihm trotzdem nachträglich die Freude verdarben und ihn ins Unrecht setzten.

Immer wieder passieren einem Dinge, die nicht hätten geschehen sollen, sagte er.

Friedas Geburtstagsgeschenk war wie immer ohne jedes Maß, neun Flaschen Rotwein, sieben Flaschen Piccolo und eine Flasche Champagner, und ihr Blick forderte Lob, wo sie doch wissen musste, dass er keinen Alkohol mehr vertrug.

Die brauchst du gar nicht auspacken, sagte er, die kannst du gleich wieder mitnehmen.

Aber dann überlegte er es sich anders: Lass ein paar hier, für die Gäste.

Berta und Ludmila trugen die mit Schnitzel, Kartoffeln und Salat beladenen Teller herein. Es wurde still, während die Gäste sich in ihr Essen vertieften. Nach dem Essen kam die Geburtstagstorte, aus einem Grund, den Theo nicht verstand, der Höhepunkt des Festes. Er mochte keine Torten, schon gar nicht solche, wie Berta und Ludmila sie zubereiteten, in Butter verrührter Zucker bereitete ihm Übelkeit. In seiner Kindheit hatte es keine Torten zu Geburtstagen gegeben, und auch in Friedas Kindheit nicht. Eine Torte war für alle da und kein Geschenk. Erst Frieda hatte den Brauch eingeführt, als ihre Kinder klein waren, eine Mode aus Amerika, wie seit Neuestem Halloween, als sie ihm letztes Jahr den Postkasten mit Feuerwerkskörpern sprengten, diese Halbstarken, hatte er verächtlich gesagt. Und dann die Idee, sich etwas zu wünschen, während die anderen mit angehaltenem Atem warteten, ob alle Kerzen gleichzeitig verlöschten. Woher sollte er so viel Atem auf einmal hernehmen. So ging das nicht mit dem Wünschen. Unkonzentrierte Wünsche gingen nicht in Erfüllung, nur solche, in die man alles legte, sodass nichts blieb als nur der Wunsch, dann vielleicht, dann konnte man hoffen.

Wie schön Mila war, als sie, die Torte in beiden Händen, die zwei Stufen zwischen Küche und Wohnzimmer herunterstieg, den Kerzenschimmer im offenen Haar, ihr Körper ein Bild weiblicher Vollkommenheit.

Hier kommt die Königin, sagte er.

Sie stellte die Torte vor ihm auf den Tisch, dabei verrutschte der spitze Ausschnitt ihres Sommerkleids. Er spürte die Wärme ihres Körpers und atmete den vertrauten Duft ein, und als er aufsah, kreuzte sein Blick sich mit dem seines Neffen Gabriel. Mir gefällt sie auch, sagten Gabriels Augen und zwinkerten ihm zu. Theo fühlte sich ertappt. Was musste sein Neffe denken? Ein lüsterner Greis. Wie unnatürlich war es ihm früher vorgekommen, wenn weißhaarige Männer in ihrem dritten Lebensabschnitt mit ihren Kindfrauen geprahlt und Kinderwägen vor sich hergeschoben hatten. Alles liegen und stehen lassen und weiterziehen, hatte er über seinen Schwiegersohn Fery gesagt, darauf soll man nicht stolz sein. Er hatte bei Wilma ausgeharrt und er würde bei Berta ausharren, mochte sie ihn auch quälen, er würde ohnehin vor ihr sterben und dann würde es ihr leidtun. Wer hatte ihn noch beobachtet, als er Ludmila mit verliebten Augen betrachtet hatte? Er schämte sich und konzentrierte sich auf das Kuchenstück. Die Scham schlug sich auf seinen Magen. Vielleicht war es auch die Torte.

Sie war eindeutig zu üppig, aber die Leute warteten, dass er etwas sagte. Jemand klopfte an ein Glas.

Die Torte, sagte er und nahm seine ganze rapid schwindende Kraft zusammen, ist das Beste. Ein Gedicht.

Zu allem Überfluss schien ihm auch noch die Sonne auf den Hinterkopf. Er kämpfte mit dem Brechreiz, fühlte sich, als müsse sein Körper gleich zerfließen und nur mehr eine Pfütze hinterlassen, da, wo er saß. Er brauchte seine ganze Kraft, diese porös werdende Hülle, die seine Eingeweide zusammenhielt, ihn daran zu hindern sich aufzulösen. Dann sackte er kurz zusammen, kalter Schweiß trat ihm auf die Schläfen. Nur jetzt nicht ohnmächtig werden, vor dieser ganzen Gesellschaft. Nichts wünschte er sich sehnlicher als allein zu sein. Ludmila streichelte besorgt seine Hand, sie war die Einzige, die spürte, welche Anstrengung es ihn kostete, sich aufrecht zu halten.

Die Übelkeit ebbte ab, es war vorbei, und er richtete sich erleichtert auf, sein widerstandsfähiger Körper hatte ihn noch selten im Stich gelassen. Er rülpste leise hinter vorgehaltener Hand und schaute verstohlen in die Runde. Niemand außer Ludmila hatte sein Unwohlsein bemerkt.

Am Nachmittag übersiedelten die Gäste in den Garten, Theo stieg vorsichtig und langsam die Stufen hinunter und überließ Ludmila seinen Arm, aber plötzlich gaben seine Knie nach und er wäre gestürzt, wenn man ihn nicht aufgefangen hätte.

Ja, die Materialermüdung, scherzte er, als sei sein Körper ein reparaturbedürftiges Vehikel. Ständig geht was kaputt, mehr als man reparieren kann.

Ich gebe euch eine Führung durch meinen Garten, rief er mit gespielter Munterkeit, um sein Versagen zu überspielen. Er führte sie zu den Rosen am Zaun, erklärte ihnen die Sorten, die Teerosen, die Damaszener Rosen. Er ging weiter zum Gartenhäuschen, die Gäste folgsam mit kleinen Schritten hinter ihm, er benannte die Pflanzen, die Klematis, die über das Dach kletterte, die Glyzinien an der Hauswand, die im Frühling mit ihren Trauben die Fenster verdunkelt hatten, und das hier, erklärte er stolz, ist eine besonders prächtige Sorte eines Pfingstrosenstrauchs, die Blüten verändern im Lauf des Aufblühens ihre Farbe, ein tiefes Violett steigt vom Grund der Blüte auf, und während sie sich entfaltet, breitet es sich bis zu den Rändern aus und verblasst zu einem fast weißen Rosa. Wenn er von Naturvorgängen und von Pflanzen redete, verflog seine Gehemmtheit und er wurde fast poetisch. Die Schönheit der Natur war für ihn reine Poesie, sie gehörte zu den Dingen, von denen er sagte: ein Gedicht. Manchmal hatte ihm jemand Samen oder Setzlinge aus anderen Ländern mitgebracht, er steckte die Reiser in die Erde und sie gediehen, wurden zu Sträuchern, und er erinnerte sich bei jedem Strauch, woher er ihn hatte, an welchem Standort er am besten gedieh, wie viel Wasser und wie viel Sonne er brauchte, er liebte die Pflanzen als wären sie Haustiere.

Und da ist das Olivenbäumchen, das mir Fabian einmal mitgebracht hat.

Dann schwieg er und die Gäste standen verlegen vor dem knorrigen Stamm mit den silbrigen Blättern wie vor einem Grab und dachten an Theos Kummer. Das Schweigen dehnte sich und wurde unerträglich. Theo stapfte weiter, immer mit dem Stock voraustastend, als prüfe er den Boden und war nicht mehr zum Scherzen aufgelegt.

Sie ließen sich auf den Gartenstühlen im Schutz der Hauswand nieder und unterhielten sich, während Theo immer wieder einnickte, es war alles gesagt, was zu sagen war. Weggetreten, hörte er die Gäste flüstern, wenn sie das Wort an ihn richteten und keine Antwort bekamen. Nur wenn Ludmila ihn leicht am Ärmel zupfte, wandte er sich ihr zu, und seine Aufmerksamkeit war als Auszeichnung gedacht, nur für sie.

Er wurde der Gäste allmählich überdrüssig und hätte sie

gern weggeschickt, er hatte ihnen nichts zu sagen und es gab nichts, was ihn an ihren Gesprächen interessierte. Sie redeten von ihren Häusern, die er nie gesehen hatte, ihren Reisen, die ihm überflüssig erschienen, er hatte nie verstanden, warum die Leute glaubten, ständig unterwegs sein zu müssen, sie erzählten von ihren Kindern und Enkelkindern und es ging ihm auf die Nerven, wie hemmungslos sie prahlten. Er ließ es zu, dass die Müdigkeit in Wellen über ihn hinwegspülte. Sie nahm die Geräusche mit sich fort, während er in ihrer Stille versank, und nach einer Weile hob sie ihn wieder an die Oberfläche dieses Frühsommernachmittags, der immer noch der gleiche war wie vorher, nur dass die Sonne hinter dem Haus verschwand und einen immer länger werdenden Schatten über den Garten legte. Das Gemurmel drang auf ihn ein, verdichtete sich zu Satzmelodien, einzelne Wörter blieben in seinem Bewusstsein hängen, Sätze füllten sich mit Sinn, er schlug die Augen auf, sie redeten noch immer. Hin und wieder sprach ihn jemand an, aber meist redeten sie miteinander als wäre er ein Kind inmitten der Erwachsenen.

Er lebt bereits in einer anderen Welt, hörte er jemanden sagen. Meinte er ihn, Theo? Unsinn, wollte er rufen. Aber wozu. Lass sie in dem Glauben, dachte er, solange sie nicht an dir herumzerren.

Es ist halt ein Elend mit dem Altwerden, seufzte eine der Frauen, die er nicht kannte oder nicht wiedererkannte.

Die Menschen werden ja heutzutage immer älter, hörte er eine andere sagen, und die belehrende Stimme eines Mannes führte den Gedanken fort: Ja, die Überalterung droht zu einem großen Problem zu werden.

Geht euch unser Sterben nicht schnell genug?, fragte Theo plötzlich hellwach, als habe er die ganze Zeit aufmerksam zugehört. Die Frage kam so unerwartet von einem, der stets nur bekräftigte was die anderen sagten, dass alle aufhorchten und ihn erschrocken ansahen. Nur Frieda lachte hell auf.

Ich höre noch recht gut, sagte er, ich brauche nur länger um zu verstehen, was ihr sagt.

Aber Theo, beschwichtigte Ottilie, so war es doch sicher nicht gemeint.

Wie denn?, murrte er. Er hatte keine Lust mehr, nett zu sein und sie zu unterhalten. Irgendwann musste das Nettsein aufhören, wenn sie nicht von selber auf den Gedanken kamen, dass es Zeit war aufzubrechen.

Er ist schwierig geworden, beklagte Berta sich leise bei ihren Freundinnen, sein Altersegoismus… Sie warf ihm einen raschen, vorsichtigen Blick zu und verstummte.

Nach einer Weile wandte sich Theos Nichte an Ludmila: Woher kommen Sie ursprünglich?

Auch die anderen sahen sie aufmunternd an, erleichtert, dass sie sich einem neuen unverfänglichen Thema zuwenden konnten.

Jemand anderer fragte: Gefällt es Ihnen hier?

Ja, gefällt mir sehr, antwortete Ludmila und ignorierte die erste Frage, aber ihr Blick ging ängstlich zwischen den Fragenden hin und her, sie horchte der Absicht ihrer Fragen nach. Auch Theo saß jetzt angespannt, wie auf dem Sprung ihr beizustehen. Was wollten sie von ihr, was wussten sie? War jemand unter ihnen, der sie anzeigen würde, wenn er erfuhr, woher sie kam? Sie lobten ihr gutes Deutsch, fragten, wie lange sie schon hier sei, und wiederholten die Frage, woher sie komme. Würde sie lügen und sagen, sie sei aus einem sicheren Land, aus der Slowakei, aus Ungarn, Polen, irgendeinem EU-Land, und würde Berta aus Unwissenheit ihre Lüge richtigstellen?

Aus Ukraine, sagte sie.

Und wo in der Ukraine?

Ganz nah an slowakische Grenze, sagte sie, als sei die Grenze ein Schutz, je näher der Grenze desto sicherer war sie. Ihre Augen huschten verschreckt hin und her, ihr Gesicht konnte nichts verbergen.

Dürfen Sie denn hier... begann die Frau des Neffen und verstummte unter Theos warnendem Blick. Jetzt mussten sie es alle begriffen haben. Frieda beobachtete die Szene mit einem Gesicht, das Theo nicht zu deuten wusste. Spannung? Genugtuung? Er setzte seine undurchdringliche Miene auf, eine Mauer, die nichts einließ und nichts verriet.

Auch Ottilie, die Belesene, die gern mit Theo über Bücher redete und ihm manchmal eine Neuerscheinung mitbrachte, obwohl er abwehrte, er habe nicht mehr die Kraft für ein ganzes Buch, hatte die stummen Signale zwischen den Eingeweihten beobachtet und wusste längst Bescheid. Sie versuchte das Gespräch in kulturelle Bahnen zu lenken und fragte Ludmila nach ihren Lieblingsautoren. Dafür bekam sie ein kleines erleichtertes Lächeln.

Kennen Sie Gogol, fragte sie mit aufmunternder Lehrerinnenmiene.

Ja, sagte Ludmila erfreut, ist ukrainischer Dichter, wir haben in der Schule gelesen. Auf diese Prüfung ließ sie sich gern ein.

Und Isaac Babel?

Diesen Namen hatte Ludmila noch nie gehört. Sie schaute Ottilie fragend an, und die begann über Budjonnyjs Reiterarmee zu referieren, über seine Heimatstadt Odessa und sein tragisches Schicksal, über Czernowitz und seine jüdischen Dichter vor dem Krieg, sie redete sich in eine Begeisterung, die bei den anderen Gästen Langeweile hervorrief. Einige standen auf und sagten, sie müssten sich die Füße vertreten, andere schlossen die Augen und boten ihre Gesichter der Sonne dar und Ludmila starrte die Frau an, als hielte sie in einer ihr unbekannten Sprache einen Vortrag.

Ich war vor zwei Jahren in Czernowitz und in Lemberg, L'viv, berichtete Ottilie, aber ich fürchte, diese Städte sind nur mehr ein Schatten von dem, was sie vor dem Krieg waren.

Kennen Sie Czernowitz, fragte sie Ludmila.

Ludmila nickte. Ist nicht weit von unserem Dorf.

Und L'viv?

Mein Vater war aus L'viv, viele Verwandte, alles weggebracht, sind dann gestorben.

Deportiert?, fragte Gabriel erschrocken, auch Ihre Familie? Die Ukrainer müssen die Deutschen bis heute hassen, nach allem, was ihnen angetan wurde.

Ludmila beeilte sich zu beteuern: Nein, gar nicht. Waren nicht Deutsche, waren Sowjets, die weggebracht haben meine Verwandte.

Theo entspannte sich, die Gefahr, auf Ludmilas Illegalität angesprochen zu werden, war vorbei. Jetzt konnte sie ohne Angst von Dingen berichten, die die Leute interessieren würden, über Lemberg, ihre von den Sowjets in den Gulag verschleppten Verwandten, ihr Dorf, ihre Mutter und ihre Tochter, das Leben auf dem Land, in den Kolchosen unter sowjetischer Herrschaft, die große Hungersnot, den Urgroßvater auf dem Gutshof, alles, was sie ihm im Lauf der Monate erzählt hatte. Er wünschte sich nur, dass sie ihren Großvater, den Partisanen, nicht erwähnte.

Sowjet war sehr schlecht, erklärte sie. Viele Millionen Ukrainer gestorben in Holodomor, von Vater ganze Familie ist nach Kasachstan weggebracht.

Was ist Holodomor?, fragte jemand.

Das war die große Hungersnot in den Dreißigerjahren im Zug der Kollektivierung, erklärte Ottilie allen, die keine Ahnung von Geschichte hatten.

Deutsche waren gut am Anfang, beteuerte Ludmila, Sowjets haben Kämpfer für ukrainische Freiheit eingesperrt und getötet, Deutsche haben befreit. Mein Großvater am Anfang war für Deutsche. Später war Partisan, sie biss sich auf die Lippen, als habe sie etwas Ungehöriges gesagt und sei stolz darauf.

Die Partisanen waren feige Hunde, sagte ein Nachbar, sie haben aus dem Hinterhalt gekämpft, nicht wie Männer.

War Ihr Großvater bei der OUN, mit Bandera?, fragte Frieda beiläufig.

Ja, strahlte Ludmila, Sie wissen?

Als Kollaborateur, sagte Frieda hart, oder als KZ-Aufseher und Mordgehilfe, der für die Deutschen Juden aufspürte und totprügelte?

Es war keine Frage, es war eine Anschuldigung.

Juden?, fragte Ludmila unsicher. Juden waren Kommunisten, Sowjets, Feinde von ukrainische Volk.

Frieda starrte sie fassungslos an. Glauben Sie das wirklich? Wissen Sie denn nicht, was mit ihnen geschehen ist, mitten unter Ihren Leuten?

Mit jedem Satz war ihre Stimme lauter geworden, bis sie fast schrie.

Sind vielleicht ausgewandert?, mutmaßte Ludmila, dann fasste sie sich und sagte mit der Bestimmtheit einer, die es wissen muss: Es gibt keine Juden in Ukraine, ganz wenige, sind gegangen, weil Ukraine arm ist.

Es gab drei Millionen Juden auf dem Gebiet der heutigen Ukraine, wies Frieda sie zurecht. Wie hätten die Deutschen alle Juden so schnell, so lückenlos erfassen und ermorden können ohne die Hilfe der Einheimischen. Erklären Sie mir das!

Theo erschrak. Wenn Frieda erst einen solchen Anlauf nahm und sich in ihrem Lieblingsthema festbiss, konnte es am Ende nur einen Tumult geben. Er kannte seine Tochter. Die Einstellung der anderen Gäste kannte er nicht, jedenfalls nicht zu schwierigen Dingen, über die man nicht sprach. Es war viel zu gefährlich, über den Krieg zu reden, man konnte sich Feinde machen, Todfeinde, schon der Gedanke daran machte ihm Angst. Seine Generation war in der Runde nicht mehr vertreten, aber er machte sich über die Jüngeren keine Illusionen, Bertas Altersgenossen waren die ehemaligen Pimpfe, die BdM-Mädel, es war ihre Jugend gewesen, ihre beste Zeit.

Sein Blick fiel auf seine Großnichte, die Enkelin seines ältesten Bruders. Ignaz' Tochter aus erster Ehe hatte einen luxemburgischen SS-Mann geheiratet, der sich vierzig Jahre später noch immer mit Stolz als überzeugten Nationalsozialisten bezeichnet hatte.

Wie kannst du einen Mann in deinem Haus bewirten, der ein Nazi ist?, hatte Frieda ihn gefragt.

Was soll ich tun?, hatte Theo geantwortet, wenn Berta die beiden einlädt, schließlich ist er mein Gast. Wer bliebe übrig, wenn man allen Nazis aus dem Weg ginge?

Dazu hatte Frieda gelacht und der angespannten Situation die Schärfe genommen. Der Luxemburger hatte ihn wenig später fast umgebracht, erinnerte Theo sich, als er ihm mit Glykol versetzten Sekt als Gastgeschenk mitgebracht hatte. Mehrere Wochen war Theo todkrank und blind gewesen, aber seine starke Natur hatte auch diese Attacke auf sein Leben überstanden. Daraufhin waren der Nazi und seine Frau in Theos Haus nicht mehr willkommen gewesen.

Immer dieser Unfriede, murmelte er, muss das sein?

Kaum war Frieda im Haus, gab es Streit.

Ludmila sah Frieda erschrocken und verständnislos an, auch wenn sie nicht jedes Wort verstanden hatte, sie hatte die Wut herausgehört, sie hatte verstanden, dass Frieda ihren geliebten Großvater einen Mörder nannte, einen Kollaborateur. Und sie verstand, dass das, was sie sagte, sich gegen sie und ihr Land richtete. Es traf sie wie ein Schlag aus dem Hinterhalt und trieb ihr Tränen in die Augen. Sie warf Frieda einen hasserfüllten Blick zu.

Jetzt fängt sie schon wieder an! Berta zeigte anklagend auf Frieda. So ist sie. Da seht ihr es.

Gehen wir, sagte Frieda und wollte aufstehen, als Theo sich in seinem Liegestuhl halb aufrichtete, um das Wort zu ergreifen. Niemand hatte erwartet, dass er etwas sagen würde. Sie kannten ihn als Schweiger, der teilnahmslos neben seiner Frau saß, während sie redete. Meist erweckte er den Anschein, er sei mit seinen Gedanken ganz woanders, während die anderen vergaßen, dass er anwesend war. Er war mit dieser Aufteilung ihrer Rollen immer zufrieden gewesen: Sie redete, er schwieg. Deshalb sahen sie erstaunt zu ihm hin, als er in seinem unbeholfenen Hochdeutsch, damit Ludmila ihn verstehen konnte, zu einer Rede ansetzte.

Die Unsrigen haben nicht die Hilfe der Ukrainer gebraucht, sagte er heiser vor Aufregung, ihr habt ja keine Ahnung wie die gewütet haben, sinnlos gemordet, vergewaltigt, geplündert, ihr wisst ja nichts. Ich war dabei, ich habe es gesehen. So waren nicht einmal die Russen bei einem Kampfeinsatz. Dagegen waren die Russen fast…

Er tastete nach einem Wort und fand nur das Echo der vorangegangenen Diskussion.

Diszipliniert?, versuchte er. Aber das war nicht das passende Wort.

Vorbildlich? Das hatte er noch von vorhin im Ohr, aber das war es auch nicht. Dann fiel ihm das richtige Wort ein.

Zivilisiert, sagte er erleichtert, ja die waren anständig im Vergleich zu den Unsrigen. Ihr könnt es euch nicht vorstellen, die waren ja wie die…, wie die…

Wieder suchte er nach einem passenden Ausdruck. Doch diesmal gab er auf und sank erschöpft in seinen Stuhl zurück. Er zitterte, seine Hände fuhren nervös auf seinen Knien hin und her.

Tiere?, schlug jemand vor.

Nicht Tiere. Er schüttelte den Kopf. Tiere sind nicht so.

Alle schwiegen und schauten ihn verwundert an. Dass er so viel auf einmal gesagt hatte, jetzt, wo man ihm längst mit der herablassenden Duldsamkeit gegenüber einem senilen Alten zuhörte, kam unerwartet und befremdete. Einige schüttelten verständnislos den Kopf, er aber starrte mit erbitterter Miene in die Ferne oder vielmehr in die Büsche jenseits des Baches, deren Laub in der Abendsonne wie gefirnisst glänzte. Sein Blick war abwesend, vielleicht in einer anderen Zeit an einem anderen Ort, wohin er nie jemandem erlaubt hatte, ihn zu begleiten.

Siehst du, sagte Berta vorwurfsvoll zu Frieda. Du schaffst es immer, deinen Vater aufzuregen.

Theo schwieg, aber seine Nasenflügel bebten und sein Körper hatte sich noch nicht beruhigt.

Gehen wir, wiederholte Frieda und stand auf. Sie beugte sich zu ihm hinunter, ganz nah, als wolle sie ihn küssen, und berührte leicht die Hand, die in seinem Schoß lag und dabei flüsterte sie ihm etwas zu, das er nicht verstand. Er hatte nicht die Kraft zu reagieren, er war von dem eben Gesagten aufgewühlt, aber auch erstaunt über seine Wut und seine Courage, und er wusste, er spürte es, Frieda war stolz auf ihn. Es war ein gutes, ein befriedigendes Gefühl. Danke, sagte sie, nur mit den Lippen, er nickte. Hab ich dir doch einmal was recht gemacht, wollte er sagen, aber nicht einmal dazu reichte seine Kraft.

Sie winkte hochmütig in die Runde und Berta sagte: Sie geht nie eher, als bis sie alles kaputt gemacht hat.

2

Jetzt, da ich Vater jede Woche besuchen konnte, fürchtete ich diese Sonntagnachmittage. Ich sah von Woche zu Woche, wie er verfiel, wie seine Knie einknickten und Ludmila ihn vom Sofa zum Tisch oft beinahe tragen musste.

Mit ihrer Hilfe, sagte er, kann ich noch in den Garten, nachts kann ich noch allein aufstehen, anziehen kann ich mich meist noch allein.

Was war das für ein Leben, wenn vor jeder Tätigkeit ein noch stand. Wenn man beobachtet, wie ein geliebtes Leben zu Ende geht wird jeder Tag, jede Woche zum Feind. Ich stand hilflos daneben und konnte ihn nicht einmal stützen, wenn er aufstehen wollte, er ließ mich nicht, er rief nach Ludmila. Ludmila und Berta waren ihm näher, als ich ihm jemals hatte kommen können. Sie waren seinem Körper nahe gewesen, jede zu ihrer Zeit, und vielleicht war es allein die Vertrautheit der Berührung, wie Liebe fühlbar wurde. Die Liebe, die ihn und mich verband war etwas Ungreifbares, zu tief, um es auszureißen, zu flüchtig, um es einzuklagen. Wer sagt, dass es zwischen Eltern und Kindern diese unzerstörbare Nähe geben muss? Manchmal ertappte ich mich dabei, dass ich mir wünschte, dieser schleichende Verfall, den er stoisch und mit gelegentlichem Humor ertrug, käme bald zu einem Ende, und auch die lähmenden Besuche, in denen von mir erwartet wurde, dass ich Berta und Ludmila Gesellschaft leistete. Ich fragte Ludmila, wie es ihrer Mutter und ihrer Tochter gehe. Ich bemühte mich, die Grenze zur Neugier nicht zu überschreiten, aber allmählich lernte ich sie kennen, in kleinen Schritten und Nebensächlichkeiten, ich erfuhr, dass ihre Lieblingsfarbe Blau war, und dass ihre Tochter Leistungssport betrieb, sie erwähnte, dass sie in Socken schlief und immer kalte Füße hatte, und wann ihr Geburtstag war. Einmal erzählte sie von ihrer Schwester, die so viel hübscher und klüger gewesen sei als sie, in L'viv habe sie nach dem Gymnasium studieren wollen, und dann sei sie von Polizisten überfahren und getötet worden. Ludmila war überzeugt, dass es kein Unfall gewesen war, sondern Mord. Als sie davon erzählte, beherrscht, mit erstickter Stimme, lief sie plötzlich aus dem Zimmer, um nicht vor uns zu weinen, und auch mein Vater wischte sich Tränen von den Wangen. Nach einigen Minuten kam sie mit einer Haarbürste zurück, trug sie vor sich her wie eine Kostbarkeit.

Ist Geschenk von meine Schwester, sagte sie. Sie hatte so schönes Haar.

Berta saß mir gewöhnlich gegenüber und ich fragte sie nach ihrer Gesundheit und hörte mir aufmerksam ihre ausführlichen Berichte an, sie reichte mir vertrauensvoll ihre Medikamentenschachteln zur Begutachtung, als sei ich Pharmazeutin. Manchmal bewahrte ich Ludmila davor, bei Halsschmerzen ein Mittel gegen Rheuma einzunehmen, weil es noch da ist, wie Berta sagte, und schade drum, wenn man es wegwirft. So freundlich ich mich auch allen dreien zuwandte, so geduldig ich ihnen zuhörte, ich blieb ein Gast, an den man sich gewöhnt hatte, den man erwartete, dessen Besuch man sogar einforderte wie einen Tribut, denn schließlich kamen sie ja selber kaum mehr unter Leute. Und ich dachte, wie weit ich mich von meinem Vater und meinem Elternhaus entfernt hatte, dass ich mich so unwohl fühlte und mich Woche für Woche vor dem Sonntag fürchtete.

Und nun war ich zu Vaters Geburtstagsfest eingeladen, wo ich auch noch die Freunde und Verwandten zu Gesicht bekommen würde, denen Berta seit Jahren üble Geschichten über mich erzählte. Von Zeit zu Zeit kam mir etwas zu Ohren, es war mir egal, ich kannte diese Leute kaum, auch wenn einige mit mir verwandt waren. Ich hatte Edgar gebeten mitzukommen, aber auch ihm gegenüber hätte ich nicht zugegeben, dass ich Angst davor hatte, Vater unter lauter Fremden zu begegnen. Wie konnte ich ihn vor ihnen begrüßen, wenn ich nicht einmal wusste, wie ich mich ihm bei meinen Besuchen nähern sollte. Unter Menschen war er mir am fernsten. Als Geburtstagsgeschenk hatte ich Rotwein gekauft, neun Flaschen ausgesuchter Rotweinsorten und Champagner für die Feier des Tages. Ich hatte mich darauf gefreut, wie er den Wert an der Tiefe ihrer Böden messen und bemerken würde, dass es guter Wein war. Vielleicht erinnerte er sich an die Tage im Winter, als wir einander nähergekommen waren als jemals zuvor. Als er mich in den Keller geschickt hatte, die letzte Flasche Rotwein zu holen, um mir damit zu sagen, was er in Worten nicht sagen konnte.

Aber Vater sagte nur, verärgert über meine Großzügigkeit, die er mir als Protz und Verschwendungssucht auslegte: Wein vertrage ich nicht mehr, überhaupt keinen Alkohol. Er saß vor einem Glas Fruchtsaft. Ich schrieb seine Schroffheit den abnehmenden Kräften zu, die ihm keine rücksichtsvollen Erklärungen mehr erlaubten. Ich hatte in meiner Vorfreude nur daran gedacht, dass ihn der Wein an die Gespräche im Winter erinnern würde, und diese Nähe wäre unser Geheimnis während der ganzen Geburtstagsfeier gewesen. Dabei hatte ich vergessen, dass er vieles nicht mehr vertrug. Wie rasch sein Körper in den letzten Monaten an Substanz verloren hatte, wie empfindlich er geworden war, Fett, Wurst, frisches Brot, Alkohol, sein schwacher Organismus verweigerte von Woche zu Woche, von Tag zu Tag immer mehr Nahrungsmittel. Was würde am Ende noch übrig bleiben?

Edgar und ich kamen an den aneinanderstoßenden Kanten zweier unterschiedlich großer Tische zu sitzen wie ungebetene

Gäste, mit denen niemand zu sprechen wagte. Wir waren in die Gespräche kreuz und quer über die Tische hinweg nicht einbezogen, und Edgar hatte sich in sein unbeteiligtes Schweigen verkrochen. Vater saß am anderen Ende, am Fenster mit den Blumentöpfen und hielt nach Ludmila Ausschau, die zwischen Küche und Esstisch hin und her lief. Ich betrachtete seine zusammengesunkene Gestalt aus ungewohnter Distanz, wie er an seinem Platz kauerte, ein Häufchen Mensch, leicht wie ein Vogel, das Skelett vom Alter aufgezehrt, mit seinem von Frühjahrssonne und Altersflecken unregelmäßig gebräunten Gesicht, die braun-grün gesprenkelte Iris seiner tief liegenden Augen durchscheinend, als läge eine farblose Helligkeit auf ihrem Grund. Die zerknitterte Haut hing fleischlos von seinen Unterarmen, Elle und Speiche zeichneten sich deutlich ab. Wenn sein Gehirn so viel an Substanz und Gewicht verloren hatte wie sein Körper, war es erstaunlich, dass er überhaupt noch denken konnte. Zwischen den hervortretenden Speichen seiner Handrücken lagen die dunklen Stränge der Adern an der Oberfläche. Schon als Kind hatte ich seine Hände geliebt, schmale, sehnige, starke Hände mit langen Gliedern. An seiner Hand zu gehen hatte Glück und Geborgenheit bedeutet. Seine Hände waren dabei gewesen, als ich das Radfahren lernte, als ich das erste Mal auf Schiern stand. Sie hatten bedeutet, dass ich nicht hart fallen konnte. Immer hatte es mir um seinetwillen wehgetan, wenn ich seine schwieligen, schrundigen und oft mit Pflastern geflickten Hände betrachtete, die Hände eines Menschen, der zu Besserem bestimmt gewesen wäre als dazu, die Erde umzugraben, Wurzelballen und Baumstämme auf Lastwagen zu heben. Diese Hände, die jetzt leicht gefaltet auf dem Tischtuch lagen, würden in absehbarer Zukunft starr und kalt auf seiner Brust liegen. Und dann würde ich ihm nichts mehr sagen können.

Wie der Tod an einem Menschen zehrt, bevor er ihn bezwingt. Er wird sterben, dachte ich, und wir werden nie so miteinander geredet haben, wie ich es mir immer gewünscht habe, und jede letzte Gelegenheit, auch diese, wird ungenutzt verstreichen. Ich sah ihn jetzt öfter als seit vielen Jahren, aber er war nicht mehr da, nicht für mich. Seine Aufmerksamkeit konzentrierte sich auf Ludmila, als suchte ein Kind mit den Augen nach seiner Mutter. Das Schicksal, an das er glaubte, hatte ihm in der Einsamkeit seines Alters ein letztes Glück beschert. Wer sollte es ihm missgönnen?

Die anderen prosteten einander zu, die meisten tranken Bier, einige Männer setzten zu Reden an, aber sie kamen über die Wünsche für Gesundheit und ein langes Leben nicht hinaus, sie wussten nichts über ihn, es fiel ihnen nichts ein, das ihn ausgezeichnet, ihn einzigartig gemacht hätte. Ein Leben, das ein Jahrhundert füllte und nichts, was ihnen nennenswert erschien. Sie mussten sich insgeheim eingestehen, dass sie ihn nicht kannten. Er war ein großer Schweiger, einer, der unauffällig durchs Leben gegangen war ohne sich Feinde zu machen und ohne Freunde zu gewinnen. Keiner von ihnen konnte ihn seinen Freund nennen, keiner konnte liebenswürdige Anekdoten über gemeinsame Erlebnisse berichten.

Er war ein Einzelgänger, bescheiden, mit seinem Los zufrieden, er rechnete sich zu den Glücklichen, weil er nie viel erwartet hatte. Er hat die Ruhe und die Natur geliebt und er hat gern gelebt, auch jetzt lebt er noch gern. Das hätte ich gesagt, wenn man mich gefragt hätte, aber niemand forderte mich auf etwas zu sagen.

So gering sie wog musste selbst die bescheidene Lebensfreude eines Greises in den Augen vieler unverdient und unmäßig erscheinen. Während sie aßen und ihm zuprosteten, dachten sie nicht an sein Leben, sondern an seinen bevorstehenden Tod, und weil selbst der Gedanke daran sorgfältig vermieden werden musste, fiel ihnen über leere Floskeln hinaus nichts ein, was sie zu ihm hätten sagen können. Sie standen noch mitten im Leben, zumindest erschien es ihnen so, weil sie Zukunft hatten, er aber würde ihre Zukunft nicht mehr erleben. Sie waren die unbeteiligten Zeugen seines langsamen Verlöschens.

Allmählich begann Vater sich an die Gäste zu gewöhnen, er wurde fröhlich, genoss es zusehends, Zentrum der Aufmerksamkeit zu sein und gab den jovialen alten Herrn mit Platitüden aus Fernsehfilmen und Sinnsprüchen, die alle irgendwie ins Leere gingen. Die Gäste sahen einander unsicher an und wussten nicht, ob sie lachen oder peinlich berührt schweigen sollten. Einige hoben die Gläser, Theo, auf dich, rief jemand, auch er hob sein Glas und strahlte in die Runde.

Es ist schön, noch unter euch zu sein, sagte er.

Er lachte öfter als sonst und zeigte die regelmäßige Reihe seines viel zu großen Kassengebisses. Ich kann ihn mir nicht mehr in Erinnerung rufen, wie er früher ausgesehen hatte, aber an seinen entstellten Mund habe ich mich nie gewöhnen können. Mit dreiundneunzig hatte er seinen letzten Schneidezahn verloren und das neue Gebiss war zu breit für seine schmalen Kiefer, die Eckzähne reihten sich ununterscheidbar an die Schneidezähne, alle vom gleichen kalkig stumpfen Weiß. Wenn er die Lippen schloss, musste ich anfangs an einen Boxer denken, der sich den Zahnschutz in den Mund schiebt, bevor er in den Ring steigt, und wenn er redete, klang es anders, dumpf, weniger klar als früher. Bist du sicher, dass sie es nicht vertauscht haben?, hatte ich gefragt, als ich ihn von der Zahnambulanz abholte und entsetzt auf seinen Mund starrte. Ist ja egal, hatte er geantwortet. Ich brauche niemandem mehr zu gefallen. Mir war es vorgekommen, als habe man mir wieder einmal ein weiteres Stück meines Vaters entwendet.

Als ich ein Kind war, hatte er einen Goldzahn gehabt und irgendwann hatte er mir erzählt, dass er im Krieg ein paar Zähne verloren hatte und im Lazarett habe er diesen Goldzahn bekommen. Er hielt gut, er hielt noch dreißig Jahre. Als ich mit vierzehn Jahren begann, über die Konzentrationslager zu lesen, hatte dieser Goldzahn mich mit solchem Entsetzen erfüllt, dass ich nicht mehr leben wollte mit einem Vater, der Anteil hatte an der Unmenschlichkeit, die dort geschehen war, und jedes Mal, wenn er lächelte, seine Schande entblößte. Aus welchem im Tod erstarrten Mund war dieses Zahngold herausgebrochen worden, das Vater im Kiefer hatte, mit dem er kaute, von dem er *mein Zahn* sagte? Er lebte damit Tag für Tag jahrzehntelang, ohne je darüber nachzudenken, wie es dazu gekommen war, dass man so viel von diesem Gold hatte, dass man es einem einfachen Soldaten ohne Rang als Eckzahn verpassen konnte.

Die Hauptspeise wurde aufgetragen. Edgar schob den Teller von sich: Ich kann das nicht essen, das geht nicht. Berta warf ihm einen strengen Blick zu.

Ich muss Diät halten, erklärte er entschuldigend, ich habe Morbus Crohn.

Sie haben was?, fragte jemand mit missbilligender Schärfe.

Nichts Ansteckendes, sagte Edgar, bloß eine chronische Darmkrankheit.

Ach so, murmelten seine Sitznachbarn erleichtert.

Nach dem Essen streckten sich die Gäste, atmeten tief durch wie nach einer anstrengenden Arbeit und Ludmila trug die Geburtstagstorte herein. Eine Torte ganz ohne Mehl, verkündete sie stolz, es war offenbar ihr Werk. Sie führte Theos Hand, als er die Torte anschnitt.

Die Torte ist einmalig, ein Gedicht!, schwärmte er nach dem ersten Bissen, aber die Farbe war aus seinem Gesicht gewichen, er sah krank und mitgenommen aus.

Ich habe etwas vergessen, sagte Berta, ging in die Küche und schloss mit Nachdruck die Tür hinter sich, etwas fiel zu Boden und schepperte nach. Es dauerte eine Weile, bis sie mit einer Zuckerdose erschien.

Zucker ist schon da, rief Ludmila fröhlich.

Oje, sagte Edgar leise, da braut sich was zusammen.

Für die Vorboten von Beziehungskrisen hatte Edgar einen sechsten Sinn. Ich wünschte, ich würde nicht so viel spüren, hatte er einmal gesagt, dann könnte ich unbeschwerter an die Dinge herangehen.

Nachdem das Geschirr abgeräumt worden war und das Kaffeeservice auf den Tisch kam, begann Vater wegzudriften. Die Mittagssonne beleuchtete sein federleichtes weißes Haar. Ludmila hatte sich neben ihn gesetzt, sie hielt seine Hand, streichelte sanft über seinen Handrücken. Ihr offenes, leicht gewelltes hellbraunes Haar umspielte ihren Hals und ihre Schultern und ihre Wangen waren gerötet. Sie hatte sich schön gemacht, die Wimperntusche und der schwarze Lidstrich betonten ihre trägen Mandelaugen, sie war hübscher als ich sie in Erinnerung hatte, und sie schien mit sich zufrieden. Berta saß von den Küchendämpfen zerzaust und erschöpft an ihrem Platz, sie blickte verwirrt zwischen den Redenden hin und her, als folge sie einem Pingpongspiel und als koste es sie Mühe, dem Gespräch zu folgen. Merkte sie nicht, wie die Zuneigung ihres Mannes sich ganz in Ludmilas Zärtlichkeit verlor? Hart war sie geworden, ein stumpfer Gleichmut lag auf ihrem Gesicht mit den weißen Härchen an Kinn und Oberlippe und ihr ausgemergelter Altfrauenkörper wirkte fast nonnenhaft unter dem hochgeschlossenen Kleid. Welche Rollenverteilung hatten sie sich ausgedacht? Mutter und Tochter? Ehefrau und letzte Liebe? Und welche Rolle kam mir zu? War Ludmila die Tochter, die er sich wünschte, die er sich immer gewünscht hatte? Seit ich ihn und Ludmila beobachtete, war mir klar geworden, dass ich mit den falschen Mitteln um ihn gekämpft hatte. Ich hatte geglaubt, ich könnte Entscheidungen erzwingen, ihm Loyalität abtrotzen.

Am Nachmittag saßen und standen wir im Freien herum, die allgemeine höfliche Unterhaltung zerfiel in Gruppengespräche, ein Gemurmel und Gesumm, das Vater gleichmütig an sich vorbeigehen ließ. Doch dann machte er sich doch bemerkbar, unerwartet, ein erbitterter Aufschrei: Geht euch mein Sterben nicht schnell genug? Ein zorniges Aufbäumen gegen die Frage, die sie insgeheim wohl alle hegten und entsetzt von sich gewiesen hätten: Wie alt will er denn noch werden?

Vater probt den Aufstand, sagte ich zu Edgar und lachte laut auf.

Wurde er im hohen Alter noch zum Rebell, der es endlich wagte, sich zu behaupten? Schon seit Längerem war mir aufgefallen, dass er die Übergriffe seiner Frau mit einer Direktheit abwehrte, an die sie nicht gewöhnt war. Meist nahm sie es kopfschüttelnd und ärgerlich murmelnd hin. Er hatte sein Leben lang versucht, es allen recht zu machen, zu jedem Vorwurf hatte er geschwiegen, selbst die Fehler anderer hatte er auf sich genommen, es war ihm nicht gegeben, sich zu behaupten und auf seinem Recht zu bestehen. Und jetzt auf einmal setzte er sich über die Gefühle anderer hinweg und begehrte auf, jetzt, wo niemand ihn mehr für voll nahm. Und dann dieser Ausbruch über seine Kriegsvergangenheit vor den Gästen, die ihm doch im Grunde alle egal waren. Es passte nicht zu ihm. War es als Selbstbezichtigung gedacht, als späte Beichte, oder setzte er sich in Szene? Meinte er Verbrechen zu enthüllen, über die bisher niemand gewusst hatte?

Wie vor vierzig Jahren wollte ich ihm widersprechen: Sag die Wahrheit, du kennst sie. Du sagst, du warst dabei, dann weißt du auch, dass euch die ukrainischen Nationalisten als Kollaborateure willkommen waren, sie haben euch als Freunde begrüßt, weil ihr ihre Juden ermordet habt. Aber diesmal schwieg ich. Sollte ich einen Siebenundneunzigjährigen belehren? Eine andere Frage beschäftigte mich. Sagte er die Unwahrheit aus Überzeugung oder aus Unwissenheit? Hatte er sich auch in unseren früheren Gesprächen die Wahrheit zurechtgelogen wie er sie brauchte? Und wem galt seine ungewohnte Heftigkeit? Wies er mich zurecht, weil ich Ludmila angegriffen hatte? Wollte er mir sagen: Egal, was die Wahrheit ist, über mich magst du richten, aber nicht über Ludmila und ihre Leute, eher nehme ich die Schuld auf mich? Schloss seine Abrechnung mit den Frontkameraden ihn mit ein? Ich erinnerte mich nicht, dass er jemals *wir* gesagt hatte, wenn er von ihren Verbrechen sprach. Ich sah, wie seine Nasenflügel bebten, sein Mund war verkniffen wie nach einer Kränkung. Ich kenne sein Gesicht, ich habe viele Jahrzehnte Zeit gehabt es zu studieren, und ich sah, wie unter seiner viel zu losen Kleidung sein Körper bebte. Ich spürte die Feindseligkeit der einen, die Ratlosigkeit der anderen Gäste. Es würde kein entspanntes Gespräch mehr zustande kommen, wenn ich blieb. Ich wechselte mit Edgar einen Blick und er nickte: Zeit zu gehen. Ich beugte mich zu Vater hinunter und flüsterte schnell: Ich hab dich lieb. Ich wusste, er konnte mich nicht hören, weil er seit seinem Schlaganfall nichts leise zur Seite Gesprochenes mehr aufnahm. Ich hätte nicht den Mut gehabt, es laut zu sagen, und ich war mir auch nicht sicher, ob er es hätte hören wollen. Er reagierte nicht, vielleicht merkte er gar nicht, dass wir aufbrachen.

Ich hoffe, alle können sich jetzt wieder entspannen, sagte Edgar, als wir im Auto saßen. Diese kleine Ansprache hat er dir zuliebe gehalten, er wollte dir seinen Mut beweisen.

Er kam mir vor wie ein Schauspieler, der seine Rolle schlecht einstudiert hat. Ich glaube eher, er wollte Ludmila beweisen, dass er bereit ist, sie vor mir, vor jedem Verdacht, ja sogar vor der Wahrheit zu beschützen. Die Deutschen brauchten keine Helfershelfer für ihre Verbrechen, das war es, was er sagen wollte. Es stimmt nicht und er weiß es.

Du bist ungerecht, entgegnete Edgar. Die Männer seiner Generation werden es nie über sich bringen, so darüber zu reden wie sie anderes aus ihrem Leben erzählen. Was du jetzt noch nicht weißt wirst du von ihm nie erfahren.

Es hat keinen Sinn mehr zu fragen, stimmte ich resigniert

zu, er hat längst viel zu viel vergessen oder er erinnert sich falsch, auch das Gedächtnis ist ein Feind der Wahrheit. Seit der Schulzeit ringe ich mit ihm um dieses eine Thema, es hat uns jahrzehntelang entzweit und ich hatte immer gedacht, ich könnte ein Geständnis von ihm erzwingen, etwas, womit wir beide hätten leben können und dann gäbe es so etwas wie Frieden zwischen uns.

Wir fuhren durch einen lichten Laubwald, zwischen den Stämmen strich ein leichter Wind über das lange hellgrüne Gras wie über feines Haar. Schade um das schöne Wochenende, seufzte Edgar.

Jetzt ist er in seinem achtundneunzigsten Lebensjahr und ich bin über sechzig. Und noch immer mühe ich mich ab, diesen alten Mann zu verstehen, diesen Hauch von einem Greis, der mein Vater ist, zugleich so nah und so weit weg. Ich kenne die Seite nicht, die er mir nie zugewandt hat. Die Seite, die an den Erinnerungen trägt, die er verheimlicht. Das Loch in seiner Biographie, diese sechs Jahre, ohne dass ich die kenne, kann ich ihn nicht vorbehaltlos lieben. Aber es beruhigt mich ein wenig, dass sie auch in seinem Bewusstsein noch nicht ausgelöscht sind.

Mit Edgar zu reden war immer, wie laut vor mich hin zu denken.

Ich glaube, so kompliziert wie du vermutest ist dein Vater nicht. Er lässt sich nicht gern Schmerz zufügen. Was ihn verstört, schiebt er weg und was er nicht ändern kann, nimmt er hin. Wie die meisten Menschen. Als ich Theo kennenlernte, sagte Edgar, war er ein bescheidener Mann in den Fünfzigern, der mir eine unpersönliche Sympathie entgegenbrachte und mich ohne viele Worte gleichmütig hinnahm. Du glaubst, allen Menschen müsste es ein Anliegen sein, den Dingen auf den Grund zu gehen, ungeachtet der Schmerzen, die du mit deiner Radikalität verursachst. Doch Radikalität ist eine Eigenschaft, die Theo fremd ist. Dein Vater ist ein praktisch veranlagter

Mensch, ein redlicher Handwerker, dafür war er bestimmt. Die Sprache fehlt ihm, er hält Reden für überflüssig. Wahrscheinlich hat er das meiste Unangenehme im Lauf der Jahre vergessen, weil es wehtut, sich zu erinnern. Ehrlich gesagt kann ich mir nicht vorstellen, dass er sich durch Brutalität hervorgetan hat.

Er hat das EK I bekommen. Und er war stolz darauf. Ich kann ihn mir gut vorstellen, wie feierlich ihm zumute war, als er in der Reihe stand und irgendein Offizier es ihm anheftete. Er nimmt die Ukrainer und die Russen in Schutz, er macht Andeutungen, die beweisen, dass er Dinge gesehen hat, über die er in seinem ganzen Leben noch nie geredet hat, aber er wagt es noch immer nicht zu sagen, dass er desertiert ist, er fürchtet sich noch immer, man könnte ihn dafür verachten.

Du musst ihn so nehmen wie er ist. Ich an deiner Stelle hätte seine Kriegsvergangenheit einfach angenommen als eine Hypothek, die abzuzahlen ist.

Ich kannte das klickende Geräusch, mit dem Edgar die Kiefer aufeinanderpresste, wenn er ein Gespräch für beendet hielt.

3

Nachdem die Gäste sich im Lauf des Nachmittags verabschiedet hatten, während die beiden Frauen das Geschirr wuschen, die Tische auseinanderrückten, Wohnung und Küche aufräumten, blieb Theo in seinem Liegestuhl im Freien, und abgesehen von der Störung durch die Besucher, die den Großteil des Tages in Anspruch genommen hatte, ging sein siebenundneunzigster Geburtstag so friedlich zu Ende wie er begonnen hatte. Das Blau des wolkenlosen Himmels verblasste zu einem transparenten Türkis, die Mücken tanzten in den letzten Sonnenstrahlen zwischen den Blättern. Als die Dämmerung einfiel, hörten die Vögel auf zu singen und eine Stille breitete sich aus, als sei die ganze Welt zum Stillstand gekommen. Er fröstelte, aber er wollte so lange in diesem Schweigen bleiben, wie sie ihn ließen. Er wollte nichts mehr denken müssen. Am Nachmittag, als Frieda auf Ludmila losging und Unfrieden stiftete, hatte er sich voll Überdruss gefragt, wie lange er dieses Leben und seine Ärgernisse noch würde aushalten müssen. Doch jetzt wusste er wieder, dass er gern lebte, dass er fast jeden Tag seines Lebens gern gelebt hatte. Was von ihm bleiben würde war nur der ferne Urenkel, von dem er so wenig wusste. Er bedauerte nichts. Das war sein Leben gewesen, die beiden Frauen, die er geliebt hatte, das Kind, das ihm nicht verzeihen konnte, das Haus, die Natur rund um ihn, die ihn immer wieder beglückte, auch wenn der Garten zu verwildern begann. Er nahm es hin wie es kam, bis zum letzten Tag. Warum sollte auf diese letzten Tage weniger Glanz fallen als auf die ersten? Zwischen Schlaf und Wachen schwammen längst verlorene Gesichter durch sein Bewusstsein, redeten mit ihm, bewegten sich losgelöst von seinem Willen.

Als Berta und Ludmila ihn schließlich weckten und ins Haus holten, waren seine Hände eiskalt und seine Füße fühllos und blau, als seien sie erfroren. Sie bezichtigten einander, ihn draußen vergessen zu haben wie ein vernachlässigtes Kleinkind. Sie packten ihn in sein Bett, häuften Decken über ihn und waren wütend aufeinander aus schlechtem Gewissen. Böse Worte fielen, die nicht gesagt hätten werden sollen und nicht ungeschehen zu machen waren, so viel war sicher. Bertas seit Wochen aufgestaute Eifersucht traf auf Ludmilas Anspannung angesichts der Bedrohung durch die Fragen der Gäste und Friedas Feindseligkeit am Nachmittag, und dieses explosive Gemisch entlud sich mit einer Wut, der weder Bertas noch Ludmilas Sprachvermögen gewachsen war. Bertas Stärke war das Argumentieren noch nie gewesen und Ludmila schloss weniger aus den Worten als aus Situation und Tonfall, wovon die Rede war. Was zwischen fahrigen Handgriffen und verbissenem Schweigen wirklich gesagt wurde, hätten sie beide am nächsten Tag nicht mehr wiedergeben können. Hätte jemand danach gefragt, dann hätte Berta behauptet, sie habe der Ukrainerin lediglich zu verstehen gegeben, dass sie ihren Aufgabenbereich unzulässig weit ins Private ausgedehnt habe und versuche, sie und Theo zu manipulieren.

Herrschsüchtig bist du, warf sie Ludmila vor. Wessen Haus ist das denn? Seit du da bist sind wir hier wie deine Gäste, ich kann mich in meinen eigenen vier Wänden nicht mehr richtig gehen lassen. Das Zimmer, das wir dir gegeben haben, ganze Nächte rückst du die Möbel herum und reißt mich aus dem besten Schlaf. Und meinem Mann, dem machst du schöne Augen. Glaubst, du wirst was erben, wenn du ihm schöntust?

Ludmila ahnte mehr als sie verstand, dass es um Theo ging, weil er freundlich zu ihr war, um Geld, das ihr nicht zustand, und dass sie demnächst in der Nacht von der Polizei abgeholt werden würde. Erbschleicherin, hinterfotzig, und schöne Augen machen, zischte Berta ihr in heiserem Flüsterton ins Ohr, um Theos Schlaf nicht zu gefährden, Wörter, die Ludmila noch nie gehört hatte, aber die Wut ihres unterdrückten Schreiens und der Hass im Gesicht der alten Frau sagten Ludmila genug. Schließlich redeten sie in diesem stimmlos geschrienen Flüstern aufeinander los, jede in ihrer Sprache. In ihrem breitesten Dialekt, in den sie in der Aufregung verfiel, malte Berta die Drangsal von Polizeihaft und Abschiebung aus. Ludmila und Frieda verschmolzen in ihrer Phantasie zu einem einzigen Objekt ihrer in Hass verkehrten, zurückgewiesenen Liebe. Ludmilas Kälte, ihre Zurückhaltung und ihre Fürsorge für Theo, eine Fürsorge, die mit Zuneigung erwidert wurde, erinnerten sie an den Schmerz von damals, vor über fünfzig Jahren, als sie versucht hatte, die Liebe der Stieftochter zu gewinnen, nicht bloß einmal, sondern immer von Neuem, und an Friedas unzugänglicher Überheblichkeit, ihrer subtilen Geringschätzung gescheitert war. Eine vernichtete Zukunft, die sie nie ganz hatte aufgeben können, wenn Theo und sie, seine Tochter und ein gemeinsames Kind eine Familie geworden wären.

Ludmila starrte in das wutverzerrte Gesicht der alten Frau und wusste, das war das Ende, und es hatte wohl so kommen müssen, früher oder später. Sie würde nach Hause fahren, sobald sich die Mitfahrgelegenheit ergab, die die Slowakin ihr in Aussicht gestellt hatte. Wenn bloß das Geld nicht gewesen wäre, das ihnen zu Hause fehlen würde, das sie brauchten, gerade jetzt. Trotzdem war der Wutausbruch eine Befreiung, und wie ein Vogel, dem man die Käfigtür öffnet, stieß sie sich von diesem Ort und dieser Frau mit ihrer unverständlichen Sprache ab und schraubte sich in einem klagenden ukrainischen Lamento immer höher in ein schrilles Klagen, das in hemmungsloses Schluchzen überging, ein Ausbruch ihres ganzen unterdrückten, verschwiegenen Elends. Dann floh sie und rannte hinauf in die Mansarde, die sie noch nie als einen Ort der Zuflucht betrachtet hatte. So bahnte sich der vorhersehbare Wendepunkt in ihrem Zusammenleben an und Theo wusste nichts davon und würde nie Genaues erfahren.

Theo erwachte mit einem beklommenen Gefühl, als stünde etwas Bedrohliches bevor, er konnte die unerklärliche Angst, die ihn befiel, nicht einordnen. Der Morgen dämmerte. Er hatte die Morgenstunden der kurzen Juninächte immer geliebt, vier Uhr morgens im Sommer, wenn über der Landschaft unendlich langsam das Grau sich hob und die Farben zurückkehrten, anfangs noch blass, dann mit zunehmendem Licht immer kräftiger, die Wiesen von Hellgrau zu einem fahlen Grün wechselten und das Licht den Morgendunst filterte, sich in den Blättern und Gräsern verfing und schließlich im Tau Funken schlug. Die Schatten waren noch lang und kühl und für eine kleine Weile war man der einzige Mensch auf der Welt. Wenn er auf einem freien Feld gewesen wäre, auf dem Wiesenhang vor seinem Elternhaus, hätte er die Arme ausbreiten und tief ausatmen können, er hätte lachen und rufen können, einen Dank für so viel Schönheit und einen neuen Tag, und niemand hätte es gehört.

Die schlechten Träume und Vorahnungen verflüchtigten sich bei Tagesanbruch. Theo hatte große Sehnsucht hinauszugehen, alles erschien so leicht in diesem frühen Morgenlicht, aufstehen und die Stufen hinuntergehen und im Garten die Glieder strecken. Zuhören, wie die Natur erwacht, dem lärmenden Zwitschern der Vögel lauschen, dem unbändigen Optimismus des Lebens ohne das Wissen um Zukunft und Tod, diesem blinden Willen, der sich im Jetzt verausgabte. Was für eine großzügige Vergeudung von Lebenskraft, dachte er, was für eine Unbelehrbarkeit. Noch war der Höhepunkt des Sommers nicht erreicht, der Sommer stand am Anfang und enthielt noch nicht den zehrenden Schmerz des Abschieds, der sich bereits mitten im Sommer einschlich, wenn der Hibiskus und die Vorboten des Herbstes zu blühen begannen.

Theo schaute zu Berta hinüber. Sie schlief auf dem Rücken und aus ihrem offenen Mund drang ein röchelndes Schnarchen, dazwischen die beängstigenden Pausen, als setzte ihr Atem minutenlang aus. Und wenn sie vor ihm starb? Nie war er auf diesen Gedanken gekommen, wo sie um so vieles jünger war. Wenn er sie betrachtete, wie sie dalag, eine Tote, die noch unregelmäßige Atemzüge tat, war ihr Ende vor dem seinen keine Unmöglichkeit mehr. Es machte ihm keine Angst, er fühlte nur Mitleid, Bedauern, dass nichts von ihrem früheren Liebreiz geblieben war. Es gelang ihm nicht, auf die Füße zu kommen. Am Morgen war sein Körper am ungehorsamsten. Die Beine wollten ihn nicht tragen, sie knickten unter ihm ein wie schlecht konstruierte Prothesen. Er saß am Bettrand und zog sich am Schrank hoch, aber was nützte es zu stehen, wenn er keinen Fuß vor den anderen setzen konnte. Es wurde bereits hell, die Sonne musste schon aufgegangen sein und er kämpfte immer noch darum aufzustehen. Wo blieb Ludmila? Er sank auf das Bett zurück und wartete, und während er wartete, wurde der Morgen alt und schal.

Ludmila erschien später als gewohnt, oder kam es ihm nur so vor, und er merkte gleich, sie war nicht wie sonst. Sie vergaß, ihn auf beide Wangen zu küssen und zu fragen, wie er geschlafen hatte. Etwas ist geschehen, dachte er, aber im Lauf des Tages vergaß er es wieder. Sie schien bedrückt und still und vermied es, Berta zu nah zu kommen oder sie anzusehen.

Ist etwas passiert, fragte er Berta, als Ludmila zu Mittag in ihr Zimmer hinaufstieg. Sie zuckte die Achseln und verzog das Gesicht.

Ist etwas passiert, fragte er Ludmila, als sie ihn am Abend wie abwesend wusch, mechanisch, als reinige sie einen Gegenstand.

Ich fühle mich nicht wohl, sagte sie, Kopfschmerzen, und ihre Stimme hatte einen klagenden Ton.

Wie unerreichbar sie auf einmal geworden war. Ihre Antworten waren knapp und ihr Gesicht verschlossen, so als fühle sie sich von jeder Frage in ihren eigenen Gedanken gestört. Als wolle sie sagen, ich kann mich jetzt nicht auch noch mit dir beschäftigen, ich habe meine eigenen Sorgen. Undenkbar, ihr jetzt von Dingen zu erzählen, die nichts mit seinen unmittelbaren Bedürfnissen zu tun hatten. Vielleicht würde sie sagen, fürs Zuhören werde ich nicht bezahlt. Nein, dachte er, das würde sie nicht sagen, sie würde geistesabwesend zuhören und nur einsilbig auf Fragen antworten.

Die Tage wurden heißer. Nie hatte ihm die Hitze etwas ausgemacht. Es war, als sei sein Körper für ein südlicheres Klima geschaffen. Im Frühjahr nahm seine Haut eine gleichmäßig braune Farbe an, sein Nacken und seine Hände dunkelten im Lauf des Sommers noch stärker nach. In jüngeren Jahren hatte er in der heißen Jahreszeit das überflüssige Gewicht der Wintermonate verloren, seine Arme waren sehnig geworden und er hatte ohne Unterbrechung in der Mittagssonne arbeiten können ohne zu schwitzen. Jetzt mied er die Mittagshitze, ging erst am späten Nachmittag ins Freie, er saß in seinem Liegestuhl im lichten Schatten des Kastanienbaums und Ludmila lag auf einer Decke in der Sonne. Er sah die Rückseite ihrer weißen Beine, die feinen Adern ihrer Kniekehlen, die sich rötenden Oberschenkel und den Ansatz ihrer Pobacken unter dem knappen gestreiften Bikinihöschen, der kräftige Rücken hatte bereits einen Sonnenbrand. Den Kopf hatte sie in ihre Arme gebettet als schliefe sie. So lag sie, bis der Schatten des Hauses auf sie fiel und es Zeit war, das Abendessen herzurichten. Am Abend, wenn sie ihn wusch, spürte er ihre noch sonnenwarme Haut an seinem Arm, ihren leichten Atem an seiner Wange, ihren Geruch nach Geißblatt, wenn sie verschwitzt war. Wenn sie ihm das Kissen richtete, strich sie ihm manchmal wie zufällig über den Kopf. Dann konnte es sein, dass ihm die Augen feucht wurden bei dem Wunsch, ihr warmer Duft möge noch lange bei ihm bleiben.

Theo verbrachte wieder mehr Zeit allein. Vielleicht hatten er und Ludmila einander bereits alles erzählt, was wichtig war, und sie ließ ihn in Ruhe, weil Schweigen einkehrte, wenn die Selbstverständlichkeit vollkommenen Vertrauens hergestellt war. Aber er wusste, so war es nicht, was jetzt geschah, war nicht wieder rückgängig zu machen und sie entfernte sich mit jedem Tag. Die Einsamkeit, die er aus seiner ersten Ehe kannte, wenn der geliebte Mensch ganz nah und unerreichbar war, kehrte zurück und erfüllte ihn mit der sehnsüchtigen Trauer vorweggenommenen Verlusts. Die Tage verschwammen ihm und waren nur mehr an den Ritualen seiner Umgebung zu erkennen, am Montag wurde Wäsche gewaschen, am Dienstag putzten sie die Wohnräume, am Mittwoch bügelte Ludmila, Freitag war Markttag und er war am Vormittag allein. Aber immer hatte sie Zeit, sich mit behutsamer Unpersönlichkeit um seine Bedürfnisse zu kümmern.

Seit einiger Zeit war er mit der Welt durch seinen Notrufknopf verbunden, den er statt der Uhr, die er nicht brauchte, die er nie gebraucht hatte, am linken Handgelenk trug. Ein Knopfdruck mit dem rechten Zeigefinger und irgendwo in einem Büro leuchtete eine Taste auf, jemand, der gerade Dienst hatte, stellte die Telefonverbindung her und fragte, ob alles in Ordnung sei. Es kam vor, dass das Telefon ihn mitten aus dem Schlaf herausläutete, weil der Knopf an seinem Handgelenk unabsichtlich gegen einen Gegenstand oder die Bettkante gestoßen war und er sich mit kalten Gliedern und trägem Hirn zum Telefon schleppen musste.

Alles in Ordnung, sagte er. Fehlalarm. Ende. So wie er es beim Militär gelernt hatte. Und legte den Hörer auf.

Für Erklärungen hatte er zu dieser Stunde keine Kraft und

keine Worte. Einmal saß er im Garten in der langen Dämmerung, die Glühwürmchen irrlichterten bereits im dunklen Unterholz der Büsche, nur die Birkenstämme im Nachbargarten leuchteten weiß im Nachglanz der untergegangenen Sonne. Er liebte diese Stunde und hätte sie gern hinausgezögert. Es grenzte an ein Wunder, dass er noch immer sorglose Tage ohne körperliche Schmerzen geschenkt bekam, dachte er, als plötzlich zwei Zivildiener mit einer Bahre um die Hausecke bogen und ihn erstaunt ansahen. Hatte er etwas nicht mitbekommen, fragte er sich, war er bewusstlos und träumte nur den fünfunddreißigtausendvierhundertzehnten Sonnenuntergang seines Lebens? War er tot und bereits im Jenseits?

Haben Sie den Notruf betätigt?, fragten die beiden gleichzeitig.

Nein. Fehlalarm, sagte er ruhig, vielleicht bin ich irrtümlich damit an etwas gestreift.

Er hob die Schultern. Kein Grund zur Aufregung. Die beiden zogen ab. In jüngeren Jahren hätte er sich zerknirscht entschuldigt. Er hätte die Zurechtweisung eines fernen Vorgesetzten gefürchtet, der ihm das Privileg der Funkverbindung entziehen würde, denn Vorgesetzte hatten überall gelauert und jeder hatte einen Grund gefunden ihn zurechtzuweisen. Dazu hatte er stets mit undurchdringlicher Miene geschwiegen und sich dann entschuldigt, es werde nie wieder vorkommen. Das war das Angenehme am Alter, dass ihn die Banalitäten des Lebens nicht mehr erschrecken konnten und sämtliche Vorgesetzten verschwunden waren, alle längst begraben und vermodert, dachte er mit Genugtuung. Jetzt konnte ihm nichts mehr passieren außer dem Tod und der war noch verborgen, wenn auch schon ganz nah.

Trotzdem hatte es ihn gekränkt, als er nach seinem Geburtstag Bilanz zog, sich erinnerte und ihn mit den vorangegangenen Jahren verglich. Seit seinem neunzigsten Geburtstag hatte ihn jedes Jahr eine Abgesandte des Bürgermeisters besucht, um ihm zu gratulieren und ein Geschenk zu überreichen, Blumen, einen Korb voller Lebensmittel, einmal sogar eine kleine Goldmünze, ein anderes Mal einen winzigen Silberbarren. Dieses Mal hatten sie ihn vergessen. Als hätte er kein Recht, so alt zu werden. Als hätte man in seinem Alter die Erlaubnis zu leben schon verwirkt. Die müssen sparen, sagte die Tochter, jetzt, wo sie Millionen in den Sand gesetzt haben. In den Reden und Dankesschreiben war immer von der Aufbaugeneration die Rede gewesen, der Generation, der wir unseren Wohlstand verdanken, hatte es geheißen. Jetzt danken sie uns nicht einmal mehr für die Entbehrungen, damit sie Steuergelder verjubeln können, sagte Theo bitter. Einmal, als Frieda ihn besuchte, während Ludmila und Berta auf den Markt gefahren waren, steckte er der Tochter das letzte Geschenk des Bürgermeisters zu. Ein Goldbarren, sagte er, der ist schon was wert, und überreichte ihr die fünfzig Gramm schwärzlich beschlagenen Silbers wie eine Kostbarkeit. Es war seine Art Liebe zu zeigen. Das wussten sie beide. Sie bedankte sich gerührt. Er hatte ihr einen kleinen Barren Liebe geschenkt.

Ludmila war schweigsam und wie abwesend. Auf seine Frage sagte sie nur, sie fühle sich nicht wohl. Es schien ihm, als werde sie jeden Tag ein wenig unscheinbarer, als schrumpfe sie zu einem kleinen kränklichen Mädchen mit an den Körper gedrückten Armen und gesenktem Kopf. Und jeden Tag schien sie es nicht erwarten zu können, sich gleich nach dem Mittagessen zurückzuziehen. Es war nicht mehr wie im Frühling, als er ihr neugierig in Gedanken auf ihren Wegen durch die Stadt folgte. Jetzt rauschte die Zeit an ihm vorbei und er wartete geduldig darauf, dass Ludmila wieder an seiner Seite saß. Aber sie setzte sich am Nachmittag nur mehr selten zu ihm und aus ihren Handgriffen war die Zärtlichkeit verschwunden.

Mila, sagte er manchmal leise und sah sie fragend an, was ist?

Und sie gab vor, ihn nicht gehört zu haben. Die Mahlzeiten nahmen sie schweigend ein, aber manchmal wurde das Schweigen so drückend, dass Berta es nicht aushielt und die Stille mit ihren Redensarten füllte.

So ist es, sagte sie, ja, so ist es und nickte Ludmila aufmunternd zu.

Ludmila strich sich über die Stirn, machte eine leidende Miene und schwieg.

Ist was?, fragte Berta mit hörbarem Ärger.

Ich fühle mich nicht wohl, Kopfschmerzen, sagte Ludmila und klang wie ein quengelndes Kind.

Ja, mein Gott. So ist das Leben, sagte Berta.

Nimm ein Aspirin, schlug Theo vor.

Hab schon, zwei, antwortete Ludmila.

Man muss es nehmen wie es kommt, erklärte Berta.

Meine Mutter ist krank, das Herz, brach es aus Ludmila heraus und in ihren Augen standen Tränen. Und ich bin weit weg und kann nicht helfen. Du sagst, du brauchst mich nicht. Dort schon. Dort brauchen sie mich.

Eine jede Mutter liebt ihr Kind, das ist natürlich, sagte Berta, als wäre das eine Antwort auf Ludmilas Klage.

Ich kann nicht nach Hause, weil ich hier bin. Ludmilas Stimme kippte in ein tränenersticktes Falsett.

Da kann man nichts ändern, sagte Berta ungerührt und stand auf. Sie sammelte die Teller und das Besteck ein. Du kannst ja gehen, sagte sie über die Schulter. Niemand hält dich auf.

Was machst du, fragte Theo ungewöhnlich laut und zornig. Sie ist noch nicht mit dem Essen fertig und du servierst schon ab?

Sie kaut doch ewig an ihrem Essen herum, sagte Berta.

Es ist mir wichtig, dass meine Gäste sich wohlfühlen und gut behandelt werden, erklärte Theo mit ungewöhnlicher Strenge.

Berta hielt inne und sah ihn erstaunt an. Sie ist kein Gast. Sie wird bezahlt. Sie hat ohnehin die längste Zeit bei uns gelebt. Aus!, sagte sie. Basta!

Ludmila stand auf und ging ohne das Abschiedszeremoniell der Wangenküsse, das sie selber eingeführt hatte. Dann waren sie allein.

Wie hast du das gemeint?, fragte Theo. Du kannst sie doch nicht einfach hinauswerfen.

Warum nicht? Weil dich dann niemand mehr badet?

Sie ist eine gute Frau, sagte er, sie macht ihre Arbeit gut.

Sie will immer nur ihren eigenen Willen durchsetzen. Beim Kochen. Beim Einkaufen. Heute kochen wir das, morgen kaufen wir jenes ein. Sie macht was sie will. Liegt am Nachmittag halb nackt auf der Decke. Dafür wird sie nicht bezahlt. Liest am Vormittag in der Zeitung.

Ich habe ihr vorgeschlagen, in der Zeitung zu lesen, damit ihr Deutsch besser wird.

Deutsch kann sie nur, wenn es ihr passt. Wenn ihr miteinander flüstert. Wenn man ihr etwas befiehlt, versteht sie auf einmal nichts.

Du sollst ihr aber nichts befehlen, wandte Theo ein. Sie ist kein Dienstbote.

Sie unterschlägt Geld, behauptete Berta.

Das wäre mir aufgefallen. Wo ich doch der Schatzmeister bin, versuchte er es mit einem Scherz.

Du?, rief sie streitlustig. Du bist ja schon ganz vertrottelt. Du kriegst ja gar nicht mehr mit, was um dich herum geschieht. Dabei tippte sie sich mit dem Zeigefinger an die Stirn und lachte verächtlich.

Theo sah seine Frau erschrocken an. Er hatte sich nie zuvor Gedanken darüber gemacht, wer in ihrer Ehe die Oberhand hatte. Um Macht war es ihm nie gegangen. Auf die Angriffe seiner Tochter hatte er immer geantwortet, sie träfen die Entscheidungen gemeinsam, es herrsche völlige Gleichheit zwischen ihm und Berta, keiner sei dem anderen überlegen, keiner versuche den anderen zu unterwerfen. Vielleicht war es früher einmal so gewesen, dachte er jetzt, als sie sich noch liebten, wirklich liebten und nicht bloß aufeinander angewiesen waren. Aber einer war immer der Stärkere, er hatte sie gern die Stärkere sein lassen, es hatte ihn nicht gestört, wenn sie über ihn bestimmte. Sollte sie doch herrschen, solange es ihm dabei gut ging. Was machte es schon aus, sich aus Liebe zu unterwerfen. Oder weil es der leichtere Weg war, um den häuslichen Frieden zu erhalten. Aber seit Kurzem war das Gleichgewicht gestört. Sie war einundachtzig und er fast hundert, vielleicht lag es daran, dass seine Kräfte in letzter Zeit so sichtbar und spürbar verfallen waren. Wenn er es sich überlegte, wusste er nicht genau, seit wann sie ihn mit dieser ungeduldigen Verachtung behandelte. Auch Frieda hatte es bemerkt. Sie ist aber gar nicht nett zu dir, hatte sie gesagt. Andererseits war sie Frieda gegenüber viel nachsichtiger geworden. Er musste sich eingestehen, dass er seine Frau immer weniger verstand. Sie wurde ihm immer fremder. Es gab Gesetzmäßigkeiten unter den Menschen, die dem Verhalten von Tieren ähnlich waren. Das hatte er immer gewusst. Wie hätte er es nicht wissen sollen, wenn er sein Leben lang auf der untersten Stufe der Hackordnung gestanden war. Unter den Geschwistern, wenn die Mutter nicht in der Nähe war. In der Uhrmacherwerkstatt. Unter den Holzarbeitern. Erst recht im Krieg. In der Gärtnerei. Immer, sogar bei beiden Ehefrauen. Er hatte immer einen Ausgleich gefunden, der es ihm möglich gemacht hatte, nicht an seinem eigenen Wert zu zweifeln. Er war einfach weggetaucht, hatte sich unerreichbar gemacht, das hatte er früh gelernt. Eine undurchdringliche Miene und alle Zugänge verschließen, fort aus der Gegenwart, als ginge sie ihn nichts an. Doch dieses Mal war nicht er das schwächste Glied in der Befehlskette. Ludmila war verwundbarer. Fremd, der Sprache kaum mächtig, abhängig aus Armut und aus Angst, an die Behörde ausgeliefert zu werden. Ein Dienstbote ohne Rechte, es gab sie offiziell ja gar nicht, als illegale Arbeitskraft existierte sie einfach nicht. Und trotzdem fühlte sie sich überlegen, weil sie jung war und die beiden alten Leute, die sie bediente, auf sie angewiesen waren. So ist die Jugend, dachte er, wie Frieda früher, noch halb ein Kind, jung und ohne Achtung vor dem Alter, mit der Zuversicht einer unverbrauchten, rücksichtslosen Kraft ausgestattet, einer Kraft, vor der wir Alten uns fürchten und die diesen jungen Frauen die Illusion der Unverwundbarkeit gibt. Das musste es sein, was Berta nicht ertrug.

Der Schwächste ist immer in der gefährlichsten Position, sagte er laut. So ist das. Wie im Krieg.

Ich weiß nicht, wovon du redest, sagte Berta.

Was ist das für eine Zeit, in der Frauen ihre Familien verlassen müssen, um in einem fremden Land alte Leute zu pflegen anstatt sich um ihre eigenen Eltern und ihre eigenen Kinder zu kümmern. Wir leben auf ihre Kosten, sagte Theo. Auf Kosten ihrer kranken Mutter und auf Kosten ihres Kindes, um das sich jetzt niemand kümmert. Und auf Kosten ihres Freundes, der ...

Der Freund ist weg, sagte Berta, wie die Männer halt sind.

Woher weißt du das?, fragte er.

Vor mir kann sie nichts verbergen, ich kenne mich bei Männergeschichten aus, trumpfte Berta auf.

Das auch noch. Hat sie dir das erzählt? Ist sie deswegen so unglücklich? Warum hat sie es mir nicht erzählt? Warum redet sie nicht mehr mit mir?

Du machst dir zu viele Sorgen um sie, sagte Berta.

Wie soll ich mir keine Sorgen machen, wenn sie sich plötzlich so sehr verändert?

Berta schwieg mit einer Miene, die sagte, das ginge sie nichts an. Theo war immer froh gewesen, dass sie keine Frau vieler Worte war. Aber sie wollte ja auch nicht darüber nachdenken, es war ihr egal und sie fühlte sich im Recht.

Es ist dir egal, sagte er bitter, alle sind dir egal. Du denkst nur an dich.

Du vielleicht nicht?, fragte sie.

Wir zerstören ihre Familien mit unserem Geld, sagte er, wir zerstören eine ganze Generation. Wir sind Egoisten, du und ich, wir alle.

Ich müsste etwas tun, dachte er, etwas sagen, der jungen Frau helfen.

Aber er stand bloß auf, um die Pendeluhr aufzuziehen, die letzte Aufgabe, die ihm geblieben war, die er sich noch nicht hatte nehmen lassen. Seine Uhren durfte außer ihm niemand anrühren. Als er den Arm sinken ließ, wurde ihm schwarz vor Augen und eine Welle von Schwäche spülte über ihn hinweg. Er ließ sich auf das Sofa fallen. Ludmila hatte vergessen, den Liegestuhl für ihn herzurichten und mit ihm nach draußen zu gehen. Er saß zwischen Küchentisch und Sofa fest, bis sie in zwei Stunden wieder auftauchen würde und dann wäre es längst Nachmittag. So abhängig war er. Er brauchte sie, er entglitt sich ja selber nach der geringsten Anstrengung. Wie sollte er sich auf andere konzentrieren? Sein Egoismus war nichts anderes als sterbensnahe Schwäche. Es schien ihm manchmal, als zöge er sich sogar aus seinem eigenen Körper zurück, als verließe er dieses nur mehr aus zerbrechlichen Knochen und geschrumpfter Haut bestehende Gebäude, um irgendwohin ins Unsichtbare zu entschlüpfen, wo ihn niemand erreichen konnte. Tiere, sagte man, zögen sich so zum Sterben zurück, besuchten noch einmal die gewohnten Orte und gingen dann davon. So fühlte er sich in diesem Augenblick, in dem er sich innerlich von der Frau zurückzog, mit der er über vierzig Jahre Tag und Nacht zusammen gewesen war.

Du bist ganz weiß im Gesicht. Wenn du dich wegen ihr so aufregst, machst du es nicht mehr lang, sagte Berta und ihre Stimme hatte einen herzlosen Klang.

Aber Theo wollte nicht streiten, er hatte auch nicht mehr die Kraft dazu, er hatte sich gerade verausgabt in Ludmilas Verteidigung und in einer Erkenntnis, deren Neuheit und Offensichtlichkeit ihn erstaunte: dass es nie und nirgends Gleichheit geben konnte, nicht einmal in der Liebe, und dass er in seinem Leben nie Macht besessen, sich immer nur unterworfen hatte.

Wir verändern uns, weil die Zeit eine andere wird, sagte er.

Das verstehe ich nicht, sagte sie.

Ich schon, sagte Theo, aber man versteht das Leben erst, wenn es zu Ende geht.

Und dann, dachte er, ist es zu spät. Aber weil er fürchtete, sie würde zornig werden oder ihn missverstehen, ihm zum wiederholten Mal vorwerfen, er sei senil und wisse nicht mehr, wovon er rede, schwieg er. Er hätte sie gern um Verzeihung für ihre Kinderlosigkeit gebeten, an der er schuld war. Schon öfter hatte er zu einer Entschuldigung angesetzt, hatte versucht, es wieder zur Sprache zu bringen, aber er hatte nie die richtigen Worte gefunden. Als sie heirateten war sie nicht mehr jung gewesen, sie hatte nicht mehr viel Zeit gehabt. Sie hatte ein Kind gewollt, hatte es sich bis in die Einzelheiten ausgemalt, die Schwangerschaft, das Kinderzimmer, was Säuglinge am Anfang ihres Lebens brauchen. Bei ihrem eigenen Kind wäre sie eine gute Mutter geworden, davon war er überzeugt. Aber damals hatte er gesagt: Ich habe schon eine Tochter, ich will keine weiteren Kinder. Dabei war er geblieben. In so vielem, in fast allem hatte er nachgegeben, aber ihrem größten Wunsch hatte er sich widersetzt, und viel zu lang hatte er gebraucht, um zu verstehen, warum Berta seine Tochter umso unversöhnlicher hasste je älter sie wurde. In ihr musste sie den Grund ihrer eigenen Kinderlosigkeit sehen. Einmal sagte sie ohne Anlass: *Meine* Tochter wäre jetzt einundzwanzig, sie wäre volljährig. Oder sie sagte: Wenn ich ein Kind hätte, dann hätte ich es besser erzogen. Und einige Jahre später: Jetzt hätte ich ein

Kind im heiratsfähigen Alter. So zählte sie die Jahre ihrer Kinderlosigkeit.

Aber Berta war nicht die Frau, mit der er Kinder haben wollte, sie war die Frau, mit der er leben wollte, zum ersten Mal ganz und gar in der Gegenwart, ohne Bedauern und ohne Furcht vor der Zukunft, jeder Augenblick ein mit demütigem Staunen empfangenes Geschenk. Er glaubte ein Recht auf dieses Glück zu haben, jeder Mensch sollte sich einmal im Leben dieses Recht nehmen dürfen. Ein Kind ist eine Geisel an das Schicksal, hatte er gesagt, damit hält es einen in ständiger Sorge. Er wollte nur noch sorglose Tage, solche wie die Urlaubswochen am Meer, die Nachmittage am Strand, am Rand des Pinienwaldes, der sich über den Bergrücken der Insel zog. Berta liebte es nackt zu baden, er musste sich erst daran gewöhnen. Er liebte ihre selbstvergessene Hemmungslosigkeit, mit der sie sich hingab, ihre Trägheit in der Mittagshitze, den sinnlichen Genuss der warmen Sommernächte. Mit ihr zu schlafen war etwas ganz Neues, das ihn aufwühlte und alles Unangenehme vergessen ließ.

Dennoch hatte auch Berta am Anfang auf ihre Art um die Stieftochter geworben, mit kleinen Geschenken, nicht zu teuer und nicht zu viel, damit sie nicht unbescheiden würde. Sie hatte ihr Ratschläge gegeben, von Frau zu Frau, ich bin nicht deine Mutter, aber vielleicht können wir Freundinnen werden. Sie hatte seinen Vorschlag angenommen, Frieda auf eine Urlaubsreise nach Dalmatien mitzunehmen, auf die Berta sich das ganze Jahr lang freute. Damit ihr euch an einem schönen Ort aneinander gewöhnen könnt, hatte er gesagt. Im Nachtzug nach Rijeka sahen sie in den Alpentälern die Sonne aufgehen. Im Hafen von Rijeka lag dichter Nebel, der sich lichtete, als sie aufs Meer hinausfuhren, und Berta sagte, das Herz werde ihr noch zerspringen vor lauter Glück.

Das erste Mal, auf ihrer Hochzeitsreise, waren sie und Theo allein dort gewesen, sie hatte den Mann, den sie liebte, allen

Freunden und Bekannten zeigen wollen, auch den jugoslawischen, die ein wenig Deutsch sprachen, genug um zu verstehen, wenn sie sagte, mein Mann und strahlte, weil sie nun keine alleinstehende Frau mehr war unter lauter Paaren, ein fünftes Rad, sondern selber ein Paar ausmachte. Das nächste Mal kamen sie zu dritt, das ist die Tochter, stellte Berta vor, stolz auf das magere, mürrisch dreinblickende Mädchen in dem blauen Seidenkleid, das Berta für sie geschneidert hatte, und Frieda hatte sie abweisend berichtigt: nicht *ihre* Tochter. Berta hatte Frieda zwei Sommerkleider für diesen Urlaub genäht, zum Promenieren am Hafen, zum Abendessen im Fischrestaurant das elegante Kleid aus blauer Seide, das andere mit Glockenrock und schmalen Trägern aus meergrüner Baumwolle. Sie musste selber zugeben, sie passten nicht, wie es hieß, wie angegossen, eher wie seitenverkehrt, der Rücken machte einen Buckel und vorne hatte sie die Abnäher vergessen, sodass selbst Friedas flache Mädchenbrust den Stoff zu sprengen drohte. Jemand machte darüber einen Witz und Frieda zog das Kleid aus und legte es ihr aufs Bett, kam sogar zum Abendessen in Shorts, trug nie wieder die in vielen Stunden genähten Kleider, die Bertas Liebesangebot gewesen waren. Nein, es war nicht bloß das Kleid, es war die spürbare Abneigung der Stieftochter, das angespannte Schweigen, die Art, wie sie Berta unausgesetzt beobachtete, und jeder Blick war Ausdruck erbarmungsloser Geringschätzung. Zieh dich doch aus, wir sind auf einem FKK-Strand, hatte Berta sie aufgefordert, sonst glauben die Leute, du hast eine entstellende Krankheit. Aber Frieda schaute angeekelt weg, wenn Berta zwischen ihren nackten Schenkeln die Jausenbrote belegte und Tomaten schnitt. Sie blieb im Badeanzug unter den Pinien sitzen, weitab vom Strand, und nach vier Tagen reiste sie ab. Hat auch sein Gutes, sagte Berta erleichtert, jetzt sind wir allein. Aber die ausgelassene Verliebtheit der Hochzeitsreise war nicht zurückgekehrt. Theo war bedrückt, Berta war wütend und verletzt, so wanderten sie über die braunen verdorrten Hügel der Insel, saßen unter den Pinien in der drückenden Septemberhitze und starrten auf das Meer, sie konnten beide nicht schwimmen, und um miteinander ins Wasser zu gehen und sich von den Wellen wiegen zu lassen, dafür fehlte der Gleichklang. An den Abenden aßen sie auf der Dachterrasse und schwiegen und waren um ein Glück ärmer.

Damals ging eine Veränderung in Berta vor, so schleichend, dass er nicht wusste, ob er sich alles nur einbildete. Auf einmal forderte sie über jede Stunde, die er nicht mit ihr verbrachte, Rechenschaft. Friedas Wunsch, an ihrem Geburtstag mit ihrem Vater allein etwas zu unternehmen, versetzte sie in eine Wut, die er lange nicht besänftigen konnte. Wochenlang gab sie vor, Frieda nicht wahrzunehmen, sie würdigte die Stieftochter keines Blickes, vermied es, sie beim Namen zu nennen.

Es ist die Geringschätzung, hatte sie damals gekränkt gesagt, dass sie mich wie einen Dienstboten behandelt, der nicht den Anstand hat, nach getaner Arbeit zu verschwinden, das tut so weh, das kannst du dir gar nicht vorstellen.

Sie ist doch noch ein Kind, hatte er eingewandt, ja, sie ist hochnäsig und besserwisserisch wie Pubertierende halt sind.

Ich bin nicht ihre Mutter, ich muss mir von ihr nichts gefallen lassen.

Eine Mutter hätte Friedas Launen ausgehalten, dachte er, aber Berta fühlte sich zurückgewiesen und alle Träume von einer glücklichen Familie scheiterten an Friedas Widerspenstigkeit und seiner Weigerung, ihr ein eigenes Kind zu gönnen.

Argwöhnisch zählte Berta nun die Geldscheine in der Haushaltskasse nach. Hast du ihr wieder Geld zugesteckt? Mit schmallippigem Grimm tilgte sie die Spuren seiner ersten Ehe, was von ihr übrig geblieben war, ein Foto in seiner Brieftasche, alte Briefe, die er verloren geglaubt und die sie gefunden hatte, Kleidungsstücke, triumphierend und anklagend. Denkst du immer noch an sie? Dieses Mal meinte sie Wilma.

Er nahm ihre Eifersucht hin um des Friedens willen und versuchte sie zu entkräften, nein, ich denke nicht mehr an meine erste Frau, nein, ich liebe sie nicht mehr, sie ist doch tot, ich habe sie nie so geliebt wie dich. Seine Unterwerfung war ihm kein Opfer, sie hatten eine gute Ehe, es fehlte ihm an nichts. Um zu begreifen, was damals begonnen hatte und fortdauerte und dass er daran schuld war, hatte er vierzig Jahre gebraucht, und als er es begriffen hatte war es zu spät.

Wie viel Schuld und Unvermögen, wie viele gescheiterte Verständigungsversuche sich im Lauf eines Lebens anhäuften. Und immer ging es um etwas Verschwiegenes, das mit Worten nicht berührt werden durfte. Er hatte viel nachgedacht, wie es sich mit der Schuld verhielt. Immer hatte er sich von Menschen, die stärker waren als er, herumstoßen lassen, zufrieden, dass ihn so keine Schuld traf, weil die Entscheidungen nicht die seinen waren. Aber auch in seiner Passivität hatte er sich entschieden und jede Wahl hatte bedeutet, dass er dabei etwas hatte opfern müssen. Manches, was ihm einmal so wichtig gewesen war, dass er für anderes blind wurde, hatte im Lauf der Zeit seine Bedeutung verloren. Vierzig Jahre später erinnerte er sich an das Haus, in dem er und Berta mehrere Sommer ihren Urlaub verbracht hatten, an die blendende mediterrane Sonne auf der Dachterrasse, er sah sich und Berta über den Bergrücken zum Strand wandern, er sah die Agaven, die Pinien, die Steinmauern auf dem Weg deutlich vor sich, sogar wie er in seiner zusammengefalteten Kleidung nach seiner Armbanduhr gesucht hatte, die ihm gestohlen worden war, aber sein Gedächtnis verweigerte jede Erinnerung an irgendein Gefühl. Damals hätte er sich nicht vorstellen können, dass der Körper seiner Frau, von dem eine unerschöpfliche sinnliche Kraft ausging, jemals seine Anziehung verlieren würde, dass er alt und zu einem Zwitterwesen ohne Charme und Verlockung werden könnte, dass sich ihre Liebe jemals verändern würde.

Aus der Distanz der Jahre glich das Leben einer Landschaft,

über die das Licht vom Morgen bis zum Abend weiterwanderte. Was einmal im grellen Schein gelegen war, hielt sich jetzt gerade noch am Rand des Sichtbaren, und anderes, das er anfangs nicht wahrgenommen hatte, trat so klar hervor, dass er sich fragte, ob es immer schon da gewesen war und wo es seinen Anfang genommen hatte. Jetzt, wo sein Gedächtnis wie eine überlastete Datenbank ständig am Abstürzen war, beliebig Einzelheiten löschte, ganze Sequenzen spurlos verloren gingen und der Rest durch die sich entleerenden Räume in seinem Kopf geisterte, gerade jetzt wurde ihm vieles klar, fast so, als hätte er eine zusätzliche Wahrnehmung für Zusammenhänge bekommen, dass er sich erstaunt fragte, wie ihm das alles hatte verborgen bleiben können. Er dachte an die Menschen, die ihm nahegestanden waren, es waren hauptsächlich Frauen gewesen, Wilma, Frieda, Berta, und wie wenig er in Wahrheit über sie gewusst hatte, wie fremd sie ihm trotz aller Nähe geblieben waren.

Theo hatte immer gehofft, das Schicksal möge ihn sterben lassen, bevor er seine Körperfunktionen nicht mehr beherrschen konnte. An einem Morgen, Berta war bereits aufgestanden, aber Ludmila war noch nicht erschienen, um ihm beim Anziehen zu helfen, passierte es, dass er es nicht mehr rechtzeitig zum Badezimmer schaffte. Nach einer Weile rüttelte Berta an der Tür und fragte, ob ihm etwas fehle, aber er antwortete nicht. Er versuchte sich selber zu säubern und machte es nur noch schlimmer. Ludmila kam mit einer Plastikschüssel voll Wasser und er versuchte ihr den Badeschwamm zu entwinden.

Geh schon, das mache ich allein, drängte er und schob sie zur Tür, das kann ich schon noch.

Aber es ging nicht. Er musste die Schmach über sich ergehen und sich säubern lassen wie ein Kleinkind.

Mit mir geht es bergab, sagte er mit einem kleinen kläglichen Lächeln. Er konnte sie nicht ansehen vor Scham.

Bitte geh, flehte er mit erstickter Stimme.

Dann saß er auf dem zugeklappten Deckel, gedemütigt, mutlos und weinte über den unwürdigen Verrat seines Körpers. Weisheit hatte der Pfarrer ihm bei seinen Besuchen versprochen, an die Würde des Alters hatte er fest geglaubt und keine Anstrengung gescheut, sie sich zu erhalten. Gab es etwas Würdeloseres, als was eben geschehen war? Wo war Berta? Sie wäre die Einzige gewesen, die ihm nah genug stand, um diesen Absturz wenigstens zu mildern. Er gab sich selbst die Antwort: Sie ist nicht mehr zuständig. Ein Leib und eine Seele, hatte es geheißen. Es stimmte nicht mehr.

Den ganzen Tag war er einsilbig und abgewandt. Die beiden Frauen versuchten ihn aufzumuntern, sagten ihm, dass die Sonne scheine und was es heute zu essen gebe, dass er sich freuen solle, dass er doch ein bisschen fröhlich sein möge. Verstanden sie nicht, dass er eine Stufe weiter in die Annullierung seines Menschseins gestoßen worden war? Jedes Tier war Herr seines Körpers. Nur ganz am Ende verloren sie die Beherrschung über ihre natürlichen Vorgänge, kurz bevor sie sich zum Sterben verkrochen. Wie zäh dieser Körper war, wie verzweifelt er noch in seiner Erniedrigung am Leben hing.

Das ist kein Leben mehr, das einen zum Säugling reduziert, dachte er bitter.

Als wäre das nicht genug stürzte am Tag darauf das nächste Unglück über ihn herein.

Es ist so weit, sagte Berta, als machte sie sich selber zu einer Reise auf. Du musst dich von Ludmila verabschieden.

Ludmila stand hinter ihr und sah ihn schuldbewusst an. Er nickte und versuchte zu begreifen, was ihre Abwesenheit bedeuten würde, jeder einzelne Handgriff, der fehlen würde, jeder Augenblick, dem er allein, ohne Hilfe, nicht mehr gewachsen war, vom Aufstehen bis zum Schlafengehen. Und dazu kam die Einsamkeit. Er war gern allein, aber Alleinsein und Einsamkeit waren nicht dasselbe. Keine Nachmittage im Garten mehr, Ludmila neben ihm auf der Decke und ihre nackten Fersen, mit denen sie hie und da nach einer Wespe schlug. Niemand, der zufällige Erinnerungen hören wollte, die ihm durch den Kopf gingen.

Wann, fragte er leise mit unbewegtem Gesicht.

Heute Nacht, ein Uhr kommt Auto von slowakische Bekannte, sagte Ludmila.

Noch einen ganzen Tag. Fünf Monate war sie da gewesen und es war ihm wie ein wunderbarer Anfang vorgekommen, beinah ein neues Leben. Er wäre gern mit ihr allein gewesen an diesem letzten Tag, der so unerwartet über ihn hereinbrach. Zumindest ein paar Stunden, einen Nachmittag. Es hätte sicherlich noch Dinge gegeben, über die sie reden mussten. Aber wozu, dachte er, sie geht weg. Er glaubte, es in ihrem Blick zu lesen, wie sie ihn ansah, wie unbeteiligt sie dastand, dass er ihr jetzt schon gleichgültig geworden war. Für sie stand er in einer Reihe mit dem alten Hofrat, der seit fünf Monaten unter der Erde war. Auch ihm hatte sie den Hintern waschen müssen. Er war nicht Teil ihrer Welt, war es wahrscheinlich nie gewesen. Er hatte immer das Gefühl gehabt, dass das Wichtigste an ihr abwesend war, an einem Ort, den er sich nicht vorstellen konnte, den er gern gekannt hätte, um sie so zu sehen, wie sie wirklich war. Aber auch die Seite, die sie ihm großzügig zugewandt hatte, war liebenswert gewesen und hatte seinem Leben neuen Sinn gegeben. Wie sollte er nun ohne ihre jugendliche Kraft Stufe um Stufe in die Finsternis hinuntersteigen?

Er händigte ihr das letzte Gehalt aus, die letzte Woche, die in der Nacht zu Ende gehen würde. Ein Samstag Ende Juli, Hundstage, heiß und still, als seien die anderen Bewohner der Siedlung gestorben oder ausgewandert. Ein Tag, an dem er früher mit Berta an den Badesee gefahren war, zu heiß, um im Garten zu arbeiten, die Erde hart wie Beton. Die Abende im

Freien voller Julisterne im Zenit des Jahres. Diese unzusammenhängenden Gedanken gingen ihm durch den Kopf, während er in seiner Brieftasche herumfingerte und versuchte, das Geld vor Bertas Blicken zu verbergen.

Zweihundertfünfzig Euro, sagte Berta ungeduldig.

Ja, ja, ich weiß schon, sagte er und suchte nach einer Ausrede um sie wegzuschicken, lang genug, um Ludmila in Ruhe angemessen zu entlohnen.

Komm her, sagte er schließlich und schloss ihre Faust so schnell um den ganzen Packen von Hunderteuroscheinen, die er mit einem Griff aus dem Fach gezogen hatte, sodass Berta nicht mitzählen konnte. Ein Taschenspielertrick, dachte er befriedigt, und war stolz auf die Geschicklichkeit seiner Hände. Er wusste selber nicht genau, wie viel, vielleicht fünfhundert, vielleicht mehr. Es war immer noch zu wenig, er hätte ihr in diesem Augenblick gern alles gegeben, was er besaß.

Das ist schon in Ordnung, sagte er schnell, ein bisschen Fahrgeld.

Sie hatte ihre Arbeit gut gemacht. Es war ein Job gewesen, nicht mehr. Alles andere war aus ihrem Wesen gekommen, vielleicht hatte sie gar nicht anders gekonnt. Aber ein Job war es geblieben und jetzt kündigte sie und fuhr nach Hause.

Danke, sagte sie. Sie lächelte nicht, aber sie fuhr ihm mit der gewohnt liebevollen Geste über das schüttere Haar, das sie jeden Tag gewaschen hatte.

Der Tag verging wie jeder andere, auch wenn jede Geste, jede Handlung unter dem Vorzeichen des letzten Mals stand. Von seinem Liegestuhl aus hörte er Berta am Telefon. Über die Generationen hinweg, das geht einfach nicht, sagte sie, und er fragte sich, was sie damit meinte. Dass die Kluft zwischen den Generationen zu groß war, um sie zu überbrücken? War es eine Frage des Generationsunterschieds, der Sprache, der Kulturen, der Gesellschaftsschicht? Es gab so vieles, was sich nicht überbrücken ließ.

Und wie viel Wichtiges, Ungesagtes blieb in der Verständnislosigkeit zwischen zwei Menschen hängen, die seit Jahrzehnten jede Minute miteinander verbracht hatten?

In der Nacht lag Theo wach, horchte in die Stille, strengte sich an, auch das kleinste Geräusch auszumachen, das von oben aus dem Dachgeschoss kam. Um halb zwei hörte er vor dem Gartenzaun im Kies Autoreifen knirschen, Türen schlagen, den leichten schnellen Schritt Ludmilas auf der Treppe am Wohnzimmer vorbei, gemurmelte Worte, ein kurzes Auflachen, wieder Türenschlagen. Dann fuhr das Auto an und entfernte sich. Theo lag mit hämmerndem Herzen im Bett und wunderte sich, dass ihn ein Verlust so sehr treffen konnte, in seinem hohen Alter, in dem es schon lange nichts mehr gab, das zum ersten Mal geschah. Er hatte gedacht, wenn nichts mehr bliebe, das nicht schon einmal da gewesen war, würden die Erfahrungen an Intensität verlieren, denn so hatte er es oft erlebt. Wenn er versucht hatte, ein erstes Mal zu wiederholen, war immer eine Enttäuschung zurückgeblieben.

In Gedanken begleitete er Ludmila an den Ausläufern der Stadt vorbei zur Autobahn nach Osten, geradewegs in den Sonnenaufgang hinein. In ein paar Stunden würden sie in Bratislava sein, sie würden unterwegs in Raststätten essen, wahrscheinlich saß sie auf dem Rücksitz und würde bei der Fahrt hin und wieder einnicken, vielleicht würden sie gegen Abend oder erst in der Nacht den Ort in der Slowakei erreichen, an dem die anderen am Ziel waren. Er hatte sie nicht nach der Route gefragt und nicht, ab welchem Ort sie auf sich allein gestellt sein würde. Es hatte nichts mehr zu sagen gegeben am Schluss. So war es bei jedem Abschied gewesen. Auch als Wilma starb, als Frieda ihre Sachen packte. Zum Schluss blieb immer ein hilfloses Schweigen und überflüssige Zeit, in der man sich nichts mehr zu sagen hatte, weil das Ende da war und jedes Wort ins Leere ging. Aber auf welchem Weg auch immer sie nach Hause gelangte, er war überzeugt, dass ihre ganze Erwartung sich dorthin richtete und sie ihn bereits vergessen haben würde, wenn sie durch die Slowakei der Sonne entgegenfuhr.

Dass es immer noch Neues zu entdecken gab, immer noch Erfahrungen, die unvorhersehbare Gefühle hervorriefen, egal, auch wenn es schmerzliche Empfindungen waren, das gab Theo die Gewissheit, ganz lebendig zu sein. War es das erste Mal in seinem Leben, dass er verlassen wurde? Er fühlte sich wie ausradiert. Wilma hatte ihn verlassen um zu sterben, sie wäre trotz ihrer unerfüllten Ehe nie fortgegangen, um anderswo ohne ihn zu leben. Frieda hatte er fortgeschickt. Jetzt war er verlassen worden, vielleicht war das eine späte Gerechtigkeit. Er nahm seine ganze Kraft zusammen, um allein, ohne dass Berta es bemerkte, in die Mansarde hinaufzusteigen, jede Stufe ein neuer Anlauf, mit schier unmenschlicher Anstrengung klammerte er sich an das Geländer, zog sich Stufe um Stufe hoch, zog einen Fuß um den anderen nach, mit hämmerndem Herzen, das seinen Brustkorb zu sprengen drohte und ihm die Atemluft wegpresste. Er wusste nicht genau, was er dort oben wollte, er folgte einem Impuls, einer Sehnsucht, vielleicht um eine letzte Spur von Ludmilas Gegenwart zu erhaschen, etwas Flüchtiges wie ihren Duft.

Als er oben und wieder zu Atem gekommen war, umgab ihn die tiefe Zufriedenheit, die Fabians Nähe stets in ihm ausgelöst hatte, schon als Kleinkind, wenn er ihm beim Schlafen zugesehen hatte. So als käme in seiner Gegenwart alle Bewegung, alle Hektik zu einem glücklichen Stillstand. Er war da. Das reichte aus. Er war auch jetzt da, das spürte er mit seinem ganzen Körper. Theo war immer davon überzeugt gewesen, dass die Verbindung zu den Toten, wenn sie einem nur nahe genug gewesen waren, nie abriss. Damals, nach Fabians Unfall, hatte er ihn in vielen Dingen wiedererkannt, als wolle

Fabian durch sie Kontakt mit ihm aufnehmen. Eine Amsel auf dem Fenstersims, die mit weit offenem Schnabel lauthals sang.

Bist du Fabian, hatte er sie gefragt. Wenn du Fabian bist, dann tanz für mich.

Und der Vogel hatte sich aufgeplustert, sich um die eigene Achse gedreht und war weggeflogen. Davon hatte er niemandem erzählt, aus Angst, dass man ihn für verrückt halten könnte.

Er wäre gern für immer in der Mansarde geblieben, um in Fabians Bett, das für kurze Zeit Ludmilas Bett gewesen war, zu schlafen, sich von Berta das Essen heraufbringen zu lassen und allein zu essen, ein Bett, das Bad, eine Mahlzeit am Tag, mehr brauchte er nicht mehr. Jetzt, wo Ludmila weg war, sollte das Leben sich ruhig auf einen Punkt zusammenziehen, und dieser Punkt war am besten Fabians Zimmer. Aber er wusste, Berta würde ihn schimpfend nach unten jagen und ihn für völlig übergeschnappt erklären. Er holte sich einen Schemel und ließ sich vor dem Bücherschrank nieder. Wie lange war es her, seit er das letzte Buch gelesen hatte? Er hatte nicht mehr die Kraft dazu, er vergaß zu schnell was er eben gelesen hatte, er konnte sich nicht mehr konzentrieren, die Wörter zerstreuten sich in alle Richtungen, bevor er den Zusammenhang entdecken konnte. Dabei hatte er früher beim Lesen alles um sich herum vergessen können. Es waren Bertas Bücher. Er kannte sie alle.

Im obersten Regal standen Fabians Schulbücher. Theo schlug den Mittelschulatlas seines Enkels auf und suchte Osteuropa. Hier herrschte noch die alte Ordnung des Kalten Krieges, alles war Sowjetunion, Weißrussland, die Ukraine, ein Riesenreich ohne Grenzen. Theo versuchte sich in diesen grenzenlosen Landstrichen zurechtzufinden, den eintönigen, unermesslichen Ebenen Russlands mit ihren Sümpfen, Wäldern, Flüssen in schreckenerregenden Dimensionen. Er fand Orte, deren Namen er kannte, weil er zwischen ihren zerschossenen Mauern marschiert war, vorbei an toten Tieren und Menschen, die unbegraben in der Hitze verrotteten, an verkohlten Holzhäusern, die noch schwelten, ohne dass er sich Gedanken darüber gemacht hatte, ob nicht auch hier einmal geordneter Alltag geherrscht hatte wie in den Dörfern zu Hause. Wie es wohl jetzt dort aussah? Es musste Autobahnen geben. Welche Straßen verbanden die Städte und wo war Ludmila gerade unterwegs? Er musste Frieda bitten, ihm eine neue Landkarte zu besorgen.

Wie weit die Zeit sich von ihm entfernt hatte. Er sehnte sich plötzlich heftig nach Fabian. Er war seine Verbindung zur Gegenwart gewesen, als Theo sich immer mehr von der Zeit auf der Strecke gelassen gefühlt hatte. Auf einmal war die Gegenwart nicht mehr seine Zeit gewesen und er war mit ihr nicht mehr im Einklang, es war so schleichend vor sich gegangen, dass er kein bestimmtes Jahr hätte nennen können, nur dass auf einmal alles anders war als früher, jahrzehntelang Vertrautes plötzlich ohne guten Grund verschwand und die Veränderungen ihn ärgerten. Mit den Kaufhäusern hatte es begonnen, dass niemand mehr da war, den man fragen konnte, danach verschwanden die Bankschalter und mit ihnen die Beamten, die ihre Kunden mit Namen kannten. Wir haben Ihren Zugang erleichtert, hieß es in den Mitteilungen, aber für Theo war alles schwieriger geworden. Man preist alles als Neuerung an, sagte er, als wäre neu schon besser.

Erklär mir das, hatte er seinen Enkel verärgert aufgefordert, Anleitungen, Formulare, Geräte, ich kenn mich da nicht mehr aus. Und Fabian hatte seinen Ärger in Interesse verwandeln können, das Innenleben eines Röhrenfernsehapparats, die Funktionsweise einer Bankomatkarte, und Theo war sich dabei weder dumm noch rückständig vorgekommen. Er hatte mit dreiundsiebzig zusammen mit Fabian für dessen Fahrprüfung gelernt, hatte ihn über Bremsweg und Viertaktmotor abgefragt und bedauert, dass es für ihn zu spät war. Er selber hatte nur ein Moped besessen, mit dem er zur Arbeit gefahren war.

Hast du nie ein Auto gefahren, fragte der Enkel, nicht einmal einen Traktor?

Im Krieg habe er Selbstfahrlafetten und gelegentlich einen Lastwagen gelenkt, sagte er, aber dazu habe er keine Fahrprüfung gebraucht.

Jetzt gibt es Verkehrsregeln, hatte Fabian verschmitzt gesagt.

Es war leicht gewesen, mit dem Enkel über den Krieg zu reden, er hatte in der Schule von Nationalsozialismus und Holocaust gehört und glaubte, darüber ausreichend Bescheid zu wissen, aber ihn, seinen Großvater, hatte er lediglich als Zeitzeugen betrachtet, als einen, den man befragen konnte, der es erlebt hatte, aber er hatte ihn nicht verdächtigt, er hatte nicht versucht, ihm Schuld nachzuweisen.

Ihr habt ja alle keine Ahnung, was Krieg bedeutet, hatte Theo gesagt, ihr seid bereits die zweite Generation ohne Krieg. Ich bin in den einen Krieg hineingeboren und der nächste hat mich um die wichtigsten Jahre gebracht, in denen ich etwas hätte lernen können.

Nichts in Fabians Miene deutete darauf hin, dass er ihm misstraute.

Als Fabian sich einen zwanzig Jahre alten ramponierten Volkswagen kaufte, reparierte Theo ihn und Fabian behauptete, er sei wie neu und ließ seinen Großvater das berauschende Gefühl erfahren, am Lenkrad zu sitzen und auf Feldwegen mit vierzig Stundenkilometer dahinzuholpern. Wie geduldig Fabian mit ihm gewesen war, wie behutsam er ihm seine Fehler erklärt hatte. In den Neunzigerjahren hatte der Enkel ihm den Datenhighway der neuen Kommunikationstechnologie erklären wollen, aber Theos Vorstellung blieb den Räumen und den mechanischen Vorgängen verhaftet. Mein

Verstand tut da nicht mehr mit, einmal muss Schluss sein, ich kann nichts mehr aufnehmen, hatte er gesagt, als Frieda ihm ein Mobiltelefon brachte und ihm zeigen wollte, wie er Kurznachrichten verfassen konnte. In letzter Zeit irritierte ihn sogar das Fernsehen immer mehr, er konnte sich auf die Bilder nicht mehr konzentrieren, die Geschwindigkeit, mit der sie vorbeiflitzten, erzeugte ein solches Gedränge von Eindrücken in seinem Kopf, dass ihm schwindlig und übel wurde. Jetzt saß er mit Fabians Mittelschulatlas in einer anderen Zeit fest und versuchte Ludmila auf Straßen zu folgen, die nicht eingezeichnet, in Länder, deren Grenzen damals noch nicht festgestanden hatten. Es ermüdete ihn, auf die winzige Schrift der Orte und Flüsse zu starren und er merkte es nicht, als der Atlas ihm aus den Händen glitt.

Theo erwachte erst von dem Lärm im Haus. Er fand sich nicht gleich zurecht, wo er sich befand, er saß auf dem Boden mit dem Kopf gegen das Bett gelehnt, vor ihm Bertas Bücherschrank, dann erinnerte er sich, er war in Fabians Zimmer, aber warum, was machte er hier?

Ich habe ihn gefunden, rief eine junge Männerstimme.

Fabian?, fragte Theo, bist du das?

Ein junger Mann schaute neugierig und freundlich zu ihm hinunter. Hatte Fabian sich so sehr verändert? Er trug jetzt die Haare zu einem dünnen Pferdeschwanz zusammengebunden und sein Gesicht war breiter und männlicher, er musste schließlich schon älter geworden sein. Wie viel Zeit war vergangen seit dem letzten Mal?

Fabian?, sagte er noch einmal und der junge Mann antwortete lachend, nein, ich heiße Markus und im selben Augenblick war Theo wieder in der Gegenwart. Fabian war tot und er war vor Kurzem in die Mansarde gestiegen, um allein zu sein mit seiner Trauer um den Enkel, um Ludmila. Aber dann hörte er Bertas schweren Schritt und Frieda kam vorsichtig hinterdrein, sie waren erleichtert und zugleich verärgert.

Was ist dir jetzt wieder eingefallen?, rief Berta. Was treibst du hier?

Als sei es eine abwegige, unerlaubte Idee, im eigenen Haus ein Stockwerk höherzusteigen. Theo wandte seine erprobte Methode des Rückzugs an, er verschloss sich, machte alle Zugänge dicht, überließ ihnen nur seinen Körper, dieses geschrumpfte Gerüst aus Haut und Knochen, um sich ins Unsichtbare zurückzuziehen. Er ließ sich abführen, am Arm des Sanitäters, Stufe für Stufe, fast mühelos, ein Federgewicht.

Ein zäher Hund, sagte der Sanitäter, der sich Markus nannte, an der Tür halblaut zu seinem Begleiter, der daraufhin den Rollstuhl zusammenklappte. Sie setzten ihn an den Tisch, bevor sie sich verabschiedeten, und er saß da, als habe er mit sich selber nichts zu schaffen. Sie redeten mit ihm, aber erst wenn sie ihn anfassten und ihre Gesichter in sein Blickfeld schoben, um ihren Worten Nachdruck zu verleihen, wandte er sich halb zur Seite und schüttelte ihre Hände ärgerlich ab.

Was ist denn schon wieder, fragte er unwillig, und verweigerte ihnen den Zutritt zu seinem Verstand.

Die viele Aufregung, hörte er seine Frau sagen.

Soll ich dableiben?, hörte er seine Tochter antworten.

Wenn wir niemand Neuen finden, müssen wir ins Altersheim, hörte er Bertas verzagte Stimme sagen.

Soll ich denn zu euch ziehen? Das kam zu seinem Erstaunen von Frieda.

Aber keiner der Sätze drang weit genug in sein Bewusstsein vor, als dass Theo eine Bedeutung für sich selber herauslesen konnte. Er überließ sich dem angenehmen Gefühl zu sinken, so als habe er sich zu lange mit letzter Kraft an einer Sprosse, einer Latte oder einem Sims festgehalten und könne nun loslassen und das Fallen war wie ein Schweben.

Wieder war es Ottilie, die ihnen zwei Wochen später eine neue Haushaltshilfe schickte. Sie hieß Katja und wies sich als diplomierte Krankenpflegerin aus, sie sprach Deutsch mit osteuropäischem Akzent, die Konsonanten kehlig und hart, die Vokale flach, aber ihre Herkunft spielte keine Rolle mehr, sie hatte die Hälfte ihres Lebens in dieser Stadt verbracht, hier ihre Kinder großgezogen und war längst eingebürgert, eine korpulente, selbstbewusste Frau, die gern redete, am liebsten von den erstaunlichen Begabungen ihrer Kinder, von ihren Enkelkindern und der sich scheinbar jeden Tag um weitere Mitglieder vermehrenden Familie, von neuen Schwiegertöchtern und fünfjährigen Enkeln, die lesen und mit dem Smartphone Botschaften verschicken konnten.

Wir sind alle Genies, solange wir jung sind, brummte Theo unwirsch.

Er hätte nicht erklären können, warum er sie nicht mochte, es begann schon bei ihrem forschen Morgengruß, der Frohsinn forderte und keinen Widerspruch duldete. Sie schüchterte ihn ein und brachte ihn gegen sie auf. Dabei war ihm ihre selbstgewisse, Unterwerfung fordernde Tüchtigkeit von Bertas jüngeren Jahren her vertraut, doch seine Frau hatte auch andere, sanftere Seiten gehabt. Vielleicht wäre ihm auch Berta nicht mehr sympathisch, dachte er, wenn er sie jetzt erst kennenlernte.

Ludmila hatte es nichts ausgemacht, wenn das Anziehen am Morgen eine Stunde gedauert hatte. Bei Katja musste es schnell gehen und ihre Ungeduld machte ihn so nervös, dass seine Arme nicht in die Ärmel fanden und seine steifen Finger vergeblich nach den Knöpfen und den zugehörigen Knopflöchern tasteten. Sie schob seine Hände beiseite.

So viel Zeit haben wir nicht, sagte sie.

Was steht sonst noch auf dem Programm?, fragte er aufmüpfig und bekam keine Antwort.

Sie zieht mich an als wäre ich eine Fetzenpuppe, beklagte er sich bei Berta.

Am Abend wusch Katja ihn von Kopf bis Fuß mit der

gründlichen Routine einer Krankenschwester, die außer ihm noch viele andere Patienten zu baden hatte und sich nicht mit Zärtlichkeiten aufhalten konnte, und Theo fügte sich. Wie hätte er auch etwas einklagen sollen, das er nicht benennen konnte, das Gefühl, kein Gegenstand der Pflege, sondern ein Mensch zu sein, dessen Körper auf ihre Berührung ansprach.

Nicht so fest, sagte er manchmal und hielt schützend die Hände über seinen Kopf.

Sie wollen sauber werden, nicht?, fragte Katja, nicht unfreundlich, aber knapp und bestimmt.

Sie weigerte sich, ihn zu stützen, wenn er ins Bad gehen oder einfach nur ein wenig im Garten herumgehen wollte.

Da, sagte sie und schob ihm das unhandliche Wägelchen hin, dazu gibt es den Rollator.

Theo hasste dieses Wort. Nie würde es ihm über die Lippen kommen. Das da, sagte er, und zeigte verächtlich auf den unaussprechlichen Gegenstand. Das da holpert draußen auf dem Erdboden, das wirft mich ja bloß um.

Berta hingegen schien durch Katjas Gegenwart neue Kräfte zu gewinnen. Vor die Wahl gestellt sich zu behaupten oder sich unterzuordnen, schien sie sich daran zu erinnern, wie tüchtig und energiegeladen sie früher gewesen war. Anfangs war es ein Kräftemessen gewesen, wer von den beiden das meiste schaffte und die Oberhand behielt. Mit der Zeit verwandelte sich die anfängliche Konkurrenz in eine harmonische Arbeitsteilung, die beiden Frauen zu gefallen schien. Sie wurden ein fröhliches Team, das viel zusammen lachte und viele Gemeinsamkeiten entdeckte, von ihrer Weltanschauung im Allgemeinen über Kochrezepte und auch darüber, wie man Theos Weigerung beikam, sich am täglichen Leben zu beteiligen.

Er ist wieder einmal nicht zu Hause, sagte Berta und tippte sich mit dem Zeigefinger an die Stirn und Katja lachte zustimmend.

Er war tatsächlich teilnahmsloser geworden, die Klarheit, die ihn manchmal im Gespräch mit Ludmila selber in Erstaunen versetzt hatte, war endgültig vom Alter verdunkelt worden. Es gab niemanden mehr, mit dem er sich unterhalten konnte, niemanden, der ihm gern zuhörte. Auch die gelegentlichen Gespräche mit Berta waren verstummt. Sie hatten nie viel miteinander geredet, aber nun war das Schweigen zwischen ihnen voll feindseliger Spannung. Er fühlte sich nutzloser als der überflüssigste Gegenstand und er fürchtete sich vor Katja.

Sie springt recht energisch mit mir um, beklagte er sich vorsichtig bei Berta.

Das schadet dir nicht, entgegnete sie ungerührt.

Sie kostet fast doppelt so viel wie Ludmila, sie kostet alles, was wir haben, versuchte er es mit einem anderen Argument.

Im Unterschied zu Ludmila ist sie ihr Geld wert, befand Berta, und der große Vorteil ist, dass sie am Abend nach Hause geht.

Aber Theo entwickelte einen neuen Altersgeiz, mit dem er schweigend und missgünstig das Haushaltsgeld zu kürzen suchte, Betrug witterte, Quittungen studierte, sich beim Nachrechnen den Kopf zermarterte und sich schließlich eingestehen musste, dass ihm seine einstmals große mathematische Begabung nicht einmal mehr an guten Tagen zur Verfügung stand. Immer weniger konnte er seinen Geiz beherrschen, beim Essen schaute er böse auf Katjas Teller, wenn sie sich mit lustvollem Appetit große Stücke Fleisch aus der Pfanne holte.

Isst sie wieder alles auf, was für zwei Tage gereicht hätte, murmelte er.

Aber niemand beachtete ihn.

Frieda war hie und da zum Mittagessen eingeladen. Mit gequältem Lächeln saß sie der ungewohnt vergnügten Berta gegenüber, die sie drängte, ihre und Katjas Kochkünste zu loben. Sie wandte sich mit betonter Ausschließlichkeit Theo zu und versuchte ihn zum Reden zu bringen, zumindest dazu, ihre Gegenwart zur Kenntnis zu nehmen.

Wie geht es dir heute, fragte sie.

Wie soll es in meinem Alter schon gehen, schlecht natürlich, erwiderte er ohne sich zu einem Lächeln zu zwingen.

An anderen Tagen war er besserer Laune. Geht schon, mir tut nichts weh, sagte er und wandte sich ab, bevor sie weitere Fragen stellen konnte. Es konnte vorkommen, dass er seine knappen sarkastischen Kommentare zu Dingen abgab, von denen die anderen glaubten, er müsste sie längst aus den Augen verloren haben, Bemerkungen zur Politik, zur Gesellschaft, die ihm nur noch in den Schlagzeilen der Zeitung begegnete, isoliert wie er seit Langem lebte, und immer, wenn er etwas Scharfsinniges sagte, freute er sich darüber wie ein Kind, das etwas für sein Alter ungewöhnlich Kluges zum Besten gibt.

Frieda setzte sich so nah zu ihm, dass sie ihn hätte berühren können, aber sie tat es nicht, sie schaute ihn nur fragend an oder bittend, so jedenfalls, dass es ihm lästig war und er nur kurz zu ihr hinsah, nicht lang genug, um sich auf ein Gespräch einzulassen. Meist war er nicht erreichbar, für niemanden, mit keinem Lächeln und keinem Blick.

An den Nachmittagen saßen die beiden Frauen einträchtig nebeneinander im Garten, jede hielt eine Fliegenklatsche in der Hand, um die Insekten zu vertreiben und Theo saß mit leerem Blick etwas abseits unter dem Vorwand, er wolle schlafen, und ihre Gespräche hielten ihn wach. Es gab nichts mehr, was er ihnen mitzuteilen hatte.

Ich habe abgeschlossen, sagte er.

Lasst ihn, er lebt in einer anderen Welt, sagte Berta, wenn er die seltenen Besucher kaum mehr beachtete. Manchmal bei Tisch, wenn die anderen redeten, zerfielen ihm die Sätze in das angenehme Auf und Ab einer Melodie und er lauschte ihr wie in seiner Kindheit, wenn er schon fast im Schlaf die Erwachsenen reden gehört hatte, wie sich die vertrauten Stimmen hoben und senkten, und im Herd hatte das Feuer durch die kleine Eisentür geflackert. Eigenartig, dachte er, so vieles habe ich vergessen und diese Bilder werden immer deutlicher.

Aber zu anderen Zeiten war er mit ganzer Aufmerksamkeit in der Gegenwart, er nahm die Stille der heißen Sommertage wahr, wenn sich kein Blatt bewegte, nur hie und da eine unreife Kastanie in der grünen stacheligen Schale vor seine Füße fiel und die Mücken zwischen den Blättern tanzten, und er sammelte seine ganze Konzentration um nachzudenken. Wenn die beiden Frauen ins Haus gingen und er draußen blieb, entspannte er sich, sah, dass der Garten, die Pflanzen, die er mit so viel Sorgfalt gehegt, geschnitten und bewässert hatte, in der Hitze braun und vom Unkraut verschlungen wurden. Er betrachtete die welken gelben Blätter und die unreifen Äpfel, die auf dem Boden lagen und dachte, dass der Sommer seinen Höhepunkt schon überschritten habe. Der Garten stirbt noch vor mir, sagte er zu sich selber. Dass der Tod unsichtbar mitten im Leben war, immer auf der Lauer, und sich keine Gelegenheit entgehen ließ wusste er. So war es nun einmal in der Natur. Er konnte Stunden damit zubringen, eine Spinne zu beobachten, die sich an einem glänzenden Faden abseilte. Wie still diese Spätsommertage waren, wie in Erwartung, so still, dass er das Blut in den Ohren singen hörte und er fragte sich, was es noch zu erwarten gab. Den Herbst, wenn jeder Morgen ein wenig kühler und jede Dämmerung ein wenig kürzer würde, der Tau länger liegen bliebe und die Trauer des Abstiegs sich vertiefte. Immer, wenn er sich auf die Natur konzentrierte, wurde er ruhig. Für den Tod war er noch nicht bereit, er würde ihm nicht erlauben, ihn zu überraschen, er sammelte seine Kräfte, um sie alle noch einmal in Erstaunen zu versetzen. Er hatte noch etwas Wichtiges vor, er hatte ein Geheimnis, er durfte nur die Gelegenheit nicht versäumen.

4

An einem Freitagvormittag im August rief Vater an.

Komm jetzt gleich, es ist wichtig, ich bin gerade allein, sagte er mit einer Dringlichkeit, die keinen Aufschub, nicht einmal eine Frage duldete.

Seit seinem Schlaganfall erschreckte mich jeder unerwartete Anruf, ständig war ich auf die Nachricht seines Todes gefasst. Aber er war es ja, der anrief und seine Stimme klang energisch, geradezu unternehmungslustig. Er wusste, ich würde nicht lange zögern, wenn er mich aufforderte: Komm, ich bin allein. Ich würde sofort zu ihm fahren, egal, was ich sonst gerade vorhatte.

Er erwartete mich an der Haustür, auf seinen Gehstock gestützt, leicht gebeugt, sodass er von unten zu mir aufblickte. Er war nie groß gewesen für einen Mann, aber doch groß genug, dass ich mein ganzes Leben zu ihm aufgeschaut hatte. Jetzt war er so klein, dass ich mich zu ihm hinunterbeugen musste.

Er kam gleich zur Sache: Du musst sie finden.

Wen?, fragte ich, als ahnte ich nicht, von wem die Rede war.

Ludmila natürlich. Ich will sie zurückhaben! Sein Ton inständigen Flehens berührte mich und war mir zugleich unangenehm.

Kannst du denn ohne sie nicht leben?, fragte ich ein wenig belustigt.

Ohne sie nicht leben!, wiederholte er offenbar gekränkt über meinen Spott.

Er wollte etwas entgegnen, setzte mehrmals zum Reden an, schüttelte dann den Kopf und gab auf.

Sie hat sich entschlossen, nach Hause zurückzufahren, sagte ich. Ich kann sie dir nicht zurückbringen wie eine streunende Katze, die man einfängt.

Er schwieg und presste die Lippen aufeinander und seine Augen bekamen den Ausdruck, den ich immer gefürchtet hatte, als sage er mit seinem Blick, geh weg, du verstehst mich nicht.

Warum kannst du ihr nicht einfach dankbar sein und sie in guter Erinnerung behalten?, versuchte ich es versöhnlich.

Weil sie mir etwas gegeben hat... etwas, wovon ich nicht gewusst habe, dass es da ist, bis sie mich darauf hingeführt hat. Dadurch wie sie ist. Ich habe immer gedacht, ich bin nichts. Und sie hat aus mir einen Menschen gemacht, der erzählen kann und dem man zuhört. Und dann ist alles wie von selber auf seinen Platz gefallen und hatte so seine Richtigkeit. Das hat sie für mich getan.

Wenn er von sich selber redete, von seinen Gefühlen, begann er jedes Mal zu stammeln und sein Gesicht bekam einen Ausdruck kindlicher Hilflosigkeit, die mich rührte und zugleich schmerzte.

Ich kann es dir auch nicht besser erklären, sagte er, aber so einen Menschen kann man nicht einfach in die Vergangenheit schieben. Mein Leben dauert nicht mehr lang und sie würde nie wissen, was ich ihr verdanke. Sie wird es nicht einmal erfahren, wenn ich tot bin.

Du weißt, dass sie nicht einfach einreisen und hier arbeiten kann, sagte ich.

Aber er reagierte nicht darauf.

Ich habe nicht einmal eine Adresse, sagte er, nur eine Telefonnummer in der Ukraine, die sie oben in der Mansarde liegen gelassen hat. Ich dachte, ich würde sie dort erreichen, ich habe es ein paarmal versucht, aber vielleicht ist es gar nicht ihre Nummer oder ich verwähle mich immer wieder. Es meldet sich immer eine fremde Stimme auf Ukrainisch und die klingt gar nicht freundlich.

Hast du Ottilie schon gefragt? Es kann doch nicht so schwierig sein, Ludmila ausfindig zu machen.

Auf keinen Fall Ottilie, rief er erschrocken, dann kann ich es gleich auch Berta erzählen. Das bleibt unter uns. Das musst du mir versprechen. Und wenn du sie findest, dann gib ihr das... diesen Brief.

Er hielt mir einen rundum mit Klebestreifen umwickelten dicken Brief hin.

Briefe kann man auch mit der Post schicken, Papa, die Zeiten, in denen man berittene Boten aussandte, sind schon lange vorbei.

Mit der Post geht vieles verloren, überhaupt in solchen Ländern. Ich habe nicht mehr viel Zeit. Das hier darf aber nicht verloren gehen, auf keinen Fall. Wenn ich noch die alte Kraft hätte, würde ich selber zu ihr fahren, ich würde sie finden, auch ohne richtige Adresse.

Bei Ivano-Frankivsk, vormals Stanislau, Ukrane, stand auf dem Päckchen und Ludmilas Name. Seine Schrift war zittrig geworden, aber immer noch exakt wie zu den Zeiten, als er meine Schularbeiten unterschrieben hatte, fast eine Frauenhandschrift mit einem Hang zum Kalligraphischen, mit kleinen Schnörkeln in den Unterlängen, Buchstabe neben zierlichem Buchstaben, um gleichmäßige Abstände bemüht. Aber man konnte sehen, wie jeder einzelne Buchstabe ihn eine ungeheure Kraftanstrengung gekostet hatte. Er hatte Buchstaben ausgelassen.

Ukrane, las ich. Du hast das i vergessen.

Ich weiß, sagte er resigniert, ich kann nicht einmal mehr schreiben, ich vergesse Buchstaben, ich bin zu nichts mehr nütz.

Es war sinnlos, ihn auf die Möglichkeiten moderner Kommunikation hinzuweisen. Er lebte in einer anderen Zeit, in der die wichtigsten Nachrichten vom Telegrammboten gebracht wurden, manchmal mitten in der Nacht, und meist waren es schlechte Nachrichten. Todesnachrichten kamen als Telegramme. Die wichtigen Briefe schickte man eingeschrieben. Aber wenn es sehr wichtig war und man ganz sichergehen wollte, fuhr man hin und sprach persönlich vor. Es reichte eben manchmal nicht, einen Brief zu schicken, wenn die einzig angemessene Handlung war, ihn zu überbringen. Erst seit ich selber alt geworden bin, verstehe ich, wie schwer es für Menschen wie ihn sein musste, sich an das Tempo zu gewöhnen, mit dem die Welt alte Regeln bricht und neue aufstellt. Schick ihr eine SMS, hätte Melissa gesagt, und ich hätte ähnlich irritiert geklungen wie Vater: Die wichtigen Nachrichten schickt man eingeschrieben mit der Post.

Ich brauche nicht mehr viel, sagte er, ich habe nie viel gebraucht und es wird immer weniger. Ich möchte nur mehr das Recht haben, über mich selber zu entscheiden, wie man mich behandelt und wie ich nicht behandelt werden möchte. Und das hier ist kein Leben mehr.

Ich wusste nicht, dass es so schlimm ist, sagte ich.

Kannst du mir diesen einen Wunsch erfüllen?, fragte er. Ich will nicht sterben ohne sie. Hol sie, auch wenn es nur für ein paar Wochen ist. Wenn du alles richtig machst, dann darf sie einreisen, das weiß ich.

Er schaute an mir vorbei zum Fenster hinaus mit dem zärtlichen Gesichtsausdruck, den er bekam, wenn er von Ludmila sprach, wenn sie den Raum betrat und er sagte, sie ist meine einzige Stütze. Was er sich wünschte hatte eine klare Logik, der sich zu widersetzen grausam gewesen wäre: Meine Tage sind gezählt und ich will sie mit dem Menschen verbringen, der mir am nächsten steht.

Ich bringe ihr den Brief, versprach ich, und ich werde ihr sagen, wie sehr du sie brauchst.

Wäre ich nicht seine Tochter gewesen, hätten mich der Auftrag und sein Vertrauen gefreut. So aber kostete es mich Selbstbeherrschung, dass nicht die Bitterkeit meiner Eifersucht in meiner Stimme durchschlug.

Und da ist noch etwas, sagte er und tastete sich zum Küchentisch. Ein Sparbuch, ich hab dir das Losungswort aufgeschrieben. Nimm das Geld, es ist genug für sie und für dich. Teil es mit ihr.

Ich schaute auf die Summe. Mehr als genug.

Das bleibt unser Geheimnis, immer, bis alle tot und begraben sind, sagte er verschwörerisch und kicherte.

Ich hab noch was für dich, sagte er geheimnisvoll und verschwand im Schlafzimmer. Nach einer Weile kam er mit meinem alten Schulranzen zurück. Er stellte ihn so auf den Tisch, wie ich ihn ungezählte Male in der Schule aufs Pult und auf meinen Schreibtisch im Kinderzimmer gestellt hatte, und klappte den Deckel zurück. Die Rückenriemen hatte er abmontiert, aber das Schloss funktionierte auch nach fünfzig Jahren noch. Er warf nie etwas weg. Ich war sicher, auch die Rückenriemen hatten einen Verwendungszweck gefunden.

So habe ich alles auf einen Griff, sagte er zufrieden, und wenn ich sterbe, braucht ihr nicht lange zu suchen. Es ist alles da.

Er breitete eine mürbe Leinenmappe aus, legte die Dokumente beiseite und überreichte mir einen abgegriffenen Taschenkalender und ein graues Quartheft mit zyrillischer Aufschrift.

Mein Kriegstagebuch, sagte er und schaute mich erwartungsvoll an.

Ich war zu überrumpelt, um etwas zu sagen und nahm es wortlos in Empfang. Nie zuvor hatte er ein Kriegstagebuch erwähnt. Und jetzt, als nicht mehr davon die Rede war, als er annehmen konnte, dass ich ihn nie wieder zwingen würde sich zu erinnern rückte er damit heraus.

Ich hatte das Tagebuch ganz vergessen, erklärte er, während ich noch immer auf das graue Heft starrte, aber vor Kurzem war ein Schüler bei mir, der Enkel von Bekannten aus der Pfarre. Er musste eine Arbeit über den Krieg an der Ostfront schreiben. Da habe ich mich an das Tagebuch erinnert, als Gedächtnisstütze. Jetzt gehört es dir.

Er schaute mich mit solch gespannter Freude an, als erwarte er, dass ich in Jubel ausbreche.

Einem Schüler, sagte ich. Doch ich beherrschte mich und fragte nicht: Und warum nicht mir, damals, als es so wichtig für mich gewesen wäre, die Wahrheit zu erfahren?

Er sah mich erschrocken an. Ich dachte, ich könnte dir eine Freude machen, sagte er unsicher.

Ich verstand ihn sehr gut. Dieses verspätete Geschenk war ein Vertrauensbeweis, der auf jede Verteidigung verzichtete, er gab sich in meine Hände und überließ mir das Urteil.

Ich fahre sobald ich kann, sagte ich, jedenfalls noch im September.

Du musst gehen, sagte er und schaute alarmiert auf Großmutters Pendeluhr. Sie kommen mit dem Bus, sie werden gleich da sein.

Ich küsste ihn schnell auf den Mund wie in meiner Kindheit. Seine Lippen fühlten sich wie feines Leder an.

Niemand braucht davon was wissen, rief er mir nach.

Vom Gartentor schaute ich noch einmal zurück, ob er am Wohnzimmerfenster stand und winkte, wie er es früher immer gemacht hatte, wenn ich ihn heimlich auf eine halbe Stunde besuchen durfte. Aber er war wohl auf seinen Platz zurückgekehrt, wo Berta und Katja ihn hingesetzt hatten, bevor sie das Haus verließen. Jetzt war alles in meiner Hand, das Tagebuch, der Brief, seine Ersparnisse, sein Ruf, sein Glück, das bisschen Zukunft, das ihm noch blieb. Er wusste, ich war seine verlässlichste Komplizin, treu und verschwiegen.

Als Jugendliche war ich viel unterwegs gewesen, oft allein mit meinem speckigen Rucksack, den Schlafsack obendrauf für die Nächte in Bahnhöfen und Transithallen. Ich war mit den Bussen der Einheimischen gefahren, hatte mit Gesten, mit einem aus mehreren Sprachen zusammengeklaubten Wortschatz Abfahrtszeiten erfragt oder Mitfahrgelegenheiten erbettelt und irgendwo eine Schlafstätte gefunden, in Jugendherbergen, in Olivenhainen oder auf dem Wohnzimmerboden einer Zufallsbekanntschaft. Erstaunliche Menschen waren mir begegnet, mehr als in meinem ganzen Leben danach, und weil jeder gegenüber Unbekannten mit seinen Lebensgeschichten freigiebig ist hatte ich Geschichten erfahren, an die ich mich erinnerte, lange nachdem ich ihre Gesichter vergessen hatte. Oft war ich für einen Ausflug oder eine Mahlzeit von Fremden eingeladen worden, zum Tee, zum Essen, zum Wein, aus keinem anderen Grund als aus Neugier oder spontaner Sympathie, manchmal vielleicht, um mich, die sie nicht kannten, vor Gefahren zu beschützen, und manchmal war ich dabei einer Gefahr nur knapp entkommen. Ich hatte mit Menschen, mit denen ich keine gemeinsame Sprache hatte, gelacht und nicht gewusst, ob wir über dasselbe lachten, und für Augenblicke hatte ich gedacht, ich sei an einem Ort angekommen, an dem ich bleiben wollte. Im glühendheißen Fahrtwind war ich in einem überfüllten Bus von Teheran nach Isfahan und weiter nach Shiraz gefahren, hatte Wasser aus einem Becher getrunken, der von Mund zu Mund durch den ganzen Bus gegangen war, der Durst erschien mir schlimmer als die Hepatitis, die ich davon bekam. Ich erinnere mich an die Gleichaltrigen, die ich in den Ländern kennenlernte, in denen ein Umsturz zum Greifen nah bevorstand, ihre Erregung, ihr Mitteilungsbedürfnis, ihre Begeisterung. Und ich habe mich später gefragt, ob sie die Revolution, die sie sich ganz anders vorgestellt hatten überlebt hatten. Das war die Zeit der Leichtgläubigkeit, in der sich Gleichgesinnte, die sonst nichts voneinander wussten, an einem Strand die kurzen Geschichten ihres Lebens erzählten, miteinander schliefen und am Morgen bei Sonnenaufgang ohne Bedauern auseinandergingen.

Wenn ich nach einer Reise nach Hause kam, rief ich Edgar an, der meine Erregung dämpfte mit der Behauptung, das wäre nichts für ihn, er hielte Reisen für neurotisch.

Trotzdem waren diese Reisen nur ein Übergang, während ich auf das eigentliche Leben wartete. Im Rückblick betrachtet war es eine Zeit, in der ich genug glückliche Erinnerungen sammelte, um späteres Unglück zu überstehen. Gern hätte ich die Unbeschwertheit, die Unerschrockenheit von damals wiederholt, doch eine Rückkehr in diese Zeit war nicht mehr möglich. Ich versuchte es auch nicht. Ganze Jahre meines Lebens sind mir seither abhandengekommen, einfach aus meinem Gedächtnis gelöscht, aber diese frühen Reisen, ihre Farben und ihre Freiheit, auch ihre Augenblicke tiefsten Elends, sind frisch geblieben.

Vater und Berta hatten meinen Hang zum Unsteten nie gutgeheißen. Das macht dich ja doch nicht glücklich, hatte er gesagt und Berta hatte daraus den Schluss gezogen, dass ich keine Unterstützung brauchte, wenn ich genug Geld hatte, um zu reisen. An Fabians Reisen hatte Vater vorsichtig Anteil genommen, er war sogar stolz auf seinen Mut gewesen, aber als Fabian die Abenteuerlust zum Verhängnis wurde hatte er es schon immer gewusst: Wer sich zu weit von zu Hause fortwagte, freiwillig oder gezwungenermaßen, der ginge daran zugrunde. Die Fremde reißt jeden ins Verderben, pflegte er zu sagen. Hätte er diese Radtour nach Schottland nicht gemacht, wäre er noch am Leben.

Als ich am Telefon erwähnte, dass ich verreisen wolle, erwartete ich von Edgar keine Begeisterung.

Und wohin willst du diesmal?, fragte er skeptisch.

In die Ukraine, sagte ich, Vater möchte, dass ich ihm Ludmila zurückbringe.

Die Ukraine, sagte er nachdenklich.

Ich hätte nicht zu fragen gewagt, ob er mitkommen wollte, ich erinnerte mich an eine andere Reise nach meiner Scheidung, von der ich ihm mit der Euphorie wiedererlangter Freiheit und bestandener Abenteuer berichtet hatte. Warum brechen Menschen von zu Hause auf?, hatte er gefragt und seine Frage gleich selber beantwortet: um von allem Unerträglichen wegzukommen, aber sie nehmen es mit.

Danach hatte ich es vermieden, mit ihm je wieder übers Reisen zu reden.

Edgar war der sesshafteste Mensch, den ich kannte. Seine Zeit verbrachte er mit Lesen und Musikhören, er las Partituren, wie andere Romane lasen. Menschen interessierten ihn aus sicherer Distanz, sein ethnologisches Wissen war erstaunlich, und über die Länder, die ich aus eigener Erfahrung kannte, wusste er häufig mehr als ich. Ich hörte ihm gern zu, wenn er über untergegangene Städte und Völker erzählte, über Nomadenstämme und deren Wanderungen, über verschwundene Hochkulturen, seine Bildung war weitgehend autodidaktisch, doch er konnte so lebhaft und detailliert darüber berichten, was er in Büchern gelesen hatte, als habe er alles selbst erlebt.

Das ist eben meine Art, die Welt zu erfahren, hatte er einmal gesagt, weil die Hindernisse schon aus dem Weg geräumt sind und sich alles auf das Wesentliche konzentriert. Wenn man tatsächlich an einen Ort reist, kann man nicht sicher sein, das zu entdecken, wonach man sucht, und wenn man ihm begegnet, findet alles in einer fremden Sprache statt und es kann sein, dass man es nicht erkennt. Man schaut sich um und bevor man versteht, wirklich begreift, was man gesehen hat, ist es vorbei, dann kommt das Nächste und das Nächste und am Ende ist man bloß verwirrt und überwältigt.

Ich versuchte erst gar nicht, ihn zu überzeugen, dass es in der Fremde auch Begegnungen gab, die alles, was man an Gewissheiten mitgebracht hatte, außer Kraft setzten, denn es war ja gerade seine Scheu vor Menschen, die ihn zurückhielt.

Zwei Tage später rief Edgar mich wieder an. Hast du schon konkrete Pläne für deine Reise?, fragte er vorsichtig.

Wenn ich schon hinfahre möchte ich mir einige Städte in der Westukraine ansehen, sagte ich, Lemberg, Czernowitz, die Karpaten. Meine Vorfahren stammen aus dieser Gegend.

Meine Großmutter war auch aus der Ukraine, die Mutter meiner Mutter, sagte er zögernd. Es hieß immer, sie sei aus Russland gekommen, ein jüdisches Mädchen aus dem russischen Stetl, aber sie war in Kamenec-Podolsk geboren, mitten in der heutigen Ukraine.

In seiner Stimme bebte eine unterdrückte Sehnsucht, die mir verriet, dass er einem Entschluss sehr nahe war und es noch nicht zugeben wollte. Ich hatte keine Ahnung, wo Kamenec-Podolsk lag, aber mit Edgar eine Reise zu machen wäre die Erfüllung eines Jugendtraums gewesen.

Wenn du mitkommst, fahren wir dorthin, sagte ich.

Es hatte eine Zeit gegeben, in der die Aussicht, nur einen einzigen Tag mit ihm zu verbringen, das größtmögliche Glück bedeutet hätte. Die Busfahrten in der Dämmerung in unserer Jugend, wenn ich für Augenblicke den Druck seines Arms an meinem spürte, bevor er ihn zurückzog, und seine Verlegenheit hatte das Glück nicht geschmälert, sondern meine Erwartung nur gesteigert. So sicher war ich gewesen, dass es nur eine Frage von Zeit und Geduld sei, bis ich ihn erobert hätte und bis dahin genügte mir seine Nähe.

Von Podolien habe ich eine so romantische Vorstellung, sagte er.

Manchmal hatte Edgar eine Art etwas zu sagen, zögernd, als gestehe er eine Schwäche ein, als verrate er ein Geheimnis zum Zeichen besonderen Vertrauens.

Aber nur unter der Bedingung, dass wir allein fahren, ohne Reisegesellschaft.

Keine Reisegesellschaft, versprach ich, nur wir beide. Ich unterdrückte mein Erstaunen, wie schnell er sich entschlossen hatte.

Ich habe auch schon ein wenig Material über Galizien, versprach er.

Als Edgar mich am nächsten Tag mit einer Aktentasche voll Landkarten, Ansichtskarten und alten Fotos besuchte, wurde mir klar, dass er diese Reise im Kopf schon seit Langem bis in die Einzelheiten geplant hatte. Aber er war ein Zauderer, einer, der Pläne abwog und verwarf und dabei in seiner Unbeweglichkeit verharrte, bis die letzte Chance zur Verwirklichung verstrichen war. Ohne den unwahrscheinlichen Zufall, dass Vater mich in die Ukraine schickte und Edgar mir offenbar genug vertraute, die Reise mit mir zu wagen, hätte er für den Rest seines Lebens über Landkarten und Fotobänden von Galizien geträumt.

Wie du es aushältst, sagte ich, so viel über eine Gegend zu wissen, ohne sie zu sehen.

Er besaß alte braunstichige Postkarten aus der Habsburger Monarchie von Czernowitz, von Stanislau und Lemberg und zeigte mir Ansichtskarten von Stadtansichten mit breiten Boulevards, Alleen, einem hohen Rathausturm in Stanislau, barocke Bürgerhäuser in der Herrengasse von Czernowitz. Mit der ihm eigenen Leidenschaft für Details und Anekdoten hatte er sich die galizischen Landstriche angeeignet, ihre Landkarten und Stadtpläne, als sei er in einem anderen Leben dort gewesen. Nach Czernowitz wollte er aus einem besonderen Grund, er hing mit seiner verhinderten Karriere als Sänger zusammen. Seit seiner Kindheit sei Joseph Schmidt sein Vorbild gewesen, erzählte er, und das Idol seiner Mutter, von der er seine Stimmbegabung geerbt habe. In Czernowitz habe Joseph Schmidt als Kantor begonnen.

Das ist mein größtes Kapital, sagte er, meine Stimme.

In seiner Jugend hatte Edgar Gesang studiert. Hie und da

hatte er gesungen, wenn wir mit Philip und seinem exzentrischen Freundeskreis zusammen waren. Mit seinem lyrischen Tenor hatte er Opernarien vorgetragen, während ihn die Frau des Malers am Cembalo begleitet hatte, aber für eine Karriere hatte es nicht ausgereicht. Manchmal hatte er sich in einem kurzen heftigen Ausbruch wie ein ungerecht behandeltes Kind über seinen Lehrer beklagt, er verderbe ihm die Stimme, er hatte aufbegehrt und war gleich darauf verstummt. Er hatte an Wettbewerben teilgenommen und war meist leer ausgegangen, es war seine linkische, abweisende Art, die ihm im Weg stand. Es fehlten ihm die Fähigkeit, andere von sich zu überzeugen, die Egomanie des Künstlers und das Bedürfnis sich hervorzutun. An Macht, wie immer sie geartet war, hatte er nie einen Anteil haben wollen und Einfluss auszuüben widerstrebte ihm. Irgendwann hatte Edgar sein Streben nach einer Solokarriere aufgegeben. Er sang noch einige Jahre in verschiedenen Chören, aber er blieb Klavierlehrer, ein Beruf, der ihm nicht lag und den er mit zunehmendem Alter immer weniger ertrug, er mochte Kinder nicht, schon gar nicht unmusikalische Jugendliche, deren Eltern den Ehrgeiz hatten, sie zu Pianisten ausbilden zu lassen. Wenn es ums Singen ging, gewann sein Hochmut gegenüber den Unbegabten die Oberhand über seine natürliche Anspruchslosigkeit. Er kannte alle zweitrangigen Provinzsänger, die sich ihm überlegen fühlten und die er verachtete, er ließ sich von Primadonnen quälen und trug ihnen nichts nach, um wenigstens auf diese Weise dem Gesang nah zu sein. Wenn er davon erzählte, dann klang es, als berichte er die skurrile Geschichte eines anderen, die er in einem Buch gelesen hatte, ohne Neid und Bosheit, im Ton unschuldiger Verwunderung darüber, was es auf der Welt an Absonderlichkeiten gab. Erst im Alter wurde die Verbitterung darüber spürbar, dass ein verschwiegener Lebenstraum nicht aufgegangen war und der Durchbruch, auf den er jahrzehntelang wie auf ein Wunder gewartet hatte, ausbleiben würde.

Und erst jetzt wandte er sich ganz dem zu, was er als sein Erbe ansah, dem kantoralen Gesang.

Alles würden wir sehen, versprach ich ihm, Czernowitz, Podolien, Kamenec-Podolsk, überallhin war ich bereit zu fahren, wohin er nur wollte. Das müssen wir feiern, rief ich und holte eine Flasche von dem Rotwein, den Vater verschmäht hatte. In meiner übermütigen Freude hätte ich gern etwas angestellt, das nicht zu unserem Alter passte, aber Edgar war plötzlich sehr erschrocken, dass die verwegene Idee, mit der er bisher aus der sicheren Distanz gespielt hatte, Wirklichkeit zu werden drohte. Er trinke keinen Wein, erklärte er, und nach Feiern sei ihm nicht zumute. Sein entsetzter Blick glich dem eines Nichtschwimmers, der merkt, dass ihm vom Fünfmeterturm nur mehr der Sprung ins tiefe Wasser offensteht, als er sagte: Ich hoffe nur, wir werden das nicht bitter bereuen, ein unbekanntes Land mit einer fremden Sprache und einer fremden Schrift.

Erst als ich allein war und mir den Alltag unserer Reise auszumalen begann, die Intimität, die uns das gemeinsame Reisen aufzwingen würde, kamen mir Zweifel. Wir hatten beide den größten Teil unseres Lebens allein verbracht und schon seit Jahren auf niemanden mehr Rücksicht nehmen müssen, wir hatten Eigenheiten und Zwänge entwickelt, die niemanden störten, solange wir sie vor der Umwelt verbergen konnten. Würden wir aufeinander angewiesen einander Tag für Tag ertragen können? Wenn Edgar mit mir im Auto fuhr, machte er mich oft genug nervös, er redete selbstvergessen und pausenlos, bis ich sagte, kannst du einen Augenblick still sein, ich muss mich konzentrieren. Ich lud ihn zum Essen ein, ich kochte, während er vor sich hinredete, ohne auf eine Antwort zu warten. Er ließ sich meine Einladungen gefallen, als wäre es der natürliche Lauf der Welt, dass ich ihn bewirtete. Ich dagegen wusste nicht wirklich wie er lebte, ich hatte seine Wohnung nie gesehen, wenn ich zu ihm fuhr, trafen wir uns in öffentlichen Räumen, im Café, im Gasthaus, in einem Park. Ich wusste nicht, was er am liebsten aß, nur, was er nicht essen durfte, und auch nicht, wie er seine Zeit verbrachte, wenn er allein war. Manchmal erwähnte er Namen, meist von Frauen, seltener von Männern, mit denen er Kontakt pflegte, sie kamen in seinen Erzählungen immer wieder vor. Ich gewann den Eindruck, sie seien alle ein wenig seltsam und keine Freunde, die er wirklich mochte. Ihm war das Alleinsein immer schon leichtgefallen, das war sein Leben und es fehlte ihm nichts. Er telefonierte gern, wenn ihm etwas einfiel, das keinen Aufschub duldete, und dann vergingen Monate ohne dass ich von ihm hörte. Es war nicht das unbekannte Land und die fremde Sprache, vor dem ich Angst bekam, sondern Edgar, mein treuer Freund seit fünf Jahrzehnten, der mich nie im Stich lassen, aber mich am Ende der Reise vielleicht hassen würde.

Edgar hatte inzwischen alle Varianten der Fortbewegung recherchiert, Flugzeug, Bahn, Bus. Erst von L'viv aus könne man in alle Richtungen weiter, nach Odessa, Kiew, Smolensk, Moskau, wohin du willst. Zuerst Ludmila, schlug er vor, und den Auftrag erfüllen und dann in die Bukowina, nach Podolien und alles andere.

Warum?, fragte ich zornig, ist sie auch dir wichtiger als alles andere?

Nein, sagte er erstaunt, ich habe ja nie verstanden, was ihr an ihr seht. Ihr tanzt um sie herum wie um das Goldene Kalb. Dabei ist sie bloß ein ziemlich verlorenes Mädchen aus der Provinz, das sich in einem fremden Land tapfer durchschlägt.

Du bist mir das Liebste, hat Vater zu ihr gesagt. Das hat sie mir erzählt. Und für mich hatte er nie ein zärtliches Wort, nie eine Anerkennung.

Dafür hast du jetzt sein Kriegstagebuch, sagte Edgar mit einem ironischen Lächeln.

Ich hatte an dem Abend, als ich mit dem Kriegstagebuch nach Hause kam begonnen, es zu lesen. Nach so vielen Jahrzehnten der Ungewissheit würde ich mir nun endgültig eine Vorstellung davon machen können, was der junge Soldat Theo gesehen hatte, was er zerstören geholfen hatte. Vielleicht würde ich so die Spuren der Vernichtung, zu der er beigetragen hatte, deutlicher erkennen, wenn es noch Spuren gab. Atemlos vor Anspannung und Furcht, was mich erwartete, hatte ich mit der Transkription begonnen, die ich aus der Handschrift oft mehr erraten als lesen musste. Es war nicht seine zierliche Schrift mit den verschnörkelten Unterlängen, die ich kannte, *im Felde*, wie er sich ausdrückte, hatte er für Schnörkel keine Zeit und nicht die richtige Schreibunterlage gehabt. Zudem schrieb er in Kurrentschrift, mit einem stumpfen Bleistift, manche Wörter waren verschmiert und unleserlich, ich musste sie aus dem Zusammenhang erschließen. Die lateinische Schrift schien ihm geläufiger gewesen zu sein, denn manchmal, bei den Namen von Städten, wechselte er zu ihr über.

Es war nicht der Mann, den ich kannte, der mir in diesem Tagebuch begegnete, es war ein für seine sechsundzwanzig Jahre recht naiver Jüngling, der am 20. Mai 1940 staunend zum ersten Mal in seinem Leben *das Meer erblickt*, den Atlantik, und ins Schwärmen gerät vor seiner Weite, seiner *Unermeßlichkeit*, wie er schreibt, und vergisst, dass er im Tross der Eroberer dabei ist, in neutrale Länder einzufallen, Frankreichs Städte in Brand zu schießen, Menschen zu vertreiben. Hat er außer dem Meer nichts gesehen, das ihn aufwühlte? Die Flüchtlingstrecks nach Süden, die Kolonnen der Menschen auf der Flucht? Am 29. Mai, schreibt er, *ziehen wir uns in Ruhe zurück*. Aber obwohl Paris am 13. Juni kapituliert, wundert er sich, dass *Frankreich die Bedingungen des Führers nicht annimmt* und resümiert lapidar: *Der Krieg geht weiter.* Am Anfang, als sie Polen überfielen, starben die Kameraden noch den Heldentod, aber schon bald schreibt er nur mehr knapp, *heute ist Feldwebel Ziegler gefallen.* Ich versuchte mich in diesen jungen Mann hineinzuversetzen, es fiel mir schwer zu verstehen, dass seine Neugier, sein Staunen der Landschaft galt, dem Meer, jedoch nie der einheimischen Bevölkerung. Er musste doch auch Menschen gesehen haben. Aber von den Menschen stand nichts in seinem Tagebuch.

Im März 1941 staunt er über das Wunder der blühenden Obstbäume in der Landschaft um Varna in Bulgarien, wohin Hitler seine Wehrmacht auf ihren nächsten Eroberungsfeldzug schickte. Dabei wird Theo nirgends langweilig, so zügig geht die Eroberung voran. Am 13. März noch Rumänien, am 14. März bereits Bulgarien, am 18. März an der jugoslawischen Grenze, am 11. April an der Grenze zu Griechenland, das sich nicht kampflos ergibt. Aber was machte er so lange in Beocin bei Novi Sad? *Wir beziehen Quartier in einer Schule.* Und sonst? Drei Wochen lang. Was verschweigt er? Gab es nichts festzuhalten oder waren es Dinge, die aufzuschreiben ihm widerstrebten? Für die er sich schämte? Schwieg er aus Schuldgefühl? Und wenn, worin bestand seine Schuld? In Mord oder Beihilfe zum Mord, im feigen Zuschauen oder Wegschauen ohne eine Meinung zu äußern? Was hat ihm drei Wochen lang die Sprache verschlagen? Fürchtete er der Wehrkraftzersetzung beschuldigt zu werden, wenn das Tagebuch einem Kameraden in die Hände fiele? Oder nahm er alles hin und dachte sich nichts dabei?

Erst am 14. April, einem Ostersonntag, findet er die Sprache wieder, als er nach dem Ende der Gegenwehr der Griechen, nachdem der Rauch des *starken Artilleriefeuers* sich verzogen hat, *den Olymp erblickt* und ergriffen ist. Wie leicht sich Landschaften und Feldmessen mit Verwüsten und Erobern verbinden lassen, wie leicht es ihm fiel, für alles, was er nicht sehen wollte, blind zu sein. Das Meer, die blühenden Obstbäume, der Olymp, wo er *sechzehn Schuß auf Granatwerferstellungen* abfeuert und es nicht ohne Genugtuung im Tagebuch festhält. Und wieder das Meer, fünf Tage später die Hafenstadt Volos. Die *starke Gefühlsbewegung* auf dem Thermopylenpass, den er im schönsten griechischen Frühling *überschreitet* und in die Stadt Larissa einmarschiert, und schon ist auch dieser Feldzug gewonnen und die Kompanie macht sich schön für gleich zwei Paraden, am 30. April in Vilia und am 3. Mai in Athen vor Feldmarschall List. Da konnte ich ihn mir wieder vorstellen, mit stolzem Blick auf seine Montur, auf makellose Anzüge hat er immer Wert gelegt. Auch die Meerenge von Korinth beeindruckt ihn, bevor er am 15. Mai wegen Dysenterie ins italienische Marinehospital eingeliefert wird und für den Rest des Sommers in ein Ausbildungslager im Reich geschickt wird, um für den großen Weltanschauungskrieg im Osten gedrillt zu werden.

Wer war dieser Mann, der das Elend, das er und seine Kameraden verursachten, nicht sieht, der sich an den Sehenswürdigkeiten ergötzt, bevor er sie in Trümmer schießt? So viele Male hat er versichert, er habe nie die Waffe gegen einen Einzelnen erhoben, er sei nur so etwas wie ein Komparse im Tross der Eroberer gewesen, er sei schuldlos an ihren Verbrechen, sie gingen ihn nichts an. Und jedes Mal, wenn mir die Buchstaben vor den Augen verschwammen und ich über das Gelesene nachdachte, fragte ich mich, was hat er bloß drei nicht dokumentierte Wochen in Novi Sad gemacht? Ich hätte ihm ja so gern geglaubt, aber wie sollte ich ihm glauben, wenn er gerade dort schweigt, wo die Verbrechen geschehen sind? Am liebsten wäre ich zu ihm gefahren und hätte wie vor vierzig Jahren darauf bestanden, dass er mir haarklein erklärt, was er in Novi Sad gehört und gesehen hatte, was man sich in den Mannschaftsräumen erzählt hatte, wo man ihn hinbeordert und was er getan hatte. Aber ich hatte nicht den Mut, oder vielleicht war es auch Rücksicht auf einen Siebenundneunzigjährigen, dessen Verstand sich aufzulösen begann und dessen Erinnerungen verblasst waren.

Seit Ludmilas Abreise hatte es Tage gegeben, an denen ich den Eindruck hatte, dass er mich nicht gleich einordnen konnte und sich verwirrt fragte, in welcher Beziehung ich zu ihm stehe.

Jetzt musste ich allein wieder von vorn beginnen, ohne seine Hilfe. Es war ein Irrtum zu glauben, ich hätte es hinter mir. Ich holte die alten Exzerpte und Notizen hervor, las die Bücher wieder, deren Einzelheiten ich vergessen hatte, suchte Neuerscheinungen der vergangenen Jahre über die Verbrechen der Wehrmacht, die Öffnung der Massengräber, die früher unzugänglichen Archive, die Einsatzgebiete der Heeresgruppen, die Frontverläufe. Ich las, was ich bereits wusste, um seine Aufzeichnungen mit den Fakten zu vergleichen, herauszufinden, was er verschwiegen hatte, ihn aus der Deckung zu locken. Ihn zu verstehen. Ihn bloßzustellen? Vielleicht auch das. Darum kommst du nicht herum, sagte ich zu mir selber, er war kein Gegner, er war ein Komplize.

Aber ich möchte ja nur herausfinden, was genau er getan hat, wo er gewesen ist und ob sich aus seinem Tagebuch vielleicht doch seine Unschuld beweisen lässt, hielt ich der uneingestandenen Gewissheit entgegen, dass am Ende nur ein Mehr oder Weniger an Schuld herauskommen konnte.

Herbst

1

Anfang September begannen wir unsere Reise über die Slowakei und Polen in die Ukraine, durch Städte, die ich von früher kannte, Brünn, Košice, Rzeszóv, Krakau. Wir hatten es nicht eilig, an ein Ziel zu kommen. Wir hüteten uns sogar, ein bestimmtes Ziel zu nennen, weil keiner von uns beiden den Eindruck vermitteln wollte, sein Ziel sei wichtiger als das des anderen, Ludmila in ihrem Dorf, Joseph Schmidts Czernowitz oder das Kamenec-Podolsk von Edgars Großmutter. Es war ein warmer Herbst, die Bäume der Alleen in Košice begannen sich schon zu lichten und zu verfärben, ihr gelbes Laub stach ins wolkenlose Blau, die Nachmittage waren sommerlich, doch gegen Abend wurde es kühl, wenn die Schatten der Häuser lang über die offenen Plätze fielen. Wir flanierten durch Krakau wie Menschen auf der Durchreise, die wissen, das Wichtigste liegt noch vor ihnen. Später würden wir denken, wir hätten uns genauer umsehen sollen, wir hätten diesen Städten Zeit geben sollen, sich uns zu zeigen, für Edgar waren sie neu, wir waren zu ungeduldig.

Die späten Abende und Nächte, die Stunden, in denen Edgar sich zurückzog und allein sein wollte, las ich in Vaters Tagebuch, transkribierte und konnte mich immer noch nicht an die Schrift gewöhnen, verweilte bei schwer entzifferbaren Sätzen, erschrak über dem, was sie bedeuteten, erwachte aus Alpträumen und wusste augenblickslang nicht, wo ich war und hörte für den Rest der Nacht vom Kirchturm die Stunden schlagen. Am Morgen versuchte ich mir nichts anmerken zu lassen und verstimmte Edgar durch meine übertriebene Munterkeit.

Der erste Tote in Polen im September 1939 war für Vater etwas wie der Verlust der Jungfräulichkeit, aber er widmete ihm nur ebenso viele Zeilen und Gedanken wie später den blühenden Obstbäumen und den Thermopylen. *Tote am Straßenrand,* schreibt er, *entsetzlich, gerade noch am Leben, im nächsten Moment ausgelöscht.* Man machte die jungen Männer zu Soldaten, brachte ihnen das Töten bei, bevor sie auf die Idee kamen, dass sie sterblich waren. In den ersten Kriegstagen ist ihm noch lyrisch zumute. *Um fünf Uhr früh erscholl Kanonendonner, wir liegen sechs Kilometer vor der galizischen Grenze und warten auf den Einsatz.* Warum sie um fünf Uhr früh an der galizischen Grenze auf den Einsatz warteten, darüber macht er sich keine Gedanken, ebenso wenig wie darüber, warum sie um acht Uhr früh die Grenze überschritten. Hätte ihn jemand gefragt, wäre seine Antwort knapp ausgefallen: Führerbefehl. Er hatte auf den Führer einen Eid geleistet. Gehorsam, Treue, das waren Werte, die ihm sein Leben lang viel bedeuteten. Er hätte es mit einem Anflug von Stolz gesagt, dessen war ich mir fast sicher, zum ersten Mal im Leben mit ein wenig Macht, wenn auch geliehener, angemaßter, ausgestattet.

Bevor sie über Tarnów nach Łańcut kommen, gibt es Kämpfe und Heldentode, an die er sich mit der Zeit gewöhnt haben musste, denn am 10. September in Łańcut blickt er mit dem Leben versöhnt auf die Toten am Straßenrand und die zerschossenen Städte zurück und dankt seinem Gott bei einem *Feldgottesdienst in einem weitläufigen Park mit einem schönen Schloß.* Wie kam er mit seinem Gott zurecht nach all dem Töten und Zerstören?

Einundsiebzig Jahre später, fast auf den Tag genau, war der Park noch immer weitläufig und still. Auf die gleißenden Kieswege vor dem Schloss brannte die Sonne, im dichten Schatten unter den Bäumen zog sich am späten Nachmittag fröstelnde Herbstfeuchtigkeit zusammen. Im Schloss, in dem die Besucher nun ihre Füße auf Schlapfen durch die Räume schoben waren damals die Ordonnanzen mit zackigem Stiefeltritt über die Intarsien gestampft. Ein gemütliches kleines Familienschloss mit Boudoir, Badezimmern, Turmzimmer, Tanzsaal, Lüstern aus funkensprühendem böhmischem Kristall. Enteignungen schienen zu geringfügig, um auch nur in Gedanken bei ihnen zu verweilen. Vater war nicht in diese Räume vorgelassen worden, er musste sich mit dem Staunen über die Schlossfassade und die schönen alten Bäume des Parks begnügen. Dieselben alten Bäume, zerfurchte Borken hundertjähriger Stämme, immer hatten alte Bäume mich mit Ehrfurcht vor ihrer gleichgültigen Beständigkeit erfüllt, die alles überdauerte, Menschen, Staaten, Völker, Kriege. Damals standen Hunderte, vielleicht Tausende Soldaten unter diesen Bäumen und schämten sich nicht, inbrünstigen Dank zum Himmel zu schmettern, ja, *schmetternden Dank* sangen sie, auch Vater, der unmusikalisch war und keinen Ton halten konnte, für die begangenen Tötungsdelikte und Zerstörungen.

Am Rand des Parks stand eine Synagoge. Hatte er das gewusst, fragte ich mich. Zum Zeitpunkt, als ihr Priester die Hostie hob und sie ergriffen auf die Knie fielen, die Helme oder die Schirmmützen in den Händen, war die Synagoge bereits ausgeraubt, der Thora-Schrein geplündert, die Thorarollen verbrannt und die Juden warteten im Ghetto auf ihre Vernichtung.

Die Synagoge stand noch, aber sie war leer. Der Thora-Schrein eine leere Vertiefung, nur die Bimah, das steinerne Lesepult für die Thora-Lesung war noch da, und darüber ein reichverzierter Stuckbaldachin auf vier wuchtigen Säulen. Damals, lasen wir im Reiseführer, wurde Feuer an sie gelegt. Graf

Potocki, der Schlossherr, konnte ihre Zerstörung verhindern. Die Fresken gab es noch, auf dem Bogen über der Bimah in leuchtenden Farben der Löwe von Judah, der Thora und Krone hielt. Basreliefs von Blumen und Trauben. An den Pfeilern die Opferung Isaacs, Abrahams Hände, der Opferstein, das Lamm und die Schlange mit dem Apfel. Der Leviathan, der seinen eigenen Schwanz verschlingt, unter der Kuppel der Bimah. An den Wänden die Psalmen und die Tiere, Leopard, Adler, Hirsch, Löwe, Paradiesvögel in Grün, Blau, Orange und Gelb.

Stark wie der Leopard, leicht wie der Adler, schnell wie der Hirsch, tapfer wie der Löwe, um den Willen des Vaters im Himmel zu befolgen, wie es im Talmud heißt. Edgar las es mir von den Wänden vor, T'schuwah ve Tefilah veTsedaka, Umkehr, Gebet und Wohltätigkeit.

Du kannst Hebräisch?, fragte ich.

Ein wenig, sagte er, zum Singen muss ich es ja können. Ich habe es mir selber beigebracht und weiß nicht, ob ich es richtig ausspreche.

Wo singst du denn?

Zu Hause, nur für mich. Gershon Sirota, Joseph Rosenblatt, Samuel Vigoda, ich sammle die Niggunim der großen Kantoren seit Jahren und höre sie mir so oft an, bis ich sie nachsingen kann. Dazu brauche ich kein Publikum.

Der alte Mann, der die Tür für uns aufgesperrt hatte, verstand nur Hebräisch.

Ich möchte für die Gemeinde spenden, sagte ich.

Ejn kehillah, entgegnete der Pförtner.

Es gibt keine Gemeinde, übersetzte Edgar, alle in Bełżec ermordet. Er ist der Einzige und er ist nicht von hier, er macht nur die Führungen, weil es die letzte erhaltene Synagoge ist.

Ein kleiner Marktflecken, dieses Łańcut, das einmal Landshut geheißen hatte, auf den meisten Landkarten war es nicht einmal eingezeichnet, aber zweitausendsiebenhundert Juden hatten in ihm gelebt, erfuhren wir, die Hälfte der Bevölkerung.

Wie konnte Vater glauben, schuldlos geblieben zu sein, wenn er so nah dran war am Verbrechen. An welchem Punkt wird Gleichgültigkeit zur Schuld? Auch durch Tarnów war Vater auf seinem Siegeszug durch Polen gekommen. Auf dem sonnigen Hauptplatz warf der wehrhafte Renaissanceturm seinen Schatten auf einen Schanigarten, dort warteten wir vergeblich auf Piroggen und gingen schließlich auf der Suche nach einem Restaurant mit weniger säumigem Personal im Schatten der Arkaden rund um das große Viereck des Rynek. An dem einen Ende stießen wir auf eine Kirche, die mitten am Vormittag mit knienden Gläubigen bis zur letzten Bank gefüllt war. Am anderen Ende führte eine schmale gekrümmte Straße, die Żydowska, den Hügel hinunter zu dem leeren Platz mit den Resten der gesprengten Synagoge, den vier Säulen der Bimah aus brandgeschwärzten Ziegeln, die sich dem Eifer der Eroberer widersetzt hatten.

Da hatte er wieder einmal Glück, sagte ich. Als die Synagogen im November 1939 zerstört wurden, war er schon in Darmstadt in der Kaserne.

Edgar schwieg dazu. Hatte ich das Recht, mich über den Tölpel lustig zu machen, der das Ausmaß der Schuld nicht begreifen konnte, in die er sich immer mehr verstrickte? Ich deutete Edgars Schweigen als Zurechtweisung, es mir nicht so leicht zu machen. Ich hätte mir Vater, so wie ich ihn kannte, nicht vorstellen können, wie er sich mutig seinem Vorgesetzten entgegenstellt und sagt: So etwas mache ich nicht. An welchem Punkt wird Schwäche zum Vergehen?

Am Rand der Leere rund um die zerstörte Synagoge drängte sich der Alltag, ehemals jüdische Häuser mit Galerien von Tür zu Tür, Blumen und Wäsche am Geländer. Wenn man die Menschen fragte, wer vor ihnen hier gewohnt hatte, würden sie es nicht wissen und nicht wissen wollen, so wie an allen anderen Orten.

In unserer Unterkunft, in einem Zimmer mit hoher Balkendecke und tiefen Fensternischen, verbrachte ich die Stunden, die ich allein war, meist nachts, mit meinem siebenundzwanzigjährigen Vater im Zwiegespräch in einer Zeit, die mir an diesen früheren Kriegsschauplätzen schrecklich näherückte, während sie ihm so alltäglich, so normal erschienen war, dass er über die Verpflegung und die Landschaft berichten konnte. Ich versuchte ihn mir vorzustellen, mir ihn auf den wenigen Fotos in Wehrmachtsuniform in Erinnerung zu rufen, ein schmales, jungenhaftes Gesicht mit einem sich bereits lichtenden schwarzen Haarschopf, großen melancholischen Augen und einem nur angedeuteten ironischen Lächeln. Auf seinem Hochzeitsfoto war Fabian im gleichen Alter und auch er hatte dieses Lächeln, das sagte, ich schau mir jetzt einmal ein bisschen selber zu. Ich bemühe mich zu erraten, was er dachte, als er diese Tagebucheintragungen machte, ob er allein war, ob er schrieb, was er dachte oder nur, was er denken sollte. Und wenn er die Zerstörung, die Toten, die ausgebrannten Häuser sah, er muss sie ja schließlich gesehen haben, was ging in ihm vor, wie brachte er seine Rolle in diesem Krieg mit seinem bisherigen Weltbild in Einklang? Konnte er ruhig schlafen? Hatte er Alpträume? Es gelingt mir nicht, in die Gedanken dieses jungen Mannes zu schlüpfen, er bleibt mir fremd, er scheint so unberührbar, so erschreckend gefühllos.

Er war nicht in der Ukraine. Das hatte ich früher schon einmal gewusst, damals, während des Studiums, als ich ihn ausfragte und er widerwillig Auskunft gab. Die Heeresgruppe Mitte zog durch Weißrussland. Anfangs war ich darüber erleichtert gewesen, auch wenn ich wusste, es war überall dasselbe, in Byalistok, Minsk, Smolensk nicht anders als in Winniza, Uman, in Kiew, in jedem Dorf, es war reiner Zufall, wo er eingesetzt war, die Verwüstung, die Brandschatzungen, die Verfolgung, die Morde und Massenmorde waren die gleichen, da wie dort, es gab keinen geschützten Ort.

Ich war in seinem Tagebuch im Herbst 1941 angelangt. Die Wehrmacht hatte bereits Galizien, die ganze Ukraine überrannt.

Vom 15. Mai bis 21. Mai 1941 war er im italienischen Spital mit Dysenterie gelegen, vom 23. Mai bis 9. Juli im Ausbildungslager in Augsburg, *privat untergebracht und gut verpflegt. Fahrt über die Karpaten,* schreibt er am 9. Juli, *Wälder, schöne Landschaft wie bei uns. Vom 9. Juli bis 17. August in der Kaserne in Przemyśl.* Wieder fünf Wochen, über die er kein Wort verliert. Was machte er fünf Wochen in der Kaserne? Wo war er untertags? Musste er ausrücken zum Drill? Musste er die jüdischen Zwangsarbeiter bewachen, die gezwungen wurden, die Grabsteine ihres Friedhofs zu Straßenpflaster zu zerkleinern? Hat er sich bloß die Stadt angesehen? Jeder nicht dokumentierte Tag war ein Angelpunkt für mein Misstrauen. *Am 22. Juni 1941 erklärt uns Rußland den Krieg, deutsche Truppen überschreiten die Grenzen um drei Uhr früh,* schreibt er und zählt die großen Verluste der überraschten Russen auf. Er glaubte alles, was man ihm erzählte, was spricht dagegen anzunehmen, dass er freudig gehorchte?

Warum wird er am 17. August zurück nach Frankreich in die Kaserne eines Ortes gebracht, den ich nicht entziffern kann, um *am 12. September von dort an die Front* gebracht zu werden? Zehn Tage später schreibt er, *am 22. September wurden wir in Smolensk ausgeladen*. Die Landschaft scheint ihn diesmal nicht zu interessieren, auch nicht die Ortschaften, die Städte und ihre Namen, die er bisher so genau buchstabierte, dass ich sie auf der Landkarte finden konnte, nur *Steppe, endlose, trostlose Weite*. Am 25. September wird er an die Front gebracht, *Angriff auf der ganzen Front,* schreibt er und zählt kommentarlos die Namen Gefallener auf, eine lange Liste, jeder mit seinem Dienstgrad. *Am 2. Oktober '41 Angriff auf der ganzen Front, es beginnt die Kesselschlacht um Vjaz'ma.*

Im Kessel von Vjaz'ma, wo er also ganz offensichtlich gekämpft hatte, machten sie Zehntausende von Gefangenen und waren darauf nicht vorbereitet, sie ließen sie verhungern und erfrieren. Das hatte ihn so sehr entsetzt, dass er später öfter als einmal darüber sprach, über die Gefangenen in ihren stacheldrahtumzäunten Pferchen auf offenem Feld, der Kälte und den Schneestürmen ausgesetzt. Doch in seinem Tagebuch steht nichts davon, auch nicht, dass die Soldaten ihren Gefangenen bei vierzig Grad Kälte die Winterkleidung, die Pelzstiefel wegnahmen und sie in der Unterwäsche oder nackt in den Frost hinausjagten. Ich stellte ihn mir vor, wie er sich abwandte, wie sein Mund vor Abscheu schmal und bitter wurde während er wegschaute, aber er hat geschwiegen und sein Abscheu hat niemandem geholfen. Oder hatte er mir nur die Hälfte erzählt? Hatte er die unvorstellbare Kälte nur überlebt, weil er einen gefangenen Rotarmisten entkleidet und dem Kältetod preisgegeben hatte? Hatte er, der auf seine Rechtschaffenheit so viel Wert legte und sich besser als die anderen dünkte, die Winterkleidung eines zum Erfrieren Verurteilten angezogen und sich über dessen Überlebenschancen keine Gedanken gemacht? Weil der andere ohnehin der Feind war. Weil er sich selbst der Nächste war.

Vom 20. September bis zur Verwundung Anfang Dezember, bei der misslungenen Einkesselung von Moskau, ist jeder Tag dokumentiert, wer gefallen ist, jedes Gefecht, jede Schlacht, Angriffe, Gegenangriffe, in Wellen, bei denen er mitzählt, die abgeschossenen Panzer, die Stalinorgel, die ihm einen besonderen Schrecken einjagte, die 38 Grad Kälte, die erfrorenen Zehen, der Bunker, den sie Anfang November bauten, das Geschütz, das er aufgeben musste, sogar der Feldgottesdienst am 10. November in Volokolamsk, diesmal ohne Gesang und Dank.

Ehrmann verwundet, schreibt er am 1. November, *das Sturmgeschütz fuhr auf eine Mine.* Das nimmt ihn mit, aber er wagt es nicht, es anders auszudrücken als mit zwei Worten: *Er fehlt.* Im Oktober ist es ihm bereits klar: *Kessel um Moskau gelingt nicht.* Ist das schon ein Funke von Auflehnung, gar Hoffnung auf eine Niederlage? Er bekommt das Eiserne Kreuz zweiter Klasse, nachdem er einen Monat lang Tiefflieger und Stalinorgel überstanden hat. Er baut einen Bunker *in freiem Gelände* und beklagt, wie hart gefroren der Boden ist. Er staunt über den neuen Flugzeugtyp der JU 52 und ihre Kapazität, trauert im nächsten Satz um einen Feldwebel, und fährt auf seinem Panzerabwehrgeschütz immer weiter nach Osten von Angriff zu Angriff, schießt drei russische Panzer ab, schießt am nächsten Tag wieder zwei Panzer ab, die Namen der Gefallenen häufen sich, er verliert sein Geschütz, da ist es bereits Dezember und die Temperatur unter 40 Grad Kälte, als er verwundet und in Etappen nach Lemberg transportiert wird. Hätte er in einem anderen Krieg gekämpft, wäre er ein Held gewesen, er fühlte sich wahrscheinlich auch als Held. Wäre er dem Regime mehr wert gewesen als ersetzbares Kampfmaterial, hätte man ihn nach der Verwundung nicht bereits wieder im Februar 1942 fronttauglich geschrieben.

2

Für Lemberg hatten wir einen Kompromiss gefunden, einen Guide statt der Reisegruppe. Dimitri würde uns im Bahnhofsrestaurant treffen.

Ich will nicht an jemanden wie Ludmila geraten, der die Juden für das Gerücht von einem seit Jahrhunderten ausgestorbenen Stamm hält, hatte Edgar gesagt. Ich will jemanden, der sich im jüdischen Lemberg auskennt.

L'viv. Ich stand auf dem Bahnsteig und musste es mir immer wieder vorsagen, ungläubig staunend: Ich bin in Lemberg. Vor fünfundzwanzig Jahren hatte ich Polen bereist, bis Przemyśl war ich gekommen, aber von Lemberg hatten mir alle, die ich fragte abgeraten, zu gefährlich, zu unsicher, zu primitiv, ein Ort jenseits der Zivilisation, wo Banden herrschten, so stellte man es mir dar und ich fuhr widerstrebend nach Krakau zurück. Manche galizischen Ortsnamen bekamen mit der Zeit eine Magie, die sich stets von Neuem an ihrem Klang entfachte. Jetzt standen wir auf dem Bahnsteig unter einem Stahlbaldachin, der grazil und luftig wie Spitzenwerk die Gleisanlagen überwölbte.

Ich kann es nicht glauben, dass ich es doch noch geschafft habe, hierherzukommen, sagte ich zu Edgar.

In einem Restaurant der Jahrhundertwende, mit Thonetstühlen, Pfeilern und Empore, trafen wir Dimitri.

Nicht Dimitri, sagte der junge Mann mit dem dunklen Lockenkopf, Intellektuellenbrille und gestärktem weißem Hemd. Dima, nennen Sie mich Dima. Ich fühle mich sehr jüdisch, sagte er und legte beide Hände aufs Herz. Ursprünglich komme er aus Nowgorod, sei aber mit seiner ukrainischen Mutter schon als Schüler nach Lemberg übersiedelt. Der Vater durfte sich nicht zur jüdischen Nation bekennen, sagte Dima, er war ein hoher Militär, aber er war jüdischer Abstammung. Welche Religion er habe, fragte Edgar. Das amüsierte Dima. Gar keine, sagte er, Religion war bei uns kein Thema.

Hundertsechzigtausend Juden haben einmal hier gelebt, murrte Edgar, und wir konnten nicht einen einzigen finden, der uns seine Stadt zeigt.

Du musst dich mit Dimitri abfinden.

Der ist weniger jüdisch als ich, entgegnete er.

Zusammen mit Dima besuchten wir alles, was nicht mehr existierte. Die Baulücke der großen Synagoge, man konnte von den Abdrücken der Rundbögen an der fensterlosen Wand des anliegenden Hauses ihre Größe erahnen, der Rest war eine verlassene Halde an der ehemaligen, halb eingestürzten Stadtmauer, wo allerlei Müll und Bierflaschen von nächtlichen Zusammenkünften Jugendlicher zeugten, ein Ort, wo diejenigen herumlungern, denen die Lokale zu teuer sind. Die leeren Abdrücke von Mezuzot an den Toreingängen, aus dem Stein herausgemeißelt, manchmal hell übertüncht, sichtbare Zeichen der Vernichtung. Zwei große Plätze hinter der Oper, wo einmal Synagogen gestanden waren, ein kleiner schattiger Park am Ort des bis auf die Grundmauern zerstörten Tempels der reformierten Vorkriegsgemeinde. Dazwischen alte Häuser, Innenhöfe, verglaste Pawlatschen mit weißen Spitzenvorhängen. Die krummen, holprigen Straßen und das Kopfsteinpflaster waren noch dieselben wie damals, und auch das hohe Gebäude mit halbrunden maurischen Fensterbögen, das jüdische Kulturzentrum.

In welcher Richtung liegt der Osten, fragte Edgar und stellte sich an den Rand des Parks. Dort wo es unter dichtem Gebüsch nach Urin und Abfall roch stand er eine Weile in einer Art sparsamer Würde. Sang er im Geist ein Niggun eines seiner großen Vorbilder? Sagte er Kaddisch? Ich wagte nicht, ihn dabei zu stören. Ich beobachtete einen mageren jungen Mann, wie er geduldig seiner Katze ins Gebüsch folgte und sie ihn an ihrer dünnen am Halsband befestigten Leine nachzog, soweit das dichte Unterholz es zuließ.

Dima war gut vorbereitet, er führte uns beflissen von den unsichtbaren Fundamenten der Synagogen unter Bäumen und Parkbänken mitten in das Gewimmel des Krakauer Markts hinein, dessen Stände sich über den planierten Gräbern des jüdischen Friedhofs zusammendrängten und an den Rändern mit Lieferwagen und den ärmlichen Angeboten von Bäuerinnen ausfransten, die Kartoffel, Kohlköpfe, in Flaschen und Gläsern abgefüllte Konserven auf dem nackten Boden ausgebreitet hatten. Brotlaibe, Eier in flachen Körben.

Da war früher der jüdische Friedhof, sagte Dima, aber es ist besser, Sie gehen nicht zu tief in den Markt hinein, da ist nicht viel zu sehen und passen Sie auf Ihre Wertsachen auf.

Wohin sind die Grabsteine gekommen?, fragte Edgar.

Ich glaube, zum Straßenbau.

Das Konzentrationslager Janowska wurde mit ihnen gepflastert, widersprach ich.

Mancher Einzelheiten schien Dima sich zu schämen. Wusste er mehr, als er zugab? Sein Deutsch war idiomatisch und fast akzentfrei, er hatte in Deutschland studiert und verdiente sein Geld als Fremdenführer.

Bisher haben wir nur gesehen, was nicht mehr da ist, beklagte Edgar sich. Gibt es noch sichtbare Spuren?

Doch, das große Krankenhaus mit der maurischen Kuppel, und sofort fragte ich mich, war es hier, wo Vater seinen Goldzahn bekam? Außerdem einige Sakralgegenstände im Religionsmuseum einer katholischen Kirche, ein schwarz angelaufener, vielleicht versilberter Gewürzbehälter, ein abgebrochener Jad, die silberne Hand zum Thora-Lesen, eine zerbeulte Thora-Krone, der zerrissene Gebetsmantel eines Ermordeten, ein paar stockfleckige Gebetbücher, sie lagen in den beiden Schaukästen glanzlos und mickrig wie Beutestücke vom Flohmarkt, schwärzliches Metall, angesengtes Pergament. Und schließlich führte Dima uns doch noch zur Tsori Gilod Synagoge, von außen nicht als Synagoge erkennbar, in einem Innenhof vor der Welt versteckt.

Das hätten wir allein niemals gefunden, versuchte ich Edgar aufzumuntern, der wortlos und widerstrebend zwei Schritte hinter mir und Dima herging.

Ein kleines verfallenes Bethaus im Schatten einer großen neugotischen Kirche, mit einem alterslosen Pförtner, der erst die Frau des Rabbiners anrufen musste, bevor wir eintreten durften.

Edgar wies auf den Wasserhahn, der aus der Mauer ragte. Wir sollten uns die Hände waschen, sagte er, wir kommen von einem Friedhof.

Hierher kamen die letzten Lemberger Juden am Schabbat und an den Feiertagen, saßen in den Bänken und auf der Frauenempore, nahmen die Gebetbücher aus dem wackligen Regal am Eingang, um zu beten. Auch die Fresken, ähnlich denen in Lańcut, nur weniger prächtig, schienen gegenwärtiger, lebendig, Adler, Löwe, Leopard, Rachels Grab, die Klagemauer, ein reich bestickter schwarzer Thora-Vorhang und Bänke für ein paar Dutzend Menschen.

Mit dem Taxi fuhren wir aus der Innenstadt hinaus, dorthin, wo jenseits des Bahnübergangs das Ghetto begonnen hatte. Am Bahnübergang daneben warb ein Transparent mit einem Strand, lachenden Menschen in Badebekleidung und spielenden Kindern für ein Ferienparadies.

Wie geht die heutige Ukraine mit der Tatsache der ukrainischen Kollaboration um, fragte Edgar gereizt.

Dimas Umgänglichkeit verschwand so plötzlich, als hätte der Herbstwind, der über dem freien steinernen Platz mit den eingelassenen Gedenkplaketten Staub aufwirbelte, seine professionelle Freundlichkeit hinweggefegt.

Das waren die Nazis, erklärte er. Auch die ukrainische Bevölkerung hat gelitten.

Es gab Kollaboration, beharrte ich, das ist erwiesen. In Lemberg wurden bei dem Pogrom gleich nach dem Einmarsch der Deutschen viertausend Juden allein von den ukrainischen Faschisten ermordet. Dazu kam die Ordnungspolizei, die Spitzel, die Aufseher in den Konzentrationslagern. Ihre Freiheitskämpfer, vor allem die von Bandera angeführten Nationalisten haben sich am Judenmord beteiligt. Von Bandera gibt es einen Aufruf, bei der Ausrottung der Juden mitzuhelfen.

Immer wieder hatte Dima zu einer Entgegnung angesetzt, energisch den Kopf geschüttelt, aber ich ließ mich nicht unterbrechen. Ich wusste, wenn es ihm gelang, mir ins Wort zu fallen, würde es zu einem Streit kommen, wir würden beide gleichzeitig aufeinander einreden, uns vielleicht anschreien. Er maß mich mit einem hasserfüllten Blick.

Das sind historische Fakten, die niemand leugnen kann, auch Sie nicht, sagte ich schärfer, als ich es beabsichtigt hatte.

Nicht die OUN, rief Dima gequält, das waren die Befreier der Ukraine, sie haben auch gegen die Nazis gekämpft, nur der Pöbel, die niedrigsten Elemente der untersten Schichten, die vielleicht.

Ich wollte ihm widersprechen, aber Edgar warf mir einen Blick zu, der sagte, hör auf, das bringt nur Ärger. Dima hatte sich abgewandt, er ging mit großen entschlossenen Schritten auf das wartende Taxi zu, als sei die Führung für ihn beendet und wir sollten nun selber sehen, wie wir von hier fortkämen. Er stand eine Weile am Straßenrand und rang offenbar um Haltung, bevor er zurückkam und beherrscht erklärte: Wir fahren zurück, mehr ist hier nicht zu sehen.

Und das Ghetto?

Da kann man nicht hinein, sagte er abweisend. Sie müssen verstehen, ich habe das gar nicht machen wollen, diese Führung. Meine Mutter war Ukrainerin und sie ist vor zwei Wochen gestorben. Ich möchte nur weinen und keinen Menschen sehen. Es kostet mich schon genug Kraft, mit Ihnen da herumzugehen und Sie zu unterhalten. Es ist alles so hoffnungslos, so sinnlos in diesem Land, stieß er hervor und wandte sich wieder ab, als seien wir unwürdig seinen Kummer zu teilen.

Das tut mir aufrichtig leid, sagte ich betreten, wirklich, das wollte ich nicht. Aber Dima war gekränkt und mit seiner Trauer weit weg. Wir gingen stumm hinter ihm her zurück zum Taxi. Ich erwartete, dass er uns zum Hotel bringen, sein Honorar in Empfang nehmen und sich gekränkt verabschieden würde und war erstaunt, als das Taxi uns in einer kleinstädtischen Allee mit alten Häusern und von den Wurzeln der verwachsenen Bäume buckligem Kopfsteinpflaster absetzte.

Ich möchte Ihnen noch eine schöne Seite unserer Stadt zeigen, sagte Dima, eine Straße im früheren jüdischen Viertel, wohin keine Touristen kommen. Damals vor dem Krieg war Lemberg eine schöne Stadt, habe ich gehört. Das hier war der red light-district, wie sagt man, die Rotlichtgegend? Die Juden beschwerten sich darüber.

In dem zweistöckigen früher kaisergelben Eckhaus hatte Scholem Aleichem gewohnt und schräg gegenüber war am Eingang zu einem Café in hebräischen Buchstaben noch immer *Galanteriewaren* zu lesen.

Hier kann man ein wenig aus der Gegenwart wegtauchen und vergessen, sagte Dima.

Es war ein kleiner Raum mit Spitzenvorhängen und Art déco-Lampen, Jugendstilmöbeln, Porzellan in den Glasschränken, einer Wiener Kuchenvitrine, vielen Bildern und alten Fotos von Gesellschaftsdamen in Pelzen und langen Kleidern, eine kleine elegante Höhle aus einer anderen Zeit, als die Welt noch heil war. Aber dann war es doch das Elend der Gegenwart, das Dima überwältigte, wie hätte er es auch nur einen Augenblick lang vergessen können.

Es gibt keine Zukunft, keine Arbeit in Aussicht, klagte er. Ich möchte wissen, wozu ich studiert habe.

Jeder Tourist, der sich der Gruppenreise verweigere und seine Dienste in Anspruch nehme, sei ein Glücksfall, aber leben könne er davon nicht. Eine Weile habe er in einem Tourismusbüro gearbeitet, aber dort hätten sie auch eingespart. Dann saß er schweigend vor seinem Cappuccino, in Hoffnungslosigkeit und Trauer versunken, ein junger Intellektueller, überzeugt, dass die Ukraine dem Untergang, im besten Fall dem Stillstand entgegenging, ein rückständiges Land, klagte er, und kein Wille, verstehen Sie, kein Drive, aber schnell reich werden, egal wie, jeder denkt nur an sich selber. Er habe die Miete seiner Mutter bezahlt, jahrelang, und jetzt habe er sich mit den Kosten des Begräbnisses verschulden müssen. Als er auf seine Pläne für die brachliegenden Hänge der Karpaten und ihre abgelegenen Bergdörfer zu sprechen kam, hellte sich seine Miene auf, dort hatte er Verwandte. Dort war er als Schüler im Sommer auf Besuch gewesen. Er wurde lebhaft, als er seine Ideen vor uns ausbreitete. Präparierte Schipisten wie in den Alpen, schwärmte er, Liftanlagen, Kunstschnee, nicht bloß gerodete Hänge voller Felsen und Baumstümpfen.

Wie es im Augenblick dort aussieht, sagte er, da kommt keiner aus dem Westen her, und die verlotterten Schihütten, kein Warmwasser, keine Bequemlichkeit. Wir brauchen Unterkünfte für einen echten Schitourismus, große Hotels wie in den österreichischen Alpen, das wäre mein Traum. Aber dazu braucht man Geld, einen Sponsor.

Er warf Edgar einen erwartungsvollen Blick zu.

Sie kennen niemanden? Da ist Zukunft drin, eine Goldgrube.

Ich fahre nicht einmal Schi, sagte Edgar.

Mein Urgroßvater kam aus den Karpaten, sagte ich. Hätten Sie Lust uns zu begleiten, gegen ein Honorar natürlich?

Edgar fixierte mich mit einem Blick, der sagte: Auf keinen Fall, da tu ich nicht mit. Er hatte Dima nicht verziehen, dass er für seine mütterliche Hälfte keine Schuld auf sich nehmen wollte.

Wir trennten uns mit dem Versprechen eines Wiedersehens am nächsten Tag.

Wenn ich mir vorstelle, als ahnungslose Touristin durch die noblen Straßen dieser polnisch-österreichisch-jüdischen Grenzstadt zu flanieren, mit keinem Kriegstagebuch belastet, wie schön das wäre, wie unbeschwert, sagte ich zu Edgar, bevor wir auf unsere Zimmer gingen.

Auch Vater war in Lemberg gewesen, in der Woche vor Weihnachten 1941, wenn auch nur im Lazarett, man hatte ihn mit von Granatsplittern zersiebtem Unterleib und erfrorenen Gliedmaßen in Etappen zurückgebracht, von Puschkino am nordwestlichen Rand von Moskau, wo er eben noch zwei Panzer abgeschossen hatte, nach Novo-Petrovskoe und weiter nach Mozajsk, von einer Krankensammelstelle zur nächsten, siebzehn Tage bis nach Lemberg. Ich habe es mir oft vorgestellt, wie er sich gefühlt haben musste, geschwächt, verstümmelt, das Metall in seinem Körper notdürftig entfernt und zusammengenäht, und wofür das alles? Gesund an die Front geschickt, halb tot zurückgeliefert, genesen und wieder an die Front. Aber das Wissen, wofür und für wen er gekämpft hatte, hinderte mich daran, mich meinem Mitleid zu überlassen, der Gedanke an die tödlich Misshandelten, für die kein Verbandzeug und kein Krankenhaus vorgesehen war, verwandelte das Mitleid in zornige Trauer. In seinem Tagebuch klagt er nicht über Schmerzen, er klagt nicht an, nüchtern hält er die Fakten fest, so wie ein Arzt es ihm gesagt oder wie er es auf seinem Krankenblatt gelesen hatte: *Granatsplitter in Hoden,*

Rücken und Gesäß, Erfrierungen an Zehen und linkem Fuß. Er überlegt, wie lange er jetzt der Front würde fernbleiben dürfen. Zwei Monate, ein halbes Jahr? *Es geht in die Heimat. Für wie lange?* Worüber haben die Soldaten untertags im Krankensaal gesprochen? Warum stand davon nichts in seinem Tagebuch, kein Name, kein Wort aus einer Unterhaltung? Gab es welche, die Ausgang hatten, die Neuigkeiten von draußen brachten? Und wenn sie erzählten, was erzählten sie? Von den Erschießungen, von den seit Monaten wütenden Pogromen in den Straßen Lembergs? Wie erzählten sie? In welchem Ton? Gefühle sind nicht einfach da, sie kommen von außen und werden gesteuert, sie werden von der Erwartung der Gruppe geliefert und reißen das Eigene, selbst die innere, aus Angst verschwiegene Abwehr, sollte er sie denn verspürt haben, mit hinein. Und als er eine Woche später am Bahnhof in einen Zug nach Westen verladen wurde, hat er da nicht aus dem Zugfenster geschaut und einen Blick auf das Ghetto direkt an den Gleisanlagen erhascht? Zu Weihnachten kam er in Penzing an, im Wiener Lazarett. Und dann? Durfte er nach Hause? Bekam er Genesungsurlaub? Auch davon keine Silbe.

Ihr Mann ist bereits weggegangen, sagte am Morgen die junge Frau an der Rezeption.

Er ist nicht mein Mann, antwortete ich. An ihrem Blick merkte ich, dass etwas in meiner Stimme ihre Neugier erregt hatte, dass ich etwas preisgegeben hatte, das sie nun zu deuten suchte. Was hatte sie herausgehört? Eine Spur Trauer, etwas wie Resignation? Ich hoffte, ich hätte eher amüsiert geklungen über ihren Versuch, mehr über uns zu erfahren? Oder erstaunt, vielleicht irritiert über ihr kaum verhohlenes Interesse an uns, ein Paar, das in getrennten Zimmern wohnte, aber zusammen fortging, zusammen aß, einträchtig spätabends ins Hotel zurückkehrte und die Nacht nicht miteinander verbrachte oder doch? Dachte sie sich eine Geschichte über uns aus, so wie wir es taten, wenn wir in den Speiselokalen die Gäste an anderen Tischen beobachteten?

Wir sind bloß Freunde, die zusammen reisen, sagte ich.

Er war nie *mein* Mann gewesen, würde es auch nie werden, und dass er ohne mich aus dem Hotel geschlüpft und allein unterwegs war, weil ich ihm von Zeit zu Zeit lästig fiel oder weil er das Alleinsein brauchte, durfte mich nicht kümmern. Aber es war mir nicht gleichgültig. Wir kamen gut miteinander aus, nicht schlechter als zu Hause, es war beruhigend, dass er mich unterwegs mit keinen Gewohnheiten überraschte, die ich nicht schon kannte. Wenn wir neue Hotelzimmer bezogen, luden wir einander ein, sie sich anzusehen, dann ging jeder in sein Zimmer und schloss die Tür und später trafen wir uns zur vereinbarten Zeit im Foyer um auszugehen. Aber jeden Morgen kostete ich den Augenblick der Freude und Dankbarkeit aus, wenn ich die Treppe herunterkam und er bereits auf einem der Samtsofas neben dem Eingang wartete und seine Miene sich bei meinem Anblick erhellte. Nie hatten wir Meinungsverschiedenheiten darüber, was wir unternehmen wollten und die Vorfreude auf den Tag mit seinen vielen Möglichkeiten gab jedem neuen Morgen die Frische eines Abenteuers, und immer wieder entdeckten wir Gemeinsamkeiten, von denen wir selbst nach all den Jahren nichts gewusst hatten, unsere Vorliebe für unauffällige Lokale, in denen die Einheimischen aßen, und für einfache Gerichte, die man auch an Marktständen kaufen und auf Parkbänken essen konnte. Es bereitete uns beiden großes Vergnügen, Menschen zu beobachten und ihnen Lebensläufe anzudichten, doch sobald Reisegruppen in Scharen einfielen, geriet Edgar in Panik und drängte auf sofortigen Aufbruch. Seine Neugier auf Menschen mochte groß sein, solange sie ihm nicht zu nahekamen, aber noch größer war seine Scheu vor ihnen.

In den Städten ließ Edgar die bequemen asphaltierten Straßen beinahe fluchtartig hinter sich und fand schnell die

Gegenden mit holprigem Kopfsteinpflaster, stille, heruntergekommene Seitengassen, in denen sich die Phantasie mühelos in eine andere Zeit versetzen konnte, überall suchte er die Vergangenheit. Als hätten wir uns abgesprochen blieben wir vor denselben alten Häusern stehen, die Kriege und Plünderungen überdauert hatten und gleichmütig ihren Platz zwischen neuen Gebäuden behaupteten. Toreinfahrten und Hinterhöfe versprachen den Zauber einer verschwundenen Welt, ein zerborstener Torbogen, ein Fenster mit filigranem Gitter an einer sonst fensterlosen, vor Feuchtigkeit bemoosten Mauer, ein ausgetrockneter Steinbrunnen, Türstöcke mit klaffenden Löchern, wo Mezuzot herausgerissen worden war. Edgar hatte einen Blick für Details, die ich übersah, auch bei Menschen fiel ihm das Unscheinbare auf, er machte mich darauf aufmerksam, beiläufig, nie belehrend. Mein schwacher Orientierungssinn ließ mich oft im Stich, auch in Straßen, die wir zuvor gegangen waren. Aber da sind wir von der falschen Seite her gekommen, sagte er dann mit nachsichtiger Ironie und strich mir leicht über den Rücken. Wenn wir verschiedener Meinung waren, hörte er zu, sagte, ich verstehe, was du meinst, ohne jedoch etwas von dem, was er gesagt hatte, zurückzunehmen. Es konnte vorkommen, dass wir gleichzeitig stehen blieben und sagten: Schau, wie schön! Das waren die glücklichen Momente, wenn wir einander nichts erklären, nicht einmal reden mussten.

Und trotzdem gab es Stunden, halbe Tage, in denen ich mir wünschte, allein unterwegs zu sein, in meinem eigenen Tempo und mit meinen eigenen Gedanken. Wenn Edgar, den Blick zu Boden, mit seinem feierlichen Gang dahinschritt und über böse Nachbarinnen seiner Kindheit räsonierte, wenn er sich über einstige intrigante Kollegen beklagte, als sei ihm die Zurücksetzung erst kürzlich widerfahren, sich an Beleidigungen vor vierzig Jahren klammerte, während er achtlos durch mittelalterliche Straßen ging, dann versuchte ich ihn zum Schweigen zu bringen: Reg dich doch nicht über Vergangenes auf, wir sind in Lemberg, jetzt, heute und morgen und dann nie wieder. Manchmal gelang es mir, ihn von vergangenen Kränkungen abzulenken, dann lachte er: Du hast ja recht. Aber es konnte vorkommen, dass er verbissen an seinen Erinnerungen festhielt und es Stunden dauerte, bis er wieder in die Gegenwart zurückfand.

Am besten harmonierten wir am Beginn des Tages, später schlichen sich leicht Verstimmungen ein, ein Unwohlsein, Ermüdung, Ärger über Kleinigkeiten, die dem anderen entgangen waren. Nie würde Edgar sich zu einem unfreundlichen Wort oder gar einem Streit hinreißen lassen, er sagte dann vielleicht: Diese Bemerkung von dir hat mich erstaunt. Aber sein gekränktes Schweigen, das darauf folgte, lastete schwerer auf uns als eine heftige Auseinandersetzung und es war schwierig, wieder zum Reden zurückzufinden. Wir waren Morgenmenschen und gingen früh zu Bett, und wenn Edgar allein sein wollte, zog er sich unauffällig zurück, ohne mir das Gefühl zu geben, er ginge mir aus dem Weg. Deshalb war ich nicht darauf vorbereitet, dass er früh am Morgen aufgebrochen war ohne mir eine Nachricht zu hinterlassen.

Wir sind bloß Freunde, wiederholte ich, mehr zu mir selber, zuckte die Achseln, legte den Schlüssel auf den Tresen und ging in den Frühstückssaal. Ich dachte an frühere Reisen, allein und zufrieden, allein zu sein, nicht darauf achten zu müssen, wie der andere gelaunt war und welcher Ton zu seiner Stimmung passte. Die Freude darüber, mit Edgar zusammen zu sein und die Sorge, durch eine unbedachte Bemerkung die Harmonie zu stören, waren gleich stark und immer gegenwärtig. Aber ich hatte nicht vergessen, wie antriebslos und einsam ich mich früher an manchen Tagen gefühlt hatte und welche Mühe es mich gekostet hatte, das Zimmer zu verlassen. Als ich an diesem Morgen die Treppe heruntergekommen war und das ausgebleichte rote Samtsofa war leer gewesen, da hatte mich nicht nur eine bange Unruhe um Edgar erfasst, unwillkürlich war die bekannte Trostlosigkeit früherer Reisen in mir hochgestiegen, die Frage, was mache ich hier und wie fülle ich den Tag.

Ich setzte mich an einen Tisch direkt an der Terassentür mit den weißen bodenlangen Spitzenvorhängen und dem Blick auf den alleebestandenen Stadtboulevard. Der Saal war noch leer, die Reisegruppen kamen nie vor halb neun. Ich trank Kaffee, aß ein Croissant und schaute auf den langsamen Beginn des Tages.

Es gibt eine jiddische Geschichte von einem Mann, der im Leben nur Not gelitten hatte und erst beim himmlischen Gericht wird ihm Gerechtigkeit angeboten. Aber da ist er von seinem Schicksal schon gebrochen, so dass er sich nur mehr ein Hörnchen zum Frühstück wünschen kann. Ich hatte Edgar die Geschichte am Vortag beim Frühstück erzählt.

Ich jedenfalls will auf mein Hörnchen nicht warten, bis Gott über meine Bedürfnislosigkeit und alles, was er mir vorenthalten hat, weint, hatte er gesagt.

Ich war gerührt über seine Offenheit. Es kam selten vor, dass er so viel über sich preisgab. Ich wusste, wie bescheiden er lebte, aber nicht, ob aus Notwendigkeit, aus einer anerzogenen Sparsamkeit oder einer ihm natürlichen Bedürfnislosigkeit. Jahrelang trug er schon dieselben Klamotten, ein weißes offenes Hemd, ein schwarzes Blouson. In diesem Augenblick hatte mich eine heftige Zärtlichkeit ergriffen, er musste sie in meinen Augen gelesen haben, denn er schaute schnell weg. Es war seine leise, unzugängliche Art, die mich an meinen Vater erinnerte, behutsam und distanziert, immer bereit, sich zu entziehen, mit einem Lächeln aufzustehen und zu sagen, ich kann hier nicht mehr bleiben, als sei das eine ausreichende Erklärung. Er hielt es nirgends lange aus. Ich verstand, ohne dass er erklären musste, warum, und wenn ich es nicht verstand, war es auch egal. So war er eben.

Ich trat vor die Glastür ins Freie. Ein Sonntagmorgen auf der Esplanade Lembergs, windstill und sonnig, die Straßen zu beiden Seiten der Flaniermeile leer, rostrotes Laub auf dem breiten Kiesweg, manchmal der langsame, tanzende Fall unversehrter roter Blätter, von der Sonne gehalten und für Augenblicke durchscheinend golden und blutrot. Das Wasser des Springbrunnens vor der Oper wie Kristall und jedes Kräuseln von funkelnden Spitzen gekrönt. Dahinter die weißen Jugendstilfassaden, die schmiedeeisernen Balkone, die klassizistischen Kapitelle im Schatten der Allee. Die meisten Städte waren am frühen Morgen am schönsten, bevor sie erwachten. Es hätte ein Besuch voll neuer Eindrücke sein können, ohne Alltag, ohne Vorbehalte, ein Hinausschweben aus der eigenen Wirklichkeit, auch wenn der Glamour trotz allem das falsche Gold einer Provinzstadt war. Wäre das Tagebuch nicht gewesen, wäre der Ort nicht von einer Düsternis gesättigt, die sich in jedem Augenblick über seine heitere Fassade legte.

Nicht nur Edgar, auch Dima blieb verschwunden. Stattdessen tauchte ein junger untersetzter Ukrainer auf, ein Muskelbündel mit einem Kopf wie eine polierte Kugel. Er sei von Dima beauftragt, uns heute zu führen. Dieser Mann, das sah ich auf den ersten Blick, war kein Intellektueller, keiner, der wie Dima an seiner Zeit litt und mit dem man sich unterhalten konnte. Sein Englisch war schwer verständlich, und ich wollte schon sagen, ich käme allein zurecht, als Edgar plötzlich von der Altstadt her auftauchte.

Ich fragte nicht, wo er gewesen sei. Ich stellte ihm nie Fragen, um nicht den kühlen Streifen Niemandsland zu betreten, den er zwischen sich und andere legte, und ich war zu stolz, um Anhänglichkeit zu zeigen. *Ihr Mann*, hatte das Mädchen im Hotel gesagt. Ich bezweifle, ob es in seinem erwachsenen Leben jemanden gegeben hatte, der *mein* zu ihm hätte sagen können. Wäre er *mein* Mann gewesen, der von einem Spaziergang zurückkam, hätte ich unbefangen gefragt, wo warst du und ich hätte eine Antwort erwarten dürfen. Aber Edgar wagte ich nicht zu fragen, aus Furcht, er könnte es als Übergriff betrachten. Manchmal trennte uns sehr viel, auch wenn uns die Ängste und Zwänge des anderen vertraut waren und wir stillschweigend aufeinander Rücksicht nahmen. Trotzdem war er von Zeit zu Zeit ein Fremder, dem ich nur wegen des langen Weges einer Liebe, die nie ganz aufgehört hatte, mein uneingeschränktes Vertrauen schenkte. An anderen Tagen, wenn ich auf ihn wartete und er mit dem feinen Lächeln auf mich zukam, das mir wie eine leise, unausgesprochene Frage schien und das ihm geblieben war, seit ich ihn als schüchternen Fünfundzwanzigjährigen kennengelernt hatte, spürte ich bei seinem Anblick einen Anflug der alten Verliebtheit, einer Leichtigkeit, die mir längst abhandengekommen ist, doch viel zu flüchtig, um daraus Glück zu schöpfen. Wenn er aus meinem Leben verschwände, wenn ich ihn wegschickte, würde es niemanden mehr geben, zu dem ich gehörte, keinen Menschen, er war der letzte. Deshalb klammerte ich mich an ihn, indem ich sorgfältig den Abstand wahrte, den er zu brauchen schien.

Wir wollen zum Lissinitschi Wald, erklärte er sehr bestimmt.

Der Mann kann nur Englisch, sagte ich. Edgar verstand kein Englisch.

Dann sag es ihm.

Was ist dort?

Massengräber. Neunzigtausend Juden wurden dort ermordet. Es soll angeblich inzwischen ein Park mitten in der Stadt sein. Lissinitschi, wiederholte er zu dem jungen Mann gewandt, der den Kopf schüttelte. Wald? Park?

Park, sagte der Mann mit Bestimmtheit und nickte. Come, sagte er und schlug zielstrebig die Richtung ein, die wir am Vortag mit Dima gegangen waren. Er war groß und langbeinig und ging schnell, wir hatten Mühe Schritt zu halten. Wir liefen hinter ihm her, um die Altstadt herum, durch stark befahrene Straßen mit Plattenbauten, Betonblocks, deren Balkone mit blindem Plexiglas und Spanplatten verkleidet waren, zwischen verlotterten Jugendstilhäusern und plötzlich, jenseits einer breiten Straße, war der Eingang zu einem weitläufigen Park.

Here, sagte der junge Mann und dann: I must go. Er machte die Geste des Geldzählens. Thirty, sagte er.

Dreißig Hrywnja?

Er schüttelte den Kopf, thirty Ijuro.

Ich schüttelte ebenfalls den Kopf, gab ihm fünfzehn und wir schieden ohne Freundlichkeit und ohne Händeschütteln.

Es war kein Wald, sondern ein Park, ungepflegt, aber nicht verwahrlost, mit breiten, ein wenig eingesunkenen Wegen zwischen alten Laubbäumen, manche noch grün, andere begannen sich schon zu verfärben, auf den Lichtungen fiel die Sonne auf das kurze, vom Sommer ausgetrocknete Gras, manchmal strich der Wind herbstlich durch die hohen Wipfel und die Birkenblätter zitterten noch eine Weile nach. Es war ein sonntäglich stiller Ort, keine Vögel, keine Spaziergänger, wir waren allein.

Wie still es ist, sagte ich beklommen.

Das ist ein Friedhof, ein riesiger Friedhof. Neunzigtausend Tote liegen hier unter der Erde und nicht in Gräbern, sondern in großen Gruben, und wir könnten meinen, wir gehen im Wald spazieren. Weißt du, dass die Deutschen in Brest junge Bäume über den Massengräbern gepflanzt haben? Warum also nicht auch hier?

Bist du sicher, dass es der richtige Ort ist?, fragte ich. Vielleicht hat er uns bloß hierhergeführt, um uns loszuwerden. Vielleicht ist es bloß irgendein Park?

Er schwieg, als habe er mich nicht gehört.

Und wenn es eine Falle ist?, begann ich nach einer Weile von Neuem.

Wir beschleunigten unsere Schritte. Die Stille war unheimlich geworden, es war, als läge der Park nicht mitten in der Stadt, sondern in einem verlassenen Landstrich. Die Phantasie vermischte Vergangenheit und Gegenwart. Wir liefen lange ohne Orientierung, während die Sonne unverändert hoch am Himmel stand. Aber wir schauten nicht in die lichten Wipfel, wir gingen, den Blick angestrengt auf den Boden konzentriert. Jede Bodenwelle, jede Vertiefung konnte ein Hinweis sein. Manchmal erhob sich zu beiden Seiten des Weges eine leichte Böschung, kaum merklich. Bedeutete das, dass wir über ein Massengrab gingen? Wir achteten auf jeden Stein, immer in Erwartung eines verwitterten Grabsteins, einer Plakette, aber wir fanden nichts, nicht den geringsten Hinweis, ob wir auf Gräbern wanderten, ob diese Gegend etwas anderes war als ein gewöhnlicher Wald. Es wurde Nachmittag und es begann kühl zu werden. Wir waren hungrig und müde und irrten durch einen herbstlichen Laubwald, aus dem es keinen Ausgang zu geben schien. Schließlich wollten wir nur noch weg, dorthin, wo Häuser waren und Menschen, die wir fragen konnten, wie wir zum Hotel zurückfänden. Ein Mann mit einem Hund kam uns entgegen, ein einzelner Spaziergänger mit einem Hund am Sonntagnachmittag wie in jedem beliebigen Park der Welt.

Exit?, fragte ich und trat ihm in den Weg.

Der Mann nickte und wies in die Richtung, aus der er gekommen war. Ich verstand nicht, was er sagte, aber ich lachte erleichtert und bedankte mich in zwei Sprachen, die er vielleicht auch nicht verstand. Er deutete noch einmal in die Richtung oder er winkte uns nach. Der Laubwald lichtete sich rasch, wir waren nah an seinem Rand gewesen, Häuser wurden sichtbar, Nachkriegshäuser mit bröckelnden Betonfassaden, lange Reihen identischer Plattenbauten, zertretener Rasen, festgetretene Erde zwischen den Wohnblöcken, Papierfetzen und Plastikmüll, die der Wind über den Boden wirbelte, die Gegend hatte etwas Rohes, Unfertiges und zugleich Verfallenes, ein Niemandsland, menschenleer, nur einzelne Autos auf einem breiten Boulevard, eine Metro-Station an einer Kreuzung mit Straßenschildern, die wir mithilfe des Sprachführers buchstabierten, vul. Ivana Franka und vul. Vitovskoho, und auf dem Stadtplan fanden.

Wir waren im Chmelnytskyi Park, sagten wir gleichzeitig ungläubig, und Edgar brach in ein wieherndes, ein wenig irres Gelächter aus, das ihm Tränen der Wut oder der Erleichterung in die Augen trieb.

Es gibt zwei Möglichkeiten, sagte er. Entweder der Typ hat uns hierhergeführt, weil es für ihn am bequemsten war und für ihn jeder Park gleich gut ist. Oder sie haben den Lissinitschi Wald in Chmelnytskyi Park umbenannt, zu Ehren ihres Freiheitshelden, dieses Vorläufers der Einsatzgruppen, Bogdan Chmelnytskyi. Vielleicht liegt der Ort, den wir suchen, ganz woanders und niemand weiß mehr davon, genauso wenig wie Dima von der Kollaboration seiner Landsleute wusste.

Es war später Nachmittag, als wir in den Boulevard vor der Oper einbogen. Inzwischen war die Stadt erwacht, die Parkbänke bis auf den letzten Platz besetzt, die Lemberger flanierten zwischen Oper und Mikiewicz-Denkmal auf und ab, Jugendliche lagerten auf den Stufen des Denkmals, an den Ständen kauften Väter ihren Kindern Zuckerwatte und Limonaden in giftigen Farben, Straßenmusikanten kamen gegen den Lärm nicht auf und wurden nicht gehört. Die ganze Stadt vibrierte vor Lebensfreude. Wir blieben vor einem Geiger stehen, der jüdische Melodien spielte.

Jüdisch?, fragte Edgar. Jewish?

Er schüttelte den Kopf, Ukrainian, sagte er, Folksongs.

Wenn er meint, sagte Edgar, dann soll er es halt so nennen.

Überall suchte er in dieser Fremde, deren Sprache er nicht kannte, deren Schrift er nicht entziffern konnte, deren Menschen ihm nicht sympathisch waren hartnäckig nach etwas, von dem er annahm, dass er es erkennen würde, wenn es ihm begegnete, den verborgenen Kern seiner Existenz, und jeder Tag war ein neuer Abschied von lang gehegten Erwartungen. Den ganzen Tag lang waren wir ununterbrochen gegangen, angespannt, voller vorweggenommenem Schrecken, der uns die Kehlen zugeschnürt und uns jedes Gespräch verboten hatte in der Unheimlichkeit einer Friedhofsstille, und plötzlich waren wir mitten im Lärm und Jahrmarkttrubel.

Ich kann nicht mehr, sagte Edgar. Sein Gesicht war plötzlich so grau und hager, dass ich erschrak. Ich halte solche Strapazen nicht mehr aus. Was suchen wir hier eigentlich?, fragte er mit einer Verzweiflung, als sei der letzte Zug in die Freiheit gerade abgefahren.

Wir schleppten uns zum Hotel, hofften auf einen Tisch im Schanigarten, aber alles war besetzt.

Ich kann nicht mehr, wiederholte Edgar, ich will auch nicht mehr, zumindest heute nicht.

Er setzte sich auf die breite Stufe der Marmortreppe im Foyer und ich setzte mich neben ihn. So einträchtig waren wir schon lange nicht mehr nebeneinandergesessen, zusammengehörig in Erschöpfung und Niedergeschlagenheit, so nahe, dass ich es wagte, seine Hand zu nehmen und sie zwischen meinen Händen zu halten, vorsichtig, gewärtig, dass er sie mir entziehen würde.

Gehen wir etwas essen, sagte er schließlich tonlos, aber waschen wir uns erst einmal die Hände, weil wir ja doch nicht wissen, ob wir durch einen Wald oder einen Friedhof gegangen sind.

Seit Tagen suchten wir, was es nicht mehr gab und versuchten, uns mit der ganzen Kraft unserer Phantasie vorzustellen, wie es einmal gewesen war, als Lemberg noch eine wohlhabende Stadt mit Bürgerhäusern, Synagogen, Kirchen, mit Juden, Armeniern, Polen und Ruthenen gewesen war, und wir wurden belogen und für dumm gehalten. Das Ghetto war angeblich versperrt, vom Konzentrationslager Janowska wusste niemand etwas, und was man nicht wusste, das gab es nicht, die Massengräber waren im Chmelnytzkyi Park oder in einem anderen. Eine Stadt voller Abwesenheit, die Synagoge ein klaffendes Loch am Ende einer Gasse.

Sie wissen ja nicht, wonach wir suchen. Wir wissen es ja selber nicht so genau, sagte Edgar.

Einmal, vor Jahren, als ich noch verheiratet gewesen war, erzählte ich ihm beim Essen, traf ich in einem Wiener Café einen jungen Deutschen, jünger als ich, und einen amerikanischen Juden in meinem Alter. Sie hatten mich zu einem Interview treffen wollen, es ging um den Dialog zwischen den Kindern der Täter und den Nachkommen der Opfer.

Ihr Mann hat uns erzählt, sagte der Deutsche, dass Ihr Vater Dreck am Stecken hat.

Wieso, wie meinen Sie das?, fragte ich.

Du weißt, sagte ich zu Edgar, ich habe es meinem Vater nicht leicht gemacht mit seinen Unschuldsbeteuerungen, aber diese aus der Luft gegriffene Behauptung eines Unbekannten hat mich geärgert. Sie fragten mich aus.

Wehrmacht?

Ja.

SS?

Nein.

Parteimitglied?

Nein.

Woher ich das wissen wolle? Haben Sie an das Archiv in Ludwigsburg geschrieben?

Nein. Aber so etwas weiß man.

Davon war ich überzeugt, das hätte ich gewusst oder von anderen erfahren, das hätte er mir nicht verheimlichen können.

Sehen Sie, rief der Deutsche triumphierend. Sie wissen gar nichts.

Wir müssen sicher sein, dass unsere Interviewpartner die

Kinder höherrangiger Nazis beziehungsweise von Kriegsverbrechern sind, gab der Amerikaner zu bedenken. Irgendjemand, der unbefangen ist, müsste das vorher abklären.

Der Deutsche sprang vor Eifer auf, wunderbar, ich mache das.

Ich verabschiedete mich und hatte das Gefühl, denunziert worden zu sein, sagte ich. Ich habe das Urteil nicht angenommen, aber ich hatte auch nichts Konkretes dagegenzusetzen als die Beteuerungen meines Vaters und dass ich dachte, ich würde ihn gut genug kennen. Trotzdem hatte ich immer das Gefühl, eine schreckliche Schuld geerbt zu haben. Aber erst hier wird mir ihr Ausmaß bewusst. Jede Kampfzone war eine Mordzone, die beiden kann man nicht trennen. Und trotzdem betrachte ich die Unterstellung dieses jungen Deutschen noch immer als Verleumdung.

Lass dir die Reise nicht verderben, denk nicht immer an deinen Vater, sagte Edgar. Stell dir vor, wir sind in Lemberg, weit weg von ihm.

So führten wir uns von Zeit zu Zeit gegenseitig von den bedrückenden Erinnerungen zurück in die Gegenwart.

3

Vor unserer Abreise hatte ich mit Ottilies Hilfe Ludmila am Telefon erreicht. Sie hatte anders geklungen als ich sie in Erinnerung hatte, ihre Stimme war fester, fast ein wenig barsch. Jetzt war ich nicht mehr Frau Frieda, die jeden Sonntag zum Kaffee erschien und vor der sie sich in Acht nahm. Sie war zu Hause und jetzt war ich es, die etwas von ihr wollte, was sie gewähren oder verweigern konnte. Ihr Deutsch war wieder so schwer verständlich wie am Anfang und über das Rauschen und Knistern der schlechten Mobilfunkverbindung hinweg erriet ich den Sinn ihrer Sätze mehr als ich sie verstand. Die Unfähigkeit uns mitzuteilen machte uns beide kurz angebunden und gereizt.

Mein Vater schickt mich, sagte ich.

Ah, Herr Theo, schöne Grüße, antwortete sie.

Er schickt mich zu Ihnen. Ich fahre in den nächsten Tagen und möchte Sie besuchen.

Ich in mein Dorf, weit weg.

Ich habe einen Brief von meinem Vater, für Sie.

Brief schicken. Ich Freude.

Wie komme ich zu Ihnen in Ihr Dorf, rief ich genervt.

Nicht kann kommen in Dorf. Kein Bahn.

Ich muss Sie besuchen, mein Vater schickt mich. Das *Muss* hatte ich ihr so laut ins Ohr geschrien, dass ich erschrak.

Niemand können kommen, wiederholte sie bestimmt. Unser Haus sehr klein, miniklein.

Ich will Sie ja nur sehen, nicht bei Ihnen wohnen.

Ich nicht zu Hause, Arbeit. Ich weg.

Ich konnte sie nicht zwingen, mich zu treffen, ich konnte ihr nicht einmal mein Anliegen erklären, außerdem brach die Verbindung ab. Ich rief wieder an, einige Male, und erreichte jedes Mal nur eine unverständliche Tonbandansage. Ich wusste nicht, wie ich ihr klarmachen konnte, dass mich Vater schickte und dass es dringend war, dass es eilte und nicht mehr viel Zeit blieb, während sie zu glauben schien, ich sei auf einer Urlaubsreise und erwarte ihre Gastfreundschaft.

Unser Haus viel klein, hatte sie mehrmals wiederholt. Dorf weit weg von Bahn. Kein Bahn, kein Bahnhof.

Ihr werdet euch ein Auto mieten müssen, hatte Ottilie gesagt.

In L'viv hatte ich den Reiseleiter einer deutschen Touristengruppe im Hotel angesprochen, der sich als Dolmetscher zur Verfügung stellte, Ludmila anrief und sie davon überzeugen konnte, dass wir nichts anderes von ihr wollten als ein Geschenk meines Vaters zu überbringen. Ihr Freund würde uns in Ivano-Frankivs'k abholen und in ihr Dorf bringen, versprach er.

Am nächsten Tag nahmen wir den Zug nach Ivano-Frankivs'k, das einmal Stanislau geheißen hatte. Der schöne Bogen aus Stahl und Glas über den Gleisanlagen, die elegante Schalterhalle in rötlich braunem Marmor erfüllte mich beim Abschied nicht mehr mit dem freudigen Staunen wie am Tag unserer Ankunft am alten Bahnhof von L'viv. Wir fuhren durch die Vorstädte von L'viv nach Süden, zwischen Plattenbauten, Einfamilienhäusern mit verzinkten Dächern, halb fertig und schon halb verfallen, danach Hütten, Verschläge mit hohen Lattenzäunen, erst dicht verbaut, dann zunehmend vereinzelt. Die Landschaft Galiziens war uns beinahe vertraut, das alte Mitteleuropa, fruchtbares Land mit weichen breiten Hügelwellen, die Ortschaften in die Mulden der Landschaft gebettet, einer Landschaft, die ohne harte Brüche immer weiterlief, über Hügel, Wälder, von Weiden gesäumte Bäche, bestellte, abgeerntete braune und gelbe Felder, fast menschenleer. Eisenbahnschienen durch eine leere Ebene wie vor hundert Jahren, nach Krakau und Wien oder über die Karpaten nach Czernowitz. Straßendörfer mit schmucklosen, ebenerdigen Häusern tauchten kurz auf und verschwanden, kleine Gemüsegärten, Hühner, Gänse, ein paar Kühe und einzelne Menschen auf den Feldern. An den Stadträndern wuchsen Plattenbauten in die Landschaft hinein und immer wieder die Ruinen der Kolchosen, leere, fensterlose lang gestreckte Betongebäude, Baracken, die langsam verfielen, mitten im verwahrlosten, vom Sommer ausgedörrten Brachland.

Ich spürte, wie aufgeregt Edgar war, sah, wie angespannt er aus dem Fenster auf die vorbeiziehende Landschaft blickte.

Wir fahren durch Galizien, sagte er, als werde er sich dieser Tatsache gerade erst mit Staunen bewusst. Zum ersten und letzten Mal in unserem Leben. Mein Großvater war aus dieser Gegend, aber ich weiß nicht aus welchem Ort, ich weiß so wenig über ihn, nicht, wann er geboren ist und wo, nicht einmal, wann er gestorben ist. Nur dieses Foto habe ich von ihm.

Edgar hatte alles dabei, was er vor einigen Wochen in meiner Wohnung vor mir ausgebreitet hatte: Fotos, Landkarten, alte vergilbte Ansichtskarten, Stadtpläne aus der Zeit der Monarchie. Vermutlich war deshalb seine Reisetasche so schwer. Ich möchte sehen, wie das alles in die heutige Landschaft passt und ob noch etwas von früher da ist, hatte er erklärt. Jetzt reichte er mir das Foto seines Großvaters, ein Brustbild mit schwarzem Anzug, der Oberkörper aufrecht, ein wenig steif, ein bleiches, schmales Gesicht mit erschrockenen, tief liegenden Augen. Er hatte etwas Feierliches, etwas nach innen Gewandtes, so als wären seine hellen Augen blind. Ein schweigsamer, gütiger Vater sei er gewesen, so viel wusste er von seiner Mutter.

Sehe ich ihm ähnlich? Ich habe oft darüber nachgedacht,

wie viel von dieser Welt hier er mitgenommen und an seine Kinder weitergegeben hat, an meine Mutter.

War er Jude?

Nein, Katholik. Seinetwegen ließ sich meine Großmutter taufen, um ihn heiraten zu können.

Er habe nie nach den Großeltern gefragt, sagte Edgar. Jetzt bedauere er es, sie seien früh gestorben und er habe keine Erinnerung an sie.

Früher war mir das alles nicht so wichtig, meine Herkunft hat mich nicht interessiert, sie war mit so viel Angst befrachtet, dass wir, vor allem Mutter, nach dem Krieg alles vergessen wollten. Erst später begann mir die Vergangenheit etwas zu bedeuten, als es niemanden mehr gab, den ich hätte fragen können. Und jetzt im Alter, wo die Gegenwart an Bedeutung verliert, wird sie mir immer wichtiger.

Mit einem Binkel sei die Großmutter aus Russland gekommen, habe seine Mutter erzählt. Was ein Binkel sei? Ein Bündel, mehr besaß sie nicht. Ein junges Mädchen aus Kamenec-Podolsk, vermutlich Tochter armer Leute, warum sie mit dem Bündel aufbrach wusste niemand. In einer südböhmischen Kleinstadt lernte sie ihren späteren Mann, diesen hageren introvertierten Katholiken kennen, der ein wenig vertrauter war als die anderen, immerhin kam er aus Galizien. Mehr als das und den Mädchennamen wusste er über seine Großmutter nicht. Und dass sie drei Kinder großgezogen hatte. Ein Sohn starb an Tuberkulose, einer wurde im Konzentrationslager ermordet, die Tochter wurde mit dem lebenslänglichen Bewusstsein alt, dass ihre Existenz verboten und eine Last war. Ich hätte nicht geboren werden sollen, das habe sie öfter als einmal gesagt, wenn sein Vater sie beschimpfte. Sie hätten zu Hause viel gesungen, Volkslieder, auch Lieder aus der alten Heimat der Eltern, alle in der Familie hätten schöne Stimmen gehabt, das wusste Edgar über ihre Jugend. In seiner Erinnerung gab es keine Spuren seines jüdischen Erbes, nur die

Angst der Mutter vor der Entdeckung in seiner frühen Kindheit: wenn es bloß niemand erfährt.

Wir näherten uns den Vororten von Ivano-Frankivs'k mit ihren ambitionierten Rohbauten, halb fertige Paläste mit Türmchen und geschwungenen Freitreppen aus Beton ohne Dächer und Fensterstöcke, und die Grundstücke rundherum von Baumaschinen zerwühlt. Die Rückseite der Städte ist immer hässlich und überall fahren durch ihre verrußten, finsteren Hinterhöfe, vorbei an verglasten Balkonen mit Satellitenschüsseln, die Züge ein.

Das Zentrum sei nicht zu übersehen, hatte der Reiseleiter der Gruppe, die gleichzeitig mit uns im Hotel gewohnt hatte, uns erklärt, dort stünde ein berühmtes sowjetisches Rathaus, ein Wahrzeichen, das wir sofort erkennen würden. Dort würde Ludmilas Freund uns erwarten. Aber wir hielten das Rathaus für einen etwas verlotterten Supermarkt und glaubten in einer breiten Allee mit Bürgerhäusern aus dem 19. Jahrhundert das imposanteste Gebäude der Stadt gefunden zu haben, eine lang gezogene, hohe Mauer mit sternförmigen Gittern in den runden, hoch gelegenen Fenstern. Zwar waren kleine Geschäfte an der ovalen Stirnseite, die einmal das Vestibül eines Palais hätte sein können, ein Fotogeschäft, eine Eisenwarenhandlung und ein Reisebüro, wo wir vergeblich zu erfragen versuchten, wo der Eingang zu diesem eigenartigen Rathaus sei. Wir begannen das Gebäude zu umrunden und fanden rückwärts, an der Längsseite, einen schmalen Hintereingang, der offen stand und eine Tür zu einer kleinen Kammer mit zwei Bankreihen. Alles darin war schäbig, die Wände, die wackligen Bänke. Auf der Treppe zu einer offenen Empore standen Farbkübel, der Zugang war durch Leitern verstellt. Ein alter Mann steckte den Kopf durch die Tür, fragte in Englisch, was wir hier suchten.

Ist das hier das Rathaus?, fragte ich.

Das ist die Synagoge, entgegnete er.

Dieser kleine Raum?

Das war früher der Vorraum zum Aufgang auf die Frauenempore. Auf meine Frage hin hatte er ins Deutsche gewechselt. Jetzt ist es der Betraum, vorläufig. Mehr brauchen wir nicht.

Er hob die Arme zu einer resignierten Geste.

Wir haben keine zehn Männer, um die Thora auszuheben, wir geben den Leuten Unterricht in Neuhebräisch und bereiten sie auf die Auswanderung nach Israel vor. Bevor die Deutschen kamen haben vierzigtausend Juden in Stanislau gelebt.

Mein Großvater ist aus der Gegend, sagte Edgar, als wolle er damit eine Zugehörigkeit behaupten, die uns von ahnungslosen Touristen abhob.

Jude?, fragte der Mann.

Vielleicht, sagte Edgar zu meiner Verwunderung, ich weiß es nicht genau.

Hat er überlebt?

Ja. Er ist nach Böhmen ausgewandert.

Der Mann wandte sich zum Gehen, offenbar glaubte er Edgar nicht. Er drang nicht weiter in ihn mit Fragen, wie sein Großvater überlebt habe. Es hatte nicht viele Möglichkeiten zu überleben gegeben und ein Enkel, der selber schon an die siebzig war, hätte zumindest die Fakten wissen müssen. Vielleicht kamen zu viele, um nach echten oder nur eingebildeten Wurzeln zu suchen. Warum hatte Edgar den Mann glauben lassen, sein Großvater sei Jude gewesen, wenn er es besser wusste? Wäre auch er gern ein anderer gewesen, ganz zugehörig und mit sich selber im Reinen?

An der Außenmauer zeigte der Alte uns Einschusslöcher.

Von den Hinrichtungen, sagte er.

Davor stand die abstrakte Bronzestatue eines Mannes mit gefesselten Händen, geschmückt mit einem Kreuz, zu seinen Füßen Kränze mit gelben und blauen Schleifen, den Nationalfarben der Ukraine.

Das ist für die Kämpfer der OUN, die Leute erinnern sich nicht gern an die Wahrheit, sagte er.

Er führte uns zum Rathaus und ging wieder zurück zu seiner Synagoge ohne Kuppel und sakrale Symbole, ein entweihtes, verwaistes Monument, in dem sich Geschäfte eingenistet hatten wie Obdachlose in einem unbewohnten Haus. Wir warteten und fragten uns, wie Ludmilas Freund wohl aussah, im Lauf der nächsten zwei Stunden näherten wir uns mit einladendem Lächeln vielen jungen Männern, spähten in geparkte Autos, aber niemand schien auf uns zu warten. Schließlich setzten wir uns an einen der Tische, die zu einer Pizzeria gehörten, mit Blick auf den Platz. Vor lauter angespanntem Schauen aßen wir ohne darauf zu achten, wie unsere Pizza schmeckte. Erst am Nachmittag gaben wir auf, und weil sich auch an Ludmilas Telefon niemand meldete, erkundigten wir uns nach einer Zugverbindung nach Czernowitz.

Ludmila hat uns gründlich abgeschrieben, sagte ich.

Wundert dich das?

Ja, sagte ich.

Es kränkte mich für meinen Vater und seine unerwiderte Liebe.

Wir gingen durch die Stadt, viele Häuser hätten auch in einem Außenbezirk von Wien stehen können. Je weiter vom Zentrum entfernt desto heruntergekommener waren sie, mit verschorften Mauern, die Flecken roter Ziegel freilegten, aber daneben, an der Beletage, prunkten manchmal barock geschwungene, frisch gestrichene Balkone aus Schmiedeeisen. Und wie in allen Städten lehnten sich dicke Frauen mit in den Nacken gebundenen Kopftüchern aus Fenstern, die Ellbogen aufgestützt, und verfolgten neugierig, was auf der Straße vorging, als verbrächten sie so ihre müßigen Tage.

In ein paar Jahren, mit Geld aus der EU, sagte ich, wird es ein schönes altes Städtchen und Weltkulturerbe sein.

Dann bleibt ein Freilichtmuseum übrig und man wird sich

noch schwerer vorstellen können, wie es früher ausgesehen hat, entgegnete Edgar. Jetzt sieht man noch die Wunden, aber dann wird alles zugekleistert und die Vergangenheit vergessen sein. Dann wird man in den alten Stadtteilen mehr Touristen finden als jetzt und die Bevölkerung wird man nur noch als Dienstpersonal zu Gesicht bekommen. Allerdings werden sie dann auch andere Sprachen als Ukrainisch verstehen. Aber es wird keiner mehr da sein wie vorhin der Alte, der sich an die Vergangenheit erinnert. Die Geschichte wird mit der Staatsgründung der Ukraine beginnen und die Helden ihrer Monumente werden die Mörder von damals sein, die bei der Vernichtung der Juden mitgeholfen haben. Immer, wenn ich die alten Fotos aus den Zwanziger- und Dreißigerjahren ansehe, von Hochzeiten, von Schulklassen und Studentenverbindungen, überlege ich, wer von den Abgebildeten alt genug gewesen war, um eines natürlichen Todes zu sterben.

Sollen wir hier übernachten?, fragte ich.

Nein, sagte Edgar, ich habe diesen Ort vom ersten Augenblick an nicht gemocht.

4

Der Vollmond hing tief hinter einem rötlichen Schleier über der Landschaft, als wir durch die Bukowina fuhren. Wir ahnten das flache Land vor den Zugfenstern, die schwarzen Waldschöpfe, hie und da erhellte eine trübe Lampe sekundenlang die Fenster ebenerdiger Stuben. Edgar saß mir mit geschlossenen Augen gegenüber, manchmal summte er leise vor sich hin, und wenn sein Summen laut genug wurde, dass ich eine Melodie hätte erraten können, öffnete er die Augen und schaute mich prüfend an. Dann lächelte ich beruhigend, um ihm zu zeigen, dass es mich nicht störte, wenn er selbstvergessen summte und auch nicht, dass er während der ganzen Fahrt geschwiegen hatte. Denn auch ich hing Gedanken nach, die auszusprechen ich nicht gewagt hätte. Wenn wir uns tatsächlich näherkämen als jemals zuvor, wenn er an meine Tür klopfte oder ich an seine, wenn es sich so ergäbe, dass wir im Hotel nicht mehr zwei, sondern nur mehr ein Zimmer brauchten, würden wir dann wirklich mehr gewinnen als wir verlieren konnten? Wenn etwas schiefginge, selbst eine Kleinigkeit, nachdem wir die letzte Barriere zwischen uns niedergerissen hätten, und wir einander danach nicht mehr in die Augen sehen könnten, wie würden wir weiterleben mit dem Verlust?

Ich möchte immer so weiterfahren, viele Stunden, und dich ansehen, sagte ich in Gedanken zu seinen konzentrierten Gesichtszügen mit den geschlossenen Augen, aber meine alte unbefriedigte Sehnsucht werde ich nicht los. Ich möchte fühlen, wie du nachgibst, wie du mich hältst und diese undurchdringliche Wand zwischen uns sich auflöst, ein einziges Mal möchte ich dir so nahkommen, wie Liebende es können, sagte ich mit meinen Augen, als er kurz meinen Blick erwiderte und dann zum Fenster hinaussah.

Hast du gesehen, wie groß und voll der Mond heute ist?, fragte er.

Kann man sich auch bei Vollmond etwas wünschen?, fragte ich zurück.

Nein, sagte er, nur bei Sternschnuppen, weil man dann ganz schnell sein muss mit seinem Wunsch.

Seine Stimme hatte manchmal einen so zärtlichen Klang, dass es wehtat.

Hast du an Joseph Schmidt gedacht, als du vorhin Melodien gesummt hast?

Ja, sagte er, ich singe sie dir einmal vor, wenn wir niemanden stören.

Wenn wir ein altes Ehepaar wären, dachte ich, und alle Aufregungen der Liebe lägen hinter uns, wäre das jetzt ein Augenblick vollkommener Eintracht.

Alle Bahnhöfe des habsburgischen Galiziens waren wie prächtige Tore in die Welt, auch wenn keiner der Grandezza des Lemberger Bahnhofs gleichkam. Es war spät und wir waren müde und hungrig. Das Erste, was wir von Czernowitz zu Gesicht bekamen, war eine Hochzeitsgesellschaft im Hotel, an deren Rand wir einen Tisch zum Abendessen fanden. Ein alter beleibter Popsänger brüllte ins Mikrophon, während unter seinen Füßen in einer Art Aquarium meergrüne Lichter fluoreszierten, er überschrie die Band aus Schlagzeuger, Keyboard und Ziehharmonika, deren Lautstärke jede Unterhaltung verhinderte. Einige tanzende Paare traten auf der engen Tanzfläche auf der Stelle, eine Blondine, groß und üppig mit einem kleinen grau melierten Mann, der seinen Kopf an ihrer Schulter ruhen ließ, ein schwitzender Jüngling mit schütterem

Haar, der die Arme seiner gelangweilten Partnerin wie einen Pumpenschwengel rhythmisch senkte und emporriss, ein Paar, Körper an Körper, ganz auf Verschmelzung konzentriert, eine schwarzhaarige Schönheit mit Tatarenaugen, deren Tanzpartner, sichtbar stolz auf seine Eroberung, die Hüften schwang und mit seinem blau schillernden Sakko einem balzenden Tropenvogel glich. Die Tänzer der Hochzeitsgesellschaft hielten kurz erstaunt inne, als ein altes Touristenpaar schüchtern die Tanzfläche betrat, zwei Greise, er in kurzen Hosen, sie in schwarzem Rock und schäbiger Polyesterbluse, sie hielten sich am Rand, nah bei den Tischen, als seien sie nicht sicher, ob sie überhaupt tanzen wollten, sie berührten sich kaum und waren doch wie Spiegelbilder aufeinander abgestimmt mit kleinen Schrittchen, zwei links, zwei rechts, wie Kinder auf einem Fest für Erwachsene. Als der Tanz zu Ende war, umringten die Hochzeitsgäste die beiden Alten, hoben ihre Gläser, drängten den beiden Wodka auf, einen und noch einen, umarmten sie und jubelten, als hätten sie soeben verloren geglaubte Verwandte wiedergefunden und auch die zurückhaltenden Zaungäste applaudierten.

Die Hochzeitsgesellschaft lärmte bis nach Mitternacht, sie verlagerte ihr Trinkgelage in den Pavillon vor meinem Fenster, ich hörte ihre Rufe und ihr Lachen, während ich in Vaters Kriegstagebuch ein Stück weiterkam.

Auf der Rückfahrt im Lazarettzug war es ihm zum ersten Mal bewusst geworden, dass der Krieg verloren war. Am 7. Dezember '41 schreibt er, *ich fahre zurück. Auf der ganzen Front beginnt der Rückzug. Was sie nicht mitnehmen können zerstören sie, Fahrzeuge werden gesprengt, Häuser, ganze Dörfer niedergebrannt.* Ende März '42 war er wieder zusammengeflickt und kam bei seiner Kompanie in Ushanyki oder Ashanyki an, durfte für drei Tage in die HKL hinter der Kampflinie, um das *Sturmabzeichen* in Empfang zu nehmen und erbeutet am 28. März einen russischen Panzer. Aber was machte er von 7. April bis 7. Mai hinter der Kampflinie? Ein ganzer Monat und keine Eintragung außer dem Tod von Kameraden? Sein Schweigen, wenn es wichtig gewesen wäre zu reden, sich zu bekennen, sein ganzes Leben lang, alles ließ sich in dieses Schweigen hineinlesen, Schuld ebenso wie Unschuld. Ich hatte gedacht, das Tagebuch würde mir Rechenschaft geben über jeden einzelnen Tag, stattdessen das bekannte Schweigen, dort wo Klarheit am wichtigsten gewesen wäre. Ich kannte ihn, warum hätte er sich damals anders verhalten sollen? Er ließ geschehen ohne Protest, und unter Zwang gab er nach. Wo lag Potwaswye und wo Pustoj Utarnik, las ich es richtig, hatte er es so gehört, schrieb man es so? Gab es diese Orte noch oder hatte die Wehrmacht sie bei ihrem Rückzug dem Erdboden gleichgemacht?

Zur Großen Synagoge, wo Joseph Schmidt gesungen hat, da will ich zuerst hin, erklärte Edgar beim Frühstück.

Alles andere musste warten angesichts der Dringlichkeit, mit der es ihn zum Schauplatz des ersten Auftritts seines Idols zog.

Das Idol meiner Mutter, berichtigte er mich, ich habe keine Idole, nur Vorbilder. Mit seiner Stimme im Ohr und im Bewusstsein bin ich aufgewachsen, die Nachricht von seinem Tod gehört zu meinen frühen Erinnerungen. Er hätte nicht sterben müssen, dort in der Schweiz, ein sinnloser Tod.

Ein Gebäude, das nicht für Touristen ausgesucht und restauriert war, ließ sich nicht so leicht finden, schon gar nicht eine zweckentfremdete Synagoge ohne Kuppel, ohne hebräische Schriftzeichen und runde Fensterbögen. Nur die Größe und Majestät des hellblau getünchten Bauwerks wies darauf hin, dass es zu mächtig, zu bedeutend war, um immer schon ein Stadtkino an einer belebten Straße gewesen zu sein. *Cernivtsi* stand in blauer Farbe über dem breiten Portal.

Blau ist eine jüdische Farbe, sagte Edgar, daran habe ich es schon von Weitem erkannt.

Blau und Gelb sind die ukrainischen Nationalfarben, entgegnete ich.

Auf den Kinoplakaten an den Außenmauern küsste sich ein überlebensgroßes Liebespaar vor einer amerikanischen Farm, ein Gangster in schwarzem Leder war auf der Flucht und vor dem Eingang, der in die Straße hineinragte, schnitten Autos mit hoher Geschwindigkeit die Kurve. Wir fanden die schwarze Plakette mit Joseph Schmidts Halbrelief neben dem Eingang zum Kinosaal, aber ein unfreundlicher Mensch stellte sich uns in den Weg.

Joseph Schmidt, Kantor, erklärte Edgar und zeigte sehnsüchtig auf die Tür.

Der Mann schüttelte den Kopf.

Ich bin extra so weit gekommen, um ihn mir vorzustellen wie er singt, da drinnen, vorne an der Ostwand, sagte Edgar und schaute den Mann freundlich bittend an.

Ni!

Bitte. Please, sekundierte ich. Bud' láska, fand ich im Sprachteil des Reiseführers.

Der Mann stach mit dem Zeigefinger mehrmals auf die Tafel, zog mit der flachen Hand einen energischen waagrechten Strich, fasste mich wie ein geübter Rausschmeißer mit einem Zangengriff an der rechten und Edgar an der linken Schulter und drängte uns zum Ausgang.

No show now. You seen enough, sagte er mit der Bestimmtheit einer amtshandelnden Person.

Wir könnten am Abend ja ins Kino gehen, schlug ich vor, dann sehen wir den Saal.

Edgar schüttelte heftig den Kopf: Ein Kinosaal ist ein Kinosaal. Vorn die Leinwand, dahinter die Stühle, hinten der Vorführraum. Was soll man da schon sehen. Ich wollte dort drinnen allein sein, für einen Augenblick, ein paar Minuten nur.

Danach weigerte er sich, die Sehenswürdigkeiten zu besichtigen, die uns der Reiseführer empfahl.

Das Touristenpensum kannst du allein erledigen, sagte er unwirsch. Ich brauche keine Eindrücke und Fotomotive.

Ich hatte von Anfang an gewusst, dass Edgar einer konventionellen Besichtigungsreise nichts würde abgewinnen können, darin waren wir uns grundsätzlich auch einig, er war bloß kompromissloser als ich.

Trotzdem, wandte ich ein, die bekannten Plätze und Gebäude hätte ich doch gern gesehen.

Nicht jetzt, bat er, ich würde auf alles touristenfreundlich Aufgeputzte nur wütend werden.

Ich wusste ja, dass Edgar nie gern gereist war, er hatte auch nie die Gelegenheit dazu gehabt. Zuerst hatte er sich um seine Mutter kümmern müssen, später um ihre Katzen, die sie überlebten. Meine Faszination, fremde Orte wie die Kulissen eines unbekannten Stücks zu durchstreifen, ohne recht zu begreifen, was sie bedeuteten, erschien ihm absurd. An unbekannte Orte zu fahren und alles anzusehen, was für die Fremden hergerichtet worden war, verletzte seinen Freiheitssinn und verstärkte das Gefühl der Unzugehörigkeit, das er ohnehin ständig mit sich herumtrug.

Früher sind die Menschen nicht gereist, sagte er, früher wurden sie vertrieben, von der Armut oder von Feinden. Auch meine Großeltern haben die Orte ihrer Geburt aus Not verlassen, worin sie auch bestanden haben mochte. Wenn ich jetzt als Fremder an sie zurückkehre muss ich mich vorsichtig nähern, hinter dem schönen, für die Touristen präparierten Schein.

Er wollte dort beginnen, wo die Stadt sich gehen ließ, an den ärmlichen, schwer zu fassenden Rändern, in den überbevölkerten Vierteln, wo sich die Armut zusammendrängte. Dort, wo seine Vorfahren gelebt hätten.

Auf dem Markt hinter den Ständen, die alles feilboten, was

Touristen von der Ukraine nach Hause bringen wollten, entdeckten wir das Czernowitz der Einheimischen, der Bäuerinnen, denen Armut und Plackerei in den Gesichtern stand, mit ihrer Apfelernte neben sich auf der Gasse ausgebreitet. Je weiter wir uns vom Stadtzentrum entfernten desto mehr erinnerte mich Czernowitz an die Randbezirke der Stadt meiner Kindheit, die ländlichen, unbefestigten Vorstadtstraßen mit ihren hinfälligen Holzzäunen und den niedrigen, unter Obstbäumen geduckten blau getünchten Häusern mit Rosensträuchern, so wild und üppig, als wollten sie über den Dächern zusammenwachsen. Noch weiter draußen rotteten die aus Holz, Beton und Ziegeln zusammengeflickten Katen vor sich hin, zwischen Gemüsegärten und brachliegenden Feldern, einer Kuh vor dem Haus, ein paar Gänsen.

Wir hätten ein Auto mieten sollen, sagte ich.

Es gab zu vieles, was wir nie zu Gesicht bekommen würden. Wir hatten beide die Bilder von Orten, die wir hatten besuchen wollen, klar vor Augen, sie stammten von den alten Karten des habsburgischen Galiziens, in denen die Dörfer nah beieinanderlagen, ein dicht besiedeltes Land, von zahllosen Wegen durchkreuzt. Wie viele der bis auf die Grundfesten niedergebrannten Dörfer waren wieder aufgebaut worden? Wie viele jüdische Dörfer hatten keine Bewohner mehr, die zurückkehren hätten können? Ihre Reste waren im Brachland versunken, ihre Friedhöfe waren Weideland. Die Fotos, die Edgar in seinem Reisegepäck mitgebracht hatte, waren aus der Zeit vor den Katastrophen des 20. Jahrhunderts, sie strahlten eine große Ruhe, manchmal provinzielle Saturiertheit aus. Diese Bilder rückten vor der Gegenwart in eine märchenhaft versiegelte Vergangenheit, unbetretbar und durch den unmittelbaren Augenschein unendlich fern. Edgar war kein Mensch, der die Dinge an sich riss, er musste sie nicht festhalten und kommentieren, wir schwiegen und ließen sie an uns vorbeiziehen. Selten waren wir auf unserer Reise so einträchtig Seite an Seite gegangen wie an diesem Vormittag. Als nur mehr Landstraße und Felder vor uns lagen, kehrten wir um. Ein Taxi brachte uns zum jüdischen Friedhof und preschte davon, kaum dass wir ausgestiegen waren.

Und wie kommen wir wieder von hier weg, fragte Edgar.

Wir standen am Tor des jüdischen Friedhofs von Czernowitz als wären wir am Rand der Welt gestrandet.

Zur Not gehen wir zu Fuß zurück, schlug ich vor. Die Fahrt ist mir ohnehin reichlich teuer erschienen.

Wir spähten in das Mausoleum des Zaddiks am Eingang, der Zugang zur verfallenen Zeremonienhalle war mit vom Sommer ausgedörrten Nesseln verwachsen, Papierfetzen, die wie gebrauchtes Klopapier aussahen, lagen herum, das Innere ein riesiger leerer Raum, als wäre der unebene, von den Rändern her abschüssige Boden erst vor Kurzem vom Schutt befreit worden. Draußen am Weg die Reste zerbrochener Grabsteine zu einer Wand gefügt, segnende Hände, Löwen, Vögel, Kerzenleuchter, Krug, Hirsch, Baum des Lebens. Edgar bemühte sich, die Inschriften zu entziffern in der Hoffnung, bekannte Namen, vielleicht den Mädchennamen seiner Großmutter zu finden.

Schreyer, rief er plötzlich aufgeregt, ich hab es ja gewusst, dass auch hier Namensverwandte begraben sind. Chava, die sechsundsiebzig Jahre alt geworden und fünf Jahre vor dem Krieg gestorben war und Avraham, ihr jung verstorbener Ehemann. Sie hatten mehr Glück als ihre Nachkommen, sagte Edgar.

Tiefer als drei, vier Gräber zu beiden Seiten des Wegs drangen wir nicht vor, Wege und Gräber mitsamt den Stelen und Grabsteinen waren überwuchert. Lauter Tote, die Glück gehabt haben, sagte er, lauter Menschen, die ein Grab bekamen. Wir fanden eine Gruppe von Gräbern, deren noch junge Tote im August 1960 ums Leben gekommen waren. Können die alle gleichzeitig eines natürlichen Todes gestorben sein? Trotzdem hatten sie Glück, beharrte Edgar, sie sind einzeln begraben. Es gab auch junge Steine, zyrillisch, assimiliert, mit Fotos, aus der Sowjetzeit. Und alte, verwitterte, unleserlich und halb versunken. Die ältesten Steine überblicken die Stadt vom höchsten Punkt des Hügels. Auch Tote sollten eine schöne Aussicht haben. Als wir uns zum Ausgang zurückwandten, kam uns eine Gruppe Touristen entgegen, die Deutsch sprach.

Kennen die Juden keine Pietät ihren Toten gegenüber?, hörten wir eine Frau fragen. Wie das hier aussieht, kümmern die sich denn nicht um ihre Gräber, kein einziges Blümchen, bloß Unkraut, Brennnesseln, Gestrüpp, eine Schande! Unbeeindruckt von der feinen Steinmetzkunst auf den Grabtafeln, ihren Blumen, Vögeln, Kerzen und Schriftzeichen, suchte sie das Unkraut nach etwas Blühendem ab, pflückte schließlich ein paar gelbe Ringelblumen am Wegrand und legte sie auf eine Grabeinfassung.

Wir wandten uns zum Ausgang.

Gehen wir zu Fuß, mir macht es nichts aus, schlug Edgar vor.

Ich gehe hier herum und schaue mich um, sagte er nach längerem Schweigen, und es ist, als wäre ich betäubt, als wäre all das, was übrig geblieben ist, was man noch sehen kann, für die Vorstellungskraft nicht genug, als wäre es nur der Rahmen um ein Nichts, verstehst du das?

Es ist wie mit dem Tagebuch meines Vaters, sagte ich, auch ich habe ständig das Gefühl, ich bin so nah dran, wie es mir überhaupt möglich ist, und es nützt mir nichts, ich bekomme trotzdem keine Antwort auf das, was ich wissen wollte.

Der Wind war kalt, er trieb dunkle Wolken über den Himmel und weißen Staub über die Straße, wehte ihn uns ins Gesicht und in die Augen, körnigen, sandigen Straßenstaub. Wir gingen schweigend und schnell. Erst als die ebenerdigen Häuser des ehemaligen Ghettos uns ein wenig vor den schneidenden Böen schützten, verlangsamten wir unser Tempo. Das

Kopfsteinpflaster machte das Gehen zur Mühsal. Schweigend trotteten wir an einstöckigen Kleinstadthäusern aus dem 19. Jahrhundert vorbei, die ganze an den Rand des Abhangs gebaute Häuserreihe entlang, mit ihren ebenerdigen Läden unter verblassten hebräischen Schriftzeichen, einem Lebensmittelgeschäft mit der Aufschrift Chewra Kadischa, einem renovierten, an Davidsternen und Menorot erkennbaren, hellblau getünchten Bethaus von der Größe eines Einfamilienhauses. Schmale gekrümmte Wege führten in die Tiefe, in eine ländliche Unterstadt mit verwilderten, schattigen Gärten. Plötzlich blieb Edgar stehen und lehnte sich an eine Mauer.

Wir gehen schon seit Stunden, ich bin nicht mehr zwanzig. Ich kann nicht mehr weiter, sagte er.

Wir müssten bald ins Zentrum kommen, drängte ich ihn.

Er hatte sich auf das niedrige Fenstersims gesetzt und starrte blicklos auf das Kopfsteinpflaster, Schweiß stand ihm auf der Stirn und sein Gesicht war grau. Sein Atem ging keuchend. Das schmiedeeiserne Gartentor neben dem Haus war nur angelehnt, die Straße, der Garten waren menschenleer. Ich sah die feuchte, von Lärchennadeln bedeckte Bank, komm, sagte ich, setzen wir uns einen Augenblick hierher. Er folgte mir wortlos in den fremden Garten. Das Haus war einmal eine Villa gewesen mit einem bunt verglasten Vorhaus und Balkonen, Türmchen und Erkern an den Ecken und einem schattigen, ummauerten Grundstück mit hohen Tannen und dem Charme eines verwunschenen Gartens. Steinplatten pflasterten den Weg zum Haus, daneben ein Brunnen und die Bank, auf der wir saßen, fröstelnd in verschwitzten Kleidern, zerzaust und erschöpft wie Bettler, unfähig uns aufzuraffen und den Weg in eine belebtere Gegend aufzunehmen.

Wie angenehm es ist, so zu sitzen, sagte ich. Wem mochte das Haus vor dem Krieg gehört haben? Sicher anderen Leuten als jetzt.

Ich habe keine Kraft mehr für das alles, sagte Edgar, ich

kann nicht mehr weiter. Diese blöde Reise. Das war gar keine gute Idee.

Ich kann ins Zentrum gehen und dich mit dem Taxi holen, schlug ich vor.

Ich habe es gewusst, klagte Edgar, dass ich früher oder später zu dem Punkt kommen würde, an dem ich mich frage, was mache ich hier eigentlich, wozu tue ich mir das an? Kamenec-Podolsk noch, gleich morgen, damit wir es hinter uns haben, dann reicht es. Dann muss Schluss sein.

Dazu schwieg ich und unterdrückte meine Einwände. Vielleicht ging es ihm wirklich schlecht und er war unleidlich aus Schwäche. Ich hatte ja nicht erwartet, in ihm einen fröhlichen, stets gutgelaunten Reisegefährten zu bekommen.

Es tut mir leid, dass ich dir die Reise verderbe, sagte er, ich bin nicht gesund genug dafür, das hätte ich wissen sollen.

Hast du ein Leiden, von dem ich nichts weiß?, fragte ich.

In diesem Augenblick spähte eine Frau in Arbeitskleidung und Schürze aus der Tür und kam die Stufen herunter mit zwei Gläsern und einem Krug in der Hand. Unter einem Schwall von Sätzen schenkte sie Wasser ein, redete, strahlte vor Genugtuung, als wir tranken, Edgar trank allein fast den ganzen Krug leer. In einer Hand den Krug begann sie uns Schritt für Schritt gestikulierend und schwatzend zum Haus zu locken, wie man eine scheue Katze lockt, und wir folgten ihr, verstanden nicht die Bedeutung ihres Zögerns an der Schwelle und den schnellen Blick auf unsere Schuhe, und betraten einen großen, durch die nahen Bäume verdunkelten Raum mit einigen schönen Möbeln aus besseren Zeiten, einer massiven Kommode aus glänzend poliertem Rosenholz und einer rötlichen Marmorplatte. Daneben erschienen die zwei hell gebeizten Glasschränke und der Tisch aus demselben Holz mit einem Astloch auf der glatten Oberfläche roh und bäuerlich. Der ganze Raum war ein Zwitter aus Bauernstube und bürgerlichem Salon. Alles, auch die Bilder an den Wänden und die Schrankfächer waren mit bestickten Bordüren eingefasst.

Wieder fühlte ich die Ohnmacht der Sprachlosigkeit, an der meine Telefonate mit Ludmila gescheitert waren, dass wir nur lächeln und nicken und uns verbeugen konnten, nicht einmal Danke konnten wir in ihrer Sprache sagen, wir konnten sie nichts fragen, sondern uns nur ihrer überschwenglichen Gastfreundschaft unterwerfen und mit Worten danken, die sie nicht verstand. Sie dagegen hörte nicht auf zu reden, schob uns zum Tisch, nötigte uns zum Sitzen, verschwand kurz und kam mit gesüßtem Tee und klebrig süßem Gebäck zurück. Scheußlich, sagte Edgar, aber er aß. Danach schenkte sie Wodka ein, hob das Glas und redete erneut drauflos. In Edgars Gesicht war die Farbe zurückgekehrt.

Ich war hungrig, sagte er erstaunt. Jetzt geht es besser.

Benommen saßen wir in dem dämmrigen Zimmer zwischen den hohen Fenstern, lächelten zunehmend angestrengt die unbekannte Hausfrau an, nickten, ließen sie reden.

Wie kommen wir hier wieder weg?, fragte Edgar leise, als könnte sie uns verstehen.

Aber wir blieben sitzen.

Das erste echte ukrainische Erlebnis, sagte ich, das muss man auch ein wenig genießen.

Und wieder grinsten wir uns gegenseitig begeistert an. Die Frau holte ein gerahmtes Foto von der Kommode, ein junger bulliger Mann, sie zeigte auf sich, dann auf ihn. Ihr Mann konnte der Junge nicht sein, vielleicht ihr Sohn? Sie wies mit der Hand zur Tür, mimte einen Fahrer am Lenkrad, zeigte auf die Uhr, sechs Uhr. Es war drei viertel vier.

Sie will uns sagen, ihr Sohn kommt um sechs Uhr und fährt uns mit dem Auto, versuchte ich ihre Pantomime zu deuten.

Ich möchte aber doch lieber gleich jetzt gehen, sagte Edgar.

Wir standen auf, aber die Frau scheuchte uns mit ausgebreiteten Armen auf unsere Plätze zurück, klopfte nachdrücklich auf das Zifferblatt ihrer Uhr, deutete zur Tür.

Vielleicht sollten wir doch auf die Fahrgelegenheit warten, schlug ich vor. Wir wissen nicht, wie weit wir noch zu gehen haben, wir wissen nicht einmal den Weg.

Edgar rollte die Augen und machte eine fahrige, ungeduldige Handbewegung.

Ich gehe dir auf die Nerven, sagte ich.

Nein, entgegnete er, ich gehe mir selber auf die Nerven, es ist nicht deine Schuld.

Die Frau setzte sich uns gegenüber, schaute uns aufmunternd an, nickte von Zeit zu Zeit, auch ihr begann der Redestoff auszugehen angesichts unserer betretenen Schweigsamkeit. Sie hatte ein breites, offenes Gesicht, helles dünnes Haar, zu einem wuscheligen Büschel am Hinterkopf zusammengesteckt, kleine dicke Hände, mit denen sie zum Garten deutete, dann wieder zur Tür. Sobald sie zu reden aufgehört hatte, war wie ein kühler Luftzug ein Unbehagen eingezogen, als erinnerten wir uns plötzlich daran, dass wir einander fremd waren.

Ich glaube, sie wird unser überdrüssig, sagte Edgar, aber ich schaffe es nicht, noch einmal eine Stunde oder mehr zu gehen.

Kurz nach halb sechs erschien tatsächlich der Junge vom Foto, ein schwerer, grobknochiger Erwachsener, ebenso freundlich und expansiv wie seine Mutter. Er mischte Englisch in seine Sätze, und hie und da konnte ich erraten, was er sagte. Er könne uns fahren, wohin, Ringplatz, Hotel? Guided tour? No? You look like poet, sagte er zu Edgar. I show you poet? Cernivtsi poet, ivrei?

Erst beim Hinausgehen, als der junge Mann, der sich als Grischa vorgestellt hatte, in die Schuhe schlüpfte, verstand ich den früheren missbilligenden Blick seiner Mutter. Man zog hier die Schuhe aus, wenn man die Stube betrat. Im Vorhaus stand eine Reihe von Schuhen in unterschiedlichen Größen, auch Kinderschuhe, es mussten hier noch andere Mietparteien wohnen. In einem vor Neuheit funkelnden Skoda fuhren wir langsam am Wohnhaus der Rose Ausländer vorbei zu einer hässlichen Büste von Paul Celan in einem Park mit bereits kahlen Bäumen, begleitet von Grischas Erklärungen in seinem ukrainischen Englisch. Er fuhr uns kreuz und quer durch die Stadt, deutete auf einzelne Häuser, doch ich konnte seinen Sätzen nicht folgen und war erleichtert, als ich schließlich den Ringplatz erkannte. Be my guest, sagte er erfreut, als wir ausstiegen und ich ihm die gleiche Summe in die Hand drückte, die die Fahrt zum Friedhof gekostet hatte.

Am Ende eines schmalen, mit alten Postern tapezierten Korridors und einer eisernen Wendeltreppe fanden wir ein kleines Café mit Thonetstühlen, einer Pendeluhr, einer vor Abnützung glänzenden, dunklen Theke und einer gedrechselten Balustrade über einem Souvenirladen. Es war ein entrückter dämmriger Ort, nur von den Jugendstillampen matt beleuchtet, die ferne Helligkeit von den Fenstern des Souvenirladens wie eine Erinnerung an den vergehenden Tag, der Pendeluhr fehlte das Zifferblatt, sie tickte trotzdem weiter, man konnte sitzen bleiben ohne dass die Zeit verging. Wir tranken türkischen Kaffee, das Reden fiel uns leichter als untertags unter der Anspannung, zyrillische Straßennamen entziffern zu müssen. Wir saßen wie in einem Versteck hoch über der Straße, über dem Geschäft mit bemalten Eiern und Souvenirs, die fernen Fenster tief unter uns, von der Welt abgeschieden.

Haben wir ein Glück gehabt, sagte Edgar erleichtert, das ist von der ganzen Reise bisher der schönste Platz.

Er begann von Joseph Schmidt zu erzählen, der hier, nur einen Häuserblock entfernt, jeden Schabbat gesungen hatte. Meine Vorbilder sind immer Helden vom Typ des Ikarus, sagte er, Kometen, die in der Obskurität verglühen.

Er redete von seiner Mutter, von der er mir nie ein Foto gezeigt hatte, als verbiete ihm eine Schamhaftigkeit, sein Bild von ihr dem Zufall einer einzigen Fotografie zu überlassen. Sie hing an ihrer jüdischen Herkunft, sagte er, und sie litt an ihr. Sie wünschte sich für mich eine große Karriere wie die von Joseph Schmidt und hatte gleichzeitig zu große Angst mich loszulassen. Sie hätte mich wegschicken müssen, ich war zu unentschlossen, es allein zu schaffen. Ich weiß nicht, wer von uns beiden, du oder ich, es schwerer hatte, sich unter der Last der Kindheit hervorzuarbeiten.

Trotzdem beneide ich dich, ich trage mein ganzes Leben die fremde Schuld mit mir herum und komme an kein Ende.

Wie ein Sträfling die Eisenkugel schlepp ich an fremdem Erinnern, das steht bei Ilja Ehrenburg, sagte Edgar. Ehrenburg war Kriegsberichterstatter und einer der ersten, die über die Verbrechen der Wehrmacht schrieben, als das Elend, das sie zurückgelassen hatte, noch nicht verheilt und die Erinnerungen der Augenzeugen noch frisch war. Wie weit bist du inzwischen mit dem Kriegstagebuch?, fragte er.

Ich finde darin so selten etwas, das mir meinen Vater als einen Mann mit Gefühlen, mit normalen Reaktionen zeigt. Menschen kommen bei ihm nicht vor, er muss doch mit Zivilisten in Berührung gekommen sein. Nur die penible Buchführung der Namen verwundeter und gefallener Kameraden, der Gefechte und abgeschossenen Panzer, die Aufzählung der Waffen, T4-Panzer und Selbstfahrlafetten, als ginge das, was um ihn herum geschah, über sein Auffassungsvermögen oder über seinen Verstand.

Ist es am Ende bloßer Zufall, zu welchem Grad sich ein Soldat schuldig gemacht hat?

Von den Zufällen ist selten etwas überliefert, sagte Edgar. Und vom nicht Dokumentierten wirst du auch nie etwas erfahren. Es waren immerhin Wehrmachtssoldaten, die von ihren Fahrzeugen herunter Menschen abknallten, einfach zum Spaß, Juden kaputt, schrien sie auf ihrem Siegeszug mit der Handbewegung des Aufhängens und belustigten damit die jubelnde Bevölkerung. Glaubst du, er würde sich dafür schuldig fühlen, am Eingang zu einem Ghetto bei einer Razzia Wache gestanden zu haben?

Dort, wo du ihn vermutest, war er nicht, sagte ich, überrascht, dass ich plötzlich meinen Vater gegen Edgar in Schutz nehmen musste. Ich kann ihn mir nicht als einen vorstellen, der in die Menge schießt und sich lauthals über den geplanten Mord belustigt. Im September 1941 war er weit im Osten, in Roslawl bei Smolensk, auf dem Weg zur Front.

Auch dort lebten Juden, sagte Edgar. Nur ein Beispiel: Monastyrschtschina liegt südlich von Smolensk wie Roslawl auch, dort gab es einen jüdischen Kolchos. Im November '41 brachten die Deutschen alle um, tausend Menschen an einem Tag. Ich erinnere mich an den Brief eines jüdischen Rotarmisten, den ich gelesen habe, in dem er Rache schwört, weil seine Frau und seine beiden Kinder von deutschen Soldaten in ihrer Stadt Krasnopolje ermordet wurden, auch das liegt ganz in der Nähe von Smolensk. Gelegenheit zum Verbrechen hatte dein Vater genug.

Du warst es doch immer, der ihn verteidigt hat, sagte ich vorwurfsvoll.

Das war zu Hause, hier sieht alles anders aus. Hier ist das, was war und was nicht mehr ist ganz konkret. Das ändert vieles, für mich jedenfalls.

Sind wir alle die Kinder von Mördern?

Edgar hob leicht die Schulter.

Im Lauf meines Lebens bin ich draufgekommen, dass es auf solche Fragen keine einfache Antwort gibt, sagte er gleichmütig. Es müsste viel mehr Wörter zwischen schuldig und schuldlos, zwischen Schuld und Unschuld geben. Keiner aus unserer Generation weiß, ob er von einem Mörder gezeugt und großgezogen wurde. Dir ist es wichtig, weil er dein Vater ist, aber schau dich doch um, was haben wir bisher gesehen? Die Leere einer zerstörten Kultur, zerstörte Synagogen, zerbrochene und abgetragene Grabsteine, die jüdische Hälfte der Bevölkerung vernichtet, auch sechzig Jahre später findest du nichts als Leere und die Spuren der Vernichtung, wo immer er und seine Kameraden durchgezogen sind. Das ist der Fußabdruck seiner Generation, das ist von ihr übrig geblieben. Welche Beweise von Schuld braucht es denn noch?

Wir gingen zu Fuß zum Hotel zurück, durch einen herbstlichen menschenleeren Park. Der kalte Wind trieb dunkle Wolken über den Himmel, er rauschte in den Wipfeln und wirbelte trockenes Laub auf. Edgar ging langsam und ich passte mich ihm an. Als wir im Hotel ankamen, peitschte der Wind harten Regen gegen die großen Fensterscheiben im Foyer.

Mir ist übel, sagte er, gute Nacht, und stieg sofort in den Lift.

Wäre er mein Mann, würde ich ihm ins Zimmer folgen, ihn nach den Symptomen seines Unwohlseins ausfragen und nicht lockerlassen, ich würde seinen Protest ignorieren dürfen und einen Arzt rufen lassen. Ich stand unschlüssig vor seinem Zimmer. Sollten wir so schnell wie möglich nach Hause fahren? Ludmila und Kamenec-Podolsk vergessen, wenn das doch unsere Ziele gewesen waren? Hatten wir diese gemeinsame Reise machen müssen, nur um einander am Ende zu verlieren? Ich klopfte an seine Tür, mehrmals, legte das Ohr an die Tür, spähte durch das Schlüsselloch. Es blieb still.

Soll ich dir was zu essen bringen?
Schweigen.
Brauchst du einen Arzt?
Keine Antwort.
Lässt du mich bitte hinein?
Stille.

Ich aß allein, es gab keine Tanzveranstaltung an diesem Abend, nur einen riesigen Flachbildschirm mit einer Castingshow, eine dunkelhaarige Schönheit mit hohen Backenknochen und Mandelaugen als Moderatorin, ganz anders als die

Frauen, wie man sie sonst überall sah, hell, blauäugig mit breiten, flachen Gesichtern. War sie das Schönheitsideal oder bloß eine Exotin? Später klopfte ich noch einmal an Edgars Tür. Diesmal öffnete er, ließ mich in sein Zimmer. Er hatte den Koffer nicht ausgepackt, nichts lag herum. Er war angezogen. Nur der schwarze Blazer hing über der Sessellehne.

Möchtest du die Reise abbrechen?

Nein, nein, das ziehe ich schon durch.

Er sah elend aus, hohlwangig, unrasiert. An einen Aufbruch am nächsten Morgen war nicht zu denken.

Soll ich versuchen, einen Arzt aufzutreiben?

Nein, um Gottes willen. Das ist bloß das Essen. Der Tee heute Nachmittag, der Kuchen, überhaupt das unkontrollierte Essen. Ich bin doch Diabetiker.

Das höre ich zum ersten Mal.

Mit welcher Selbstdisziplin, welcher Kraftanstrengung er sich von Tag zu Tag weitergeschleppt haben musste, nur selten gereizt, öfter am Zusammenbrechen als ich es hatte ahnen können.

Auch ich bin ein bisschen angeschlagen, sagte ich, bleiben wir noch ein, zwei Tage länger. Dann könnte ich morgen mit dem Tagebuch meines Vaters ein Stück weiterkommen.

Er nickte gleichgültig. Wenn du möchtest.

In meinem Zimmer rief ich wieder bei Ludmila an, ließ es läuten, bis sich der Anrufbeantworter einschaltete. Ich beschloss, mit dem Taxi in ihr Dorf zu fahren, egal was es kostete.

Am 7. Mai 1942 schreibt Vater in seinem Tagebuch: *fahren nach Potwaswye.* Und am 18. Mai, *kommen nach Kloyzy und bekämpfen die Partisanen, stellen eine Feldwache.* Den Ort Kloyzy finde ich auf meiner Landkarte nicht, dafür Klinzy im Bezirk Brjansk, wo es Massenerschießungen von Juden und Zigeunern gegeben hatte. Nur zwei Buchstaben, er kann sich verschrieben haben, er kann es so geschrieben haben wie er es hörte. Oder waren es doch zwei verschiedene Orte, von denen es einen nicht mehr gibt? Nur zwei Buchstaben zwischen einem Ort, den es nicht gibt und einem, an dem er nicht gewesen sein durfte, wenn er kein Mörder oder Mordgehilfe war.

Am 9. Juni wird er *Geschützführer einer Panzerabwehr*, vermutlich fehlt auch hier das Wort *Einheit*. Vom 18. Mai bis 30. Juni, sechs Wochen lang, war er im Partisanenkampf eingesetzt, am Ort des Verbrechens, genau dort. Er kann nicht einmal Partisanen richtig schreiben, *Patisanen* schreibt er, was ihn nicht daran hindert, sie, wie wohl auch er es damals nannte, *auszumerzen*.

Ich hatte das Gefühl, gepackt und langsam zermalmt zu werden, mein ganzer Körper, Knochen und Eingeweide und ein Schwindel erfasste mich wie ein Fallen, so tief, dass ich nie wieder festen Boden erreichen würde, wie damals bei Fabians Todesnachricht, als langsam das Begreifen einsetzte. Der Körper begriff schneller als der Verstand. Alles, was in diesem Tagebuch noch stehen mochte, würde nichts mehr wegnehmen, nichts hinzufügen. Welche Beweise brauchte ich denn noch? Früher, während des Studiums, hatte ich gedacht, es wäre leichter, wenn seine Schuld eindeutig wäre, ich könnte ihn verurteilen, ohne mir den Vorwurf zu machen ihm unrecht zu tun.

Erst am 30. Juni um drei Uhr früh wird er wieder zu einer Schlacht abtransportiert. Diesmal sind die Deutschen eingekesselt. Der Einsatz im Kessel von Beley Anfang Juli 1942, die vierzehn Tage Ausbildung zum Unteroffizier bei Smolensk, wo er sicherlich nichts lernte, worauf er sich etwas einbilden hätte können. Der Fronteinsatz bei Karmanovo Anfang August, der stetige Rückzug. Was passieren hatte können, das Gefürchtete, der Beweis seiner Schuld, war in Kloyzy passiert. Die Stunde der Wahrheit, heißt es in Romanen. Wenn er hier wäre, wenn ich ihn anschauen könnte, seine schlichte Gegenwart könnte den Verdacht, dass er mich mein ganzes Leben lang belogen hat, vielleicht zerstreuen. So aber bleiben mir nur die Bilder, es sind nicht die Archivbilder aus Büchern, so entsetzlich sie auch sein mögen, sondern die Fotos an einem Heiligen Abend vor fünfzig Jahren, im Haus einer Schulfreundin, von der ich nicht einmal weiß, ob sie noch lebt. Das Entsetzen von damals ist immer bei mir, es vergeht nicht, auch nicht die Angst, dass der Soldat, der auf den Hinterkopf eines seiner letzten Würde beraubten Menschen zielt, mein Vater hätte sein können. Ich habe immer meinen Vater in ihm gesehen und mir dann gesagt, das kann nicht sein. Aber ich hätte den Beweis gebraucht, dass er es nicht war. Doch er hat geschwiegen, um die Wahrheit herumlaviert, wahrscheinlich vergessen. Manchmal habe ich den Wunsch, es gäbe weder ihn noch alles, was ich mit ihm und diesen Fotos verbinde.

Vom Sommer 1942 an liegt jeder Kampfeinsatz ein Stück weiter westlich als der vorhergehende. Im August findet er sich mit sieben Mann allein, weit weg von seiner Kompanie, sechs Wochen lang schlagen sie sich durch, von einer Stellung zur nächsten. Er ist noch nicht reif dafür einfach abzuhauen. Den ganzen Winter lang, bis in den März '43 bewegt sich seine Kompanie kaum vom Fleck, buddelt sich im Stellungskrieg ein, bis sie zur letzten Offensive nach Orel verfrachtet werden, um einen *Durchbruch nach Kursk zu erzwingen*. Wie froh ich war, ihn an der Front zu wissen, wie sehr ich mich vor dem Kürzel HKL fürchtete. Was blieb einem Soldaten hinter der Hauptkampflinie anderes zu tun als Zivilisten zu ermorden. Als wäre das Töten an der Front ein besseres Morden. Wie erleichtert ich las, *18. April, wir fahren Richtung Orel, ich werde beim Bahntransport verwundet, Sprengung der Bahn durch Partisanen*. Aber die Verwundung ist nicht schwer genug für einen Heimaturlaub, sie ist nur ein Aufschub. Erst am 15. Juli traf ihn in seinem gepanzerten Fahrzeug ein Granatsplitter frontal, brach ihm die Rippen, zerriss ihm einen Lungenlappen, dafür bekommt er das EK I und einen langen Aufenthalt im Lazarett. Jetzt konnte er nichts mehr anstellen, jetzt war der Krieg für ihn so gut wie zu Ende. Neun Monate später schickt man ihn wieder zu den Resten seiner Kompanie, aber das Glück hat ihn verlassen oder vielleicht ist es gerade sein Glück, dass er gleich wieder von Granatsplittern getroffen wird.

Am 9. April 1944 zum vierten Mal verwundet durch Granatsplitter, schreibt er, damit hört das Tagebuch auf. Er hatte mir erzählt, dass er Anfang '45 desertierte. Fast ein ganzes nicht dokumentiertes Jahr liegt dazwischen. Welche Schlüsse sollte ich daraus ziehen?

Zwei Notizbücher für sechs Jahre, das war nicht viel, aber auch in den knappen Eintragungen war es deutlich spürbar, er war in diesen Jahren ein anderer geworden. Nicht mehr der naive Jüngling, der arglose Tor, dem sich zum ersten Mal das Fenster zur Welt öffnet, bei deren Anblick er staunt und vergisst, in welche Gesellschaft er geraten ist, berührt von der Schönheit, entsetzt über die Toten, aber lebendig in seiner Tölpelhaftigkeit. In weniger als einem Jahr hatte er das Interesse an der Welt verloren, mit jedem Monat abgestumpfter vermerkt er den Tod der Kameraden, die ihm nahestanden, gleichmütig hält er die extremen Temperaturen fest, den Hunger, die Erleichterung zwischen den Kampfpausen oder vielleicht gleichgültig, erschöpft. Was bleibt, ist die verbissene Entschlossenheit, mit dem Lében davonzukommen. Jedes Mal seine Erleichterung, wenn der Lazarettzug sich nach Westen in Bewegung setzt, zweimal in sechs Jahren ein Kurzurlaub zu Hause, einmal zu Weihnachten, viermal die Wohltat des Lazaretts, jedes Mal ein wenig länger, auch die Verwundungen werden schwerer und sind trotzdem lebensrettend. Der letzte Fronteinsatz war einen langen Fußmarsch von zu Hause entfernt, in Zivil zwischen den Fronten, aber das Tagebuch hält ihn nicht mehr für erwähnenswert.

Ich legte das Tagebuch zuunterst in den Koffer. Das Päckchen, das mir Vater für Ludmila mitgegeben hatte, fiel mir in die Hand. Jedes Mal, wenn wir in einer neuen Stadt angekommen waren und ich den Koffer öffnete, hatte ich daran gedacht. Dass du es so lange aushältst ohne neugierig zu werden, hatte Edgar gesagt. Aber ich kannte meinen Vater, es hätte mich gewundert, wenn ich mich diesmal getäuscht hätte. Er würde an das Naheliegende und das Vernünftige gedacht haben. Einem Kurier war es nicht erlaubt, die Botschaft, die er überbrachte, zu öffnen. Das Tagebuch hatte er mir zum Lesen überlassen, die Botschaft an Ludmila war mit Klebstreifen vor meiner Neugier geschützt. Bei aller Nachgiebigkeit hatte er immer etwas Unbeugsames gehabt, wenn er zwischen sich und der Welt Grenzen zog. Was habe ich von ihm erwartet? Er mochte mein Vater sein, aber er war auch ein Mann mit seinem eigenen Anspruch auf Glück.

Die fehlerhafte, ungenaue Adresse war von derselben Hand wie das Tagebuch, nur fünfundsechzig Jahre später. Mit der Nagelschere schnitt ich die Klebstreifen durch, Schicht um Schicht, schon allein die Gründlichkeit, mit der er den Inhalt vor meiner Neugier verborgen hatte war kränkend. Ein Stoß mit Papier und einem Gummiband umwickelter Geldscheine fiel heraus. Er musste lange heimlich für dieses Geschenk gespart haben, Zehn-, Zwanzig-, Fünfzig-Euroscheine, kleine Summen hinter dem Rücken seiner Frau vom Haushaltsgeld abgezweigt. Wie lange hatte er diesen Coup vorbereitet? Das zusammengefaltete, mit der Hand beschriebene Blatt war nicht an Ludmila gerichtet, sondern an eine unbekannte, *sehr geehrte Behörde*, der er *hochachtungsvoll* mitteilt, dass Ludmila sein willkommener Gast sei, dass sie ihre Reise finanzieren könne und er für ihren *Aufenthalt samt Aufwand im Krankheitsfalle gern, mit großer Freude aufzukom-*

men gedenke. Dazu ein kleiner Zettel: *Liebe Mila, ich hoffe es geht dir gut, mir nicht, weil du nicht da bist.* Die Unterschrift hatte er vergessen, sie schien ihm zu selbstverständlich, um sie hinzuzufügen.

5

Am nächsten Morgen saßen wir auf der hintersten Bank in einem Bus, jeder in seine Gedanken vertieft. Für Edgar war es der Höhepunkt der Reise, dem wir uns in den vergangenen Wochen von Stadt zu Stadt genähert hatten. Er schaute so angestrengt aus dem Busfenster auf die vorüberziehende Landschaft, dass ich es nicht gewagt hätte ihn anzusprechen. Schon seit dem Morgen hatte ich seine Aufregung gespürt und ich war froh, dass er nicht fragte, warum ich bedrückt und schweigsam war. Ich hätte nicht gewusst, wie ich ihm etwas hätte mitteilen sollen, das ihm von Anfang an klar gewesen war. Die Hypothek annehmen und mit ihr leben lernen, hatte er auf der Rückfahrt von Vaters Geburtstagsfeier gesagt, mit der Ungewissheit leben, dem Verdacht, dass Vaters Schweigen nicht nur dem Gekränktsein über mein Misstrauen entsprungen war, sondern dem Wissen um seine Schuld, woraus sie auch bestehen mochte. Ich würde es nie erfahren, was in jenem Leben an der Front geschehen war, aber es musste mehr sein als das, was in seinem Tagebuch stand und was er mir erzählt hatte. Das taube Gefühl, als hätte ich etwas Wichtiges verloren, hielt in den Tag hinein an.

Es ist so unwirklich hier zu sein, in dieser Landschaft, sagte Edgar während der Fahrt, ich wünschte, meine Mutter hätte das erleben können.

Manchmal hatte ich den Eindruck, auch ihn habe die Reise verändert, anders als mich, für ihn war sie wie eine Heimkehr. So wie er am Fenster saß, als wäre er allein, und halblaut die Ortsnamen murmelte, an denen wir vorbeifuhren, kam es mir vor, als nähme er sein Geburtsrecht in Anspruch, als gehörte er zu diesem Landstrich wie jemand, der am Ende seines Lebens zurückkehrte und gerührt *mein* sagte, *meine Landschaft*, auch wenn er sie nie zuvor gesehen hatte. Die Buchenwälder mit ihrem dichten Unterholz, in dem ich mir die Verstecke der Partisanen vorstellte, gingen in die baumlose Hochebene Podoliens über, mit tief eingeschnittenen Schluchten, den Flüssen, die sich mit weitläufigen Mäandern in die karge Landschaft eingegraben hatten, eine grausame, harte Landschaft, wie von den vergangenen Pogromen und Hungersnöten gezeichnet, den Pogromen der Kosaken Chmelnytzkyis, Petljuras, Budjonnyjs Reiterarmee, der Roten Armee, der deutschen Wehrmacht und ihren Einsatztruppen, und schließlich wieder der Roten Armee. Alle waren sie hier durchgezogen, aber die Ebene war unverändert geblieben, gleichgültig, wer die Dörfer verwüstete, egal, wie viele sie ermordeten, die ungarischen Juden, die zu Fuß von Kolomea bis vor Kamenec-Podolsk getrieben worden waren, hundertzwanzigtausend Menschen, zu Tode erschöpft, halb verhungert, um am Rand einer Schlucht bei Kamenec-Podolsk erschossen zu werden. In welcher Schlucht dieser zerfurchten Landschaft? Jede öffnete sich nur für Augenblicke und schon war sie vorbei. Man müsste durch diese Landschaft zu Fuß gehen, dachte ich, so wie sie gegangen sind, von Transkarpatien bis hierher, in der Augustsonne, um eine Ahnung zu bekommen, nicht einmal eine Ahnung, gerade genug, um an die Grenzen der Vorstellung zu stoßen.

Die Millionen von Kulaken, von denen Ludmila gesprochen hatte, die zum Verhungern verurteilt waren. Die Raubzüge der Tataren, die Alte und Schwache in ihren Gefangenentrecks den Jugendlichen überließen, um sich im Pfeilschießen zu üben und Foltervarianten zu erproben. Hätte ich die Landschaft anders wahrgenommen, wenn ich es nicht wüsste?

Lagerte sich die Grausamkeit der Geschichte in einer Landschaft ab? Als sei diese leere Landschaft, dieses vom Sommer ausgedörrte, in unregelmäßigen Abständen jäh auseinandergerissene Ödland nur dazu da, seine Schluchten mit Leichen zu füllen. Wo waren die Menschen, die Tiere, die Dörfer?

Plötzlich hielt der Bus mitten in der Landschaft an, neben einem Feld vertrockneter Maisstauden und einem hinter Büschen verborgenen Dorf. Aus dem Dorf bog eine schweigende Prozession auf die Straße ein, ein Leichenzug, den die Bewohner begleiteten. Voran gingen zwei Bannerträger mit christlichen Emblemen, Männer, erkennbar Bauern, ein Priester in silberschwarzem Ornat, ein einzelner Trauernder, dicht dahinter der offene Sarg auf einem Kleinlaster, die Leiche aus dem Busfenster zum Greifen nah den Blicken preisgegeben, eine dieser alterslosen, geschlechtslosen Frauen, wie wir sie auf dem Markt in Czernowitz gesehen hatten, noch nicht greisenhaft, nicht einmal alt, mit weißem Kopftuch und frischen Blumen bedeckt, entspannt, als habe sie mit der Zurschaustellung ihres toten Körpers nichts zu schaffen. Jüngere Frauen in Werktagskleidern, als seien sie direkt von der Feldarbeit zusammengerufen worden, hielten sich am Wagen fest, eine schöne junge Frau mit schwarzem Kopftuch und einem Gesichtsausdruck, als liefe sie dem Sarg nach, um die Tote zurückzuhalten. Der Zug bewegte sich langsam, nur für das trauernde Mädchen viel zu schnell. Alle Fahrzeuge hielten am Straßenrand bis er vorüber war. Ein Glück und ein Luxus, wenn ein einzelner Tod zu einem feierlichen Ereignis werden durfte in einem Land, in dem die unbeerdigten Gebeine Tausender von Toten die karge Landschaft düngten.

Kamenec-Podolsk erschien wie von dem Fluss, der die Stadt umzingelte, aus den Schluchten emporgehoben und in zwei Teile geteilt, die Altstadt und die Neubauten, die sich über die Hänge zogen und hinter den herbstlichen Waldhängen verschwanden, eine Kleinstadt mit zerbrochenen Befestigungsanlagen, und tief unter der Stadt nah am Fluss mussten die Judenstadt und später das Ghetto gewesen sein.

Dort, sagte Edgar aufgeregt und zeigte von der Brücke in die Tiefe, wo sich der Fluss in Nebenarmen und Rinnsalen zwischen Weiden schlängelte. Deshalb hat meine Mutter von Überschwemmungen gesprochen, die jedes Frühjahr bis in die Stuben der Wohnhäuser drangen.

Wie überall in anderen osteuropäischen Kleinstädten, die ich kannte, hatten die Juden sich am Hang eines Schlossbergs, im Windschatten eines Forts angesiedelt, einer Macht, die Schutz versprach und sie am Ende jedes Mal im Stich ließ. Tief unten führte eine Hängebrücke über die Schlucht.

Sollen wir zu den Häusern hinuntersteigen?, fragte ich, als wir auf dem Ringplatz aus dem Bus stiegen.

Später. Später gehen wir hinunter, murmelte er. Jetzt kann ich nicht klar denken, ich muss mich erst beruhigen. Aber er sah mich dabei nicht an, er sagte es so leise, dass ich es mehr erriet als hörte. Wenn etwas ihn sehr bewegte verloren seine Sätze sich im Schweigen wie eine Melodie, die leiser wird und unhörbar verklingt.

Es waren nicht die alten Häuser von damals. Das Ghetto war bis auf einzelne Häuser, die abseits standen, zerstört worden. Jetzt standen andere Häuser dort und andere Leute wohnten drin.

Ich habe nie die Ansichtskarten der Stadt mit ihren Kirchen, dem großen Marktplatz und seinen Bürgerhäusern mit Mutters Erzählungen von ebenerdigen Hütten direkt am Fluss zur Deckung bringen können, sagte Edgar nach einer Weile. Jetzt sehe ich, wovon meine Großmutter ihren Kindern erzählt hatte. Kamenec-Podolsk, das waren für sie die Häuser der Armen unten am Hang, je näher der Talsohle, desto ärmlicher.

Hier war sie also geboren und aufgewachsen, seine Großmutter Ida, die eigentlich Chassja geheißen hatte. Von diesen

Häusern am Hang zwischen Stadt und Festung war sie als junges Mädchen aufgebrochen, allein war sie nach Czernowitz, vielleicht weiter nach Stanislau und Lemberg oder auch über die Karpaten und Ungarn nach Böhmen gefahren, vielleicht gewandert. Wovon hatte sie gelebt, wie sich Unterhalt und eine Schlafstelle verdient? Mit nichts als einem Bündel sei sie in Böhmen angekommen, hatte Edgars Mutter ihm erzählt. Wie verzweifelt musste sie gewesen sein, was hatte sie dazu bewogen, wer hatte ihr Geld für die Reise gegeben? War sie von ihrer Familie verstoßen worden? Die Armen waren immer fromm gewesen, im nahen Mezhybozh hatte der Baal Schem Tov gewirkt. Jetzt stand Edgar endlich an dem Ort, zu dem er seit Jahren unterwegs gewesen war mit allem, was er sich angeeignet und wonach er sich gesehnt hatte. Seine Haltung und seine Miene sagten mir: Dieser Augenblick war zu überwältigend, als dass er Worte finden konnte. Ich blieb einen Schritt zurück und schwieg, während er voranging als wäre er allein.

Wir gingen über die Brücke zur Festung, setzten unsere Füße auf die schwarzen Pflastersteine, die so alt sein mussten wie das Fort, das die Stadt vor den Türken und Tataren geschützt hatte, jedoch nicht vor der Wehrmacht Hitlers. Wie aus einem Märchenbuch lag die Festung vor der Stadt, vollständig erhalten und unbeschädigt, wehrhaft mit runden Türmen und klaren Konturen vor dem wolkenlosen Himmel.

Ich warte hier auf dich, sagte er, wenn du dich umschauen möchtest. Er setzte sich auf eine Holzbank an der Mauer einer Kasematte, während er mir keine Wahl ließ als allein die Außentreppe zu den Zinnen und Türmen hochzusteigen und die Landschaft von oben zu betrachten. Vom Turm der äußeren Festungsmauer schaute ich auf Edgar hinunter, er saß mit geschlossenen Augen an die sonnenbeschienene Mauer gelehnt. Immer schon hatte er aus der Entfernung so auf mich gewirkt, als habe er sich in seiner puritanischen Selbstbeschränkung längst von der Welt zurückgezogen. Er hatte diese Theorie über alte und junge Seelen. Manche Menschen, meinte er, hätten junge Seelen, das seien die erfrischenden, unbeschwerten, die ganz in der Gegenwart aufgingen. Die alten Seelen kämen aus einer langen Vergangenheit und litten immer ein wenig unter ihrer Last.

Ich hätte gern mehr über seine Großmutter erfahren, aber jetzt war nicht der geeignete Zeitpunkt ihn auszufragen. Ob sie jemals wieder nach Kamenec-Podolsk zurückgekommen war? Kamenec-Podolsk, das mythische, von dem sie ihren Kindern erzählt hatte, und seine Mutter hatte ihre aus Erzählungen gewonnene Vorstellung an ihren Sohn weitergegeben. Sie musste gewusst, zumindest geahnt haben, dass hier ihre ganze Verwandtschaft ermordet worden war. Aber darüber habe sie nie gesprochen, hatte er erzählt, nicht während des Krieges und auch später nie. Für sie blieb es die Stadt der Jahrhundertwende, die ihre Mutter als Mädchen verlassen hatte, ein Ort, der Armut bedeutete, Bedrückung und Rückständigkeit, armselige Unterkünfte und geistige Enge. Und Idas verwegene Flucht hatte sie als einen Akt der Befreiung gedeutet. Einige Jahrzehnte, sogar noch in ihrer Kindheit habe es einen Briefwechsel zwischen Ida und ihren Verwandten gegeben, der schon vor ihrem Tod abgebrochen sei.

Als ich von meinem Rundgang um die Festungsmauer über den abschüssigen Innenhof zu ihm zurückkam, war Edgar eingenickt.

Die Herbstsonne an der Steinmauer macht schläfrig, sagte er verlegen als mein Schatten auf ihn fiel. Was hast du ausgekundschaftet?

Die Festung erinnert mich an eine Ritterburg wie aus den Büchern meiner Kindheit, mit Burgfried, Gefängniszellen, Ställen und Schießscharten. Willst du es dir nicht ansehen?

Er schüttelte den Kopf. Verzeih, sagte er, ich kann diese Benommenheit nicht abschütteln, mir ist, als wäre das alles nicht ganz wirklich.

Im Souvenirladen, an dessen Hauswand er lehnte, hatte er zwei bemalte Ostereier aus Holz mit traditionellen ukrainischen Mustern gekauft.

Es tut mir leid, aber sonst gibt es nichts, nur bemalte Hühnereier, Holzteller und Leinenbahnen mit roten und blauen Stickereien, die die Ukrainer über ihre Heiligenbilder drapieren. Er bot mir mit seinem feinen, ironischen Lächeln eines der beiden Ostereier an: Zur Erinnerung. Ein hartes Ei, weil das Leben trotz allem weitergeht.

Es gab nur eine Straße, die zum Marktplatz führte, einige Häuser standen wie verwaist und neu, die renovierte Vorhut eines künftigen Stadtbilds nach alten Ansichtskarten, so als warteten sie, dass die anderen Gebäude, die seit dem Krieg irgendwohin verschwunden waren, zurückkehrten und sich zu einem Hauptplatz zusammenschlössen. Am Ende der Schulgass, wo sie sich in abschüssigen Wagenspuren verlor, hatte die jüdische Unterstadt begonnen. An den Mauern entlang der ehemaligen Schulgass zog sich ein Markt hin, ein armseliger Flohmarkt mit hässlichen Kleidungsstücken, alten Schuhen, Haushaltsgegenständen, einige Bauern hatten auf roh gezimmerten Bänken Gemüse ausgelegt. Auch die Große Synagoge, ein mächtiger Renaissancebau neben einem alten Wehrturm, gehörte zu den Gebäuden, deren Farben noch frisch waren, aber sie war keine Synagoge mehr, sie nannte sich das Gelbe Restaurant mit einem Vordach über dem Eingang.

Bevor es dunkel wurde suchten wir den Friedhof, doch welche abschüssigen Straßen und unbefestigten Pfade wir auch hinunterstiegen, jedes Mal endeten sie am Fluss, der die Stadt umzingelte, Smotrych, der Fluss, der Ida-Chassjas ersten Begriff von Wasser geprägt haben musste. Mit wachsender Ungeduld hielt Edgar jedem Einheimischen, der sich blicken ließ, seine Zeichnung eines jüdischen Friedhofs mit Grabsteinen und hebräischen Schriftzeichen hin. *Ivrei,* fragte er und deutete auf seine Zeichnung eines *Magen David.* Das Wort für

Friedhof wusste er nicht. Bis endlich eine junge Frau nickte und uns wortlos voranging. Es gab einige mit Schmiedeeisen umfriedete Gräber mit hohen Stelen, es gab ein Mahnmal für die ermordeten Vierzigtausend, und Grabsteine, die halb versunken in der Erde steckten, doch viele Steine lagen zerbrochen mit der Schrift nach unten, bedeckten wie geborstenes Gestein die aufgebrochenen Grüfte, zertrümmerte Grabplatten lagen zwischen Unkraut, überständigem braunem Gras, begrenzt von den Zäunen benachbarter Bauernkaten und von Gebüsch. Edgar studierte jede leserliche Inschrift, hockte vor den Steinen und zeichnete mit dem Stift die Schriftzeichen nach, kopierte sie in sein Notizbuch, wie er es sich selber beigebracht hatte, der Buchstabe *Schin* entfachte jedes Mal von Neuem unsere Hoffnung, *Schin* als Anfangsbuchstabe für ihren Familiennamen Schreyer, es war gar nicht anders möglich, als dass sie hier begraben waren, alle, seine Urgroßeltern und deren Eltern, zurück bis zu der Zeit, als sie hier angekommen waren, aus Russland oder mit den Türken aus Kleinasien, doch so weit ging der Stammbaum einfacher Leute nie zurück. Hier lagen alle, die nicht ermordet worden waren. Ein fieberhafter Eifer hatte ihn gepackt. Wir merkten nicht, dass die Sonne längst untergegangen war und es kühl zu werden begann, bis die Dämmerung die Farben löschte und Edgar in der Dunkelheit die Buchstaben nur mehr ertasten konnte. Ich richtete mich auf, mein Rücken schmerzte, die Glieder waren steif vom langen Bücken.

Nichts, sagte Edgar, vielleicht ist das Lesen von Grabsteinen eine Kunst, die ich nicht beherrsche.

Er sah so mitgenommen aus wie vor einigen Tagen auf dem Weg zur Innenstadt von Czernowitz. Es war eine anstrengende Reise, auch für mich. Jeden Morgen hatte er sich von Neuem aufgerafft, von Tag zu Tag mit abnehmender Kraft, bis er die Tür seines Hotelzimmers hinter sich schließen und für einige Stunden ausruhen konnte. Meine besorgten Fragen hatte er mit einer beiläufigen Geste abgetan: Heute geht es mir wieder gut, nein, es war nur das Essen, wo ich zu Hause doch Diät halte. Und weil er es gewohnt war, ohne Hilfe zurechtzukommen, hatte ich aufgehört ihm meine Fürsorge aufzudrängen. Er war schon zu lange allein in der Welt und es war ihm recht so, er wollte es nicht mehr anders und ich fügte mich. Schweigend gingen wir zurück, den Hang hinauf, fanden eine kleine Kneipe mit niedrigem Gewölbe und bäuerlichen Tischen mit rot bestickten Tischdecken, wo wir Blinsen aßen.

Möchtest du bleiben und morgen auf dem Friedhof weitersuchen? Sollen wir uns nach einem Hotel für die Nacht erkundigen?, fragte ich.

Er schüttelte den Kopf und streckte über den Tisch hinweg seine Hand nach mir aus und ich ergriff und drückte sie mit stummer, verzweifelter Zärtlichkeit. Zum ersten Mal seit dem Beginn unserer Reise verweilte sein Blick auf meinem Gesicht, als kämen wir endlich zur Ruhe. Wie alt er geworden ist, dachte ich, die pergamentene Haut wie mit Haarrissen durchzogen, die dunklen Augenringe, das müde Gesicht eines Menschen, dessen Anblick mich in meiner Jugend mit so viel Verlangen erfüllt hatte. Es lag eine solche Verlassenheit über diesen fahlen Wangen, dass ich versucht war sie zu berühren. Und was siehst du jetzt, wenn du mich ansiehst, fragte ich mit den Augen. Kannst du dich erinnern, ob ich jemals schön oder auch nur anziehend gewesen bin? Es war nicht Liebe, es war ein anderes, fremdes Gefühl gemischt aus Sehnsucht und Bedauern.

Danke, sagte er, danke für alles und zog seine Hand wieder zurück.

In der Dunkelheit fuhren wir mit dem letzten Bus zurück, es musste eine andere, kürzere Route sein als am Morgen, zwischen dem schwarzen Tunnel des Laubwalds zu beiden Straßenseiten öffnete sich immer wieder die Ebene und darüber schwamm der abnehmende Mond, er lag auf dem Rücken wie in einem Bilderbuch für Kinder. Ich saß an Edgars Arm gelehnt und spürte seine Wärme. Es war kalt geworden und ich fröstelte. Frierst du?, fragte er, ich habe einen Pullover dabei. Er kramte im Dunkeln vergeblich in seinem Rucksack, doch auf die Idee, seinen Arm um mich zu legen kam er nicht.

Wir machten uns auf den Weg zu unserem Hotel mit seiner Plattenbaufassade an der Ausfallstraße. Ein Anflug freundlichen Wiedererkennens huschte über das Gesicht der jungen Frau an der Rezeption, aber es reifte nicht zum Lächeln. Die undurchdringlichen, abweisenden Mienen des Hotelpersonals waren mir von Anfang an aufgefallen.

Warum sollen sie lächeln und sich vor Beflissenheit überschlagen, wenn sie nur ihre Arbeit verrichten?, hatte ich zu Edgar gesagt, als er sich über ihre Unfreundlichkeit beklagte. Arbeiten ist für die wenigsten Menschen angenehm, kein Grund, dabei auch noch vor Freude zu strahlen.

Doch selbst die Freundlichkeit der Gäste rief keine Reaktion hervor, Fragen, Wünsche wurden ebenso ignoriert wie die tollpatschigen Versuche mancher Touristen, auf Ukrainisch einen schönen Tag zu wünschen oder sich zu bedanken. Um so erstaunter war ich, als mir der Bartender im Restaurant von sich aus anbot, ein Telefonat für mich zu machen, als ich ihm mit einem bittenden Blick Ludmilas Ansagetext auf ihrem Anrufbeantworter hinhielt. *With Hoteltelephone easier*, sagte er und reichte mir den Hörer über den Tresen.

Ludmila! Endlich erreiche ich Sie, rief ich, als ich ihre Stimme hörte. Ich nehme morgen früh ein Taxi und komme zu Ihnen.

Ah, Frau Frieda, sagte sie kühl, als habe sie mit meinem Anruf gerechnet.

Ich bringe Ihnen einen Brief von meinem Vater, gehen Sie morgen Vormittag nicht weg.

Ich legte auf, bevor sie die Gelegenheit bekam sich herauszureden.

Sie war nicht gerade freundlich, sagte ich zu Edgar, nachdem ich den Hörer an den Barmann zurückgegeben hatte.

Freundlich sind sie hier alle nicht, sagte er. Hast du nicht selber gesagt, dass Ludmila nie lächelt?

Wir saßen noch eine Weile in der schlecht beleuchteten Gaststube, bis auf ein paar Einheimische an der Theke die einzigen Gäste.

Bist du mit dem Tagebuch fertig?, fragte Edgar.

Ich nickte und schwieg.

Weißt du, sagte er mit seinem besorgten, fragenden Blick so wie früher in unserer Jugend, ich sehe es so: Jeder Mensch bekommt eine bestimmte Zeit im Kontinuum der Menschheitsgeschichte und jeder bekommt seine Herkunft und bestimmte Eigenschaften vererbt, die alles bestimmen, jedenfalls fast alles, was er sein wird. Mit dem Rest freien Willens kann er sich ein Leben lang herumraufen und versuchen, ihm seinen unverwechselbaren Stempel aufzudrücken und sich von der Hypothek seiner beschädigten Eltern zu befreien. Aber mir ist es nicht gelungen und dir offenbar auch nicht.

Dieses Mal lagen unsere Zimmer nebeneinander. Wir sahen einander nicht an, als jeder für sich im dunklen Flur nach dem Schlüsselloch tastete. Auch als wir uns eine Gute Nacht wünschten, wandte er sich mir nicht zu.

6

Wieder fuhren wir aus der Stadt hinaus, durch die Vorstädte, auf schadhaften Straßen, die von rissigem Asphalt allmählich in unbefestigte Wege übergingen. Das Taxi preschte durch die Pfützen vom schweren Regen in der Nacht und scheuchte kreischende, flügelschlagende Gänse an die Straßenränder. Im allgemeinen Schwebezustand der Häuser zwischen Aufbau und Verfall war das weitläufige Anwesen des Wunderrebben von Sadagora leicht zu übersehen, das wie ein maurisches Märchenschloss mit seinen Türmchen und Zinnen aus rotem Backstein hinter dem hohen Eisenzaun, von schweren Vorhangschlössern geschützt, zwischen Gestrüpp verfiel. Unser mürrischer Chauffeur gestattete uns kurz auszusteigen und einen Blick durch die Eisenstäbe zu werfen.

Es war das unbeobachtete sich selber zugewandte Land, Waldstücke, von Gebüsch und Trauerweiden umstandene Teiche, die Straßenränder gesäumt von Weiden und Buchen, unter ihren ausladenden Baumkronen fuhren wir wie durch eine herrschaftliche Allee, doch unser Chauffeur jagte in einem Tempo über die Schlaglöcher, als habe er es darauf abgesehen, alles zu überfahren, was ihm in den Weg kam, Hühner, Gänse, Katzen, alles raste vorbei und es nützte nichts, dem Mann auf die Schulter zu tippen und ihn mit Gesten aufzufordern, langsamer zu fahren. Für ihn gab es nichts zu sehen, was er für bemerkenswert hielt. Von Zeit zu Zeit reichte Edgar ihm die Landkarte nach vorn und deutete auf einen Ort, der Chauffeur brummte und schob das Papier von sich wie eine lästige

Fliege. Wir wussten nicht, was sein Unmut zu bedeuten hatte, wir wussten nicht einmal, ob und wann wir in Ludmilas Dorf ankommen würden. Das Ortsschild *Vinitsija* flitzte vorbei. Abseits der Straße waren auf Lichtungen unbebauten Brachlands tief in die Erde gesunkene Steine zu erkennen, zwischen denen Ziegen grasten.

Könnten es Grabsteine sein, jüdische Grabsteine, die früher zu dem Dorf Vinitsija gehört hatten, überlegten wir. Hatte jedes Dorf seine verödeten jüdischen Friedhöfe und seine zerstörten Synagogen?

Selbst wenn wir mit dem Chauffeur dieses ramponierten Lada, dessen Stoßfedern längst ihren Dienst aufgegeben hatten, kommunizieren hätten können, bezweifelte ich, ob er unsere Fragen hätte beantworten können, ob er überhaupt verstanden hätte, wovon wir redeten.

Nach etwas mehr als drei Stunden sagte der Chauffeur zu unserem Erstaunen in erkennbarem Französisch *Voilà* und hielt am Rand einer kleinen Ortschaft. Im Hotel hatten wir ausgemacht, dass er am Ortseingang auf uns warten würde. Wir wanderten zwischen den ebenerdigen Bauernhäusern eines Straßendorfs, das zu einem kleinen Fluss mit einer breiten Sandbank abfiel. Die meisten Häuser, schlicht und funktional ebenerdig in die Felder geduckt, standen mit ihrer Längsseite zur Straße, die Seitenstraßen führten nicht weit, endeten bald an einem Gartenzaun oder an einer fensterlosen Scheune. Nur wenige Häuser hatten ein Stockwerk, die Dächer waren verzinkt und glänzten stumpf in der Mittagssonne. Zwischen den Häusern lagen Gemüsegärten, abgeerntete Ackerstreifen, hohe, verdorrte Maisstengel. Es gab keine Straßennamen und keine Nummern. Ich erkannte das Haus an seinem roten Ziegeldach und an den weißen mehrfach unterteilten Fensterrahmen mit den blauen Holzläden. Das rote Dach, die blauen Fensterläden, Ludmilas Vater musste etwas Besonderes mit seinem Leben vorgehabt haben, etwas, das ihn und seine Familie vom Rest des Dorfes abheben sollte. Zwischen Haus und Straße lag der Gemüsegarten, von dem Ludmila erzählt hatte, mit roten und gelben Kürbissen auf welken Blättern und vertrockneten Sonnenblumen, die ihre schwarzen Köpfe hängen ließen. Wir standen unschlüssig vor einem Gatter, das nur mit einem Metallhaken am Maschendraht befestigt war und wagten nicht, die Tür zu öffnen, weil ein graubrauner Hund anschlug und knurrend auf uns zukam. Während ich das Mobilfon aus der Tasche kramte trat Ludmila aus dem Haus.

Frau Frieda, rief sie und lachte über das ganze Gesicht, wie ich sie noch nie lachen gesehen hatte, so als hätte sie mich nicht oft genug abgewiesen und meine Anrufe ignoriert. Zwischen der Ludmila im Haus meines Vaters und der kräftigen selbstbewussten Frau, die vor uns stand, gab es nur eine vage Ähnlichkeit. Sie hatte zugenommen, aber das war es nicht, was sie so sehr verändert hatte. Sie war eine junge Bäuerin und das hier waren ihr Haus, ihr Garten, ihr Besitz. Hinter ihr trat eine beleibte Frau in die offene Haustür und rief den Hund zurück, er legte sich hechelnd neben die Hausstufen. Die beiden luden uns mit rudernden Armbewegungen ins Haus, als gewährten sie einer wartenden Menge Einlass in ein Palais. Wieder vergaßen wir in dem dunklen Vorhaus die Schuhe auszuziehen und traten in eine Stube mit einem soliden Holztisch und einer hellen Holzbank, die um drei Seiten des Tisches lief, Geranienstöcke vor den Fenstern verdunkelten den niedrigen Raum. Über rohen Fußbodenbrettern, die jede Woche geschrubbt werden mussten wie im Haus meiner Großmutter, lagen zwei dünne Läufer. Jede Oberfläche, jedes Regal war mit blau bestickten Borten geschmückt und ein breites besticktes Skapulier war in der Zimmerecke über ein Heiligenbild drapiert.

Aus all der betulichen Häuslichkeit schaute uns ein schlanker, hochgewachsener Mann entgegen, eine stolze Erscheinung mit scharfen, kühnen Zügen, schwarzem Haarschopf und grauen schrägstehenden Augen, so durchdringend, als läge seine ganze Ausdruckskraft in seinem Blick.

Mein Mann, sagte Ludmila aufgeregt, wir im Oktober heiraten.

Sie schaute mich mit erstaunten Augen an, als könne sie es selber noch nicht glauben.

Er nickte uns zu, sein Händedruck war fest und bestimmt wie ein Handschlag. Dann setzte er sich und schwieg. Dafür redeten die beiden Frauen um so lebhafter, fielen einander ins Wort, lachten, Ludmila rief: Deutsch, reden auf Deutsch, und redete auf Ukrainisch weiter. Bald kamen neue Familienmitglieder hereingepoltert, ein schwerer Mann mit einem spärlichen Haarkranz und einem fehlenden Schneidezahn, und eine kleine magere Frau mit einem unter dem spitzen Kinn gebundenen Tuch, mein Onkel und die Tante, stellte Ludmila sie vor. Die nächsten Besucher wurden uns nicht mehr vorgestellt, sie blieben einfach in der Stube stehen, drängten sich an der Tür, bis sechs, sieben Personen den Raum füllten, schauten, lachten, mit kurzen Ausrufen die anderen überschrien, sich untereinander besprachen, es war, als vibriere die Luft unter dem niedrigen Plafond von ihrer aufgeregten Anspannung. Und alle sahen uns an und schienen darauf zu warten, dass etwas geschähe, was ihrer Erregung angemessen wäre.

Schöne Grüße von meinem Vater, sagte ich verlegen. Und weil es im Vergleich zu ihrer Erwartung lahm klang, sagte ich noch, alles Gute zur Hochzeit. Ludmila fasste mich an beiden Händen, erst mich, dann Edgar, und ihre Mutter tat es ihr nach, ihre Augen verschwanden hinter ihren feisten Bäckchen, und bei jedem Händedruck gratulierte ich ihnen aus Verlegenheit von Neuem.

Im Unterschied zu uns, zu Vater, Edgar und mir, die wir in der Sehnsucht nach dem anderen auseinanderstrebten, waren sie eine eng aufeinander bezogene Großfamilie, die nichts trennen konnte.

Ich kriege Platzangst, flüsterte Edgar neben mir, glaubst du, wir können bald gehen?

Aber nun kam das Wichtigste, die Jause, das Essen, die beiden Frauen brachten Teller, Besteck und Gläser, trugen Brot, Speck, Topfen, Sauergemüse auf, während die Menschen, die gekommen waren, uns zu bestaunen, nacheinander den Raum verließen mit einem Gruß, den wir nicht erwidern konnten.

Das sollen wir essen?, fragte Edgar mit echter Verzweiflung in der Stimme.

Tu wenigstens so als ob, flüsterte ich.

Wir aßen und tranken Tee und ließen es über uns ergehen, dass danach noch Kuchen und Wodka folgten.

So üppig essen sie sicher nicht jeden Tag, sagte ich zu Edgar.

Ludmila lächelte ironisch und sagte, nein, nicht jeden Tag. Nur besonderen Tag.

Ich holte das Päckchen hervor und streifte den Brief an die Behörde und auch Vaters Zettel zurück in meine Handtasche und reichte ihr das Kuvert mit den Geldscheinen.

Von meinem Vater, sagte ich, ein Hochzeitsgeschenk.

Woher Ihr Vater weiß?, fragte sie erstaunt.

Er weiß es nicht, sagte ich, aber es trifft sich gut.

Jetzt umarmte sie mich und ich spürte ihren festen, stämmigen Körper. Sie war da, wo sie hingehörte, bei ihrer Familie, sie war zu Hause. Auch Vater hatte kein Recht sie zurückzuholen, für keine Summe Geld.

Wie es geht Ihrem Vater?, fragte sie.

Es ist ihm besser gegangen, als Sie da waren.

Ihr Vater ist sehr lieber Mann, sagte sie, wenn wir waren allein, er hat mir gezeigt Fotos, von erster Frau, von Mutter, von Krieg, hat viel erzählt von früher, wenn er war junger Mann.

Ich nickte, sagte nicht, ich weiß, du stehst ihm näher als ich ihm jemals war, mir hat er keine Fotos gezeigt, mir hat er nichts von früher erzählt. Ich lächelte und schwieg. Er brauchte nicht zu fürchten, dass sie ihn vergaß, sie würde ihn in guter Erinnerung behalten. Der alte Mann, den sie gepflegt hatte, und der, den ich Vater nannte, gehörten in verschiedene Wirklichkeiten.

Sie forderten uns auf zu warten, bis die Tochter käme, am Abend mit Bus, sagte Ludmila, sie ist beim Turnen.

Das Taxi wartet, erklärte ich.

Davor hatten sie Respekt. Taxi bedeutete viel Geld.

Wir bedankten uns und auch sie sagte so oft danke, dass wir zumindest dieses eine Wort in Ukrainisch lernten, *djákuju*. Und Ludmilas Mutter sagte es in Deutsch, *danke, viel gut*, und nahm meine Hand in ihre beiden Hände. Während wir den kurzen Weg von der Tür zur Straße gingen, riefen wir es uns noch einmal zu, danke, djákuju. Sie winkten, solange wir einander sehen konnten, und wir wandten uns um und winkten zurück. Der Himmel im Westen war bereits ein brennendes Orange, das Licht griff einzelne Baumstämme und Hausfassaden heraus und stellte sie wie mit Scheinwerfern angeleuchtet in die Landschaft, während das flache Land in eine schläfrige Schwere zurücksank. Wir fuhren am Fluss entlang, dessen Namen wir nicht erfragt hatten, und während die Felder die Farben verloren und die Waldschöpfe sich zu schwarzen Klumpen verdichteten, leuchtete seine mondsteinfarbene Fläche im Abendlicht zwischen den Scherenschnitten der Pappeln entlang des Ufers. Dann wurde es finster und wir rasten durch eine Nacht, die nur von den Scheinwerfern erhellt war.

Na, diese Mission ist fehlgeschlagen, sagte Edgar mit dem kaum hörbaren ironischen Unterton, den ich an ihm so sehr mochte.

Sie ist ihm nichts schuldig, entgegnete ich.

In meinem Zimmer glättete ich den zerknüllten Brief und Vaters Zettel: *Ich hoffe, es geht dir gut, mir nicht, weil du nicht da bist.*

Ich spürte kein Bedauern, dass ich ihm diesen Wunsch nicht

hatte erfüllen können, nur eine distanzierte Gleichgültigkeit, die mich erstaunte. Ich stellte mir sein Gesicht vor, wenn ich allein zurückkäme, wie das erwartungsvolle Strahlen in seinem Blick verlöschen und sich die freudige Anspannung langsam in die bittere, abweisende Strenge verwandeln würde, die ich so gut kannte und seit meiner Kindheit gefürchtet habe. Dann würde er sich abwenden, so endgültig wie nur er es konnte. Ich würde ihn wieder einmal enttäuscht haben und meine Gegenwart würde ihn nicht trösten.

Winter

Immer, wenn ich nach einer längeren Reise nach Hause zurückkehrte, hatte ich das Gefühl, eine fremde Wohnung zu betreten, aus der sich jemand gerade eben heimlich davongestohlen und sie in diesem schäbigen Zustand zurückgelassen hatte, muffig, die Gegenstände mit einer klebrigen Staubschicht überzogen, eine ungewaschene Tasse auf der Anrichte, ein Wasserglas mit Lippenstiftabdrücken in der Spüle, ein Stück nicht ganz sauberer Unterwäsche unordentlich über einem Stuhl. Stets war ich ein wenig erbost gewesen über diese Wohnung, die ich nun allmählich wieder in Besitz nehmen musste, und manchmal konnte ich eine Weile den Verdacht nicht abschütteln, es hätte in meiner Abwesenheit tatsächlich jemand darin gewohnt. Das Erste, das ich in der Dunkelheit der herabgelassenen Jalousien wahrnahm, war der blinkende Anrufbeantworter, und weil es so selten vorkam, dass ich Anrufe bekam und der einzige Mensch, der mich regelmäßig anrief, mit mir unterwegs gewesen war, durchfuhr mich ein Stich heißer Angst: Sie haben versucht mich zu erreichen und jetzt ist Vater tot, womöglich schon begraben. Ich zählte achtzehn Anrufe, manchmal zwei an einem Tag, immer die gleiche Nummer, die Telefonnummer meines Vaters, aber nur zweimal hatte er eine Nachricht hinterlassen, das erste Mal an jenem späten Nachmittag, an dem wir in Kamenec-Podolsk nach Edgars Familiengrab gesucht hatten.

Ja, hatte er zögernd gesagt, dann bist du wohl noch nicht zu Hause, ja, ist recht.

Seine Stimme war mit jedem Wort leiser geworden. Und vor zwei Tagen erneut seine brüchige Greisenstimme: Du bist immer noch nicht da, hoffentlich ist nichts passiert.

Er zögerte, als wollte er noch etwas sagen, ich konnte hören, wie er Luft holte, dann legte er leise auf. Doch meist hatte er sich die Ansage bis zum Ende angehört und dann geschwiegen bis das Besetztzeichen einsetzte. Nur eines verstand ich nicht, warum hatte er nicht versucht, mich am Mobiltelefon zu erreichen? Das ganze Band war angefüllt mit seinem Schweigen, mit seinem Warten. Ein Schweigen, in dem ich manchmal seine Atemzüge hören konnte. Ich spürte seine bange Ungeduld hinter diesem Schweigen, die ihn dazu trieb, an manchen Tagen zweimal anzurufen, obwohl er wissen musste, dass es sinnlos war, doch was konnte die Vernunft ausrichten, wenn die Sehnsucht an gleichförmigen, leeren Tagen zur unerträglichen Verlassenheit anwuchs. Ich wusste wohl, dass ich in dieser Sehnsucht nur als Überbringerin vorkam, als Mitwisserin, auf deren Verschwiegenheit er zählen konnte. Deshalb würde er nun auch noch ein paar Tage warten müssen und ich würde mir inzwischen Sätze zurechtlegen, die seine Enttäuschung mildern sollten, bis die Gelegenheit günstig und er mit Gewissheit allein anzutreffen war. Wenn er achtzehnmal angerufen hatte, würde er es ein neunzehntes Mal versuchen, vielleicht schon morgen früh. An Tag und Uhrzeit seiner Anrufe ließ sich sein Leben unter der strengen Obhut der beiden Frauen ablesen, die Augenblicke, mitunter Stunden, die er allein gewesen war mit seiner Hoffnung, dass alles wieder so werden könnte wie früher. Bertas Wochentage hatten Namen, der Putztag, der Waschtag, der Markttag, ihr Alltag war durch Katjas Gegenwart gesellig und geheimnislos. Vaters Leben dagegen war zum Stillstand gekommen, nur die kurzen Augenblicke, in denen er lang genug allein war, um zum Telefonhörer zu greifen, brachten Abwechslung und Spannung in seine Tage. Denn jeden Augenblick konnte Berta unangekündigt den Kopf zur Tür hereinstecken und ihn beim Telefonieren erwischen und was sollte er ihr dann sagen? Ich warte auf Ludmila, Frieda hat versprochen, sie mir zurückzubringen? Für die Nachricht, dass er Ludmila nie wiedersehen würde, jetzt nicht und später nicht, auch nicht in seiner letzten Stunde, brauchte er genug ungestörte Zeit, um die Hoffnung loszulassen, die ihn bis jetzt aufrecht gehalten hatte, sodass er mit der Enttäuschung weiterleben konnte.

Hallo, Papa, ich bin's, begrüßte ich ihn am Telefon.

Bitte, wer spricht?, fragte er verwirrt, als hätte ich ihn aufgeweckt.

Vater!, rief ich. Ich bin's. Es widerstrebte mir, meinen Namen zu nennen, wer außer mir würde ihn denn mit Vater anreden?

Verzeihung, ich verstehe Sie nicht, sagte er.

War er in der kurzen Zeit taub geworden? Oder geistesschwach?

Ich bin es, Frieda. Papa, hörst du mich?

Jetzt hatte ich es doch gesagt, aber es nützte nichts.

Rufen Sie etwas später noch einmal an, murmelte er und legte auf.

Ich fuhr zu ihm, läutete lange an der Haustür, drückte mit ganzer Kraft auf die Klingel, damit er mich hören konnte, wenn er in den vergangenen Wochen wirklich sein Gehör oder den Verstand verloren hatte und ließ erst los, als ich drinnen Geräusche hörte. Schließlich stand er in der Tür über den Rollator gebeugt und sah mich einen Augenblick lang mit zusammengekniffenen Brauen ängstlich und misstrauisch an, als versuche er sich zu erinnern, ob er mich schon einmal gesehen hatte.

Papa, sagte ich, ich bin's doch. Das Mitleid mit meinem gebrechlichen, verwirrten Vater, der mich nicht erkannte, schnürte mir die Kehle zu.

Warum musst du Sturm läuten?, fragte er vorwurfsvoll, ich

höre noch recht gut. Aber es war ihm anzusehen, dass es ihm peinlich war, mich nicht sofort erkannt zu haben. Sein Blick schweifte zum Auto, suchte angestrengt, ob dort jemand saß, wanderte den Gartenweg entlang, die Straße hinunter, und als er zu mir zurückkehrte, war es ein enttäuschter, ungläubiger Blick.

Und sie?, fragte er.

Gehen wir erst einmal hinein, schlug ich vor, setzen wir uns.

Er ging mühsam, als schöbe er einen schweren Gegenstand bergauf und es koste ihn seine letzte Kraft. Ich half ihm in den Seegrasstuhl und er gab dem Rollator einen unfreundlichen Stoß.

An alles gewöhnt man sich, sagte er, sogar an das da.

Ich war vor ihm stehen geblieben wie zum Rapport.

Sie ist nicht mitgekommen, sagte er, und ich schwieg, weil es keine Frage gewesen war, sondern eine Feststellung.

Hast du sie gesehen?, fragte er.

Ja, ich war bei ihr zu Hause.

Hast du ihr das Paket gegeben?

Ich nickte.

Alles, was ich dir mitgegeben habe?

Er fixierte mich argwöhnisch mit seinen vom Alter eigentümlich transparenten Pupillen.

Ich schwieg und er schüttelte den Kopf, als müsse er sich auf etwas ganz und gar Unverständliches einen Reim machen, und langsam, Zug für Zug erschien in seinem Gesicht, seinen zusammengekniffenen Mundwinkeln, seinen schmal gewordenen Lippen, seinen geweiteten Nasenflügeln der bekannte Ausdruck, der mir zeigte, dass er begriffen hatte und dass die Kränkung, die Enttäuschung sich in ihm auszubreiten begann wie ein lähmendes Gift, bis sein Blick trostlos und leer wurde.

Und trotzdem ist sie nicht mitgekommen, sagte er leise, mehr zu sich selber.

Sie ist glücklich dort, sagte ich, sie heiratet, sie ist eine andere geworden als die Ludmila, die wir kannten.

Ich fand die Worte nicht, um ihm das glückliche Staunen zu beschreiben, als sie mir ihren zukünftigen Mann vorstellte, die unterdrückte Furcht in ihren Augen, dass ihr das Glück unversehens wieder genommen werden könnte.

Sie hat dort Familie, sagte ich mit mehr Nachdruck, als ich beabsichtigt hatte. Ich habe sie alle kennengelernt, die Mutter, auch den Mann, die ganze Verwandtschaft hat sich versammelt, um uns zu sehen, nur die Tochter war nicht zu Hause. Sie ist glücklich, wiederholte ich, niemand hat das Recht, sie von dort wegzuholen.

Obwohl er mich nicht danach gefragt hatte, erzählte ich ihm von unserer Reise, von der hügeligen Landschaft Galiziens und der bewaldeten, menschenleeren Berglandschaft der Karpaten, den Holzkirchen mit den geschwungenen Dächern der Huzulen, den fensterlosen Ruinen der Kolchosen, von Lemberg und seiner Flaniermeile. Erinnerst du dich an die Bahnhofshalle von Lemberg, fragte ich. Und an die Karpaten? Doch wie sollte ich ihm von der Reise erzählen ohne schließlich sein Kriegstagebuch zu erwähnen?

Aber er hörte ohnehin nicht zu.

Hast du ihr gesagt, dass ich sie brauche?, unterbrach er mich.

Wir haben in ihrer jetzigen Welt keine Bedeutung mehr, auch du bist nur mehr eine freundliche Erinnerung, hätte ich sagen können, aber es wäre grausam gewesen und deshalb schwieg ich. Er nickte, als habe er meine Gedanken erraten.

Wenn sie nur glücklich ist, sagte er. Das ist das Wichtigste.

Ich hatte mich auf den Schemel gesetzt, auf dem seine Füße lagen, nah genug, um zu spüren, wie sein ganzer Körper ein wenig nachgab, wie seine Züge und seine Glieder erschlafften. Sein Lächeln erreichte zwar nicht seine Augen, aber immerhin war es ein Versuch, mich für meine Mühe zu belohnen.

Es ist schon in Ordnung, sagte er, du hast getan was du konntest.

Es war der gleiche Tonfall wie in meiner Kindheit, wenn er mich tröstete, wenn er sagte, keine Sorge, es wird schon wieder. Bald darauf nickte er ein und ich entfernte mich leise, ohne mich verabschiedet zu haben. Es ging gegen Mittag. Als ich ins Auto stieg, sah ich Berta und Katja von der Autobushaltestelle her kommen, Berta hager wie nie zuvor, auf einen Stock gestützt, Katja breit und mächtig mit zwei Einkaufstaschen. Ich stieg schnell ein und fuhr davon, bevor sie mich erreichten.

Im Lauf des Herbstes nahm ich meine regelmäßigen Besuche wieder auf. Lange in den November hinein blieb die Luft klar und ein Goldton lag über dem verwilderten Garten, seine zugewucherten Ränder hatten ihn in eine geheimnisvolle Wildnis verwandelt. Kastanien, noch halb in der Schale, mit einem Film von Frische überzogen, fielen vom Baum ins ungemähte Gras, die letzten gelben Blätter schwebten zu Boden, die Rosen blühten, als hätten sie seine Pflege nicht vermisst, und setzten immer noch neue Knospen an, sie würden blühen bis zum ersten starken Frost, der in diesem Jahr auf sich warten ließ. Es schien fast, als wollte das Jahr sein Ende so lang wie möglich hinauszögern. Seit Ludmilas Abreise hatte Vater den Garten nicht mehr betreten, nur manchmal stand er mit dem Rollator auf der obersten Stufe der Veranda und schaute hinunter. Vom Fenster aus sagte er immer noch das Wetter der nächsten Tage voraus, aber der Garten interessierte ihn nicht mehr und es schien ihm gleichgültig zu sein, dass in seiner stets sauberen Werkstatt Spinnweben von der Decke hingen und der Staub sich wie eine Schicht Mehl auf der Werkbank sammelte. Seit meiner Rückkehr war seine Sehnsucht erloschen und sein Blick hatte sich auf die unmittelbare Gegenwart verengt, die nächste Mahlzeit, das nächste Bad, die wenigen Schritte von einer Sitzfläche zur nächsten, Aufstehen am Morgen und Zubettgehen am Abend.

So viele Jahre war er von der Zeit unberührt geblieben. Ganze Jahrzehnte hatte er zumindest äußerlich übersprungen, und wenn ich ihn nach acht, nach zwölf Jahren wiedersehen durfte, hatte er sich nicht verändert, dieselbe olivfarbene glatte Haut, das schmale Gesicht, der abwesende, oft genug abweisende Blick seiner bernsteinfarbenen, grün gesprenkelten Augen, der schlanke, zähe Körper, das schüttere, erst schwarze, dann grau durchzogene und früh schon weiße Haar. Und plötzlich hatte der Verfall, der so viele Jahre ohne äußere Zeichen an ihm vorbeigegangen war, während seine Altersgenossen vergreisten und starben, seinen Körper mit geradezu blindwütiger Raserei erfasst. Jedes Mal, wenn ich ihn besuchte, kam es mir vor, als seien nicht Tage, sondern Monate vergangen. Er saß an seinem Platz, ein Häufchen Blut und Knochen, von einer brüchigen Haut so notdürftig überzogen, dass man an jeder Stelle sein Herz schlagen spürte. Seine Hände lagen locker gefaltet auf dem Tisch und, obwohl er sie nicht bewegte, waren sie das Lebendigste an ihm. Und ich saß neben ihm, nur durch die Tischkante von ihm getrennt und konnte ihn mit Blicken berühren, aber mit Worten gelang es mir nicht mehr. Er schaute mich nicht mehr an, und wenn er kurz in meine Richtung blickte und mit mir sprach, dann redete er in der Schriftsprache, die ihm und Ludmila gehört hatte. Ich dachte immer noch, es gäbe so vieles nachzuholen, so vieles zu erklären, noch lebte er, aber das war das Furchtbare an seinem allmählichen Entgleiten, dass es zu spät war. Deshalb saßen wir schweigend am Tisch, ich mit meinem flehenden, er mit seinem abgewandten Blick, und ich wartete mit dem Wissen, dass das Warten sinnlos war.

Nach jenem Freitagvormittag, als ich ihm die Nachricht überbracht hatte, dass meine Reise erfolglos gewesen war, redete er nie wieder über Ludmila, nicht mit der kleinsten Andeutung. Er begrub sie in seinem Schweigen wie er alles andere in Schweigen begraben hatte, meine Mutter und ihren Tod, seine Kriegsjahre, alle Demütigungen seines Lebens, die ich nicht einmal ahnen konnte. Auch ich erwähnte die Reise in die Ukraine nicht mehr. Er redete nur noch selten und seine Antworten kamen fast widerwillig, als sei die Anstrengung sich mitzuteilen nicht der Mühe wert. Seine Stimme war heiser geworden und sein Blick immer ein wenig misstrauisch, wie ein verschrecktes Tier, das ständig auf der Hut vor Feinden sein musste. Er aß kaum noch und niemand regte sich mehr darüber auf. Beim Essen schnitt er sich ein paar Bissen auf seinem Teller in winzige Quadrate, den Rest ließ er stehen. Nur Berta sagte manchmal gleichgültig wie aus Gewohnheit: Du isst ja wie ein Spatz.

Mein Körper sagt mir, wenn er genug hat, erklärte er, ich habe immer auf meinen Körper gehört, deshalb bin ich so alt geworden.

Ich habe abgeschlossen, sagte er einmal, und wie bei allem, was er sagte, klang es konkret und nüchtern.

Eine längere Regenperiode setzte auch diesem ungewöhnlich milden Herbst schließlich ein Ende. Katja hatte die Rosen mit Reisig vor dem Frost geschützt und das Laub zu Haufen zusammengekehrt. Ende November gab es Schnee, aber noch immer hingen verschrumpelte Himbeeren ohne Geschmack an den Sträuchern und Rosenknospen vertrockneten auf hohen Stengeln ohne abzufallen, gefrorenes Leben. Katja und Berta kümmerten sich um Vater wie um ein pflegeleichtes Haustier, er bekam zu essen, er wurde gebadet und angezogen, sie halfen ihm vom Sofa und vom Bett auf und stützten ihn, wenn er zum Bad ging, zu seinem Platz auf der Eckbank, in die Küche. Er und Berta hatten nie viel miteinander geredet, jetzt war jeder über das unmittelbar Notwendige hinausgehende Austausch verstummt.

In Bertas Augen lag manchmal eine Furcht, als erwarte sie einen Angriff aus dem Hinterhalt, und sie begegnete mir mit einer ungewohnten Milde, fast mit Unterwürfigkeit, als versichere sie sich meiner Nachsicht für später, wenn Vater gestorben wäre. Im Lauf der Zeit hatte sich das einstige Kräfteverhältnis umgekehrt und es kam mir vor, als fürchtete sie mich ein wenig, als wollte sie mich besänftigen und sich meiner Loyalität versichern. Sie mochte nicht die Klügste sein, doch sie besaß einen Instinkt, der sowohl ihre Härte als auch ihre Unterwerfung der Stärke des Gegenübers anpasste. Manchmal überraschte sie mich, indem sie ihr Gesicht dem meinen näherte, als wolle sie mir etwas zuflüstern, und ich erstarrte, erstaunt und unangenehm berührt, wenn sie mir einen feuchten, unbeholfenen Kuss auf die Wange drückte. Es konnte vorkommen, dass sie sich neben mich auf die Eckbank setzte statt wie eh und je mir gegenüber an den Tisch, sich ganz nah an mich kuschelte und vergaß, dass wir uns noch nie hatten riechen können.

Gell, wir halten immer zusammen, sagte sie, als wolle sie sich ein Versprechen für schlechtere Zeiten erschmeicheln.

Vater beobachtete solche Szenen ebenso teilnahmslos wie Werbeeinschaltungen im Fernsehen. Er ließ alles an sich vorüberziehen mit einer Miene, aus der ich nichts mehr ablesen konnte. Doch einmal, nachdem ich mich verabschiedet hatte und ihm von der Tür aus zuwinkte, lag eine Zärtlichkeit in seinem Blick, wie er sie mir nie zuvor geschenkt hatte. Fabian habe ich so nachgeschaut, wenn ich ihn auf den Schulweg schickte, ein wenig bang und glücklich bei dem Gedanken: mein geliebtes Kind.

An einem frühen Nachmittag Anfang Dezember saß ich allein bei ihm, die beiden Frauen waren außer Haus, Berta hatte einen Arzttermin. Es war sehr still. Um drei Uhr hatte die tief stehende Sonne noch ein leuchtendes Fensterviereck auf die gegenüberliegende Wand geworfen, um vier Uhr dämmerte es bereits. Vater saß mit geschlossenen Augen aufrecht auf dem Sofa, ich dachte, er sei eingeschlafen.

Diese Kälte, sagte er plötzlich, eine solche Kälte, dass einem das Herz erfrieren möchte.

Seine Hände waren eiskalt. Ich fühlte seinen Puls, er war kaum spürbar und ging sehr langsam, aber es gelang mir nicht mitzuzählen. Ich erinnerte mich an einen anderen Nachmittag im Dezember, an das langsame Fallen der Schneeflocken vor dem Spitalsfenster, als ich am Krankenbett meiner Mutter gesessen hatte, drei Monate vor ihrem Tod. Auch jetzt hatte ich das Gefühl, als seien wir nicht allein, als gäbe es da noch eine unsichtbare, geballte Materie im Raum. Vielleicht war der Tod schon seit damals, seit meinem zwölften Lebensjahr, eine ständige Gegenwart gewesen, in unregelmäßigen Zeitabständen dicht neben mir, um mich daran zu erinnern, dass ich nichts festhalten konnte. Ich habe gelernt, ihn schweigend hinzunehmen, er ist mir sogar ein wenig vertraut geworden, aber das hat mir nicht die Furcht vor ihm genommen, dieses Grauen vor seiner Nähe, das ich jederzeit wiedererkennen konnte.

Am späten Nachmittag, als Berta zurückkam, rief sie seinen Hausarzt an, der ihn ins Spital einwies. Er wehrte schwach ab: Ich tu mir das nicht mehr an, sagte er, lasst mich zu Hause sterben. Und insgeheim gab ich ihm recht. Aber vor dem Wort sterben bekamen alle, auch Katja und Berta, einen starren, furchtsamen Blick, der sagte, nicht hier, nicht jetzt, nicht in meiner Gegenwart. Deshalb musste er ins Spital, weil wir seinen Tod nicht untätig ertragen konnten.

Dann lag er in einem Bett der Intensivstation, an Monitore angeschlossen, von Kurven und Zahlen über seinem Bett bewacht, klein unter der weißen Bettdecke, sein Gesicht grau und zerbrechlich wie das eines greisen Kindes, sein ängstlich misstrauischer Blick folgte jeder Bewegung der Krankenschwestern, die wortlos kamen und gingen.

Jetzt hätte ich Ludmila gebraucht, sagte er einmal, sie hätte mich gut bewacht.

Berta setzte sich ganz nah zu ihm ans Bett und summte um ihn herum wie eine tollpatschige Hummel, sie redete auf ihn ein, du musst gesund werden, was machst du bloß für Sachen, schau, dass du wieder zu Kräften kommst, ich brauche dich noch lange.

Ich liege schlecht, sagte er, hilf mir mich aufzusetzen.

Katja hob seinen Oberkörper, um das Kissen aufzuschütteln, befühlte seine Zehen unter der Bettdecke, sorgte geschäftig für sein Wohlbefinden. Und ich stand untätig zu seinen Füßen und schaute ihn bloß an. Wieder einmal hatte ich das Gefühl mich einzudrängen, wo kein Platz für mich war, störend in meiner linkischen Überflüssigkeit, ich hätte mich gern unsichtbar gemacht, um ihn vor meiner unerwünschten Gegenwart zu schützen. Er erwiderte meinen Blick, aber er schien nicht recht zu wissen wer ich war. So hatte mich Ferys Mutter angesehen, als ich sie zwei Tage vor ihrem Tod im Spital besuchte, was stehst du hier herum, hatte sie gefragt, ich will meine Angehörigen um mich haben. Wer bist du, fragte sein misstrauischer, fast feindseliger Blick. Was machst du an meinem Bett? Ich floh vor diesem Blick mit einem flüchtigen Abschiedsgruß. Bis morgen, sagte ich und winkte, als sei er schon ganz weit weg, und ich glaubte in diesem Augenblick auch was ich sagte. Und es stimmte ja, nur dass er am Morgen nicht mehr lebte.

Um ein Uhr nachts läutete das Telefon und ich wusste sofort: Vater war tot. Während der Stunden, die mir bis zum Morgen blieben, versuchte ich zu begreifen, dass ich ihn in seinem Leben nie mehr würde berühren können, dass ich von ihm nicht Abschied genommen hatte, wie ich es mir immer vorgestellt hatte, die letzte Gelegenheit vertan, die alles zum Guten hätte wenden können. Ich hatte zu viele Jahre an der Illusion einer Versöhnung am Totenbett festgehalten, daran, dass der Tod eine Nähe brächte, die im Leben nicht zu erreichen gewesen war, und jetzt war er tot und ich hatte die letzte Gelegenheit verpasst.

Am Morgen rief ich Melissa an. Großvater ist heute Nacht gestorben, sagte ich. Ich weiß nicht, was ich von ihr erwartete, aber es erstaunte mich, wie geduldig sie mir zuhörte und dass sie die richtigen Worte fand.

Ich habe es bis zum Schluss nicht fertiggebracht ihm zu sagen, wie verzweifelt ich mich nach ihm gesehnt habe, sogar in seiner Gegenwart, sagte ich im Lauf unseres Gesprächs.

Wir redeten lange und das meiste habe ich vergessen, ich hätte auch diesen Satz vergessen, wenn ihre Antwort nicht gewesen wäre.

Wahrscheinlich ist es ihm genauso gegangen, sagte sie. Wir sind ja nicht gerade eine demonstrative Familie, aber gefühllos sind wir trotzdem nicht. Großvater war wie Fabian, bei dem wusste man auch nie, woran man war.

Nach dem Gespräch fühlte ich mich getröstet und meiner Tochter zum ersten Mal seit langer Zeit sehr nah.

Ich fuhr zu meinem Elternhaus, und erst vor der Haustür, auf den Stufen zum Windfang, begann ich hemmungslos zu weinen und konnte mich nicht genug fassen, um Berta gegenüberzutreten. Als würde mir erst jetzt das Haus, das ich seit fünfzig Jahren nicht mehr als mein Zuhause betrachtet hatte, endgültig genommen, als gäbe es auch in ihm kein Leben mehr. Berta schlang ihre Arme um meinen Hals, benetzte mein Gesicht mit ihren Tränen, wir müssen jetzt zusammenhalten, sagte sie. Warum erst jetzt?, dachte ich. Ich sah mich ein letztes Mal in den vertrauten Räumen um. Großmutters Pendeluhr mit ihrem schönen, sirrenden Klang, ihre wollene Bettdecke mit dem roten und weißen Rosenmuster über der Kommode, das Opernglas aus Perlmutt, die letzten Stücke von Mutters Porzellan im Küchenschrank. Mein rechtmäßiges

Erbe, aber es hatte in meinem Leben keinen Platz mehr, auch ich hatte bereits begonnen, mich überflüssiger Dinge zu entledigen, Erinnerungsstücke herzuschenken. Wir suchten nach einem Bild für die Todesanzeige und plötzlich fiel mir ein Foto in die Hand, das ich noch nie gesehen hatte. Vater und Fabian im sommerlichen Garten, liebevoll einander zugeneigt, vielleicht beugten sie sich über etwas, das außerhalb des Bildes lag, und über allem der leichte Goldglanz eines späten Nachmittags im Sommer kurz vor Sonnenuntergang. Die Tränen schossen mir schmerzhaft in die Augen.

Ein wunderbares Foto, sagte ich, darf ich es haben?

Nein, sagte Berta mit der Härte, die ich an ihr am besten kannte, nein, das gehört mir. Ich hörte in Gedanken ihr *Basta*, mit dem sie für gewöhnlich Weigerungen besiegelte.

Und plötzlich war es wieder da, das alte verzweifelte Beharren auf ungeteiltem, ausschließlichem Besitz des geliebten Menschen, wie vor sechzig Jahren, unverändert heftig, nicht weniger bitter. Es saß so tief, dass es mir in diesem Augenblick nicht in den Sinn kam zu sagen, ich lasse es kopieren, ich lasse ein Negativ machen, dann haben wir so viele Kopien wie wir wollen. Ich legte es zurück und das Gefühl, das den Verzicht begleitete war mir sehr vertraut, als täte ich es noch immer Vater zuliebe, weil er Streit doch so schwer ertrug.

Vater wurde an einem wolkenlosen Wintertag begraben. Die Luft war kalt und klar und auf dem aufgeworfenen Erdhaufen rund um das offene Grab hatte sich über Nacht ein Raureifkranz gebildet, fein und luftig wie ein Spitzenbesatz. Ich hatte nicht geahnt, dass ihm so viele Menschen nah genug gestanden waren, um zu seiner Beerdigung zu kommen, Freunde, Bekannte, lauter mir fremde Menschen. Sein Freund, der Pfarrer, hielt die Andacht. Edgar stand neben mir, bereit mich zu halten, mir ein Taschentuch zu reichen, mich wenn nötig aufzufangen. Wenn es um konkrete Dinge ging, die er für mich tun konnte, war er ein verlässlicher Freund. Plötzlich sprang Melissa leichtfüßig über den aufgehäuften Erdwall an meine Seite. Wir umarmten uns und hielten einander lange fest.

Wir haben uns so lange nicht gesehen, sagte ich.

Das wird sich jetzt ändern, antwortete sie.

Anna Mitgutsch

Familienfest

Roman

416 Seiten, btb 73349

Eine kraftvolle Familiensaga über ein ganzes Jahrhundert

Bei den Leondouris wird oft und ausgelassen gefeiert. Und immer, wenn alle Familienmitglieder um den reich gedeckten Tisch versammelt sind, erzählt die Hausherrin Edna mitreißende Episoden aus der wilden, ereignisreichen Familiengeschichte. Diese verweben sich mit den Biografien der um den Tisch versammelten zu einer kraftvollen Familiensaga, die vor dem Hintergrund der zur Metropole wachsenden Hafenstadt Boston spielt.

»Ein wunderbarer Roman.«
Frankfurter Rundschau

»Dieses Buch ist ein Juwel!«
Bild am Sonntag

»Anna Mitgutsch hat einen sehr weiblichen Roman geschrieben, wunderbar menschlich und tröstlich.«
Der Standard

btb

Anna Mitgutsch

Zwei Leben und ein Tag

Roman

352 Seiten, btb 73844

Die berührende Erzählung einer tragischen Liebesgeschichte

Nach einem Nomadenleben in Amerika, Südostasien und Osteuropa haben sie sich getrennt: Edith und Leonard, zwei Menschen, die nicht wieder zusammenfinden und nicht voneinander lassen können. Was sie verbindet, ist ihr Sohn Gabriel und die Frage, was diesem in seiner Kindheit zugestoßen ist und ihn zum Außenseiter gemacht hat. In langen Briefen an den Ex-Mann, die sie freilich nie abschicken wird, versucht sich Edith noch einmal über ihr Leben und ihr Schicksal Klarheit zu verschaffen und darüber, woran ihre Liebe zerbrach – und ihr Glück.

»Anna Mitgutsch schreibt eindringlich, in brillanter, kraftvoller Sprache, und sie überzeugt durch die Schönheit und Genauigkeit ihrer Schilderungen und den Tiefgang ihrer Figuren.«
Wiener Zeitung

»Suggestiv und subtil.«
Der Spiegel

btb

Anna Mitgutsch

Wenn du wiederkommst

Roman

272 Seiten, btb 74202

»Wir werden einander nie belügen - aber auch die Wahrhaftigkeit nicht benützen, um einander wehzutun.«

Sie wollten vernünftig lieben, mit Maß und Respekt. Leidenschaftlich und doch voller Achtung für die Freiheit des anderen. Ein ganzes Leben haben Jerome und die namenlose Erzählerin gebraucht, um ein Liebespaar zu werden, das den eigenen hohen Ansprüchen genügt. Doch dann stirbt Jerome plötzlich, und die Erzählerin versucht mit einer eindringlichen, bewegenden Totenklage, das Versprechen eines Neuanfangs einzulösen, über den Tod hinaus.

»Dieses Buch geht zu Herzen und gibt zu denken auf.«
Süddeutsche Zeitung

»Anna Mitgutsch beweist ihre Meisterschaft, wenn es gilt, sprachgewaltig nach dem Unsagbaren zu greifen: Eine Orpheus-Geschichte, allerdings ohne Wiederkehr, in welcher der Tote nur durch Worte wieder wachgerufen wird.«
Wiener Zeitung

btb